मामूली चीज़ों का देवता

(उपन्यास)

बुकर पुरस्कार प्राप्त प्रसिद्ध उपन्यास

गॉड ऑफ़ स्मॉल थिंग्स *का हिन्दी अनुवाद*

'यह पुस्तक अपने सब वादे पूरे करती है।'

बुकर पुरस्कार संस्तुति, 14 अक्तूबर, 1997

मामूली चीज़ों का देवता

अरुन्धति रॉय

अनुवाद
नीलाभ

राजकमल प्रकाशन

ISBN : 978-81-267-0840-6

मूल्य : ₹895

पहला संस्करण : 2004
सातवाँ संस्करण : 2023

प्रकाशक : राजकमल प्रकाशन प्रा.लि.
1-बी, नेताजी सुभाष मार्ग, दरियागंज
नई दिल्ली-110 002
शाखाएँ : अशोक राजपथ, साइंस कॉलेज के सामने, पटना-800 006
पहली मंजिल, दरबारी बिल्डिंग, महात्मा गांधी मार्ग, प्रयागराज-211 001
वेबसाइट : www.rajkamalprakashan.com
ई-मेल : info@rajkamalprakashan.com

मुद्रक : यश प्रिंटोग्राफिक्स
नोएडा-201 301 (उत्तर प्रदेश)

MAMOOLI CHEEZON KA DEVTA
Novel by Arundhati Roy

आभार

प्रदीप कृशन, मेरे सबसे कड़े आलोचक, सबसे नज़दीकी दोस्त, मेरे प्यारे। तुम्हारे बिना यह किताब *यह* किताब न हो पाती।

पिया और मितवा को, मेरी होने के लिए।

आराधना, अर्जुन, बेटे, चन्दू, कार्लो, गोलक, इन्दु, जोआन्ना, नाहीद, फ़िलिप, संजू, वीना और विवेक को जो यह किताब लिखे जाने के वर्षों में मुझसे मिलते रहे।

पंकज मिश्रा को, इसे दुनिया की यात्रा पर रवाना करने के लिए।

आलोक राय और शोमित मित्तर को, ऐसे पाठक होने के लिए, जिनका सपना लेखक पालते हैं।

डेविड गॉडविन—फ़्लाइंग एजेंट, गाइड और दोस्त को, उस आवेग-प्रेरित भारत यात्रा के लिए। सागर के जल को विभाजित कर राह बनाने के लिए।

नीलू, सुषमा और कृष्णन को, मेरा जोश बनाये रखने और मेरी टाँगों की नसों को काम करने लायक़ बनाये रखने के लिए।

और अन्त में, लेकिन बहुत गहराई से दादी और दादा को। उनके प्यार और सहारे के लिए।

धन्यवाद।

आलोक राय को (पुनः) हिन्दी अनुवाद को धैर्य और सूक्ष्मता के साथ बढ़ाते ले चलने की ख़ातिर कई महीने ख़र्च करने के लिए।

नीलाभ को—जिनकी प्रतिबद्धता और कौशल के चलते यह अनुवाद मेरे लिए असीम प्रसन्नता बन गया है।

मेरी रॉय के लिए
जिन्होंने मुझे पाल-पोस कर बड़ा किया
जिन्होंने सबके सामने उन्हें टोकने
से पहले मुझे 'माफ़ कीजिए' कहना सिखाया
जिन्होंने मुझसे इतना प्यार किया कि मुझे जाने की
छूट दी

एल के सी के लिए, जो मेरी तरह, बच निकला

फिर कभी एक कहानी इस तरह बयान नहीं की जा सकेगी कि वही अकेली कहानी है।

जॉन बर्जर

अनुक्रम

1

पैराडाइज़ अचार और मुरब्बे

आयमनम में मई एक गर्म, गुमसुम महीना होता है। दिन लम्बे, उन्मन और उमस-भरे होते हैं। नदी सिकुड़-सिमट जाती है और काले कौए थिर, धूसर-हरे पेड़ों में दमकते आमों को खा-खाकर अघाते रहते हैं। लाल-लाल केले पकते हैं। कटहल फट पड़ते हैं। लम्पट भँवरे फलों की महक-लदी हवा में बेमक़सद बेवकूफ़ी से गुनगुनाते हैं। फिर वे खिड़कियों के साफ़-शफ़्फ़ाफ़ शीशों से टकराकर अचेत हो, धूप में अपनी स्तम्भित स्थूलता के साथ स्वर्ग सिधार जाते हैं।

रातें साफ़ होती हैं, मगर आलस और अवसाद-भरी उम्मीद से रची-बसीं।

लेकिन जून के शुरू में दक्षिण पश्चिमी मॉनसून टूट पड़ती है और फिर हवा और पानी के तीन महीने आते हैं और उनके बीच तीखी, चमकदार धूप की छोटी-छोटी पारियाँ, जिन्हें रोमांचित बच्चे खेलने के लिए झपट लेते हैं। इर्द-गिर्द के देहाती इलाके पर एक निर्लज्ज हरियाली छा जाती है। टैपियोका की बाड़ों के जड़ पकड़ने और फूलने के साथ ही मेड़ें ओझल हो जाती हैं। ईंट की दीवारों पर काई का हरापन चढ़ जाता है। काली मिर्च की लतरें बिजली के खम्भों पर साँप की तरह चढ़ती नज़र आती हैं। जंगली लताएँ मुर्रम के कँकरीले किनारों से फूट कर पानी में डूबी सड़कों पर पसर जाती हैं। बाज़ारों में नावें चलने लगती हैं। और सड़कों पर पी.डब्ल्यू.डी. के गड्ढों में भरे पानी के डबरों में छोटी-छोटी मछलियाँ नमूदार होती हैं।

वर्षा हो रही थी जब राहेल आयमनम लौटी। तिरछी, रुपहली रस्सियाँ कच्ची मिट्टी को गोलियों की बौछार की तरह खूँदती हुईं उस पर बरस रही थीं। पहाड़ी पर बने पुराने घर ने अपनी ढलवाँ, तिकोनी छत किसी नीची टोपी की तरह कानों को ढँकते हुए पहन रखी थी। दीवारें, जिन पर काई की धारियाँ थीं, नरम हो गयी थीं और ज़मीन से ऊपर को चढ़ने वाली सीलन से कुछ-कुछ फूल आयी थीं। जंगल बनी बेतरतीब बगिया नन्हे-नन्हे जीवों की खुसफुस और दौड़-भाग से भरी हुई थी। झाड़ियों में दुबका एक धामन अपनी देह एक चमकते हुए पत्थर से रगड़ रहा था। पीले, प्रणयाकांक्षी मेंढक काई-भरे पोखर में संगियों की तलाश करते, तैरते फिर रहे थे। एक भीगा नेवला मकान को जाने वाले, पत्तों से अटे, रास्ते पर कौंधता हुआ निकल गया।

मकान अपने आप में ख़ाली लग रहा था। खिड़कियाँ-दरवाज़े बन्द थे। सामने का बरामदा वीरान था। साज-सज्जा रहित। लेकिन क्रोम के चमकते टेल-फ़िनों वाली,

आसमानी रंग की प्लिमथ गाड़ी अब भी बाहर खड़ी थी और घर के भीतर बेबी कॉचम्मा अब भी जीवित थी।

वह राहेल की सबसे छोटी नानी-बुआ थी। उसके नाना की छोटी बहन। नाम तो उसका दरअसल नवोमी था, नवोमी आइप, लेकिन सब उसको बेबी कह कर बुलाते थे। बेबी कॉचम्मा वह तब बनी, जब वह इतनी बड़ी हो गयी कि बुआ बन सके। वैसे, राहेल उससे नहीं मिलने आयी थी। न नातिन को इस बारे में कोई भ्रम था, न नानी-बुआ को। राहेल तो दरअसल अपने भाई एस्ता को देखने आयी थी। वे दो-डिम्बों-वाले जुड़वाँ थे। डॉक्टरों ने उन्हें 'डाइज़ीगॉटिक' कहा था। दो अलग-अलग, लेकिन एक ही समय में गर्भ धारण करने वाले, डिम्बों से जन्मे। एस्ता—एस्ताप्पेन—अठारह मिनट बड़ा था।

वे कभी एक-जैसे नहीं लगे—एस्ता और राहेल, और जब वे बच्चे थे, सींकिया बाँहों और सपाट सीनों वाले, पेट के कीड़ों से परेशान, एल्विस प्रेस्ली मार्का बुल्ले सजाये, तब भी आयमनम वाले घर पर चन्दे के लिए अक्सर आने वाले सीरियन ऑर्थोडॉक्स पादरियों या दाँत चियारे रिश्तेदारों की तरफ़ से 'कौन कौन है भला ?' या 'पहचानो तो सही' कभी नहीं सुनायी पड़ा।

उलझेरा तो कहीं ज़्यादा गहरी, कहीं ज़्यादा गोपनीय जगह में छुपा हुआ था।

उन आरम्भिक, बिखराव-भरे अनाकार वर्षों में, जब स्मृतियाँ बस शुरू ही हुई थीं, जब ज़िन्दगी अन्तहीन-प्रारम्भों से भरी थी और सब कुछ हमेशा-रहने-वाला था, एस्ताप्पेन और राहेल खुद को इकट्ठा 'मैं' करके सोचते और अलग-अलग व्यक्तियों के रूप में 'हम' या 'हमें'। मानो वे सियामी जुड़वों की कोई दुर्लभ नस्ल हों। दो शरीर, मगर एक जान।

अब, इतने वर्षों बाद, राहेल को याद आता है, कैसे वह एक रात एस्ताप्पेन के किसी दिलचस्प सपने पर हँसते हुए जागी थी।

उसके पास कुछ और स्मृतियाँ भी हैं, जिन्हें सँजोये रखने का उसे कोई अधिकार नहीं है।

मसलन, उसे याद है (हालाँकि वह वहाँ मौजूद नहीं थी) कि सोडा-लेमन वाले ने अभिलाष टॉकीज़ में एस्ता के साथ क्या किया था। उसे टमाटर के उन सैंडविचों का स्वाद याद है—*एस्ता* के सैंडविचों का—जो *एस्ता* ने मद्रास मेल से मद्रास जाते हुए खाये थे।

और ये तो महज़ छोटी-छोटी चीज़ें हैं।

जो भी हो, अब वह एस्ता और राहेल को *उन्हें* करके सोचती है, क्योंकि अलग-अलग दोनों-के-दोनों अब वह नहीं रहे जो वे थे या कभी सोचते थे कि *वे होंगे।*

उनकी ज़िन्दगियों की अब एक सूरत-शक्ल है, क़द-बुत है। एस्ता की अपनी और राहेल की अपनी।

छोर, सरहदें, चहारदीवारियाँ, कगार और सीमाएँ, प्रेतों की एक टोली की तरह, उनके अलग-अलग क्षितिजों पर प्रकट हो गयी हैं—लम्बी परछाइयों वाले बौने, धुँधले

सीमान्त पर गश्त लगाते हैं। उन दोनों की आँखों के नीचे हल्के-हल्के अर्द्धचन्द्र बन गये हैं और अब उनकी उम्र उतनी ही है जितनी अम्मू की मरते वक़्त थी। इकतीस।

न ज़्यादा।

न कम।

मगर एक करने-योग्य मरने-योग्य उम्र।

वे करीब-करीब बस पर ही पैदा हो चले थे, एस्ता और राहेल। वह कार, जिस में बाबा, उनके पिता, अम्मू, उनकी माँ, को ज़चगी के लिए शिलौंग के हस्पताल में ले जा रहे थे, असम के चाय-बगान की घुमावदार सड़क पर ख़राब हो गयी थी। उन्होंने कार छोड़ दी थी और राज्य परिवहन की एक भीड़-भरी बस को हाथ दे कर रोका था। एक अजीब-सी करुणा से, जो बेहद ग़रीब लोगों में अपेक्षाकृत ख़ुशहाल लोगों के लिए होती है या शायद महज़ इसलिए कि उन्होंने देखा था कि अम्मू का गर्भ कितना भारी-भरकम है, सीटों पर बैठी सवारियों ने पति-पत्नी के लिए जगह बना दी थी और बाक़ी के सफ़र के दौरान एस्ता और राहेल के पिता को उनकी माँ का पेट (जिसके भीतर वे दोनों मौजूद थे) हिलने-डुलने से बचाने के लिए थामे रहना पड़ा था। यह उनके तलाक़ और अम्मू के केरल लौटने से पहले की बात है।

एस्ता के अनुसार, अगर वे बस में पैदा हुए होते, तो उन्हें बाक़ी ज़िन्दगी बसों में मुफ़्त सफ़र करने का अधिकार मिल गया होता। यह स्पष्ट नहीं था कि यह सूचना उसे कहाँ से मिली, या उसे इन बातों की जानकारी कैसे थी, लेकिन बरसों तक दोनों के मन में अपने माता-पिता के प्रति हल्की-सी रंजिश बनी रही कि उन्होंने दोनों को ज़िन्दगी भर बस में मुफ़्त सफ़र करने की नियामत से वंचित कर दिया था।

उन्हें यह भी विश्वास था कि अगर वे ज़ेब्रा क्रॉसिंग पर मारे गये तो उनके अन्तिम संस्कार का ख़र्च सरकार देगी। उन्हें इस बात का पक्का ख़याल था कि ज़ेब्रा क्रॉसिंग इसीलिए बने हैं। मुफ़्त अन्त्येष्टियों के लिए। यह अलग बात है कि आयमनम में या फिर कोट्टयम में भी, जो सबसे नज़दीकी शहर था, मरने के लिए एक भी पारपथ नहीं था, लेकिन कोचीन जाने पर, जो कार से दो घण्टे की दूरी पर था, उन्होंने कार की खिड़की से कुछ पारपथ ज़रूर देखे थे।

सरकार ने सोफ़ी मोल को दफ़्नाने का ख़र्च नहीं दिया, क्योंकि वह ज़ेब्रा क्रॉसिंग पर नहीं मरी थी। उसकी अन्त्येष्टि आयमनम में हुई थी, पुराने गिरजे में जिस पर नया-नया रंग किया हुआ था। वह एस्ता और राहेल की ममेरी बहन थी, उनके मामा चाको की बेटी। वह इंग्लैण्ड से मिलने-मिलाने के लिए आयी थी। एस्ता और राहेल सात साल के थे जब वह मरी। सोफ़ी मोल लगभग नौ की थी। उसके लिए एक ख़ास बच्चों वाला ताबूत बना था।

साटन का अस्तर मढ़ा।

पीतल के चमकते हत्थों जड़ा।

वह उसमें अपने पीले क्रिमप्लीन बेलबॉटम में लेटी थी, रिबन-बँधे बालों के साथ,

और अपना मेड-इन-इंग्लैण्ड गो-गो बैग लिये, जिसे वह बेहद पसन्द करती थी। उसका चेहरा निर्वर्ण था और उस पर इतनी सिकुड़नें पड़ी थीं जितनी पानी में देर तक भीगे रहने की वजह से धोबी के अँगूठे पर पड़ जाती हैं। जनाज़े में आये लोग ताबूत के इर्द-गिर्द इकट्ठा हो गये थे और वह पीला गिरजाघर किसी कण्ठ की तरह शोक-भरे गायन के स्वरों से फूल उठा था। घुँघराली दाढ़ियों वाले पादरियों ने ज़ंजीरों से लटके लोबान के पात्र झुलाये थे और बच्चों को देख कर मुस्कराये नहीं जैसा कि वे आम इतवारों को किया करते थे।

वेदी पर लगी लम्बी मोमबत्तियाँ टेढ़ी हो गयी थीं। छोटी मोमबत्तियाँ नहीं हुई थीं।

दूर की रिश्तेदार का नाटक कर रही एक बूढ़ी औरत ने, जिसे कोई पहचान नहीं रहा था, मगर जो अक्सर जनाज़ों में लाश के नज़दीक प्रकट हो जाती थी (जनाज़ों की नशेड़ी ? प्रच्छन्न मृत्यु-पूजक ?) रुई के एक फाहे पर कोलोन लगा कर श्रद्धा और हलकी-सी चुनौती-भरे अन्दाज़ में उसे सोफ़ी मोल के माथे पर छुलाया। सोफ़ी मोल से कोलोन और ताबूत की लकड़ी की गन्ध आ रही थी।

मार्ग्रेट कॉचम्मा, सोफ़ी मोल की अंग्रेज़ माँ, सोफ़ी मोल के असली बाप चाको को इस बात की छूट नहीं दे रही थी कि वह अपनी बाँह से उसको घेर कर सान्त्वना दे सके।

सारा परिवार एक जगह इकट्ठा खड़ा था। मार्ग्रेट कॉचम्मा, चाको, बेबी कॉचम्मा, और उसकी बग़ल में उसकी भाभी मम्माची—एस्ता और राहेल की नानी (और सोफ़ी मोल की दादी)। मम्माची लगभग अन्धी थीं और जब भी घर के बाहर जातीं, हमेशा काला चश्मा लगा लेतीं। उनके आँसू चश्मे के पीछे से बह रहे थे और उनके जबड़े के सिरे पर थरथरा रहे थे जैसे छत के किनारे पर बारिश की बूँदें। वे अपनी कलफ़-लगी लगभग सफ़ेद साड़ी में नन्ही-सी और बीमार लग रही थीं। चाको मम्माची के इकलौते बेटे थे। अपने दुख से तो वे दुखी थीं ही, चाको के दुख ने उन्हें ध्वस्त कर दिया था।

हालाँकि अम्मू, एस्ता और राहेल को जनाज़े में शामिल होने की इजाज़त दी गयी थी, उन्हें अलग-थलग खड़ा रखा गया था, परिवार के बाक़ी लोगों के साथ नहीं। उनकी तरफ़ कोई देखना भी गवारा नहीं कर रहा था।

गिरजे में गरमी थी और कुमुदिनी के फूलों के सफ़ेद सिरे करारे हो कर ऐंठ-बरर गये थे। ताबूत के एक फूल में मधुमक्खी मर गयी थी। अम्मू के हाथ लरज़ रहे थे और उनके साथ-साथ उनका भजनों का गुटका भी। उनकी त्वचा ठण्डी थी। एस्ता उनके पास खड़ा था, मुश्किल से जगा; उसकी दुखती आँखें काँच की तरह चमक रही थीं, उसका तपता हुआ गाल अम्मू के लरज़ते, भजन-पुस्तिका थामे बाज़ू की नंगी चमड़ी से टिका था।

दूसरी तरफ़ राहेल पूरी तरह जगी हुई थी, प्रचण्ड रूप से चौकस और वास्तविक जीवन के ख़िलाफ़ अपनी लड़ाई की थकान से टूटने की हद तक पहुँची हुई।

उसने ग़ौर किया कि सोफ़ी मोल अपने जनाज़े के लिए जगी हुई है। उसने राहेल को दो चीज़ें दिखायीं।

पहली चीज़ थी पीले गिरजाघर का नया-नया रँगा ऊँचा गुम्बद, जिसे राहेल ने कभी अन्दर से नहीं देखा था। उसे आसमान की तरह नीला रँगा गया था, भटकते बादलों और नन्हे, उड़ान-भरते जेट हवाई जहाज़ों के साथ जिनके धुँए की सफ़ेद लकीरें बादलों को आड़ा-तिरछा काट रही थीं। यह सच है (और कहना ही होगा) कि इन चीज़ों पर गिरजे के भीतर कतार से लगे आसनों में उदास कूल्हों और भजन-पुस्तिकाओं के बीच ठँसे-ठँसे देखने की बनिस्बत, ताबूत में लेटे-लेटे ऊपर देखते हुए ध्यान देना आसान रहा होगा।

राहेल ने उस किसी के बारे में सोचा जिसने रोग़न के डिब्बों के साथ उस ऊँचाई पर जाने का कष्ट किया था–बादलों के लिए सफ़ेद, आकाश के लिए नीला, जेट विमानों के लिए रुपहला–और बुरुश, और थिनर। उसने वहाँ ऊपर उसकी कल्पना की, वेलुता जैसा कोई, नंगे बदन और चमकता हुआ, पटरे पर बैठा, गिरजे के ऊँचे गुम्बद से लटके पाड़ पर झूलता हुआ, गिरजे के नीले आकाश पर रुपहले जेट हवाई जहाज़ चित्रित करता हुआ।

उसने सोचा कि अगर रस्सी टूट जाती तो क्या होता। उसने कल्पना में उसे एक काले सितारे की तरह टूट कर उस आकाश से गिरते देखा जिसे उसने बनाया था। गिरजे के गरम फ़र्श पर लुंज-पुंज पड़ा हुआ, गहरे रंग का ख़ून उसके कपाल से किसी राज़ की तरह छलकता हुआ।

तब तक एस्ताप्पेन और राहेल जान गये थे कि दुनिया के पास लोगों को तोड़ने के और भी तरीके हैं। वे उस गन्ध से परिचित हो चुके थे। मितलाती-मीठी। जैसे हवा के झकोरे पर बासी गुलाबों की महक।

दूसरी चीज़ जो सोफ़ी मोल ने राहेल को दिखायी वह एक चमगादड़ शिशु था।

अन्त्येष्टि की प्रार्थना के दौरान राहेल ने एक नन्हे-से काले चमगादड़ को बेबी कॉचम्मा की जनाज़े वाली क़ीमती साड़ी पर अपने मुड़े हुए चिमटते चंगुलों से आहिस्ता-आहिस्ता चढ़ते देखा। जब वह उसकी साड़ी और उसके ब्लाउज़ के बीच की जगह में पहुँचा, उसकी उदासी की तहों, उसके उघड़े हुए उदर तक, तो बेबी कॉचम्मा ने एक चीख़ मारी और अपनी भजनों की किताब से हवा को थपका। भजन गाते लोग 'क्या है ? क्या हुआ ?' के लिए, और फड़फड़ाने और साड़ी झटकने के लिए रुक गये।

उदास पादरियों ने सोने की अँगूठियों वाली उँगलियों से अपनी घुँघराली दाढ़ियाँ झाड़ीं मानो छिपी हुई मकड़ियों ने उनमें अचानक जाले बुन दिये थे।
बच्चा चमगादड़ आसमान की ओर उड़ा और एक जेट विमान में बदल गया जिसके पीछे आड़ी-तिरछी कटी धुँए की लकीरें नहीं थीं।

सिर्फ़ राहेल का ध्यान गया कि सोफ़ी मोल ने ताबूत के भीतर गुपचुप कलाबाज़ी लगायी।

उदासी-भरा गायन फिर से शुरू हो गया और उन्होंने उसी अवसाद-भरे बन्द को दो बार गाया। और एक बार फिर पीला गिरजा स्वरों से भरे कण्ठ की तरह भर उठा।

जब उन्होंने गिरजे के पीछे वाले छोटे-से कब्रिस्तान में सोफ़ी मोल के ताबूत को ज़मीन में उतारा, राहेल को मालूम था कि वह तब भी मरी नहीं थी। उसने (सोफ़ी मोल की ओर से) लाल मिट्टी के मुलायम स्वर और ताबूत के चमकते पालिश को ख़राब कर देने वाली नारंगी बजरी के कठोर स्वर सुने। उसने ताबूत की चमकीली लकड़ी के पार से, ताबूत के साटिन-जड़े अस्तर के पार से, मद्धम धमक और मिट्टी और लकड़ी से घुटी-घुटी पादरियों की अवसाद-भरी आवाज़ें सुनीं।

हम सौंपते हैं तेरे हाथों में, ओ दयालु परमपिता,
अपनी इस दिवंगत बच्ची की आत्मा,
और हम धरती को सौंपते हैं उसकी देह,
मिट्टी में मिट्टी, ख़ाक में ख़ाक, धूल में धूल

धरती के भीतर सोफ़ी मोल ने चीख़ें मारीं, और अपने दाँतों से साटिन को चिन्दी-चिन्दी कर दिया। मगर धरती और पत्थर के पार से चीख़ें सुनायी नहीं देतीं।

सोफ़ी मोल इसलिए मर गयी क्योंकि वह साँस नहीं ले सकी।

उसकी अन्त्येष्टि ने उसे मार डाला। *धूलमधूलमधूलमधूल।* उसकी क़ब्र पर लगे पत्थर पर खुदा था—*अत्यल्प काल के लिए हमें मिली एक सूर्यकिरण।*

अम्मू ने बाद में समझाया था कि *अत्यल्प काल के लिए* का मतलब है बहुत कम समय के लिए।

अन्त्येष्टि के बाद अम्मू जुड़वों को वापस कोट्टयम पुलिस स्टेशन ले कर गयीं। वे उस जगह से परिचित थे। पिछले दिन का अच्छा-ख़ासा हिस्सा उन्होंने वहाँ बिताया था। दीवारों और फ़र्नीचर में बसी पेशाब की पुरानी, तीखी, धुँआसी दुर्गन्ध के अन्देशे से उन्होंने गन्ध के शुरू होने से काफ़ी पहले ही अपने नथुने बन्द कर लिये थे।

अम्मू ने थानेदार के बारे में पूछा था और उसके दफ़्तर में ले जाये जाने पर उन्होंने थानेदार को बताया था कि एक भयंकर ग़लती हो गयी है और वे एक बयान देना चाहती हैं। उन्होंने वेलुता से मुलाक़ात की माँग की।

इन्स्पेक्टर थॉमस मैथ्यू की मूँछें एयर इण्डिया के महाराजा के-से दोस्ताना अन्दाज़ में फड़कीं, मगर उसकी आँखों में काइयाँपन और लालच था।

'इस सब के लिए थोड़ी देर हो गयी है न, क्यों ?' उसने कहा। वह कोटट्यम में प्रचलित मलयालम की देहाती बोली बोल रहा था। बोलते हुए वह अम्मू की छातियों को घूर रहा था। उसने कहा कि पुलिस को जो जानना चाहिए, वह जानती थी और यह कि कोट्टयम पुलिस *वेश्याओं* से या उनके नाजायज़ बच्चों से बयान नहीं लेती। अम्मू ने कहा कि वे इसके बारे में देख लेंगी। इन्स्पेक्टर थॉमस मैथ्यू अपनी मेज़ से उठ कर दूसरी तरफ़ आया और हाथ में बेंत लिये अम्मू के नज़दीक पहुँचा।

'अगर मैं तुम्हारी जगह होता,' उसने कहा, 'मैं चुपचाप घर चला जाता।' फिर उसने अम्मू की छातियों को अपनी बेंत से ठकोरा। आहिस्ता से। ठक, ठक। मानो वह टोकरी से आम चुन रहा हो। इशारा करते हुए कि कौन-कौन-से वह चाहता था कि

झोले में डाल कर पहुँचा दिये जायँ। ऐसा लगता था कि इन्स्पेक्टर थॉमस मैथ्यू को पता था कि वह किसके साथ छूट ले सकता था और किसके साथ नहीं। पुलिस वालों के भीतर यह सहज ज्ञान होता ही है।

उसके पीछे एक लाल-नीली तख़्ती पर अंग्रेज़ी में लिखा था :

Politeness	पोलाइटनेस
Obedience	ओबीडिएंस
Loyalty	लॉयल्टी
Intelligence	इनटेलिजेंस
Courtesy	कर्टेसी
Efficiency	एफ़िशिएंसी*

जब वे पुलिस स्टेशन से निकले तो अम्मू रो रही थीं, इसलिए एस्ता और राहेल ने उनसे नहीं पूछा कि *वेश्या* का मतलब क्या होता है। या यह कि *नाजायज़* किसे कहते हैं। यह पहली बार था जब उन्होंने अपनी माँ को रोते देखा था। वे सुबक नहीं रही थीं। उनका चेहरा पत्थर की तरह सख़्त था, लेकिन आँसू उनकी आँखों से छलकते पड़ रहे थे और उनके जमे हुए गालों पर नीचे बहते जा रहे थे। इस चीज़ ने उन जुड़वाँ भाई-बहनों को भय से त्रस्त कर दिया था। अम्मू के आँसुओं ने हर चीज़ को, जो उस समय तक अवास्तविक जान पड़ती थी, वास्तविक बना दिया था। वे बस से आयमनम लौटे थे। बस का कण्डक्टर, ख़ाकी वर्दी पहने पतला-सा आदमी, बस के डण्डे पर सरकता हुआ उनकी तरफ़ आया था। उसने अपने हडीले कूल्हे एक सीट की पीठ से लगा कर सन्तुलन बनाया था और टिकट पंच करने वाली मशीन को अम्मू के सामने चटकाया था। चट-चट। *किधर को?* राहेल बस के टिकटों की गड्डी को और कण्डक्टर के हाथों पर बस के डण्डे के लोहे की खटास सूँघ सकती थी।

'वह मर गया है,' अम्मू उसकी ओर फुसफुसायी थीं, 'मैंने उसे मार डाला है।'

'आयमनम,' इससे पहले कि कण्डक्टर अपना आपा खो बैठता, एस्ता ने जल्दी से कहा था।

उसने अम्मू के बटुए से पैसे निकाले। कण्डक्टर ने उसे टिकट दिये। एस्ता ने सावधानी से उन्हें तह किया और अपनी जेब में रख लिया। फिर उसने अपनी नन्ही बाँहें अपनी जड़, रोती माँ के गिर्द डाल दीं।

दो हफ़्ते बाद एस्ता को लौटा दिया गया। अम्मू पर ज़ोर दे कर उसे उनके पिता के पास वापस भिजवा दिया गया, जिसने तब तक असम में चाय बगान की अपनी अकेलेपन से भरी नौकरी से इस्तीफ़ा दे दिया था और कार्बन ब्लैक बनाने वाली एक कम्पनी में काम करने के लिए कलकत्ता आ गया था। उसने दोबारा शादी कर ली थी,

---

* विनम्रता, आज्ञाकारिता, निष्ठा, समझदारी, शिष्टता, कुशलता। अंग्रेज़ी शब्दों के पहले अक्षर मिल कर 'पुलिस' शब्द बनते हैं।

पीना छोड़ दिया था (कमो-बेश) और कभी-कभार ही फिर से पियक्कड़ी के दौरों का शिकार होता।

एस्ता और राहेल ने तब से एक-दूसरे को नहीं देखा था।

और अब तेईस साल बाद उनके पिता ने एस्ता को दोबारा-लौटा दिया था। उसने एस्ता को एक सूटकेस और एक चिट्ठी दे कर आयमनम वापस भेज दिया था। सूटकेस ठाठ-बाट वाले नये कपड़ों से भरा हुआ था। बेबी कॉचम्मा ने राहेल को वह चिट्ठी दिखलायी थी। वह तिरछी, स्त्रियों की-सी, कॉन्वेन्ट स्कूल वाली लिखावट में लिखी गयी थी, पर नीचे हस्ताक्षर उनके पिता के थे। या कम-से-कम नाम उन्हीं का था। राहेल तो दस्तख़त पहचान भी न पाती। चिट्ठी में कहा गया था कि वह, उनका पिता, अपनी कार्बन ब्लैक वाली नौकरी से रिटायर हो गया था और ऑस्ट्रेलिया बसने जा रहा था, जहाँ उसे चीनी मिट्टी का सामान बनाने वाले कारख़ाने में सुरक्षा-अधिकारी की नौकरी मिल गयी थी, और यह कि वह एस्ता को अपने साथ नहीं ले जा सकता था। उसने आयमनम में सबको शुभकामनाएँ दी थीं और कहा था कि अगर वह कभी हिन्दुस्तान लौटा तो वह एस्ता से मिलने आयेगा, जो बात कि, उसने आगे कहा था, कुछ नामुमकिन-सी थी।

बेबी कॉचम्मा ने राहेल से कहा कि वह चाहे तो चिट्ठी रख सकती है। राहेल ने उसे वापस लिफ़ाफ़े में डाल दिया था। काग़ज़ नरम पड़ गया था और उसे कपड़े की तरह तह किया जा सकता था।

वह भूल गयी थी कि आयमनम में मानसून की हवा सचमुच कितनी नम होती है। फूली हुई अलमारियाँ चरमरातीं। बन्द खिड़कियाँ धड़ाक से खुल जातीं। किताबें अपनी जिल्दों के बीच नरम और सिलवटदार हो जातीं। शाम को अजीबो-ग़रीब कीड़े विचारों की तरह प्रकट होते और बेबी कॉचम्मा के मद्धम चालीस वॉट के बल्बों पर जल मरते। दिन के समय उनके झुलसे हुए कुरकुरे कंकाल फ़र्श और खिड़कियों की चौखटों पर अटे रहते और जब तक कोच्चु मारिया उन्हें अपने प्लास्टिक के डस्ट पैन में बुहार न ले जाती, हवा में किसी चीज़ के जलने की गन्ध बसी रहती।

जून की बारिश, वह अब भी वैसी ही थी।

आकाश फट पड़ा था और पानी मूसलाधार बरस रहा था, पुराने अड़ियल कुँए में फिर से प्राण फूँकता हुआ, सुअरविहीन सुअरबाड़े को काई से हरा बनाता हुआ, चाय के रंग वाले थिर डबरों पर धारासार गोलियाँ बरसाता हुआ जिस तरह स्मृति चाय के रंग वाले थिर दिमाग़ों पर बमबारी करती है। घास नम-हरी और ख़ुश नज़र आती थी। कीचड़ में प्रसन्नचित्त केंचुए बैंगनी किलबिलाहट से क्रीड़ा करते। हरी बिच्छू बूटियाँ सिर हिलातीं। पेड़ झुक कर दोहरे होते जाते।

दूर कहीं, हवा और पानी में, नदी तट पर, दिन के अचानक घिर आने वाले गर्जन-भरे अँधियारे में, एस्ता टहल रहा था। उसने मसली हुई स्ट्रॉबेरी के रंग की गुलाबी टी-शर्ट पहनी हुई थी, जिसका रंग भीगने से अब और गहरा हो गया था, और उसे मालूम था कि राहेल आ गयी है।

एस्ता बचपन ही से ख़ामोश था, इसलिए कोई भी सही-सही इस बात की निशानदेही नहीं कर सकता था कि ठीक-ठीक कब (दिन और महीना न सही, वर्ष ही सही) उसने बोलना बन्द कर दिया था। यानी पूरी तरह बात करना बन्द कर दिया था। सच तो यह है कि 'ठीक-ठीक कब' जैसा कुछ था भी नहीं। वह तो एक आहिस्ता-आहिस्ता सामान समेटना और दुकान बढ़ाना था। मुश्किल से ध्यान में आने वाली ख़ामोशी। मानो उसका बातचीत का भण्डार ख़त्म हो गया था और उसके पास कहने को कुछ नहीं रह गया था। तो भी एस्ता की चुप्पी कभी अटपटी नहीं लगी। कभी दख़ल देने वाली नहीं। कभी शोर-भरी नहीं। वह आरोप लगाती, विरोध-भरी चुप्पी नहीं थी, बल्कि एक किस्म की ग्रीष्मकालीन निष्क्रियता थी, सुषुप्तावस्था थी, उस प्रक्रिया का मनोवैज्ञानिक प्रतिरूप थी, जिससे काम ले कर लंगफ़िश खुद को गर्मियों का मौसम काटने के लिए तैयार करती हैं, फ़र्क बस इतना था कि एस्ता के सिलसिले में लगता था कि ये गर्मियाँ अनन्त काल तक ख़त्म होने वाली नहीं थीं।

समय के साथ उसने यह महारत हासिल कर ली थी कि जहाँ भी वह हो, उस परिवेश में घुल-मिल जाय—किताबों की अलमारियों, बाग़ीचों, पर्दों, दरवाज़ों, सड़कों में—अनसधी आँखों को निष्प्राण, लगभग अदृश्य जान पड़े। अजनबियों का ध्यान उसकी तरफ़ आम तौर पर कुछ देर में जाता, भले ही वे उसके साथ एक ही कमरे में होते। उन्हें उसकी चुप्पी का एहसास और भी देर में होता था। कुछ को तो होता ही नहीं था।

एस्ता दुनिया में बहुत कम जगह घेरता था।

सोफ़ी मोल की अन्त्येष्टि के बाद जब एस्ता को लौटाया गया, उनके पिता ने उसे कलकत्ता में एक लड़कों के स्कूल में दाख़िल करा दिया। वह असाधारण विद्यार्थी नहीं था, लेकिन वह कमज़ोर भी नहीं था, न किसी चीज़ में ख़ास तौर पर फिसड्डी ही था। *एक औसत छात्र,* या *सन्तोषजनक कार्य*—अमूमन यही टिप्पणियाँ उसके टीचर उसकी वार्षिक प्रगति रिपोर्टों में दर्ज करते। एक और दुहरायी जाने वाली शिकायत थी—*सामूहिक गतिविधियों में भाग नहीं लेता।* हालाँकि 'सामूहिक गतिविधियों' से सही-सही उनका आशय क्या था, यह उन्होंने कभी बताया नहीं।

एस्ता ने औसत अंकों के साथ स्कूली पढ़ाई पूरी की, मगर कॉलेज जाने से इनकार कर दिया। इसकी बजाय, अपने पिता और सौतेली माँ को शुरू-शुरू में काफ़ी ज़्यादा उलझन और अचकचाहट में डालते हुए उसने घरेलू काम-काज करना शुरू कर दिया था। मानो अपने ही तरीके से वह अपनी रोज़ी-रोटी कमाने की कोशिश कर रहा हो। वह झाड़ू-पोंछा और कपड़ों की सारी धुलाई करता। उसने खाना बनाना और सब्ज़ियाँ ख़रीदना सीख लिया। बाज़ार में तेल-चुपड़ी, चमकती सब्ज़ियों के पहाड़-नुमा ढेरों के पीछे बैठे दुकानदार धीरे-धीरे उसे पहचानने लगे और अपने दूसरे ग्राहकों की चीख़-पुकार अनसुनी कर, उसकी तरफ़ मुख़ातिब होते। जो सब्ज़ियाँ वह चुनता, उन्हें रखने के लिए वे उसे फ़िल्म के ज़ंग-लगे डिब्बे देते। वह कभी मोल-भाव नहीं करता था। वे उसके साथ कभी धोखाधड़ी नहीं करते थे। जब सब्ज़ियाँ तुल जातीं और उनका

दाम दे दिया गया होता, वे उन्हें उसकी लाल प्लास्टिक की टोकरी में रखवा देते (प्याज़ नीचे, बैंगन और टमाटर ऊपर) और हमेशा धनिये की एक गड्डी और मुट्ठी भर हरी मिर्चें मुफ़्त में। एस्ता उन्हें उठाये हुए ट्राम से घर लौटता। शोर के सागर पर तैरता ख़ामोशी का एक बुलबुला।

खाने के वक़्त जब उसे कुछ चाहिए होता, वह उठ कर खुद ले लेता।

एक बार जो चुप्पी आयी तो फिर वह एस्ता के भीतर बस गयी और फैलती रही। उसने उसके सिर के अन्दर से अपनी दलदली बाँहें फैलायीं और उसे अपने आग़ोश में ले लिया। वह उसे गर्भ में सुनायी देने वाली किसी सनातन धड़कन की लय पर झुलाती रहती। वह अपनी चुपीती, ऑक्टोपस-सी बाँहें इंच-दर-इंच उसकी खोपड़ी के भीतर पसारती रही, उसकी स्मृति के टीलों और घाटियों को बुहारती, पुराने फ़िक़रों को उनकी जगह से हटाती, उन्हें उसकी ज़बान की नोक से झाड़ कर अलग करती। उसने उसके विचारों को उन शब्दों से अनावृत कर दिया जो उनको बयाँ करते थे और उन ख़यालों को छिला हुआ और नंगा छोड़ दिया। नाक़ाबिले-बयान। सुन्न। और इसी वजह से शायद किसी देखने वाले के लिए लगभग नामौजूद। धीरे-धीरे समय के साथ एस्ता ने खुद को दुनिया से पीछे खींच लिया। वह इस बेचैन ऑक्टोपस का आदी हो गया, जो उसके भीतर ज़िन्दा था और अपनी स्याह सुलाने वाली दवा की पिचकारी उसके अतीत पर छिड़कता रहता था। आहिस्ता-आहिस्ता उसकी ख़ामोशी की वजह नीचे कहीं छिपती चली गयी, अपने होने की सच्चाई की तसल्लीबख़्श तहों के भीतर कहीं गहरे दफ़्न होती चली गयी।

जब उसके प्यारे, अन्धे, खजैले, असंयमी सत्रह-वर्षीय देसी कुत्ते ख़ूबचन्द ने एक लम्बी-खिंचने-वाली दयनीय मौत मरने का फ़ैसला किया, तब एस्ता ने उसकी अन्तिम परीक्षा के दौरान कुछ इस तरह उसकी सेवा-टहल की मानो खुद उसकी अपनी ज़िन्दगी उस पर निर्भर थी। अपनी ज़िन्दगी के आख़िरी महीनों में ख़ूबचन्द, जिसके इरादे बड़े नेक मगर मसाना क़तई भरोसे-क़ाबिल नहीं था, खुद को घसीट कर पीछे की बगिया में खुलने वाले दरवाज़े के निचले हिस्से में बने क़ब्ज़ेदार पल्ले तक ले जाता, अपना सिर उसके बाहर निकाल देता और रुक-रुक कर चमकीले पीलेपन से धार छोड़ता रहता। *अन्दर।* फिर ख़ाली मसाने और साफ़ अन्तरात्मा के साथ वह सिर उठा कर एस्ता की ओर अपनी धुँधलायी हरी आँखों से देखता जो उसकी झबरी खोपड़ी में काई-लगे पोखरों की तरह जमी हुई थीं और फिर फ़र्श पर पैरों के गीले निशान छोड़ता हुआ लहराती चाल से अपने सीले गदेले पर वापस चला जाता। जिस समय ख़ूबचन्द अपने गदेले पर मरता हुआ पड़ा था, एस्ता उसके चिकने बैंगनी अण्डकोष पर कमरे की खिड़की को प्रतिबिम्बित देख सकता था। और उसके पार फैला आकाश। और एक बार तो एक चिड़िया, जो सामने से उड़ती चली गयी। एस्ता के लिए—जिसके भीतर पुराने गुलाबों की महक बसी हुई थी और जिसकी दीक्षा एक टूटे हुए आदमी की स्मृतियों से हुई थी—यह तथ्य किसी चमत्कार-सरीखा था कि इतनी नश्वर, इतनी असह्य ढंग से सुकुमार चीज़ जीवित बच निकली थी। उसे ज़िन्दा रहने की *इजाज़त* दी गयी

थी। एक बूढ़े कुत्ते के अण्डकोष में प्रतिबिम्बित एक उड़ती चिड़िया। इस ख़याल ने उसे खुल कर मुस्कराने पर मजबूर कर दिया था।

ख़ूबचन्द की मौत के बाद एस्ता ने अपना टहलना शुरू किया। वह घण्टों पैदल चलता। शुरू-शुरू में वह सिर्फ़ पास-पड़ोस की गश्त लगाता, मगर धीरे-धीरे फ़ासला बढ़ाते हुए वह दूर-दूर के इलाक़ों तक जाने लगा।

लोग उसे सड़क पर देखने के आदी हो गये थे। एक ख़ुशपोश आदमी ख़ामोशी से टहलता हुआ। उसका चेहरा सँवला गया और उस पर एक घरबाहरीपन उतर आया। धूप से झुर्रीदार बना एक राँगड़पन। वह जितना था, उससे ज़्यादा ज्ञानी दिखायी देने लगा। शहर में फिरते मछुआरे-सरीखा। अपने भीतर समन्दर के रहस्य छुपाये।

अब जबकि उसे दोबारा-लौटा दिया गया था, एस्ता पूरे आयमनम को नापता फिरता।

किसी-किसी दिन वह नदी के किनारों पर घूमता जो मल-मूत्र और विश्व बैंक के क़र्ज़ से ख़रीदे गये कीटाणु-नाशकों से गँधाते रहते। ज़्यादातर मछलियाँ मर चुकी थीं। जो बच निकली थीं, उनके छिलके झड़ने लगे थे और चमड़ी पर फोड़े फूट निकले थे।

दूसरे मौक़ों पर वह सड़क पर चलता चला जाता। खाड़ी के पैसे से बने उन नये, ताज़ा-ताज़ा-पके, चाशनी-चढ़े मकानों के पास से गुज़रता हुआ, जिन्हें नर्सों, राजगीरों, तार मोड़ने वालों और बैंक कर्मचारियों ने बनवाया था, जो दूर-दराज़ की जगहों में दुखी रहते हुए कड़ी मेहनत करते थे। ईर्ष्या से सँवलाये और अपने निजी रबर के पेड़ों के बीच अपने निजी रास्तों में निहुरे-दुबके, कुढ़न-भरे, पुराने मकानों से हो कर बढ़ता हुआ। हर मकान एक लड़खड़ाती जागीर। अपनी निजी गाथा के साथ।

वह गाँव के उस स्कूल से हो कर गुज़रता जिसे उसके परदादा ने अछूत बच्चों के लिए बनवाया था।

सोफ़ी मोल के पीले गिरजे को पार करता। आयमनम यूथ कुंग फ़ू क्लब को पार करता। टेंडर बड्स नर्सरी स्कूल (सवर्णों के लिए) को पार करता। चावल, चीनी और छत से पीले गुच्छों की शक्ल में लटके केले बेचने वाली राशन की दुकान को पार करता जहाँ काल्पनिक दक्षिण भारतीय यौन अपराधियों के बारे में सस्ती चालू पत्रिकाएँ छत से लटकने वाली रस्सियों में बँधी कपड़ों वाली चुटकियों में दबी रहतीं। गर्म हवा के झँकोरों में वे अलसाये आनन्द से फिरकी की तरह गोल-गोल घूमती हुईं, ईमानदार राशन ख़रीदने वालों को नकली ख़ून के तालाबों में लेटी नंगी, गदराई औरतों की झलकियों से ललचाती रहतीं। कभी-कभी एस्ता लकी प्रेस के पास से हो कर गुज़रता—पुराने कॉमरेड के.एन.एम. पिल्ले का छापाख़ाना—जो किसी ज़माने में कम्यूनिस्ट पार्टी की आयमनम शाखा था, जहाँ आधी रात को स्टडी-सर्कल चलते और मार्क्सवादी पार्टी के उद्‌बोधनपरक गीत छापे और वितरित किये जाते। छत पर लहराने वाला झण्डा पुराना पड़ कर कुम्हला गया था। उसकी लाली, ख़ून की तरह बह गयी थी।

कॉमरेड पिल्ले कभी-कभी ख़ुद भी सुबह के समय एक मटमैली एयरटेक्स बनियान पहने बाहर निकलते, उनके मुलायम सफ़ेद मुंडू के भीतर से उनके अण्डकोषों की

परछाईं झलकती। वे अपने जिस्म पर नारियल के गर्म, मसालेदार तेल की मालिश करते रहते, अपने बूढ़े, ढीले गोश्त को गूँधते हुए, जो उनकी हड्डियों से च्यूइंग गम की तरह राज़ी-खुशी खिंचता रहता। वे अब अकेले रहते थे। उनकी पत्नी कल्याणी गर्भाशय के कैंसर से मर चुकी थी। उनका बेटा लेनिन दिल्ली जा बसा था जहाँ वह विदेशी दूतावासों में फुटकर कामों की ठेकेदारी करता था।

अगर कॉमरेड पिल्ले उस समय, जब एस्ता गुज़रता, अपने घर के बाहर अपनी देह पर तेल मालिश कर रहे होते तो वे उससे सलाम-दुआ करना न चूकते।

'एस्ता मोन,' वे अपनी ऊँची पिपियाती आवाज़ में पुकारते, जो छाल उतारे गन्ने की तरह अब फटी-फटी और रेशेदार हो गयी थी। 'गुड मॉर्निंग ! सुबह की सैर पर निकले हो ?'

एस्ता आगे बढ़ जाता, गुस्ताख़ी से नहीं, न अदब से। महज़ ख़ामोश।

कॉमरेड पिल्ले ख़ून की रफ़्तार तेज़ करने के लिए शरीर को जगह-जगह थपथपाते। वे बता नहीं सकते थे कि इतने वर्षों के अन्तराल पर एस्ता उन्हें पहचानता था या नहीं। उन्हें इसकी ख़ास परवाह भी नहीं थी। हालाँकि सारे मामले में उनकी भूमिका किसी भी दृष्टि से छोटी नहीं रही थी, तो भी जो कुछ हुआ था, उसके लिए कॉमरेड पिल्ले खुद को निजी तौर पर किसी तरह उत्तरदायी नहीं मानते थे। उन्होंने सारे मामले को राजनीतिक अनिवार्यता का अवश्यम्भावी परिणाम मान कर ख़ारिज कर दिया था। वही पुराना आमलेट और अण्डों वाला मामला। यूँ भी, कॉमरेड पिल्ले बुनियादी तौर पर एक राजनीतिक आदमी थे। पेशेवर आमलेट-बनाने-वाले। वे एक गिरगिट की तरह दुनिया को पार करते। कभी खुद को प्रकट न करते हुए, न ऐसा न करने का एहसास कराते हुए। उथल-पुथल से बिना जले बाहर आते हुए।

आयमनम में वे पहले शख़्स थे जिन्होंने राहेल की वापसी की बाबत सुना था। इस ख़बर ने उन्हें उतना उद्विग्न नहीं किया था, जितना उनकी उत्सुकता को जगाया था। एस्ता तो कॉमरेड पिल्ले के लिए लगभग अजनबी था। आयमनम से उसका निष्कासन इतना अचानक और ग़ैर-रस्मी तौर पर हुआ था, और इतना पहले। मगर राहेल को कॉमरेड पिल्ले भली-भाँति जानते थे। उन्होंने उसे बड़ा होते हुए देखा था। हैरानी से उन्होंने सोचा था कि आख़िर क़ौन-सी चीज़ उसे वापस ले आयी थी। इतने वर्षों के बाद।

जब तक राहेल नहीं आयी थी, एस्ता के सिर में मौन का राज रहा। लेकिन वह अपने साथ गुज़रती हुई रेलगाड़ियों की आवाज़ें लायी थी, और वह रोशनी और छाया जो तुम पर पड़ती है अगर तुम्हारे पास खिड़की वाली सीट हो। वह दुनिया, जो बरसों से बाहर बन्द कर दी गयी थी, अचानक बाढ़ की तरह अन्दर धँसती चली आयी और अब एस्ता इस तमाम शोर-गुल में खुद को सुन नहीं पाता था। रेलगाड़ियाँ। आवा-जाही। संगीत। शेयर-बाज़ार। एक बाँध फट पड़ा था और बनैली धाराएँ हर चीज़ को अपने भँवर में ऊपर को बुहार लायी थीं। पुच्छल-तारे, वायलिन, जुलूस, अकेलापन, बादल, दाढ़ियाँ, कट्टरपन्थी, सूचियाँ, झण्डे, भूकम्प, हताशा—सब एक भँवरीली खलबली में ऊपर को

उतरा गये थे।

और एस्ता को, नदी तट पर चहलक़दमी करते हुए, बारिश के गीलेपन का एहसास नहीं हो रहा था, न उस शीत-मारे पिल्ले के रह-रह कर कँपकँपाने का, जो वक़्ती तौर पर उसके साथ हो लिया था और उसकी बग़ल में फचफचाता चल रहा था। वह पुराने मैंगोस्टीन के पेड़ के पास से गुज़र कर नदी में धँसे हुए कँकरीले कगार के सिरे तक गया। वहाँ वह उकड़ूँ बैठ गया और बारिश में आगे-पीछे झूमने लगा। उसके जूतों के नीचे गीली मिट्टी चूसने जैसी भद्दी आवाज़ें पैदा कर रही थी। शीत-मारा पिल्ला काँप रहा था—और एकटक ताक रहा था।

जब एस्ता की दोबारा-वापसी हुई, आयमनम वाले घर में बस दो लोग बचे थे। बेबी कॉचम्मा और बिगड़ैल, बौनी ख़ानसामिन, कोच्चु मारिया जिसके दिल में सिरका भरा था। उनकी नानी, मम्माची, दिवंगत हो चुकी थीं। चाको अब कैनेडा में रहता था और पुरानी अनमोल चीज़ों का नाकाम धन्धा चलाता था।

रही राहेल।

अम्मू के मरने के बाद (यानी उस समय के बाद जब वे आख़िरी बार आयमनम आयी थीं, कॉर्टिज़ोन से सूजी हुई और सीने में ऐसी घरघराहट लिये मानो दूर से कोई आदमी चिल्ला रहा हो) राहेल भटकती रही। एक स्कूल से दूसरे स्कूल। वह अपनी छुट्टियाँ आयमनम में गुज़ारती, (दुख से सुस्त और सनकाये, और ताड़ीख़ाने में दो पियक्कड़ों की तरह अपने शोक में ढुलके हुए) चाको और मम्माची द्वारा आम तौर पर नज़रन्दाज़ की जाती हुई और अपने तईं बेबी कॉचम्मा को आम तौर पर नज़रन्दाज़ करती हुई। राहेल की परवरिश से जुड़े मामलों में चाको और मम्माची ने कोशिशें कीं, पर नाकाम रहे। वे देख-भाल मुहैया कराते (खाना, कपड़े, फ़ीस), मगर चिन्ता-फ़िकर से हाथ खींचे रखते।

सोफ़ी मोल का अभाव आयमनम वाले घर में यूँ आहिस्ता-आहिस्ता क़दम धरता घूमता-फिरता जैसे कोई ख़ामोश चीज़ मोज़े पहने चहलक़दमी कर रही हो। वह किताबों और खाने की चीज़ों में दुबका रहता। मम्माची के वायलिन-केस में। चाको की टाँगों के घावों के खुरण्डों में, जिन्हें वह लगातार कुरेदता रहता। उसकी ढीली, औरतों जैसी टाँगों में।

यह दिलचस्प है कि कैसे मृत्यु की स्मृति कभी-कभी उस जीवन की स्मृति की तुलना में कहीं देर तक ज़िन्दा रहती है, जिसे उसने हस्तगत कर लिया होता है। वर्षों के साथ सोफ़ी मोल की स्मृति धीरे-धीरे फीकी पड़ती गयी (ज्ञान की छोटी-छोटी बातों की तलबगार सोफ़ी मोल : *बूढ़ी चिड़ियाँ कहाँ मरने जाती हैं ? मरी हुई चिड़ियाँ आसमान से पत्थरों की तरह गिरतीं क्यों नहीं ?* कर्कश सच्चाई की सन्देशवाहक सोफ़ी मोल : *तुम दोनों पूरे देसी हो और मैं आधी।* ख़ून-खच्चर की उस्ताद सोफ़ी मोल : *मैंने एक दुर्घटना में एक आदमी को देखा जिसकी आँख नस से लटकी झूल रही थी, यो-यो की तरह*)। दूसरी ओर सोफ़ी मोल का अभाव आहिस्ता-आहिस्ता ज़िन्दा और ज़ोरावर होता गया। वह हरदम वहाँ बना रहता। मौसमी फल की तरह। हर मौसम में। सरकारी

नौकरी की तरह स्थायी। वह राहेल के साथ-साथ चलता हुआ उसे बचपन से (स्कूल-दर-स्कूल) नारीत्व तक ले आया था।

राहेल को सबसे पहले नाज़रेथ कॉन्वेंट में ग्यारह साल की उम्र में ब्लैकलिस्ट किया गया, जब उसे अपनी हाउस मिस्ट्रेस की बगिया के फाटक के बाहर ताज़ा गोबर की एक चोथ को फूलों से सजाते हुए पकड़ा गया। अगली सुबह असेम्बली में उससे कहा गया कि वह ऑक्सफ़ोर्ड डिक्शनरी में *'डिप्रेविटी'* शब्द के अर्थ देखे और ऊँचे स्वर में पढ़ कर सुनाये।

'द क्वॉलिटी ऑर कंडिशन ऑफ़ बीइंग डीप्रेव्ड ऑर करप्ट,'[1] राहेल ने पढ़ा था। भिंचे-मुँह वाली ननों की कतार उसके पीछे बैठी थी और मुँह दबाये खिखियाती स्कूली लड़कियों के चेहरों का एक समुद्र उसके सामने था। *'पर्वर्टेड क्वॉलिटी : मॉरल परवर्शन, द इननेट करप्शन ऑफ़ ह्यूमन नेचर ड्यू टू ओरिजिनल सिन, बोथ दि इलेक्ट ऐण्ड द नॉन-इलेक्ट कम इन टू द वर्ल्ड इन ए स्टेट ऑफ़ टोटल डी. ऐण्ड ऐलियेनेशन फ्रॉम गॉड, ऐण्ड कैन, ऑफ़ देमसेल्व्ज़ डू नथिंग बट सिन । जे. एच. ब्लंट।'*[2]

छै महीने बाद बड़ी लड़कियों के बार-बार शिकायत करने पर उसे स्कूल से निकाल दिया गया। उस के ख़िलाफ़ दरवाज़ों के पीछे छिपने और जान-बूझ कर अपनी सीनियर लड़कियों से टकराने का इल्ज़ाम (सही तौर पर) लगाया गया था। जब उससे उसके व्यवहार के बारे में पूछ-ताछ की गयी थी, (बहला- फुसला कर, बेंत लगा कर, भूखे रख कर) तो उसने अन्ततः स्वीकार किया था कि उसने ऐसा यह जानने के लिए किया था कि क्या छातियाँ दर्द करती हैं या नहीं। उस ईसाई संस्था में छातियों को स्वीकार नहीं किया जाता था। उनका वजूद ही नहीं माना जाता था, और अगर वे थीं ही नहीं तो क्या वे दर्द कर सकती थीं ?

तीन निष्कासनों में से यह पहला था। दूसरी बार सिग्रेट पीने के लिए। तीसरी बार अपनी हाउस मिस्ट्रेस के नकली बालों के गोले को आग लगाने के लिए, जिसे राहेल ने ज़ोर-दबाव पड़ने पर कुबूल किया कि उसने चुरा लिया था।

हर स्कूल में जहाँ वह गयी टीचरों ने नोट किया कि वह :

(क) निहायत बाअदब लड़की थी।
(ख) उसकी कोई सहेली नहीं थी।

लगता था, वह भ्रष्टाचार की कोई विनयशील अकेली किस्म थी। और इसी कारण, वे सभी सहमत थीं (अपने टीचराना एतराज़ का स्वाद लेते हुए, अपनी जीभों से उसे छूते हुए, मीठी गोली की तरह उसे चूसते हुए) कि यह तो और भी ख़तरनाक

---

1. चरित्र-हीन या भ्रष्ट होने की स्थिति या विशेषता। 2. विकृति का अवगुण : नैतिक विकृति, मूल पाप के कारण मानवीय प्रकृति की अन्तर्निहित भ्रष्टता, (ईश्वर द्वारा) मनोनीत और ग़ैर-मनोनीत (मनुष्य) ईश्वर के प्रति सम्पूर्ण विमुखता और विकृति की अवस्था में संसार में आते हैं, और अपने तईं, पाप के अलावा और कुछ नहीं कर सकते। जे. एच. ब्लंट।

था।

कुछ ऐसा था, वे आपस में फुसफुसातीं, *मानो वह जानती ही न हो कि लड़की होना क्या होता है।*

उनका अन्दाज़ा बहुत ग़लत नहीं था।

अजीब तरीक़े से, लगता था, उपेक्षा का परिणाम आत्मा की अप्रत्याशित मुक्ति में हुआ था।

राहेल किसी पक्ष या पक्षधर के बिना ही बड़ी हुई। न तो कोई उसकी शादी तय कराने वाला था। न कोई उसके लिए दहेज तैयार करने वाला और इसलिए न कोई अनिवार्य पति ही था—उसके क्षितिज पर मँडराता हुआ।

लिहाज़ा जब तक वह शोर-शराबा न करती, वह अपनी तहक़ीक़ात जारी रखने के लिए स्वतन्त्र थी : छातियों में और इसमें कि वे कितना दर्द करती हैं। नकली बालों के गोलों में और इसमें कि वे कितनी सुगमता से जलते हैं। ज़िन्दगी में और इसमें कि उसे कैसे जिया जाये।

स्कूल ख़त्म करने पर वह दिल्ली के एक औसत वास्तुशिल्प महाविद्यालय में दाख़िला हासिल करने में कामयाब हो गयी। यह आर्किटेक्चर में किसी गहरी दिलचस्पी का नतीजा नहीं था। सच तो यह है कि सतही दिलचस्पी का भी नहीं। बस, उसने संयोग से केवल प्रवेश-परीक्षा दी थी और संयोग ही से सफल भी हो गयी थी। कॉलेज के अध्यापक उसके चारकोल स्टिल-लाइफ़ स्केचों के (विशाल) आकार से ज़्यादा प्रभावित हुए थे, बनिस्बत उनके कौशल से। उन्होंने लापरवाही और दुःसाहस से अंकित रेखाओं को कलात्मक आत्मविश्वास मानने की भूल की थी, हालाँकि हक़ीक़त में उनकी रचनाकार कोई कलाकार थी नहीं।

उसने कॉलेज में आठ साल गुज़ारे। बिना पाँच साल का अण्डरग्रेजुएट कोर्स पूरा किये और डिग्री लिये। फ़ीस मामूली थी और किसी तरह गुज़ारा चलाना मुश्किल न था—हॉस्टल में रहते हुए, विद्यार्थियों के लिए सस्ती दर की मेस में खाना खाते हुए, क्लास में बिरले ही हाज़िरी लगाते हुए, इसकी बजाय नक़्शा-नवीस के रूप में आर्किटेक्टों की नीम-अँधेरी फ़र्मों में काम करते हुए, जो अपने प्रारम्भिक नक़्शों के लिए विद्यार्थियों के सस्ते श्रम का शोषण करतीं और जब मामला गड़बड़ा जाता तो दोष उन्हीं के मत्थे मढ़ देतीं। दूसरे छात्र, ख़ासकर लड़के, राहेल के मनमानेपन और महत्वाकांक्षा के घोर अभाव से त्रस्त रहते। उन्होंने उसे अकेला छोड़ दिया था। उसे कभी उनके अच्छे घरों या शोर-गुल-भरी पार्टियों में बुलाया न जाता। यहाँ तक कि उसके अध्यापक भी उसे ले कर किसी हद तक चौकन्ने रहते—सस्ते ख़ाकी काग़ज़ पर प्रस्तुत किये गये, उसके अजीबो-ग़रीब, अव्यावहारिक नक़्शों को ले कर या फिर उनकी आवेग-भरी आलोचना के प्रति उसकी उदासीनता को ले कर।

कभी-कभार वह चाको और मम्माची को पत्र लिखती, लेकिन वह कभी आयमनम नहीं लौटी थी। न तब, जब मम्माची गुज़रीं। न तब, जब चाको ने कनाडा जा बसने का फ़ैसला किया।

अभी वह वास्तुशिल्प महाविद्यालय में ही थी कि उसकी मुलाक़ात लैरी मक्कैस्लिन से हुई जो *'देसी वास्तुशिल्प में ऊर्जा के सदुपयोग'* पर अपने शोध-प्रबन्ध के लिए सामग्री जुटाने के लिए दिल्ली में था। पहले-पहल राहेल पर उसका ध्यान कॉलेज पुस्तकालय में गया और फिर कुछ दिन बाद ख़ान मार्केट में। वह जींस और एक सफ़ेद टी-शर्ट में थी। एक पुराने पैचवर्क पलँगपोश का टुकड़ा उसके गले के गिर्द बटनों से बँधा था और लबादे की तरह उसके पीछे-पीछे लहरा रहा था। उसके उद्दण्ड केश खींच कर पीछे बँधे हुए थे ताकि वे सीधे नज़र आयें, जो कि वे थे नहीं। एक नथुने पर नन्हा-सा हीरा जगमगा रहा था। उसकी हँसुली की हड्डियाँ बेतुके ढंग से ख़ूबसूरत थीं और चाल धावकों-सरीखी सुन्दर।

वह जा रही है एक जैज़ की धुन, लैरी मक्कैस्लिन ने मन-ही-मन कहा, और उसके पीछे-पीछे किताबों की एक दुकान में चला गया जहाँ दोनों में से किसी ने भी किताबों को तवज्जो नहीं दी।

राहेल ने विवाहित जीवन में कुछ इस तरह भटकते हुए प्रवेश किया जैसे कोई यात्री हवाई अड्डे के लाउंज में एक ख़ाली कुर्सी की तरफ़ भटकता हुआ जाता है। धँस कर बैठने की भावना से। वह लैरी के साथ ही बॉस्टन लौटी।

जब लैरी ने अपनी पत्नी को बाँहों में लिया, उसके गाल अपनी छाती के साथ लगा कर, तो वह इतना लम्बा था कि उसके सिर के ऊपरी हिस्से को देख सकता था, उसके बालों के काले भँवरजाल को। जब उसने अपनी उँगली उसके होंट के छोर पर रखी, उसे एक नन्ही-सी धड़कन का एहसास हुआ। वह जगह उसे बेहद पसन्द आयी। और वह निहायत हल्की, अनिश्चित फड़कन, ठीक उसकी त्वचा के नीचे। वह उसे छूता रहता, अपनी आँखों से सुनता हुआ, जैसे एक होने वाला बाप अपने अजन्मे बच्चे को माँ की कोख में पैर मारते महसूस करता है।

वह उसे यों बाँहों में लेता मानो वह कोई तोहफ़ा हो। प्यार में उसे दिया हुआ। कोई निश्चल और नन्ही-सी चीज़। असहनीय रूप से क़ीमती।

लेकिन जब वे प्यार करते, उसे उसकी आँखें बेज़ार कर देतीं। उनका रवैया कुछ ऐसा होता मानो वे किसी और की हों। कोई जो निगरानी रख रहा हो। निहार रहा हो खिड़की के बाहर समुद्र को। नदी में किसी नाव को। या धुन्ध में हैट पहने किसी राहगीर को।

उसे खीझ होती क्योंकि उसे मालूम नहीं था कि उस निगाह का *मतलब* क्या था। उसने उसे उदासीनता और हताशा के बीच कहीं आँका था। उसे पता नहीं था कि कुछ जगहों में, मसलन राहेल जिस देश से आयी थी, हताशा की अलग-अलग क़िस्में अव्वल रहने की होड़ में शरीक रहती थीं। और यह कि *निजी* हताशा कभी इतनी हताश नहीं हो सकती थी। कि जब निजी उथल-पुथल एक राष्ट्र की विशाल, प्रचण्ड, चक्कर-खाती, एड़ लगाती, हास्यास्पद, उन्मत्त, असंगत, सार्वजनिक उथल-पुथल की, सड़क-किनारे बनी, समाधि पर पहुँचती तो कुछ घटित होता। कि वह बड़ा देवता गर्म हवा की तरह चीख़ता और सिजदे में सिर झुकाने की माँग करता। तब नन्हा देवता (अपने में मगन, अकेला और सीमित) सुन्न वापस चला आता, अपने दुस्साहस पर स्तब्ध हँसी हँसता

हुआ। अपने मामूलीपन के साबित होने का आदी, वह ढीला पड़ जाता और सचमुच उदासीन बन जाता। किसी भी चीज़ की कोई ख़ास अहमियत नहीं रह जाती थी। किसी ख़ास चीज़ की कोई भी अहमियत नहीं रह जाती थी। और जितना कम उसका महत्व होता, उतना ही कम उसका महत्व होता। उसका कभी इतना महत्व था भी नहीं। क्योंकि इससे ख़राब चीज़ें घट चुकी थीं। हरदम युद्ध के आतंक और शान्ति की भयावहता के बीच टिके हुए जिस देश से वह आयी थी, ख़राब चीज़ें लगातार घटित होती रहती थीं।

लिहाज़ा नन्हा देवता एक खोखली हँसी हँसता, और प्रसन्नचित्त फुदकता हुआ चला जाता। निक्कर पहने अमीर बच्चे की तरह। वह सीटी बजाता, पत्थरों को ठोकरें मारता। उसकी बदक़िस्मती का निस्बतन छोटा होना ही उसकी नाज़ुक-सी ख़ुशी का स्रोत था। वह लोगों की आँखों में रेंग कर चढ़ जाता और एक खिझाने वाला भाव बन जाता।

लैरी मक्कैस्लिन ने राहेल की आँखों में जो देखा था, वह हताशा क़तई नहीं थी, बल्कि एक क़िस्म की हठात जगायी गयी आशावादिता थी। और एक शून्य जहाँ एस्ता के शब्द रहे थे। उससे इस बात को समझने की उम्मीद नहीं की जा सकती थी। कि एक जुड़वाँ के भीतर का ख़ालीपन महज़ दूसरे के भीतर की चुप्पी का प्रतिरूप था। कि दोनों चीज़ों में एक तारतम्य था। एक-दूसरे से सटा कर सजाये गये चमचों की तरह। परिचित प्रेमियों के जिस्मों की तरह।

जब दोनों का तलाक़ हो गया तो राहेल ने कुछ महीनों तक न्यूयॉर्क के एक हिन्दुस्तानी रेस्तराँ में वेट्रेस का काम किया। और फिर कई वर्षों तक वॉशिंग्टन के बाहर एक पेट्रोल पम्प के बुलेट-प्रूफ़ कैबिन में रात के क्लर्क का, जहाँ शराबी कभी-कभार पैसों वाली ट्रे में उलटी कर देते और भड़वे उसे ज़्यादा लाभकारी काम के प्रस्तावों से लुभाने की कोशिश किया करते। दो बार उसने लोगों को उनकी कारों की खिड़कियों से गोली मारे जाते देखा। और एक बार एक आदमी, जिसे छुरा मारा गया था, चलती गाड़ी से पीठ में धँसे छुरे के साथ बाहर फेंका गया।

फिर बेबी कॉचम्मा ने पत्र लिख कर बताया कि एस्ता को दोबारा-लौटा दिया गया था। राहेल ने पेट्रोल पम्प की नौकरी छोड़ दी और ख़ुश-ख़ुश अमरीका से चल दी। आयमनम लौटने के लिए। बारिश में एस्ता के पास।

पहाड़ी पर बने पुराने घर में, बेबी कॉचम्मा डाइनिंग टेबल पर बैठी एक बुढ़ाते खीरे से उसका गाढ़ा, झागदार कड़वापन निकालने के लिए उसे घिस रही थी। उसने एक लुचलुचा, चारख़ानेदार, शीरशक्कर का नाइट गाउन पहना हुआ था, फूली हुई आस्तीनों और हल्दी के पीले दाग़ों वाला। मेज़ के नीचे वह अपने तराशे हुए नाख़ूनों वाले नन्हे पैर हिला रही थी, ऊँची कुर्सी पर बैठे नन्हे बच्चे की तरह। जलोदर की वजह से वे सूजे हुए थे, पैर की शक्ल वाली छोटी, हवा-भरी गद्दियों की तरह। पुराने दिनों में जब कभी कोई आयमनम आता, बेबी कॉचम्मा मुस्तैदी से उसके बड़े-बड़े पैरों की तरफ़ ध्यान दिलाया करती थी। वह उनकी चप्पलें पहन कर देखने की इजाज़त लेती और कहती, 'देखो, ये मेरे लिए कितनी बड़ी हैं।' फिर वह पूरे घर में उन्हें पहन कर घूमती, अपनी साड़ी को थोड़ा-सा ऊपर उठाते हुए ताकि सब उसके नन्हे पैरों पर अचरज कर

सकें।

वह मुश्किल से छिपाये गये विजय भाव से खीरे पर जुटी हुई थी। वह प्रसन्न थी कि एस्ता ने राहेल से बात नहीं की थी। कि उसने उसकी तरफ़ देखा था और सीधा उसके पास से गुज़र गया था। बारिश में। जैसा कि वह हर किसी के साथ करता था।

वह तिरासी साल की थी। उसके मोटे चश्मे के पीछे उसकी आँखें मक्खन की तरह फैलीं थीं।

'मैंने कहा था तुमसे, कहा था न ?' उसने राहेल से कहा, 'तुम्हें क्या उम्मीद थी ? ख़ास बरताव की ? मैं बता रही हूँ तुम्हें, वह होश खो बैठा है। वह लोगों को अब *पहचानता* ही नहीं। तुमने क्या सोचा था ?'

राहेल कुछ नहीं बोली।

वह एस्ता के आगे-पीछे झूमने की लय को अपने भीतर महसूस कर रही थी, और उसकी त्वचा पर वर्षा के गीलेपन को। वह उसके सिर के भीतर की कर्कश, उथल-पुथल-भरी दुनिया को सुन सकती थी।

बेबी कॉचम्मा ने राहेल की तरफ़ बेचैनी से देखा। अभी से उसे पछतावा हो रहा था कि उसने राहेल को एस्ता की वापसी के बारे में क्यों लिखा। लेकिन फिर इसके अलावा वह करती भी क्या ? उसे अपनी बाक़ी ज़िन्दगी ढोती रहती ? *क्यों भला ?* वह उसकी ज़िम्मेदारी नहीं था।

या था क्या ?

नातिन और शिशु-नानी के बीच ख़ामोशी किसी तीसरे व्यक्ति की तरह पसरी हुई थी। किसी अजनबी की तरह। फूली हुई। ज़हरीली। बेबी कॉचम्मा ने ख़ुद को याद दिलाया कि उसे रात के समय अपने बेडरूम के दरवाज़े की चिटकनी लगा लेनी है। उसने कुछ कहने के लिए दिमाग़ पर ज़ोर डाला।

'तुम्हें मेरे बालों का बॉबकट कैसा लगा ?'

अपने खीरे वाले हाथ से उसने अपने नये कटे बालों को छुआ और खीरे की झाग का एक कड़वा, निगाह खींचने वाला, थक्का पीछे छोड़ आयी। राहेल की नज़र बार-बार झाग के उस कड़वे थक्के पर जा अटकती, जो वहाँ छूट गया था।

कहने के लिए राहेल को कुछ नहीं सूझा। वह बेबी कॉचम्मा को खीरा छीलते देखती रही। खीरे के छिलकों की पीली-पीली छिपटियाँ उसकी छाती पर चित्तियों की तरह चिपकी थीं। ख़िज़ाब से काले-स्याह रँगे हुए उसके बाल फिरकी से खींचे गये धागे की तरह उसके सिर पर सजे थे। ख़िज़ाब ने उसके माथे की चमड़ी को हलका सलेटी रँग दिया था, बालों की सीमा पर एक और परछाईं जैसी लकीर बनाते हुए। राहेल का ध्यान गया कि उसने बनाव-सिंगार करना शुरू कर दिया था। लिपस्टिक। काजल। ग़ाज़े का एक गुपचुप स्पर्श। और चूँकि घर बन्द और अँधेरा था, और चूँकि वह सिर्फ़ चालीस वॉट के बल्ब लगाती थी, उसके लिपस्टिक वाले होंट उसके असली होंटों से थोड़ा ढरक गये थे।

उसका वज़न चेहरे और कन्धों पे कम हो गया था, जिसने उसे एक गोल-मटोल

औरत की बजाय एक तिकोनी औरत में तबदील कर दिया था। लेकिन अपने विशाल नितम्बों को छिपाये, डाइनिंग टेबल पर बैठी हुई वह लगभग सुकुमार दिखने में सफल हो गयी थी। डाइनिंग रूम के मद्धम प्रकाश ने उसके चेहरे से झुर्रियों को जैसे घिस कर साफ़ कर दिया था, जिससे वह एक अजीब धँसे हुए ढंग से निस्बतन कम उम्र का नज़र आ रहा था। उसने ढेर सारे गहने पहने हुए थे। राहेल की दिवंगत नानी के गहने। सारे-के-सारे। आँखें झमकाती अँगूठियाँ। हीरे की बालियाँ। सोने के कंगन और एक निहायत सुघड़, चपटी, सोने की ज़ंजीर, जिसे वह समय-समय पर छूती हुई ख़ुद को आश्वस्त करती रहती कि वह वहीं थी और यह कि वह उसी की थी। एक जवान दुलहिन की तरह, जो अपनी ख़ुशनसीबी पर विश्वास न कर पा रही हो।

वह अपनी ज़िन्दगी को उलटी दिशा में जी रही है, राहेल ने सोचा।

यह निष्कर्ष विचित्र ढंग से सही और सटीक था। बेबी कॉचम्मा ने वाक़ई अपनी ज़िन्दगी उलटी दिशा में जी थी। जवानी में उसने भौतिक संसार को त्याग दिया था और अब बुढ़ापे में वह उसे गले लगाती जान पड़ती थी। वह उसे गले लगा रही थी और भौतिक संसार भी पलट कर उसे गले लगा रहा था।

जब वह अट्ठारह की थी, बेबी कॉचम्मा को एक ख़ूबसूरत युवा आइरिश पादरी फ़ादर मलिगन से प्रेम हो गया था, जो मद्रास के अपने गुरुकुल से एक साल की अस्थायी नियुक्ति पर केरल आया हुआ था। वह हिन्दू धर्मग्रन्थों का अध्ययन कर रहा था ताकि सूझ-बूझ के साथ उनका खंडन करने योग्य बन सके।

हर बृहस्पतिवार की सुबह फ़ादर मलिगन बेबी कॉचम्मा के पिता, रेवरेंड ई. जॉन आइप से भेंट करने के लिए आयमनम आता, जो मार तोमा चर्च के एक पादरी थे। रेवरेंड आइप ईसाई समुदाय में उस आदमी के रूप में मशहूर थे, जिसे सीरियन ईसाई सम्प्रदाय के महाप्रमुख, ऐंटिऑक के धर्माध्यक्ष ने व्यक्तिगत रूप से आशीर्वाद दिया था—जो प्रसंग कि आयमनम की लोकगाथा का अंग बन गया था।

1876 में जब बेबी कॉचम्मा के पिता सात साल के थे, उनके पिता उन्हें धर्माध्यक्ष के दर्शनों के लिए ले गये थे जो केरल के सीरियन ईसाइयों से मिलने आये हुए थे। उन्होंने ख़ुद को लोगों के उस समूह की ठीक अगली पाँत में पाया जिन्हें महाप्रमुख कोचीन में कैलनी निवास के धुर पश्चिमी बरामदे में सम्बोधित कर रहे थे। मौक़े का फ़ायदा उठाते हुए उनके पिता ने अपने नन्हे बेटे के कान में फुसफुसा कर कुछ कहा था और उस पिद्दी-से बच्चे को आगे ठेल दिया था। एड़ियों पर फिसलते हुए, भय से स्तम्भित, उस भावी पुरोहित ने अपने ख़ौफ़ज़दा होंट महाप्रमुख की बीच वाली उँगली की अँगूठी से लगा दिये थे और उसे थूक से सान दिया था। महाप्रमुख ने आस्तीन पर अँगूठी को पोंछा था और उस छोटे-से लड़के को आशीर्वाद दिया था। बड़े होने और पुरोहित बनने के बहुत बाद तक रेवेरेंड आइप *पुण्यन कुन्यु*—नन्हा पुण्यात्मा—के रूप में जाने जाते रहे और लोग उनके आशीर्वाद के लिए अपने बच्चों के साथ आलेप्पी और इर्नाकुलम तक से नदी पर नावों से पूरा फ़ासला तय करते हुए आते थे।

हालाँकि फ़ादर मलिगन और रेवरेंड आइप के बीच उमर का काफ़ी फ़र्क़ था, और वे ईसाई चर्च के अलग-अलग सम्प्रदायों से सम्बद्ध थे (जिनकी एकमात्र साझी भावना

उनका आपसी मनमुटाव था) तो भी दोनों व्यक्तियों को एक-दूसरे के संग-साथ में आनन्द आता था और ज़्यादातर मौक़ों पर फ़ादर मलिगन को दोपहर के खाने के लिए आमन्त्रित करके रोक लिया जाता। दोनों व्यक्तियों में से सिर्फ़ एक ने उस कामजनित उत्तेजना को पहचाना, जो दोपहर के खाने के ख़त्म हो जाने के बाद भी देर तक मेज़ के इर्द-गिर्द मँडराती रहने वाली उस पतली-छरहरी लड़की में ज्वार की तरह उठा करती थी।

शुरू-शुरू में तो बेबी कॉचम्मा ने प्रायोजित भलाई के साप्ताहिक प्रदर्शनों से फ़ादर मलिगन को मोहने-रिझाने की कोशिश की। हर बृहस्पतिवार की सुबह, ठीक उस समय जब फ़ादर मलिगन का आना तय था, बेबी कॉचम्मा कुँए पर गाँव के किसी बेचारे ग़रीब बच्चे को जबरन नहलाया करती—उसे सख़्त लाल साबुन से रगड़ते हुए, जो बच्चे की उभरी हुई पसलियों को पीड़ा पहुँचाता।

'नमस्ते फ़ादर !' बेबी कॉचम्मा जब उन्हें देखती तो होंटों पर एक मुस्कान लिये पुकारती। यह मुस्कान शिकंजे-सरीखी उस पकड़ को सरासर झुठलाती थी, जिससे उसने दुबले-पतले बच्चे की साबुन-सरकीली बाँह को पकड़ रखा होता।

'नमस्ते बेबी !' फ़ादर मलिगन, रुकते और छाता बन्द करते हुए, कहते।

'मैं आपसे कुछ पूछना चाहती थी फ़ादर,' बेबी कॉचम्मा कहती, 'फ़र्स्ट कोरिन्थियंस, अध्याय दस, श्लोक तेईस में कहा गया है..."सारी चीज़ें मेरे लिए विधिसम्मत हैं, लेकिन सारी चीज़ें उपयुक्त नहीं हैं।" फ़ादर, *सारी* चीज़ें उनके लिए विधिसम्मत कैसे हो सकती हैं ? मेरा मतलब है, मैं यह तो समझ सकती हूँ कि कुछ चीज़ें उनके लिए विधिसम्मत हैं, लेकिन...'

फ़ादर मलिगन को उस भावना से केवल आत्मतोष ही नहीं, बल्कि कुछ और भी अनुभव होता, जो भावना कि वे उस आकर्षक युवती में जगाते थे; जो उनके सामने अपने काँपते, चूमने-क़ाबिल होंट और सुलगती हुई काली-कजरारी-आँखें लिये खड़ी होती। क्योंकि वे भी जवान थे, और शायद इस बात से पूरी तरह अनभिज्ञ भी नहीं कि जिन गम्भीर टिप्पणियों से वे उसके झूठे धार्मिक सन्देहों का निराकरण करते थे, वे उस रोमांच-भरे आश्वासन के बिलकुल विपरीत थीं जो उनकी हरित्मणियों जैसी उद्दीप्त आँखों से झलकता था।

हर बृहस्पतिवार को, दोपहर के सूरज की निर्मम धूप से अविचलित, वे दोनों कुँए के पास खड़े रहते। वह युवती और वह संशयहीन जेज़ुइट पादरी, दोनों- के-दोनों एक ग़ैर-ईसाई आवेग से थरथराते हुए। एक-दूसरे के पास रहने के लिए बाइबल को बहाने की तरह इस्तेमाल करते हुए।

हमेशा ही, उनकी बातचीत के दौरान, वह अभागा साबुन-लगा बच्चा, जिसे जबरन नहलाया जा रहा होता, किसी तरह सटक जाता और फ़ादर मलिगन झटके से वापस होश में आते और कहते, 'अरे-अरे ! इससे पहले कि ठंड उसे धर पकड़े, हमें उसको पकड़ लेना चाहिए।'

फिर वे दोबारा अपना छाता खोलते और कत्थई लबादा और आरामदेह सैंडल पहने चल देते, उचकते पैरों वाले किसी ऊँट की तरह, जिसे कहीं तयशुदा मुलाक़ात

का वादा निभाना हो। बेबी कॉचम्मा का दुखता हुआ दिल डोरी से बँधा उनके हाथ होता, उनके पीछे झटके खाता, लुढ़कता, पत्तों और छोटे-छोटे पत्थरों पर हिचकोले लेता। आहत और लगभग टूटा हुआ।

बृहस्पतिवारों का एक पूरा साल गुज़र गया। आख़िरकार फ़ादर मलिगन के मद्रास लौटने का वक़्त आ गया। चूँकि सदाशयता से कोई ठोस नतीजा नहीं निकला था, व्याकुल युवा बेबी कॉचम्मा ने अपनी सारी आशाएँ आस्था के हवाले कर दीं।

एक हठीली एकाग्रता का परिचय देते हुए (जो उन दिनों किसी जवान लड़की में उतना ही बुरा समझा जाता था जितना विकलांग होना, कटे होंट के साथ पैदा होना शायद, या ठूँठ जैसे पैर के साथ) बेबी कॉचम्मा ने अपने पिता की इच्छाओं की अवज्ञा करते हुए रोमन कैथोलिक पन्थ की दीक्षा ले ली। वैटिकन से विशेष विधान प्राप्त करके उसने शपथ ली और मद्रास के एक कॉन्वेंट में प्रशिक्षु नवदीक्षित भिक्षुणी के रूप में प्रवेश किया। उसे आशा थी कि किसी-न-किसी तरह इससे उसे फ़ादर मलिगन के संग-साथ का जायज़ मौक़ा हासिल हो जायेगा। वह कल्पना करती कि वे संग-संग, भारी मख़मली पर्दों वाले समाधि-सरीखे नीम-अँधेरे कमरों में, धर्म-चर्चा कर रहे हैं। बस, वह इतना ही चाहती थी। इतने भर की आशा करने का ही उसमें साहस था। महज़ उनके क़रीब रहना। इतना क़रीब कि उनकी दाढ़ी की महक ले सके। उनके लबादे की मोटी बिनाई देख सके। महज़ उन्हें देख कर उनसे प्रेम कर सके।

बहुत जल्द ही उसे इस प्रयास की विफलता का एहसास हो गया। उसने पाया कि वरिष्ठ भिक्षुणियाँ बड़े और छोटे धर्मगुरुओं पर कुछ इतने बारीक़ बाइबल-सम्बन्धी प्रश्नों से एकाधिकार जमाये रखतीं जितने बारीक़ कि उसके प्रश्न कभी हो भी नहीं सकते थे, और यह कि उसे फ़ादर मलिगन के इर्द-गिर्द भी कहीं फटक पाने में बरसों लग जायेंगे। वह कॉन्वेंट में व्याकुल और विकल रहने लगी। अपने शिरोवस्त्र की अनवरत रगड़ से उसके सिर की खाल पर अड़ियल खुजली दाने उभर आये। वह महसूस करती कि वह औरों से कहीं बेहतर अंग्रेज़ी बोलती है। इससे उसके अकेलेपन का एहसास पहले से कहीं अधिक बढ़ गया।

उसके कॉन्वेंट में दाख़िल होने के साल भर के अन्दर ही उसके पिता को उसकी तरफ़ से चकराने वाले पत्र मिलने लगे। *मेरे प्यारे पापा, मैं पवित्र माता की सेवा में सानन्द सकुशल हूँ। लेकिन कोहिनूर दुखी, और घर की याद से व्याकुल जान पड़ती है। मेरे प्यारे पापा, आज कोहिनूर को दोपहर के खाने के बाद उलटी हुई और उसे बुख़ार आ गया है। मेरे प्यारे पापा, लगता है कॉन्वेंट का खाना कोहिनूर को माफ़िक नहीं आ रहा, हालाँकि मुझे तो वह काफ़ी पसन्द है। मेरे प्यारे पापा, कोहिनूर परेशान है क्योंकि लगता है उसकी भलाई के बारे में उसका परिवार न तो समझता है, न परवाह ही करता है...*

इस तथ्य के अलावा कि वह (उस समय तक) दुनिया के सबसे बड़े हीरे का नाम था, रेवरेंड ई. जॉन आइप को किसी और कोहिनूर के बारे में कोई जानकारी नहीं थी। उन्हें अचरज होता कि मुसलमानों जैसे नाम वाली एक लड़की किसी कैथोलिक कॉन्वेंट में कैसे जा पहुँची।

यह बेबी कॉचम्मा की माँ थीं, जिन्हें आख़िरकार इलहाम हुआ कि कोहिनूर दरअसल बेबी कॉचम्मा के अलावा और कोई नहीं है। उन्हें याद आया कि अर्सा पहले उन्होंने बेबी कॉचम्मा को अपने पिता (बेबी कॉचम्मा के नाना) की वसीयत की एक नक़ल दिखायी थी, जिसमें अपने नाती-पोतों का बखान करते हुए उन्होंने लिखा था : *मेरे सात जवाहर हैं, जिनमें से एक है मेरी कोहिनूर।* आगे उन्होंने उनमें से हरेक के नाम थोड़ी-थोड़ी रक़में और गहने विरासत में छोड़ने की बात लिखी थी, बिना यह स्पष्ट किये कि उनमें से किस को वे अपना कोहिनूर मानते थे। बेबी कॉचम्मा की माँ को एहसास हुआ कि हो-न-हो किसी वजह से, जो उनकी समझ के बाहर थी, बेबी कॉचम्मा ने यह मान लिया था कि उसके नाना का आशय *उसी* से था—और इतने वर्ष बाद यह जानते हुए कि कॉन्वेंट में उसके सारे ख़त डाक में डाले जाने से पहले मदर सुपीरियर द्वारा पढ़ लिये जाते थे, उसने अपनी परेशानियों को अपने परिवार तक पहुँचाने के लिए कोहिनूर को पुनर्जीवित कर लिया था।

रेवरेंड आइप मद्रास गये और अपनी बेटी को कॉन्वेंट से वापस ले आये। वह कॉन्वेंट से विदा होने पर ख़ुश थी, लेकिन उसने आग्रह किया था कि वह फिर से धर्मान्तरण नहीं करेगी, और बाक़ी ज़िन्दगी रोमन कैथोलिक ही बनी रही। रेवरेंड आइप को अन्दाज़ा हो चुका था कि उनकी बेटी ने अब तक एक 'ख्याति' अर्जित कर ली थी और पति ढूँढ पाना उसके लिए असम्भव-सा ही था। उन्होंने तय किया कि चूँकि उसे पति नहीं उपलब्ध हो सकता था, इसलिए शिक्षा उपलब्ध करने में उसका कोई नुक़सान नहीं था। लिहाज़ा उन्होंने अमरीका के रॉचेस्टर विश्वविद्यालय में किसी विषय की पढ़ाई के लिए उसे दाख़िल कराने का प्रबन्ध किया।

दो साल बाद बेबी कॉचम्मा रॉचेस्टर से सजावटी बाग़बानी में डिप्लोमा ले कर वापस आयी, मगर फ़ादर मलिगन के प्रेम में पहले की बनिस्बत कहीं ज़्यादा डूबी हुई। उस पतली-छरहरी आकर्षक युवती का लेशमात्र भी शेष नहीं रह गया था। रॉचेस्टर में अपनी रिहाइश के दौरान बेबी कॉचम्मा अत्यन्त विशाल हो गयी थी। यहाँ तक कि चुंगम ब्रिज के नन्हे डरपोक चेल्लप्पेन टेलर ने भी उसके ब्लाउज़ों की सिलाई के लिए बुश्शर्ट के दाम लगाने की ज़िद की थी।

बेबी कॉचम्मा को चिन्ता में घुलने से बचाने के लिए उसके पिता ने आयमनम के घर के सामने वाला बाग़ीचा उसके सुपुर्द कर दिया, जहाँ उसने एक दुर्दान्त, उग्र बगिया लगायी जिसे लोग कोट्टयम तक से देखने के लिए आते।

वह एक गोलाकार, ढलवाँ ज़मीन का टुकड़ा था, जिसके गिर्द बजरी की एक ऊँची सड़क कुण्डली की तरह घूमती चली गयी थी। बेबी कॉचम्मा ने उसे बौनी झाड़ियों, चट्टानों और मोरियों की घनी भूल-भुलैयाँ में बदल दिया। उसे जो फूल सबसे ज़्यादा पसन्द था, वह एनथूरियम था। ऐनथूरियम *ऐंड्रिएनम।* उसके पास उनका एक अच्छा-ख़ासा संग्रह था, 'रूब्रम,' 'हनीमून' और ढेर सारी जापानी क़िस्में। उनके एकमात्र रसीले निपत्र कई रंगों के होते, काले चित्तीदार से ले कर रक्तिम लाल और चमकीले नारंगी तक। उनके उभरे हुए, चित्तीदार बौर हमेशा पीले। बेबी कॉचम्मा की बगिया के बीचों-बीच कैना और फ़्लॉक्स की क्यारियों से घिरा हुआ संगमरमर का एक देवशिशु

अपने शिश्न से एक अनवरत रुपहली धनुषाकार धार नीचे के उथले सरोवर में छोड़ता रहता, जिसमें एक अकेला नीलकमल खिला होता। सरोवर के हर कोने पर सुर्ख़ गालों वाला प्लास्टर ऑफ़ पेरिस का एक गुलाबी बौना ओलतीदार लाल टोपी पहने पसरा हुआ था।

बेबी कॉचम्मा अपनी दोपहरियाँ अपनी बगिया में गुज़ारती। साड़ी और गमबूट पहने। हाथों में बाग़बानी के चमकीले नारंगी दस्ताने चढ़ाये वह झाड़ी काटने की एक विशाल कैंची उठाये रहती। शेर सधाने वाले उस्ताद की तरह वह ऐंठी हुई लताओं को पालतू बनाती और कँटीली नागफनियों को पोसती। वह बोन्साई पौधों को क़ाबू में रखती और दुर्लभ ऑर्किड के फूलों को दुलराती। वह मौसम के ख़िलाफ़ जंग छेड़े रखती। वह एडेलवाइस और चीनी अमरूद उगाने का प्रयास करती।

हर रात वह अपने पैरों पर असली मलाई से मालिश करती और अपने पैर के नाख़ूनों की ऊपरी खाल को पीछे धकेलती।

हाल के दिनों में, आधी सदी से भी ज़्यादा की कठोर, चिड़चिड़ी देख-भाल सहने के बाद वह सजावटी बगिया त्याग दी गयी थी। अपनी मर्ज़ी पर छोड़ दिये जाने से वह जटिल और जंगली बन गयी थी, उस सर्कस की तरह जिसके जानवर अपना कला-कौशल भूल गये हों। उस जंगली घास ने जिसे लोग 'कम्यूनिस्ट पाचा' कहते थे (क्योंकि वह केरल में कम्यूनिज़्म की तरह फलती-फूलती थी) दुर्लभ पौधों का गला घोंट दिया था। सिर्फ़ लताएँ लाश के नाख़ूनों की तरह लगातार बढ़ती रहीं। वे खड़िया मिट्टी से बने गुलाबी बौनों के नथुनों से निकलतीं और उनकी खोखली खोपड़ियों में फूलतीं, उनके चेहरों पर आधा अचरज और आधा छींक-आने-जैसा भाव पैदा करते हुए।

इस अचानक और बेदर्द बेतकल्लुफ़ी-भरे सम्बन्ध-विच्छेद का कारण था एक नया प्रेम। बेबी कॉचम्मा ने आयमनम वाले घर की छत पर एक डिश ऐन्टेना लगवाया था। वह अपने ड्रॉइंग-रूम में बैठे-बैठे सैटेलाइट टी.वी. पर सारी दुनिया की सदारत करती। बेबी कॉचम्मा के अन्दर इसने जो असम्भव-सी उत्तेजना पैदा कर दी थी, उसे समझना मुश्किल न था। वह कोई ऐसी चीज़ नहीं थी, जो धीरे-धीरे घटित हुई। वह रातों-रात प्रकट हुई। सुनहरे बालों वाली युवतियाँ, युद्ध, अकाल, फ़ुटबॉल, सेक्स, संगीत, विप्लव—सब-के-सब एक ही गाड़ी से आन पहुँचे। उन्होंने साथ-साथ सामान खोला। वे उसी होटल में टिके। और आयमनम में, जहाँ किसी समय सबसे ऊँची आवाज़ बस के संगीत वाले हॉर्न की होती थी, अब पूरे-के-पूरे युद्ध, अकाल, सचित्र जनसंहार और बिल क्लिंटन भी नौकरों की तरह तलब किये जा सकते थे। और इस तरह, जबकि उसकी सजावटी बगिया मुरझाती और मरती गयी, बेबी कॉचम्मा अमरीकी बास्केटबाल के लीग मैच, एक दिवसीय क्रिकेट और सभी ग्रैंड-स्लैम टेनिस प्रतियोगिताएँ बाक़ायदगी से देखती रहती। हफ़्ते के सामान्य दिनों में वह *द बोल्ड ऐण्ड द ब्युटीफ़ुल* और *सान्ता बार्बरा* देखती, जहाँ लिपस्टिक और स्प्रे से जमायी गयी केश-सज्जा वाली कड़क, हिरण्यकेशी कोमलांगियाँ पुतलों सरीखे मर्दों को रिझातीं और अपने यौन साम्राज्य की हिफ़ाज़त करतीं। बेबी कॉचम्मा को उनके चमकीले लिबास और छिनालों जैसी चण्ट हाज़िरजवाबी बेहद पसन्द थी। दिन भर उसके असम्बद्ध टुकड़े रह-रह कर उसे याद

आते रहते और दबी हँसी हँसने पर मजबूर करते रहते।

ख़ानसामिन कोच्चु मारिया अब भी सोने की वे मोटी बालियाँ पहने रहती, जिन्होंने उसके कानों की लवों को हमेशा के लिए बदशक्ल कर दिया था। उसे वर्ल्ड रेसलिंग फ़ेडेरेशन के *रेसलिंग मेनिया* प्रोग्राम पसन्द थे, जहाँ हल्क होगन और मिस्टर परफ़ेक्ट, जिनकी गरदनें उनके सिरों से ज़्यादा चौड़ी थीं, टाँगों पर चुस्त, सितारों-जड़े, चमकीले लिबास पहने, बेरहमी से एक-दूसरे की कुटम्मस करते रहते। कोच्चु मारिया की हँसी में वह हल्की-सी क्रूर खनक होती, जो छोटे बच्चों की हँसी में कभी-कभी होती है।

सारा-सारा दिन वे ड्रॉइंग-रूम में बैठी रहतीं, टेलिविज़न के शोर-गुल-भरे मौन में एक साथ जकड़ी हुईं। बेबी कॉचम्मा लम्बे बाज़ुओं वाली बगान मालिकों की कुर्सी पर या सुखासन पर (अपने पैरों की हालत के मुताबिक) और कोच्चु मारिया उसके पास फ़र्श पर (मौक़ा मिलते ही रिमोट से चैनलों का सरपट दौरा करती हुई)। एक के बाल बर्फ़ जैसे सफ़ेद, दूसरी के ख़िज़ाब से कोयले जैसे काले। वे सभी मुक़ाबिलों में हिस्सा लेतीं और सारी रियायतों का फ़ायदा उठातीं, जिनके इश्तेहार टी.वी. पर आते और दो अवसरों पर एक टी-शर्ट और एक थर्मस जीत चुकी थीं, जिन्हें बेबी कॉचम्मा अपनी अलमारी में बन्द रखती थी।

बेबी कॉचम्मा को आयमनम वाले घर से प्यार था और उस फ़र्नीचर पर वह जान छिड़कती थी, जिसे उसने सबकी बनिस्बत ज़्यादा दिन जीवित रह कर विरासत में हासिल किया था। मम्माची का वायलिन और वायलिन-स्टैंड, ऊटी से आयी अलमारियाँ, प्लास्टिक की टोकरी-नुमा कुर्सियाँ, दिल्ली वाले पलँग और वियेना से आयी, चटके हुए हाथी दाँत के हत्थों वाली सिंगार-मेज़। रोज़वुड की लकड़ी से बनी वह खाने की मेज़ जिसे वेलुता ने बनाया था।

उसे बी.बी.सी. के अकाल और टेलिविज़न युद्ध भयभीत कर देते, जिनसे चैनलों का सरपट दौरा करते हुए उसका सामना होता। क्रान्ति और मार्क्सवादी- लेनिनवादी ख़तरे को ले कर उसकी पुरानी आशंकाएँ, हताश और बेघर लोगों की बढ़ती हुई तादाद पर टेलिविज़न से प्रसारित नयी चिन्ताओं से, दोबारा प्रज्ज्वलित हो गयी थीं। वह नस्ली सफ़ाई-अभियानों, अकालों और जनसंहारों को अपने फ़र्नीचर पर सीधे ख़तरे के रूप में देखती थी।

अगर वह उन्हें इस्तेमाल न कर रही होती तो वह अपने दरवाज़े-खिड़कियाँ बन्द रखती। वह अपनी खिड़कियों को ख़ास मक़सद से इस्तेमाल करती थी। ताज़ा हवा की एक साँस के लिए। दूधवाले को पैसे देने के लिए। घर में फँसी बर्र को बाहर निकालने के लिए (जिसका पीछा कोच्चु मारिया को तौलिया ले कर सारे घर में करना पड़ा था)।

वह अपने उदास, पपड़ियाते रोग़न वाले फ्रिज में भी चाभी लगाये रखती, जहाँ वह अपने मलाईदार बनों का हफ़्ते भर का भण्डार जमा करके रखती थी जिन्हें कोच्चु मारिया कोट्टयम की बेस्ट बेकरी से उसे ला कर देती। और माँड़ की दो बोतलें जो वह आम पानी के बदले पीती थी। बैफ़ल-ट्रे के नीचे वाले ख़ाने में उसने मम्माची के सरपत के छापे वाले डिनर सेट के बचे हुए बर्तन रख छोड़े थे।

राहेल ने उसे इंसुलिन की जो तक़रीबन दर्जन भर शीशियाँ ला कर दी थीं, उन्हें उसने पनीर और मक्खन वाले ख़ाने में रख दिया था। उसे शक था कि इन दिनों अबोध और भोले-भाले लोग भी क्रॉकरी चोर, या मलाई-बन लोभी या विदेशी इंसुलिन के लिए आयमनम में टोह लगाते मधुमेह-मारे उठाईगीर हो सकते हैं।

उसे उन जुड़वाँ भाई-बहन पर भी भरोसा नहीं था। वह उन्हें कुछ भी कर गुज़रने क़ाबिल समझती थी। कुछ भी। *वे अपना तोहफ़ा भी चुरा कर वापस ले सकते थे,* उसने सोचा था, और एक कसक के साथ महसूस किया था कि कितनी जल्दी वह पलट कर दोबारा उनके बारे में यूँ सोचने लगी थी मानो वे फिर से एक इकाई हो गये थे। उतने वर्षों के बाद। अतीत को ख़ुद पर हावी न होने देने का निश्चय करके उसने अपने विचारों के प्रवाह को बदला था । *यह। यह अपना तोहफ़ा चुरा कर वापस ले सकती है।*

उसने खाने की मेज़ के पास खड़ी राहेल पर नज़र डाली और उसका ध्यान गया कि उसमें वही अजीब और डरावना गुमसुमपन है, एकदम निश्चल और बिलकुल ख़ामोश रहने की सिफ़त, जिसमें लगता था एस्ता ने महारत हासिल कर रखी थी। बेबी कॉचम्मा ने ख़ुद को राहेल की ख़ामोशी से त्रस्त-सा महसूस किया।

'तो !' उसने कहा। उसकी आवाज़ तीखी थी, लड़खड़ाती हुई, 'क्या इरादे हैं तुम्हारे ? कितनी देर ठहरोगी यहाँ ? कुछ सोचा है ?'

राहेल ने कुछ कहने की कोशिश की। खुरदरा दाँतेदार-सा कुछ बाहर आया। टीन के टुकड़े जैसा। वह खिड़की तक चल कर गयी और उसे खोल दिया। ताज़ा हवा की एक साँस के लिए।

'काम हो जाय तो बन्द कर देना,' बेबी कॉचम्मा ने कहा और अपने चेहरे को अलमारी की मानिन्द बन्द कर लिया।

नदी अब खिड़की से नहीं दिखती थी।

पहले देखी जा सकती थी, जब तक कि मम्माची ने पिछले बरामदे को आयमनम के सर्वप्रथम स्लाइडिंग-फ़ोल्डिंग दरवाज़े से बन्द नहीं करवा दिया था। रेवरेंड ई. जॉन आइप और आलियूटी अम्माची (एस्ता और राहेल के परनाना-नानी) के तैल-चित्र पिछले बरामदे से उतार लिये गये थे और उन्हें सामने वाले बरामदे में टाँग दिया गया था।

वे अब भी वहीं टँगे हुए थे, नन्हा पुण्यात्मा और उसकी पत्नी, लकड़ी पर जड़े भुस-भरे भैंसे के सिर के दोनों ओर।

रेवरेंड आइप अब आश्वस्त-पुरखे वाली अपनी मुस्कान का रुख़ नदी की बजाय बाहर सड़क की ओर करके मुस्कराते रहते।

आलियूटी अम्माची अपेक्षाकृत दुविधा-ग्रस्त नज़र आती थीं। मानो वे पीछे मुड़ना पसन्द करतीं मगर ऐसा कर नहीं सकती थीं। शायद उनके लिए नदी का साथ छोड़ना इतना आसान नहीं था। अपनी आँखों से वे उसी दिशा में देखतीं, जिधर उनके पति देख रहे थे। हृदय से वे दूसरी ओर निहारतीं। (नन्हे पुण्यात्मा की दयालुता की प्रतीक)

उनकी भारी, पुराने सोने की कुनुक्कू बालियों ने उनके कानों की लवों को खींच कर लम्बा कर दिया था और लटक कर उनके कन्धों तक जा पहुँची थीं। उनके कानों के सूराख़ों से गर्म नदी और उस पर झुके गहरे हरे पेड़ देखे जा सकते थे। और अपनी नावों में बैठे-खड़े मछुआरे। और मछलियाँ।

हालाँकि अब नदी को घर से नहीं देखा जा सकता था, पर जिस तरह एक शंख में हमेशा एक सागर-भाव होता है, आयमनम वाले घर में अब भी एक नदी-भाव था।

एक बहता-बहाता, हिलोर-भरा, तिरती मछलियों वाला भाव।

खाने के कमरे की खिड़की से, जहाँ वह खड़ी थी, बालों में लहराती हवा के साथ, राहेल बारिश को उस इमारत की ज़ंग लगी छत पर गिरते, नगाड़ा बजाते देख सकती थी, जो कभी उनकी नानी का अचार बनाने का कारख़ाना हुआ करती थी।

पैराडाइज़ अचार और मुरब्बे। पैराडाइज़ पिकल्स ऐण्ड प्रिज़र्व्स।

कारख़ाने की इमारत घर और नदी के दरम्यान थी।

वहाँ वे अचार, शरबत, जैम, मसाले और डिब्बाबन्द अन्नानास बनाया करते थे। और केले का जैम (ग़ैर-क़ानूनी तौर पर) जब एफ़. पी. ओ. (खाद्य सामग्री संगठन) ने उस पर पाबन्दी लगा दी थी, क्योंकि उनके नियमों के अनुसार वह न तो जैम था, न जेली। जेली के हिसाब से बहुत पतला और जैम के हिसाब से बहुत गाढ़ा। एक अस्पष्ट, किसी ख़ाने में न अँटने वाला गाढ़ापन, उन्होंने कहा था।

उनकी निर्देश-पुस्तिका के अनुसार।

पीछे देखते हुए अब राहेल को लगता है कि उसके परिवार को वर्गीकरण के मामले में जो परेशानी थी, वह जैम-जेली के सवाल से कहीं ज़्यादा गहरी थी।

शायद अम्मू, एस्ता और वह खुद सबसे बड़े अपराधी थे। लेकिन महज़ वे ही नहीं। दूसरे भी थे। वे सभी नियमों का उल्लंघन करते। वे सभी वर्जित इलाक़ों में जाया करते। वे सभी उन नियमों के साथ छेड़-छाड़ करते, जो बताते थे कि किससे प्रेम करना चाहिए और कैसे। और कितना। वे नियम, जो नानियों को नानियाँ, मामाओं को मामा, माँओं को माँएँ, चचेरे-ममेरे भाई-बहनों को चचेरे-ममेरे भाई-बहन, जैम को जैम और जेली को जेली बनाते हैं।

यह ऐसा समय था जब मामे पिता बन जाते थे, माएँ प्रेमिकाएँ, और ममेरी बहनें मर जाती थीं और उनकी अन्त्येष्टियाँ होती थीं।

यह ऐसा समय था, जब कल्पनातीत कल्पना-योग्य बन जाता था और असम्भव सचमुच घटित होता था।

सोफ़ी मोल की अन्त्येष्टि से पहले ही पुलिस ने वेलुता को खोज लिया था।

उसकी बाँहों पर जहाँ-जहाँ हथकड़ियाँ चमड़ी को छू रही थीं, लोम रन्ध्र उभर आये थे। खटास-भरी धातुई गन्ध वाली ठण्डी हथकड़ियाँ। बस के लोहे के हत्थों और उन्हें पकड़ने से बस कण्डक्टर के हाथों से आती गन्ध की तरह।

सब कुछ ख़त्म हो जाने के बाद बेबी कॉचम्मा ने कहा था, 'जैसा तुम बोओगे,

तैसा ही काटोगे।' मानो बोने और काटने से *उसका,* बेबी कॉचम्मा का, कोई सम्बन्ध ही नहीं था। वह अपने नन्हे-नन्हे पैरों पर चलती हुई अपनी क्रॉस-स्टिच कढ़ाई की तरफ़ लौट गयी थी। उस के पैरों की छिंगुलियाँ फ़र्श को कभी नहीं छूती थीं। यह ख़याल उसी का था कि एस्ता को लौटा दिया जाय।

अपनी बेटी की मौत पर मार्ग्रेट कॉचम्मा का दुख और कटुता उसके भीतर एक क्रुद्ध कमानी की तरह कुण्डली मार कर बैठी हुई थी। वह कुछ कहती नहीं थी, लेकिन इंग्लैण्ड लौटने से पहले जितने दिन वह वहाँ थी, जब भी वह मौक़ा पाती, एस्ता को चाँटा मार दिया करती थी।

राहेल अम्मू को एस्ता के छोटे-से बक्से में सामान सजाते देखती रही थी। 'शायद वे सही कहते हैं,' अम्मू की फुसफुसाहट कह रही थी, 'शायद एक बच्चे को एक बाबा की ज़रूरत होती ही है।'

राहेल ने देखा था कि उनकी आँखों में एक मुर्दा सुर्ख़ी थी।

उन्होंने हैदराबाद के एक जुड़वों के विशेषज्ञ से मशविरा किया था। उसने जवाब में लिखा था कि एक-डिम्बी जुड़वों को अलग-अलग करने की सलाह नहीं दी जा सकती, मगर दो-डिम्बी जुड़वें आम सहोदर भाई-बहनों से भिन्न नहीं होते। हालाँकि वे उस स्वाभाविक संकट और व्यथा को निश्चय ही महसूस करेंगे जिससे टूटे घरों से आने वाले बच्चे गुज़रते हैं, मगर इससे ज़्यादा और कुछ नहीं होगा। कुछ ख़ास नहीं।

लिहाज़ा एस्ता को उसके टीन के बक्से के साथ और उसके भूरे नोकदार जूते उसके ख़ाकी बिस्तरबन्द में बाँध कर रेलगाड़ी में लौटा दिया गया। पहले दर्जे में, रात भर के सफ़र पर मद्रास मेल से मद्रास और फिर उनके पिता के एक मित्र के साथ मद्रास से कलकत्ता।

उसके पास एक टिफ़िन कैरियर में टमाटर के सैंडविच थे । और एक ईगल फ़्लास्क जिस पर एक गरुड़ था। उसके दिमाग़ में भयानक चित्र थे।

बारिश। हरहराता बहता स्याही जैसा पानी। और एक गन्ध। मीठी-मिचलाती। हवा के झकोरे पर बासी गुलाबों जैसी।

लेकिन सब से बुरा था कि वह अपने भीतर एक बूढ़े आदमी के-से पोपले मुँह वाले नौजवान की याद ले कर जा रहा था। एक सूजे चेहरे और एक कुचली हुई उलटी मुस्कान की याद। एक नंगे बल्ब को प्रतिबिम्बित करते तरल पदार्थ के फैलते हुए तालाब की याद। एक रक्तिम आँख की याद जो खुली थी, इधर-उधर भटकी थी, फिर उस पर टिक गयी थी। एस्ता पर। और एस्ता ने क्या किया था ? उसने उस प्यारे चेहरे को देखा था और कहा था : हाँ।

हाँ, यही था वह।

वह शब्द जिस तक एस्ता का ऑक्टोपस पहुँच नहीं पा रहा था : *हाँ।* बुहारने से कोई फ़ायदा नहीं हो रहा था। वह वहाँ जा अटका था, गहरे में, किसी तह या शिकन के भीतर, जैसे दाढ़ में आम का कोई रेशा। जो बार-बार कोशिश करके भी ढीला नहीं किया जा सकता था।

एक विशुद्ध व्यावहारिक अर्थ में तो शायद यह कहना सही होगा कि यह सब उस समय शुरू हुआ, जब सोफ़ी मोल आयमनम आयी। शायद यह सच है कि एक ही दिन में चीज़ें बदल सकती हैं। कि चन्द घण्टे समूची ज़िन्दगियों के नतीजों को प्रभावित कर सकते हैं। और यह कि जब वे ऐसा करते हैं, उन चन्द घण्टों को किसी जले हुए घर से बचाये गये अवशेषों की तरह—करियाई हुई घड़ी, आँच लगी तस्वीर, झुलसा हुआ फ़र्नीचर—खँडहरों से समेट कर उनकी जाँच-परख करनी पड़ती है। सँजोना पड़ता है। उनका लेखा-जोखा करना पड़ता है।

छोटी-छोटी घटनाएँ, मामूली चीज़ें, टूटी-फूटी और फिर से जोड़ी गयीं। नये अर्थों से भरी। अचानक वे किसी कहानी की निर्वर्ण हड्डियाँ बन जाती हैं।

फिर भी, यह कहना कि वह सब कुछ तब शुरू हुआ जब सोफ़ी मोल आयमनम आयी, उसे देखने का महज़ एक पहलू है।

साथ ही यह दावा भी किया जा सकता था कि वह प्रकरण सचमुच हज़ारों साल पहले शुरू हुआ था। मार्क्सवादियों के आने से बहुत पहले। अंग्रेज़ों के मलाबार पर कब्ज़ा करने से पहले, डच उत्थान से पहले, वास्को डि गामा के आगमन से पहले, ज़मोरिन की कालिकट विजय से पहले। पुर्तगालियों द्वारा जामुनी-लबादों वाले तीन सीरियन ईसाई धर्म-प्रमुखों की हत्या करने और समन्दर में तैरती उनकी लाशों के बरामद होने से पहले, जिनके सीनों पर कुण्डली मारे समन्दरी साँप सवारी कर रहे थे और जिनकी उलझी हुई दाढ़ियों में सीप गुँथे हुए थे। यह भी दावा किया जा सकता था कि उसकी शुरुआत किश्ती में सवार ईसाइयत के आगमन और चाय की थैली से चाय की तरह रिस कर केरल में उसके फैल जाने से भी बहुत पहले हुई थी।

कि वह सब कुछ दरअसल उन दिनों शुरू हुआ जब प्रेम के क़ानून बने। वे क़ानून जो यह निर्धारित करते थे कि किस से प्रेम किया जाना चाहिए, और कैसे।

और कितना।

बहरहाल, व्यावहारिक रूप से एक नितान्त व्यावहारिक दुनिया में...

2

पप्पाची का पतंगा

...वह दिसम्बर उनहत्तर का (उन्नीस सौ अनुच्चरित था) एक आसमानी नीला दिन था। वह एक परिवार की ज़िन्दगी में ऐसा समय था जब कोई घटना उस परिवार की छिपी हुई नैतिकता को उसकी आरामगाह से ठहोका दे कर सतह पर बुलबुले की तरह ले आती है और वह कुछ देर तक वहीं उतराती रहती है। खुल्लम-खुल्ला। सबके देखने के लिए।

एक आसमानी रंग की प्लिमथ, अपने टेलफ़िनों में सूरज को लिये, धान के युवा खेतों और रबर के बूढ़े पेड़ों को तेज़ी से पीछे छोड़ती कोचीन की तरफ़ भागी जा रही थी। और अधिक पूरब में, ऐसी ही दृश्यावली वाले एक छोटे-से देश में (जंगल, नदियाँ, धान के खेत, कम्यूनिस्ट) इतने बम बरसाये जा रहे थे कि उसे पूरा-का-पूरा लोहे की छै इंच मोटी परत से ढँका जा सकता था। यहाँ, बहरहाल, अमन-चैन था और प्लिमथ में बैठा परिवार निर्भय और निश्शंक सफ़र कर रहा था।

यह प्लिमथ राहेल और एस्ता के नाना, पप्पाची, की हुआ करती थी। अब, जबकि वे गुज़र गये थे, वह उनकी नानी मम्माची की थी और राहेल और एस्ता तीसरी बार *द साउण्ड ऑफ़ म्यूज़िक* देखने कोचीन जा रहे थे। उन्हें सारे-के-सारे गाने याद थे।

उसके बाद वे सब-के-सब होटल 'सी क्वीन' में टिकने वाले थे, जहाँ पुराने खानों की महक आया करती थी। कमरे बुक कराये जा चुके थे। अगले दिन सुबह-सवेरे वे कोचीन हवाई अड्डे जाने वाले थे—चाको की पूर्व-पत्नी—अपनी अंग्रेज़ मामी, मार्ग्रेट कॉचम्मा—और ममेरी बहन सोफ़ी मोल को लाने के लिए, जो आयमनम में क्रिस्मस मनाने के लिए लन्दन से आ रही थीं। उसी वर्ष कुछ पहले एक कार-दुर्घटना में मार्ग्रेट कॉचम्मा के दूसरे पति, जो, का देहान्त हो गया था। जब चाको ने दुर्घटना के बारे में सुना, उसने उन्हें आयमनम आने के लिए आमन्त्रित किया था। उसने कहा था कि उसके लिए यह सोचना भी दूभर था कि वे इंग्लैण्ड में अकेलेपन से भरा वीरान क्रिस्मस मनायें। एक ऐसे घर में, जो स्मृतियों से भरा हुआ हो।

अम्मू का कहना था कि चाको ने मार्ग्रेट कॉचम्मा से प्रेम करना कभी नहीं छोड़ा था। मम्माची असहमत थीं। उन्हें यह विश्वास करना पसन्द था कि उसे शुरू ही से मार्ग्रेट कॉचम्मा से कभी प्रेम था ही नहीं।

राहेल और एस्ता कभी सोफ़ी मोल से नहीं मिले थे। हालाँकि उस आख़िरी हफ़्ते

के दौरान उन्होंने उसके बारे में सुना काफ़ी था। बेबी कॉचम्मा से, कोच्चु मारिया से, मगर वे सब-के-सब ऐसे व्यवहार कर रहे थे मानो वे उसे पहले से ही जानते थे। वह *सोफ़ी मोल क्या सोचेगी?* सप्ताह रहा था।

सारा हफ़्ता बेबी कॉचम्मा कड़ाई से गुपचुप कान लगाये उन जुड़वाँ भाई-बहनों की आपसी बातचीत को सुनती रही थी और जब भी वह उन्हें मलयालम बोलते सुनती, एक छोटा-सा जुर्माना लगा देती, जो स्रोत से ही काट लिया जाता। उनके जेब ख़र्च से। वह उन्हें एक ही पंक्ति बार-बार लिखने के लिए विवश करती—इसे भी वह 'जुर्माना' कहती—*आई विल ऑलवेज़ स्पीक इन इंग्लिश, मैं हमेशा अंग्रेज़ी बोलूँगा (बोलूँगी)।* सौ-सौ मर्तबा। जब वे लिख लेते, वह लिखे हुए पर अपने लाल क़लम से लकीर फेर देती, यह पक्का करने के लिए कि पुरानी पंक्तियाँ नयी सज़ाओं के लिए दोबारा न इस्तेमाल की जायें।

उसने लौटानी के वक़्त कार में गाने के लिए अंग्रेज़ी के एक गीत का अभ्यास भी उनसे कराया था। उन्हें हिदायत दी थी कि शब्द ठीक से बोलें और अपने तलफ़्फ़ुज़ का ख़ास ख़याल रखें। *तलारफ़ुज़* का।

रिज—ऑइस इन द लॉ—ऑर्ड ऑर—ऑलविज़
ऐण्ड अगेन आई से रिज—ऑइस
रिज—आईस
रिज—आईस
ऐण्ड अगेन आई से रिज—ऑइस

एस्ता का पूरा नाम एस्ताप्पेन याको था। राहेल का राहेल। उन दिनों कुछ समय के लिए उनका कोई कुल-नाम नहीं था क्योंकि अम्मू अपनी शादी से पहले के नाम को फिर से अपनाने की सोच रही थीं, हालाँकि उनका कहना था कि एक औरत के लिए अपने पति के नाम और अपने पिता के नाम के बीच चुनाव करना कोई ख़ास मानी नहीं रखता था।

एस्ता ने अपने भूरे और नुकीले जूते पहन रखे थे और बालों में अपना एल्विस मार्का बुल्ला बनाया हुआ था। अपना ख़ास सैर-सपाटे वाला बुल्ला। उसका पसन्दीदा एल्विस गीत 'पार्टी' था। 'सम पीपल लाइक टू रॉक, सम पीपल लाइक टू रोल,' जब कोई देख न रहा होता तो वह बैडमिंटन के रैकेट को गिटार की तरह बजाते हुए, एल्विस की तरह होंटों को सिकोड़ते हुए गुनगुनाता, 'बट मूनिन ऐन-अ-ग्रूनिन गॉना सैटिसफ़ाइ माह सोल, लेस्स हैव अ पार्डी...'

एस्ता की आँखें तिरछी और स्पप्निल थीं और उसके सामने वाले नये दाँतों के सिरे अभी तक ऊबड़-खाबड़ थे। राहेल के नये दाँत उसके मसूढ़ों के भीतर इन्तज़ार कर रहे थे; कलम के अन्दर इन्तज़ार करते शब्दों की तरह। यह बात सबको पहेली जैसी लगती थी कि उमर में महज़ अट्ठारह मिनट का फ़र्क़ सामने की दन्त-पंक्ति में इतना समयान्तर पैदा कर सकता है।

राहेल के ज़्यादातर बाल उसके सिर के ऊपर किसी फ़व्वारे की तरह जमे बैठे

थे। उन्हें एक लव-इन-टोकियो में इकट्ठा करके बाँधा गया था—एक रबर बैंड में पिरोये गये दो मनकों से, जिनका न तो 'लव' से कोई लेना-देना था, न 'टोकियो' से। केरल में लव-इन-टोकियो समय की परीक्षा पर खरे उतरे हैं और आज भी अगर किसी ए-वन लेडीज़ स्टोर में कोई एक लव-इन-टोकियो माँगे तो उसे वही मिलेंगे। एक रबर बैंड में पिरोये गये दो मनके।

राहेल की खिलौना कलाई-घड़ी पर समय चित्रित था। दो बजने में दस मिनट। यह भी उसकी एक महत्वाकांक्षा थी कि उसके पास ऐसी घड़ी हो, जिसके समय को वह जब चाहे बदल सके (उसके अनुसार समय प्रथमतः बना ही इसलिए था।) उसके पीले किनारे वाले लाल प्लास्टिक के चश्मे से दुनिया लाल रंग में रँगी नज़र आती। अम्मू का कहना था कि वह उसकी आँखों के लिए नुक़सानदेह है और उन्होंने सलाह दी थी कि वह उसे भरसक कभी-कभार ही पहने।

उसका हवाई अड्डे वाला फ़्राक अम्मू के सूटकेस में था। उसके साथ ख़ास मेल-खाने वाला जाँघिया भी था।

गाड़ी चाको चला रहा था। वह अम्मू से चार साल बड़ा था। राहेल और एस्ता उसे *चाचेन* कह कर नहीं बुला सकते थे क्योंकि जब वे ऐसा करते, वह उन्हें *चेटन* और *चेडुती* कह कर बुलाता। अगर वे उसे *अम्मावेन* कह कर बुलाते, वह उन्हें *अप्पोइ* और *अम्माइ* कहता। अगर वे उसे *अंकल* कहते वह उन्हें *आंटी* कह कर बुलाता जो सबके सामने बड़ा अटपटा लगता। लिहाज़ा वे उसको चाको कह कर बुलाते थे।

चाको का कमरा फ़र्श से छत तक किताबों के अम्बार से अटा पड़ा था। उसने वे सारी-की-सारी पढ़ रखी थीं और उनसे किसी प्रकट प्रयोजन के बिना लम्बे-लम्बे उद्धरण दिया करता। या कम-से-कम बिना ऐसे प्रयोजन के जिसका अनुमान किसी दूसरे को हो सके। मिसाल के तौर पर, उस सुबह, जैसे वे कार पर सवार फाटक के बाहर निकले, बरामदे में खड़ी मम्माची से चिल्ला कर विदा लेते हुए, चाको ने अचानक कहा : *'गैट्सबी अन्ततः ठीक-ठाक साबित हुआ; वो तो जो गैट्सबी को खाये जा रहा था, जो घिनौनी धूल उसके सपनों के पीछे-पीछे तैर रही थी, उसने वक़्ती तौर पर मनुष्यों की विफल विपदाओं और अल्पश्वासी उच्छ्वास में मेरी दिलचस्पी को ख़त्म कर दिया था।'*

सब इसके इतने आदी हो चुके थे कि उन्होंने एक-दूसरे को ठहोका देने या कनखी मारने का भी कष्ट नहीं किया था। चाको ऑक्सफ़ोर्ड में रोड्स स्कॉलर रह चुका था और उसे उन ज़्यादतियों और सनकों की छूट थी जो किसी और को नहीं थी।

उसका दावा था कि वह परिवार की एक ऐसी जीवनी लिख रहा है जिसे न छापने के लिए परिवार को उसे मुआवज़ा देना होगा। अम्मू का कहना था कि परिवार का जो एकमात्र सदस्य पारिवारिक ब्लैकमेल के लिए उपयुक्त पात्र था, वह ख़ुद चाको था।

ख़ैर, यह तब की बात है। आतंक से पहले की।

प्लिमथ मोटर कार में अम्मू आगे चाको की बग़ल में बैठी थीं। वे उस साल सत्ताइस की थीं, और अपने भीतर के किसी गहरे विवर में यह ठिठुराने वाली जानकारी सँजोये हुए थीं कि जहाँ तक उनका सवाल था, जीवन जिया जा चुका था। उन्हें बस

एक मौक़ा मिला था। उनसे चूक हुई थी। वे ग़लत आदमी से शादी कर बैठी थीं।

अम्मू ने अपनी स्कूली पढ़ाई उस साल ख़त्म की थी जब उनके पिता दिल्ली में अपनी नौकरी से रिटायर हो कर आयमनम चले आये थे। पप्पाची ने ज़ोर दे कर कहा था कि कॉलेज की पढ़ाई एक लड़की के लिए ग़ैर-ज़रूरी ख़र्च है, लिहाज़ा अम्मू के पास दिल्ली छोड़ कर उन्हीं के साथ चले आने के सिवा और कोई विकल्प नहीं रह गया था। आयमनम में एक जवान लड़की के लिए करने को बहुत कम था, सिवा इसके कि वह घर के काम में अपनी माँ का हाथ बँटाते हुए शादी के प्रस्तावों का इन्तज़ार करे। चूँकि उनके पिता के पास इतना पैसा नहीं था कि उनके लिए मुनासिब दहेज जुटा सकें इसलिए अम्मू के लिए कहीं से कोई प्रस्ताव नहीं आया। दो साल बीत गये। उनकी अट्ठारहवीं सालगिरह आयी और चली गयी। न किसी ने ध्यान दिया, न उनके माता-पिता ने उसका कोई ज़िक्र ही किया। अम्मू अधीर होने लगीं। सारा दिन वे आयमनम से और अपने बदमिज़ाज पिता और कड़वाहट से भरी, लम्बे समय से दुख झेलती माँ के चंगुलों से निकल भागने के सपने देखतीं। उन्होंने बहुत-सी छोटी-छोटी, अभागी योजनाएँ बनायीं। आख़िरकार एक कामयाब हो गयी। पप्पाची उन्हें एक दूर की मौसी के यहाँ गर्मियाँ बिताने की इजाज़त देने के लिए राज़ी हो गये, जो कलकत्ता में रहती थी।

वहीं, किसी और की शादी की रिसेप्शन में, अम्मू की मुलाक़ात अपने भावी पति से हुई।

वह अपनी नौकरी से छुट्टी पर असम से आया हुआ था, जहाँ वह एक चाय बगान में असिस्टेंट मैनेजर था। उनका परिवार कभी सम्पन्न रहे ज़मींदारों का परिवार था, जो बँटवारे के बाद पूर्वी बंगाल से कलकत्ता आ बसा था।

वह छोटे क़द का आदमी था, मगर गठे बदन का। ख़ुश-शक्ल। वह पुरानी चाल का चश्मा पहनता था, जिससे वह गम्भीर नज़र आता और जो उसके बेफ़िक्री-भरे आकर्षण और किशोरों जैसी, मगर बिलकुल निहत्था कर देने वाली, विनोद-वृत्ति को पूरी तरह झुठलाता। वह पच्चीस का था और चाय बगानों पर काम करते हुए उसे छै साल हो चुके थे। वह कॉलेज नहीं गया था जो उसकी स्कूली लड़कों की-सी विनोद-प्रियता का कारण था। मुलाक़ात के पाँच दिन बाद ही उसने अम्मू के सामने शादी का प्रस्ताव रख दिया था। अम्मू ने उससे प्रेम करने का दिखावा नहीं किया। उन्होंने बस, सम्भावनाओं को तोला-परखा था और हामी भर दी थी। उनका ख़याल था कि आयमनम लौटने की बनिस्बत *कुछ भी,* कोई भी, बेहतर होगा। उन्होंने अपने माता-पिता को पत्र लिख कर अपने फ़ैसले की सूचना दी थी। उनकी तरफ़ से कोई जवाब नहीं आया।

अम्मू की एक ताम-झाम वाली कलकतिया शादी हुई थी। बाद में, पीछे मुड़ कर उस दिन पर नज़र दौड़ाते हुए, अम्मू को एहसास हुआ कि उनके दूल्हे की आँखों में जो हल्की-सी बुख़ार जैसी चमक थी, वह मुहब्बत नहीं थी, न शारीरिक आनन्द की सम्भावना से उपजी उत्तेजना ही थी, बल्कि ह्विस्की के लगभग आठ बड़े पेग थे। सीधे। नीट।

अम्मू के ससुर रेलवे बोर्ड के अध्यक्ष थे और केम्ब्रिज के इनामी मुक्केबाज़ रहे

थे। वे बाबा—बंगाल ऐमेच्योर बॉक्सिंग एसोसिएशन बी.ए.बी.ए. के सचिव थे। उन्होंने युवा दम्पति को उपहार में ख़ास आदेश दे कर रँगायी गयी प्याज़ी-गुलाबी फ़िएट कार दी थी, जिसमें शादी के बाद वे खुद ही बैठ कर चल दिये थे, उन सारे गहनों और अधिकांश दूसरे उपहारों के साथ, जो अम्मू और उनके पति को दिये गये थे। उनकी मृत्यु एस्ता और राहेल के पैदा होने से पहले ही हो गयी थी—ऑपरेशन टेबल पर, जब उनका गॉल ब्लैडर निकाला जा रहा था। उनके दाह-संस्कार में बंगाल के सभी मुक्केबाज़ उपस्थित हुए थे। लालटेन जैसे लम्बूतरे जबड़ों और टूटी नाक वाले लोगों का एक मातमी जुलूस।

जब अम्मू और उनके पति असम आये, सुन्दर, युवा और शोख़ अम्मू चाय बगान वालों के क्लब की रौनक बन गयीं। वे अपनी साड़ियों के साथ खुली पीठ वाले ब्लाउज़ पहनतीं और एक ज़ंजीर से लटका चाँदी का ज़रीदार बटुआ लिये रहतीं। वे चाँदी के सिग्रेट होल्डर में लम्बे सिग्रेट पीतीं और उन्होंने होंटों से धुँए के एकदम गोल छल्ले निकालना सीख लिया था। उनका पति महज़ एक शराबी ही नहीं, बल्कि पक्का पियक्कड़ निकला था, जिसमें पियक्कड़ों का सारा काइयाँपन और दुखद आकर्षण भी था। उसके बारे में कुछ चीज़ें ऐसी थीं जिन्हें अम्मू कभी समझ नहीं पायीं। उसे छोड़ने के बहुत समय बाद तक उन्हें ताज्जुब होता रहा कि वह क्यों इतनी निर्लज्जता से झूठ बोलता था जबकि उसे ऐसा करने की ज़रूरत नहीं थी। *ख़ास तौर पर* जब उसे ऐसा करने की कोई ज़रूरत नहीं थी। दोस्तों के साथ बातचीत के दौरान वह बताता कि उसे स्मोक्ड सामन मछली कितनी पसन्द है जबकि अम्मू को मालूम था कि उसे उससे नफ़रत थी। या वह क्लब से घर आ कर अम्मू को बताता कि उसने *मीट मी इन सेंट लूईज़* देखी है जबकि दरअसल क्लब में *द ब्रौंज़ बकारू* दिखायी गयी थी। जब वे इन चीज़ों को ले कर उससे जवाब-तलब करतीं तो वह न तो सफ़ाई देता, न खेद प्रकट करता। वह बस, दबी-दबी हँसी हँसता—अम्मू को इस हद तक खिझाते हुए जिसकी उन्होंने कभी कल्पना भी नहीं की थी।

अम्मू को आठ महीने का गर्भ था जब चीन के साथ लड़ाई छिड़ गयी। यह 1962 का अक्तूबर था। बगान वालों की बीवियों और बच्चों को असम से बाहर निकाल लाया गया। गर्भ की वजह से सफ़र करने योग्य न होने के कारण अम्मू बगान पर ही रह गयीं। नवम्बर में शिलौंग के एक दिल दहलाने वाले, धचकेदार बस के सफ़र के बाद, चीनियों के कब्ज़े और भारत की आसन्न पराजय की अफ़वाहों के बीच, एस्ता और राहेल पैदा हुए। मोमबत्ती की रोशनी में। एक हस्पताल में, जिसकी खिड़कियों के शीशे काले कर दिये गये थे। वे ज़्यादा नख़रा किये बिना बाहर आ गये, एक-दूसरे के अट्ठारह मिनट के अन्तर पर। भारी-भरकम एक की बजाय दो नन्हे-नन्हे। जुड़वाँ सील मछलियाँ, अपनी माँ के रसों से चिकने-चमकीले। पैदा होने की कोशिश से चुचके हुए। अम्मू ने उनकी जाँच-परख की थी कि उनमें कोई ख़राबी तो नहीं है। फिर वे आँखें मूँद कर सो गयी थीं।

उन्होंने चार आँखें, चार कान, दो मुँह, दो नासिकाएँ, बीस उँगलियाँ और पैर के बीस सुडौल नाख़ून गिने थे।

उनकी एक साझी जुड़वाँ आत्मा पर अम्मू का ध्यान नहीं गया। वे उन्हें पा कर ख़ुश थीं। उनका बाप, हस्पताल के गलियारे में एक खुर्री सख़्त बेंच पर पसरा हुआ था, धुत्त।

जब तक जुड़वाँ दो साल के हुए, उनके पिता की शराबनोशी, चाय बगान की ज़िन्दगी के अकेलेपन की वजह से और भी गम्भीर हो कर, उसे एक शराबी जड़ता की तरफ़ धकेल चुकी थी। पूरे-पूरे दिन गुज़र जाते जिनमें वह महज़ बिस्तर में लेटा रहता और काम पर न जाता। आख़िरकार उसके अंग्रेज़ मैनेजर, मिस्टर हॉलिक ने उसे एक 'गम्भीर बातचीत' के लिए बँगले पर बुलाया।

अम्मू अपने घर के बरामदे में बैठ कर दुश्चिन्ता से अपने पति के वापस आने का इन्तज़ार करती रहीं। उन्हें यक़ीन था कि हॉलिक सिर्फ़ इसी वजह से उससे मिलना चाहते थे कि वे उसे नौकरी से निकाल दें। उन्हें हैरत हुई थी जब वह ध्वस्त नहीं, बल्कि महज़ हताश दिखता हुआ वापस आया था। मिस्टर हॉलिक ने कुछ सुझाया था, उसने अम्मू को बताया, जिसके बारे में वह उनसे बात करना ज़रूरी समझता था। उसने हल्के से संकोच के साथ, उनकी नज़र बचाते हुए, शुरू किया था, मगर जैसे-जैसे वह आगे बढ़ा, उसका साहस बढ़ता गया। व्यावहारिक दृष्टि से, दूर की सोचें तो यह एक ऐसा प्रस्ताव था, जो उन दोनों के लिए फ़ायदेमन्द होगा, उसने कहा। बल्कि *सब* के लिए, अगर वे बच्चों की पढ़ाई का भी ख़याल करें।

मिस्टर हॉलिक ने अपने युवा सहयोगी से खरी-खुली बात की थी। उन्होंने उसे उन शिकायतों की सूचना दी थी जो उन्हें मज़दूरों के साथ-साथ दूसरे असिस्टेंट मैनेजरों से मिली थीं।

'मुझे अफ़सोस है,' उन्होंने कहा, 'कि मेरे पास इसके सिवा और कोई चारा नहीं है कि मैं तुम्हें इस्तीफ़ा देने को कहूँ।'

उन्होंने ख़ामोशी को अपना महसूल वसूलने दिया। उन्होंने मेज़ की दूसरी तरफ़ बैठे दयनीय आदमी को यह मोहलत दी कि वह काँपना शुरू करे। रोने लगे। फिर हॉलिक ने दोबारा बात शुरू की।

'ख़ैर, *हो सकता* है एक गुंजाइश वाक़ई निकल आये...शायद हम मिल कर कोई तरकीब निकाल सकें। उम्मीद बाँधे रखो। यही मैं हमेशा कहता हूँ। अपने वरदान गिनो,' हॉलिक ने एक पॉट ब्लैक कॉफ़ी लाने का हुक्म देने के लिए दम लिया। 'तुम्हें पता है, तुम बहुत ख़ुशक़िस्मत आदमी हो, अद्‌भुत परिवार, सुन्दर बच्चे, इतनी आकर्षक पत्नी...' उन्होंने एक सिग्रेट सुलगायी और माचिस को तब तक जलने दिया जब तक कि वे उसे छोड़ने पर मजबूर न हो गये। 'एक *अत्यन्त* आकर्षक पत्नी...'

रोना-धोना रुक गया। चकरायी भूरी आँखों ने लाल डोरों वाली, हरी चमकती आँखों में झाँका। कॉफ़ी के दौरान मिस्टर हॉलिक ने प्रस्ताव रखा कि बाबा कुछ दिनों के लिए बाहर चला जाये। छुट्‌टी पर। किसी क्लिनिक में सम्भव हो तो, इलाज के लिए। जितना भी समय उसे ठीक होने में लगे, उतने समय के लिए। और जितने वक़्त के लिए वह बाहर रहता है, मिस्टर हॉलिक ने सुझाव दिया था, अम्मू को 'देख भाल के लिए' उनके बँगले पर भेज दिया जाये।

चाय बगान में पहले ही से बहुत-से गोरे, फटीचर बच्चे मौजूद थे जिन्हें हॉलिक ने विरासत के तौर पर उन चाय चुननेवालियों को प्रदान किया था, जिन पर उनकी तबियत आ गयी थी। लेकिन अधिकारियों के हलके में यह उनका पहला धावा था।

अम्मू अपने पति के बोलने के दौरान उसके होंटों का हिलना, शब्दों को रूप देते हुए होंटों की हरकत देखती रहीं। उन्होंने कुछ नहीं कहा। वह बेचैन हो गया और फिर उनकी चुप्पी से क्रुद्ध। अचानक वह उनकी ओर झपटा, उनके बाल पकड़े, उन्हें घूँसा मारा और फिर इस प्रयास से निढाल हो कर बेहोश हो गया। अम्मू को किताबों के शेल्फ़ पर जो सबसे भारी किताब मिली–*द रीडर्स डाइजेस्ट वर्ल्ड ऐटलस*–वह उन्होंने उठायी और उससे उन्होंने अपने पति को पूरी ताक़त से मारना शुरू किया। उसके सिर पर। उसकी टाँगों पर। पीठ और कन्धों पर। जब उसे होश आया तो वह अपने शरीर पर पड़े निशान देख कर चकरा गया। उसने हिंसा के लिए दयनीय भाव से क्षमा माँगी, लेकिन फिर फ़ौरन ही अपने तबादले के लिए मदद देने के बारे में उन्हें तंग करने लगा। फिर तो यह एक सिलसिला बन गया। पी कर ज़ुल्म करना, और नशा उतरने पर दिक़ करना। अम्मू को उसकी चमड़ी से रिसती हुई बासी शराब की दवा जैसी दुर्गन्ध और हर सुबह उस सूखी पपड़ियाई उलटी से बड़ी वितृष्णा होती, जो उसके मुँह में कचौड़ी की तरह जमी होती। जब उसकी हिंसा के दौरे बच्चों को भी घेरे में लेने लगे और पाकिस्तान से लड़ाई शुरू हो गयी, अम्मू अपने पति को छोड़ कर, बिन-बुलायी, अपने माता-पिता के पास आयमनम लौट आयीं। उस सब के पास जिससे वे कुछ ही वर्ष पहले पीछा छुड़ा कर भाग निकली थीं। फ़र्क़ बस इतना था कि अब उनके पास दो छोटे बच्चे थे। और कोई सपना नहीं था।

पप्पाची उनकी कहानी पर विश्वास करने को तैयार नहीं थे–इसलिए नहीं कि उनके पति के बारे में उनकी अच्छी राय थी, बल्कि महज़ इसलिए क्योंकि उन्हें यक़ीन नहीं था कि एक अंग्रेज़, *कोई भी* अंग्रेज़, किसी दूसरे आदमी की पत्नी पर बुरी नज़र डालेगा।

अम्मू अपने बच्चों से प्यार करती थीं (बेशक), मगर उनकी विस्फारित आँखों वाली अबोधता, जिससे वे सहज ही आहत हो जाते, और उन लोगों को प्यार करने की उनकी ललक जो दरअसल उनसे प्यार नहीं करते थे, उन्हें खिझा देती और कभी-कभी उनके भीतर उनको उन्हें चोट पहुँचाने की इच्छा जगाती–महज़ उन्हें शिक्षित करने के लिए, उनकी हिफ़ाज़त के लिए।

ऐसा लगता था कि वह खिड़की, जिससे हो कर उनका बाप लुप्त हो गया था, खोल रखी गयी थी कि कोई भी आये और अपना सत्कार कराये।

अम्मू को अपने जुड़वाँ बच्चे नन्हे, भौंचक मेंढकों के जोड़े की तरह लगते–एक-दूसरे की संगत में मग्न, बेतहाशा तेज़ आमदोरफ़्त से भरी सड़क पर बाँहों- में-बाँहें डाले ख़रामा-ख़रामा टहलते। इस बात से बिलकुल बेख़बर कि ट्रक मेंढकों के साथ कैसा सुलूक करते हैं। अम्मू दुर्दमनीय ढंग से उन पर नज़र रखतीं। यह चौकसी उन्हें खींच कर तान देती, उनमें बेचैनी और तनाव पैदा कर देती। वे चट अपने बच्चों को फटकार देतीं, मगर इससे भी जल्दी वे उनकी हिमायत में दूसरों से लड़ पड़तीं।

ख़ुद उनके लिए, उन्हें मालूम था, अब और कोई मौक़ा नहीं आने वाला था। अब सिर्फ़ आयमनम था। एक सामने का बरामदा और एक पीछे का बरामदा। एक गरम नदी और एक अचार का कारख़ाना।

और पृष्ठभूमि में, स्थानीय निन्दा-तिरस्कार की अनवरत, ऊँची, रिरियाती म्याँव-म्याँव।

अपने मायके लौट आने के शुरुआती कुछ महीनों के भीतर ही, अम्मू ने जल्द ही हमदर्दी के कुरूप चेहरे को पहचानना और उसकी उपेक्षा करना सीख लिया था। थुलथुल करती अनेक ठोढ़ियों वाली बूढ़ी रिश्तेदार महिलाएँ, जिनकी दाढ़ियाँ फूटने-फूटने को थीं, रात भर का सफ़र तय करके उनसे उनके तलाक़ के बारे में हमदर्दी जताने के लिए आयमनम आतीं। वे अम्मू के घुटनों को दबातीं और कुटिल प्रसन्नता से उन्हें घूरतीं। अम्मू उन्हें थप्पड़ मारने की इच्छा को बरबस रोकती रहतीं। या उनकी चूचियाँ मरोड़ने से। रिंच से। जैसा *मॉडर्न टाइम्स* में चैप्लिन ने किया था।

जब वे अपनी शादी की तस्वीरों में ख़ुद को देखतीं तो अम्मू को महसूस होता कि जो औरत पलट कर उनकी तरफ़ देख रही है, वह कोई और है। गहनों से सजी-बजी एक मूर्ख दुलहिन। सूर्यास्त के रंग की रेशमी ज़रीदार साड़ी। हर उँगली में अँगूठी। धनुषाकार भवों के ऊपर चन्दन की सफ़ेद बिन्दियाँ। अपने इस रूप को निहारते हुए अम्मू के नाज़ुक होंट उस स्मृति पर एक छोटी-सी, तिक्त मुस्कान में विकुंचित हो जाते—शादी की यादों पर उतना नहीं जितना इस बात पर कि उन्होंने फाँसी के तख़्ते पर ले जाये जाने से पहले इतने श्रमपूर्वक अपना सजाया जाना गवारा किया था। यह कितना बेतुका लगता था। कितना निरर्थक।

जैसे जलावन की लकड़ी पर पालिश करना।

वे गाँव के सुनार के पास गयी थीं और उन्होंने अपनी शादी की भारी अँगूठी गलवा कर उससे साँप के सिर वाला एक पतला-सा कंगन बनवा लिया था जो उन्होंने राहेल के लिए अलग रख दिया।

अम्मू को मालूम था कि शादी कोई ऐसी चीज़ नहीं थी जिससे पूरी तरह बचा जा सके। कम-से-कम व्यावहारिक तौर पर तो नहीं। लेकिन अपनी बाक़ी ज़िन्दगी वे *आम* कपड़ों में *छोटी* शादियों की वकालत करती रहीं। उनका ख़याल था कि इससे उनकी पैशाचिकता कुछ कम हो जाती है।

कभी-कभार, जब अम्मू रेडियो पर अपने पसन्दीदा गानों को सुनतीं, उन्हें अपने भीतर कुछ लरज़ता महसूस होता। एक तरल-सी पीड़ा उनकी त्वचा के नीचे फैल जाती और वे किसी डाइन की तरह दुनिया से बाहर चली जातीं, किसी बेहतर, ज़्यादा सुखी संसार में। ऐसे दिनों में उनके इर्द-गिर्द कुछ अशान्त और अदम्य-सा भाव रहता। मानो उन्होंने मातृत्व और तलाक़शुदा होने की नैतिकता को वक़्ती तौर पर किनारे कर दिया हो। उनकी चाल भी एक सुरक्षा-भरी माँ-जैसी चाल से एक अलहदा क़िस्म की अल्हड़ चाल में तब्दील हो जाती। वे अपने बालों को फूलों से सजातीं और अपनी आँखों में जादू-भरे रहस्य सँजोये रहतीं। वे किसी से भी बात न करतीं। वे नारंगी की शक्ल वाले अपने नन्हे-से प्लास्टिक ट्रांज़िस्टर रेडियो के साथ नदी किनारे घण्टों बितातीं। वे सिग्रेट

पीतीं और आधी-आधी रात को नदी में तैरा करतीं।

वह क्या था जिससे अम्मू के भीतर यह जोखिम-भरा अन्दाज़ पैदा हो गया था ? मनमानेपन का यह अन्दाज़ ? यह वही था जो उनके भीतर दुन्द मचाये हुए था। एक न-घुल-सकने-वाला घोल। मातृत्व की असीम कोमलता और एक आत्मघाती बमबार का दुःसाहसी रोष। यही था जो उनके अन्दर उगता रहा और आख़िरकार उन्हें उस आदमी को रात में प्यार करने की दिशा में ले गया, जिसे उनके बच्चे दिन में प्यार करते थे। उस नाव को रात में इस्तेमाल करने की ओर, जिसे उनके बच्चे दिन में इस्तेमाल करते थे। वह नाव जिस पर एस्ता जा बैठा था, और जिसे राहेल ने खोजा था।

उन दिनों, जब रेडियो पर अम्मू के गाने आते, हर कोई उनसे कुछ सतर्क-सा रहता। वे किसी तरह यह भाँप लेते कि अम्मू उनकी ताक़त के दायरे से ज़रा बाहर, दो संसारों के बीच की नीम-अँधेरी अधछाँह में विचर रही हैं। कि उस औरत के पास, जिसे वे पहले ही शाप दे चुके हैं, अब खोने के लिए बहुत कम बाक़ी बचा है, और इसलिए वह ख़तरनाक हो सकती है। लिहाज़ा जिन दिनों रेडियो अम्मू के गाने पेश करता, लोग उनसे कतराते, उनके गिर्द छोटे-छोटे घेरे बनाते हुए, उन्हें तरह दे कर चलते, क्योंकि सब इस बात पर सहमत थे कि उन्हें बस, अलग-थलग छोड़ देना ही बेहतर होगा।

दूसरे दिनों में जब वे मुस्करातीं तो उनके गालों में गहरे गड्ढे पड़ जाते।

उनका चेहरा नाज़ुक और तराशा हुआ था, काली भँवें उड़ते हुए सागर पाखी के डैनों सरीखी धनुषाकार, नाक सीधी और सुबुक और त्वचा चमकीली, जायफल जैसी भूरी। दिसम्बर के उस आसमानी नीले दिन उनके बेलगाम, घुँघराले केश, कार की हवा में मुक्त हो कर, धुँए की लहरियों सरीखे उड़ रहे थे। उनके बिना आस्तीनों वाले ब्लाउज़ में उनके कन्धे यूँ चमक रहे थे मानो उन्हें मोमी पालिश से चमकाया गया हो। कभी-कभी वे एस्ता और राहेल को अब तक देखी गयी सबसे सुन्दर औरत लगतीं। और कभी नहीं भी लगतीं।

प्लिमथ की पिछली सीट पर, एस्ता और राहेल के बीच, बेबी कॉचम्मा बैठी थी। भूतपूर्व-भिक्षुणी और वर्तमान शिशु दादी। जिस तरह अभागे लोग कभी-कभी साथी अभागों को नापसन्द करते हैं, बेबी कॉचम्मा उन जुड़वाँ भाई-बहनों को नापसन्द करती थी, क्योंकि वे उन्हें पितृहीन, अभागे लावारिस समझती थी। इससे भी बुरा यह था कि वे आधे-हिन्दू दोग़ले थे जिनसे कोई भी ग़ैरतदार सीरियन ईसाई कभी शादी नहीं करने वाला था। उसकी उत्कट इच्छा थी कि वे यह महसूस करें (ख़ुद उसकी तरह) कि वे भी आयमनम वाले मकान में मुरव्वतन रह रहे थे, जो उनकी नानी का घर था और जहाँ रहने का उन्हें वाक़ई कोई हक़ नहीं था। बेबी कॉचम्मा अम्मू से इसलिए कुढ़ती थी क्योंकि वह उन्हें उस तक़दीर से झगड़ते देखती थी, जिसे वह महसूस करती थी कि उसने, बेबी कॉचम्मा ने, ख़ुद बड़ी गरिमा से स्वीकार कर लिया था। एक अभागी, पुरुष-विहीन औरत की तक़दीर। उदास, फ़ादर मलिगन-रहित बेबी कॉचम्मा। वर्षों के बीतने के साथ वह ख़ुद को यक़ीन दिलाने में सफल हो गयी थी कि फ़ादर मलिगन

के प्रति उसके विफल प्रेम के पीछे पूरी तरह *उसका* संयम और सही काम करने का *उसका* निश्चय ही था।

वह तहेदिल से इस आम नज़रिये की समर्थक थी कि एक शादी-शुदा बेटी की अपने मायके में कोई हैसियत नहीं होती। रही एक *तलाक़-शुदा* बेटी—बेबी कॉचम्मा के अनुसार उसकी तो कहीं कोई हैसियत नहीं होती। और रही बात *प्रेम* विवाह के बाद *तलाक़-शुदा* बेटी की, तो ख़ैर, बेबी कॉचम्मा के रोष को शब्द नहीं बयान कर सकते थे। जहाँ तक एक *अन्तर्जातीय प्रेम* विवाह की *तलाक़-शुदा* बेटी का सवाल था—बेबी कॉचम्मा इस विषय पर एक काँपती हुई चुप्पी बनाये रखना ही ठीक समझती थी।

दोनों जुड़वाँ भाई-बहन यह सब समझ पाने के लिए बहुत छोटे थे, इसलिए बेबी कॉचम्मा उनके असीम आनन्द के क्षणों से ईर्ष्या करती—जब उनके द्वारा पकड़ा गया एक पतंगा अपनी टाँगों से उनकी हथेलियों से एक कंकड़ उठा लेता या उन्हें सुअरों को नहलाने की इजाज़त मिल जाती या फिर जब वे एक अण्डा खोज निकालते—गरमागरम, सीधे मुर्ग़ी के पास से। लेकिन सबसे ज़्यादा वह उस सुकून से डाह करती जो वे एक-दूसरे से हासिल करते। वह उनसे थोड़े-से दुख की अपेक्षा रखती थी। प्रतीक-स्वरूप ही सही। कम-से-कम।

हवाई अड्डे से वापसी पर मार्ग्रेट कॉचम्मा को चाको के साथ आगे बैठना था क्योंकि वह उसकी पत्नी हुआ करती थी। सोफ़ी मोल को उन दोनों के बीच में। अम्मू को पीछे चले आना था।

पानी के लिए दो थर्मसें थीं। मार्ग्रेट कॉचम्मा और सोफ़ी मोल के लिए उबला पानी, बाक़ी सबके लिए नल का पानी।

सामान कार की पेटी में रखा जाना था।

राहेल के ख़याल में *पेटी* एक प्यारा शब्द था। किसी भी हालत में *तगड़ा* से कहीं अच्छा शब्द। *तगड़ा* एक भयंकर शब्द था। किसी बौने के नाम सरीखा। *तगड़ा कोशी उम्मेन*—छोटी-छोटी टाँगों और किनारे की तरफ़ माँग काढ़ने वाला एक ख़ुशमिज़ाज, मध्यवर्गीय, भगवान-भीरु बौना।

प्लिमथ की छत पर लगे सामान के कटघरे पर एक चौपहला टीन-जड़ा प्लाईवुड का इश्तहार था जिस पर चारों तरफ़ लच्छेदार लिखावट में लिखा था *पैराडाइज़ अचार और मुरब्बे।* लिखावट के नीचे मिकस्ड फ़्रूट जैम और तेल में डाले गये तीखे नींबू के अचार की रंगीन बोतलें बनी हुई थीं जिन पर लगे लेबलों पर लच्छेदार लिखावट में दर्ज था—*पैराडाइज़ अचार और मुरब्बे।* बोतलों की बग़ल में पैराडाइज़ की बनी सभी सामग्रियों की सूची थी और हरे चेहरे और लहराते लँहगे वाले एक कथकली नर्तक का चित्र। उसके लहराते लँहगे की सर्पिल हिलोर के नीचे वैसी ही सर्पिल लहरियादार लिखावट में लिखा था—*स्वाद के संसार के सम्राट*—जो कॉमरेड के.एन.एम. पिल्ले की ओर से एक बिन-माँगा योगदान था। वह *रुचि लोकतिण्डे राजावु* के मलयालम वाक्य का शब्दशः अनुवाद था जो सुनने में *स्वाद के संसार के सम्राट* से थोड़ा कम हास्यास्पद लगता था। लेकिन चूँकि कॉमरेड पिल्ले ने लेबल पहले ही छाप भी दिये थे, इसलिए

किसी का दिल नहीं किया कि उन्हें समूची छपाई दोबारा करने के लिए कहा जाय। लिहाज़ा, बेमन से ही सही, पर *स्वाद के संसार के सम्राट* पैराडाइज़ अचार के लेबलों का एक स्थायी अंग बन गया।

अम्मू का कहना था कि कथकली नर्तक एक छलावा था जिसका किसी चीज़ से कुछ लेना-देना नहीं था। चाको का कहना था कि वह उनके सामान को एक क्षेत्रीय रंग प्रदान करता है और जब वे विदेशी बाज़ारों में दाख़िल होंगे तो उनके लिए बहुत फ़ायदेमन्द साबित होगा।

अम्मू का कहना था कि उस इश्तहार की वजह से वे हास्यास्पद लगते थे। एक घुमन्तू सर्कस की तरह। टेलफ़िनों से लैस।

मम्माची ने अचार बनाने का धन्धा पप्पाची के दिल्ली में सरकारी नौकरी से रिटायर होने और रहने के लिए आयमनम आने के कुछ ही दिन बाद शुरू किया था। कोट्टयम बाइबल सोसाइटी एक मेले का आयोजन कर रही थी और उसने मम्माची से कहा था कि थोड़ा-सा अपना मशहूर केले का जैम और कच्चे आम का अचार बनायें। वह बहुत जल्दी बिक गया था और मम्माची ने पाया था कि उनके पास इतनी माँग थी जितनी वे पूरा नहीं कर सकती थीं। अपनी सफलता से रोमांचित हो कर उन्होंने जैम और अचार बनाना जारी रखने का फ़ैसला किया था और जल्द ही पाया था कि वे सारा साल व्यस्त रहने लगी थीं। जहाँ तक पप्पाची का सवाल है, उन्हें रिटायर होने के अपयश से निपटने में परेशानी हो रही थी। वे मम्माची से सत्रह साल बड़े थे, और उन्हें यह महसूस करके धक्का लगा था कि वे बूढ़े हो गये थे जबकि उनकी पत्नी अब भी चाक़-चौबन्द थी।

हालाँकि मम्माची की आँखों की पुतलियों के परदे कोणाकार थे और वे प्रायः अन्धी हो चुकी थीं, पप्पाची अचार बनाने में उनकी कोई मदद न करते क्योंकि उनके ख़याल में एक ऊँचे-पद वाले भूतपूर्व सरकारी अधिकारी के लिए अचार बनाना कोई मुनासिब काम नहीं था। वे हमेशा ही से ईर्ष्यालु रहे थे, इसलिए अचानक उनकी पत्नी की जो पूछ होने लगी थी, वह उन्हें बेहद नागवार लगती थी। वे अपने नफ़ासत से सिले सूट पहने अहाते भर में चहलक़दमी करते रहते; लाल मिर्च और ताज़ा पिसी हल्दी के अम्बारों के गिर्द चिड़चिड़े चक्कर काटते हुए, मम्माची को निम्बू और कच्चे आम की ख़रीद, तुलाई, नमक लगाई और सुखाई की निगरानी करते देखते रहते। हर रात वे उन्हें पीतल के एक फूलदान से पीटते। यह पिटाई नयी नहीं थी। नया बस इतना था कि वह पहले की बनिस्बत जल्दी-जल्दी होने लगी थी। एक रात पप्पाची ने मम्माची की वायलिन का गज़ तोड़ा और उसे नदी में फेंक दिया।

फिर चाको ऑक्सफ़ोर्ड से गर्मियों की छुट्टियों पर घर आया। वह एक ऊँचा-पूरा आदमी बन चुका था और उन दिनों बेलियल कॉलेज की ओर से नौका खेने की वजह से ताक़तवर भी। आने के हफ़्ता भर बाद उसने स्टडी में पप्पाची को मम्माची की पिटाई करते पाया। चाको क़दम बढ़ाता हुआ कमरे में गया और उसने पप्पाची की फूलदान वाली बाँह पकड़ कर पीठ के पीछे मोड़ दी।

'ऐसा फिर कभी मत कीजिएगा,' उसने अपने पिता से कहा, 'कभी।'

उस दिन बाक़ी सारा समय पप्पाची बरामदे में बैठे सजावटी बगिया को पथराई आँखों से घूरते रहे, खाने की उन तश्तरियों को नज़रन्दाज़ करते हुए जो कोच्चु मारिया उनके पास ला कर रखती रही। देर रात गये वे अपनी स्टडी में गये और मोहॉगनी की लकड़ी से बनी अपनी पसन्दीदा झूलने वाली कुर्सी बाहर निकाल लाये। उन्होंने उसे फाटक को जाने वाले रास्ते के बीचों-बीच रख दिया और नल ठीक करने वाले चूड़ीदार जम्बूरे से उसे मार-मार कर टुकड़े-टुकड़े कर दिया। फिर वे उसे वहीं छोड़ कर चले आये, चाँदनी में, वार्निश की गयी बेंत और लकड़ी की छिपटियों का एक ढेर। उन्होंने मम्माची को फिर कभी हाथ नहीं लगाया। लेकिन उन्होंने, जब तक वे ज़िन्दा रहे, कभी उनसे बात भी नहीं की। जब उन्हें किसी चीज़ की ज़रूरत होती, वे कोच्चु मारिया या बेबी कॉचम्मा से बिचौलियों का काम लेते।

शाम के समय, जब उन्हें पता होता कि मेहमानों के आने की उम्मीद है, वे बरामदे में बैठ जाते और अपनी कमीज़ों पर बटन टाँकते रहते हालाँकि वे टूटे न होते। महज़ यह जताने के लिए कि मम्माची उनकी सुध नहीं लेतीं। किसी हद तक वे काम-काजी औरतों के बारे में आयमनम के नज़रिये को और भी दूषित करने में ज़रूर सफल रहे।

आसमानी रंग की प्लिमथ मोटरकार उन्होंने मुन्नार के एक बूढ़े अंग्रेज़ से ख़रीदी थी। वे आयमनम में अक्सर दिखायी देने वाला नज़ारा बन गये—बड़े रौब से सँकरी सड़क पर अपनी चौड़ी कार में बैठे फ़र्राटा भरते, बाहर से लक़-दक़ नज़र आते हुए, मगर अपने ऊनी सूटों के भीतर पसीने से तर। वे मम्माची को या घर में और किसी को उसे इस्तेमाल करने, यहाँ तक कि उसमें बैठने भी न देते। वह प्लिमथ गाड़ी पप्पाची का प्रतिशोध था।

पप्पाची पूसा इंस्टीट्यूट में राजकीय कीट-विज्ञानी थे। आज़ादी के बाद, जब अंग्रेज़ चले गये, उनका ओहदा राजकीय कीट-विज्ञानी से बदल कर संयुक्त निदेशक, कीट-विज्ञान कर दिया गया। रिटायर होने के साल वे तरक़्क़ी करके निदेशक के समकक्ष पद पर पहुँच गये थे।

उनकी ज़िन्दगी का सबसे बड़ा धक्का यह था कि जिस पतंगे को *उन्होंने* खोजा था, उसका नामकरण उनके नाम पर नहीं हुआ था।

वह एक शाम उनके शराब के गिलास में आ गिरा था, जब वे अपने क्षेत्र में एक लम्बा दिन गुज़ार कर एक रेस्ट हाउस के बरामदे में बैठे हुए थे। उसे गिलास से बाहर निकालते हुए उनका ध्यान उसकी पीठ पर असाधारण रूप से घने बालों की कलग़ी की तरफ़ गया था। उन्होंने और नज़दीक से उस पर नज़र डाली थी। बढ़ती हुई उत्तेजना के साथ उन्होंने उसे दफ़्ती पर मढ़ा था, नापा था और फिर अगली सुबह उसे कुछ घण्टों के लिए धूप में रख दिया था ताकि अलकोहल उड़ जाय। फिर वे दिल्ली जाने वाली पहली गाड़ी पर सवार हो कर चल दिये थे। वर्गीकरणशास्त्रियों का ध्यान और, उन्हें उम्मीद थी, शोहरत हासिल करने के लिए। छै महीने की असहनीय चिन्ता-फ़िक्र और बेचैनी के बाद, पप्पाची को बुरी तरह निराश करते हुए बताया गया कि उनके पतंगे को अन्ततः एक जानी-मानी प्रजाति की किंचित असाधारण उप-जाति

के रूप में पहचान लिया गया है, जो गर्म प्रदेशों में पाये जाने वाले लाइमैनट्राइडे परिवार से सम्बद्ध है।

असली आघात बारह साल बाद लगा, जब वर्गीकरणशास्त्रियों की एक क्रान्तिकारी उलट-फेर के फलस्वरूप तितली-विशेषज्ञों ने निर्णय किया कि पप्पाची का पतंगा *दरअसल* एक अलग प्रजाति और वंश का था जो अब तक वैज्ञानिकों को ज्ञात नहीं था। तब तक, बहरहाल, पप्पाची रिटायर हो कर आयमनम आ बसे थे। उनके लिए अब इस खोज पर अपनी दावेदारी जताने के लिए बहुत देर हो चुकी थी। उनके पतंगे का नाम कीट-विज्ञान विभाग के कार्यकारी निदेशक के नाम पर रखा गया, जो एक जूनियर अफ़सर था और जिसे पप्पाची हमेशा नापसन्द करते आये थे।

आने वाले वर्षों में, इसके बावजूद कि वे पतंगे की खोज करने के बहुत पहले से ही बिगड़ैल स्वभाव के रहे थे, उनकी बदमिज़ाजी और ग़ुस्से के अचानक दौरों के लिए पप्पाची के पतंगे को ही ज़िम्मेदार ठहराया जाता। उसकी सलेटी, झबरीली और पीठ पर बालों की असाधारण रूप से घनी कलग़ी वाली दुष्ट प्रेतात्मा उस प्रत्येक घर में मँडराती रहती, जिसमें वे कभी रहे। वह उन्हें और उनके बच्चों को और उनके बच्चों के बच्चों को सन्त्रस्त करती रहती।

अपनी मृत्यु के दिन तक, पप्पाची आयमनम की दम घोंटने वाली गरमी में भी, हर रोज़ बिला नाग़ा एक ताज़ा-इस्त्री किया थ्री-पीस सूट और अपनी सुनहरी जेबी घड़ी डाटे रहते। अपनी सिंगार मेज़ पर, अपनी कोलोन की बोतल और बालों के बुरुश की बग़ल में वे जवानी के दिनों की, जमा कर काढ़े गये चमकीले बालों वाली, अपनी एक तस्वीर सजाये रखते थे। यह तस्वीर एक फ़ोटोग्राफ़र के स्टूडियो में वियेना में खिंचाई गयी थी जहाँ उन्होंने वह छमाही डिप्लोमा कोर्स किया था जिससे वे राजकीय कीट-विज्ञानी के पद पर नियुक्ति के लिए अर्ज़ी देने के योग्य बन सके थे। उन्हीं चन्द महीनों के दौरान, जो उन्होंने वियेना में बिताये थे, मम्माची ने वायलिन बजाने के सिलसिले में कुछ सबक लिये थे। ये सबक उस समय अचानक रोक दिये गये जब मम्माची के गुरु लॉन्स्की टीफ़नटाल ने पप्पाची को यह बताने की भूल कर दी कि उनकी पत्नी में असाधारण प्रतिभा है और उनकी राय में वे संगीत समारोहों में बजाने क़ाबिल हो सकती हैं।

मम्माची ने पारिवारिक फ़ोटो ऐल्बम में *इंडियन एक्सप्रेस* की वह कतरन चिपका दी थी जिसमें पप्पाची के निधन की सूचना छपी थी। उसमें कहा गया था :

> **सुप्रसिद्ध कीटविज्ञानी श्री बेनान जॉन आइप का निधन कल रात दिल के सख़्त दौरे से कोट्टयम जेनरल हस्पताल में हो गया। वे आयमनम के (सर्वसाधारण में पुण्यन कुन्यु के रूप में विख्यात) दिवंगत रेवरेंड ई. जॉन आइप के पुत्र थे। 1.05 बजे के आस-पास उनके सीने में दर्द उठा और उन्हें तत्काल हस्पताल ले जाया गया। 2.45 पर उन्होंने अन्तिम साँस ली। श्री आइप पिछले छै महीने से अस्वस्थ चल रहे थे। अपने पीछे वे अपनी पत्नी सोशम्मा और दो बच्चे छोड़ गये हैं।**

पप्पाची की अर्थी के समय मम्माची रोती रहीं और उनके कॉन्टैक्ट लेंस उनकी आँखों में इधर-उधर फिसलते रहे। अम्मू ने जुड़वाँ भाई-बहन को बताया कि मम्माची इसलिए नहीं रो रही थीं कि वे उन्हें प्यार करती थीं जितना इसलिए कि वे उनकी आदी हो चुकीं थीं। वे अचार के कारख़ाने के इर्द-गिर्द उनके मँडराने की आदी हो गयी थीं और समय-समय पर पिटाई की आदी हो गयी थीं। अम्मू का कहना था कि इन्सान आदत के गुलाम होते हैं और यह हैरतंगेज़ है कि वे कैसी-कैसी चीज़ों के आदी हो जाते हैं। तुम्हें बस अपने चारों तरफ़ नज़र दौड़ाने की ज़रूरत है, अम्मू ने कहा, फिर तुम्हें पता चलेगा कि पीतल के फूलदानों से पिटाइयाँ तो बहुत मामूली बात है।

अन्त्येष्टि के बाद मम्माची ने राहेल से कहा था कि वह उस नन्ही-सी नारंगी नली से, जो अपनी ख़ास डिबिया में रखी रहती थी, उनके कॉन्टैक्ट लेंसों को ढूँढने और बाहर निकालने में मदद करे। राहेल ने मम्माची से पूछा था कि क्या मम्माची के मरने के बाद वह नली उसे विरासत में मिल सकेगी। अम्मू उसे कमरे के बाहर ले गयी थीं और उन्होंने उसे एक चाँटा लगाया था।

'मैं फिर कभी तुम्हें लोगों से उनकी मौत का ज़िक्र करते नहीं सुनना चाहती,' उन्होंने कहा।

एस्ता का कहना था कि इतनी सम्वेदनाहीन होने के कारण राहेल इसी के लायक़ थी।

वियेना में खींचे गये, सजा कर जमाये गये चमकीले बालों वाले पप्पाची के चित्र को दोबारा मढ़वा कर बैठक में लगा दिया गया था।

वे एक फ़ोटोजेनिक आदमी थे, चुस्त-दुरुस्त और सावधानी से सजे-सँवरे, एक छोटे-से आदमी के बड़े-से सिर वाले। उनकी दोहरी ठोढ़ी आया ही चाहती थी, जो नुमायाँ हो गयी होती अगर उन्होंने नीचे को देखा होता या सिर झुकाया होता। चित्र में उन्होंने इस बात का ध्यान रखा था कि अपना सिर इतना ऊँचा उठाये रखें कि उनकी दोहरी ठोढ़ी का पता न चले, मगर इतना नहीं कि वे घमण्डी नज़र आने लगें। उनकी हलकी भूरी आँखों से विनम्रता के बावजूद एक दुर्भावना झलकती थी, मानो वे फ़ोटोग्राफ़र के प्रति शिष्टता बरतने का प्रयास करते हुए मन-ही-मन उसकी पत्नी के क़त्ल की साज़िश रच रहे हों। उनके ऊपरी होंट के बीचों-बीच एक मांसल गुमटा था जो उनके निचले होंट के ऊपर कुछ इस तरह आ टिकता कि उससे एक ज़नाना नख़रीलेपन का भाव प्रकट होता—जैसा अँगूठा चूसने वाले बच्चों का हो जाता है। उनकी ठोढ़ी पर एक लम्बूतरा-सा गड्ढा था, जो महज़ यह रेखांकित करता था कि उनके भीतर कहीं एक जुनूनी हिंसा छिपी हुई है। एक क़िस्म की नियन्त्रित क्रूरता। उन्होंने ख़ाकी घुड़सवारी की पोशाक पहन रखी थी, हालाँकि अपनी ज़िन्दगी में वे कभी घोड़े पर सवार नहीं हुए थे। उनके घुड़सवारी के बूट फ़ोटोग्राफ़र के स्टूडियो की बत्तियों को प्रतिबिम्बित कर रहे थे। हाथी दाँत की मूठ वाला एक चाबुक नफ़ासत से उनकी गोद में रखा हुआ था।

तस्वीर में एक ऐसा निश्चल चौकन्नापन था, जिसकी वजह से उस गर्म कमरे में, जहाँ वह टँगी थी, एक बर्फ़ीली सिहरन महसूस होती रहती।

मरने के बाद पप्पाची अपने पीछे क़ीमती सूटों से भरे कई ट्रंक छोड़ गये और एक चाकलेट का डिब्बा भर कफ़-लिंक, जिन्हें चाको ने कोट्टयम के टैक्सी ड्राइवरों के बीच बाँट दिया। उन्हें अलग-अलग करके कुँआरी कन्याओं के दहेज के लिए अँगूठियाँ और पेंडेंट बना लिये गये।

जुड़वों ने जब पूछा कि कफ़-लिंक होते किसलिए हैं—'आस्तीन के कफ़ों को आपस में लिंक करने के लिए,' अम्मू ने उन्हें बताया—तो अब तक तर्कहीन लगने वाली इस भाषा में तार्किकता का यह टुकड़ा पा कर वे रोमांचित हो उठे थे। कफ़ + लिंक = कफ़-लिंक। यह, उन्हें, गणित की अचूक तार्किकता के बराबर लगा था। *कफ़-लिंक्स* ने उन्हें असीम (भले ही अतिरंजित) सन्तोष दिया, साथ ही अंग्रेज़ी भाषा के प्रति सच्चा लगाव भी।

अम्मू का कहना था कि पप्पाची एक लाइलाज ब्रिटिश सी.सी.पी. थे, जो 'छी-छी पोंछ' का संक्षिप्त रूप था और हिन्दी में जिसका मतलब था टट्टी साफ़ करने वाला। चाको ने कहा था कि पप्पाची जैसे लोगों के लिए सही शब्द था *ऐंग्लोफ़ील।* उसने राहेल और एस्ता से *रीडर्स डाइजेस्ट ग्रेट इन्साइक्लोपीडिक डिक्शनरी* में *ऐंग्लोफ़ील*[1] शब्द दिखवाया था। वहाँ इसका अर्थ दिया गया था *'पर्सन वेल डिसपोज़्ड टू द इंग्लिश'।*[2] फिर एस्ता और राहेल को *'डिसपोज़्ड'*[3] के अर्थ देखने पड़े थे।

वहाँ लिखा था :

1. *प्लेस सूटेबली इन पर्टिकुलर ऑर्डर।*
2. *ब्रिंग माइंड इन टू सर्टेन स्टेट।*
3. *डू वॉट वन विल विथ, गेट ऑफ़ वन्स हैंडस, स्टो अवे, डिमॉलिश, फ़िनिश, सेटल, कनज़्यूम (फ़ूड), किल, सेल।*

चाको ने कहा कि पप्पाची के सिलसिले में इसका मतलब था (2) *ब्रिंग माइंड इन टू सर्टेन स्टेट।* जिसका मतलब, चाको ने कहा, यह था कि पप्पाची का मन *एक ऐसी अवस्था में ले आया* गया था जिससे उन्हें अंग्रेज़ पसन्द आने लगे थे।

चाको ने जुड़वाँ भाई-बहन से कहा कि हालाँकि यह स्वीकार करना उसके लिए बहुत नागवार था, मगर वे सब-के-सब अंग्रेज़परस्त थे। उनका *परिवार* अंग्रेज़परस्तों का *परिवार* था। ग़लत दिशा की ओर उन्मुख, अपने इतिहास के बाहर फँसा हुआ, और फिर वापस आने में असमर्थ क्योंकि उनके पदचिन्ह बुहार कर साफ़ कर दिये गये थे। उसने उन्हें समझाया था कि इतिहास रात में एक पुराने मकान सरीखा है। जिसकी सारी बत्तियाँ रोशन हों। और अन्दर पुरखे फुसफुसा रहे हों।

'इतिहास को समझने के लिए,' चाको ने कहा था, 'हमें अन्दर जा कर यह सुनना होगा कि वे क्या कह रहे हैं। और किताबों और दीवार पर टँगी तस्वीरों को देखना होगा। और गन्ध सूँघनी होगी।'

---

1. ऐंग्लोफ़ील - अंग्रेज़परस्त। 2. अंग्रेज़ों के प्रति अनुकूल भावना रखने वाला व्यक्ति। 3. (1) विशेष क्रम में समुचित ढंग से रखना, (2) मन को विशेष अवस्था में लाना, (3) (किसी चीज़ या व्यक्ति से) मनमानी करना, निपटाना, हाथ धो लेना, अलहदा करके रख देना, ध्वस्त करना, ख़त्म करना, निपटारा करना, (भोजन) खा जाना, मारना, बेचना।

एस्ता और राहेल को कोई शक नहीं था कि चाको का इशारा जिस मकान की तरफ़ था, वह नदी के उस पार, रबर के त्याग दिये गये बगान के बीचों-बीच बना मकान था, जहाँ वे कभी नहीं गये थे। कारी सैपू का घर। कारी सैपू। काला साहब। वह अंग्रेज़ जो 'देसी हो गया था।' जो मलयालम बोलता था और मुण्डू पहनता था। आयमनम का कुट्‌र्ज़।[1] आयमनम उसका निजी हार्ट ऑफ़ डार्कनेस।[2] अन्धकार का हृदय। उसने दस साल पहले अपने सिर में गोली मार कर आत्महत्या कर ली थी जब उसके कमसिन माशूक़ के माँ-बाप उस लड़के को उसके पास से ले गये थे और उसे स्कूल भेज दिया था। खुदकुशी के बाद, जायदाद को ले कर कारी सैपू के बावर्ची और उसके सेक्रेट्री के बीच लम्बी मुक़दमेबाज़ी चलती रही थी। बरसों तक घर ख़ाली पड़ा रहा था। बहुत कम लोगों ने उसे देखा था। लेकिन दोनों जुड़वाँ भाई-बहन उसकी कल्पना कर सकते थे।

इतिहास-घर।

पत्थर के ठण्डे फ़र्शों और धुँधली दीवारों और जहाज़ के आकार की लहराती परछाइयों वाला। गदरायी पारदर्शी छिपकलियाँ पुरानी तस्वीरों के पीछे डेरा डाले रहतीं और पैर के कड़े नाख़ूनों वाले, मोम-सरीखे जर्जर पुरखे, जिनकी साँसों से पीले मानचित्रों की गन्ध आती, सिसकारियों से भरी काग़ज़ी खुसफुसाहट में एक-दूसरे से बतियाते।

'मगर हम भीतर नहीं जा सकते,' चाको ने समझाया, 'क्योंकि दरवाज़े हमारे लिए बन्द हैं। और जब हम खिड़कियों से भीतर झाँकते हैं, हमें सिर्फ़ परछाइयाँ दिखायी देती हैं। और जब हम सुनने की कोशिश करते हैं, हमें सिर्फ़ फुसफुसाहटें सुनायी देती हैं। और हम फुसफुसाहटों को समझ नहीं पाते क्योंकि हमारे दिमाग़ों में एक युद्ध छिड़ा हुआ है। एक युद्ध जिसे हमने जीता भी है और हारा भी है। सबसे ख़राब क़िस्म का युद्ध। ऐसा युद्ध, जो सपनों को बन्दी बनाता है और उन्हें फिर से सपनाता है। ऐसा युद्ध जिसने हमें अपने विजेताओं की पूजा करने और अपना तिरस्कार करने पर मजबूर किया है।'

'अपने विजेताओं से *शादी करने* की कहो, तो ज़्यादा ठीक होगा,' अम्मू ने भावरहित सूखे स्वर में कहा। उनका संकेत मार्ग्रेट कॉचम्मा की ओर था। चाको ने उन्हें अनसुना कर दिया। उसने जुड़वों को *तिरस्कार* के अर्थ देखने के लिए कहा। कोश में लिखा था—*नीचा देखना, तुच्छ समझना, उपेक्षा करना, निन्दनीय या घृणा के योग्य समझना।*

चाको ने कहा कि उस युद्ध के सन्दर्भ में, जिसकी वह चर्चा कर रहा था—सपनों का युद्ध—*तिरस्कार* का अर्थ वह सब कुछ था।

'हम युद्ध-बन्दी हैं,' चाको ने कहा, 'हमारे सपनों में मिलावट कर दी गयी है। हम कहीं के नहीं रहे हैं। हम अशान्त समुद्रों पर लंगरविहीन जहाज़ की तरह यात्रा कर रहे हैं। हो सकता है, हमें कभी किनारा न मिले। हमारे दुख कभी उतने दुखद नहीं होंगे।

1.2. संकेत अफ़्रीका की पृष्ठभूमि पर लिखे गये अंग्रेज़ी के उपन्यासकार जोज़ेफ़ कॉनरैड के उपन्यास 'हार्ट ऑफ़ डार्कनेस' और उसके पात्र कुट्‌र्ज़ की ओर है।

न हमारे सुख कभी उतने सुखद। हमारे सपने कभी उतने विशाल न होंगे। न हमारी ज़िन्दगियाँ उतनी महत्वपूर्ण। कि उनकी कोई अहमियत हो।'

फिर, एस्ता और राहेल को ऐतिहासिक परिप्रेक्ष्य का बोध कराने के लिए (हालाँकि परिप्रेक्ष्य एक ऐसी चीज़ थी जिसकी, आने वाले हफ़्तों में, स्वयं चाको के भीतर भारी कमी होने वाली थी) उसने उन्हें पृथ्वी नारी के बारे में बताया। उसने उन्हें कल्पना करने को कहा कि चार अरब साठ करोड़ साल पुरानी पृथ्वी एक छियालिस साल की औरत है—इतनी बड़ी, जितनी कि मसलन, अलेयाम्मा टीचर, जो उन्हें मलयालम पढ़ाती थी। पृथ्वी को, जैसी वह अब थी, ऐसा बनने के लिए पृथ्वी नारी की अब तक की पूरी ज़िन्दगी लगी थी। समुद्रों को अलग होने के लिए। पहाड़ों को उठने के लिए। पृथ्वी नारी ग्यारह साल की थी, चाको ने कहा, जब पहले-पहल एक कोश वाले जीव प्रकट हुए। जब वह चालीस की हुई तब जा कर पहले-पहल जानवर, केंचुए और जेलीफ़िश जैसे प्राणी प्रकट हुए। वह पैंतालिस पार कर चुकी थी—महज़ आठ महीने पहले—जब डायनोसॉर पृथ्वी पर घूमा करते थे।

'समूची मानव सभ्यता, जैसा कि हम उसे जानते हैं,' चाको ने जुड़वों को बताया, 'पृथ्वी नारी के जीवन में महज़ दो घण्टे पहले शुरू हुई। जितना समय हमें कार में बैठ कर आयमनम से कोचीन पहुँचने में लगता है।'

यह एक विस्मयकारी और अपनी तुच्छता का एहसास कराने वाला ख़याल था, *विनीत* बनाने वाला, चाको ने कहा, (*विनीत* एक अच्छा शब्द था, राहेल ने सोचा। *गाओ गीत, बनो विनीत*) कि सारा समकालीन इतिहास, विश्वयुद्ध, सपनों का युद्ध, चन्द्रमा पर आदमी का क़दम रखना, विज्ञान, साहित्य, दर्शन, ज्ञान की खोज—पृथ्वी नारी की आँख की एक झपक से ज़्यादा नहीं था।

'और हम, प्यारे बच्चो, जो कुछ हम हैं और आगे कभी होंगे—उसकी आँख की एक टिमटिमाहट भर हैं,' चाको ने अपने बिस्तर पर लेटे-लेटे, छत को घूरते हुए बड़ी ऊँचाई से कहा।

जब वह इस तरह के मूड में होता था, चाको अपनी सस्वर-पाठ-करने-वाली आवाज़ का इस्तेमाल करता था। उसके कमरे में एक गिरजे का-सा एहसास पैदा हो जाता था। उसे परवाह नहीं थी कि कोई उसे सुन रहा होता या नहीं। और अगर वे सुन रहे होते तो उसे परवाह नहीं थी कि जो वह कह रहा होता, उसे वे समझ पाये या नहीं। अम्मू उन्हें उसके ऑक्सफ़ोर्ड मूड कहा करतीं।

बाद में जो कुछ हुआ, उसकी रोशनी में, पृथ्वी नारी की आँख की भाव-भंगिमा को बताने के लिए टिमटिमाहट एक बिलकुल ग़लत शब्द लगा था। टिमटिमाहट तो चुन्नट-भरी ख़ुशगवार किनारियों वाला शब्द था।

हालाँकि जुड़वों पर पृथ्वी नारी का एक स्थायी असर पड़ा था, यह इतिहास-घर था—उनके इतना नज़दीक—जो उन्हें सचमुच चमत्कृत करता था। वे अक्सर उसके बारे में सोचा करते। नदी के उस पार वाला मकान।

अन्धकार के हृदय में मँडराता डोलता।

वह मकान, जिसमें वे दाख़िल नहीं हो सकते थे। ऐसी फुसफुसाहटों से भरा, जिन्हें वे समझ नहीं सकते थे।

उन्हें तब पता नहीं था कि जल्द ही वे अन्दर दाख़िल *होंगे।* कि वे नदी पार करेंगे और वहाँ होंगे जहाँ उन्हें नहीं होना चाहिए था, एक ऐसे आदमी के साथ जिसे उन्हें प्यार नहीं करना चाहिए था। कि वे थाल जैसी आँखों से देखेंगे जब इतिहास पीछे वाले बरामदे में ख़ुद को उनके सामने उद्घाटित करेगा।

उस समय जब उनकी उमर के अन्य बच्चे दूसरी चीज़ें सीख रहे थे, एस्ता और राहेल ने सीखा कि इतिहास कैसे अपनी शर्तें तय करता है और उन लोगों से अपना पावना वसूलता है जो उसके नियम-क़ानून तोड़ते हैं। उन्होंने उसकी दिल बैठाने वाली धमक सुनी। उन्होंने उसकी गन्ध सूँघी और उसे कभी नहीं भूले।

इतिहास की गन्ध। हवा के झँकोरे पर बासी गुलाबों की महक सरीखी।

वह हमेशा के लिए आम चीज़ों में दुबकी रहने वाली थी। कोट हैंगरों में। टमाटरों में। सड़कों पर बिछे डामर में। किन्हीं ख़ास रंगों में। किसी रेस्तराँ की तश्तरियों में। शब्दों की अनुपस्थिति में। और आँखों के शून्य में।

वे, जो कुछ हुआ उसके साथ ज़िन्दगी गुज़ारने के तरीक़ों से जूझते हुए, बड़े होने वाले थे। वे ख़ुद को यह बताने की कोशिश करने वाले थे कि भौगोलिक समय के लिहाज़ से वह एक नगण्य घटना थी। पृथ्वी नारी की आँखों की एक झपक मात्र। कि इससे ख़राब चीज़ें घटित हो चुकी थीं। कि ख़राब चीज़ें घटित होती रहती थीं। मगर उन्हें इस ख़याल से कोई सुकून नहीं मिलने वाला था।

चाको का कहना था कि *द साउण्ड ऑफ़ म्यूज़िक* देखने जाना अंग्रेज़परस्ती की ही एक और क़वायद थी।

अम्मू ने कहा, 'अरे, रहने भी दो, सारी दुनिया *द साउण्ड ऑफ़ म्यूज़िक* देखने जाती है। दुनिया की हिट फ़िल्म है।'

'तिस पर भी, माई डियर,' चाको ने अपनी सस्वर पाठ वाली आवाज़ में कहा, 'तिस। पर। भी।'

मम्माची अक्सर कहती थीं कि चाको का शुमार बड़ी आसानी से हिन्दुस्तान के सबसे बुद्धिमान आदमियों में किया जा सकता था। 'किस के अनुसार ?' अम्मू कहतीं, 'किस आधार पर ?' मम्माची को वह क़िस्सा (चाको का क़िस्सा) सुनाना पसन्द था कि कैसे ऑक्सफ़ोर्ड के एक आचार्य ने कहा था कि उनकी राय में चाको बहुत प्रतिभाशाली था और उसके अन्दर प्रधान मन्त्री बनने की सम्भावनाएँ थीं।

इस पर अम्मू हमेशा कहतीं, 'हा ! हा ! हा !' जैसे लोग चित्रकथाओं में कहते थे।

उनका कहना था :

(क) ऑक्सफ़ोर्ड जाना किसी आदमी को लाज़िमी तौर पर अक़्लमन्द नहीं बना देता।

(ख) अक़्लमन्दी लाज़िमी तौर पर एक अच्छा प्रधानमन्त्री बनने के लिए ज़रूरी नहीं है।

(ग) अगर कोई व्यक्ति अचार का एक कारख़ाना भी मुनाफ़े में नहीं चला सकता तो वह एक पूरे-के-पूरे देश को कैसे चलायेगा ? और सबसे ज़रूरी बात :

(घ) सारी हिन्दुस्तानी माएँ अपने बेटों से अभिभूत रहती हैं और इसीलिए वे उनकी योग्यताओं के सिलसिले में सही न्याय नहीं कर पातीं।

चाको का कहना था :

(क) तुम ऑक्सफ़ोर्ड *जाते* नहीं। तुम आक्सफ़ोर्ड में *पढ़ते* हो।
और

(ख) ऑक्सफ़ोर्ड में *पढ़ने* के बाद तुम उतर आते हो।

'तुम्हारा मतलब है, ज़मीन पर ?' अम्मू पूछा करतीं, '*वह* तो तुम यक़ीनन करते हो। अपने जाने-माने हवाई जहाज़ों की तरह।'

अम्मू का कहना था कि चाको के हवाई जहाज़ों का अफ़सोसनाक, मगर पूरे तौर पर पहले से बताया जा सकने वाला, अंजाम चाको की योग्यता का एक निष्पक्ष पैमाना था।

महीने में एक बार (बारिशों को छोड़ कर) चाको के लिए वी.पी.पी. से एक पार्सल आया करता। उसमें हमेशा बालसा लकड़ी का हवाई जहाज़ बनाने का सामान होता। चाको को उसकी छोटी-सी पेट्रोल की टंकी और मोटर से चलने वाले पंखे जोड़ कर हवाई जहाज़ बनाने में आम तौर पर आठ से दस दिन का समय लगता था। जब वह तैयार हो जाता, वह एस्ता और राहेल को नट्टाकोम के धान के खेतों में ले जाता ताकि वे उसे उड़ाने में उसकी मदद करें। वह कभी एक मिनट से ज़्यादा नहीं उड़ता था। महीने-दर-महीने, चाको के सावधानी से बनाये गये विमान, धान के दलदली हरे खेतों में जा गिरते जिनमें एस्ता और राहेल सधाये गये शिकारी कुत्तों की तरह विमान के अवशेषों को बचा कर लाने के लिए झपट कर दौड़ते।

एक पूँछ, एक टंकी, एक डैना।

एक घायल मशीन।

चाको का कमरा लकड़ी के टूटे विमानों से अटा पड़ा था। और हर महीने एक और किट आ जाता। चाको ने विमानों के ध्वस्त होने के लिए किट को कभी नहीं दोषी ठहराया।

यह पप्पाची के मरने के बाद ही हुआ कि चाको ने मद्रास क्रिश्चियन कॉलेज में अध्यापक की नौकरी से इस्तीफ़ा दे दिया और अपने बेलियल चप्पू और अचार सम्राट बनने के सपनों के साथ आयमनम चला आया। उसने अपनी पेंशन और प्रॉविडेंट फ़ण्ड को एक भारत बोतल-सीलिंग मशीन ख़रीदने के लिए एकमुश्त रक़म में तब्दील करा लिया। उसका चप्पू, जिस पर उसके साथी-खेवैयों के नाम सुनहरे अक्षरों में अंकित थे, कारख़ाने की दीवार पर लोहे की खूँटियों से टँगा रहता।

चाको के आने से पहले कारख़ाना एक छोटा, मगर मुनाफ़े का, कारोबार था। मम्माची उसे एक बड़े-से रसोई-घर की तरह चलाती थीं। चाको ने उसे एक साझेदारी

के रूप में रजिस्टर करवाया और मम्माची को ख़बर दी कि वे उसकी स्लीपिंग पार्टनर थीं। उसने साज़ो-सामान (डिब्बाबन्दी की मशीनों, कढ़ाहों और चूल्हों) में पैसा लगाया और मज़दूरों की फ़ौज को बढ़ाया। लगभग तत्काल कारोबार में आर्थिक गिरावट शुरू हो गयी, मगर उसे नक़ली तौर पर बैंक के उन मँहगे क़र्ज़ों से ऊपर उठाये रखा गया, जो चाको ने आयमनम निवास के इर्द-गिर्द फैले धान के पारिवारिक खेतों को गिरवी रख कर जुटाये थे। हालाँकि कारख़ाने में अम्मू चाको जितना ही काम करती थीं, मगर जब भी वह खाद्य इन्स्पेक्टरों और सैनिटरी इंजीनियरों से बात करता, वह हमेशा उसका ज़िक्र करते हुए *मेरा* कारख़ाना, *मेरे* अन्नानास, *मेरे* अचार कहता। क़ानूनन मामला यही था क्योंकि बेटी होने के नाते अम्मू का जायदाद में कोई हक़ नहीं बनता था।

चाको ने राहेल और एस्ता को बताया कि अम्मू कुछ भी करने की अधिक आरी नहीं थीं।

'हमारे लाजवाब पुरुष प्रधान समाज की कृपा से,' अम्मू ने कहा।

चाको ने कहा, 'तुम्हारा माल सो मेरा माल और मेरा माल तो मेरा है ही।'

उसके क़द-बुत और मोटापे के लिहाज़ से चाको की हँसी आश्चर्यजनक रूप से बारीक़ और ऊँची थी। और जब वह हँसता, उसका सारा शरीर हिलने-डुलने का आभास दिये बिना ऊपर से नीचे तक काँपता।

जब तक चाको आयमनम नहीं आया था, मम्माची के कारख़ाने का कोई नाम नहीं था। सब लोग उनके अचार और जैम का उल्लेख सोशा का कच्चे आम का अचार या सोशा का केले का जैम कह कर करते। सोशा मम्माची का नाम था। सोशम्मा।

यह चाको था जिसने कारख़ाने का नामकरण पैराडाइज़ अचार और मुरब्बे किया और लेबल डिज़ाइन करवा के कॉमरेड के.एन.एम. पिल्ले के छापेख़ाने में छपवाये। शुरू में उसका इरादा उसे ज़िउस अचार और मुरब्बे कहने का था, लेकिन इस ख़याल को नामंज़ूर कर दिया गया क्योंकि सबका कहना था कि ज़िउस आम लोगों की समझ से परे था और उसमें कोई देसीपन नहीं था जबकि पैराडाइज़ में था। (कॉमरेड पिल्ले का सुझाव—परशुराम अचार—विपरीत कारण से नामंज़ूर किया गया : ज़रूरत से *ज़्यादा* देसीपन)।

यह चाको की सूझ थी कि तख़्तियों पर एक इश्तहार रँगवा कर प्लिमथ की छत पर सामान रखने के रैक पर लगवाया जाय।

अब कोचीन की ओर जाते समय वह खड़खड़ा रहा था और उससे ऐसी आवाज़ें आ रही थीं मानो वह गिरने-गिरने को था।

वैकम के पास उसे और हिफ़ाज़त के साथ बाँधने के लिए थोड़ी-सी रस्सी ख़रीदने की ख़ातिर उन्हें रुकना पड़ा था। इसने उन्हें और बीस मिनट की देर करा दी थी। राहेल को *द साउण्ड ऑफ़ म्यूज़िक* के लिए देर हो जाने की चिन्ता सताने लगी।

फिर, जैसे ही वे कोचीन के बाहरी हिस्से में पहुँचे, रेलवे क्रॉसिंग के फाटक का लाल-सफ़ेद डण्डा गिरा दिया गया। राहेल को मालूम था कि ऐसा इसलिए हुआ क्योंकि वह मनाती आयी थी कि ऐसा न हो।

उसने अभी अपनी आशाओं को क़ाबू में रखना नहीं सीखा था। एस्ता ने कहा

कि यह एक बुरा लक्षण है।

लिहाज़ा अब फ़िल्म की शुरुआत उनसे छूट जाने वाली थी। जब जूली ऐंड्र्यूज़ पहाड़ पर एक बिन्दी की तरह नज़र आने लगती है और धीरे-धीरे बड़ी और बड़ी होती जाती है और आख़िरकार वह पर्दे पर बर्फ़ीले पानी सरीखी अपनी आवाज़ और पिपरमिंट जैसी साँस के साथ फट पड़ती है।

लाल-सफ़ेद डण्डे पर लगी लाल तख़्ती पर सफ़ेद से लिखा था—रुको।

'कोरु,' राहेल ने कहा।

एक पीली होर्डिंग पर लाल से दर्ज था—भारतीय बनो, भारतीय ख़रीदो।

'यतीरभा नोब, यतीरभा दोरीख़,' एस्ता ने कहा।

दोनों जुड़वाँ भाई-बहन पढ़ने-पढ़ाने के मामले के अकाल प्रौढ़ थे। उन्होंने *ओल्ड डॉग टॉम, जैनेट एण्ड जॉन* और अपनी *रॉनल्ड रिडाउट पाठ्य-पुस्तकों* को सरपट पार कर लिया था। रात के समय अम्मू उन्हें किपलिंग की *जंगल बुक* से पढ़ कर सुनातीं :

अब चील रात को घर ले आती
जिसे मैंग चमगादड़ करता मुक्त...

उनकी बाँहों के रोंगटे खड़े हो जाते और पलँग के पास रखे लैम्प की रोशनी में सुनहरे नज़र आते। पढ़ते-पढ़ते अम्मू अपनी आवाज़ को शेर ख़ान की आवाज़ की तरह खरखराती हुई बना लेतीं। या फिर तबाक़ी की आवाज़ की तरह रिरियाती हुई।

'तुम चुनते हो और तुम नहीं चुनते ! यह चुनने-चुनाने की क्या चर्चा है ? उस बैल की क़सम, जिसे मैंने मार गिराया, क्या मुझे अपनी वाजिब वसूली के लिए तुम कुत्तों की माँद में नाक घुसा कर टोह लेते हुए खड़े रहना होगा ? यह मैं हूँ, शेर ख़ान, जो बोल रहा है !

'और यह मैं हूँ रक्षा (डाइन) जो जवाब दे रही है,' दोनों जुड़वाँ ऊँची आवाज़ में चिल्लाते। एक साथ नहीं, मगर लगभग।

'वह आदमी का बच्चा मेरा है लँगड़ी—मेरा मुझ को दे दे ! उसे मारा नहीं जायेगा। वह झुण्ड के साथ दौड़ने और झुण्ड के साथ शिकार करने के लिए जियेगा, और अन्त में, देखते रहो तुम, नन्हे नंगे शावकों का शिकार करने वाले —मेढक खाने वाले —मछली मारने वाले —वह तेरा शिकार करेगा।'

बेबी कॉचम्मा ने, जिसे उनकी औपचारिक शिक्षा की ज़िम्मेदारी सौंपी गयी थी, उन्हें चार्ल्स और मेरी लैम्ब द्वारा तैयार किया गया *द टेम्पेस्ट* का एक संक्षिप्त रूप पढ़ कर सुनाया था।

'जहाँ डोले काला भँवरा, वहाँ डोलूँ मैं,' एस्ता और राहेल कहते हुए घूमते, *'वनपुष्पी के कानों में अपना रस घोलूँ मैं।'*

इसीलिए जब बेबी कॉचम्मा की ऑस्ट्रेलियन मिशनरी मित्र मिस मिटन ने आयमनम आने पर एस्ता और राहेल को उपहार-स्वरूप बच्चों की एक किताब *द ऐडवेंचर्स ऑफ़ सूज़ी स्क्विरल—सूज़ी गिलहरी के साहसी कारनामे*—दी तो उन्हें बहुत बुरा लगा। पहले उन्होंने उसे सीधी तरफ़ से पढ़ा। फिर, जब उन्होंने उसके सामने किताब को उलटी तरफ़ से सस्वर पढ़ कर सुनाया तो मिस मिटन ने, जो पुनः जन्मे ईसाइयों के एक पन्थ से सम्बद्ध थी, कहा कि वह उनसे किंचित निराश हुई है।

'ज़ीसू रीहलगि के सीहसा मेनारका। तन्सब की कए हबसु ज़ीसू रीहलगि ने खेंआँ लींखो।'

उन्होंने मिस मिटन को दिखाया कि कैसे *मलयालम* और *मैडम आई ऐम ऐडम,* दोनों को उलटा-सीधा एक समान पढ़ना सम्भव था। इससे मिस मिटन का मनोरंजन होना तो दूर रहा, पाया यह गया कि उसे तो यह भी नहीं मालूम था कि मलयालम क्या है। उन्होंने उसे बताया था कि यह वह भाषा है, जिसे केरल में सब बोलते हैं। उसने कहा कि उसकी तो यह धारणा थी कि उसे केरली कहते थे। एस्ता ने, जो तब तक मिस मिटन को बेतरह नापसन्द करने लगा था, उससे कहा था कि जहाँ तक उसका सम्बन्ध है, यह एक अत्यन्त मूर्खतापूर्ण ख़याल था।

मिस मिटन ने बेबी कॉचम्मा से एस्ता की उद्दण्डता की शिकायत की थी, और उनके उलटी तरफ़ से पढ़ने की भी। उसने बेबी कॉचम्मा से कहा कि उसने उनकी आँखों में शैतान को देखा था। *कीनउ खोंआँ में नताशै।*

उनसे *भविष्य में हम उलटा नहीं पढ़ेंगे* लिखवाया गया था। *भविष्य में हम उलटा नहीं पढ़ेंगे*। सौ बार। सीधी तरफ़ से।

कुछ महीने बाद मिस मिटन होबार्ट के क्रिकेट मैदान से आने वाली सड़क की परली तरफ़ एक दूध की गाड़ी से कुचल कर मारी गयी थीं। राहेल और एस्ता के लिए इस तथ्य में एक छिपा हुआ न्याय था कि दूध की गाड़ी *पीछे* को आ रही थी।

रेल के चौफटके के दोनों तरफ़ और भी बसें और कारें आ रुकी थीं। एक ऐम्ब्युलेंस, जिस पर *सेक्रेड हार्ट हॉस्पिटल* लिखा था, शादी में जा रहे ढेर सारे लोगों के झुण्ड से भरी हुई थी। दुलहिन पिछली खिड़की से बाहर टकटकी लगाये थी। उसका चेहरा बड़े-से लाल सलीब के पपड़ियाते रोग़न के बीच से झाँक रहा था।

सारी बसों के नाम लड़कियों वाले थे। लूसीकुट्टी, मॉलीकुट्टी, बीना मोल। मलयालम में *मोल* छोटी लड़की और *मोन* छोटा लड़का होता है। बीना मोल तीर्थयात्रियों से भरी थी जिन्होंने तिरुपति में अपने सिर मुँडाये थे। राहेल को बस की खिड़कियों में, एक-से फ़ासले पर पड़ी हुई उलटी की धारियों के ऊपर, गंजे सिरों की एक क़तार दिखायी दे रही थी। उसे उलटी के बारे में ज़रूरत से ज़्यादा कौतूहल था। उसने कभी उलटी नहीं की थी। एक बार भी नहीं। एस्ता ने की थी, और जब वह उलटी करता था, उसकी चमड़ी गरम और चमकीली हो जाती थी और उसकी आँखें बेचारगी से भरी और सुन्दर, और तब अम्मू उसे आम तौर की बनिस्बत ज़्यादा प्यार करतीं। चाको का कहना था कि एस्ता और राहेल निर्लज्ज रूप से स्वस्थ हैं। और सोफ़ी मोल भी। उसने कहा

कि ऐसा इसलिए था क्योंकि वे तीनों के तीनों सजातीय प्रजनन का शिकार नहीं थे, जैसा कि अधिकांश सीरियन ईसाई थे। और पारसी भी।

मम्माची ने कहा था कि उनके नाती-नतिनी जिस चीज़ का शिकार थे, वह सजातीय प्रजनन से कहीं ख़राब थी। उनका मतलब तलाक़शुदा माता-पिता से था। मानो लोगों को बस यही दो विकल्प उपलब्ध हों—सजातीय प्रजनन या तलाक़।

राहेल को पक्के तौर पर मालूम नहीं था कि वह किस चीज़ का शिकार थी, लेकिन कभी-कभार वह आईने के सामने उदास चेहरे बनाने और लम्बी साँसें लेने का अभ्यास करती।

'जो मैं कर रहा हूँ, वह उससे कहीं कहीं बेहतर चीज़ है, जो मैंने कभी की है,' वह उदास भाव से अपने आपको सम्बोधित करती। यह राहेल थी—*ए टेल ऑफ़ टू सिटीज़* की क्लासिक्स इलस्ट्रेटेड कॉमिक्स वाली चित्रकथा में सीढ़ियों पर खड़े हो कर गिलोटीन किये जाने का इन्तज़ार करते चार्ल्स डार्ने का रूप धरे सिडनी कार्टन बनी हुई।

उसे अचरज हुआ कि आख़िर किस वजह से इन गंजे तीर्थयात्रियों ने ऐसे एक-से ढंग से उलटी की थी, और यह कि क्या उन्होंने एक साथ एक अकेले सुसंयोजित झटके से उलटी की थी (संगीत की संगत में शायद, बस में बजते भजन की लय-ताल पर) या अलग-अलग, एक-एक करके।

शुरू में, जब चौफटका बन्द हुआ ही हुआ था, हवा घरघराते इंजनों की अधीर ध्वनि से भरी हुई थी। लेकिन जब चौफटके पर तैनात आदमी अपनी पीछे को झुकती टाँगों पर अपनी कोठरी से बाहर आया और उसने अपनी ढीली, फटफटाती चाल से चाय की दुकान की ओर बढ़ते हुए यह संकेत दिया कि वे एक लम्बी प्रतीक्षा की चपेट में हैं तो चालकों ने अपने इंजन बन्द किये और टाँगें सीधी करते हुए झुण्ड के रूप में इधर-उधर मँडराने लगे।

अपने उकताये, उनींदे सिर की एक बेढंगी हरकत से चौफटके के देवता ने मानो जादू के बल पर पट्टियाँ बाँधे भिखारी और थाल उठाये आदमी प्रकट कर दिये—ताज़ा कटे नारियल के टुकड़े बेचते हुए, या केले के पत्तों पर परिप्पू वड़े। और ठण्डे पेय। कोका कोला, फ़ैंटा, रोज़मिल्क।

मैली, धब्बेदार पट्टियों वाला एक कोढ़ी कार की खिड़की पर आ कर भीख माँगने लगा।

'मुझे तो यह मरक्यूरोक्रोम जैसा लगता है,' अम्मू ने उसके असाधारण रूप से लाल ख़ून के बारे में कहा।

'शाब्बाश,' चाको बोला, 'सच्चे बुर्जुआ की तरह कहा तुमने।'

अम्मू मुस्करायीं और उन्होंने हाथ मिलाये, मानो अम्मू को सचमुच एक खाँटी खरा बुर्जुआ होने के नाते योग्यता का प्रमाण-पत्र दिया जा रहा था। ऐसे लम्हों को दोनों जुड़वाँ एक निधि की तरह संचित करते थे और एक (किसी क़दर झीनी) माला में क़ीमती मनकों की तरह पिरो कर रखते थे।

राहेल और एस्ता ने अपनी-अपनी नाक प्लिमथ के शीशों पर दबा दी। तरसती

शकरकन्दियाँ और उनके पीछे बादलों जैसे बच्चों के धुँधलाये चेहरे। अम्मू ने सख़्ती और दृढ़ता के साथ कहा, 'नहीं।'

चाको ने एक चारमीनार सुलगायी। उसने लम्बा कश लिया और फिर तम्बाकू का एक नन्हा-सा ज़र्रा हटाया जो उसकी ज़बान पर चिपका रह गया था।

प्लिमथ के भीतर राहेल के लिए एस्ता को देखना आसान नहीं था क्योंकि बेबी कॉचम्मा उनके बीच एक पहाड़ की तरह जमी हुई थी। अम्मू ने उन्हें आपस में लड़ने से रोकने के लिए उनके अलग-अलग बैठने पर ज़ोर दिया था। जब वे झगड़ते, एस्ता राहेल को एक शरणार्थी सींकिया टिड्डी कहता। राहेल उसे एल्विस पेल्विस बुलाती और अजीब ढंग से शरीर को मरोड़ते हुए नाचती, जो एस्ता को ग़ुस्से से पागल कर देता। जब उनके बीच सचमुच की हाथापाई होती तो उनका जोड़ इतना बराबरी का था कि लड़ाई लम्बी खिंचती और उनके रास्ते में आने वाली हर चीज़ चकनाचूर हो जाती—टेबल लैम्प, राखदानियाँ और पानी के जग—या फिर इस क़दर टूट-फूट जाती कि मरम्मत के क़ाबिल न रहती।

बेबी कॉचम्मा ने आगे वाली सीट की पीठ को अपनी बाँहों से पकड़ रखा था। जब कार चलती तो उसकी बाँहों की चर्बी हवा में हिलते धुलाई के भारी कपड़ों की तरह झूलती रहती। इस समय वह एक मांसल पर्दे की तरह नीचे लटकी हुई थी, एस्ता को राहेल की नज़रों से ओझल रखती हुई।

सड़क की एस्ता वाली तरफ़ वह चाय की दुकान थी जो चाय और काँच की धुँधलाई, मक्खियों वाली पेटियों में रखे बासी ग्लूकोज़ बिस्कुट बेचती थी। वहाँ लेमन सोडा की मोटे काँच की बोतलें भी थीं जिनकी गैस को बाहर निकलने से रोकने के लिए उनके मुँह में शीशे की नीली गोलियाँ पड़ी हुई थीं। और एक लाल आइस-बॉक्स जिस पर किसी क़दर मरे-मरे ढंग से लिखा था *लाओ उमंग कोका कोला के संग।*

चौफटके का पागल, मुरलीधरन, एक मील के पत्थर पर एकदम सन्तुलित ढंग से पालथी मारे बैठा था। उसका अण्डकोष और शिश्न नीचे को लटका हुआ था, उस निशान की तरफ़ इशारा करता हुआ जिस पर लिखा था :

कोचीन

23

मुरलीधरन नंग-धड़ंग था सिवा उस ऊँची-सी प्लास्टिक की पन्नी के, जिसे किसी ने उसके सिर पर बावर्चियों वाली पारदर्शी टोपी की तरह जमा कर पहना दिया था और जिसके पार उधर के इलाके का नज़ारा धुँधलाया, बावर्ची-नुमा, मगर बेरोक दिखाई दे रहा था। वह अगर चाहता तो भी वह अपनी टोपी उतार नहीं सकता था क्योंकि उसकी बाँहें नहीं थीं। वह जब 1942 में घर से भाग कर इंडियन नेशनल आर्मी के फ़ौजियों की क़तार में शामिल हो कर लड़ने के लिए सिंगापुर पहुँचा था तो उसके पहुँचने के हफ़्ते भर के अन्दर ही वे उड़ गयी थीं। आज़ादी के बाद उसने खुद को पहले दर्जे के स्वाधीनता सेनानी के रूप में रजिस्टर कराया था और उसे ज़िन्दगी भर के लिए एक मुफ़्त फ़र्स्ट क्लास रेलवे पास आबंटित किया गया था। इसे भी उसने (अपने होश-हवास के साथ) खो दिया था, लिहाज़ा अब वह रेलगाड़ियों में या फिर रेलवे

स्टेशनों के भोजनालयों में नहीं रह सकता था। मुरलीधरन के पास कोई घर नहीं था, ताला लगाने के लिए दरवाज़े नहीं थे, मगर उसने अपनी पुरानी चाभियाँ सावधानी से कमर में बाँध रखी थीं। उसका दिमाग़ अलमारियों से भरा था, जिनमें रहस्यमय सुख बेतरतीबी से ठुँसे हुए थे।

एक अलार्म घड़ी। एक संगीतमय हॉर्न वाली लाल मोटरकार। एक गुसलख़ाने वाला लाल मग। एक हीरा पहने पत्नी। एक ज़रूरी काग़ज़ात वाला ब्रीफ़केस। एक दफ़्तर से घर वापसी। एक *मुझे खेद है, कर्नल सभापति, लेकिन मेरा ख़याल है मैं अपनी बात कह चुका हूँ।* और बच्चों के लिए केले के कड़क चिप्स।

वह रेलगाड़ियों को आते और जाते देखता। वह अपनी चाभियाँ गिनता रहता।

वह सरकारों को बनते और टूटते देखता। वह अपनी चाभियाँ गिनता रखता।

वह कार की खिड़कियों पर तरसती शकरकन्दियों जैसी नाक वाले और बादलों जैसे धुँधलाये बच्चे देखता।

बेघर, बेचारे, बीमार, ठिगने और गुमशुदा लोग—सब उसकी खिड़की से हो कर गुज़रते। फिर भी वह अपनी चाभियाँ गिनता रहता।

उसे कभी निश्चित रूप से यह मालूम न था कि कौन-सी अलमारी उसे खोलनी पड़ सकती है, और कब। वह अपने जटा-जूट बालों और खिड़कियों जैसी आँखों के साथ तपते हुए मील के पत्थर पर बैठा था और इस बात पर ख़ुश था कि वह कभी-कभी नज़रें दूसरी तरफ़ फेर सकता है। और उसके पास गिनने के लिए और दोबारा जाँचने-परखने के लिए अपनी चाभियों का गुच्छा है।

संख्याओं से काम चल सकता था।

सुन्न होना बेहतर होता।

गिनती करते समय मुरलीधरन अपना मुँह चलाता और होंटों से साफ़-साफ़ शब्द बनाता।

उन्नऽ
रंडऽ
मून्नऽ

एस्ता ने ग़ौर किया कि उसके सिर के बाल घुँघराले सलेटी थे, उसकी हवा-खाती बाज़ू विहीन बग़लों के बाल गुच्छेदार काले थे और उसकी जाँघों के बीच के बाल काले और लोचदार थे। एक आदमी और तीन तरह के बाल। एस्ता को अचरज हुआ कि ऐसा कैसे हो सकता है। उसने सोचने की कोशिश की कि वह किससे पूछे।

राहेल के भीतर इन्तज़ार इस तरह लबालब भरता चला गया था कि वह फट पड़ने को आमादा थी। उसने अपनी घड़ी पर नज़र डाली। दो बजने में दस। उसने जूली ऐंड्र्यूज़ और क्रिस्टोफ़र प्लमर के उस चुम्बन के बारे में सोचा जिसमें वे एक-दूसरे को अगली-बगली चूमते थे ताकि उनकी नाक टकरा न जाये। उसे अचरज हुआ कि क्या लोग हमेशा एक-दूसरे को अगली-बगली चूमते थे। उसने सोचने की कोशिश की कि वह किससे पूछे।

फिर, दूर से, एक भनभनाहट रुके हुए ट्रैफ़िक की तरफ़ आयी और उसने एक लबादे की तरह उसे ढाँप लिया। चालक, जो अपनी टाँगें सीधी कर रहे थे, अपनी गाड़ियों में वापस जा बैठे और उन्होंने धमाके से दरवाज़े बन्द कर लिये। भिखारी और ख़ोंचाफ़रोश ग़ायब हो गये। मिनटों में सड़क ख़ाली हो गयी। सिवाय मुरलीधरन के। जो तपते मील के पत्थर पर चूतड़ टिकाये बैठा हुआ था। अविचलित और सिर्फ़ हल्की-सी उत्सुकता से भरा।

धक्कम-धक्का और गहमा-गहमी हुई। और पुलिस की सीटियाँ सुनायी दीं।

दूसरी तरफ़ के, प्रतीक्षारत, ट्रैफ़िक के पीछे से लाल झण्डे और बैनर लिये लोगों की एक क़तार प्रकट हुई और एक बढ़ती हुई भनभनाहट, जो और भी ऊँची होती गयी।

'अपनी खिड़कियाँ चढ़ा लो,' चाको ने कहा, 'और शान्त रहो। वे हमें नुक़सान नहीं पहुँचायेंगे।'

'उनमें शामिल क्यों नहीं हो जाते कॉमरेड ?' अम्मू ने चाको से कहा। 'गाड़ी मैं चला लूँगी।'

चाको ने कुछ नहीं कहा। उसके जबड़े पर चर्बी की तह के नीचे एक नस तन गयी। उसने सिगरेट दूर फेंकी और अपनी खिड़की चढ़ा ली।

चाको एक स्वघोषित मार्क्सवादी था। वह कारख़ाने में काम करने वाली सुन्दर औरतों को अपने कमरे में बुलाता और मज़दूरों के हक़ और मज़दूर संघों के क़ानून पर भाषण देने के बहाने बेशर्मी से उन पर डोरे डालता। वह उन्हें कॉमरेड बुलाता और ज़ोर देता कि वे भी पलट कर उसे कॉमरेड बुलायें (जिससे वे खिखिया कर हँसने लगतीं)। उन्हें बुरी तरह शर्मिन्दा और मम्माची को बुरी तरह विस्मित-व्याकुल करते हुए, वह उन्हें अपने साथ मेज़ पर बैठ कर चाय पीने के लिए मजबूर करता।

एक बार वह उनके एक दल को मज़दूर संघ की क्लासों में भाग लेने के लिए भी ले गया था, जो आलेप्पी में आयोजित हुई थीं। वे बस से गये थे और नाव से लौटे थे। वे ख़ुश-ख़ुश वापस आयी थीं, काँच की चूड़ियाँ पहने और बालों में फूल सजाये।

अम्मू का कहना था कि वह सब निरी बेवकूफ़ी थी। महज़ एक बिगड़े हुए राजकुमार द्वारा *कॉमरेड ! कॉमरेड !* खेलने का मामला। पुरानी ज़मींदाराना मानसिकता का एक ऑक्सफ़ोर्डी अवतार—उन औरतों को, जो अपनी आजीविका के लिए उस पर निर्भर थीं, ज़बरदस्ती अपनी तवज्जो का निशाना बनाने वाला ज़मींदार।

जुलूस के नज़दीक आने पर अम्मू ने अपनी खिड़की चढ़ा ली। एस्ता ने अपनी। राहेल ने अपनी। (प्रयत्नपूर्वक, क्योंकि हत्थे की काली मूठ निकल कर गिर गयी थी।)

अचानक आसमानी रंग की वह प्लिमथ कार उस सँकरी, ऊबड़-खाबड़ ट्रैफ़िक-भरी सड़क पर बेतुके ढंग से शानदार दिखायी देने लगी। किसी सँकरे गलियारे से दब-दुब कर जाती हुई भारी-भरकम औरत की तरह। गिरजे में प्रसाद की रोटी और शराब लेने के लिए बढ़ती हुई बेबी कॉचम्मा की तरह।

'नीचे देखो,' जैसे ही जुलूस की अगली क़तारें कार तक पहुँचीं, बेबी कॉचम्मा ने कहा, 'उनसे नज़रें मत मिलाओ। इसी से तो वे भड़क जाते हैं।'

उसकी गरदन की एक तरफ़ उसकी नाड़ी तेज़ी से धड़क रही थी।

कुछ ही मिनटों के भीतर सड़क जुलूस में चलते हज़ारों लोगों से अट गयी। मनुष्यों की नदी में मोटर कारों के टापू। हवा झण्डों से लाल थी। जैसे-जैसे लोग रेल के चौफटके के नीचे से डुबकी मार कर निकलते और एक लाल लहर की शक्ल में रेल की लाइनों को पार करते हुए आगे बढ़ते, उनके झण्डे भी झुकते और उठते।

हज़ारों कण्ठों से आती आवाज़ें बर्फ़ की मानिन्द जमे ट्रैफ़िक के ऊपर शोर की एक छतरी की तरह छा गयीं।

'इन्क़िलाब ज़िन्दाबाद।'

'मज़दूर एकता ज़िन्दाबाद।'

'क्रान्ति अमर रहे,' वे चिल्लाये, 'दुनिया के मज़दूरो एक हो।'

चाको के पास भी सचमुच इसकी कोई सन्तोषजनक व्याख्या नहीं थी कि कम्यूनिस्ट पार्टी केरल में इतनी अधिक सफल क्यों थी जितनी कि वह हिन्दुस्तान में लगभग और कहीं भी नहीं रही थी, सिवा शायद बंगाल के।

एक-दूसरे के बरअक्स कई सिद्धान्त पेश किये जाते। पहला यह कि इसका सम्बन्ध राज्य में ईसाइयों की विशाल आबादी से था। केरल की आबादी का बीस फ़ीसदी हिस्सा सीरियन ईसाइयों का था जिनका विश्वास था कि वे उन सौ ब्राह्मणों के वंशज हैं, जिन्हें धर्मदूत सन्त थॉमस ने धर्म-परिवर्तन करके उस समय ईसाई बनाया था, जब ईसा के पुनरुज्जीवित होने के बाद उन्होंने पूरब की यात्रा की थी। संरचना के लिहाज़ से—इस कमोबेश बुनियादी दलील का कहना था—मार्क्सवाद ईसाइयत का एक सीधा, सरल विकल्प है। ईश्वर की जगह मार्क्स को बैठाल दीजिए, पूँजीपतियों की जगह शैतान को, स्वर्ग की जगह एक वर्गरहित समाज को, चर्च की जगह पार्टी को, और यात्रा की रूप-रेखा और उद्देश्य एक-सा रहता है। एक बाधा-दौड़ जिसके अन्त में पुरस्कार होता है। जबकि हिन्दू मानसिकता को मार्क्सवाद के साथ ज़्यादा जटिल तालमेल बिठाना पड़ता है।

इस सिद्धान्त के साथ मुश्किल यह थी कि केरल में सीरियन ईसाई, अक्सरहाँ, अमीर, ज़मींदार (अचार के कारख़ानेदार) सामन्त थे, जिनके लिए कम्यूनिज़्म मौत से भी बुरी नियति का सूचक था। उन्होंनें हमेशा कांग्रेस पार्टी को वोट दिया था।

एक दूसरे सिद्धान्त का दावा था कि इसका सम्बन्ध राज्य में साक्षरता के अपेक्षाकृत ऊँचे स्तर से था। शायद। सिवा इसके कि साक्षरता का ऊँचा स्तर बहुत करके कम्यूनिस्ट आन्दोलन की *वजह से ही* था।

असली राज़ यह था कि केरल में कम्यूनिज़्म ने छल-कपट से प्रवेश किया था। एक सुधारवादी आन्दोलन के रूप में जिसने जात-पाँत में बँटे एक अत्यन्त परम्परागत समाज के परम्परागत मूल्यों पर कभी खुल्लम-खुल्ला सवाल नहीं उठाये। मार्क्सवादी लोग साम्प्रदायिक बाँट-बटखरे के *भीतर* से काम करते, न तो कभी उसे चुनौती देते, न ऐसा

न करने का आभास देते। उन्होंने एक कॉकटेल क्रान्ति की पेशकश की थी। पूर्वी मार्क्सवाद और सनातनी हिन्दुत्व का एक मादक मिश्रण, जिसमें लोकतन्त्र का एक पुट भी था।

हालाँकि चाको पार्टी का कार्ड-धारी सदस्य नहीं था, उसका मत-परिवर्तन बहुत पहले ही हो गया था और वह पार्टी के सारे उतार-चढ़ाव के दौरान उसका एक प्रतिबद्ध समर्थक बना रहा था।

1957 के उन्मादी उल्लास के दौरान, जब कम्यूनिस्टों ने राज्य विधान सभा के चुनाव जीते और नेहरू ने उन्हें सरकार बनाने का न्योता दिया, वह दिल्ली विश्वविद्यालय में एक अण्डरग्रैजुएट था। चाको के नायक, केरल में मार्क्सवाद के जाज्वल्यमान ब्राह्मण पुरोहित, कॉमरेड ई.एम.एम. नम्बूदिरीपाद, दुनिया की पहली लोकतान्त्रिक पद्धति से चुनी गयी कम्यूनिस्ट सरकार के मुख्यमन्त्री बन गये। अचानक कम्यूनिस्टों ने खुद को ऐसी असाधारण—आलोचकों का कहना था बेतुकी—परिस्थिति में पाया जिसमें उन्हें एक ही समय में जनता पर शासन भी करना था और क्रान्ति को लहकाना भी था। कॉमरेड ई.एम.एस. नम्बूदिरीपाद ने एक अपना ही सिद्धान्त विकसित किया कि ऐसा वे किस तरह करेंगे। एक किशोर की मोहित कर्मठता और एक उत्साही प्रशंसक के निर्विवाद अनुमोदन के साथ चाको ने *कम्यूनिज़्म की ओर शान्तिपूर्ण संक्रमण* पर उनके सैद्धान्तिक आलेख का अध्ययन किया था। उसमें विस्तार से बताया गया था कि कैसे कॉमरेड ई.एम.एस. नम्बूदिरीपाद की सरकार भूमि सुधार लागू करने, पुलिस को निष्क्रिय बनाने, न्यायपालिका का तख़्ता पलटने और 'केन्द्र में सत्तासीन प्रतिक्रियावादी, जन विरोधी कांग्रेसी सरकार के हाथ रोकने' का इरादा रखती थी।

दुर्भाग्य से, साल ख़त्म होने से पहले ही शान्तिपूर्ण संक्रमण के शान्तिपूर्ण पहलू का अन्त हो गया।

हर सुबह नाश्ते पर राजकीय कीट-विज्ञानी, केरल को झँझोड़ देने वाले दंगों, हड़तालों और पुलिस की पाशविकता से सम्बन्धित घटनाओं की अख़बारी सूचनाएँ ऊँचे स्वर में पढ़ते हुए, अपने हुज्जती मार्क्सवादी बेटे का मख़ौल उड़ाते।

'तो कार्ल मार्क्स !' जब चाको मेज़ पर आता तो पप्पाची ताना मारते, 'इन निगोड़े छात्रों के साथ अब हम क्या सलूक करेंगे ? ये बेवकूफ़ लहकट हमारी जनता की सरकार के ख़िलाफ़ आन्दोलन कर रहे हैं ! क्या हम उनका सफ़ाया कर दें ? यक़ीनन छात्रों की गिनती तो अब जनता में नहीं होती न ?'

अगले दो वर्षों के दौरान कांग्रेस पार्टी और चर्च के उकसावे पर, राजनीतिक कलह अराजकता की तरफ़ सरकती गयी। जब तक चाको ने अपना बी.ए. ख़त्म किया और एक और बी.ए करने के लिए ऑक्सफ़ोर्ड रवाना हुआ, केरल गृहयुद्ध के कगार पर पहुँच चुका था। नेहरू ने कम्यूनिस्ट सरकार बर्ख़ास्त कर दी और ताज़ा चुनावों की घोषणा की। कांग्रेस पार्टी सत्ता में वापस आ गयी।

यह 1967 में जा कर हुआ—पहली बार सत्ता में आने के लगभग पूरे दस साल बाद—कि कॉमरेड ई.एम.एस. नम्बूदिरीपाद की पार्टी को, जो अब तक दो अलग-अलग पार्टियाँ बन चुकी थी—भारतीय कम्यूनिस्ट पार्टी और भारतीय कम्यूनिस्ट पार्टी

(मार्क्सवादी)–भा.क.पा. और मा.क.पा.–उनकी साझा सरकार के एक घटक के रूप में फिर से चुना गया।

पप्पाची तब तक दिवंगत हो चुके थे। चाको तलाक़शुदा। पैराडाइज़ अचार सात साल पुराना हो चुका था।

केरल अकाल और अनावृष्टि की छाया में डगमगा रहा था। लोग मर रहे थे। प्राथमिकताओं की किसी भी सरकारी सूची में भूख का स्थान बहुत ऊँचा होना ही था।

सत्ता में अपने दूसरे कार्यकाल के दौरान कॉमरेड ई.एम.एस. ने शान्तिपूर्ण संक्रमण को लागू करने में ज़्यादा गम्भीरता से काम लिया। इसने उन्हें चीनी कम्यूनिस्ट पार्टी का कोपभाजन बना दिया। उसने उनकी 'संसदीय मूढ़ता' के लिए उनकी भर्त्सना की और उन पर 'जनता को राहत पहुँचाने और यों जनचेतना को भोथरा बनाने और जनता को क्रान्ति के पथ से विचलित करने' का आरोप लगाया।

पीकिंग ने पाला बदल कर अपनी सरपरस्ती मा.क.पा. के सब से नये, सब से लड़ाकू गुट, नक्सलवादियों को सौंप दी, जिन्होंने बंगाल के एक गाँव, नक्सलबारी में हथियारबन्द विद्रोह किया था। उन्होंने किसानों को लड़ाकू दस्तों में संगठित किया था, ज़मीनें क़ब्ज़ा कर ली थीं, भूस्वामियों को निष्कासित कर दिया था और वर्ग-शत्रुओं पर मुक़दमा चलाने के लिए जनता की अदालतें गठित की थीं। नक्सलवादी आन्दोलन देश भर में फैल गया था और हर बुर्जुआ के हृदय में आतंक की लहर दौड़ गयी थी।

केरल में उन्होंने पहले से आतंक-भरे वातावरण में सनसनी और दहशत की एक आँधी बरपा कर दी थी। उत्तर में हत्याएँ शुरू हो गयी थीं। उसी साल मई में अख़बारों में पालघाट के एक ज़मींदार की धुँधली-सी तस्वीर छपी थी जिसे बिजली के खम्भे से बाँध कर उसका सिर काट दिया गया था। उसका सिर उसके शरीर से कुछ दूरी पर करवट पड़ा हुआ था। एक काले तालाब में जो पानी भी हो सकता था और ख़ून भी। ब्लैक-ऐण्ड-व्हाइट में कहना मुश्किल था। भोर से पहले की सलेटी रोशनी में।

उसकी अचरज-भरी आँखें खुली थीं।

ई.एम.एस. नम्बूदिरीपाद *(संशोधनवादी पिछलग्गू, सोवियत पिट्ठू)* ने अपनी पार्टी से नक्सलवादियों को निकाल बाहर किया और आक्रोश को संसदीय उद्देश्यों के लिए संगठित करने का काम जारी रखा।

दिसम्बर के उस आसमानी नीले दिन वह जुलूस, जो आसमानी नीली प्लिमथ मोटर कार के इर्द-गिर्द घुमड़ रहा था, इसी कार्रवाई का हिस्सा था। उसे ट्रैवेनकोर-कोचीन मज़दूर संघ ने आयोजित किया था। ट्रिवैंड्रम में उनके कॉमरेड क़तारबन्द हो कर सचिवालय तक जाने वाले थे और स्वयं कॉमरेड ई.एम.एस. नम्बूदिरीपाद को जनता की माँगों का ज्ञापन देने वाले थे। अपने उस्ताद को अर्ज़ीनामा पेश करते साज़िन्दों की मंडली। उनकी माँगें थीं कि धान-मज़दूरों को, जिनसे खेतों में रोज़ाना साढ़े ग्यारह घण्टे–सुबह सात बजे से ले कर शाम के साढ़े छै बजे तक–काम कराया जाता था, दोपहर में एक घण्टा खाने की छुट्टी की इजाज़त दी जाय। कि औरतों की मज़दूरी एक रुपये पच्चीस पैसे से बढ़ा कर तीन रुपये और पुरुषों की मज़दूरी ढाई रुपये से बढ़ा कर साढ़े चार रुपये प्रतिदिन कर दी जाय। वे यह भी माँग कर रहे थे कि अछूतों को अब

उनके जातिसूचक नामों से न बुलाया जाय। उनकी माँग थी कि उन्हें अच्चू *परयन,* या केलन *परवन,* या कुट्टन *पुलयन* कह कर *न* बुलाया जाय, बल्कि महज़ अच्चू या केलन या कुट्टन कहा जाय।

इलायची के नवाब, कॉफ़ी के सम्राट और रबर के बादशाह—बोर्डिंग स्कूल के पुराने संगी-साथी—अपने दूर-दराज़ के एकाकी बगानों से आ कर नौका क्लब में ठण्डी बियर के घूँट भरते। वे अपने गिलास उठाते। *'अरे किसी भी नाम से पुकार लो गुलाब को...'* वे कहते और अपनी बढ़ती हुई दहशत को छिपाने के लिए दबी-दबी भेद-भरी हँसी हँसते।

उस दिन जुलूस में पार्टी कार्यकर्ता, छात्र और खुद मज़दूर शामिल थे। छूत और अछूत, दोनों। अपने कन्धों पर वे प्राचीन आक्रोश के बारूद का पीपा उठाये हुए थे, जिसमें एक नया पलीता सुलगा दिया गया था। इस आक्रोश में एक ऐसी धार थी जो नक्सलवादी थी, और नयी भी।

प्लिमथ की खिड़की से राहेल को दिखायी दे रहा था कि जो शब्द वे सबसे ऊँचा बोलते, वह *ज़िन्दाबाद* था। और जब वे उसे बोलते तो उनकी गरदन की नसें उभर आतीं। और यह कि जिन बाज़ुओं ने झण्डे और बैनर उठाये हुए थे, वे सख़्त और गठीले थे।

प्लिमथ के भीतर सन्नाटा और गर्मी थी।

बेबी कॉचम्मा का डर कार के फ़र्श पर गोल-गोल लिपटा हुआ पड़ा था। एक सीले, चिपचिपाते चुरुट की तरह। यह तो महज़ शुरुआत थी। उस भय की जो आने वाले बरसों में बढ़ कर उसे निगल जाने वाला था। जो उसे अपनी खिड़कियाँ-दरवाज़े बन्द रखने पर मजबूर करने वाला था। जो उसे बालों की दो सीमा-रेखाएँ और उसके दो-दो मुँह देने वाला था। उसका भय भी एक प्राचीन, पुरातन भय था। बेदख़ल कर दिये जाने का भय।

उसने अपनी तस्बीह के हरे मनकों को गिनने की कोशिश की, मगर एकाग्र न हो सकी। एक खुली हथेली कार की खिड़की के शीशे से टकरायी।

एक बँधी मुट्ठी तपते हुए आसमानी बॉनेट पर धम से आ बजी। बॉनेट झटके से खुल गया। प्लिमथ अब किसी चिड़ियाघर के चौकोर नीले जानवर की तरह लग रही थी जो खाने के लिए मुँह बाये हो।

एक बन।

एक केला।

एक और कसी हुई मुट्ठी उस पर आ बजी और बॉनेट बन्द हो गया। चाको ने खिड़की का शीशा नीचे किया और उस आदमी को आवाज़ दी, जिसने यह किया था।

'धन्यवाद केटो,' उसने कहा, 'वलारी धन्यवाद।'

'इतनी कृतज्ञता मत जताओ, कॉमरेड,' अम्मू ने कहा, 'वह तो एक संयोग था। दरअसल उसका मदद करने का कोई इरादा नहीं था। उसे भला कैसे यह मालूम हो सकता था कि इस पुरानी कार में एक सच्चा मार्क्सवादी हृदय धड़क रहा है ?'

'अम्मू ,' चाको ने कहा, उसका स्वर सुस्थिर और सचेत लापरवाही-भरा था, 'क्या तुम्हारे लिए यह किसी तरह सम्भव है कि तुम हर चीज़ को अपनी इस नाकारा अनास्था के चश्मे से देखना बन्द कर दो ?'

कार के भीतर चुप्पी किसी तर-ब-तर गद्दे की तरह पसर गयी। *नाकारा* ने किसी मुलायम चीज़ में उतर जाने वाले नश्तर का-सा काम किया। सूरज एक थरथरा देने वाली आह के साथ चमकता रहा। परिवारों के साथ यही दिक़्क़त थी। द्वेष-भरे डॉक्टरों की तरह, उन्हें यह ठीक-ठीक मालूम होता कि दुखने वाली नस कौन-सी है।

ठीक उसी वक़्त राहेल ने वेलुता को देखा। वेल्या पाप्पन का बेटा वेलुता। उसका सबसे प्रिय मित्र वेलुता। लाल झण्डा उठाये जुलूस में शामिल वेलुता। सफ़ेद कमीज़ और मुण्डू में, गर्दन की उभरी हुई नसों के साथ। आम तौर पर वह कभी कमीज़ नहीं पहनता था।

राहेल ने पलक झपकते अपनी खिड़की का शीशा नीचे कर दिया।

'वेलुता ! वेलुता !' उसने उसे आवाज़ लगायी।

वह पल भर के लिए ठिठका और (अपना झण्डा लिये) सुनता रहा। उसे एक अत्यन्त अपरिचित परिस्थिति में एक अत्यन्त परिचित आवाज़ सुनाई दी थी। कार की सीट पर खड़ी राहेल किसी कार-रूपी शाकाहारी पशु के ढीले, मूसल-जैसे सींग की तरह प्लिमथ की खिड़की से उग आयी थी। लव-इन-टोकियो में बँधे फ़व्वारे और पीले किनारे वाले प्लास्टिक के लाल धूप के चश्मे के साथ।

'वेलुता ! *इवड़े !* वेलुता !' और उसकी गरदन पर भी नसें उभर आयीं।

उसने बग़ल को क़दम रखा और अपने इर्द-गिर्द फैले आक्रोश में होशियारी से ओझल हो गया।

कार के भीतर अम्मू तेज़ी से पीछे को घूमीं। उनकी आँखों में ग़ुस्सा था। उन्होंने राहेल की पिंडलियों पर चाँटा लगाया। कार में बस यही अंग बचा था उसका, जिस पर चाँटा लगाया जा सकता था। पिंडलियाँ और बाटा के सैंडल पहने भूरे पैर।

'तमीज़ से काम लो !' अम्मू ने कहा।

बेबी कॉचम्मा ने राहेल को नीचे खींचा और वह सीट पर एक चकित धमाके से आ गिरी। उसने सोचा कोई ग़लतफ़हमी हुई थी।

'वह वेलुता था।' उसने मुस्करा कर सफ़ाई दी। 'और उसके पास एक झण्डा था।'

वह झण्डा उसे साज-सज्जा की एक अत्यन्त प्रभावशाली सामग्री लगा था। एक दोस्त के पास होने-लायक़ बिलकुल सही चीज़।

'तुम एक बेवकूफ़ नासमझ लड़की हो।' अम्मू ने कहा।

उनकी अकल्पित, तीखी नाराज़गी ने राहेल को कार की सीट से मानो जड़ दिया। राहेल चकरा गयी। अम्मू इतनी नाराज़ क्यों थीं ? किस बात पर ?

'मगर यह *वही था !'* राहेल ने कहा।

'चुप् !' अम्मू ने कहा।

राहेल ने देखा कि अम्मू के माथे और ऊपरी होंट पर पसीने की एक परत थी

और उनकी आँखों में कंचों जैसी कठोरता। जैसी वियेना स्टूडियो वाली तस्वीर में पप्पाची की आँखों में थी। (पप्पाची का पतंगा उनके बच्चों की नसों में किस तरह फुसफुसाता था।)

बेबी कॉचम्मा ने राहेल की खिड़की का शीशा चढ़ा दिया।

वर्षों बाद, शरद की एक कड़ाकेदार सुबह, न्यूयॉर्क के बाहरी अंचल में, ग्रैण्ड सेंट्रल स्टेशन से क्रोटॉन हार्मन जाने वाली इतवारी रेलगाड़ी में राहेल को अचानक यह सब दोबारा याद हो आया। अम्मू के चेहरे का वह भाव। किसी बुझौनी के छिपे हुए मतलब की तरह। एक प्रश्नचिन्ह की तरह जो किसी किताब के पन्नों में भटकता फिरे, और कभी किसी वाक्य के अन्त में ठहर न पाये।

अम्मू की आँखों की कंचे जैसी कठोरता। उनके ऊपरी होंट पर पसीने की चमक। और उस अचानक, चोट-खायी चुप्पी का ठण्डापन।

उस सब का क्या मतलब था ?

इतवारी रेलगाड़ी लगभग ख़ाली थी। राहेल के सामने, बीच की ख़ाली जगह की परली तरफ़, सर्दी से फटे गालों और मूँछों वाली एक औरत खँखार कर बलग़म निकाल रही थी और उसे अपनी गोद में रखे रविवारी अख़बारों से टुकड़े फाड़-फाड़ कर उनमें मरोड़े दे कर लपेट रही थी। इन छोटी-छोटी पुड़ियों को वह अपने सामने की ख़ाली सीट में सलीक़े से क़तारों में सजा रही थी, मानो वह बलग़म का ख़ोंचा लगा रही हो। यह सब करते हुए वह अपने आप से एक कोमल, सान्त्वना देने वाले स्वर में बतिया रही थी।

स्मृति रेलगाड़ी की वह औरत थी। इस लिहाज़ से विक्षिप्त कि वह किसी अलमारी में रखी नीम-अँधेरी चीज़ों में हाथ मारती और सबसे ज़्यादा अप्रत्याशित चीज़ के साथ बाहर आती—एक उड़ती हुई नज़र, एक एहसास। धुँए की महक। कार के शीशे का वाइपर। एक माँ की कंचों सरीखी आँखें। मगर इस लिहाज़ से होशमन्द कि वह अँधेरे के विशाल प्रदेश ढँके छोड़ आती। विस्मृत।

अपनी सहयात्री के पागलपन से राहेल को तसल्ली का एहसास हुआ। वह उसे न्यूयॉर्क के पगलाये गर्भ के और भी निकट खींच ले गयी। उस दूसरी, ज़्यादा भयावह चीज़ से दूर, जो प्रेत की तरह उसका पीछा करती थी। *धातु की खटास-भरी महक, बस की छड़ों की तरह, और उन्हें पकड़ने के कारण बस-कण्डक्टर के हाथों की गन्ध। एक बूढ़े आदमी के-से पोपले मुँह वाला जवान आदमी।*

ट्रेन के बाहर, हडसन नदी झिलमिला रही थी और पेड़ों पर पतझड़ का ललछौंह-भूरा रंग छाया हुआ था। सर्दी बस थोड़ी-सी ज़्यादा थी।

'हवा में एक चुनची है,' लैरी मक्कैस्लिन ने राहेल से कहा और अपनी हथेली आहिस्ता से उसकी सूती टी-शर्ट पर रख दी जिसके भीतर से उसका ठिठुरा हुआ कुचाग्र मानो विरोध में तना हुआ था। उसे अचरज हुआ कि वह मुस्करायी क्यों नहीं।

राहेल को अचरज हुआ कि ऐसा क्यों था कि जब भी वह घर के बारे में सोचती, उसे हमेशा नावों की स्याह, तेल पिलायी गयी लकड़ी के रंग याद आते, और पीतल

के दीपदानों में झिलमिलाती ज्वालाओं के रिक्त अन्तःस्थल।

वह *वेलुता* ही था।

इतना तो राहेल को यक़ीन था। राहेल ने उसे देखा था। उसने राहेल को। वह उसे कहीं भी, किसी भी समय पहचान लेती। और अगर उसने कमीज़ न पहन रखी होती, वह उसे पीछे से पहचान लेती। वह उसकी पीठ पहचानती थी। उसने उसकी सवारी की थी। इतनी बार कि वह गिन नहीं सकती थी। उस पर एक हलका भूरा पैदाइशी निशान था, नुकीली सूखी पत्ती जैसा। उसका कहना था कि वह सगुनिया पत्ती थी जिसकी वजह से बारिश का मौसम हमेशा समय से आता था। काली पीठ पर एक भूरी पत्ती। रात के वक़्त शरद की पत्ती।

एक सगुनिया पत्ती जो उतनी सगुनिया नहीं साबित हुई थी।

वेलुता का बढ़ई बनना एक अप्रत्याशित घटना थी।

उसे वेलुता कह कर बुलाया जाता था—जिसका मतलब मलयालम में गोरा होता है—क्योंकि वह इतना काला था। उसका बाप वेल्या पाप्पन एक परवन था। ताड़ी चुआने वाला। उसकी एक आँख शीशे की थी। वह हथौड़े से ग्रैनाइट पत्थर के एक ढोंके को तराश रहा था जब एक छिलतर उड़ कर उसकी बायीं आँख में जा लगी और उसे चीरती चली गयी।

जब वह एक छोटा-सा लड़का था, वेलुता वेल्या पाप्पन के साथ अहाते के पेड़ों से तोड़े गये नारियल देने के लिए आयमनम निवास के पिछले दरवाज़े पर आया करता। पप्पाची परवनों को घर के भीतर नहीं आने देते थे। कोई भी नहीं देता था। उन्हें ऐसी कोई भी चीज़ छूने की इजाज़त नहीं थी जिसे सवर्ण छूते हों। सवर्ण हिन्दू और सवर्ण ईसाई। मम्माची ने एस्ता और राहेल को बताया था कि उन्हें अपनी किशोरावस्था का वह समय याद था जब परवनों से अपेक्षा की जाती थी कि वे हाथ में झाड़ू लिये, अपने पैरों के निशान बुहारते हुए, धीरे-धीरे पीछे की तरफ़ रेंगते चलें ताकि ब्राह्मण और सीरियन ईसाई धोखे से किसी परवन के पदचिन्ह पर पैर रख कर अपवित्र न हो जायँ। मम्माची के समय में दूसरे अछूतों की तरह परवनों को भी सार्वजनिक रास्तों पर चलने की इजाज़त नहीं थी, शरीर के ऊपर के हिस्से को ढँकने की इजाज़त नहीं थी, छाता ले कर चलने की इजाज़त नहीं थी। जब वे बोलते तो उन्हें अपने हाथ अपने मुँह के ऊपर रखने होते ताकि उनकी दूषित साँस उन लोगों की तरफ़ न जा सके जिनसे वे मुख़ातिब होते।

जब अंग्रेज़ मलाबार में आये तो बहुत-से परवन, पेलया और पुलया (जिनमें वेलुता का दादा, केलन, भी था) छुआछूत की मार से बचने के लिए ईसाई बन गये और ऐंग्लिकन सम्प्रदाय में शामिल हो गये। अतिरिक्त प्रोत्साहन के तौर पर उन्हें थोड़ा-सा खाने-पीने का सामान और पैसा भी दिया गया। वे धानी-ईसाइयों के रूप में जाने जाते थे। उन्हें यह एहसास होते देर न लगी कि वे खाई से निकल कर कुँए में आ गिरे हैं। उन्हें अलग गिरजे, अलग प्रार्थना सभाएँ और अलग पुजारी रखने के लिए कहा

गया। विशेष कृपा के रूप में उन्हें अपना एक अलग अछूत बिशप भी दे दिया गया। आज़ादी के बाद उन्होंने पाया कि वे नौकरियों में आरक्षण या कम ब्याज पर बैंक के क़र्ज़ जैसी सरकारी सुविधाओं के हक़दार नहीं हैं क्योंकि सरकारी तौर पर काग़ज़ों में वे ईसाई थे और इस कारण जात-पाँत के बाहर थे। कुछ वैसा ही था मानो बिना झाड़ू के अपने पैरों के निशान बुहारना। या इससे भी बुरा, पैरों के निशान छोड़ने की *इजाज़त* ही न दिया जाना।

यह मम्माची थीं, दिल्ली और राजकीय कीट-विज्ञान से छुट्टियों में आयी हुईं, जिन्होंने नन्हें वेलुता के असाधारण हस्त-कौशल पर पहले-पहल ध्यान दिया था। वेलुता तब ग्यारह का था, अम्मू से लगभग तीन साल छोटा। वह एक नन्हे जादूगर सरीखा था। वह ताड़ के सुखाये गये पत्तों से पेचीदा क़िस्म के खिलौने बना सकता था—नन्हीं पवनचक्कियाँ, झुनझुने, छोटे-छोटे ज़ेवरात के डिब्बे; वह टैपियोका के डण्ठलों से नौकाएँ और काजुओं से मूर्तियाँ तराश सकता था। वह उन्हें अम्मू के लिए लाता और हथेली पर रख कर बढ़ाता (जैसा कि उसे सिखाया गया था) ताकि उन्हें लेते वक़्त उन्हें उसको छूना न पड़े। हालाँकि वह उनसे उमर में छोटा था, वह उन्हें अम्मूकुट्टी कह कर बुलाता—नन्ही अम्मू। मम्माची ने वेल्या पाप्पन को राज़ी किया कि वह उसे अछूतों के उस स्कूल में दाख़िल करा दे जो उनके ससुर पुण्यन कुन्यु ने स्थापित किया था।

वेलुता चौदह का था जब बावेरिया के बढ़इयों के एक संघ का कारीगर, जोहैन क्लाइन कोट्टयम आया और उसने क्रिश्चियन मिशन सोसाइटी में स्थानीय बढ़इयों के साथ मिल कर तीन साल तक एक वर्कशाप चलायी। हर दोपहर, स्कूल के बाद, वेलुता बस पकड़ कर कोट्टयम जाता जहाँ वह क्लाइन के साथ दिन ढले तक काम करता। सोलह का होने तक वेलुता ने हाई स्कूल ख़त्म कर लिया था और एक कुशल बढ़ई बन चुका था। उसके पास बढ़ईगीरी के अपने औज़ार थे और डिज़ाइन की एक ख़ास जर्मन हुनरमन्दी। उसने मम्माची के लिए रोज़वुड से एक बाउहाउस खाने की मेज़ और बारह कुर्सियाँ बनायीं और उससे हल्की कटहल की लकड़ी से बावेरिया का एक परम्परागत सुखासन। यीशु जन्मोत्सव पर खेले जाने वाले बेबी कॉचम्मा के सालाना नाटकों के लिए उसने उन्हें ढेर सारे तार-मढ़े देवदूतों के पंख दिये जो बस्तों की तरह बच्चों की पीठों पर फ़िट हो जाते, साथ ही, गत्ते के बादल जिनके बीच से फ़रिश्ता जिबरील प्रकट हो सके, और ईसा के जन्म के लिए एक खोल कर अलग किया जा सकने वाला अस्तबल। जब बेबी कॉचम्मा की बगिया में लगे देवशिशु की रुपहली धार अकारण सूख गयी थी तो यह डॉक्टर वेलुता ही था जिसने उसके मसाने को ठीक किया था।

बढ़ईगीरी के अपने कौशल के अलावा वेलुता को मशीनों की अच्छी रीझ-बूझ थी। मम्माची (अकाट्य सवर्ण तार्किकता से) अक्सर कहतीं कि अगर कहीं वह परवन न होता तो वह एक इंजीनियर बन सकता था। वह रेडियो, घड़ियों और पानी के पम्पों की मरम्मत करता। वह घर के नलकों और सारे बिजली के सामान की देख-रेख करता।

जब मम्माची ने पिछले बरामदे को घेरने का फ़ैसला किया, यह वेलुता ही था जिसने वह स्लाइडिंग-फ़ोल्डिंग दरवाज़ा बनाया जो बाद में समूचे आयमनम में चर्चा का

विषय बना।

कारख़ाने की मशीनों के बारे में भी वेलुता को किसी और की बनिस्बत ज़्यादा जानकारी थी।

जब चाको ने मद्रास की अपनी नौकरी छोड़ी और एक भारत बोतल-सीलिंग मशीन के साथ आयमनम लौटा तो वेलुता ने ही उसके कल-पुर्ज़े जोड़ कर उसे चालू किया। वेलुता ही डिब्बा बन्द करने वाली मशीन और अन्नानास के कतले काटने वाले आटोमैटिक कद्दूकस की देख-भाल करता था। वेलुता, जो पानी के पम्प और छोटे डीज़ल जेनेरेटर में तेल-पानी देता था। वेलुता, जिसने एल्युमिनियम की चादर-जड़ी, आसानी से साफ़ होने वाली कटाई की सतहें और फल उबालने के लिए ज़मीनी चूल्हे बनाये थे।

वेलुता का बाप वेल्या पाप्पन, बहरहाल, एक पुराने ज़माने का परवन था। उसने पीछे को चलने वाले दिन देख रखे थे और मम्माची और उनके परिवार ने जो कुछ उसके लिए किया था, उसे ले कर उसकी कृतज्ञता बाढ़ पर आयी नदी की तरह चौड़ी और गहरी थी। जब उसके साथ पत्थर की छिलतर वाली दुर्घटना हुई, तब मम्माची ने उसके लिए शीशे की आँख की व्यवस्था की थी और उसकी क़ीमत भी अदा की थी। उसने अभी तक काम करके यह क़र्ज़ उतारा नहीं था और हालाँकि वह जानता था कि उससे इसकी अपेक्षा नहीं थी, न वह कभी ऐसा कर ही पायेगा—वह महसूस करता था कि उसकी आँख ख़ुद उसकी अपनी नहीं है। उसकी कृतज्ञता ने उसकी मुस्कान को चौड़ा कर दिया था और कमर झुका दी थी।

वेल्या पाप्पन अपने छोटे बेटे को ले कर भयभीत रहता। वह बता नहीं सकता था कि ऐसी कौन-सी चीज़ थी जो उसमें यह भय उपजाती। ऐसा कुछ नहीं था जो उसने कहा हो। या किया हो। *जो* वह कहता था, उससे इसका ताल्लुक नहीं था, बल्कि *जिस तरह* वह कहता था। *जो* वह करता था उससे नहीं था, वरन *जिस तरह* वह करता था।

शायद वह महज़ हिचकिचाहट का न होना था। एक अकारण आत्म-विश्वास। उसकी चाल में। उसके सिर उठाये रखने के अन्दाज़ में। बिन-माँगे ख़ामोशी से सुझाव पेश करने के तौर-तरीक़े में या फिर बग़ावत का आभास कराये बिना ख़ामोशी से सुझावों को नज़रन्दाज़ करने के ढंग में।

हालाँकि ये ऐसे गुण थे जो सवर्णों में पूरी तरह स्वीकार्य थे, शायद अभीष्ट भी थे, वेल्या पाप्पन का ख़याल था कि एक परवन में उन्हें गुस्ताख़ी-भरा समझा जाता (और जा सकता, और निश्चय ही, *जाना चाहिए था*।)

वेल्या पाप्पन ने वेलुता को सावधान करने की कोशिश की थी। लेकिन चूँकि वह ठीक-ठीक उस चीज़ पर उँगली नहीं रख पाया जो उसे परेशान करती थी, वेलुता ने उसकी गड्ड-मड्ड चिन्ताओं का ग़लत मतलब लगाया था। उसे लगा मानो उसका बाप उसके थोड़े-से प्रशिक्षण और क़ुदरती कौशल से ईर्ष्या करता है। वेल्या पाप्पन के नेक इरादे जल्द ही कलह-क्लेश और झाड़-फटकार और बाप-बेटे के बीच आम मनमुटाव की भावना में तब्दील हो गये। अपनी माँ को अत्यधिक उद्विग्न और हताश करते हुए

वेलुता घर जाने से कतराने लगा। वह देर तक काम करता। वह नदी में मछलियाँ पकड़ता और खुली आँच पर उन्हें पकाता। वह नदी के किनारे, खुले में सोता।

फिर एक दिन वह ग़ायब हो गया। चार साल तक किसी को पता नहीं था कि वह कहाँ है। एक अफ़वाह थी कि वह ट्रिवेंड्रम में कल्याण और आवास विभाग के लिए एक निर्माण स्थल पर काम कर रहा है। और हाल ही में स्वाभाविक रूप से यह अफ़वाह कि वह नक्सलवादियों में जा मिला है। कि वह जेल हो आया है। किसी ने कहा कि वह कोल्लम में दिखायी दिया था।

जब उसकी माँ, चेल्ला, तपेदिक़ से चल बसी तो उस तक ख़बर पहुँचाने का कोई ज़रिया नहीं था। फिर उसका बड़ा भाई कुट्टप्पेन नारियल के झाड़ से गिर पड़ा और अपनी रीढ़ की हड्डी में चोट खा बैठा। उसे लक़वा मार गया था और वह काम करने क़ाबिल नहीं था। वेलुता को इस घटना का पता पूरे एक साल के बाद चला।

उसे आयमनम लौटे पाँच महीने हो चुके थे। वह इस बारे में कभी बात नहीं करता था कि वह कहाँ रहा था और क्या कुछ करता रहा था।

मम्माची ने कारख़ाने के बढ़ई के तौर पर उसे फिर से काम पर रख लिया और आम देख-रेख का काम उसके सुपुर्द कर दिया। कारख़ाने के अन्य सवर्ण मज़दूरों के बीच इस बात ने काफ़ी असन्तोष पैदा किया था क्योंकि उनके अनुसार परवन लोगों का बढ़ई बनने से कोई मतलब नहीं था। और खाऊ-उड़ाऊ घुमक्क्ड़ परवनों को दोबारा काम पर रखने का तो निश्चय ही कोई मतलब नहीं था।

दूसरों को खुश रखने के लिए, और इसलिए भी कि वे जानती थीं कि कोई और उससे बढ़ईगीरी नहीं करायेगा, मम्माची वेलुता को एक सवर्ण बढ़ई से कम, मगर जितना वे एक परवन को देतीं, उससे ज़्यादा पैसे देती थीं। मम्माची उसे घर के भीतर आने के लिए प्रोत्साहित नहीं करती थीं सिवा तब जब उन्हें किसी चीज़ की मरम्मत करानी होती या उसे फ़िट कराना होता। उनका ख़याल था कि उसे शुक्रगुज़ार होना चाहिए कि उसे कारख़ाने के अहाते में आने ही दिया जाता है, और उन चीज़ों को छूने दिया जाता है जिन्हें सवर्ण छूते हैं। उनका कहना था कि किसी परवन के लिए यह एक बड़ी तरक़्क़ी थी।

अपने घर के बाहर कई बरस बिता कर आयमनम लौटने के बाद भी वेलुता में पहले जैसी तेज़ी बरक़रार थी। आत्म-विश्वास का वही भाव। और वेल्या पाप्पन अब उसे ले कर पहले से कहीं ज़्यादा भयभीत रहता। मगर इस बार उसने खुद पर क़ाबू रखा। वह कुछ नहीं बोला।

कम-से-कम तब तक नहीं जब तक कि आतंक ने उसे अपने चंगुल में नहीं ले लिया। जब तक कि उसने एक छोटी नाव को, रात-दर-रात, नदी के पार खे कर ले जाये जाते नहीं देखा। जब तक कि उसने उसे भोर के समय लौटते हुए नहीं देखा। जब तक कि उसने यह नहीं देखा कि उसके अछूत बेटे ने किसे छू लिया है। छूने से भी ज़्यादा।

ले लिया है।

प्यार किया है।

जब आतंक ने उसे गिरफ़्त में ले लिया तो वेल्या पाप्पन मम्माची के पास गया। वह अपनी गिरवी आँख से नाक की सीध में एकटक घूरता रहा और अपनी ख़ुद की आँख से रोता रहा। एक गाल पर आँसुओं की चमक थी। दूसरा सूखा रह गया था। वह अपना सिर दायें से बायें से दायें हिलाता रहा जब तक कि मम्माची ने उसे रुकने का आदेश नहीं दिया। वह अपने बदन को मलेरिया से ग्रस्त आदमी की तरह कँपा रहा था। मम्माची ने उसे इसको रोकने का आदेश दिया मगर वह रोक नहीं सका क्योंकि भय पर किसी का आदेश नहीं चलता। परवन के भय पर भी नहीं। वेल्या पाप्पन ने मम्माची को बताया जो उसने देखा था। उसने एक दानव को जन्म देने के लिए ईश्वर से क्षमा माँगी। उसने अपने हाथों से अपने बेटे को जान से मार देने का प्रस्ताव रखा। उसे नष्ट कर देने का, जिसे उसने जन्म दिया था।

दूसरे कमरे में बेबी कॉचम्मा ने यह शोर-गुल सुना और यह पता लगाने आयी कि मामला क्या है। उसने दुख और मुसीबत को आगे खड़े देखा और गुप्त रूप से, अपने हृदय के भीतरी हिस्से में, ख़ुशी से फूल उठी।

उसने (और बातों के अलावा) कहा, *'वह उस महक को कैसे बरदाश्त कर पायी ? क्या आपने ध्यान नहीं दिया, इनकी एक ख़ास गन्ध होती है, इन परवनों की ?'*

और उसने नाटकीय रूप से एक झुरझुरी ली थी, उस बच्चे की तरह जिसे ज़बरदस्ती पालक खिलाया जा रहा हो। उसे एक ख़ास परवन गन्ध की बनिस्बत एक आइरिश-जेज़ुइट गन्ध ज़्यादा पसन्द थी।

कहीं ज़्यादा। कहीं कहीं ज़्यादा।

वेलुता, वेल्या पाप्पन और कुट्टप्पेन आयमनम वाले घर से नदी की निचली तरफ़ मुर्रम से बने एक छोटे-से झोंपड़े में रहते थे। एस्ताप्पेन और राहेल के लिए नारियल के पेड़ों के बीच से होते हुए तीन मिनट की दौड़ के फ़ासले पर। वे अम्मू के साथ अभी हाल आयमनम आये थे और उन्हें वेलुता की, उसके जाने से पहले की, कोई याद नहीं थी। लेकिन इन महीनों में, जब से वह वापस आया था, उनमें गहरी मित्रता पनप चुकी थी। उन्हें उसके घर जाने की मनाही थी, मगर वे जाते। वे उसके साथ घण्टों उकड़ूँ बैठे रहते—लकड़ी के बुरादे और छीलन के तालाब में कुबड़े विराम चिन्हों की तरह—और अचरज करते कि उसे कैसे यह आभास हो जाता है कि लकड़ी के भीतर कैसे-कैसे चिकने आकार उसका इन्तज़ार कर रहे हैं। वे इस बात पर मुग्ध थे कि वेलुता के हाथों में आ कर लगता था कि लकड़ी मुलायम हो गयी है और प्लास्टिसीन की तरह लोचदार बन गयी है। वह उन्हें रन्दा करना सिखा रहा था। उसके घर से (अच्छे दिनों में) लकड़ी की ताज़ा छीलन और सूरज की महक आती। और काली इमली में पकी मछली के लाल सालन की। दुनिया का, एस्ता के अनुसार, सबसे बेहतरीन मछली का सालन।

यह वेलुता ही था जिसने राहेल को उसकी सबसे सगुनिया मछली पकड़ने की बंसी बना कर दी थी और उसे और एस्ता को मछली पकड़ना सिखाया था।

और दिसम्बर के उस आसमानी नीले दिन, वही था जिसे राहेल ने अपने लाल धूप के चश्मे के भीतर से देखा था, कोचीन के बाहर रेल के चौफटके पर लाल झण्डे

के साथ जुलूस में क़दम बढ़ाते हुए।

लोंहे-सी तीखी पुलिस की सीटियों ने शोर-गुल की छतरी में छेद कर दिये। छतरी के कटे-फटे छेदों के बीच से राहेल को लाल आसमान के टुकड़े नज़र आ रहे थे। और लाल आकाश में गरम लाल चीलें चूहों की तलाश में चक्कर काट रही थीं। उनकी ग़िलाफ़ी पीली आँखों में एक सड़क थी और जुलूस में शामिल लाल झण्डे। और एक जन्म-चिन्ह वाली काली पीठ पर सफ़ेद कमीज़।

जुलूस में शामिल।

दहशत, पसीना और टैल्कम पाउडर आपस में घुल-मिल कर बेबी कॉचम्मा की गरदन पर चर्बी के छल्लों के बीच एक बैंगनी लेप बन गये थे। उसके होंटों के कोनों पर थूक जम कर नन्हे सफ़ेद थक्कों में जम गयी थी। उसे लगा कि उसने जुलूस में एक आदमी देखा, जो अख़बारों में छपी राजन नाम के नक्सलवादी की तस्वीर जैसा नज़र आता था और जिसके बारे में अफ़वाह थी कि वह पालघाट से दक्षिण की ओर चला आया है। उसे लगा कि उसने सीधे उसकी तरफ़ देखा था।

लाल झण्डा लिये गाँठ जैसे चेहरे वाले एक आदमी ने राहेल की तरफ़ का पल्ला खोला क्योंकि उसमें अटकनी नहीं लगी थी। दरवाज़े को आदमियों ने छेंक लिया जो रुक कर घूरने लगे थे।

'गर्मी लग रही है, बेबी ?' गाँठ जैसे आदमी ने राहेल से मलयालम में मुलायमियत से पूछा। फिर बेरहमी से, 'अपने पिता से कहो तुम्हें एक एयर कंडीशन ख़रीद दे !' और उसने खुद अपनी जुमलेबाज़ी और हाज़िरजवाबी पर ख़ुशी से ठहाका लगाया। प्रसन्न हो कर राहेल जवाब में उसकी ओर देख कर मुस्करायी क्योंकि उसने चाको को भूल से उसका पिता समझ लिया था। एक सामान्य परिवार की तरह।

'जवाब मत दो !' बेबी कॉचम्मा फँसी-फँसी आवाज़ में फुसफुसायी, 'नीचे को देखो ! बस, नीचे को देखो !'

झण्डेवाला आदमी उसकी ओर मुख़ातिब हुआ। वह कार के फ़र्श पर टकटकी लगाये हुए थी। एक शर्मायी घबरायी दुलहिन की तरह जिसे किसी अजनबी से ब्याह दिया गया हो।

'हैलो, सिस्टर,' उस आदमी ने सावधानी से अंग्रेज़ी में कहा, 'आपका नाम क्या है जी ?'

जब बेबी कॉचम्मा ने उत्तर नहीं दिया तो उसने पीछे मुड़ कर अपने साथी शोशेबाज़ों की तरफ़ देखा।

'इसका कोई नाम नहीं है।'

'मोडालाली मारियाकुट्टी कैसा रहेगा ?' किसी ने खी-खी करके हँसते हुए सुझाव दिया। मलयालम में मोडालाली का मतलब ज़मींदार होता है।

'क, ख, ग, घ, क्ष, त्र, ज्ञ,' किसी और ने कहा, बेमतलब।

और भी छात्र इर्द-गिर्द भीड़ बढ़ाने लगे। सभी ने धूप से बचने के लिए रूमाल या बॉम्बे डाइंग के हाथ पोंछने के छापेदार तौलिये अपने सिर पर लपेटे हुए थे। वे ऐसे एक्स्ट्रा फ़िल्म कलाकारों की तरह लग रहे थे, जो *सिन्दबाद का आख़िरी सफ़र* के

सेट से भटक कर चले आये हों।

गाँठ सरीखे आदमी ने उपहार के तौर पर बेबी कॉचम्मा को अपना झण्डा पेश किया। 'लो,' उसने कहा, 'इसे पकड़ो।'

बेबी कॉचम्मा ने अब भी उसकी तरफ़ न देखते हुए झण्डे को पकड़ लिया।

'इसे लहराओ,' उसने हुक्म दिया।

उसे झण्डा लहराना पड़ा। उसके पास कोई विकल्प नहीं था। झण्डे से नये कपड़े और एक दुकान की महक आ रही थी। कड़क और गर्द-भरी। उसने झण्डे को कुछ इस तरह लहराने की कोशिश की मानो वह उसे लहरा न रही हो।

'अब कहो *इन्क़िलाब ज़िन्दाबाद !*'

'इन्क़िलाब ज़िन्दाबाद,' बेबी कॉचम्मा फुसफुसायी।

'शाबाश बच्ची।'

भीड़ में हँसी का ठहाका फूट पड़ा। एक तीखी सीटी बजी।

'अच्छा, तो,' उस आदमी ने बेबी कॉचम्मा से अंग्रेज़ी में कहा मानो उन्होंने सफलतापूर्वक कोई व्यापारिक सौदा तय किया था, 'बाय-बाय !'

उसने धमाके से आसमानी नीला दरवाज़ा बन्द किया। बेबी कॉचम्मा डगमगायी। कार के इर्द-गिर्द जमा भीड़ का थक्का बिखर गया और जुलूस के साथ आगे बढ़ गया।

बेबी कॉचम्मा ने लाल झण्डे को गोल-गोल लपेट कर पीछे की सीट के पिछवाड़े ताक़ पर रख दिया। उसने अपनी तस्बीह वापस अपने ब्लाउज़ में डाल ली जहाँ वह उसे अपने तरबूज़ों के साथ रखा करती थी। उसने किसी क़दर अपना सम्मान बचाये रखने की कोशिश में खुद को इस-उस में व्यस्त कर लिया।

आख़िरी कुछेक लोगों के आगे बढ़ जाने के बाद, चाको ने कहा कि अब खिड़कियाँ उतार लेने में कोई हर्ज नहीं है।

'क्या तुम्हें यक़ीन है, वही था ?' चाको ने राहेल से पूछा।

'कौन ?' राहेल ने अचानक सतर्क होते हुए कहा।

'क्या तुम्हें यक़ीन है, वह वेलुता था ?'

'अ-म-म-म...?' राहेल ने एस्ता के व्यग्र विचार-संकेतों के अर्थ बूझने की कोशिश में थोड़ी-सी मोहलत हासिल करने के लिए कहा।

'मैंने कहा, क्या तुम्हें यक़ीन है कि जिस आदमी को तुमने देखा था, वह वेलुता ही था ?' चाको ने तीसरी बार कहा।

'अममम...अहाँ...आँ...लगभग,' राहेल ने कहा।

'तुम्हें लगभग यक़ीन है ?' चाको ने कहा।

'नहीं...वह लगभग वेलुता जैसा था,' राहेल ने कहा, 'वह लगता तो लगभग उसी जैसा था।'

'तो फिर तुम्हें यक़ीन नहीं है ?'

'लगभग नहीं।' राहेल ने समर्थन के लिए कनखी से एस्ता की ओर देखा।

'वही रहा होगा,' बेबी कॉचम्मा ने कहा, 'यह सब त्रिवेंद्रम ने किया है उसके साथ। वे सब वहाँ जाते हैं और यह सोचते हुए लौटते हैं कि वे महान नेता हो गये हैं।'

उसकी इस अन्तर्दृष्टि से कोई भी विशेष रूप से प्रभावित नहीं लगा।

'हमें उस पर आँख रखनी चाहिए,' बेबी कॉचम्मा ने कहा, 'अगर वह कारख़ाने में यूनियनबाज़ी शुरू करे तो...मैंने कुछ आसार देखे हैं, कुछ बेहूदगी, कुछ एहसानफ़रामोशी...अभी उस दिन मैंने उसे अपनी स्क्री की क्यारी के लिए पत्थरों के सिलसिले में मदद के लिए कहा और उसने—'

'मैंने चलने से पहले वेलुता को घर पर देखा था,' एस्ता ने चहक कर कहा। 'फिर वह यहाँ कैसे हो सकता था ?'

'उसी की ख़ातिर मैं उम्मीद करती हूँ,' बेबी कॉचम्मा ने गम्भीर स्वर में कहा, 'कि वह नहीं था। और अगली बार एस्ताप्पेन, बीच में मत टोकना।'

वह खिन्न थी कि किसी ने उससे यह नहीं पूछा था कि स्क्री की क्यारी क्या होती है।

आने वाले दिनों में बेबी कॉचम्मा ने वेलुता पर अपनी जग-हँसाई का सारा कोप केन्द्रित कर दिया। उसने अपने क्रोध को पेंसिल की तरह छील कर नुकीला बनाया। उसके दिमाग़ में वेलुता बढ़ कर जुलूस का प्रतिनिधि बन गया। और उस आदमी का, जिसने उसे मार्क्सवादी पार्टी का झण्डा लहराने को मजबूर किया था। और उस आदमी का, जिसने उसे मोडालाली मारियाकुट्टी नाम दिया था। और उन सारे आदमियों का, जो उस पर हँसे थे।

वह उससे नफ़रत करने लगी।

अम्मू के सिर की भंगिमा को देख कर राहेल यह बता सकती थी कि वे अब भी नाराज़ थीं। राहेल ने अपनी घड़ी पर नज़र डाली। दो बजने में दस। रेलगाड़ी अभी तक नहीं आयी थी। उसने अपनी ठोड़ी खिड़की के चौखटे पर टिका दी। खिड़की के शीशे की अगल-बग़ल गद्दी की तरह लगे नमदे की सलेटी बालदार कोर को वह अपनी ठोड़ी की त्वचा में गड़ता हुआ महसूस कर सकती थी। उसने सड़क पर कुचले हुए मरे मेंढक को बेहतर तौर पर देखने के लिए अपना धूप का चश्मा उतार दिया। वह इतना मरा हुआ था और कुचला जा कर इतना सपाट हो गया था कि वह एक मेंढक की बजाय सड़क पर मेंढक-नुमा धब्बा ज़्यादा नज़र आता था। राहेल ने सोचा कि क्या मिस मिटन भी दूध वाले ट्रक से कुचल कर एक मिस मिटन-नुमा धब्बा बन गयी होगी।

एक सच्चे आस्तिक के निश्चय के साथ वेल्या पाप्पन ने दोनों जुड़वों को आश्वस्त किया था कि दुनिया में काली बिल्ली जैसी कोई चीज़ नहीं थी। उसका कहना था कि ब्रह्माण्ड में सिर्फ़ काली बिल्ली के आकार के छेद थे।

सड़क पर इतने सारे धब्बे थे।

ब्रह्माण्ड में, कुचली हुई मिस मिटन-नुमा धब्बे।

ब्रह्माण्ड में, कुचले हुए मेढक-नुमा धब्बे।

कुचले हुए कौए जिन्होंने ब्रह्माण्ड में, कुचले हुए मेढक-नुमा धब्बों को खाने की कोशिश की थी।

कुचले हुए कुत्ते जिन्होंने ब्रह्माण्ड में, कुचले हुए कौए-नुमा धब्बों को खाया था।

पंख। आम। थूक।

सारा रास्ता, कोचीन तलक।

प्लिमथ की खिड़की से हो कर सूरज सीधा राहेल पर चमक रहा था। उसने अपनी पलकें मूँद लीं और पलट कर उस पर चमकने की कोशिश की। उसकी पलकों के पीछे से भी रोशनी तेज़ और गर्म थी। आकाश नारंगी था और नारियल के पेड़ समुद्री शैवाल थे, अपनी सूँड़ों को लहराते हुए किसी भोले-भाले बादल को फँसा कर खाने के फ़िराक़ में। एक चिरी हुई जीभ वाला पारदर्शी चित्तीदार साँप आसमान में तिरता हुआ चला गया। फिर एक चित्तीदार घोड़े पर एक पारदर्शी रोमन सिपाही। चित्रकथाओं में रोमन सिपाहियों के बारे में अजीब बात, राहेल के अनुसार, यह थी कि वे अपने कवच और टोप के सिलसिले में कितनी ज़हमत उठाते थे, और उस सब के बाद, अपनी टाँगों को उघड़ा ही छोड़ देते थे। इसका बिलकुल कोई तुक नहीं बनता था। मौसम के लिहाज़ से या किसी और लिहाज़ से।

अम्मू ने उन्हें जूलियस सीज़र की कहानी सुनायी थी कि कैसे संसद में उसके परम मित्र ब्रूटस ने उसे छुरा भोंक दिया था। और कैसे वह पीठ में धँसे छुरों के साथ फ़र्श पर गिर पड़ा था और बोला था, *'ऍट टू ? ब्रूटे ?*[1]*—तब गिरे सीज़र !'*

'यह सिर्फ़ यही बताता है,' अम्मू ने कहा, 'कि तुम किसी का विश्वास नहीं कर सकते। माँ, बाप, भाई, पति, परम मित्र। किसी का भी नहीं।'

बच्चों के मामले में, (जब उन्होंने पूछा था), उनका कहना था कि यह अभी देखना बाक़ी है। उन्होंने कहा था कि यह बिलकुल सम्भव था, मिसाल के तौर पर, कि एस्ता बड़ा हो कर एक मर्दानगी-मारा सुअर बन जाये।

रात को एस्ता अपने पलँग पर चादर को अपने गिर्द लपेट कर खड़ा हो जाता और कहता, *'ऍट टू ? ब्रूटे ?*—तब गिरे सीज़र !' और फिर बिना अपने घुटने मोड़े, छुरा भोंके गये शव की तरह बिस्तर पर ढह पड़ता। कोच्चु मारिया ने, जो फ़र्श पर चटाई बिछा कर सोती थी, कहा था कि वह मम्माची से शिकायत करेगी।

'अपनी माँ से कहो कि वह तुम्हें तुम्हारे पिता के घर ले जाय,' उसने कहा था, 'वहाँ तुम जितने पलँग तोड़ना चाहो, तोड़ सकते हो। ये तुम्हारे पलँग नहीं हैं। यह *तुम्हारा* घर नहीं है।'

एस्ता मरे हुए से उठ खड़ा होता, अपने पलँग पर खड़ा हो कर कहता, *'ऍट टू ? कोच्चु मारिया ?*—तब गिरे एस्ता !' और फिर मर जाता।

कोच्चु मारिया को यक़ीन था कि *ऍट* टू अंग्रेज़ी में ज़रूर कोई गाली है और वह मम्माची से एस्ता की शिकायत करने के लिए उपयुक्त अवसर की तलाश में थी।

बग़ल की कार में बैठी औरत के होंटों पर बिस्कुट का चूरा लगा हुआ था। उसके पति ने एक मुड़ा हुआ, बिस्कुट के बाद का, सिगरेट सुलगाया। उसने अपने नथुनों से धुएँ के दो सींग निकाले और पल भर के लिए एक बनैले सुअर जैसा नज़र आया।

---

1. तुम भी ? ब्रूटस ?

श्रीमती बनैले सुअर ने बच्चों जैसी आवाज़ में राहेल का नाम पूछा।

राहेल ने उसे नज़रन्दाज़ कर दिया और उपेक्षा से थूक का एक बुलबुला निकाला।

अम्मू को उनका थूक के बुलबुले उड़ाना बेहद नापसन्द था। वे कहतीं कि यह उन्हें बाबा की याद दिलाता था। उनके पिता की। उनका कहना था कि वे थूक के बुलबुले उड़ाते और अपनी टाँग हिलाते थे। अम्मू के अनुसार, सिर्फ़ किरानी इस तरह का व्यवहार करते थे, कुलीन नहीं।

कुलीन वे लोग थे जो थूक के बुलबुले नहीं उड़ाते थे या अपनी टाँगें नहीं हिलाते थे। या खाना भकोसते नहीं थे।

हालाँकि बाबा किरानी नहीं थे, अम्मू का कहना था कि वे अक्सर वैसा ही व्यवहार करते थे।

जब वे अकेले में होते, एस्ता और राहेल कभी-कभी नाटक करते कि वे किरानी हैं। वे थूक के बुलबुले उड़ाते और अपनी टाँगें हिलाते और तुर्की मुर्ग़ की तरह खाना भकोसते। वे अपने पिता को याद करते जिन्हें उन्होंने युद्धों के बीच जाना था। एक बार उन्होंने उन्हें अपने सिगरेट से कश खींचने दिये थे और जब उन्होंने उसे चूसा था और थूक से फ़िल्टर को गीला कर दिया था तो वे उन पर खीझ उठे थे।

'यह ससुरी कोई मीठी गोली नहीं है !' उन्होंने सचमुच ग़ुस्से से कहा था।

उन्हें उनका ग़ुस्सा याद था। और अम्मू का भी। उन्हें एक बार कमरे में इधर से उधर धकेला जाना याद था, अम्मू से बाबा से अम्मू से बाबा की तरफ़ बिलियर्ड की गेंदों की तरह। अम्मू का एस्ता को धकेल कर परे करना : 'लो, तुम इनमें से एक को रख लो। मैं इन दोनों की देख-भाल नहीं कर सकती।' बाद में, जब एस्ता ने अम्मू से इसके बारे में पूछा था तो उन्होंने उसे छाती से भींच लिया था और कहा था कि उसे मनघड़न्त बातें नहीं सोचनी चाहिएँ।

उनकी जो एकमात्र तस्वीर उन्होंने देखी थी (जिसे अम्मू ने उन्हें एक बार देखने दिया था) उसमें उन्होंने एक सफ़ेद कमीज़ पहनी हुई थी और चश्मा लगा रखा था। वे एक ख़ूबसूरत, पढ़ाकू क्रिकेट खिलाड़ी नज़र आ रहे थे। एक बाँह से उन्होंने अपने कन्धों पर बैठे एस्ता को थाम रखा था। एस्ता अपनी ठोड़ी को अपने पिता के सिर पर टिकाये मुस्करा रहा था। राहेल को उन्होंने दूसरी बाँह से उठा कर अपने शरीर से भींच रखा था। अपनी झूलती हुई बचकानी टाँगों के साथ वह चिड़चिड़ी और बदमिज़ाज नज़र आ रही थी। किसी ने उनके गालों पर गुलाबी धब्बे रँग दिये थे।

अम्मू का कहना था कि उन्होंने सिर्फ़ तस्वीर खिंचाने के लिए उन दोनों को उठाया हुआ था और उस समय भी वे नशे में इतने धुत थे कि अम्मू को डर था कि वे उन्हें गिरा देंगे। अम्मू ने कहा था कि वे ठीक तस्वीर के बाहर खड़ी थीं, कि अगर वे गिरा दें तो उन्हें पकड़ सकें। फिर भी, अपने गालों को छोड़ कर, एस्ता और राहेल का ख़याल था कि वह एक अच्छी तस्वीर थी।

'क्या तुम इसे बन्द भी करोगी ?' अम्मू ने इतने ऊँचे स्वर में कहा कि मुरलीधरन, जो प्लिमथ के भीतर झाँकने के लिए मील के पत्थर से कूद कर उतर आया था, ख़तरे के अन्देशे से अपनी बाँहों के ठूँठ झटकते हुए पीछे को सरक गया।

'क्या ?' राहेल ने कहा मगर फ़ौरन ही जान लिया कि क्या। उसका थूक का बुलबुला। 'सॉरी, अम्मू।'

'सॉरी कहने से मुर्दा आदमी ज़िन्दा नहीं हो जाता,' एस्ता ने कहा।

'अरे, रहने भी दो,' चाको ने कहा, 'तुम उस पर हुक्म नहीं चला सकतीं कि वह खुद अपने *थूक* से क्या करती है।'

'अपने काम से काम रखो,' अम्मू ने झल्ला कर तड़ से कहा।

'यह यादों को ज़िन्दा कर देता है,' एस्ता ने, सयाने अन्दाज़ में, चाको को समझाया।

राहेल ने अपनी धूप की ऐनक लगा ली। दुनिया ग़ुस्साये रंग की हो गयी।

'इस बेहूदा चश्मे को उतार दो।' अम्मू ने कहा।

राहेल ने अपना बेहूदा चश्मा उतार दिया।

'यह फ़ासिस्टों का तरीका है,' चाको ने कहा, 'जिस तरह तुम इनसे बरताव करती हो। भगवान के वास्ते, बच्चों के भी कुछ अधिकार होते हैं।'

'भगवान का नाम नाहक मत लो,' बेबी कॉचम्मा ने कहा।

'नाहक नहीं ले रहा,' चाको ने कहा, 'मैं बहुत सही कारण से उसे ले रहा हूँ।'

'बच्चों के महान उद्धारक का ढोंग रचना बन्द करो,' अम्मू ने कहा, 'सच तो यह है कि तुम ठेंगा परवाह नहीं करते इनकी। या मेरी।'

'करनी चाहिए क्या ?' चाको बोला, 'क्या ये *मेरी* ज़िम्मेदारी हैं ?' उसने कहा कि अम्मू और एस्ता और राहेल उसकी गरदन के गिर्द चक्की के पाट हैं।

राहेल की टाँगों का पिछला हिस्सा पसीने से पसीज गया। उसकी चमड़ी नकली चमड़े से मढ़ी कार की सीट पर फिसलने लगी। उसे और एस्ता को चक्की के पाटों के बारे में मालूम था। *म्यूटिनी ऑन द बाउंटी* में जब समन्दर में लोगों की मौत हो जाती, उन्हें सफ़ेद चादरों में लपेट कर गर्दन में चक्की के पाट बाँध कर जहाज़ से नीचे फेंक दिया जाता ताकि लाशें उतराने न लगें। एस्ता को यह पक्के तौर पर मालूम नहीं था कि वे कैसे तय करते थे कि यात्रा पर चलने से पहले अपने साथ कितने चक्की के पाट ले जायें।

एस्ता ने अपना सिर अपनी गोद में रख लिया।

उसका बुल्ला बिगड़ गया था।

रेलगाड़ी की एक सुदूर गड़गड़ाहट मेढक के धब्बों वाली सड़क से ऊपर को रिसने लगी। रेल की पटरी के दोनों तरफ़ कचालू के पत्ते सामूहिक समर्थन में सिर हिलाने लगे। *हाँजी हाँजी हाँजी हाँजी।*

बीना मोल में गंजे तीर्थयात्रियों ने एक और भजन शुरू कर दिया।

'मैं कहती हूँ, ये हिन्दू,' बेबी कॉचम्मा ने किसी शुद्धतावादी के-से लहजे में कहा, 'इनमें *पर्दादारी* का कोई एहसास नहीं होता।'

'उनके सिर पर सींग होते हैं और खाल पपड़ीदार,' चाको ने व्यंग्य से कहा, 'और मैंने सुना है 'उनके बच्चे अण्डों से निकलते हैं।'

राहेल के माथे पर दो गुमटे थे जो एस्ता का कहना था कि बढ़ कर सींग बन जायेंगे। कम-से-कम एक तो ज़रूर क्योंकि वह आधी हिन्दू थी। वह इतनी हाज़िर-जवाब नहीं थी कि एस्ता से उसके सींगों के बारे में पूछ सके। क्योंकि जो भी वह थी, वह भी था।

रेलगाड़ी धुएँ की एक काली घनी मीनार के नीचे से धड़धड़ाती गुज़र गयी। उसमें बत्तीस डिब्बे थे और उनके दरवाज़े टोप-सरीखे बालों वाले युवकों से भरे हुए थे जो दुनिया के छोर की ओर जा रहे थे, यह देखने के लिए कि उन लोगों का क्या होता है जो बाहर गिर जाते हैं। उनमें से जो बहुत ज़्यादा बाहर को झुकते, ख़ुद किनारे से गिर पड़ते। छटपटाते अँधेरे में, उनके बाल अन्दर से बाहर को पलटते हुए।

रेलगाड़ी इतनी जल्दी गुज़र गयी थी कि यह कल्पना करना कठिन था कि सब इतनी देर से बस, इतने भर का इन्तज़ार कर रहे थे। कचालू के पत्ते रेलगाड़ी के गुज़र जाने के बाद भी देर तक सिर हिलाते रहे मानो वे उससे पूरी तरह सहमत थे और उन्हें कोई शक-शुबहा नहीं था।

कोयले की गर्द की, मकड़ी के जाले सरीखी, चादर किसी मलिन आशीर्वाद की तरह तिरती हुई नीचे उतरी और आहिस्ता से ट्रैफ़िक पर छा गयी।

चाको ने प्लिमथ को चालू किया। बेबी कॉचम्मा ने मस्ती जगाने की कोशिश की। उसने एक गीत गाना शुरू किया :

गलियारे में खड़ी घड़ी की
घण्टी बोली टन-टन
दूर चर्च का घण्टा बाजा
मद्धम सुर में घन-घन
खिड़की पर आ कर चिड़िया ने
ऊँची तान लगायी
बैठ घड़ी के भीतर कोयल—

उसने एस्ता और राहेल पर निगाह डाली, इन्तज़ार करते हुए कि वे कहेंगे—*कुहू-कुहू चिल्लायी।*

उन्होंने नहीं कहा।

एक कार बयार बहने लगी। हरे पेड़ और टेलिफ़ोन के खम्भे खिड़कियों के आगे से उड़ते चले गये। ठिठकी हुई थिर चिड़ियाँ गतिशील तारों पर सरकती चली गयीं, हवाई अड्डे पर लावारिस पड़े सामान की तरह।

दिन के समय निकला एक फीका चाँद आकाश पर अपनी विपुलता में विद्यमान था और जहाँ वे जाते, उनके साथ जा रहा था। बियर के पियक्कड़ की तोंद सरीखा तुन्दिल।

3

बिग मैन द लालटेन इस्मॉल मैन द मोमबत्ती

गन्दगी ने आयमनम वाले घर में कुछ इस तरह डेरा डाल दिया था जैसे दुश्मन के क़िले को फ़तह करने के लिए बढ़ती हुई कोई मध्यकालीन सेना। वह हर दरार में आ जमी थी और खिड़की के शीशों से जा चिपकी थी।

चायदानियों में छोटे, काले मच्छर भिनभिनाते। मरे हुए कीड़े ख़ाली फूलदानों में पड़े रहते।

फ़र्श चिपचिप कर रहा था। सफ़ेद दीवारों पर धब्बेदार सलेटीपन छा गया था। पीतल के क़ब्ज़े और दरवाज़ों के हत्थे मटमैले दिखते और उन्हें छूने पर चिकनाहट महसूस होती। कभी-कभार इस्तेमाल होने वाले प्लग-पायंट गर्द से भर गये थे। बिजली के लट्टुओं पर तेल की परत चढ़ गयी थी। चमकते थे तो बस वे भीमकाय गुबरैले जो यहाँ-वहाँ दौड़ते फिरते, किसी फ़िल्म के सेट पर वार्निश किये गये कछुओं की तरह।

बेबी कॉचम्मा ने इन चीज़ों पर ध्यान देना अर्से से छोड़ दिया था। कोच्चु मारिया ने, जो हर चीज़ पर ध्यान देती थी, परवाह करना छोड़ दिया था।

जिस सुखासन पर बेबी कॉचम्मा टेक लगा कर बैठी रहती, उसकी छीजती हुई मढ़ावट की दरज़ों में मूँगफली के कुचले हुए छिलके अटे पड़े थे।

टेलिविज़न-प्रेरित लोकतन्त्र की एक अचेत हरकत के तहत मालकिन और नौकरानी, दोनों, मेवों के उसी कटोरे में बिना देखे हाथ मारती रहतीं। कोच्चु मारिया दानों को अपने मुँह में उछालती। बेबी कॉचम्मा उन्हें अपने मुँह में शाइस्तगी से रखती।

बेस्ट ऑफ़ डॉनाह्यू कार्यक्रम में स्टूडियो में बैठे दर्शक एक फ़िल्म का अंश देख रहे थे, जिसमें एक नीग्रो घुमक्कड़ गायक भूमिगत रेलवे स्टेशन में *समवेयर ओवर द रेनबो* गा रहा था। वह मन से गा रहा था मानो उसे गीत के शब्दों में सचमुच विश्वास हो। बेबी कॉचम्मा उसके साथ-साथ गा रही थी। उसकी लरज़ती हुई आवाज़ में मूँगफली चबाने से गाढ़ापन आ गया था। जैसे-जैसे गीत के बोल उसे याद आ रहे थे, वह मुस्करा रही थी। कोच्चु मारिया ने उसकी तरफ़ यों देखा मानो वह पागल हो गयी हो, और उसने अपने वाजिब हिस्से से ज़्यादा दाने झपट लिये। गायक जब ऊँचे सुर लगाता (जैसे *समवेयर* का *वेयर*) तो वह अपना सिर पीछे को फेंकता और उसके खुले मुँह से झाँकता उभरी धारियों

वाला गुलाबी तालू टेलिविज़न के पर्दे पर छा जाता। वह रॉक गायकों की तरह फटीचर नज़र आता था, मगर उसका टूटा हुआ दाँत और चेहरे का बीमार-सा फीकापन अभावों और निराशा के जीवन की कथा बख़ूबी बयान कर रहा था। हर बार जब कोई रेलगाड़ी आती या जाती, उसे गाना रोक देना पड़ता, जो अकसर होता।

फिर स्टूडियो की बत्तियाँ रोशन हो गयीं और डॉनाह्यू ने बज़ाते-ख़ुद उस आदमी को पेश किया, जिसने, पहले से तयशुदा इशारे पर, गीत को ठीक वहीं से शुरू किया, जहाँ उसे (गाड़ी के आने पर) उसको रोक देना पड़ा था—और यों होशियारी से गाड़ी पर गीत की एक मर्मस्पर्शी विजय उपलब्ध की।

अगली बार घुमक्कड़ गायक को गीत बीच में तब रोक देना पड़ा, जब फ़िल डॉनाह्यू ने अपनी बाँह उसके गिर्द डाल कर कहा, 'धन्यवाद। बहुत-बहुत धन्यवाद।'

फ़िल डॉनाह्यू द्वारा रोका जाना रेलगाड़ी की गड़गड़ाहट से रोके जाने की तुलना में निश्चय ही बिलकुल भिन्न था। सम्मान के बराबर।

स्टूडियो में बैठे दर्शकों ने तालियाँ बजायीं। उनके चेहरों पर करुणा का भाव था।

घुमक्कड़ गायक प्राइम-टाइम की प्रसन्नता से दमक उठा और कुछ पलों के लिए अभाव नेपथ्य में चले गये। डॉनाह्यू शो में गाना उसका एक सपना रहा था, उसने कहा, बग़ैर यह महसूस किये कि यह सपना भी उससे छीन लिया गया था।

कुछ सपने बड़े होते हैं, कुछ छोटे। 'बिग मैन द लालटेन सा'ब, इस्मॉल मैन द मोमबत्ती,' सपनों के बारे में एक बूढ़ा बिहारी कुली कहा करता था, जो एस्ता के स्कूल से सैर-सपाटे के लिए जाने वाले दल को (बिला-नाग़ा साल-दर-साल) स्टेशन पर मिलता था।

बड़ा आदमी लालटेन। छोटा आदमी मोमबत्ती।

विशाल आदमी स्टूडियो की जलती-बुझती बत्तियाँ, उसके कहने से छूट गया था। और *छोटा आदमी भूमिगत रेलवे स्टेशन।*

जब वह स्कूल के मास्टरों के पीछे-पीछे लड़कों का सामान उठाये पैर घसीटता चलता, मास्टर उससे मोल-भाव करते रहते। उसकी धनुषाकार टाँगें और भी धनुषाकार हो जातीं और बेरहम स्कूली बच्चे उसकी चाल की नक़ल उतारते। बॉल्स-इन-ब्रैकेटस वे उसे कहा करते।

सबसे छोटा आदमी पैरों की फूली नसें, वह ज़िक्र करना पूरी तरह भूल गया और माँगी गयी मज़दूरी से आधे से कम और जितना उसे मिलना चाहिए था, उसके दसवें हिस्से से भी कम पैसे ले कर डगमगाता हुआ चला गया।

बाहर, बारिश रुक गयी थी। सलेटी आसमान में जैसे दही के थक्के जम रहे थे और बादल आपस में छितरा कर गद्दे में भरी जाने वाली घटिया रुई सरीखे छोटे-छोटे गोलों की शक्ल ले रहे थे।

एस्ताप्पेन रसोई-घर के दरवाज़े पर प्रकट हुआ, भीगा (और जितना वह था उससे ज़्यादा बुद्धिमान लगता हुआ)। उसके पीछे ऊँची घास की पत्तियाँ चमक रही थीं। कुत्ते का पिल्ला उसकी बग़ल में सीढ़ियों पर खड़ा था। बारिश की बूँदें गिनतारे के चमकते मनकों की तरह छत के किनारे लगी ज़ंग-खाई नाली के गोल पेंदे के नीचे से हो कर

बिछलती जा रही थीं।

बेबी कॉचम्मा ने टेलिविज़न से नज़रें ऊपर उठायीं।

'लो, वह आ रहा है,' उसने राहेल को सूचना दी, अपनी आवाज़ धीमी करने का कष्ट किये बिना। 'अब देखती रहो। वह कुछ कहेगा नहीं। सीधे अपने कमरे में चला जायेगा। बस, देखती रहो।'

पिल्ले ने मौके का फ़ायदा उठाते हुए एक साझे प्रवेश का प्रयास किया। कोच्चु मारिया ने फ़र्श पर अपनी हथेलियाँ ज़ोर से पटकीं और कहा, 'हप ! हप ! *पोडा पट्टी* !'

लिहाज़ा पिल्ले ने समझदारी से काम लेते हुए अपना संकल्प त्याग दिया। वह रोज़ाना के इस खेल का अभ्यस्त लगता था।

'देखो !' बेबी कॉचम्मा ने कहा। वह उत्तेजित लगती थी। 'वह सीधे अपने कमरे में जायेगा और अपने कपड़े धोएगा। वह बहुत ज़्यादा सफ़ाईपसन्द है...एक *शब्द* भी नहीं बोलेगा !'

उसकी मुद्रा ऐसी थी मानो कोई शिकारगाह का रखवाला घास में दुबके किसी जानवर की तरफ़ इशारा कर रहा हो। उसकी हरकतों के बारे में पहले से ही अनुमान कर लेने की अपनी योग्यता पर गर्व करते हुए। उसकी आदतों और क़ुदरती रुझान के बारे में अपनी बेहतर जानकारी पर मुग्ध।

एस्ता के बाल गुच्छों में सिर से चिपके हुए थे, किसी फूल की औंधी पंखुड़ियों की तरह। सफ़ेद खोपड़ी की फाँकें उनके बीच से चमक रही थीं। उसके चेहरे और गरदन पर पानी की धाराएँ नीचे को बह रही थीं। वह क़दम धरता हुआ सीधा अपने कमरे में चला गया।

बेबी कॉचम्मा के सिर के ऊपर द्वेष-भरे सन्तोष का एक प्रभामण्डल प्रकट हुआ। 'देखा ?' उसने कहा।

कोच्चु मारिया ने इस मौके का फ़ायदा उठाते हुए चैनल बदला और *प्राइम बॉडीज़* का एक अंश देख लिया।

राहेल एस्ता के पीछे-पीछे उसके कमरे तक गयी। अम्मू का कमरा। ज़माना पहले।

कमरे ने अपने रहस्य बरकरार रखे थे। वह कुछ नहीं ज़ाहिर करता था। न तो सिलवटों से भरी चादरों की अव्यवस्था से, न उतार फेंके गये जूते के बेसलीक़ेपन से, या फ़िर कुर्सी की पीठ पर लटके भीगे तौलिये से। या किसी आधी-पढ़ी किताब से। वह हस्पताल के एक कमरे जैसा था, नर्स के हो कर जाने के फ़ौरन बाद। फ़र्श साफ़ था, दीवारें सफ़ेद। अलमारियाँ बन्द। जूते व्यवस्थित। कूड़े का डिब्बा ख़ाली।

कमरे का सनकी साफ़-सुथरापन एस्ता की संकल्प शक्ति का एकमात्र सुनिश्चित संकेत था। इस बात का एकमात्र हल्का-सा चिन्ह कि उसके पास, शायद, ज़िन्दगी की कोई परिकल्पना थी। दूसरों के फेंके गये टुकड़ों पर निर्वाह न करने के इरादे की महज़ एक सरगोशी। खिड़की के पास की दीवार पर इस्त्री की मेज़ पर एक इस्त्री रखी थी। तहाये हुए शिकनदार कपड़ों का एक ढेर इस्त्री किये जाने का इन्तज़ार कर रहा था।

ख़ामोशी हवा में छिपे हुए अभाव की तरह ठिठकी हुई थी।

छत के पंखे के परों पर न-भुलाये-जा-सकने वाले खिलौनों के विकट प्रेत इकट्ठा थे। एक गुलेल। मिस मिटेन से मिला क्वांटास एयर लाइंस का कोआला भालू, ढीले पड़े बटनों की आँखों वाला। फुलायी जाने वाली, गुब्बारे की बत्तख (जो एक पुलिस वाले के सिगरेट से फट गयी थी)। दो बाल-पॉयंट पेन जिनके भीतर सड़कों के ख़ामोश नज़ारे थे और लन्दन की लाल बसें ऊपर-नीचे तैरती रहती थीं।

एस्ता ने नल चालू किया और पानी प्लास्टिक की बालटी में नगाड़ा बजाने लगा। उसने चमचम करते गुसलख़ाने में कपड़े उतारे। कड़ी, गहरी नीली, मुश्किल से उतरने वाली तरबतर जींस से टाँगें खींच कर बाहर निकालीं। कुचली स्ट्रॉबेरी के रंग की टी-शर्ट सिर के ऊपर खींच ली। उसकी चिकनी, छरहरी, गठी हुई बाँहें एक-दूसरे को आड़े-तिरछे काटने वाली लकीरों की तरह उसके शरीर पर खिंची हुई थीं। उसने अपनी बहन को दरवाज़े पर आते नहीं सुना।

जैसे ही उसकी गीली टी-शर्ट उसके बदन से छिलके की तरह उतरी, राहेल ने उसके पेट को अन्दर पिचकते और पसलियों के पिंजर को ऊपर उठते देखा। पीछे उसका शहद के रंग का गीला बदन रह गया था। उसका चेहरा और गर्दन और गले के नीचे एक तिकोन उसके शरीर के बाक़ी हिस्से से ज़्यादा गहरे रंग के थे। उसकी बाँहें भी दो-रंगी थीं। जहाँ उसकी आस्तीनें ख़त्म होतीं, वहाँ पीलापन लिये हुए। पीले शहद के कपड़ों में एक गहरा भूरा आदमी। कॉफ़ी की एक छींट के साथ चाकलेटी। गालों की ऊँची हड्डियाँ और शिकार की-सी आँखें। सफ़ेद टाइलों वाले गुसलख़ाने में एक मछुआरा, अपनी आँखों में सागर के रहस्य छुपाये।

क्या उसने उसे देख लिया था ? क्या वह सचमुच पागल था ? क्या उसे मालूम था कि वह वहाँ है ?

उन्हें एक-दूसरे के शरीर को ले कर कभी शर्म का एहसास नहीं हुआ था, लेकिन वे कभी (साथ-साथ) इतने बड़े नहीं हो पाये थे कि जान सकें शर्म होती क्या है।

अब वे थे। बालिग़।

बड़े।

एक करने-योग्य मरने-योग्य उमर।

अपने आप में *बड़ा* कितना अजीब शब्द था, राहेल ने सोचा, और ख़ुद अपने आप से कहा : *बड़ा*।

बाथरूम के दरवाज़े पर राहेल। छरहरे कूल्हों वाली। ('इसे बता दो कि इसे सिज़ेरियन की ज़रूरत पड़ेगी।' नशे में धुत्त एक गाइनोकॉलोजिस्ट ने उसके पति से कहा था जब वे एक पेट्रोल पम्प पर बाकी पैसे वापस लेने के लिए रुके हुए थे)। उसकी फीकी पड़ गयी टी-शर्ट पर बने नक़्शे में एक छिपकली। मेंहदी की गहरी लाली की कौंध लिये लम्बे बेलगाम बाल उसकी कमर के नीचे तक अपनी अदम्य उँगलियाँ पसारते। उसकी नाक का हीरा कौंध मारता। कभी-कभी। और कभी नहीं भी। एक पतला, साँप के सिरों वाला, सोने का कंगन उसकी कलाई के गिर्द नारंगी रोशनी के छल्ले की तरह दमकता। पतले-छरहरे साँप, सिर जोड़े एक-दूसरे से कानाफूसी करते

हुए। उसकी माँ की गलायी गयी शादी की अँगूठी। उसकी पतली, नुकीली बाँहों की तीखी रेखाओं को कोमलता प्रदान करते रोंए।

पहली नज़र में लगता कि वह अपनी माँ की काया में दाख़िल हो गयी है। गालों की ऊँची हड्डियाँ। मुस्कराते वक़्त गालों में पड़ते गहरे गड्ढे। लेकिन वह अम्मू से ज़्यादा लम्बी, सख़्त, छरहरी और ज़्यादा नुकीली थी। उन लोगों के लिए शायद कम आकर्षक जो औरतों में गोलाइयाँ और कोमलता पसन्द करते थे। सिर्फ़ उसकी आँखें निर्विवाद रूप से ज़्यादा ख़ूबसूरत थीं। बड़ी-बड़ी। चमकदार। *डूबने क़ाबिल,* जैसा लैरी मक्कैस्लिन ने कहा था और डूब कर जाना था।

राहेल ने अपने भाई के नंगेपन में खुद अपनी निशानियाँ खोजने की कोशिश की। उसके घुटनों के आकार में। पैरों के ऊपरी हिस्से के उभरेपन में। कन्धों की ढलान में। उस नुकीलेपन में, जो उसकी कोहनी और बाँह के बाक़ी हिस्से के मिलने से पैदा होता था। जिस तरह उसके पैर के नाख़ून कोरों पर ऊपर को मुड़ते थे, उसमें। उसके कसे हुए, ख़ूबसूरत मटकों के दोनों तरफ़ तराशे गये ख़मों में। कसे हुए ख़रबूज़े। आदमियों के नितम्ब कभी बढ़ते नहीं। स्कूली बस्तों की तरह वे एक पल में बचपन की स्मृतियाँ जगा देते हैं। उसकी बाँहों पर टीकों के दो निशान सिक्कों की तरह चमक रहे थे। राहेल के निशान उसकी जाँघ पर थे।

लड़कियों के हमेशा उनकी जाँघों पर होते हैं, अम्मू कहा करती थीं।

राहेल एस्ता को उसी उत्सुकता से देखती रही, जिससे एक माँ अपने भीगे हुए बच्चे को देखती है। एक बहन एक भाई। एक औरत एक आदमी। एक जुड़वाँ एक जुड़वाँ।

उसने एक ही समय में ये बहुत-सी पतंगें उड़ा दीं।

वह इत्तफ़ाक़ से हुई मुलाक़ात में मिला एक नंगा अजनबी था। वह वही था जिसे वह जीवन के शुरू होने से पहले से जानती रही थी। वह जो कभी उसकी अगुआई करता (तैरता) उसे उनकी सुन्दर माँ की योनि से बाहर ले आया था।

दोनों चीज़ें असहनीय। अपने आपसी आकर्षण में। अपनी ना-मिल- सकने-योग्य सुदूरता में।

बारिश की एक बूँद एस्ता के कान की लौ के छोर पर चमक रही थी। मोटी, रोशनी में रुपहली, पारे के भारी मनके सरीखी। राहेल ने हाथ बढ़ाया। उसे छुआ। उसे हटा लिया।

एस्ता ने उसकी तरफ़ देखा नहीं। वह और अधिक निश्चलता में लौट गया। मानो उसके शरीर में अपनी (गँठीली, अण्डाकार) इन्द्रियों को त्वचा की सतह से दूर अन्दर की तरफ़, किसी और गहरे, अधिक अगम्य कोने में खींच लेने की क़ूवत थी।

ख़ामोशी ने अपना लँहगा समेटा और स्पाइडर वुमन की तरह ग़ुसलख़ाने की फिसलन-भरी दीवार पर ऊपर को सरकती चली गयी।

एस्ता ने अपने कपड़े एक बाल्टी में डाले और उन्हें एक भुरभुरे, उजले नीले साबुन से धोने लगा।

4

अभिलाष टॉकीज़

अभिलाष टॉकीज़ ने अपना विज्ञापन केरल के पहले 70 मिलीमीटर सिनेमास्कोप के पर्दे वाले सिनेमा हॉल के रूप में किया था। इस बात पर और भी ज़ोर देने के लिए उसका सामने का हिस्सा सीमेंट के एक गोलाईदार सिनेमास्कोप पर्दे के रूप में बनाया गया था। ऊपर अंग्रेज़ी और मलयालम में (सीमेंट के अक्षरों, नियॉन की रोशनियों में) लिखा था *अभिलाष टॉकीज़*।

शौचालयों पर अंग्रेज़ी में *हिज़* और *हर्ज़* लिखा था। अम्मू, राहेल और बेबी कॉचम्मा के लिए *हर्ज़*। *हिज़* केवल एस्ता के लिए क्योंकि चाको होटल 'सी क्वीन' में कमरों की बुकिंग के सिलसिले में गया हुआ था।

'तुम्हें दिक्क़त तो नहीं होगी ?' अम्मू ने चिन्ता से कहा।

एस्ता ने सिर हिलाया।

लाल फ़ॉर्माइका के दरवाज़े से हो कर, जो धीरे-धीरे आप-से-आप बन्द हो जाता था, राहेल ने अम्मू और बेबी कॉचम्मा के पीछे-पीछे *हर्ज़* में दाख़िल होने के लिए पैर बढ़ाये। उसने तेलिया-चिकने संगमरमर के फ़र्श के पार भूरे नुकीले जूते पहने (कंघी सहित) एकाकी एस्ता की ओर मुड़ कर हाथ हिलाया। एस्ता उस गन्दे संगमरमरी गलियारे में अकेले, घूरते शीशों के बीच तब तक रुका रहा जब तक कि उसकी बहन उस लाल दरवाज़े के अन्दर ग़ायब नहीं हो गयी। फिर वह मुड़ा और *हिज़* की तरफ़ धप-धप करता चला गया।

हर्ज़ में, अम्मू ने सुझाव दिया कि राहेल पेशाब करने के लिए हवा में उठी रह कर सन्तुलन बनाये रखे। उनका कहना था कि सार्वजनिक शौचालयों के कमोड गन्दे होते हैं। पैसों की तरह। तुम्हें कभी मालूम नहीं होता कि किस-किस ने उन्हें छुआ है। कोढ़ी। कसाई। कारों के मिस्त्री। (पीप। ख़ून। ग्रीज़।)

एक बार जब कोच्चु मारिया राहेल को कसाई की दुकान पर ले गयी थी तो राहेल ने देखा था कि उसने उन्हें पाँच रुपये का जो नोट फेरा था, उस पर लाल गोश्त का एक नन्हा-सा टुकड़ा चिपका हुआ था। कोच्चु मारिया ने अपने अँगूठे से वह टुकड़ा साफ़ कर दिया था। गोश्त से निकला रस एक लाल धब्बा छोड़ गया था। कोच्चु मारिया ने नोट को अपनी अँगिया में खोंस लिया था। गोश्त की गन्ध वाला ख़ून-सना नोट।

राहेल इतनी लम्बी नहीं थी कि कमोड को छुए बिना उसके ऊपर हवा में सन्तुलन

बनाये उठी रह सके, लिहाज़ा अम्मू और बेबी कॉचम्मा ने अपनी बाँहों में उसकी टाँगों को फँसा कर उसे उठाये रखा। बाटा के सैंडलों में उसके पैर कबूतर के पंजों की मानिन्द लग रहे थे। निक्कर नीचे सरकी हुई थी और वह हवा में लटकी हुई-सी थी। कुछ पलों तक कुछ नहीं हुआ और राहेल ने नज़रें उठा कर अपनी माँ और नानी-बुआ की तरफ़ आँखों में एक शरारती (अब क्या करें ?) सवालिया भाव भर कर देखा।

'अब चलो भी,' अम्मू ने कहा, 'स-स-स...'

सू-सू की आवाज़ के लिए स-स-स। मौसीक़ी की आवाज़ के लिए म-म-म।

राहेल दबी हुई हँसी हँसी। अम्मू दबी हुई हँसी हँसीं। बेबी कॉचम्मा दबी हुई हँसी हँसी। जब धीमी-सी धार शुरू हुई, उन्होंने हवा में उसके शरीर की जगह दुरुस्त की। राहेल शर्मिन्दा नहीं हुई। उसने ख़त्म कर लिया तो अम्मू के पास टायलेट पेपर था।

'पहले तुम या पहले मैं ?' बेबी कॉचम्मा ने अम्मू से कहा।

'कोई भी,' अम्मू ने कहा, 'चलो, पहले तुम ही सही।'

राहेल ने उसका बटुआ थामा। बेबी कॉचम्मा ने अपनी मुसी हुई साड़ी उठायी। राहेल ने अपनी छुटकी नानी-बुआ की विशाल टाँगों को ग़ौर से परखा। (बरसों बाद जब स्कूल में इतिहास का एक सबक़ पढ़ कर सुनाया जा रहा था—*बादशाह बाबर का रंग गेहुँआ था और टाँगें खम्भों जैसी थीं*—यह दृश्य उसके सामने कौंधने वाला था। सार्वजनिक शौचालय के कमोड के ऊपर किसी बड़ी-सी चिड़िया की तरह हवा में टँगी हुई बेबी कॉचम्मा। गाँठदार बुनाई सरीखी नीली नसें उसकी पारदर्शी पिंडलियों पर ऊपर को चढ़ती हुईं। मोटे-मोटे घुटनों में पड़ने वाले गड्ढे। उन पर बाल। इतने भारी-भरकम बोझ को उठाने के लिए इतने नन्हे-मुन्ने पैर बेचारे।) बेबी कॉचम्मा ने आधे से भी आधे पल के लिए इन्तज़ार किया। आगे को ठेला हुआ सिर। मूर्खतापूर्ण मुस्कान। छातियाँ नीचे को लटकी हुईं। ब्लाउज़ में ख़रबूज़े। नितम्ब ऊपर को और बाहर की तरफ़ उठे हुए। जब गरगराती, कलकल करती आवाज़ आयी तो वह आँखों से सुनती रही। एक पीला नाला पहाड़ी दर्रे से हो कर खलबलाता हुआ बहता रहा।

राहेल को यह सब अच्छा लगा। बटुआ थामना। हरेक का हरेक के सामने पेशाब करना। दोस्तों की तरह। उसे तब तक यह क़तई मालूम नहीं था कि यह एहसास कितना क़ीमती था। *दोस्तों की तरह*। वे फिर कभी इस तरह इकट्ठे नहीं होने वाले थे। अम्मू, बेबी कॉचम्मा और वह।

जब बेबी कॉचम्मा निपट चुकी तो राहेल ने अपनी घड़ी पर नज़र डाली। 'कितनी देर लगायी बेबी कॉचम्मा,' उसने कहा, 'दो बजने में दस मिनट हैं।'

रबा डब डब (राहेल ने सोचा)
तीन औरतें एक टब
मन्थर बोली पल भर रुक

उसने मन्थर की कल्पना एक व्यक्ति के रूप में की। मन्थर कुरियन। मन्थर कुट्टी। मन्थर मोल। मन्थर कॉचम्मा।

मन्थर कुट्टी। चपल वर्गीज़। और कुरियाकोस। सिर में रूसी वाले तीन भाई।

अम्मू अपनी बारी में एक फुसफुसाहट के साथ निपटीं। कमोड की बग़ल के सहारे, ताकि सुनायी न दे। उनके पिता की कठोरता उनकी आँखों से ग़ायब हो चुकी थी और वे फिर से अम्मू की आँखें बन गयी थीं। उनकी मुस्कान से गालों में गहरे गढ़े पड़ रहे थे और वे अब नाराज़ नहीं लगती थीं। वेलुता या फिर थूक के बुलबुले के बारे में।

यह एक अच्छा संकेत था।

हिज़ में एकाकी एस्ता को मूत्रालय में फ़िनायल की गोलियों और सिगरेट के टोटों में पेशाब करना पड़ा। कमोड में पेशाब करना पराजय होती। मूत्री में पेशाब करने के लिए वह बहुत नाटा था। उसे लम्बाई की ज़रूरत थी। उसने लम्बाई की तलाश की और हिज़ के एक कोने में वह उसे मिल गयी। एक गन्दा झाड़ू, एक दूधिया तरल पदार्थ (फ़िनायल) से आधी भरी स्क्वॉश की एक बोतल जिसमें कुछ काली तैरती चीज़ें थीं। एक पस्त-सा पोंछा और दो ज़ंग-लगे टीन के डिब्बे जिनमें कुछ नहीं था। वे पैराडाइज़ अचार द्वारा बनायी गयी किसी जिन्स के हो सकते थे। शीरे में अन्नानास के टुकड़े। या कतले। अन्नानास के कतले। अपनी नानी के डिब्बों के बल पर अपने सम्मान को फिर से बहाल करके एकाकी एस्ता ने मूत्री के सामने कुछ-नहीं-वाले ज़ंग-लगे डिब्बे सजाये। वह उन पर खड़ा हुआ, एक-एक डिब्बे पर एक-एक पैर रख कर और नामालूम डगमगाहट के साथ उसने सावधानी से पेशाब किया। मर्द की तरह। सिगरेट के टोटे जो पहले सीले थे, अब गीले थे और भँवरीले। उन्हें सुलगाना कठिन होता। निबटने के बाद एस्ता डिब्बों को शीशे के सामने बेसिन पर ले गया। उसने हाथ धोये और गीले हाथ बालों पर फेरे। फिर अम्मू की कंघी से, जो उसके लिए बहुत बड़ी थी और जिसके आगे वह बौना-सा महसूस करता था, उसने सावधानी के साथ अपना बुल्ला फिर से सजाया। बालों को दबा कर पीछे खींचा फिर सामने की तरफ़ दबा कर फुलाया और नीचे के छोर पर बग़ल को मरोड़ा दे दिया। उसने कंघी वापस जेब के हवाले की, डिब्बों से नीचे उतरा और उन्हें वापस बोतल, पोंछे और झाड़ू के पास रख दिया। उसने उन सबके आगे झुक कर कोर्निश की। सारी-की-सारी पलटन के आगे। बोतल, झाड़ू, डिब्बे और पस्त-सा पोंछा।

'झुको,' उसने कहा और मुस्कराया क्योंकि जब वह और भी छोटा था, उसका ख़याल था कि झुक कर नमस्ते करते समय 'झुको' कहना होता है। कि उसे करते समय *कहना* भी होता है। 'झुको और नमस्ते करो एस्ता,' वे कहते। और वह सिर झुकाता और कहता, 'झुको' और वे एक-दूसरे की तरफ़ देख कर हँसते और वह सोच में पड़ जाता।

ऊबड़-खाबड़ दाँतों वाला एकाकी एस्ता।

बाहर आ कर, वह अपनी माँ, अपनी बहन और छुटकी नानी-बुआ की प्रतीक्षा करता रहा। जब वे बाहर निकलीं तो अम्मू ने कहा, 'सब ठीक है, एस्ताप्पेन ?'

'ठीक है,' एस्ता ने कहा, और अपने बुल्ले को बिगड़ने से बचाये रखने के लिए सावधानी से सिर हिलाया।

ठीक है ? ठीक है। उसने कंघी वापस उनके बटुए में रख दी। अम्मू को भूरे

और नुकीले जूतों वाले अपने इस चुप्पे, शालीन नन्हे-से बेटे के लिए सहसा प्यार की एक कचोट महसूस हुई जिसने अपना पहला वयस्कों वाला काम पूरा किया था। उन्होंने प्यार-भरी उँगलियाँ उसके बालों में फेरीं और उसके बुल्ले को बिगाड़ दिया।

स्टील की एवररेडी टॉर्च वाले आदमी ने कहा कि फ़िल्म शुरू हो गयी थी, लिहाज़ा जल्दी करें। उन्हें पुराने लाल कालीन वाली लाल सीढ़ियों पर हबड़-तबड़ चढ़ कर जाना पड़ा। लाल सीढ़ियाँ जिनके लाल कोने में लाल पीक के निशान थे। टॉर्च वाले आदमी ने अपना मुंडू ऊपर को उड़स लिया और बायें हाथ से अण्डकोश के नीचे दबा कर पकड़ लिया। सीढ़ियाँ चढ़ते वक़्त उसकी पिंडलियों के पुट्ठे उसकी खिंचती हुई चमड़ी के नीचे तोप के बालदार गोलों जैसे लग रहे थे। टॉर्च उसने दायें हाथ में पकड़ी हुई थी। वह अपने दिमाग़ से जल्दिया रहा था।

'वह बहुद्देरपहले शुरू हो गयी थी,' उसने कहा।

तो शुरुआत उनसे छूट गयी थी। छूट गया था बिजली के बल्ब-लगे पीले झालरदार फुँदनों वाले लहरियेदार मख़मली पर्दे का उठना। धीरे-धीरे ऊपर और इसके साथ का संगीत जो *हटारी* फ़िल्म की *बेबी ऐलिफ़ैण्ट वॉक* वाली धुन होती या *कर्नल बोगीज़ मार्च* वाली।

अम्मू ने एस्ता का हाथ थाम रखा था। बेबी कॉचम्मा, सीढ़ियों पर हाँफते-काँपते चढ़ते हुए, राहेल का हाथ पकड़े हुए थी। अपने ख़रबूज़ों के बोझ से दबी हुई बेबी कॉचम्मा अपने आप से यह कभी क़बूल न करती कि वह फ़िल्म देखने को उत्सुक थी। वह यह महसूस करना ज़्यादा पसन्द करती कि वह तो महज़ बच्चों की ख़ातिर ऐसा कर रही थी। अपने दिमाग़ में उसने एक सावधानी से व्यवस्थित खाता रखा हुआ था कि उसने लोगों के लिए क्या-क्या किया था और लोगों ने उसके लिए क्या-क्या नहीं किया था।

उसे फ़िल्म के शुरुआती, भिक्षुणी-वाले हिस्से सबसे ज़्यादा पसन्द थे और उसे उम्मीद थी कि वे उनसे छूट नहीं गये होंगे। अम्मू ने एस्ता और राहेल को समझाया था कि लोगों को हमेशा वही सबसे ज़्यादा पसन्द होता है, जिसके साथ वे *अभिन्नता* महसूस कर सकें। राहेल का ख़याल था कि वह सबसे ज़्यादा अभिन्नता क्रिस्टोफ़र प्लमर के साथ महसूस करती थी जो फ़िल्म में कैप्टन वॉन ट्रैप की भूमिका निभाता था। चाको उसके साथ बिलकुल अभिन्नता नहीं महसूस करता था और उसे कैप्टन वॉन क्लैप ट्रैप कहता।

राहेल पगहे से बँधे उत्तेजित मच्छर की तरह थी। उड़ती हुई। भारहीन। दो सीढ़ी ऊपर। दो नीचे। एक ऊपर। बेबी कॉचम्मा के एक सीढ़ी चढ़ने तक वह पाँच सीढ़ियाँ चढ़ रही थी।

मैं हूँ पॉपाई नामक जहाज़ी ता-ता-धिन
मेरी कुटिया है अच्छी ख़ासी ता-ता-धिन
मैं खोलूँ किवाड़
और गिरूँ धड़ाम
मैं हूँ पॉपाई नामक जहाज़ी ता-ता-धिन

ऊपर दो सीढ़ी। दो नीचे। एक ऊपर। छलाँग। छलाँग।

'राहेल,' अम्मू ने कहा, 'तुम्हें अभी तक अपना सबक़ याद नहीं हुआ न ? क्यों ?' राहेल को याद था : *उत्तेजना का अन्त सदा आँसुओं में होता है*। धिन-धा।

वे प्रिन्सेस सर्कल के गलियारे में पहुँचे और जलपान काउण्टर से हो कर गुज़रे जहाँ ऑरिंज की बोतलें इन्तज़ार कर रही थीं। और लेमन की बोतलें प्रतीक्षा कर रही थीं। ऑरिंज बहुत ज़्यादा नारंगी था। लेमन बहुत ज़्यादा पीला। चॉकलेट बहुत ज़्यादा पिघले हुए।

टॉर्च वाले आदमी ने प्रिन्सेस सर्कल का भारी दरवाज़ा अन्दर को, पंखों की घरघराहट और मूँगफली की चर्र-चर्र से भरे अँधेरे में खोला। उसमें साँस लेते लोगों और बालों के तेल की गन्ध बसी हुई थी। और पुराने ग़ालीचों की। एक जादुई, *साउण्ड ऑफ म्यूज़िक* गन्ध जिसे राहेल याद रखती थी और निधि की तरह सँजोये रहती थी। गन्ध, संगीत की तरह, स्मृतियों को सँभाले रखती है। राहेल ने लम्बी साँस खींची और उसे आने वाली पीढ़ियों के लिए बोतल-बन्द कर दिया।

टिकट एस्ता के पास थे। छुटकू राम। करता कुटिया में आराम। ता-धिन।

टॉर्च वाले आदमी ने गुलाबी टिकटों पर रोशनी डाली। कतार जे-17, 18, 19, 20। एस्ता, अम्मू, राहेल, बेबी कॉचम्मा। वे खीझे हुए लोगों के सामने से दब-दुब कर गुज़रे जिन्होंने जगह बनाने के लिए अपनी टाँगें इधर-से-उधर हिलायीं। कुर्सियों की गद्दियों को बैठने के लिए नीचे करना ज़रूरी था। बेबी कॉचम्मा ने राहेल की गद्दी नीचे दबाये रखी ताकि वह उस पर चढ़ कर बैठ सके। उसका वज़न काफ़ी नहीं था, लिहाज़ा गद्दी ने उसे कुर्सी की पीठ से ऐसे दबा लिया मानो वह सैंडविच के बीच का मसाला हो और राहेल को फ़िल्म अपने उठे हुए घुटनों के बीच से देखनी पड़ रही थी। दो घुटने और एक फ़व्वारा। एस्ता, कुछ अधिक सम्मानजनक ढंग से, कुर्सी के किनारे पर बैठा।

पंखों की छाया पर्दे की उस बग़ल पड़ रही थी जहाँ फ़िल्म नहीं थी।

टॉर्च बन्द। दुनिया की हिट फ़िल्म चालू।

गिरजे की घंटियों की सुस्पष्ट, अवसाद-भरी आवाज़ के साथ-साथ कैमरे ने ऑस्ट्रिया के (कार के रंग के) आसमानी नीले आकाश में ऊपर को उड़ान भरी।

दूर, नीचे, मठ के आँगन में फ़र्श के काले पत्थर चमक रहे थे। भिक्षुणियाँ उन पर क़दम रखती आँगन पार कर रही थीं। मन्थर गति वाले सिगारों की तरह। शान्त भिक्षुणियाँ शान्ति के साथ अपनी मदर सुपीरियर के इर्द-गिर्द इकट्ठा थीं, जो कभी उनके पत्र नहीं पढ़ती थी। वे ऐसे इकट्ठा थीं जैसे रोटी के चूरे के गिर्द चींटियाँ। रानी सिगार के गिर्द सिगारों की जमात। उनके घुटनों पर बाल नहीं थे, न ब्लाउज़ों में ख़रबूज़े। और उनकी साँस पिपरमिंट सरीखी थी। उनके पास अपनी मदर सुपीरियर के सामने पेश करने को शिकायतें थीं। मीठे सुर में संगीत-भरी शिकायतें। जूली ऐंड्र्यूज़ के बारे में जो अब भी ऊपर पहाड़ों में थी, *संगीत के सुरों से धड़कते हैं पर्वत* गाती हुई और एक बार फिर उसे सुबह की प्रार्थना सभा के लिए देर हो गयी थी।

वह पेड़ों पर चढ़ती है गिरती है पड़ती है

भिक्षुणियों ने संगीत-भरी चुग़ली की।

उसकी पोशाक में कितना बड़ा चीरा है
फ़ितरत है उसकी, यह उसका वतीरा है
प्रार्थना सभा में वह नाचती हुई आती है
सीढ़ियों पर ज़ोरों से सीटियाँ बजाती है

दर्शक पीछे मुड़ कर देखने लगे थे।

'श-श-श।' उन्होंने कहा।

श-श-श। श-श-श। श-श-श।

और घूँघट के नीचे वह घूँघर सजाती है

फ़िल्म के बाहर से एक आवाज़ आयी थी। साफ़-शफ़्फ़ाफ़, पंखे की घरघराहट और मूँगफली की चर्र-चर्र-भरे अँधेरे को चीरती हुई। दर्शकों में एक भिक्षुणी थी। सिर बोतलों के ढक्कनों की तरह पीछे घूमे। काले बालों वाले सिरों के पिछवाड़े होंटों और मूँछों वाले चेहरे बन गये। सिसकारते होंट और शार्क मछलियों जैसे दाँत। बहुत-से। मानो किसी कार्ड पर ढेर सारी चिप्पियाँ।

'श-श-श।' उन्होंने एक साथ कहा।

यह एस्ता था जो गा रहा था। बुल्ला झाड़े एक भिक्षुणी। एक एल्विस पेल्विस भिक्षुणी। वह ख़ुद को रोक नहीं पाया था।

'इसे यहाँ से बाहर निकालो !' दर्शक-गण बोले, जब उन्होंने उसे खोज लिया।

चुप रहो या बाहर जाओ। बाहर जाओ या चुप रहो।

दर्शक-गण एक बड़ा आदमी था। एस्ता एक छोटा आदमी, टिकटों के साथ।

'एस्ता, ईश्वर के लिए चुप करो।' अम्मू की बेहद नाराज़ फुसफुसाहट बोली।

सो एस्ता चुप कर गया। मुँह और मूँछें दूसरी ओर मुड़ गयीं। लेकिन तभी, बिना सावधान किये, गीत फिर वापस आ गया, और एस्ता ख़ुद को रोक नहीं पाया।

'अम्मू, क्या मैं जा कर इसे बाहर गा सकता हूँ ?' एस्ता ने कहा (इससे पहले कि अम्मू उसे चाँटा जड़ें)। 'मैं गाने के बाद वापस आ जाऊँगा।'

'लेकिन फिर कभी उम्मीद न रखना कि मैं तुम्हें दोबारा अपने साथ बाहर लाऊँगी,' अम्मू ने कहा, 'तुम हम *सब* को शर्मिन्दा कर रहे हो।'

लेकिन एस्ता ख़ुद को रोक नहीं पा रहा था। वह बाहर जाने के लिए उठा। नाराज़ अम्मू को पार करके। अपने घुटनों के बीच से ध्यान लगाये राहेल को पार करके। बेबी कॉचम्मा को पार करके। दर्शक-गण को पार करके जिन्हें फिर से अपनी टाँगें हिलानी पड़ीं। इधर से उधर। दरवाज़े के ऊपर लाल चिन्ह लाल रोशनी में कह रहा था *बाहर*। एस्ता *बाहर* हो गया।

गलियारे में ऑरिंज की बोतलें इन्तज़ार कर रही थीं। लेमन की बोतलें इन्तज़ार कर रही थीं। पिघले चाकलेट इन्तज़ार कर रहे थे। नीले, नक़ली चमड़े-मढ़े कार-सोफ़े इन्तज़ार कर रहे थे। *जल्द आ रहा है* ! वाले पोस्टर इन्तज़ार कर रहे थे।

एकाकी एस्ता अभिलाष टॉकीज़ के प्रिन्सेस सर्कल के गलियारे में नीले नक़ली चमड़े के कार-सोफ़े पर बैठ गया और गाने लगा। एक भिक्षुणी की साफ़ पानी जैसी शफ़्फ़ाफ़ आवाज़ में।

कैसे उसे रोकें ठहरायें
जो कहना हो उसे सुनायें

जलपान काउण्टर वाला आदमी जो इण्टरवल के इन्तज़ार में चौकियों की एक क़तार पर सोया हुआ था, जाग गया। उसने अपनी चिपचिपी आँखों से हल्के भूरे और नुकीले जूते पहने एकाकी एस्ता को देखा। और उसके बिगड़े हुए बुल्ले को। उस आदमी ने अपने संगमरमरी काउण्टर को एक मटमैले चिथड़े से पोंछा। और उसने इन्तज़ार किया। और इन्तज़ार करते हुए वह पोंछता रहा। और पोंछते हुए वह इन्तज़ार करता रहा। और एस्ता को गाते हुए देखता रहा।

सागर तट पर लहर ठहर पायेगी कैसे
सुलझेगी यह कठिन पहेली बोलो कै....से ?

'ओए ! *एडा चेरुक्का !'* ऑरेंज-लेमन वाले आदमी ने नींद से भारी एक करख़्त आवाज़ में कहा, 'यह क्या चूतियापन्थी कर रहे हो तुम ?'

किरन चाँद की
हाथ तुम्हारे
आये कैसे ?

एस्ता गाता रहा।

'ओए !' ऑरेंज-लेमन वाले आदमी ने कहा। 'सुनो, यह मेरा आराम का समय है। जल्दी ही मुझे जाग कर काम करना होगा। इसलिए मैं तुम्हें यहाँ बैठ कर अंग्रेज़ी गाने नहीं गाने दे सकता। बन्द करो यह सब।' उसकी सुनहरी घड़ी उसकी कलाई के घुँघराले बालों में लगभग छिपी हुई थी। उसकी सफ़ेद टेरिलीन की कमीज़ के बटन वहाँ तक खुले हुए थे जहाँ से उसकी तोंद शुरू होती थी। वह एक बिगड़ैल ग़ैर-दोस्ताना नगीनों-जड़े भालू जैसा दिखता था। उसके पीछे दीवार पर शीशे लगे थे, जिनमें लोग कोल्ड ड्रिंक और खाने-पीने का सामान ख़रीदते समय ख़ुद को देख सकते थे। अपने बुल्ले सँवार सकते थे और जूड़े दुरुस्त कर सकते थे। शीशे एस्ता को एकटक ताक रहे थे।

'मैं तुम्हारे ख़िलाफ़ एक लिखित शिकायत कर सकता हूँ,' आदमी ने एस्ता से कहा। 'कैसा लगेगा तुम्हें ? एक लिखित शिकायत ?'

एस्ता ने गाना बन्द कर दिया और वापस अन्दर जाने के लिए उठा।

'अब जबकि मैं उठ गया हूँ,' ऑरेंज-लेमन वाले आदमी ने कहा, 'अब जबकि तुमने मुझे मेरे आराम के समय जगा दिया है, अब जबकि तुमने मुझे *परेशान* किया है, कम-से-कम एक बोतल तो पियो। इतना तो तुम कर ही सकते हो।'

उसके भारी जबड़े वाले चेहरे पर हजामत बढ़ी हुई थी। हारमोनियम के पीले सुरों

जैसे उसके दाँत नन्हे एल्विस पेल्विस को घूर रहे थे।

'नहीं, शुक्रिया,' एस्ता ने अदब से कहा, 'मेरे घर वाले मेरा इन्तज़ार कर रहे होंगे। और मेरी पॉकेटमनी ख़त्म हो गयी है।'

'पॉर्केटमन्नी ?' ऑरेंज-लेमन वाले आदमी ने अपने घूरते हुए दाँतों के साथ कहा, 'पहले अंग्रेज़ी गाने और अब पॉर्केटमन्नी ! कहाँ रहते हो तुम ? चाँद पर ?'

एस्ता जाने के लिए मुड़ा।

'एक मिनट ठहरो !' ऑरेंज-लेमन वाले आदमी ने तीखे स्वर में कहा। 'बस एक मिनट !' उसने फिर थोड़ा नरमी से कहा, 'मेरा ख़याल है मैंने तुमसे एक सवाल किया था।'

उसके पीले दाँत चुम्बक जैसे थे। वे घूरते थे, वे मुस्कराते थे, वे गाते थे, वे गँधाते थे, वे हिलते-डुलते थे। वे सम्मोहित करते थे।

'मैंने पूछा था, तुम कहाँ रहते हो,' उसने अपना घिनौना जाल बुनते हुए कहा।

'आयमनम,' एस्ता ने कहा, 'मैं आयमनम में रहता हूँ। मेरी नानी पैराडाइज़ अचार और मुरब्बे की मालिक हैं। वे उसकी सोई हुई साझीदार हैं।'

'ऐसा क्या ?' ऑरेंज-लेमन वाले आदमी ने कहा, 'और किसके साथ सोई हुई हैं वे ?' वह एक अश्लील-सी हँसी हँसा जो एस्ता की समझ से बाहर थी। 'ख़ैर, छोड़ो, तुम समझ नहीं सकोगे।'

'आओ और कुछ पियो,' उसने कहा, 'एक मुफ़्त कोल्ड ड्रिंक। आओ। इधर आओ और मुझे अपनी नानी के बारे में सब कुछ बताओ।'

एस्ता बढ़ा। पीले दाँतों से खिंचता हुआ।

'इधर। काउण्टर के पीछे,' ऑरेंज-लेमन वाले आदमी ने कहा। वह अपनी आवाज़ धीमी करके फुसफुसाया, 'इसे गुप-चुप ही करना होगा क्योंकि इण्टरवल से पहले खाने-पीने की इजाज़त नहीं है। यह सिनेमा हॉल में एक जुर्म है।'

'क़ानूनी जुर्म,' उसने कुछ देर रुक कर जोड़ा।

एस्ता अपनी मुफ़्त कोल्ड ड्रिंक के लिए काउण्टर के पीछे चला गया। उसने वहाँ तीन ऊँची चौकियाँ देखीं जो ऑरेंज-लेमन वाले आदमी के सोने के लिए एक क़तार में सजी हुई थीं। उनकी लकड़ी बैठने से चमकदार हो गयी थी।

'अब अगर तुम मेहरबानी करके इसे मेरे लिए थामे रहो,' ऑरेंज-लेमन वाले आदमी ने एस्ता को अपनी मुलायम, सफ़ेद मलमल की धोती के बीच से अपना शिश्न थमाते हुए कहा, 'तो मैं तुम्हारे लिए बोतल निकाल दूँ। ऑरेंज ? लेमन ?'

एस्ता ने उसे थाम लिया क्योंकि वह और कर भी क्या सकता था।

'ऑरेंज ? लेमन ?' आदमी ने कहा, 'लेमनॉरेंज ?'

'लेमन, प्लीज़,' एस्ता ने अदब से कहा।

उसे एक ठण्डी बोतल और एक नलकी दी गयी। लिहाज़ा उसने एक हाथ में बोतल और दूसरे में शिश्न को थामा। कड़ा, गर्म और नसों वाला। चाँद की किरन नहीं।

ऑरेंज-लेमन वाले आदमी का हाथ एस्ता के हाथ के ऊपर कस गया। उसके अँगूठे का नाख़ून औरतों की तरह लम्बा था। उसने एस्ता का हाथ ऊपर और नीचे

सरकाना शुरू किया। पहले धीरे-धीरे। फिर तेज़-तेज़।

लेमन का शर्बत ठण्डा और मीठा था। शिश्न गरम और कड़ा था।

हारमोनियम के सुर घूर रहे थे।

'तो तुम्हारी नानी एक कारख़ाना चलाती हैं ?' ऑरेंज-लेमन वाले आदमी ने कहा, 'किस तरह का कारख़ाना ?'

'बहुत-सी चीज़ें,' एस्ता ने नलकी मुँह में लिये-लिये, बिना देखे, कहा, 'शर्बत, अचार, जैम, मसाले। अन्नानास के टुकड़े।'

'बढ़िया,' आरेंज लेमन वाले आदमी ने कहा, 'बहुत बढ़िया।'

उसका हाथ एस्ता के हाथ के ऊपर और ज़ोर से कस गया। कसा और पसीजा हुआ। और पहले से ज़्यादा तेज़।

तेज़ तेज़ मार
रोक मत रफ़्तार
जब तक तेज़ न होवे तेज़तर
और तेज़तर हो रफ़्तार

लेमन के शर्बत की तरल मिठास सीली काग़ज़ की नलकी से (जो थूक और डर से लगभग चपटी हो गयी थी) ऊपर को उठी। नलकी में फूँक मारते हुए (जबकि उसका दूसरा हाथ हरकतज़दा था) एस्ता बोतल में बुलबुले पैदा करने लगा। उस शर्बत के चिपचिपे मीठे लेमन बुलबुले जो वह पी नहीं पा रहा था। अपने दिमाग़ में उसने अपनी नानी के बनाये सामान की सूची बनायी।

अचार	**शर्बत**	**जैम**
आम	*सन्तरा*	*केला*
हरी मिर्च	*अंगूर*	*मिक्सड फ्रूट*
करेला	*अन्नानास*	*नारंगी का मुरब्बा*
लहसुन	*आम*	
नमक-लगा नींबू		

फिर वह गठीला-कँटीला चेहरा विकुंचित हुआ और एस्ता का हाथ गीला और गरम और चिपचिपा हो गया। उस पर अण्डे की सफ़ेदी लग गयी। सफ़ेद अण्डे की सफ़ेदी। कच्ची उबली।

लेमन का शर्बत ठण्डा और मीठा था। शिश्न नरम था और रेज़गारी रखने वाले चमड़े के ख़ाली बटुए की तरह सिकुड़ा हुआ। अपने मटमैले चिथड़े से उस आदमी ने एस्ता का दूसरा हाथ पोंछ दिया।

'अब अपना शर्बत ख़त्म कर लो,' उसने कहा और प्रेम से एस्ता के नितम्ब पर चुटकी काटी। कसे ख़रबूज़े। पतली मोहरी की पतलून में। और हल्के भूरे और नोकदार जूतों में। 'तुम्हें इसे ज़ाया नहीं करना चाहिए,' उसने कहा, 'उन सारे ग़रीब लोगों के बारे में सोचो जिन्हें कुछ खाने-पीने को नहीं मिलता। तुम एक क़िस्मत वाले अमीर लड़के हो, पॉकेटमन्नी वाले और नानी के कारख़ाने के वारिस। तुम्हें भगवान को धन्यवाद देना चाहिए कि तुम्हें कोई चिन्ता-फ़िकिर नहीं है। अब अपना शर्बत ख़त्म करो।'

और इस तरह, केरल के पहले 70 मि.मी. सिनेमास्कोप पर्दे वाले हॉल में, अभिलाष टॉकीज़ के प्रिन्सेस सर्कल के गलियारे में, जलपान काउण्टर के पीछे एस्ताप्पेन याको ने बुलबुलेदार नींबू के स्वाद वाले डर की मुफ़्त बोतल ख़त्म की। उसका नींबू बहुत तीखा, बहुत ठण्डा, बहुत मीठा था। बुलबले उठ कर उसकी नाक तक आ रहे थे। उसे जल्द ही एक और बोतल मिलने वाली थी। (मुफ़्त बुलबुलेदार डर की)। लेकिन उसे अभी इसकी जानकारी नहीं थी। उसने अपना चिपचिपा दूसरा हाथ अपने बदन से दूर रखा हुआ था।

उससे वह किसी चीज़ को नहीं छूने वाला था।

जब एस्ता ने अपना शर्बत ख़त्म कर लिया तो ऑरेंज-लेमन वाले आदमी ने कहा, 'पी चुके ? अच्छे बच्चे।'

उसने ख़ाली बोतल और चपटी हो गयी नलकी ले ली और एस्ता को वापस *द साउण्ड ऑफ़ म्यूज़िक* में भेज दिया।

केश तेल वाले अँधेरे में अन्दर लौट कर एस्ता ने सावधानी से अपना दूसरा हाथ उठाये रखा (ऊपर, मानो उसने एक काल्पनिक सन्तरा पकड़ा हुआ हो)। वह सरकता हुआ बढ़ा (अपनी टाँगें इधर-से-उधर हिलाते) दर्शकों के आगे से, बेबी कॉचम्मा के आगे से, (अब भी पीछे को टिकी) राहेल के आगे से, (अब भी खीझी हुई) अम्मू के आगे से। एस्ता अपनी जगह पहुँच कर बैठ गया। अब भी अपने चिपचिपे सन्तरे को पकड़े हुए।

और उधर पर्दे पर कैप्टन वॉन क्लैप-ट्रैप था। क्रिस्टोफ़र प्लमर। हेकड़ी-बाज़। पत्थर-दिल। उसका मुँह जैसे एक चीरा। और लोहे की तीखी पुलिस की सीटी सरीखा। एक कप्तान जिसके सात बच्चे थे। साफ़-सुथरे बच्चे जैसे पिपरमिंट की गोलियों का पैकेट। वह उन्हें प्यार न करने का दिखावा करता था, मगर दरअसल ऐसा था नहीं। वह उन्हें प्यार करता था। वह उसे (जूली ऐंड्र्यूज़ को) प्यार करता था, वह उसे प्यार करती थी, वे बच्चों को प्यार करते थे, बच्चे उन्हें प्यार करते थे। वे सब एक-दूसरे को प्यार करते थे। वे साफ़-सुथरे गोरे बच्चे थे और उनके बिस्तर नरम थे। बत्तख के बालों से बने गद्दों वाले। मुल। आयम।

जिस घर में वे रहते थे, उसमें एक झील और बाग़ थे, चौड़ी सीढ़ियाँ, सफ़ेद दरवाज़े और खिड़कियाँ और फूल वाले पर्दे।

वे साफ़-सुथरे गोरे बच्चे, बड़े बच्चे भी, बादलों की गरज से डरते थे। उन्हें दिलासा देने के लिए जूली ऐंड्र्यूज़ ने उन सब को अपने साफ़ बिस्तर में सुला दिया और अपनी कुछ पसन्दीदा चीज़ों के बारे में एक साफ़-सुथरा गाना सुनाया। उसकी कुछ पसन्दीदा चीज़ें थीं –

1. नीले रेशमी कमरबन्द वाले सफ़ेद लिबास पहने लड़कियाँ।
2. अपने डैनों पर चाँद उठाये उड़ती जंगली बत्तखें।
3. ताँबे की चमकदार केतलियाँ।
4. दरवाज़ों की घण्टियाँ और बर्फ़गाड़ियों के घुँघरू और नमकीन सेवइयों के साथ कटलेट।
5. इत्यादि।

और तब अभिलाष टॉकीज़ के किन्हीं ख़ास दो डिम्बों वाले जुड़वाँ दर्शक-गणों के मन में कुछ सवाल उठे जो जवाब चाहते थे, मसलन—

(क) *क्या कैप्टन वॉन क्लैप-ट्रैप अपनी टाँग हिलाता था ?*
नहीं।

(ख) *क्या कैप्टन वॉन क्लैप-ट्रैप थूक के बुलबुले उड़ाता था ?*
निश्चय ही नहीं।

(ग) *क्या वह खाना भकोसता था ?*
नहीं।

आह कैप्टन वॉन ट्रैप, कैप्टन वॉन ट्रैप, क्या तुम उस गँधाते सिनेमा हॉल में सन्तरा पकड़े उस नन्हे बच्चे को प्यार कर सकते हो ?

उसने अभी-अभी ऑरेंज-लेमन वाले आदमी का सू-सू अपने हाथ में थामा था, लेकिन फिर भी क्या तुम उसे प्यार कर सकते हो ?

और उसकी जुड़वाँ बहन ? लव-इन-टोकियो में अपना फ़व्वारा बाँधे, घुटने ऊपर उठाये, पीछे को टिकी ? क्या तुम उसे भी प्यार कर सकते हो ?

कैप्टन वॉन ट्रैप के पास ख़ुद भी कुछ सवाल थे।

(क) *क्या वे साफ़-सुथरे गोरे बच्चे हैं ?*
नहीं। *(मगर सोफ़ी मोल है।)*

(ख) *क्या वे थूक के बुलबुले उड़ाते हैं ?*
हाँ। *(मगर सोफ़ी मोल नहीं उड़ाती।)*

(ग) *क्या वे अपनी टाँगें हिलाते हैं ? किरानियों की तरह ?*
हाँ । *(मगर सोफ़ी मोल नहीं हिलाती।)*

(घ) क्या उन्होंने, दोनों ने या किसी एक ने, कभी अजनबियों के सू-सू थामे हैं ?
न्न...न हाँ। *(मगर सोफ़ी मोल ने नहीं।)*

'तब मुझे अफ़सोस है,' कैप्टन वॉन क्लैप-ट्रैप ने कहा, 'इसका सवाल ही नहीं उठता। मैं उन्हें प्यार नहीं कर सकता। मैं उनका बाबा नहीं बन सकता। न्न, बिलकुल नहीं।'

कैप्टन वॉन क्लैप-ट्रैप के लिए यह सम्भव नहीं था।

एस्ता ने अपना सिर अपनी गोद में छिपा लिया।

'क्या बात है ?' अम्मू ने कहा, 'अगर तुम फिर कुढ़ रहे हो तो मैं तुम्हें सीधे घर ले जाऊँगी। उठ कर बैठो। और फ़िल्म देखो। इसी के लिए तो तुम्हें यहाँ लाया गया है।'

शर्बत ख़त्म करो।
फ़िल्म देखो।
सारे ग़रीब लोगों के बारे में सोचो।
पॉकेटमन्नी वाले ख़ुशक़िस्मत अमीर लड़के। बिना चिन्ता-फ़िकिर।

एस्ता उठ बैठा और फ़िल्म देखने लगा। उसके पेट में एक हिलोर उठी। उसे

एक हरा लहरीला, गाढ़ा-पनियाला, गुड्डल, समुद्री सिवार जैसा, तिरता अतल-सतल एहसास हो रहा था।

'अम्मू ?' उसने कहा।

'अब क्या है ?' *क्या है* एक कटखने, गुर्राहट-भरे अन्दाज़ में गोली की तरह बाहर आया।

'उल्टी जैसा लग रहा है,' एस्ता ने कहा।

'लग रहा है या करना चाहते हो ?' अम्मू के स्वर में चिन्ता थी।

'पता नहीं।'

'चल कर कोशिश करें ?' अम्मू ने कहा, 'इससे तुम्हारी तबियत बेहतर हो जायेगी।'

'ठीक है,' एस्ता ने कहा।

ठीक है ? ठीक है।

'कहाँ जा रही हो ?' बेबी कॉचम्मा ने जानना चाहा।

'एस्ता उल्टी करने की कोशिश करने जा रहा है,' अम्मू ने कहा।

'कहाँ जा रहे हो तुम ?' राहेल ने पूछा।

'उल्टी आने जैसा लग रहा है,' एस्ता ने कहा।

'क्या मैं आ कर देख सकती हूँ ?'

'नहीं,' अम्मू ने कहा।

फिर दर्शकों को पार किया गया। (टाँगें इधरसेउधर)। पिछली बार गाने के लिए। इस बार उल्टी करने की कोशिश के लिए। *बाहर* से हो कर बाहर। बाहर संगमरमर के गलियारे में ऑरेंज-लेमन वाला आदमी एक मीठी गोली खा रहा था। उसका गाल मुँह के अन्दर हिलती-डुलती गोली से फूला हुआ था। वह हल्की-हल्की चूसने वाली आवाज़ें निकाल रहा था मानो वॉशबेसिन की नाली से हो कर पानी की निकासी हो रही हो।

काउण्टर पर पैरी की मीठी गोली का एक हरा काग़ज़ पड़ा था। इस आदमी के लिए मीठी गोलियाँ मुफ़्त थीं। उसके पास धुँधले मर्तबानों में मुफ़्त मीठी गोलियों की एक क़तार थी। उसने संगमरमर के काउण्टर को अपने मटमैले चिथड़े से पोंछा जिसे उसने अपने बालदार घड़ी वाले हाथ में ले रखा था। जब उसने पालिश किये हुए कन्धों वाली चमकती हुई औरत और उसके छोटे-से लड़के को देखा, उसके चेहरे पर एक छाया तैर गयी। फिर वह अपनी पोर्टेबल हारमोनियम वाली मुस्कान मुस्कराया।

'इतनी जल्दी बाहर आ गये ?' उसने कहा।

एस्ता को उबकाइयाँ आने लगी थीं। अम्मू उसे जैसे ऊँघते हुए में चलाती हुई प्रिन्सेस सर्किल के शौचालय में ले गयीं। *हर्ज़* में।

उसे उठाये रखा गया, अम्मू की देह और बेसाफ़ बेसिन के बीच फँसा कर। लटकते पैरों के साथ। बेसिन में स्टील के नल थे और ज़ंग के धब्बे। और बेसिन के चिटक जाने से उसमें महीन बाल सरीखी भूरी जाली पड़ी हुई थी, किसी बड़े, पेचीदा शहर की सड़कों के मानचित्र की तरह।

एस्ता को मरोड़ उठा, मगर कुछ नहीं निकला। सिर्फ़ ख़याल। और वे तैरते हुए बाहर आये और तैरते हुए वापस अन्दर चले गये। अम्मू उन्हें देख नहीं सकती थीं। वे बेसिन नगर के ऊपर तूफ़ानी बादलों की तरह मँडराते रहे। लेकिन बेसिन निवासी आदमी और औरतें अपने सामान्य बेसिन वाले कार्य-व्यापार में मगन रहे। बेसिन की कारें और बेसिन की बसें अब भी फ़र्राटे भरती रहीं। बेसिन की ज़िन्दगी जारी रही।

'नहीं ?' अम्मू ने कहा।

'नहीं,' एस्ता ने कहा।

नहीं ? नहीं।

'तो चलो, मुँह धो लो,' अम्मू ने कहा, 'पानी हमेशा फ़ायदा करता है। मुँह धो लो और चलो, एक सोडा लेमन पियें।'

एस्ता ने अपना चेहरा और हाथ और चेहरा और हाथ धोये। उसकी बरौनियाँ गीली थीं और एक-दूसरे से चिपकी हुईं।

ऑरेंज-लेमन वाले आदमी ने मीठी गोली के हरे काग़ज़ को तह किया और अपने अँगूठे के रँगे हुए नाख़ून को उसकी तह पर फेरा। उसने एक गोल की हुई पत्रिका से एक मक्खी को मूर्च्छित कर दिया। नज़ाकत से उसने उसे काउण्टर के सिरे से फ़र्श पर झटक दिया। वह पीठ के बल पड़ी रही और अपनी कमज़ोर टाँगें हिलाती रही।

'प्यारा बच्चा है यह,' उसने अम्मू से कहा, 'अच्छा गाता है।'

'यह मेरा बेटा है,' अम्मू ने कहा।

'सचमुच ?' ऑरेंज-लेमन वाले आदमी ने कहा और अपने दाँतों से अम्मू को निहारा। 'सचमुच ? आप इतनी बड़ी तो नहीं लगतीं !'

'इसकी तबियत ठीक नहीं है,' अम्मू ने कहा, 'मैंने सोचा एक कोल्ड ड्रिंक से इसकी तबियत बेहतर हो जायेगी।'

'बेशक,' आदमी ने कहा, 'बेशकबेशक। ऑरेंजलेमन ? लेमनॉरेंज ?'

भयानक, भयावह सवाल।

'नहीं शुक्रिया,' एस्ता ने अम्मू की तरफ़ देखा। हरेलहरीले, सागर सिवार सरीखे, अतल-सतल अन्दाज़ में।

'आपको चाहिए कुछ ?' ऑरेंज-लेमन वाले आदमी ने अम्मू से पूछा।

'कोका-कोलाफ़ैंटा ? आइसक्रीमरोज़मिल्क ?'

'नहीं। मैं नहीं लूँगी। शुक्रिया,' अम्मू ने कहा। गालों में गहरे गढ़ों वाली, चमकती हुई औरत।

'लो,' आदमी ने मुट्ठी भर मीठी गोलियाँ बढ़ाते हुए कहा, किसी उदार एयर होस्टेस की तरह। 'ये तुम्हारे नन्हे मोन के लिए हैं।'

'नहीं शुक्रिया,' एस्ता ने अम्मू की तरफ़ देखते हुए कहा।

'ले लो एस्ता,' अम्मू ने कहा, 'उजड्ड मत बनो।'

एस्ता ने उन्हें ले लिया।

'थैंक यू बोलो,' अम्मू ने कहा।

'थैंक यू,' एस्ता ने कहा। (मीठी गोलियों के लिए, सफ़ेद अण्डे की सफ़ेदी के लिए।)

'नो मेंशन,' ऑरेंज-लेमन वाले आदमी ने अंग्रेज़ी में कहा।

'तो !' वह बोला, 'मोन कहता है आप आयमनम से आयी हैं ?'

'हाँ,' अम्मू ने कहा।

'मैं वहाँ अकसर आता हूँ,' ऑरेंज-लेमन वाले आदमी ने कहा। 'मेरी औरत के घर वाले आयमनम के हैं। मुझे पता है आपका कारख़ाना कहाँ है। पैराडाइज़ अचार, है न ? इसने मुझे बताया। आपके मोन ने।'

वह जानता था कि एस्ता उसे कहाँ मिल सकता है। यही बात थी जो वह बताना चाह रहा था। एक चेतावनी के तौर पर।

अम्मू ने अपने बेटे की चमकती हरारत-ज़दा बटन सरीखी आँखों को देखा।

'हमें चलना चाहिए,' उन्होंने कहा, 'बुख़ार का जोखिम नहीं लेना है। इनकी ममेरी बहन कल आ रही है,' उन्होंने ऑरेंज-लेमन वाले अंकल को सफ़ाई दी। और फिर सहज भाव से जोड़ा, 'लन्दन से।'

'लन्दन से ?' अंकल की आँखों में आदर का एक नया भाव चमका। लन्दन से सम्पर्क वाले इस परिवार के लिए।

'एस्ता, तुम यहीं अंकल के पास ठहरो। मैं बेबी कॉचम्मा और राहेल को ले आती हूँ,' अम्मू ने कहा

'आओ,' अंकल ने कहा। 'आओ और यहाँ मेरे साथ इस ऊँची चौकी पर बैठो।'

'नहीं, अम्मू ! नहीं, अम्मू, नहीं। मैं आपके साथ आना चाहता हूँ।'

अपने आम तौर पर शान्त रहने वाले बेटे की ओर से इस ग़ैर-मामूली तीखे आग्रह से चकित अम्मू ने ऑरेंज-लेमन वाले अंकल से क्षमा माँगी।

'यह आम तौर पर ऐसा नहीं करता। अच्छा तो चलो, एस्ताप्पेन।'

वापस-अन्दर की गन्ध। पंखों की छायाएँ। सिरों के पिछवाड़े। गर्दनें। कॉलर। बाल। जूड़े। चुटियाँ। घोड़ों की पूँछ की तरह बँधे बाल।

लव-इन-टोकियो में एक फ़व्वारा। एक नन्ही लड़की और एक भूतपूर्व भिक्षुणी।

कैप्टन वॉन ट्रैप के सात पिपरमिंटी बच्चे अपने पिपरमिंटी स्नान कर चुके थे और अब एक पिपरमिंटी क़तार में खड़े थे। सलीक़े से सजाये बालों के साथ वे अपनी आज्ञाकारी पिपरमिंटी आवाज़ों में उस औरत को गाना सुना रहे थे जिससे कैप्टन वॉन ट्रैप लगभग शादी कर बैठा था। सुनहरे बालों वाली नवाबज़ादी जो हीरे की तरह चमक रही थी।

संगीत के सुरों से
धड़कते हैं पर्वत

'हमें जाना है,' अम्मू ने बेबी कॉचम्मा और राहेल से कहा।

'मगर अम्मू !' राहेल ने कहा, 'असली चीज़ें तो अभी आयी ही नहीं हैं। उसने अभी उसे *चूमा* भी नहीं है ! उसने अभी हिटलर का झण्डा भी नहीं फाड़ा है। डाकिये रॉल्फ़ ने अभी उनके साथ *विश्वासघात* भी नहीं किया है !'

'एस्ता की तबियत ठीक नहीं है,' अम्मू ने कहा, 'चलो, उठो।'

'अभी तो नाज़ी सिपाही भी नहीं आये हैं।'

'चलो-चलो,' अम्मू ने कहा, 'उठो।'

'उन्होंने अभी *ऊँचे पर्वत पर रहता था एक अकेला चरवाहा* भी नहीं गाया है।

'सोफ़ी मोल की ख़ातिर एस्ता की तबियत ठीक होनी चाहिए न, क्यों ?' बेबी कॉचम्मा ने कहा।

'नहीं होनी चाहिए,' राहेल ने कहा, मगर बहुत करके अपने आप से।

'क्या कहा तुमने ?' बेबी कॉचम्मा बोली। ठीक-ठीक क्या कहा गया था, इसका तो नहीं, मगर मोटे तौर पर उसे आशय का अनुमान हो गया था।

'कुछ नहीं,' राहेल ने कहा।

'मैंने *सुन* लिया है,' बेबी कॉचम्मा ने कहा।

बाहर अंकल अपनी धुँधलायी बोतलों को फिर से सजा रहा था। अपने मटमैले चिथड़े से पानी के उन गोल-गोल धब्बों को पोंछते हुए जिन्हें वे उसके संगमरमरी जलपान काउण्टर पर छोड़ गयी थीं। इण्टरवल की तैयारी करते हुए। वह एक साफ़-सुथरा ऑरेंज-लेमन वाला अंकल था। उसकी भालू जैसी देह में एक एयर होस्टेस का दिल क़ैद था।

'जा रही हैं ?' उसने कहा।

'हाँ,' अम्मू ने कहा। 'हमें एक टैक्सी कहाँ मिल सकती है ?'

'फाटक के बाहर, आगे सड़क पर, बायीं तरफ़,' उसने राहेल की तरफ़ देखते हुए कहा। 'आपने बताया ही नहीं कि आपकी एक नन्ही-सी मोल भी है।' और एक और मीठी गोली बढ़ाते हुए, 'लो मोल—तुम्हारे लिए।'

'मेरी ले लो।' एस्ता ने जल्दी से कहा। वह नहीं चाहता था कि राहेल उस आदमी के पास जाय।

लेकिन राहेल उसकी तरफ़ पहले ही बढ़ चुकी थी। जैसे ही वह उसके पास आयी, वह उसे देख कर मुस्कराया और उस पोर्टेबल हारमोनियम वाली मुस्कान में कुछ ऐसा था, उस एकटक नज़र में, जिससे वह उसे देख रहा था, कुछ ऐसा था, जिसने राहेल को सिकुड़-सिमट कर उससे पीछे हटने को मजबूर कर दिया। इससे ज़्यादा घिनौनी चीज़ उसने पहले कभी नहीं देखी थी। उसने तेज़ी से घूम कर एस्ता को देखा।

फिर वह उस बालों-भरे आदमी से पीछे को सरकती गयी।

एस्ता ने अपनी पैरी की मीठी गोलियाँ राहेल की हथेली में दबा दीं और उसने एस्ता की हरारत-ज़दा उँगलियों की गरमी महसूस की जिनकी पोरें मौत-सी ठण्डी थीं।

'बाय, मोन,' अंकल ने एस्ता से कहा, 'कभी आयमनम आ कर मिलूँगा तुम से।'

लिहाज़ा, एक बार फिर लाल सीढ़ियाँ। इस बार राहेल पीछे ढलकती हुई। धीरे-धीरे। नहीं, मैं नहीं जाना चाहती। पगहे से बँधी एक चट्टान।

'अच्छा आदमी है, वह ऑरेंज-लेमन वाला बन्दा,' अम्मू ने कहा।

'छिः !' बेबी कॉचम्मा बोली।

‘वह देखने में ऐसा नहीं लगता, लेकिन एस्ता के साथ वह बड़े प्यार से पेश आया,’ अम्मू ने कहा।

‘तो फिर आप उससे शादी क्यों नहीं कर लेतीं ?’ राहेल ने चिड़चिड़ेपन से कहा।

समय लाल सीढ़ियों पर मानो ठिठक कर थम गया। एस्ता रुक गया। बेबी कॉचम्मा रुक गयी।

‘राहेल !’ अम्मू ने कहा।

राहेल जम कर बर्फ़ हो गयी। उसके मुँह से जो निकल गया था, उस पर उसे बेहद अफ़सोस हो रहा था। उसे खुद मालूम नहीं था कि वे शब्द आये कहाँ से थे। उसे पता नहीं था कि उसने उन्हें अपने अन्दर ही सँजोया हुआ था। लेकिन अब वे बाहर आ गये थे और फिर अन्दर लौट नहीं सकते थे। वे उन लाल सीढ़ियों पर यों जमा थे जैसे सरकारी दफ़्तर के बाबू। कुछ खड़े थे, कुछ बैठे हुए थे और अपनी टाँगें हिला रहे थे।

‘राहेल,’ अम्मू ने कहा, ‘क्या तुम्हें अन्दाज़ा है कि अभी तुमने क्या किया है ?’

डरी हुई आँखों और एक फ़व्वारे ने अम्मू की तरफ़ पलट कर देखा।

‘ठीक है, डरो मत,’ अम्मू ने कहा, ‘बस, जवाब दो मुझे। क्या तुम्हें अन्दाज़ा है ?’

‘क्या ?’ राहेल ने जितनी हो सकती थी, उतनी मरी-मरी आवाज़ में कहा।

‘कि अभी तुमने क्या किया है ?’ अम्मू ने कहा।

डरी हुई आँखों और एक फ़व्वारे ने अम्मू की तरफ़ पलट कर देखा।

‘क्या तुम्हें पता है जब तुम लोगों को चोट पहुँचाते हो तो क्या होता है ?’ अम्मू ने कहा। ‘जब तुम लोगों को चोट पहुँचाते हो तो वे तुम्हें पहले से थोड़ा कम प्यार करने लगते हैं। लापरवाही से बोले गये शब्द ऐसा ही करते हैं। वे लोगों को तुम्हें पहले से थोड़ा कम प्यार करने के लिए मजबूर कर देते हैं।’

एक ठण्डा पतंगा, जिसकी पीठ पर ग़ैर-मामूली तौर पर घने बाल थे, हल्के से राहेल के हृदय पर आ बैठा। जहाँ-जहाँ उसकी बर्फ़ीली टाँगों ने उसे छुआ उसके रोंगटे खड़े हो गये। उसके लापरवाह हृदय पर छै जगह गूमड़ उभर आये।

उसकी अम्मू उसे पहले से थोड़ा कम प्यार करने लगी थीं।

लिहाज़ा, फाटक के बाहर, सड़क पर आगे और बायीं तरफ़ को। टैक्सी स्टैण्ड। एक आहत माँ, एक भूतपूर्व-भिक्षुणी, एक गरम बच्चा और एक सर्द बच्ची। छै गूमड़ और एक पतंगा।

टैक्सी में नींद की गन्ध बसी हुई थी। पुराने मुचड़े हुए कपड़े। सीले तौलिये। बग़लें। आख़िरकार, यही टैक्सी ड्राइवर का घर था। वह उसमें रहता था। उसके पास वही एक जगह थी जहाँ वह अपनी गन्ध जमा कर सकता था। सीटें हलाक हो चुकी थीं। फाड़ी जा चुकी थीं। मटमैले पीले फ़ोम की एक पट्टी बाहर निकल आयी थी और पिछली सीट पर एक विशाल पीलियाग्रस्त कलेजे की तरह थरथरा रही थी। ड्राइवर में किसी छोटे चूहे जैसा शिकारी चौकन्नापन था। उसकी नाक रोमनों जैसी कटियादार थी और ऊपर के होंट पर लिटल रिचर्ड जैसी मूँछें। वह इतने छोटे क़द का था कि सड़क को स्टीयरिंग ह्वील के बीच से देखता था। आने-जाने वालों को वह टैक्सी ऐसी जान

पड़ती थी जिसमें सवारियाँ तो हों, पर ड्राइवर नदारद हो। वह टैक्सी को तेज़ी से और अक्खड़पने के साथ चला रहा था, ख़ाली जगहों में तीर की तरह घुसता हुआ, दूसरी कारों को उनकी क़तार से कुहनिया कर बाहर करता हुआ। ज़ेब्रा पारपथों पर रफ़्तार तेज़ करता हुआ। लाल बत्तियों को फलाँगता हुआ।

'एक गद्दी या तकिया या और कुछ क्यों नहीं रख लेते ?' बेबी कॉचम्मा ने अपनी दोस्ताना आवाज़ में सुझाव दिया। 'तुम्हें देखने में आसानी होगी।'

'अपने काम से मतलब क्यों नहीं रखतीं सिस्टर ?' ड्राइवर ने ग़ैर-दोस्ताना लहजे में सुझाव दिया।

स्याही सरीखे समन्दर के पास से कार में गुज़रते हुए एस्ता ने अपना सिर खिड़की से बाहर निकाला। उसे अपने मुँह में गरम, नमकीन हवा के स्वाद का एहसास हुआ। वह उसमें अपने बाल उड़ते महसूस कर सकता था। उसे मालूम था कि अगर अम्मू को पता चल गया कि उसने ऑरेंज-लेमन वाले आदमी के साथ क्या किया था तो वे उसे भी पहले से कम प्यार करने लगेंगी। बहुत ज़्यादा कम। उसे अपने पेट में शर्मिन्दा करने वाली मथती ऐंठती मरोड़ती मिचली का एहसास हुआ। वह नदी के लिए ललक रहा था। क्योंकि पानी हमेशा फ़ायदा करता है।

चिपचिपी चकाचौंध-भरी रात टैक्सी की खिड़की के बाहर फ़र्राटे से गुज़र रही थी। टैक्सी के अन्दर गरमी थी और ख़ामोशी। बेबी कॉचम्मा लाल और उत्तेजित नज़र आ रही थी। उसे बदमज़गी का कारण न बनना बेहद पसन्द था। हर बार जब कोई देसी कुत्ता सड़क पर भटकता आ जाता, ड्राइवर उसे कुचलने की भरपूर कोशिश करता।

राहेल के हृदय पर बैठे पतंगे ने अपने मख़मली पंख फैलाये और ठण्ड उसकी हड्डियों में रेंगती चली गयी।

होटल 'सी क्वीन' के कार पार्क में आसमानी नीली प्लिमथ दूसरी निस्बतन छोटी कारों के साथ कनबतियों में मग्न थी। *फिसफिस फुसफुस*। छोटी महिलाओं की पार्टी में एक भारी-भरकम महिला। टेलफ़िन फड़फड़ाती हुई।

'कमरा नम्बर 313 और 327,' रिसेप्शन पर बैठे आदमी ने कहा, 'बिना एयर कंडिशनिंग। दो पलँग। लिफ़्ट मरम्मत के लिए बन्द है।'

जो बेलबॉय उन्हें ऊपर ले कर गया, वह न तो बॉय यानी छोकरा था और न उसके पास बेल यानी घण्टी थी। उसकी आँखें धुँधली और निष्प्रभ थीं और उसके कत्थई लाल कोट के दो बटन ग़ायब थे। उसकी मटमैली बनियान अन्दर से झाँक रही थी। उसने होटल के बैरों वाली अपनी हास्यास्पद बेतुकी टोपी तिरछी पहन रखी थी। उसकी कसी हुई प्लास्टिक की पट्टी उसकी ठोढ़ी के नीचे झूलते माँस में धँसी हुई थी। यह एक अनावश्यक क्रूरता ही जान पड़ती थी कि एक बूढ़े आदमी को इस तरह टोपी तिरछी पहनने के लिए मजबूर किया जाय और मनमानेपन से यह तय किया जाय कि उमर उसकी ठोढ़ी के नीचे झूलते माँस के साथ कैसा सलूक करती है।

ऊपर जाते वक़्त उन्हें और लाल सीढ़ियाँ चढ़नी पड़ीं। वही लाल क़ालीन, जो सिनेमा हॉल में था, यहाँ भी उनका पीछा कर रहा था। उड़ने वाला जादूई क़ालीन।

चाको अपने कमरे में था। उन्होंने उसे दावत उड़ाते जा पकड़ा। भुना हुआ मुर्ग़ा, तले आलू के कतले, स्वीट कॉर्न और चिकन का सूप, दो पराँठे और चाकलेट सॉस वाली वनीला आइसक्रीम। सॉसदानी में सॉस। चाको अक्सर कहता कि पेटूपने से मरना उसके जीवन की सबसे बड़ी अभिलाषा थी। मम्माची का कहना था कि यह दमित दुख की पक्की निशानी थी। चाको कहता ऐसा कुछ भी नहीं था। उसके अनुसार यह ख़ालिस पेटूपन था।

सब को इतनी जल्दी वापस आये देख कर चाको चकित हुआ, मगर उसने उलटा दिखावा किया। उसने खाना जारी रखा।

शुरू में तय यही हुआ था कि एस्ता चाको के साथ सोयेगा और राहेल अम्मू और बेबी कॉचम्मा के साथ। लेकिन अब जब कि एस्ता की तबियत ठीक नहीं थी और प्यार की दोबारा हिस्सा-बाँट हुई थी (अम्मू उसे पहले से कुछ कम प्यार करने लगी थीं) राहेल को चाको के साथ सोना था और एस्ता को अम्मू और बेबी कॉचम्मा के साथ।

अम्मू ने राहेल का नाइट-सूट और टूथब्रश सूटकेस से निकाला और उसे पलँग पर रख दिया।

'लो,' अम्मू ने कहा।

सूटकेस को बन्द करने के लिए दो क्लिक दरकार थे।

क्लिक। और क्लिक।

'अम्मू,' राहेल ने कहा, 'क्या मैं अपनी सज़ा के तौर पर रात का खाना छोड़ दूँ ?'

वह सज़ाओं की अदला-बदली करने को उत्सुक थी। अम्मू से फिर पहले जैसा प्यार पाने के बदले में रात का खाना न खाना।

'जैसी तुम्हारी मर्ज़ी,' अम्मू ने कहा। 'लेकिन मैं तुम्हें खाना खाने की ही राय दूँगी। मतलब यह कि अगर तुम बढ़ती रहना चाहती हो तो। हो सकता है, चाको तुम्हें अपने मुर्ग़े में से थोड़ा-सा हिस्सा दे।'

'हो सकता है और नहीं भी हो सकता,' चाको ने कहा।

'लेकिन मेरी सज़ा का क्या होगा ?' राहेल ने कहा, 'आपने मुझे मेरी सज़ा तो दी नहीं !'

'कुछ चीज़ें ख़ुद अपनी सज़ा साथ ले कर आती हैं,' बेबी कॉचम्मा ने कहा। मानो वह गणित का कोई ऐसा सवाल समझा रही हो जो राहेल की समझ से बाहर हो।

कुछ चीज़ें ख़ुद अपनी सज़ा साथ ले कर आती हैं। जैसे बनी-बनायी अलमारियों वाले शयन-कक्ष। वे सब जल्दी ही सज़ाओं के बारे में और भी जानने वाले थे। कि वे अलग-अलग आकारों की होती थीं। कि कुछ सज़ाएँ इतनी बड़ी थीं कि वे ऐसी अलमारियों सरीखी लगती थीं जिनमें बने-बनाये शयन-कक्ष हों। तुम अपनी सारी ज़िन्दगी उनमें बिता सकते थे, अँधेरे ख़ानों में भटकते-फिरते।

बेबी कॉचम्मा के गुडनाइट चुम्बन से राहेल के गाल पर थोड़ी-सी थूक लगी रह गयी। उसने अपने कन्धे से उसे पोंछ दिया।

'गुडनाइट गॉडब्लेस,' अम्मू ने कहा। मगर उन्होंने यह पीठ मोड़ कर कहा। वे जा भी चुकी थीं।

'गुडनाइट,' एस्ता ने कहा। उसकी तबियत इतनी ख़राब थी कि उसके लिए अपनी बहन को प्यार करना नामुमकिन था।

एकाकी राहेल ने उन्हें ख़ामोश, मगर भारी-भरकम, प्रेतों की तरह होटल के गलियारे से हो कर जाते हुए देखा। दो बड़े, एक छोटा, हल्के भूरे और नोकदार जूतों में। लाल क़ालीन ने उनके पैरों की आहट को सोख लिया था।

अवसाद से भरी राहेल होटल के कमरे की दहलीज़ में खड़ी रही।

उसके अन्दर सोफ़ी मोल के आने का अवसाद था। अम्मू द्वारा कुछ कम प्यार किये जाने का अवसाद। और जो कुछ ऑरेंज-लेमन वाले आदमी ने अभिलाष टॉकीज़ में एस्ता के साथ किया था, उसका अवसाद।

कँटीली हवा का एक झकोरा उसकी सूखी, दुखती आँखों से टकराता हुआ बह रहा था।

चाको ने मुर्ग़े की एक टाँग और आलू के कुछ कतले राहेल के लिए एक छोटी तश्तरी में रख दिये।

'नहीं शुक्रिया,' राहेल ने इस उम्मीद में कहा कि अगर वह किसी तरह ख़ुद अपनी सज़ा का प्रबन्ध कर लेगी तो अम्मू अपने तईं उसकी सज़ा माफ़ कर देंगी।

'थोड़ी-सी आइसक्रीम और चाकलेट सॉस के बारे में क्या ख़याल है ?' चाको ने कहा।

'नहीं शुक्रिया,' राहेल ने कहा।

'ठीक है,' चाको बोला, 'मगर तुम्हें अन्दाज़ा नहीं है, तुम क्या छोड़े दे रही हो।'

उसने सारा मुर्ग़ा ख़त्म कर दिया और फिर सारी आइसक्रीम।

राहेल ने कपड़े बदले और नाइट-सूट पहन लिया।

'मेहरबानी करके मुझे मत बताना कि तुम्हें सज़ा किस बात के लिए दी जा रही है,' चाको ने कहा, 'मैं उसके बारे में सुनना बरदाश्त नहीं कर सकता।' वह सॉसदानी में बची-खुची चाकलेट सॉस को पराँठे के एक टुकड़े से साफ़ कर रहा था। उसकी जी घिनाने वाली, मुँह मीठा करने के बाद की मिठाई। 'क्या हुआ था ? मच्छर के काटे को खुजा-खुजा कर ख़ून निकालना ? टैक्सी ड्राइवर को "थैंक यू" न बोलना ?'

'इससे भी ज़्यादा बुरी बात,' राहेल ने अम्मू के प्रति वफ़ादार रहते हुए कहा।

'मत बताना मुझे,' चाको बोला, 'मैं नहीं जानना चाहता।'

उसने रूम-सर्विस के लिए घण्टी बजायी और एक थका हुआ बैरा प्लेटें और हड्डियाँ उठा ले जाने के लिए आया। उसने खाने की गन्ध को पकड़ने की कोशिश की, मगर वे भाग निकलीं और होटल के लुजलुजे भूरे पर्दों में समा गयीं।

एक भोजनरहित भांजी और उसके भोजनभरे मामा ने साथ-साथ होटल 'सी क्वीन' के गुसलख़ाने में दाँत साफ़ किये। वह—लव-इन-टोकियो में बँधे फ़व्वारे वाली एक खोयी-खोयी, उदास, ठिगनी मुजरिम—धारीदार नाइट-सूट में। चाको—अपने जाँघिये और सूती बनियान में। उसके गोल-मटोल पेट पर दूसरी चमड़ी की तरह कस कर तनी

हुई उसकी बनियान उसकी नाभि के गड्ढे पर ढीली हो कर धँसी हुई थी।

जब राहेल ने अपना झागदार टूथब्रश दाँतों पर थिर रखते हुए महज़ अपना मुँह दायें-बायें हिलाया तो चाको ने उसे टोका नहीं।

वह कोई फ़ासिस्ट नहीं था।

उन्होंने थूकने के लिए बारी-बारी से बेसिन को इस्तेमाल किया। राहेल की सफ़ेद बिनाका झाग सावधानी से बेसिन के तले पर नीचे को बहती जा रही थी। उसने उसे सावधानी से परखा ताकि वह देख सके कि उसे क्या नज़र आता है।

उसके दाँतों के बीच की जगहों से कैसे-कैसे रंग और अजीब प्राणी बाहर निकले थे ?

आज की रात कुछ नहीं। कोई ग़ैर-मामूली चीज़ नहीं। बस बिनाका के बुलबुले।

चाको ने बड़ी बत्ती बुझा दी।

बिस्तर में लेट कर राहेल ने अपना लव-इन-टोकियो उतारा और उसे अपने धूप के चश्मे के पास रख दिया। उसका फ़व्वारा थोड़ा ढलक गया, लेकिन फिर भी खड़ा रहा।

चाको बिस्तर पर पलँग की बग़ल में रखे लैम्प की रोशनी के तालाब में लेट गया। अँधेरे मंच पर एक मोटा आदमी। उसने पलँग के पैताने पड़ी अपनी मुचड़ी हुई कमीज़ की तरफ़ हाथ बढ़ाया। उसने जेब से अपना बटुआ निकाला और सोफ़ी मोल की उस तस्वीर को देखा जो मार्ग्रेट कॉचम्मा ने उसे दो साल पहले भेजी थी।

राहेल उसे देखती रही और उसके ठण्डे पतंगे ने फिर अपने पंख फैलाये। धीरे-धीरे बाहर। धीरे-धीरे अन्दर। एक अहेरी की अलसायी झपक।

चादरें मोटी खुरदरी, मगर साफ़ थीं।

चाको ने बटुआ बन्द किया और बत्ती बुझा दी। अँधेरे में उसने एक चारमीनार सुलगाया और यह अन्दाज़ा लगाने की कोशिश की कि उसकी बेटी अब कैसी लगती होगी। नौ बरस की उमर में। पिछली बार जब चाको ने उसे देखा था, वह सुर्ख़ और झुर्रियों से भरी थी। मुश्किल से मनुष्य सरीखी। तीन हफ़्ते बाद ही उसकी बीवी मार्ग्रेट ने, उसकी एकमात्र प्रेमिका ने, आँसू बहाते हुए उसे जो के बारे में बताया था।

मार्ग्रेट ने चाको से कहा था कि वह उसके साथ अब और नहीं रह सकती थी। उसने उससे कहा था कि उसे ख़ुद अपने लिए जगह की ज़रूरत थी। मानो चाको *उसके* ख़ानों को *अपने* कपड़े रखने के लिए इस्तेमाल करता रहा था। जो कि, उसे जानते हुए, वह शायद करता भी रहा था।

उसने उससे तलाक़ माँगा था।

उसे छोड़ कर जाने से पहले की उन अन्तिम गिनी-चुनी यन्त्रणा-भरी रातों में चाको एक टॉर्च लिये हुए बिस्तर से सरक कर बाहर आता और अपनी सोती हुई बच्ची को देखता। उसे जानने के लिए। अपनी स्मृति में उसे दर्ज करने के लिए। यह निश्चित करने के लिए कि जब वह उसके बारे में सोचे तो जिस बच्ची की वह कल्पना करे, वह सही सच्ची हो। उसने अपनी स्मृति में उसके नरम सिर पर उगे भूरे कोमल बाल

सँजो लिये थे। उसके सिकुड़े हुए अनवरत हिलते मुँह का आकार। उसके पैर की उँगलियों के बीच की दूरियाँ। एक मस्से का आभास। और तभी, बिना किसी इरादे के, उसने खुद को अपनी बच्ची में जो के चिन्ह खोजते पाया। बच्ची ने उसकी तर्जनी पकड़ी हुई थी और वह इस बीच अपनी पागलों की-सी, अधूरी, ईर्ष्यालु, टॉर्चालोकित जाँच-परख करता रहा था। उसकी नाभि का गूमड़ उसके तृप्त रेशमी पेट पर यों उभरा हुआ था मानो किसी पहाड़ी पर बने स्मारक का गुम्बद। चाको ने अपना कान उससे सटा दिया और चकित हो कर अन्दर की गड़गड़ाहट को सुनता रहा। सन्देश इधर-से-उधर भेजे जा रहे थे। नये अंग एक-दूसरे के आदी हो रहे थे। एक नयी सरकार अपना तन्त्र स्थापित कर रही थी। श्रम का बँटवारा कर रही थी, फ़ैसले कर रही थी कि कौन क्या करेगा। उससे दूध और पेशाब की बू आ रही थी। चाको ने ताज्जुब किया कि कैसे इतनी नन्ही-सी और अस्पष्ट-सी जान, जो अपने नख-शिख की पहचान में इतनी अनिश्चित हो, एक जवान-जहान आदमी के ध्यान, उसके प्रेम और उसके होशो-हवास को इतनी पूरी तरह क़ाबू में कर सकती है।

जब वह रुख़सत हुआ तो उसे लगा कि कोई चीज़ उसके अन्दर से चीर कर निकाल ली गयी है। कोई बड़ी-सी चीज़।

लेकिन अब जो मर चुका था। कार-दुर्घटना में मारा गया था। दरवाज़े के हत्थे की तरह बेजान। ब्रह्माण्ड में एक जो-रूपी छेद।

चाको वाले चित्र में सोफ़ी मोल सात बरस की थी। सफ़ेद और नीली। गुलाबी होंटों वाली और कहीं से भी सीरियन ईसाई नहीं। हालाँकि मम्माची ने तस्वीर को ग़ौर से देखते हुए ज़ोर दिया था कि उसकी नाक पप्पाची जैसी थी।

'चाको ?' राहेल ने अँधेरे में डूबे अपने पलँग पर लेटे लेटे कहा, 'क्या मैं तुमसे एक सवाल पूछूँ ?'

'दो पूछो,' चाको ने कहा।

'चाको, क्या तुम सोफ़ी मोल को दुनिया में सबसे ज़्यादा प्यार करते हो ?'

'वह मेरी बेटी है,' चाको ने कहा।

राहेल ने इस बात पर ग़ौर किया।

'चाको ? क्या लोगों के लिए यह *ज़रूरी* है कि उन्हें अपने बच्चों को दुनिया में सबसे ज़्यादा प्यार *करना ही* पड़े ?'

'कोई नियम तो नहीं है,' चाको ने कहा, 'लेकिन लोग, आम तौर पर, करते ही हैं।'

'चाको, मिसाल के तौर पर,' राहेल ने कहा, 'सिर्फ़ *मिसाल* के तौर पर, क्या यह सम्भव है कि अम्मू सोफ़ी मोल को मुझसे और एस्ता से ज़्यादा प्यार कर सकें ? या तुम सोफ़ी मोल से ज़्यादा मुझे प्यार कर सको, *मिसाल* के तौर पर ?'

'मनुष्य की प्रकृति में कुछ भी सम्भव है,' चाको ने अपनी सस्वर-पाठ-करने- वाली आवाज़ में कहा। अब अँधेरे से बात करते हुए। सहसा अपनी फ़व्वारे जैसे बालों वाली नन्ही-सी भांजी की भावनाओं के प्रति असम्वेदनशील। 'प्रेम। पागलपन। आशा। असीम आनन्द।'

मनुष्य की प्रकृति में जो चार चीज़ें सम्भव थीं, उनमें से राहेल ने सोचा कि *असीमानन्द* सुनने में सबसे ज़्यादा उदास करने वाली थी। शायद उस लहजे की वजह से जिसमें चाको ने उसे कहा।

असीमानन्द। उसमें एक गिरजे जैसी ध्वनि थी। जैसे कोई उदास मछली जिसके सारे बदन पर पंखड़े हों।

एक बर्फ़ीले पतंगे ने एक बर्फ़ीली टाँग उठायी।

सिगरेट का धुँआ रात के अँधेरे में पेच खाता रहा। और वह मोटा आदमी और नन्ही लड़की ख़ामोश जागते पड़े रहे।

कुछ कमरों के फ़ासले पर, उसकी नानी-बुआ जब ख़र्राटे भर रही थी, एस्ता की नींद खुल गयी।

अम्मू सोयी हुई थीं और सीख़चेदार-नीली खिड़की से आने वाली सड़क की सीख़चेदार-नीली रोशनी में ख़ूबसूरत लग रही थीं। उनके होंटों पर एक निद्रालस मुस्कान थी जो डॉलफ़िन मछलियों और एक गहरी सीख़चेदार नीलिमा के सपने देख रही थी। उस मुस्कान से इस बात का कोई आभास नहीं मिलता था कि जिस औरत के होंटों पर वह थी, वह एक बम था जो फटने का इन्तज़ार कर रहा था।

एकाकी एस्ता लहराते क़दमों से चलता हुआ ग़ुसलख़ाने में गया। वहाँ उसने एक साफ़, कड़वी, नींबू की खटास-भरी, चमकती, बुलबुलेदार उलटी की। भय के साथ एक नन्हे आदमी की पहली मुठभेड़ के बाद का तीखा स्वाद।

उसे तबियत कुछ बेहतर लगी। उसने अपने जूते पहने और घिसटते तस्मों के साथ कमरे के बाहर आ गया और गलियारा लाँघ कर राहेल के कमरे के बाहर चुपचाप खड़ा हो गया।

राहेल ने कुर्सी पर खड़े हो कर दरवाज़े की चिटकनी उसके लिए खोल दी।

चाको ने इस बात पर ताज्जुब करने की ज़हमत नहीं उठायी कि राहेल को भला कैसे पता चला होगा कि एस्ता दरवाज़े पर खड़ा है। वह उनके कभी-कभार के रहस्यमय तालमेल का आदी था।

वह सागर तट पर बह आने वाली ह्वेल मछली की तरह होटल के सँकरे पलँग पर पड़ा हुआ था और यूँ ही निठल्लेपन से सोच रहा था कि क्या राहेल ने सचमुच वेलुता ही को देखा था। उसे यह सम्भव नहीं लगता था। वेलुता की गाड़ी बड़े मज़े में चल रही थी। वह एक ऐसा परवन था, जिसका भविष्य उज्ज्वल था। चाको ने मन-ही-मन कयास लगाने की कोशिश की कि क्या वेलुता मार्क्सवादी पार्टी का कार्ड-धारी सदस्य बन गया था। और क्या वह हाल में कॉमरेड के.एन.एम. पिल्ले से मिलता-जुलता रहा था।

उसी साल के शुरू में कॉमरेड पिल्ले की राजनैतिक महत्वाकांक्षाओं को अनपेक्षित रूप से एक बढ़ावा मिला था। पार्टी के दो स्थानीय सदस्य—कॉमरेड जे. काट्टुकारन और कॉमरेड गूहन मेनन—नक्सलवादी होने के सन्देह में पार्टी से निष्कासित कर दिये गये थे। उनमें से एक—कॉमरेड गूहन मेनन—को अगली मार्च में कोट्टयम के विधान

सभाई उप-चुनाव में पार्टी की ओर से खड़ा किये जाने की सुन-गुन आम थी। पार्टी से उनके निष्कासन ने एक ऐसा शून्य पैदा कर दिया था, जिसे भरने के लिए अनेक उम्मीदवार ठेला-ठाली कर रहे थे। कॉमरेड के.एन.एम. पिल्ले भी उन्हीं में शामिल थे।

कॉमरेड पिल्ले ने पैराडाइज़ अचार के कार्य-कलाप पर फ़ुटबाल मैच के बारहवें खिलाड़ी के-से चौकन्नेपन से नज़र रखनी शुरू कर दी थी। उनका ख़याल था कि जिसे वे अपना भावी निर्वाचन-क्षेत्र बनाने की उम्मीद कर रहे थे, वहाँ एक नया मज़दूर संगठन बनाना—भले ही वह कितना छोटा-सा क्यों न हो—विधान सभा की दिशा में उनकी यात्रा के लिए एक शानदार शुरुआत साबित हो सकती थी।

उस समय तक पैराडाइज़ अचार में *कॉमरेड ! कॉमरेड !* (जैसा अम्मू उसे कहती थीं) काम के घण्टों के बाहर खेले जाने वाले हानिरहित खेल से ज़्यादा कुछ नहीं रहा था। लेकिन अगर दाँव ऊँचे कर दिये जाते और लगाम चाको के हाथ से छीन ली जाती तो हर किसी को (चाको के अलावा) यह पता था कि कारख़ाना, जो पहले ही क़र्ज़ में डूबा हुआ था, मुश्किल में जा फँसेगा।

चूँकि काम-काज पैसे-कौड़ी के लिहाज़ से ठीक-ठाक नहीं चल रहा था, मज़दूरों को मज़दूर संघ द्वारा निर्धारित दर से कम मज़दूरी दी जा रही थी। बेशक, यह बात ख़ुद चाको उनके ध्यान में लाया था और उसने वादा किया था कि जैसे ही हालात बेहतर हुए, उनकी मज़दूरी बढ़ा दी जायेगी। उसे यक़ीन था कि उन्हें उस पर भरोसा था और वे जानते थे कि वह तहे-दिल से उनकी भलाई चाहता था।

लेकिन एक आदमी ऐसा भी था, जो दूसरी तरह सोचता था। शाम के समय जब फ़ैक्टरी की पाली ख़त्म होती, कॉमरेड के.एन.एम. पिल्ले पैराडाइज़ अचार के कामगारों की ताक में रहते और उन्हें रास्ते में रोक कर अपने छापेख़ाने में हाँक ले जाते। अपनी फटे बाँस की-सी ऊँची पिपियाती आवाज़ में वे उन्हें क्रान्ति के लिए उकसाते। अपने भाषणों में वे प्रासंगिक स्थानीय मुद्दों और ओजपूर्ण माओवादी लफ़्फ़ाज़ी का एक चतुर मिश्रण पेश करते जो मलयालम में और भी ओजपूर्ण और शानदार लगता।

'दुनिया के लोगो,' वे चहकते, 'साहस से काम लो, लड़ने की *हिम्मत* करो, मुश्किलों को *मुँह चिढ़ाओ* और लहर-दर-लहर बढ़ते चलो। फिर सारी दुनिया जनता की होगी। हर तरह के दानवों का नाश कर दिया जायेगा। तुम्हें उस सब की माँग करनी है जो जायज़ तौर पर तुम्हारा है। सालाना बोनस। प्रॉविडेंट फ़ण्ड। दुर्घटना का बीमा।' चूँकि ये भाषण आंशिक रूप से उस समय का पूर्वाभ्यास थे, जब, विधान सभा के स्थानीय सदस्य की हैसियत से, कॉमरेड पिल्ले लाखों के जनसमूह को सम्बोधित करने वाले थे, इन भाषणों के सुर-ताल में कुछ अजीब-सा बेतुकापन था। उनकी आवाज़ धान के हरे खेतों और लाल झण्डों से भरी थी जो एक छोटे-से गर्म कमरे और छपाई की स्याही की गन्ध की बजाय नीले आसमानों पर लहराते थे।

कॉमरेड के.एन.एम. पिल्ले कभी खुल्लम-खुल्ला चाको के ख़िलाफ़ नहीं बोलते थे। जब भी वे अपने भाषणों में उसका ज़िक्र करते, वे बड़ी सावधानी से उसे हर तरह के मानवीय गुणों से रहित करके किसी बड़ी योजना के एक अमूर्त-से कारकून के तौर पर पेश करते। एक सैद्धान्तिक संरचना। क्रान्ति को विफल करने की घिनौनी बुर्जुआ

साज़िश का एक मोहरा। वे उसका ज़िक्र कभी नाम ले कर न करते, बल्कि हमेशा 'व्यवस्था' कह कर। मानो चाको एक व्यक्ति नहीं, अनेक व्यक्ति था। दाँव-पेंच के लिहाज़ से ऐसा करना तो उचित था ही, इसके अलावा व्यक्ति और उसके काम-काज के बीच यह भेद पैदा करके कॉमरेड के.एन.एम. पिल्ले को चाको के साथ अपने निजी व्यापारिक सम्बन्धों के सिलसिले में अपनी अन्तरात्मा को बेदाग़ रखने में भी मदद मिलती थी। पैराडाइज़ अचार के लेबल छापने के ठेके से उन्हें जो आमदनी होती, उसकी उन्हें बहुत ज़रूरत थी। उन्होंने ख़ुद को समझा लिया था कि गाहक-चाको और प्रबन्धक-चाको दो अलग-अलग व्यक्ति हैं। जो कॉमरेड-चाको से तो, बेशक, बिलकुल भिन्न हैं।

कॉमरेड के.एन.एम. पिल्ले की योजनाओं में बस एक ही रोड़ा था—वेलुता। पैराडाइज़ अचार के सारे कामगारों में से सिर्फ़ वही था जो पार्टी का कार्ड-धारी सदस्य था। और इससे कॉमरेड पिल्ले के पल्ले एक ऐसा साथी आ पड़ा था, जिसका न होना वे ज़्यादा पसन्द करते। उन्हें मालूम था कि कारख़ाने के बाक़ी सारे सवर्ण कामगार वेलुता से ख़ुद अपनी पुरानी वजहों से बेतरह ख़ार खाते थे। कॉमरेड पिल्ले सावधानी से इस सिलवट से बच कर चल रहे थे—उस मुनासिब मौक़े के इन्तज़ार में, जब वे उस पर लोहा फेर कर उसे सीधा कर सकें।

वे कामगारों से निरन्तर सम्पर्क बनाये रखते। कारख़ाने में क्या कुछ चलता रहता, इसे सही-सही जानना उन्होंने मानो अपना धन्धा बना लिया था। वे उस मज़दूरी को स्वीकार करने के लिए कामगारों की खिल्ली उड़ाते, जो उन्हें दी जा रही थी, ख़ास तौर पर जब उनकी अपनी सरकार, जनता की सरकार, सत्ता में थी।

जब मुनीम पुन्नच्चन, जो मम्माची को हर सुबह अख़बार पढ़ कर सुनाता था, यह ख़बर लाया कि मज़दूरों के बीच तनख़्वाह बढ़ाने की माँग को ले कर चर्चा हो रही थी तो मम्माची बहुत बिफरीं। 'उनसे अख़बार पढ़ने को कहो। अकाल पड़ा हुआ है आजकल। काम कहीं है नहीं। लोग भूखों मर रहे हैं। उन्हें शुक्रगुज़ार होना चाहिए कि उनके पास कुछ तो काम है।'

कारख़ाने में जब कभी कोई गम्भीर बात होती, तो उसकी ख़बर हमेशा चाको की बजाय मम्माची को दी जाती। ऐसा शायद इसलिए किया जाता क्योंकि मम्माची ही काम-काज के परम्परागत तरीक़े में सही बैठती थीं। वही मोडालाली थीं। वही अपनी भूमिका निभातीं। उनकी प्रतिक्रियाएँ, चाहे जितनी कठोर हों, सीधी और पहले से तयशुदा होतीं। दूसरी तरफ़ चाको, भले ही वह घर का मुखिया था, भले ही वह हरदम *'मेरे* अचार, *मेरा* जैम, *मेरे* मसाले' कहता था, इतनी तरह के रूप धरने में मशग़ूल रहता कि वह मोर्चे-बन्दी को धुँधला बना देता।

मम्माची ने चाको को सावधान करने की कोशिश की थी। उसने उनकी पूरी बात सुन ली थी, लेकिन जो वे कह रही थीं, उस पर दरअसल कान नहीं दिया था। लिहाज़ा पैराडाइज़ अचार के अहाते में असन्तोष की आरम्भिक गड़गड़ाहट के बावजूद चाको ने क्रान्ति के पूर्वाभ्यास में *कॉमरेड। कॉमरेड* ! खेलना जारी रखा।

उस रात होटल के अपने सँकरे पलँग पर लेटे-लेटे अधनींदेपन में वह मज़दूरों को एक क़िस्म के प्राइवेट मज़दूर संघ में संगठित करके कॉमरेड पिल्ले को पहले ही मात देने के बारे में सोच रहा था। वह उनके लिए चुनाव आयोजित करेगा। उनसे वोट दिलवायेगा। वे बारी-बारी से प्रतिनिधि चुने जाने के लिए खड़े हो सकते थे। वह कॉमरेड सुमति के साथ गोलमेज़ बातचीत आयोजित करने के विचार पर मुस्कराया या इससे भी बेहतर कॉमरेड लूसीकुट्टी के साथ जिसके बाल और भी अच्छे थे।

उसके ख़याल लौट कर मार्ग्रेट कॉचम्मा और सोफ़ी मोल पर आ टिके। उसके सीने के गिर्द प्रेम की प्रचण्ड पट्टियाँ इस कदर कसती चली गयीं कि उसके लिए साँस लेना दूभर हो गया। वह जागते हुए लेटा रहा और हवाई अड्डे के लिए रवाना होने के घण्टे गिनता रहा।

बग़ल के पलँग पर उसकी भांजी और भांजा एक-दूसरे के गिर्द अपनी बाँहें लिपटाये सो रहे थे। एक गरम जुड़वाँ और एक ठण्डा। वह और वह। हम और हम। जाने कैसे, वे क़यामत के अन्देशे और उस सब से पूरी तरह ग़ाफ़िल भी नहीं थे, जो नेपथ्य में उनकी प्रतीक्षा कर रहा था।

वे अपनी नदी के सपने देख रहे थे।

उन नारियल के पेड़ों के सपने जो नदी पर झुके पड़ते थे और नारिकेल नेत्रों से नावों को गुज़रते देखते थे। सुबह को ऊपर की ओर। शाम को नीचे की ओर। और नाव की काली तेल-लगी लकड़ी से टकराती माँझियों की बाँस की लग्गियों की मन्द विषाद-भरी आवाज़ के सपने।

पानी गरम था। सलेटी हरा। लहरियेदार रेशम की तरह।

उसमें मछलियाँ थीं।

उसमें आसमान और पेड़ थे।

और रातों को उसमें खण्डित पीला चाँद था।

जब वे इन्तज़ार करते-करते थक गयीं तो रात के खाने की सुगन्धें पर्दों से नीचे उतर कर 'सी क्वीन' की खिड़कियों से हो कर बहती हुईं, भोजन से महकते सागर पर नाचते हुए रात गुज़ारने के लिए चली गयीं।

समय था दो बजने में दस।

5

धरती पर स्वर्ग

वर्षों बाद, जब राहेल लौट कर नदी पर आयी तो उसने एक कपाल की भयावह मुस्कान के साथ राहेल का स्वागत किया। दाँतों की जगह गड्ढे थे और हस्पताल की रोग-शैया से एक शिथिल-सी बाँह उठी हुई थी।

दोनों चीज़ें घटित हुई थीं।

नदी सिकुड़ गयी थी। और राहेल बड़ी हो गयी थी।

धान के किसानों के प्रभावशाली गुट के वोटों के बदले में नदी के नीचे की ओर, खारे पानी का बाँध बना दिया गया था। बाँध से उस खारे पानी को नियन्त्रित किया जाता, जो अरब सागर में जा मिलने वाले नालों से अन्दर को बह आता था। लिहाज़ा अब उन्हें साल में एक की बजाय दो फ़सलें मिलने लगी थीं। एक नदी की क़ीमत पर कुछ अधिक धान।

इस बात के बावजूद कि जून का महीना था, और बारिश हो रही थी, नदी अब एक भरे हुए नाले से ज़्यादा नहीं थी। गाढ़े पानी की एक पतली-सी धारा जो दोनों ओर के कच्चे मटियाले किनारों पर सुस्ती और थकान से छप-छप करती थी; कभी-कभार किसी मरी हुई मछली के तिरछे रुपहले सलमे से जड़ी हुई। वह मोटी-गूदेदार सिवार से अटी पड़ी थी, जिसकी रोंएदार भूरी जड़ें पानी के नीचे पतले तन्तुओं की तरह लहराती रहतीं। काँसे के रंग के पंख वाले लिली-ट्रॉटर पतंगे सिवार पर चहलकदमी करते रहते। अपने फैले चपटे पैरों पर, सतर्क और चौकन्ने।

किसी समय उसमें भय जाग्रत करने की शक्ति थी। ज़िन्दगियों को बदल देने की। मगर अब उसके दाँत गिर चुके थे, उसका तेज चुक गया था। अब वह महज़ एक मन्थर, पंकिल, हरी पट्टी थी जो गँधाते घूरे को ठेल कर सागर तक ले जाती थी। चमकीली प्लास्टिक की पन्नियाँ उसकी गाढ़ी सिवार-भरी सतह पर उड़ती फिरतीं मानो वे गर्म मुल्कों में पाये जाने वाले फूलों की कोई उड़ने वाली क़िस्म हों।

पत्थर की वे सीढ़ियाँ जो कभी नहाने वालों को नीचे ठीक पानी की सतह तक और मछुआरों को मछलियों तक ले जाती थीं, अब पूरी तरह उघड़ी पड़ी थीं और कहीं नहीं से कहीं नहीं को जा रही थीं, एक बेतुके तोड़ेदार स्मारक की तरह जो किसी चीज़ की यादगार नहीं था। सीढ़ियों की दरारों के नीचे से पत्तेदार घास ऊपर को बढ़ आयी थी।

नदी की दूसरी तरफ़ के मटियाले कगार सहसा झुग्गी-झोपड़ियों की नीची मिट्टी की दीवारों में तब्दील हो गये थे। बच्चे अपने चूतड़ किनारे के बाहर लटका कर सीधे नदी के उघड़े तल के फचफचाते, चिपचिपे कीच में मल विसर्जन करते रहते। उनमें जो छोटे होते, वे अपनी पीली धारियों को टपकते-बहते ख़ुद नीचे का रास्ता तलाशने के लिए छोड़ देते। आख़िरकार, शाम होते-होते नदी दिन भर की भेंट स्वीकार करने के लिए जागती और पीछे गाढ़े सफ़ेद कीचड़ की लहराती धारियाँ छोड़ती हुई सागर की तरफ़ सरक जाती। नदी की धारा की उपरली तरफ़ साफ़-सुथरी माताएँ कारख़ानों से निकले निख़ालिस रिसाव में कपड़े धोतीं और बर्तन साफ़ करतीं। लोग नहाते। कटे हुए धड़ अपने जिस्मों पर साबुन मलते हुए, आवक्ष प्रतिमाओं की तरह एक सँकरे हरे हिलते-डोलते पट्टीदार मैदान पर सजे हुए।

गरम दिनों में मल-मूत्र की दुर्गन्ध नदी से उठ कर आयमनम के ऊपर टोप की तरह मँडराती रहती।

नदी की परली तरफ़, और भी आगे, पंच-सितारा होटलों की शृंखला वाली एक कम्पनी ने अन्धकार का हृदय ख़रीद लिया था।

इतिहास-घर तक (जहाँ पैर के कड़े नाख़ूनों वाले पुरखे, जिनकी साँसों से नक़्शों की गन्ध आती, कभी फुसफुसाते थे) अब नदी की तरफ़ से नहीं पहुँचा जा सकता था। उसने आयमनम की तरफ़ पीठ कर ली थी। होटल में ठहरने वालों को समुद्र में जा मिलने वाले नालों पर सीधे कोचीन से नावों में लाया जाता। वे मोटरबोट से आते, अपने पीछे पानी पर एक तिकोनी झाग पैदा करते और पेट्रोल की एक इन्द्रधनुषी परत छोड़ते हुए।

होटल से नज़ारा ख़ूबसूरत था, लेकिन यहाँ भी पानी गाढ़ा और विषैला था। सुन्दर लिखावट में *तैरना मना है* के निशान लगा दिये गये थे। उन्होंने झुग्गी बस्ती को आड़ में रखने और उसे कारी सैपू की जायदाद पर अतिक्रमण करने से रोकने के लिए एक ऊँची दीवार खड़ी कर दी थी। अलबत्ता, दुर्गन्ध के बारे में वे कुछ ज़्यादा नहीं कर पाये थे।

लेकिन तैरने के लिए उनके पास एक तरण-ताल था। और मेन्यू पर ताज़ा तन्दूरी पॉम्फ्रेट मछली और मालपुए।

पेड़ अब भी हरे थे, आसमान अब भी नीला था, जिसकी कुछ-न-कुछ अहमियत तो थी ही। लिहाज़ा उन्होंने काम चालू रखा और अपने गँधाते स्वर्ग का गुणगान करते रहे—अपनी प्रचार पुस्तिकाओं में वे उसे 'धरती पर स्वर्ग' कहते—क्योंकि वे जानते थे, वे चालाक होटल वाले, कि दूसरों की ग़रीबी की तरह, दुर्गन्ध भी आदी होने का ही मामला है। अनुशासन का मामला है। कठोरता और एयर-कंडीशनिंग का मामला है। बस, और कुछ नहीं।

कारी सैपू के घर की मरम्मत करके उसे नयी शक्ल दे दी गयी थी और रँग दिया गया था। वह एक विशाल परिसर का केन्द्रीय भवन बन गया था, जिसमें नकली नहरों और एक-दूसरे से जुड़े पुलों का जाल बिछा था। छोटी-छोटी नावें पानी में डूबती-उतराती

रहतीं। चौड़े बरामदे और डॉरिक स्तम्भों वाले पुराने, अंग्रेज़ों के ज़माने के बँगले को चारों तरफ़ से छोटे-छोटे, और भी पुराने लकड़ी के मकानों—पुश्तैनी घरों—ने घेर रखा था, जिन्हें होटल वालों ने पुराने परिवारों से ख़रीद लिया था और ला कर अन्धकार का हृदय में फिर से खड़ा कर दिया था। अमीर सैलानियों के खेलने के लिए इतिहास के खिलौने। जोज़ेफ़ के स्वप्न में धान के पूलों की तरह, किसी अंग्रेज़ मैजिस्ट्रेट के आगे अर्ज़ी पेश करते आतुर देसीजनों के जमावड़े की तरह, वे पुराने मकान इतिहास-घर के इर्द-गिर्द आदर के भाव से सजाये गये थे। 'विरासत'—होटल का यही नाम था।

होटल वाले अपने मेहमानों को बताना पसन्द करते थे कि इन लकड़ी के मकानों में से सबसे पुराना घर, जिसके हवा-बन्द, दिल्हेदार भंडार-गृह में इतना धान आ सकता था कि एक सेना को साल भर तक खिलाया जा सके, कॉमरेड ई.एम.एम. नम्बूदिरीपाद का पुश्तैनी मकान था। 'केरल के माओ-त्से-तुंग,' वे ग़ैर- जानकार लोगों को समझाते। मकान के साथ जो साज-सामान और छिटपुट चीज़ें मिली थीं, वे नुमाइश के लिए रखी गयी थीं। सरपत की एक छतरी, बेंत का एक काउच। एक लकड़ी का बना दहेज का बक्सा। उन पर ज्ञानवर्धक विज्ञप्तियों की चिप्पियाँ लगायी गयी थीं, जिन पर लिखा था *परम्परागत केरली छाता* और *वधू के दहेज का पारम्परिक बक्सा*।

तो यही था लुब्बे-लुआब, इतिहास और साहित्य-व्यापार की सेवा में संलग्न। कुट्ट्ज़ और कार्ल मार्क्स नाव से उतरते अमीर मेहमानों का स्वागत हाथ जोड़े करते हुए।

कॉमरेड नम्बूदिरीपाद का मकान होटल के भोजन-कक्ष के काम आता था, जहाँ धूप से आधे-तँबियाए सैलानी, तैरने के लिबास पहने, डाभ का पानी पीते (जो नारियल समेत पेश किया जाता), और पुराने कम्यूनिस्ट, जो अब रंग-बिरंगी देसी पहरावे में ख़ुशामदी ख़िदमतगारों के रूप में काम करते थे, अपने हाथों में पकड़े पेय पदार्थों की ट्रे पर अदब से झुके रहते।

शामों को (उस ख़ास क्षेत्रीय रंग के लिए) सैलानियों के सामने कथकली नृत्य के खण्डित अंश पेश किये जाते। ('छोटे-छोटे अंश जो उबायें नहीं,' होटल वाले नर्तकों को समझाते)। लिहाज़ा, प्राचीन कथाओं को पिचकाया और कतरा-तराशा जाता। छै घण्टे की गाथाओं को छाँट कर बीस मिनट के रेखा-चित्रों में तब्दील कर दिया जाता।

नृत्य के कार्यक्रम तरण-ताल के पास प्रस्तुत किये जाते। उस समय जब ढोल वाले ढोल बजाते और नर्तक नृत्य करते, होटल के मेहमान अपने बच्चों के साथ पानी में ख़रमस्तियाँ करते। कुन्ती जब नदी तट पर कर्ण को अपना भेद बता रही होती, प्रेमी जोड़े एक-दूसरे के बदन पर सन-टैन तेल लगाते रहते। पिता जब अपनी गदरायी किशोरी कन्याओं के साथ प्रच्छन्न प्रणय लीलाएँ करते, पूतना शिशु कृष्ण को अपने विषैले स्तन से दूध पिला रही होती। भीम दुःशासन का पेट फाड़ कर द्रौपदी के केश उसके रक्त में गूँथ रहा होता।

इतिहास-घर के पीछे वाला बरामदा (जहाँ पुलिस के सवर्ण सिपाहियों का एक दल एकत्र हुआ था, जहाँ एक गुब्बारे वाली बत्तख फोड़ दी गयी थी) घेर कर होटल के हवादार रसोई-घर में तब्दील कर दिया गया था। अब वहाँ कबाब और कैरामेल कस्टर्ड

से ज़्यादा बुरी कोई चीज़ नहीं घटित होती थी। आतंक अतीत की चीज़ बन चुका था। पराजित हो चुका था खाने की गन्ध से। चुप कराया जा चुका था, बावर्चियों की गुनगुनाहट से। अदरक और लहसुन के कट-कट-काटे जाने की ख़ुशगवार आवाज़ से। अन्य जीवों—सुअरों, बकरों—की चीर-फाड़ से। गोश्त के टुकड़े किये जाने से। मछलियों के छिलके साफ़ किये जाने से।

धरती के नीचे अब भी कुछ दफ़्न था। घास के नीचे। जून की बारिश के तेईस वर्षों के नीचे।

एक छोटी-सी भुला दी गयी चीज़।

ऐसा कुछ नहीं जिसका अभाव दुनिया महसूस करती।

एक बच्ची की प्लास्टिक की कलाई-घड़ी जिस पर समय छपा हुआ था।

दो बजने में दस। घड़ी बताती थी।

राहेल जब घूमने निकली तो बच्चों का एक झुण्ड उसके पीछे-पीछे आया।

'हैलो हिप्पी,' उन्होंने कहा, पच्चीस साल के विलम्ब से, 'तुम्हारा नाम क्या है ?'

फिर किसी ने एक छोटा-सा पत्थर उसकी तरफ़ फेंका और उसका बचपन भाग खड़ा हुआ, अपनी पतली-पतली बाँहें लहराता हुआ।

वापसी पर, आयमनम निवास के गिर्द चक्कर काटते हुए, राहेल मुख्य सड़क पर आ निकली। यहाँ भी मकान कुकुरमुत्तों की तरह उग आये थे। वे पेड़ों में दुबके हुए थे और मुख्य सड़क से फूट कर उनकी तरफ़ जाने वाले रास्ते मोटरों के लायक़ नहीं थे। बस, इसी बात से आयमनम में गाँव-देहात की शान्ति का आभास मिलता था। सच तो यह था कि उसकी आबादी बढ़ कर एक छोटे क़स्बे जितनी हो गयी थी। हरियाली के नाज़ुक नज़ारे के पीछे लोगों का ऐसा जमावड़ा था जो पल भर की सूचना पर इकट्ठा हो सकता था। किसी लापरवाह बस चालक को पीट-पीट कर मार डालने के लिए। उस कार के शीशे तोड़ने के लिए, जिसने विपक्ष द्वारा घोषित बन्द के दिन बाहर निकलने की जुर्रत की। बेबी कॉचम्मा की इम्पोर्टेड इंसुलिन और उसके क्रीम-बन चुराने के लिए, जो दूर कोट्टयम की बेस्ट बेकरी से लाये जाते थे।

लकी प्रेस के बाहर कॉमरेड के.एन.एम. पिल्ले अपनी चारदीवारी के पास खड़े हो कर दूसरी तरफ़ किसी आदमी से बात कर रहे थे। कॉमरेड पिल्ले ने अपनी बाँहें छाती पर बाँध रखी थीं और अपनी बग़लों को अधिकारपूर्वक जकड़ रखा था मानो किसी ने उन्हें उधार लेने की माँग की हो और उन्होंने अभी-अभी उसे मना किया हो। दीवार के उधर का आदमी प्लास्टिक की थैली में रखी ढेर सारी तस्वीरों को सायास दिलचस्पी से उलट-पलट रहा था। तस्वीरें ज़्यादातर कॉमरेड के.एन.एम. पिल्ले के बेटे लेनिन की थीं, जो दिल्ली में रहता था और डच और जर्मन दूतावासों के लिए रँगाई-पुताई, नलकों-नालियों की देख-रेख और हर तरह का बिजली का काम करता था। उसके ग्राहकों के मन में उसके राजनैतिक रुझान को ले कर किसी तरह का भय न पैदा हो, इसलिए उसने अपने नाम में थोड़ा-सा परिवर्तन कर दिया था। अब वह ख़ुद को लेविन कहता। पी. लेविन।

राहेल ने चुपचाप बिना ध्यान खींचे गुज़र जाने की कोशिश की। वह ऐसा कर सकती है, इसकी कल्पना करना भी उसका बेतुकापन था।

'अइय्यो, राहेल मोल !' कॉमरेड के.एन.एम. पिल्ले ने उसे तत्काल पहचानते हुए कहा। '*ऑर्कुन्निल्लै* ? कॉमरेड अंकल ?'

'*ऊवऽ,*' राहेल ने कहा।

क्या वे उसको याद थे ? थे, यक़ीनन।

बातचीत की एक शिष्ट शुरुआत करने से अधिक न तो प्रश्न का कोई मतलब था और न ही उत्तर का। राहेल और वे, दोनों जानते थे कि कुछ चीज़ें ऐसी होती हैं जो भुलायी जा सकती हैं। और कुछ चीज़ें ऐसी होती है जो भुलायी नहीं जा सकतीं—जो गर्द से अटे ख़ानों में द्वेष-भरी आँखों से अगल-बग़ल घूरने वाले भुस-भरे पक्षियों की तरह बैठी रहती हैं।

'तो,' कॉमरेड पिल्ले ने कहा, 'मेरा ख़याल है तुम अब एमेरिका में हो न ?'

'नहीं,' राहेल ने कहा, 'मैं यहीं हूँ।'

'हाँ, हाँ,' उनके स्वर में अधीरता थी, 'लेकिन वैसे तो एमेरिका में, मेरे ख़याल से?'

कॉमरेड पिल्ले ने अपनी बाँहें सीधी कर लीं। उनके स्तनाग्र चारदीवारी के ऊपर से राहेल की तरफ़ एक उदास सेंट बरनार्ड कुत्ते की आँखों की तरह झाँक रहे थे।

'पहचाना ?' कॉमरेड पिल्ले ने ठोड़ी से राहेल की तरफ़ इशारा करते हुए तस्वीरों वाले आदमी से कहा।

उस आदमी ने नहीं पहचाना था।

'वही पुरानी पैराडाइज़ अचार वाली कॉचम्मा की बेटी की बेटी,' कॉमरेड पिल्ले ने कहा।

वह आदमी चकराया हुआ-सा लग रहा था। ज़ाहिर है, वह अजनबी था। और अचार का प्रेमी नहीं था। कॉमरेड पिल्ले ने एक अलग रास्ता अपनाया।

'पुण्यन कुन्यु ?' उन्होंने पूछा। ऐंटिऑक के पितामह आकाश में पल भर को नमूदार हुए—और उन्होंने अपना मुरझाया हुआ हाथ हिलाया।

तस्वीरें पकड़े आदमी के लिए चीज़ें अपनी सही जगह बैठने लगीं। उसने उत्साह से सिर हिलाया।

'पुण्यन कुन्यु के बेटे ? बेनान जॉन आइप ? जो दिल्ली में थे ?' कॉमरेड पिल्ले ने कहा।

'*ऊवऽ, ऊवऽ, ऊवऽ,*' आदमी ने कहा।

'उनकी बेटी की बेटी है यह। एमेरिका में है अब।'

जैसे-जैसे राहेल की वंशावली उसके दिमाग़ में बैठती गयी, सिर हिलाने वाले ने सिर हिलाना जारी रखा।

'*ऊवऽ, ऊवऽ, ऊवऽ*। एमेरिका में है अब, है न।' यह सवाल नहीं था। विशुद्ध प्रशंसा थी।

उसे बदनामी के एक भभके की अस्पष्ट-सी याद आयी। वह ब्योरे भूल गया था, मगर उसे इतना याद था कि उसमें कुछ सेक्स और मौत-वौत का मामला था। अख़बारों

में भी छपा था। थोड़ी देर ख़ामोश रहने और एक बार फिर धीरे-धीरे सिर हिलाने के बाद उस आदमी ने तस्वीरों का लिफ़ाफ़ा कॉमरेड पिल्ले को थमा दिया।

'अच्छातो कॉमरेड, चलता हूँ अब।'

उसे बस पकड़नी थी।

'तो !' जैसे ही कॉमरेड पिल्ले ने किसी सर्चलाइट की तरह अपना सारा ध्यान राहेल की ओर केन्द्रित किया, उनकी मुस्कान फैल गयी। उनके मसूढ़े आश्चर्यजनक रूप से गुलाबी थे। ज़िन्दगी भर शुद्ध शाकाहारी रहने का पुरस्कार। वे उस क़िस्म के आदमी थे, जिनके बारे में यह कल्पना करना कठिन था कि वे कभी लड़के भी रहे होंगे। या शिशु। लगता था कि जैसे वे अधेड़ ही पैदा हुए थे। सामने की गंज के साथ।

'मोल के पति ?' उन्होंने जानना चाहा।

'आये नहीं।'

'कोई फ़ोटो।'

'नहीं।'

'नाम ?'

'लैरी। लॉरेंस।'

'*ऊवठ*। लॉरेंस।' कॉमरेड पिल्ले ने सिर हिलाया मानो वे उससे सहमत थे। मानो मौक़ा मिलने पर वे ठीक यही नाम चुनते।

'कोई बाल-बच्चा ?'

'नहीं,' राहेल ने कहा।

'अभी इरादा बना रही हो, मेरे ख़याल से ? या होने वाला है ?'

'नहीं।'

'एक तो ज़रूरी है। लड़का लड़की। कुछ भी,' कॉमरेड पिल्ले ने कहा, 'दो मगर तुम्हारी मर्ज़ी पर है।'

'हमारा तलाक़ हो गया है।' राहेल को उम्मीद थी कि वह उसे धक्का पहुँचा कर ख़ामोश कर सकेगी।

'त-ल्लाक़ ?' उनका सुर इतना ऊँचा हो गया कि प्रश्नचिन्ह तक पहुँचते- पहुँचते आवाज़ फट गयी। उन्होंने शब्द का उच्चारण भी ऐसे किया मानो वह मौत का कोई रूप हो।

'यह तो बड़ा दुर्भाग्यपूर्ण है,' सँभलने के बाद उन्होंने कहा। किसी कारण से आदत के विपरीत किताबी भाषा का प्रयोग करते हुए। 'बड़ा दुर-भाग्य-पूर्ण।'

कॉमरेड पिल्ले के मन में ख़याल आया कि यह पीढ़ी शायद अपने पुरखों की बुर्जुआ पतनशीलता का ख़मियाज़ा भुगत रही है।

एक पागल था। दूसरी त-ल्लाक़शुदा। सम्भवतः बाँझ।

शायद *यही* थी असली क्रान्ति। ईसाई बुर्जुआज़ी में आत्म-विनाश की शुरुआत हो चुकी थी।

कॉमरेड पिल्ले ने अपना स्वर धीमा किया मानो वहाँ दूसरे लोग सुन रहे थे,

हालाँकि आस-पास कोई भी नहीं था।

'और मोन ?' वे भेद-भरे अन्दाज़ में फुसफुसाये। 'वह कैसा है ?'

'बिलकुल ठीक,' राहेल ने कहा, 'वह बिलकुल ठीक है।'

बिलकुल ठीक। सपाट और शहद के रंग का। वह भुरभुरे साबुन से अपने कपड़े धोता है।

'अइय्यो पावम,' कॉमरेड पिल्ले फुसफुसाये, और उनके स्तनाग्र नकली हताशा में लटक गये। 'बेचारा।'

राहेल को अचम्भा हुआ कि उससे इतनी बारीक़ी से जिरह करने और फिर पूरी तरह उसके जवाबों को नज़रन्दाज़ कर देने से उन्हें क्या लाभ हो रहा था। साफ़ तौर पर वे उससे सच्चाई की उम्मीद नहीं कर रहे थे, लेकिन वे कम-से-कम इसके उलट दिखावा करने की भी ज़हमत क्यों नहीं कर रहे थे ?

'लेनिन अब दिल्ली में है,' आख़िरकार अपने गर्व को छुपाने में विफल हो कर कॉमरेड पिल्ले ने दिल की बात खोल दी। 'विदेशी दूतावासों के साथ काम कर रहा है। देखो !'

उन्होंने पारदर्शी प्लास्टिक का लिफ़ाफ़ा राहेल को थमा दिया। ज़्यादातर तस्वीरें लेनिन और उसके परिवार की थीं। उसकी बीवी, उसका बच्चा, उसका नया बजाज स्कूटर। एक तस्वीर में लेनिन एक बहुत ख़ुशपोश, बहुत गुलाबी आदमी से हाथ मिला रहा था।

'जर्मन प्रथम सचिव,' कॉमरेड पिल्ले ने कहा।

चित्रों में वे प्रसन्न नज़र आ रहे थे, लेनिन और उसकी बीवी। मानो उनके ड्रॉइंगरूम में एक नया फ़्रिज आ गया था और उन्होंने डी.डी.ए. के एक फ़्लैट की एकमुश्त रकम जमा कर दी थी।

राहेल को वह घटना याद आयी, जिसने एक असली व्यक्ति के रूप में लेनिन की छवि उसके और एस्ता के लिए साफ़-साफ़ अंकित कर दी थी, जब उन्होंने उसे अपनी माँ की साड़ी का एक और चुन्नट मानना बन्द कर दिया था। एस्ता और वह पाँच के थे, लेनिन शायद तीन या चार साल का था। वे डॉक्टर वर्गीज़ वर्गीज़ (कोट्टयम के प्रमुख बाल चिकित्सक और माताओं को टोहने-टटोलने वाले) के दवाख़ाने में मिले थे। राहेल के साथ अम्मू थीं और एस्ता (जिसने साथ जाने का आग्रह किया था)। लेनिन अपनी माँ कल्याणी के साथ था। राहेल और लेनिन, दोनों को एक ही शिकायत थी—नाक में किसी बाहरी चीज़ का जा फँसना। यह अब एक विचित्र संयोग जान पड़ता था, लेकिन तब किसी कारण से नहीं लगा था। यह दिलचस्प था कि कैसे राजनीति इस बात में भी घुसी हुई थी कि बच्चे अपनी नाक में ठूँसने के लिए कौन-सी चीज़ चुनते थे। वह, एक राजकीय कीट-विज्ञानी की नतिनी, और वह मार्क्सवादी पार्टी के एक ज़मीनी कार्यकर्ता का बेटा। सो, राहेल ने एक काँच का मनका चुना था, लेनिन ने हरा चना।

प्रतीक्षा-कक्ष भरा हुआ था।

डॉक्टर के कमरे के पर्दे के पीछे से रहस्यमय आवाज़ें बुदबुदा रही थीं जिन्हें

बीच-बीच में सते हुए बच्चों की चीख़-पुकार भंग कर रही थी। धातु पर शीशे की खनक और उबलते पानी की सिसकारी और गड़गड़ाहट सुनायी दे रही थी। एक लड़का दीवार पर लगी लकड़ी की तख़्ती से खेल रहा था जिस पर लिखा था– *डॉक्टर अन्दर हैं, डॉक्टर बाहर हैं*। वह पीतल की पट्टी को *अन्दर* और *बाहर* पर ऊपर-नीचे सरका रहा था। एक ज्वरग्रस्त शिशु अपनी माँ की छाती पर हिचकियाँ ले रहा था। धीमी रफ़्तार वाला छत का पंखा गाढ़ी, डरी हुई हवा को एक अन्तहीन कुण्डली में तराश रहा था जो धीरे-धीरे घूमती हुई फ़र्श की ओर गिर रही थी, एक अन्तहीन आलू के तराशे गये छिलके की तरह।

पत्रिकाएँ कोई भी नहीं पढ़ रहा था।

सड़क पर सीधे खुलने वाले दरवाज़े के आर-पार खिंचे झीने-से पर्दे के नीचे से चप्पल पहने धड़हीन पैरों की दुर्दमनीय थप-थप आ रही थी। ऐसे लोगों की शोर-गुल-भरी, निश्चिन्त दुनिया जिनकी नाक में कुछ घुस नहीं गया था।

अम्मू और कल्याणी ने बच्चों की अदला-बदली की। नथुने ऊपर को उठाये गये, सिर पीछे को झुकाये गये और बत्ती की तरफ़ घुमाये गये, यह पता लगाने के लिए कि क्या एक माँ वह देख पाती है जो दूसरी से छूट गया है। जब इससे काम नहीं बना तो लेनिन को, जिसने किसी टैक्सी जैसा लिबास पहन रखा था—पीली कमीज़ और काली स्ट्रेचलॉन की निक्कर—फिर से अपनी माँ की नायलॉनी गोद हासिल हो गयी (*और* चिकलेट्स की डिब्बी भी)। वह साड़ी के फूलों पर जा बैठा और उस निरापद शक्ति-स्थान से सारे दृश्य का भावरहित मुआयना करता रहा। उसने अपनी बायीं तर्जनी अपने ख़ाली नथुने में दूर तक ऊपर घुसेड़ दी और मुँह से शोर करते हुए साँस लेता रहा। उसकी माँग एक तरफ़ को सलीक़े से कढ़ी थी। उसके बाल आयुर्वेदिक तेल से चिकने और चिपकाये हुए थे। चिकलेट्स उसे डॉक्टर के देखने से पहले *थामे रखने* और उसके बाद खाने के लिए दी गयी थीं। दुनिया में सब कुछ ठीक-ठाक था। शायद वह इस बात को जानने के लिए अभी कुछ ज़्यादा ही छोटा था कि प्रतीक्षा-कक्ष के वातावरण को पर्दे के पीछे की चीख़-पुकार से जोड़ा जाय तो उसे तार्किक रूप से डॉक्टर व.व. के प्रति एक सहज स्वाभाविक भय में फलित होना चाहिए।

एक चूहा, जिसके कन्धों पर खसखसे खड़े बाल थे, डॉक्टर के कमरे से प्रतीक्षा-कक्ष में रखी अलमारी के तले तक कई बार व्यस्त भाव से आया-गया।

डॉक्टर के ख़स्ताहाल पर्दे वाले दरवाज़े से हो कर एक नर्स प्रकट और अन्तर्धान होती रही। उसके हाथों में अजीबो-ग़रीब हथियार थे। एक नन्ही-सी शीशी। काँच का एक आयताकार टुकड़ा, जिस पर ख़ून का धब्बा था। पीछे से आलोकित चमकते हुए पेशाब की एक परख-नली। एक स्टेनलेस स्टील की ट्रे में उबली हुई सुइयाँ। उसकी टाँगों के बाल उसके पारदर्शी सफ़ेद मोज़ों के भीतर घुँघराले तारों की तरह दबे हुए थे। उसके पीछे से खुले सफ़ेद सैंडलों की चौकोर एड़ियाँ अन्दर की तरफ़ घिस गयी थीं और उसके पैरों को भीतर एक-दूसरे की ओर ढलकने को मजबूर कर रही थीं। सीधे किये गये साँपों जैसी चमकती काली बालों की चुटकियाँ, उसकी कलफ़ लगी नर्सों वाली टोपी को उसके तेल लगे सिर के साथ चिपकाये हुए थीं।

ऐसा लगता था कि उसके चश्मे में चूहा-फ़िल्टर लगा हुआ था। वह उस खसखसे कन्धों वाले चूहे पर तब भी ध्यान नहीं देती जान पड़ी जब वह ठीक उसके पैरों के पास से दुम दबा कर भाग निकला। वह एक पुरुष की-सी भारी आवाज़ में नाम पुकारती—'ए. नाइनन...एस. कुसुमलता...बी.वी. रोशिनी...एन. अम्बाडी।' घबरायी हुई सर्पिल हवा को वह नज़रन्दाज़ करती रही।

एस्ता की आँखें डरी हुई तश्तरियाँ थीं। *डॉक्टर अन्दर हैं, डाक्टर बाहर हैं* की तख़्ती ने उसे सम्मोहित कर रखा था।

राहेल में घबराहट की एक लहर उठी।

'अम्मू, आइए, एक बार फिर कोशिश करें।'

अम्मू ने एक हाथ से राहेल के सिर को पीछे की तरफ़ से थामे रखा। अपने अँगूठे को रूमाल में लपेट कर उन्होंने मनके-विहीन नथुने का छेद बन्द किया। प्रतीक्षा-कक्ष की सारी आँखें राहेल पर टिकी थीं। यह उसके जीवन का अविस्मरणीय प्रदर्शन होने वाला था। एस्ता की मुद्रा ऐसी थी मानो वह अभी अपनी नाक छिनकने वाला है। उसके माथे पर लीकें पड़ गयीं और उसने एक गहरी साँस ली।

राहेल ने अपनी सारी ताक़त को तलब किया। प्लीज़ भगवान, प्लीज़ इसे बाहर निकलवा दो। अपने पैरों के तलवों से, अपने हृदय की गहराई से, उसने अपनी माँ के रूमाल में नाक से फूँका।

और रेंट और राहत के रेले के साथ वह बाहर निकल आया। चिकनी चमकती लेसदार रेंट के बिछौने पर एक नन्हा-सा बैंगनी मनका। सीपी में पड़े मोती की तरह गर्व से भरा। बच्चे विस्मय से चारों तरफ़ इकट्ठा हो गये। लकड़ी की तख़्ती से खेल रहे लड़के में नकचढ़ेपन का भाव था।

'ऐसा तो मैं बड़ी आसानी से कर लेता,' उसने घोषणा की।

'करके देखो और देखो कि कैसा थप्पड़ पड़ता है तुम्हें,' उसकी माँ ने कहा।

'मिस राहेल,' नर्स ने आवाज़ लगायी और चारों तरफ़ देखा।

'निकल आया,' अम्मू ने नर्स से कहा, 'वह निकल आया है।' उन्होंने अपना मुचड़ा हुआ रूमाल ऊपर उठाया।

नर्स को क़तई अन्दाज़ा नहीं था कि उनका मतलब क्या है।

'सब ठीक है। हम जा रहे हैं,' अम्मू ने कहा, 'मनका निकल आया है।'

'अगला,' नर्स ने कहा और अपने चूहे-फ़िल्टर के पीछे आँखें बन्द कीं। ('सारी उँगलियाँ एक-सी नहीं होतीं,' उसने ख़ुद को समझाया)। 'एस.वी.एस. कुरुप्प !'

नकचढ़े लड़के की माँ ने जैसे ही उसे डॉक्टर के कमरे में धकेला, उसने चीख़-पुकार मचानी शुरू कर दी।

राहेल और एस्ता दवाख़ाने से विजयी मुद्रा में निकले। नन्हा लेनिन पीछे रह गया ताकि उसके नथुने की जाँच-परख डॉक्टर वर्गीज़ वर्गीज़ के ठण्डे स्टील के औज़ारों से हो सके और उसकी माँ की जाँच-परख दूसरे, निस्बतन नरम औज़ारों से।

ऐसा था लेनिन तब।

अब उसके पास एक घर था और एक बजाज स्कूटर। एक बीवी और एक बच्चा।

राहेल ने कॉमरेड पिल्ले को तस्वीरों का लिफ़ाफ़ा वापस थमाया और चलने को हुई।

'एक मिंट,' कॉमरेड पिल्ले ने कहा। वे यौनांगों का प्रदर्शन करने वाले उस व्यक्ति की तरह थे जो किसी झाड़ी में छिपा बैठा हो। लोगों को अपने स्तनाग्रों से लुभाते और फिर उन पर ज़बरदस्ती अपने बेटे की तस्वीरें थोपते। उन्होंने तस्वीरों की गड्डी (एक-मिनट-में-लेनिन-का-जीवन की चित्र-वीथिका) को तेज़ी से फड़फड़ा कर आख़िरी चित्र निकाला। *'ऑर्कुन्नुंडू ?'*

वह एक पुराना ब्लैक-ऐण्ड-व्हाइट फ़ोटो था। उसे चाको ने उस रोलीफ़्लेक्स कैमरे से लिया था जो मार्ग्रेट कॉचम्मा उसके लिए बड़े दिन के उपहार-स्वरूप लायी थी। उसमें वे चारों थे। लेनिन, एस्ता, सोफ़ी मोल और वह ख़ुद। आयमनम निवास के सामने वाले बरामदे में खड़े हुए। उनके पीछे बेबी कॉचम्मा की लगायी क्रिस्मस की झालरें छत से कुण्डलों की तरह लटकी हुई थीं। गत्ते का एक सितारा एक बल्ब से बँधा था। लेनिन, राहेल और एस्ता डरे हुए जानवरों की तरह लग रहे थे, जो किसी कार की रोशनी में अचानक पकड़े गये हों। घुटने आपस में जुड़े हुए, मुस्कानें चेहरों पर जमी हुईं, बाँहें बग़ल में कस कर सटी हुईं, वक्ष कैमरे का सामना करने के लिए घुमाये गये। मानो बगली खड़े होना पाप हो।

सिर्फ़ सोफ़ी मोल ने पहली दुनिया की प्रदर्शन-प्रियता और अकड़ के साथ, अपने जैविक पिता द्वारा लिये जा रहे चित्र की ख़ातिर अपने लिए एक चेहरा तैयार किया था। उसने अपनी पलकें पलट ली थीं जिससे उसकी आँखें गुलाबी नसों वाली मांस की पंखुड़ियाँ लगती थीं (ब्लैक-ऐण्ड-व्हाइट चित्र में सलेटी)। उसने मौसमी के पीले छिलके से काट कर बनाये गये बाहर को निकले नकली दाँत लगा रखे थे। दाँतों के खटके से उसकी जीभ बाहर को निकली हुई थी और उसके छोर पर उसने मम्माची का चाँदी का अंगुश्ताना चढ़ा रखा था। (उसने उसे उसी दिन उड़ा लिया था जिस दिन वह पहुँची थी और प्रतिज्ञा की थी कि वह छुट्टियों के दौरान जो भी पीना होगा, अंगुश्ताने से ही पियेगी)। दोनों हाथों में उसने एक-एक जलती मोमबत्ती पकड़ रखी थी। उसकी डेनिम की बेलबॉटम का एक पाँयचा घुटने से ऊपर तक मुड़ा हुआ था और उघड़े हुए सफ़ेद घुटने पर एक चेहरा बना हुआ था। फ़ोटो खींचे जाने के कुछ ही मिनट पहले वह एस्ता और राहेल को बड़े धैर्य से यह समझा कर हटी थी (विपरीत प्रमाणों, चित्रों, स्मृतियों को दलीलों से नष्ट करती हुई) कि कैसे इस बात की अच्छी-ख़ासी सम्भावना थी कि वे सब हरामी थे, और यह कि हरामी का मतलब क्या होता है। इस सब में यौन क्रि[illegible]का एक उलझा हुआ, हालाँकि कुछ-कुछ ग़लत ब्योरा भी शामिल था। 'देखो, वे जो करत हैं, वह...'

यह उसके मरने के महज़ कुछ दिन पहले की बात थी।

सोफ़ी मोल।

अंगुश्ताने से पीने वाली।

ताबूत में कलाबाज़ी लगाने वाली।

वह बॉम्बे-कोचीन उड़ान से पहुँची थी। हैट लगाये, बेलबॉटम पहने और शुरू ही से सबकी प्रेम-पात्र।

6

कोचीन के कंगारू

कोचीन हवाई अड्डे पर राहेल की नयी बुँदकियों वाली निक्कर अब भी कलफ़दार थी। पूर्वाभ्यास का भी बार-बार अभ्यास हो चुका था। यह प्रदर्शन का दिन था। *सोफ़ी मोल क्या सोचेगी ?* सप्ताह का चरमोत्कर्ष।

सुबह के वक़्त होटल 'सी क्वीन' में अम्मू ने—जिन्होंने रात को डॉल्फ़िनों और गहरी नीलिमा के सपने देखे थे—राहेल को उसकी फूली हुई हवाई अड्डे वाली फ़्रॉक पहनने में मदद दी। वह अम्मू की पसन्द में विरल, चकरा देने वाली, विकृतियों का एक नमूना थी—कड़क, पीली लेस का एक बादल, जिसमें नन्हे-नन्हे रुपहले सितारे जड़े थे और दोनों कन्धों पर गाँठें बँधी थीं। चुन्नटदार स्कर्ट के नीचे बकरम लगा था ताकि उसका घेरा फूला-फूला रहे। राहेल को चिन्ता थी कि वह दरअसल उसके धूप के चश्मे से मेल नहीं खाती थी।

अम्मू ने उसी से मिलती कड़क कलफ़दार निक्कर उसके पहनने के लिए हाथ में थामे रखी। राहेल ने अम्मू के कन्धों पर अपने हाथ टिका कर उसमें पैर डाले (बायाँ पैर, दायाँ पैर) और अम्मू को उनके दोनों गालों में पड़ने वाले गड्ढों पर एक-एक चुम्बन दिया (बायाँ गाल, दायाँ गाल)। निक्कर का इलास्टिक उसके पेट पर हलकी-सी आवाज़ करता हुआ आ चिपका।

'शुक्रिया अम्मू,' राहेल बोली।

'शुक्रिया ?' अम्मू ने कहा।

'मेरी नयी फ़्रॉक और निक्कर के लिए,' राहेल ने कहा।

अम्मू मुस्करायीं। 'सब तुम्हारे ही लिए है, मेरी मुन्नी,' उन्होंने कहा, मगर उदास भाव से।

सब तुम्हारे ही लिए है, मेरी मुन्नी।

राहेल के हृदय पर बैठे पतंगे ने एक रोंएदार टाँग उठायी। फिर वापस रख दी। उसकी नन्ही-सी टाँग ठण्डी थी। *अम्मू उसे पहले से कुछ कम प्यार करने लगी थीं।*

'सी क्वीन' का कमरा अण्डों और फ़िल्टर कॉफ़ी की महक से भरा था। कार की तरफ़ जाते हुए एस्ता ने वह ईगल वैक्यूम फ़्लास्क उठा रखी थी, जिसमें नल का पानी भरा था। राहेल ने उबले पानी से भरी ईगल वैक्यूम फ़्लास्क ले रखी थी। ईगल

वैक्यूम फ़्लास्कों पर वैक्यूम गरुड़ बने थे, अपने डैने फैलाये और पंजों में पृथ्वी को उठाये। वैक्यूम गरुड़, दोनों जुड़वों का विश्वास था, सारा दिन पृथ्वी की निगरानी करते और सारी रात अपनी फ़्लास्कों के गिर्द उड़ते। वे उल्लुओं की-सी ख़ामोशी से उड़ान भरते, अपने डैनों पर चन्द्रमा को लिये हुए।

एस्ता ने लम्बी आस्तीनों और नुकीले कॉलर वाली लाल कमीज़ और पतली मोहरी की काली पतलून पहन रखी थी। उसके बालों का बुल्ला कड़क और भौंचक्का लगता था। अच्छी तरह फेंटी गयी अण्डे की सफ़ेदी की तरह।

एस्ता ने—मानना होगा किसी क़दर मुनासिब बिना पर—कहा कि राहेल अपने हवाई अड्डे वाले फ्ऱॉक में बेवकूफ़ नज़र आ रही थी। राहेल ने उसे एक थप्पड़ मारा और उसने पलट कर राहेल को थप्पड़ रसीद किया।

हवाई अड्डे पर उनके बीच अबोला चल रहा था।

चाको ने, जो आम तौर पर मुण्डू पहनता था, एक अजीब कसा हुआ सूट डाट रखा था, और एक चमकती हुई मुस्कान। अम्मू ने उसकी टाई सीधी की, जो बेमेल-सी और एक तरफ़ को खिसकी हुई थी। वह नाश्ता कर चुकी थीं और सन्तुष्ट थीं।

अम्मू ने कहा, 'क्या हो गया अचानक—हमारे जनता के आदमी को ?'

लेकिन ऐसा उन्होंने अपने गालों में पड़ते गड्ढों के साथ कहा क्योंकि चाको इतना फूला-फूला लग रहा था। इतना ज़्यादा ख़ुश।

चाको ने उन्हें थप्पड़ नहीं मारा।

लिहाज़ा उन्होंने भी उसे पलट कर थप्पड़ नहीं जड़ा।

'सी क्वीन' के फूलवाले से चाको ने दो सुर्ख़ गुलाब ख़रीदे थे, जिन्हें उसने सावधानी के साथ पकड़ रखा था।

मोटेपन से।

मुदित मन से।

हवाई अड्डे की दुकान, जो केरल पर्यटन विकास निगम की देख-रेख में चलती थी, एयर इण्डिया के महाराजाओं (छोटे, मझोले, बड़े), चन्दन के हाथियों (छोटे, मझोले, बड़े) और कथकली नर्तकों के मुखौटों (छोटे, मझोले, बड़े) से अटी पड़ी थी। चन्दन की लकड़ी और टेरिकॉट की बग़लों (छोटी, मझोली, बड़ी) की अघा देने वाली गन्ध हवा में बसी हुई थी।

आगमन वाले प्रतीक्षालय में सीमेंट के चार आदम-क़द कंगारू रखे हुए थे जिनके पेट पर बनी सीमेंट की थैलियों पर लिखा था *मेरा इस्तेमाल करें*। उनकी सीमेंट की थैलियों में सीमेंट के कंगारू-शावकों की जगह सिग्रेट के टोटे, माचिस की बुझी हुई तीलियाँ, बोतलों के ढक्कन, मूँगफली के छिलके, काग़ज़ के मुचड़े हुए प्याले और तिलचट्टे भरे हुए थे।

पान की लाल पीक उनके कंगारू पेटों पर ताज़ा घावों की तरह छिटकी हुई थी।

लाल मुँह वाली मुस्कानें थीं हवाई अड्डे के कंगारुओं की।

और गुलाबी सिरों वाले कान।

वे ऐसे नज़र आते थे मानो उन्हें दबाया जाय तो शायद वे चुकी हुई बैटरी वाली आवाज़ों में 'माँ-माँ' कहने लगेंगे।

जब सोफ़ी मोल का विमान आसमानी नीले बम्बई-कोचीन आकाश पर प्रकट हुआ तो भीड़ हर चीज़ को और अधिक देखने के लिए लोहे की रेलिंग से और सटने लगी।

आगमन वाले प्रतीक्षालय में प्रेम और आतुरता का भब्भड़ था, क्योंकि बम्बई-कोचीन वाली उड़ान ही वह उड़ान थी, जिस पर विदेशों से वापस आने वाले सब लोग घर लौटते थे।

उनके परिवार उनसे मिलने के लिए आये हुए थे। समूचे केरल से। लम्बी-लम्बी बस यात्राएँ करके। रान्नी से, कुमिली से, विझिनजम से, उजावूर से। उनमें से कुछ ने रात को हवाई अड्डे पर ही डेरा डाला था और अपना खाना अपने साथ लाये थे। और लौटानी के लिए टैपियोका के चिप्स और चक्का वेलाइचाथू।

वे सब वहाँ थे—बहरी अम्मूमाएँ, झगड़ालू, गठिया-पीड़ित अप्पूपन, विरह-विकल पत्नियाँ, जुगुतबाज़ मामे-चाचे, बच्चे जिनके पेट चल रहे थे। मँगेतर जिनका पुनर्मूल्यांकन होना था। अपने सऊदी वीज़ा का अब भी इन्तज़ार करता, टीचर का पति। अपने दहेजों की प्रतीक्षा में टीचर के पति की बहनें। तार मोड़ने वाले की गर्भवती औरत।

'ज़्यादातर मेहतर लोग हैं,' बेबी कॉचम्मा ने सख़्ती से कहा और नज़र फेर ली, जब एक माँ ने, रेलिंग के पास की अपनी अच्छी जगह न छोड़ने के इरादे से अपने विचलित बच्चे का शिश्न एक ख़ाली बोतल के भीतर साधा। बच्चा इस बीच अपने इर्द-गिर्द के लोगों की तरफ़ मुस्कराते हुए हाथ हिलाता रहा।

'स-स-स...' उसकी माँ ने सिसकारी भरी। पहले फुसलाते हुए, फिर बेरहम बर्बरता से। मगर उसके बच्चे का ख़याल था कि वह पोप है। वह मुस्कराता रहा, हाथ हिलाता रहा, हाथ हिलाता रहा, मुस्कराता रहा। अपने शिश्न को बोतल में दिये-दिये।

'मत भूलना कि तुम भारत के राजदूत हो,' बेबी कॉचम्मा ने राहेल और एस्ता से कहा, 'तुम्हारे देश के बारे में उनकी पहली राय तुम्हीं से बनेगी।'

दो डिम्बों वाले जुड़वाँ राजदूत। महामहिम राजदूत ए (ल्विस) पेल्विस, और राजदूत सीं (किया) टिड्डी।

अपनी कड़क लेस की पोशाक और लव-इन-टोकियो में बँधे बालों के फ़व्वारे के साथ राहेल एक ऐसी हवाई अड्डे वाली परी नज़र आ रही थी जिसका सौन्दर्यबोध दिल दहलाने वाला हो। वह पसीजे कूल्हों से घिरी हुई थी, (जैसे कि वह एक बार फिर घिरने वाली थी, एक पीले गिरजे में एक अन्त्येष्टि के समय) और भीषण आतुरता से। उसके नाना का पतंगा उसके हृदय पर जमा बैठा था। उसने आसमानी नीले आकाश की उस चीख़ती हुई लोहे की चिड़िया की तरफ़ से मुँह फेर लिया जो उसकी ममेरी बहन को ले कर आ रही थी, और उसे जो दिखायी दिया वह यह था : लाल मुँह वाले कंगारू सुर्ख़ मानिकों जैसी मुस्कानों के साथ हवाई अड्डे के फ़र्श पर अपनी सीमेंटी चाल के साथ घूम-फिर रहे थे।

एड़ी और पंजा
एड़ी और पंजा

लम्बे चपटे पैर।

उनकी बच्चे रखने की थैलियों में हवाई अड्डे का कूड़ा।

उनमें से सबसे छोटे कंगारू ने अपनी गर्दन को यों खींच कर ऐंठा जैसे अंग्रेज़ी फ़िल्मों में लोग दफ़्तर के बाद अपनी टाइयाँ ढीली करते वक़्त ऐंठते हैं। मझोले कंगारू ने अपनी थैली में सिगरेट के एक लम्बे टोटे के लिए छान-बीन की जिसे वह सुलगा सके। उसे एक धुँधली-सी प्लास्टिक की पन्नी में एक पुराना काजू मिला। उसने उसे अपने सामने के दाँतों से चूहे की तरह कुतरना शुरू किया। बड़े कंगारू ने स्टैण्ड पर लगी उस तख़्ती को डगमगा दिया जिस पर *केरल पर्यटन विकास निगम आपका स्वागत करता है* लिखा था और जिस पर एक कथकली नर्तक नमस्ते की मुद्रा में चित्रित था। एक और तख़्ती पर, जिसे किसी कंगारू ने नहीं डगमगाया, लिखा था—*तरभा का रगसा टत कापआ तगस्वा तारक है।*

तेज़ी से राजदूत राहेल लोगों की भीड़ को छेदती हुई अपने भाई और संयुक्त राजदूत के पास पहुँची।

एस्ता देखो। देखो एस्ता देखो।

राजदूत एस्ता देखने को तैयार नहीं था। चाहता भी नहीं था। वह हवाई जहाज़ को झटके खाते हुए उतरता देखता रहा। अपनी नल के पानी वाली ईगल फ़्लास्क को कन्धे से लटकाये और एक अतल-सतल एहसास के साथ कि ऑरेंज-लेमन वाला आदमी जानता था कि उसे कहाँ खोजना है। आयमनम के कारख़ाने में। मीनाचल के तट पर।

अम्मू अपना हैण्डबैग लिये देख रही थीं।

चाको अपने गुलाबों के साथ।

बेबी कॉचम्मा अपनी गर्दन के उभरे हुए मस्से के साथ।

फिर बम्बई से कोचीन आने वाले लोग बाहर निकले। ठण्डी हवा से गर्म हवा में। मुचड़े हुए लोग आगमन प्रतीक्षालय की ओर जाते हुए अन-मुचड़े हो गये।

और तभी वे नमूदार हुए, विदेश से लौटने वाले, धोओ-और-पहनो वाले सूटों और इन्द्रधनुषी धूप के चश्मों में। ध्वस्त कर देने वाली ग़रीबी का अन्त अपने एरिस्टोक्रैट सूटकेसों में लिये। फूस की छतों वाले अपने घरों के लिए सीमेंट की छतें और अपने माता-पिता के ग़ुसलख़ानों के लिए गीज़र। नालियों की व्यवस्था और सेप्टिक टैंक। मैक्सियाँ और ऊँची एड़ियाँ। फूली हुई आस्तीनें और लिपस्टिकें। मिक्सी ग्राइंडर और कैमरों के लिए फ़्लैश लाइटें। गिनने के लिए चाभियाँ और बन्द करने के लिए अलमारियाँ। काप्पा और मीन वेविचाथू खाने की हसरत लिये जो उन्होंने अर्से से नहीं चखे थे। दिलों में प्रेम लिये और हल्की-सी शर्म का एहसास कि उनसे मिलने के लिए उनके जो परिवार आये थे, वे इतने...इतने...गँवई और फूहड़ थे। *देखो तो, उन्होंने कैसी*

धज बना रखी थी ! यक़ीनन उनके पास हवाई अड्डे के लिए इनसे बेहतर कपड़े तो ज़रूर होंगे। और मलयालियों के दाँत इतने ख़राब क्यों होते हैं ?

और रहा हवाई अड्डा ! कस्बे के बस अड्डे जैसा लगता था। इमारत पर चिड़ियों की बीट। कंगारुओं पर पान की पीक। छिः।

उफ़्फ़। गटर में जा रहा है इंडिया।

जब बस की लम्बी यात्राओं और हवाई अड्डे पर बितायी गयी रातों की मुलाक़ात प्यार और शर्म के एहसास से होती तो बारीक़ दरारें प्रकट होतीं जो बढ़ती जातीं और बढ़ती जातीं और इससे पहले कि उन्हें पता चलता विदेश से लौटने वाले इतिहास-घर के बाहर फँस जाते और उनके सपनों को फिर से सपनाया जाने लगता।

फिर, वहाँ, धोओ-और-पहनो वाले सूटों और चमकते सूटकेसों के बीच, सोफ़ी मोल।

अंगुश्ताने से पीने वाली।

ताबूत में कलाबाज़ी लगाने वाली।

लन्दन की महक को अपने बालों में बसाये, उसने हवाई पट्टी को पैदल चल कर पार किया। उसके बेलबॉटम के पीले पायँचे उसके टख़नों के गिर्द पीछे को फड़फड़ा रहे थे। लम्बे बाल उसकी स्ट्रॉ हैट के नीचे से बाहर को उड़ रहे थे। एक हाथ उसकी माँ के हाथ में था। दूसरे को वह फ़ौजियों की तरह झुला रही थी (लेफ़्ट, लेफ़्ट, लेफ़्ट्राइट, लेफ़्ट)।

इक लड़की थी
लम्बी और
दुबली और
गोरी
उसके बाल थे
उसके बाल थे
अदरक के
हल्ल-के रं-ग के (लेफ़्ट्लेफ़्ट, राइट)
इक लड़की थी

मार्ग्रेट कॉचम्मा ने उससे कहा कि बन्द कर्दो।

सो उसने बन्द कर्दिया।

अम्मू ने कहा, 'क्या तुम उसे देख सकती हो, राहेल ?'

उन्होंने मुड़ कर देखा तो अपनी कलफ़दार निक्कर वाली बेटी को सीमेंट के कंगारुओं से गुफ़्त-गू में मशग़ूल पाया। वे गयीं और उसे पकड़ लायीं, फटकारते अन्दाज़ में। चाको ने कहा कि वह राहेल को अपने कन्धों पर नहीं ले सकता था क्योंकि वह पहले ही से कुछ लिये हुए था। दो सुर्ख़ गुलाब।

मोटेपन से।

मगन मन से।

जब सोफ़ी मोल आगमन प्रतीक्षालय में दाख़िल हुई, राहेल ने उत्तेजना और आक्रोश से भर कर एस्ता को ज़ोर से चुटकी काटी। उसकी चमड़ी अपने नाख़ूनों के बीच ले कर। एस्ता ने उसकी कलाई की चमड़ी को अपने दोनों हाथों से कस कर उल्टी दिशाओं में मोड़ते हुए उसे एक *चीनी कंगन* पहना दिया। उसकी चमड़ी पर गोट की तरह निशान उभर आये और वह दुखने लगी। जब उसने उसे चाटा, उसका स्वाद नमकीन था। कलाई पर लगा थूक उसे ठण्डा और राहत-भरा महसूस हुआ।

अम्मू को पता भी नहीं चला।

मिलने वालों को मिले हुओं से और स्वागत करने वालों को स्वागत हुओं से अलग करने वाली लोहे की ऊँची रेलिंग के पार से चाको ने दमकते, मुस्कराते, और अपने सूट और बग़ल को खिसकी टाई से फट पड़ते हुए अपनी नयी बेटी और भूतपूर्व पत्नी की ओर सिर झुकाया।

अपने मन में एस्ता ने कहा, 'झुको।'

'हैलो लेडीज़,' चाको ने अपनी सस्वर-पाठ-करने-वाली आवाज़ में कहा (पिछली रात की आवाज़ में जिसमें उसने कहा था—*प्रेम। पागलपन। आशा। असीमानन्द*।) 'तो कैसा रहा तुम लोगों का सफ़र ?'

और हवा जो थी, वह कहने लायक़ चीज़ों और विचारों से भरी हुई थी। लेकिन ऐसे वक़्तों पर हमेशा सिर्फ़ छोटी-छोटी चीज़ें ही कही जाती हैं। बड़ी चीज़ें अनकही अन्दर दुबकी रहती हैं।

'हैलो ऐण्ड हाऊ डू यू डू कहो,' मार्ग्रेट कॉचम्मा ने सोफ़ी मोल से कहा।

'हैलो ऐण्ड हाऊ डू यू डू ?' सोफ़ी मोल ने लोहे की रेलिंग के पार से ख़ास तौर पर सबको कहा।

'एक तुम्हारे लिए और एक तुम्हारे लिए,' चाको गुलाब बढ़ाते हुए बोला।

'और, थैंक यू ?' मार्ग्रेट कॉचम्मा ने सोफ़ी मोल से कहा।

'और थैंक यू ?' सोफ़ी मोल ने अपनी माँ के प्रश्नवाचक चिन्ह की नक़ल उतारते हुए चाको से कहा।

मार्ग्रेट कॉचम्मा ने उसकी बेअदबी के लिए उसे हल्के-से झँझोड़ा।

'यू आर वेलकम,' चाको ने कहा, 'आओ अब सबका परिचय करा दूँ।' फिर मोटे तौर पर देखने वालों और कान लगाये सुनने वालों के लाभ के लिए क्योंकि मार्ग्रेट कॉचम्मा तो दरअसल किसी परिचय की मुहताज थी नहीं, 'मेरी पत्नी मार्ग्रेट।'

मार्ग्रेट कॉचम्मा मुस्करायी और उसने अपना गुलाब चाको की ओर हिलाया। *भूतपूर्व पत्नी, चाको* ! उसने होंटों-ही-होंटों में ये शब्द बनाये, हालाँकि उसकी आवाज़ ने उन्हें नहीं कहा।

हर कोई देख सकता था कि चाको एक गर्वीला, सुखी आदमी था कि उसकी मार्ग्रेट-सरीखी बीवी रही थी। गोरी। फूलदार छापे की फ़्रॉक के नीचे से झाँकती टाँगों वाली। और पीठ पर पीठ की भूरी चित्तियों वाली। और बाँहों पर बाँहों की चित्तियों वाली।

लेकिन उसके इर्द-गिर्द, जाने क्यों, हवा उदास-सी थी। और उसकी आँखों की मुस्कान के पीछे दुख ताज़ा, चमकीला नीला था। एक विपदा-भरी कार-दुर्घटना के कारण। ब्रह्माण्ड में एक जो-रूपी छेद के कारण।

'सब को नमस्ते,' उसने कहा, 'मुझे लगता है, मैं तुम सबको बरसों से जानती हूँ।'

सब कोन मस्ते।

'मेरी बेटी सोफ़ी,' चाको ने कहा और एक हल्की-सी घबरायी हँसी हँसा, जिसमें चिन्ता झलक रही थी कि कहीं मार्ग्रेट कॉचम्मा 'भूतपूर्व बेटी' न कह दे। लेकिन उसने कहा नहीं। वह आसानी से समझ में आने वाली हँसी थी। ऑरेंज-लेमन वाले आदमी की हँसी जैसी नहीं, जिसे एस्ता समझ नहीं पाया था।

'मस्ते,' सोफ़ी मोल ने कहा।

वह एस्ता से लम्बी थी। और बड़ी भी। उसकी आँखें नीलीसलेटीनीली थीं। उसकी गोरी चमड़ी सागर तट की रेत के रंग की थी। लेकिन टोपी के नीचे उसके बाल ख़ूबसूरत थे, ललछौंहे गहरे भूरे। और हाँ (अरे हाँ) उसकी नाक के भीतर पप्पाची की नाक थी, इन्तज़ार करती हुई। एक राजकीय कीट-विज्ञानी की, नाक-के-अन्दर-नाक। एक पतंगे-प्रेमी की नाक। वह अपना मेड-इन-इंग्लैण्ड गो-गो बैग लिये हुए थी जो उसे बहुत प्रिय था।

'मेरी बहन अम्मू,' चाको ने कहा।

अम्मू ने मार्ग्रेट कॉचम्मा को बड़ों जैसी 'हैलो' की और सोफ़ी मोल को बच्चों जैसी 'हेल्लोऽ'। राहेल गिद्ध जैसी आँखें गड़ाये यह अनुमान करने की कोशिश करती रही कि अम्मू सोफ़ी मोल को कितना प्यार करती हैं, मगर विफल रही।

अचानक बहने वाले हवा के झकोरे की तरह आगमन प्रतीक्षालय में हँसी की लहर दौड़ गयी। अडूर बासी, मलयालम फ़िल्म जगत का सबसे लोकप्रिय और सबसे ज़्यादा पसन्द किया जाने वाला हास्य-अभिनेता अभी-अभी (बम्बई से कोचीन) पहुँचा था। बहुत-से छोटे-छोटे क़ाबू से बाहर सामान और जनता की निर्लज्ज प्रशंसा के बोझ से दबा हुआ, वह महसूस कर रहा था कि उसे अपने हुनर का प्रदर्शन तो करना ही चाहिए। वह लगातार कोई-न-कोई सामान गिराता और कहता, *'एण्डे देवोमे। ई साधनगंल !'*

एस्ता एक ऊँची, प्रसन्न हँसी हँसा।

'अम्मू, देखिए ! अडूर बासी अपनी चीज़ें गिरा रहा है,' एस्ता ने कहा, 'वह अपनी चीज़ें भी उठा कर नहीं ले जा सकता।'

'वह जान-बूझ कर ऐसा कर रहा है,' बेबी कॉचम्मा ने एक अजीब नये अंग्रेज़ी लहजे में कहा, 'बस, *नज़रन्दाज़* कर दो उसे।'

'वह एक फ़िल्मभिनेता है,' उसने मार्ग्रेट कॉचम्मा और सोफ़ी मोल को समझाया। उसके बोलने के ढंग से ऐसा लगता था कि अडूर बासी एक नेता है जो कभी-कभार फ़िल्म भी करता है। 'महज़ ध्यान खींचने की कोशिश कर रहा है,' बेबी कॉचम्मा ने कहा और अपना ध्यान खींचे जाने से बरबस इनकार किया।

लेकिन बेबी कॉचम्मा ग़लत थी। अडूर बासी ध्यान खींचने की कोशिश नहीं कर रहा था। वह उस ध्यान के योग्य बनने की कोशिश कर रहा था जो उसने पहले ही खींच लिया था।

'मेरी बुआ, बेबी,' चाको ने कहा।

सोफ़ी मोल चकरा गयी। उसने चमकदार मनकों जैसी आँखों से बेबी कॉचम्मा को दिलचस्पी के साथ परखा। उसे गाय के बेबी और कुत्ते के बेबी का पता था। भालू के बेबी का भी। (जल्दी ही वह राहेल को चमगादड़ का बेबी दिखाने वाली थी।) मगर बेबी *बुआओं* से उसका पाला पहले कभी नहीं पड़ा था।

बेबी कॉचम्मा ने कहा, 'हैलो मार्ग्रेट,' और 'हैलो सोफ़ी मोल।' उसने कहा कि सोफ़ी मोल इतनी सुन्दर थी कि वह उसे एक अप्सरा की याद दिलाती थी। एरियल की याद दिलाती थी।

'क्या तुम जानती हो, एरियल कौन था ?' बेबी कॉचम्मा ने सोफ़ी मोल से पूछा, 'द *टेम्पेस्ट* का एरियल ?'

सोफ़ी मोल ने कहा, वह नहीं जानती थी।

'जहाँ डोले काला भँवरा वहाँ डोलूँ मैं ?' बेबी कॉचम्मा ने कहा।

सोफ़ी मोल ने कहा, वह नहीं डोलती थी।

'वनपुष्पी के कानों में अपना रस घोलूँ मैं ?'

सोफ़ी मोल ने कहा, वह नहीं घोलती थी।

'शेक्सपियर का, द टेम्पेस्ट ?' बेबी कॉचम्मा अड़ी रही।

यह सब कुछ निश्चय ही बुनियादी तौर पर मार्ग्रेट कॉचम्मा के सामने अपनी साख जमाने के लिए था। ख़ुद को मेहतर लोगों से अलग-थलग जताने के लिए।

'रोब जमाने की कोशिश कर रही है,' राजदूत ई.पेल्विस ने राजदूत सीं. टिड्डी के कान में फुसफुसा कर कहा। राजदूत राहेल की दबी हुई हँसी (कटहल की मक्खी के रंग के) एक नीले-हरे बुलबुले की शक्ल में निकल भागी और हवाई अड्डे की गर्म हवा में फट गयी। प्फ़ट ! की आवाज़ थी जो उससे पैदा हुई।

बेबी कॉचम्मा ने उसे देख लिया था और वह जान गयी थी कि एस्ता ने ही इसे शुरू किया था।

'और अब पेश हैं वी.आई.पी.,' चाको ने कहा (अभी तक अपनी सस्वर-पाठ-करनेवाली आवाज़ को इस्तेमाल करते हुए।)

'मेरा भतीजा, एस्ताप्पेन।'

'एल्विस प्रेस्ले,' बेबी कॉचम्मा ने बदला चुकाने के लिए कहा। 'मुझे अफ़सोस है, हम यहाँ वक़्त से कुछ पीछे चल रहे हैं।' सबने एस्ता की तरफ़ देखा और हँसे।

राजदूत एस्ता के हल्के भूरे और नोकदार जूतों के तलों से ग़ुस्से की एक लहर ऊपर को उठी और उसके हृदय के आस-पास आ कर ठहर गयी।

'हाऊ डू यू डू, एस्ताप्पेन ?' मार्ग्रेट कॉचम्मा ने कहा।

'फ़ाइन थैंक यू।' एस्ता की आवाज़ में रंजिश थी।

'एस्ता,' अम्मू ने दुलार से कहा, 'जब कोई हाऊ डू यू डू ? कहता है तो तुमसे

उम्मीद की जाती है तुम पलट कर हाऊ डू यू डू ? कहोगे, ''फ़ाइन थैंक यू'' नहीं। चलो, हाऊ डू यू डू ? कहो।'

राजदूत एस्ता ने अम्मू की तरफ़ देखा।

'चलो,' अम्मू ने एस्ता से कहा, 'हाऊ डू यू डू ?'

एस्ता की निद्रालस आँखों में हठ था।

अम्मू मलयालम में बोली, 'तुमने सुना मैंने क्या कहा ?'

राजदूत एस्ता को खुद पर नीलीसलेटीनीली आँखों का एहसास हुआ और एक राजकीय कीट-विज्ञानी की नाक का। उसे अपने भीतर खोजने पर भी हाऊ डू यू डू ? नहीं मिला।

'एस्ताप्पेन !' अम्मू ने कहा। और ग़ुस्से की एक लहर उनके भीतर उठी और उनके हृदय के पास आ कर ठहर गयी। ज़रूरत से कहीं ज़्यादा ग़ुस्से की लहर। अपने अधिकार क्षेत्र में इस सार्वजनिक विद्रोह से उन्हें शर्मिन्दगी का एहसास हुआ। वे एक निर्दोष प्रदर्शन देखना चाहती थीं। भारत-ब्रिटेन आचरण प्रतियोगिता में अपने बच्चों के लिए एक तमग़ा चाहती थीं।

चाको ने अम्मू से मलयालम में कहा, 'प्लीज़। बाद में। अभी नहीं।'

और एस्ता पर जमी हुई अम्मू की नाराज़ आँखों ने कहा, *ठीक है। बाद में*।

और *बाद* में एक भयावह, सन्त्रास-भरा, रोंगटे-खड़े कर देने वाला शब्द बन गया।

बाद। में।

किसी काई लगे कुँए में भारी आवाज़ वाले घण्टे की तरह। लरज़ता और रोंएदार। पतंगे की टाँगों सरीखा।

नाटक ख़राब हो गया था। बरसात में अचार की तरह।

'और मेरी भांजी,' चाको बोला। 'राहेल कहाँ है ?' उसने चारों तरफ़ नज़र दौड़ायी, मगर उसे ढूँढ नहीं सका। राजदूत राहेल ने अपनी ज़िन्दगी की तराज़ूनुमा तब्दीलियों का सामना करने में नाकाम हो कर, खुद को एक पुड़िया की तरह हवाई अड्डे के गन्दे पर्दे में लपेट लिया था और अब खोल नहीं रही थी। बाटा की सैंडल पहने एक पुड़िया।

'उसकी तरफ़ ज़रा भी ध्यान मत दो,' अम्मू ने कहा, 'वह महज़ ध्यान खींचने की कोशिश कर रही है।'

अम्मू भी ग़लत थीं। राहेल बस यही कोशिश कर रही थी कि उस ध्यान को न खींचे जिसके वह योग्य थी।

'हैलो राहेल,' मार्ग्रेट कॉचम्मा ने हवाई अड्डे के गन्दे पर्दे से कहा।

'हाऊ डू यू डू ?' गन्दे पर्दे ने मुँह-ही-मुँह में बोलते हुए कहा।

'क्या तुम बाहर आ कर हैलो नहीं कहोगी ?' मार्ग्रेट कॉचम्मा ने एक भली स्कूल टीचर की आवाज़ में कहा। (जैसी मिस मिटन की थी जब तक कि उसने उन की आँखों में शैतान नहीं देखा था।)

राजदूत राहेल पर्दे के बाहर नहीं आ रही थी क्योंकि वह आ नहीं सकती थी। वह आ नहीं सकती थी क्योंकि वह नहीं आ सकती थी। क्योंकि हर चीज़ ग़लत थी। और जल्दी ही उसके और एस्ता के लिए एक 'बाद में' होने वाला था।

रोंएदार पतंगों और बर्फ़ीली तितलियों से भरा। और भारी आवाज़ वाले घण्टे से। और काई से।

और एकुल्लू से।

हवाई अड्डे के गन्दे पर्दे में बड़ा सुकून था और एक अँधेरा और एक ढाल।

'उसे बस नज़रन्दाज़ कर दो,' अम्मू ने कहा और सख़्ती से मुस्करायीं।

राहेल का दिमाग़ नीलीसलेटीनीली आँखों वाले चक्की के पाटों से भरा था।

अम्मू उसे अब और भी कम प्यार करने लगी थीं। और चाको के साथ मामला अब मतलब की बात तक पहुँच गया था।

'लो, सामान आ गया।' चाको ने चहक कर कहा। वहाँ से हट जाने में राहत महसूस करते हुए।

'आओ, सोफ़ी बेट्ट, तुम्हारा सामान ले आयें।'

सोफ़ी बेट्ट।

एस्ता उन्हें रेलिंग के साथ-साथ जाते देखता रहा। वे भीड़ में से धकिया कर रास्ता बनाते जा रहे थे जो चाको के सूट और बग़ल को खिसकी टाई और उसके कुल मिला कर आक्रामक व्यवहार से आतंकित हो कर रास्ता छोड़, अगल-बग़ल हो रही थी। अपनी तोंद के आकार की वजह से चाको की चाल ही कुछ ऐसी थी कि वह हर समय पहाड़ पर ऊपर को चढ़ता हुआ-सा जान पड़ता। उम्मीद-भरे अन्दाज़ में ज़िन्दगी की खड़ी, फिसलन-भरी चढ़ाई का सामना करता हुआ। वह रेलिंग की इस तरफ़ चल रहा था। मार्ग्रेट कॉचम्मा और सोफ़ी मोल उस तरफ़।

सोफ़ी बेट्ट।

टोपी और झब्बे लगा कर बैठे आदमी ने भी चाको के सूट और बग़ल को खिसकी टाई से आतंकित हो कर उसे सामान छुड़ाने वाले कक्ष में जाने की इजाज़त दे दी।

जब उनके बीच कोई रेलिंग नहीं रह गयी, चाको ने मार्ग्रेट कॉचम्मा को चूमा और सोफ़ी मोल को गोद में उठा लिया।

'आख़िरी बार जब मैंने ऐसा किया था तो उस ज़हमत के इनाम के तौर पर मेरी कमीज़ गीली हो गयी थी,' चाको ने कहा और हँसा। वह उसे गले से भींचता रहा और भींचता रहा और भींचता रहा। उसने उसकी नीलीसलेटीनीली आँखें चूमीं, उसकी कीट-विज्ञानी की-सी नाक, उसके हैट में छिपे भूरे लाल बाल।

तब सोफ़ी मोल ने चाको से कहा, 'अममम...माफ़ कीजिए ? क्या आप अब मुझे नीचे उतारेंगे ? मैं अममम...दरअसल उठायी जाने की आदी नहीं हूँ।'

लिहाज़ा चाको ने उसे नीचे उतार दिया।

राजदूत एस्ता ने देखा (हठ-भरी आँखों से) कि चाको का सूट अचानक थोड़ा ढीला, थोड़ा कम फटने-फटने वाला हो गया।

और चाको ने जब तक सामान छुड़ाया, गन्दे पर्दे वाली खिड़की पर 'बाद में' बदल कर 'अब' हो गया।

एस्ता ने देखा कि कैसे बेबी कॉचम्मा के मस्से ने अपने होंटों पर ज़बान फिरायी और उम्मीद के आनन्द से धड़कने लगा। *धड़-धूम, धड़-धूम।* उसने गिरगिट की तरह रंग बदला, धड़-हरा, धड़-नीलाकाला, धड़-सरसों-सा पीला।

चाय पर जुड़वाँ
होंगे रवाँ

'अच्छा ठीक है,' अम्मू ने कहा, 'बहुत हो गया। तुम दोनों के दोनों। *बाहर* आओ वहाँ से, राहेल !'

पर्दे के अन्दर राहेल ने अपनी आँखें बन्द कर लीं और हरी नदी के बारे में, ख़ामोशी से गहराई में तैरने वाली मछलियों के बारे में और धूप में उड़ते (अपने पीछे देख सकने वाले) पतंगों के पारदर्शी पंखों के बारे में सोचा। उसने अपनी सबसे सगुनिया मछली पकड़ने की बंसी के बारे में सोचा, जो वेलुता ने उसके लिए बनायी थी। पीला बाँस जिसमें एक तिरौंदा लगा था। हर बार जब कभी कोई मूर्ख मछली पूछ-ताछ करती, वह गप से पानी में डूब जाता। उसने वेलुता के बारे में सोचा और कामना की कि काश, वह उसके साथ होती।

फिर एस्ता ने उसे सुलझा दिया। सीमेंट के कंगारू टकटकी लगाये ताक रहे थे।

अम्मू ने उसकी तरफ़ देखा। हवा ख़ामोश थी। बेबी कॉचम्मा के धड़कते मस्से की आवाज़ के सिवा।

'तो,' अम्मू ने कहा।

और दरअसल वह एक सवाल था, 'तो ?'

और उसका कोई जवाब नहीं था।

राजदूत एस्ता ने नीचे को निगाह डाली और देखा कि उसके जूते (जहाँ से ग़ुस्से की वे भावनाएँ उठी थीं) हल्के भूरे रंग के और नोकदार थे। राजदूत राहेल ने नीचे को निगाह डाली और देखा कि उसके बाटा के सैंडलों में उसकी उँगलियाँ ख़ुद को पैरों से छुड़ाने की कोशिश कर रही थीं। किसी और के पैरों में जा जुड़ने के लिए फड़क रही थीं। और वह उन्हें रोक नहीं पा रही थी। जल्द ही वह बिना पैर की उँगलियों के हो जायेगी और उसे चौफटके के कोढ़ी की तरह पट्टियाँ बाँधनी पड़ेंगी।

'अगर तुमने कभी,' अम्मू ने कहा, 'और मैं *सचमुच* कह रही हूँ, *कभी,* फिर कभी सबके सामने मेरी बात न मानी, तो मैं देखूँगी कि तुम्हें ऐसी जगह भेज दिया जाय जहाँ तुम बाक़ायदा तमीज़ से पेश आना सीख सको। समझ गये तुम ?'

जब अम्मू सचमुच ग़ुस्से होती थीं तो बाक़ायदा कहती थीं। *बाक़ायदा* एक ऐसा क़ायदा था जिसमें बहुत से बा-बा करते हुए लोग क़तार में खड़े रहते थे।

'समझ। गये। तुम लोग ?' अम्मू ने फिर से कहा।

डरी हुई आँखों और एक फ़व्वारे ने अम्मू की ओर पलट कर देखा।

अलसायी आँखों और एक फ़व्वारे ने अम्मू की ओर पलट कर देखा।

दो सिर तीन बार ऊपर-नीचे हिले।

हाँ। समझ। गये।

लेकिन बेबी कॉचम्मा इतनी सम्भावनाओं से भरी इस स्थिति के यूँ फुस्स हो जाने पर असन्तुष्ट थी। उसने अपना सिर झटका।

'जैसे कि !' उसने कहा।

जैसे कि !

अम्मू उसकी ओर मुड़ी और यह मुड़ना अपने आप में एक सवाल था।

'सब बेकार है,' बेबी कॉचम्मा ने कहा, 'ये काइयाँ हैं। देहाती हैं। कपटी हैं। ये जंगली होते जा रहे हैं। तुम्हारे बस के बाहर हैं।'

अम्मू एस्ता और राहेल की ओर मुड़ीं और उनकी आँखें धुँधलाये रत्नों जैसी थीं।

'सब कहते हैं कि बच्चों को एक बाबा की ज़रूरत है। लेकिन मैं कहती हूँ नहीं। *मेरे* बच्चों को नहीं। क्या तुम्हें पता है क्यों ?'

दो सिर हिले।

'क्यों। मुझे बताओ,' अम्मू ने कहा।

और साथ-साथ नहीं, मगर तक़रीबन साथ-साथ, एस्ताप्पेन और राहेल ने कहा, 'क्योंकि आप ही हमारी अम्मू हैं और हमारे बाबा और आप हमें दुगना प्यार करती हैं।'

'दुगने से ज़्यादा,' अम्मू ने कहा, 'इसलिए याद करो जो मैंने तुम्हें बताया था। लोगों की भावनाएँ बहुत क़ीमती होती हैं। और जब तुम सबके सामने मेरी बात नहीं मानते, *सब* लोगों पर ग़लत असर पड़ता है।'

'कैसे अधकचरे राजदूतों की तरह काम किया तुम लोगों ने !' बेबी कॉचम्मा बोली।

राजदूत ई. पेल्विस और राजदूत सीं. टिड्डी ने अपने सिर लटका लिये।

'और दूसरी चीज़ राहेल,' अम्मू ने कहा, 'मेरे ख़याल से अब वक़्त आ गया है कि तुम *साफ़* और *गन्दे* के बीच फ़र्क करना सीख लो। ख़ास तौर पर इस देश में।'

राजदूत राहेल ने नज़र झुका ली।

'तुम्हारे कपड़े *साफ़* हैं—थे,' अम्मू ने कहा। 'वह पर्दा *गन्दा* है। वे कंगारू *गन्दे* हैं। तुम्हारे हाथ *गन्दे* हैं।'

जिस तरह अम्मू ने इतनी ऊँची आवाज़ में *साफ़* और *गन्दे* कहा, उससे राहेल आतंकित हो गयी। मानो वे किसी बहरे आदमी से बात कर रही थीं।

'अब मैं चाहती हूँ कि तुम जा कर *क़ायदे* से हैलो कहो,' अम्मू ने कहा। 'क्या तुम ऐसा करोगे या नहीं ?'

दो सिर दो बार हिले।

राजदूत एस्ता और राजदूत राहेल सोफ़ी मोल की तरफ़ बढ़े।

'तुम्हारे ख़याल से लोगों को बाक़ायदा तमीज़ से पेश आने के लिए कहाँ भेजा जाता है ?' एस्ता ने फुसफुसाते हुए राहेल से पूछा।

'सरकार के पास,' राहेल ने फुसफुसा कर जवाब दिया, क्योंकि वह जानती थी।

'हाऊ डू यू डू ?' एस्ता ने सोफ़ी मोल से इतने ऊँचे स्वर में कहा कि अम्मू

को सुनायी दे जाये।

'जस्ट लाइक अ लड्डू वन पाइस टू,' सोफ़ी मोल ने फुसफुसा कर एस्ता से कहा। उसने यह स्कूल में एक पाकिस्तानी सहपाठी से सीखा था।

एस्ता ने अम्मू की तरफ़ देखा।

अम्मू की नज़र ने कहा, *तुमने अपना फ़र्ज़ पूरा कर दिया है, सो तुम उसकी परवाह मत करो।*

हवाई अड्डे के कार पार्क को पार करने के दौरान, गर्मी का मौसम उनके कपड़ों में रेंगता चला आया और उसने कड़क निक्करों को सीला कर दिया। बच्चे पीछे घिसट रहे थे, खड़ी हुई कारों और टैक्सियों के बीच रास्ता बनाते हुए।

'क्या तुम्हारी तुम्हें मारती है ?' सोफ़ी मोल ने पूछा।

राहेल और एस्ता ने, इसकी राजनीति के बारे में अनिश्चय के कारण, कुछ नहीं कहा।

'मेरी तो मारती है,' सोफ़ी मोल ने न्योता-सा देते हुए कहा। 'मेरी तो थप्पड़ भी लगाती है।'

'हमारी नहीं लगाती,' एस्ता ने वफ़ादारी से कहा।

'क़िस्मत है,' सोफ़ी मोल ने कहा।

पार्किटमन्नी वाले ख़ुशक़िस्मत अमीर लड़के। और विरासत में नानी का कारख़ाना। कोई चिन्ताफ़िकिर नहीं।

वे तीसरी श्रेणी के विमानपत्तन कर्मचारी संघ की प्रतीकात्मक एक-दिवसीय भूख-हड़ताल के पास से हो कर गुज़रे। और उन लोगों के पास से हो कर गुज़रे जो तीसरी श्रेणी के विमानपत्तन कर्मचारी संघ की प्रतीकात्मक एक-दिवसीय भूख हड़ताल की तमाशबीनी कर रहे थे।

और उन लोगों के पास हो कर गुज़रे जो लोगों को लोगों को लोगों को देखते देख रहे थे।

एक बरगद के विशाल पेड़ पर छोटी-सी टीन की तख़्ती पर लिखा था *यौन रोगों के लिए मिलें डॉक्टर ओ.के. जॉय।*

'तुम दुनिया में सबसे ज़्यादा किसे प्यार करती हो ?' राहेल ने सोफ़ी मोल से पूछा।

'जो को,' सोफ़ी मोल ने बिना हिचक कहा, 'मेरे पिता। दो महीने पहले उनकी मौत हो गयी। हम यहाँ सदमे से उबरने के लिए आये हैं।'

'लेकिन तुम्हारे पिता तो चाको हैं,' एस्ता ने कहा।

'वे तो सिर्फ़ मेरे *असली* पिता हैं,' सोफ़ी मोल ने कहा, 'पिता तो मेरे जो हैं। वे कभी नहीं मारते। शायद ही कभी।'

'अगर वे गुज़र गये हैं तो वे कैसे मार सकते हैं,' एस्ता ने तर्कसंगत ढंग से पूछा।

'*तुम्हारे* पिता कहाँ हैं ?' सोफ़ी मोल ने जानना चाहा।

'वे...' और राहेल ने मदद के लिए एस्ता की तरफ़ देखा।

'...यहाँ नहीं हैं।' एस्ता ने कहा।

'क्या मैं तुम्हें अपनी सूची बताऊँ ?' राहेल ने सोफ़ी मोल से पूछा।

'अगर तुम्हारा मन करे,' सोफ़ी मोल ने कहा।

राहेल की 'सूची' बेतरतीबी को तरतीब देने की एक कोशिश थी। हमेशा प्यार और फ़र्ज़ के बीच झूलती हुई, वह उसमें लगातार संशोधन करती रहती थी। लेकिन वह किसी भी तरह उसकी भावनाओं का असली पैमाना नहीं थी।

'पहले अम्मू और चाको,' राहेल ने कहा, 'फिर मम्माची —'

'हमारी नानी,' एस्ता ने स्पष्ट किया।

'अपने भाई से भी *ज़्यादा*,' सोफ़ी मोल ने पूछा।

'हम किसी गिनती में नहीं हैं,' राहेल ने कहा, 'और फिर यह बदल सकता है। अम्मू कहती हैं।'

'क्या मतलब है तुम्हारा ? किस चीज़ में बदल सकता है ?' सोफ़ी मोल ने पूछा।

'एक मर्दानगी-मारे सुअर में,' राहेल ने कहा।

'इसकी बहुत कम उम्मीद है,' एस्ता ने कहा।

'ख़ैर, मम्माची के बाद वेलुता और फिर—'

'वेलुता कौन है ?' सोफ़ी मोल ने जिज्ञासा की।

'एक आदमी जिसे हम प्यार करते हैं,' राहेल बोली। 'और वेलुता के बाद तुम,' राहेल ने कहा।

'मैं ? मुझे क्यों प्यार करती हो तुम ?' सोफ़ी मोल ने कहा।

'क्योंकि तुम हमारी ममेरी बहन हो। इसलिए मुझे करना ही है,' राहेल ने सदाशयता से कहा।

'लेकिन तुम तो मुझे जानतीं भी नहीं,' सोफ़ी मोल ने कहा, 'और फिर मैं तुम्हें प्यार नहीं करती।'

'मगर तुम करने लगोगी, जब तुम मुझे जान जाओगी,' राहेल ने भरोसे के साथ कहा।

'मुझे शक है,' एस्ता ने कहा।

'क्यों भला ?' सोफ़ी मोल ने कहा।

'क्योंकि,' एस्ता ने कहा। 'और फिर यह तो बहुत करके बौनी ही रह जाने वाली है।'

मानो किसी बौने को प्यार करने का सवाल तो क़तई उठता ही नहीं था।

'नहीं रह जाने वाली,' राहेल ने कहा।

'रह जाने वाली हो,' एस्ता ने कहा।

'नहीं।'

'हाँ।'

'नहीं।'

'हाँ। हम जुड़वाँ हैं,' एस्ता ने सोफ़ी मोल को समझाया, 'और देखो तो ज़रा, वह कितनी कम लम्बी है।'

राहेल ने चट एक लम्बी साँस खींची, छाती फुलायी और हवाई अड्डे के कार पार्क

में एस्ता की पीठ-से-पीठ लगा कर खड़ी हो गयी ताकि सोफ़ी मोल देख सके कि वह दरअसल कितनी कम लम्बी थी।

'शायद तुम ठिगनी रह जाओगी,' सोफ़ी मोल ने सुझाया। 'यानी बौने से लम्बी और एक...आदमी से छोटी।'

इस समझौते पर ख़ामोशी से एक अविश्वास ही प्रकट होता था।

आगमन प्रतीक्षा-कक्ष के द्वार पर एक परछाईं-सरीखी, ललमुँही, कंगारू-नुमा, आकृति ने सिर्फ़ राहेल की तरफ़ एक सीमेंटी पंजा हिलाया। सीमेंटी चुम्बन छोटे हैलिकॉप्टरों की तरह घरघराते हुए हवा में इधर से उधर उड़े।

'क्या तुम्हें सैशे करना आता है ?' सोफ़ी मोल ने जानना चाहा।

'नहीं। हम हिन्दुस्तान में सैशे नहीं करते,' राजदूत एस्ता ने कहा।

'ख़ैर, इंग्लैण्ड में तो हम करते हैं,' सोफ़ी मोल ने कहा, 'सभी मॉडलें करती हैं। टेलिविज़न पर। देखो—आसान है।'

और वे तीनों सोफ़ी मोल की अगुआई में सैशे करते हुए हवाई अड्डे के कार पार्क को पार करने लगे, फ़ैशन मॉडलों की तरह मटकते हुए। ईगल-फ़्लास्क और मेड-इन-इंग्लैण्ड गो-गो बैग उनके कूल्हों के गिर्द टकराते रहे। सीले हुए बौने तन कर चलते हुए।

वे परछाइयों के आगे-आगे थे। गिरजे के नील नभ में रुपहले जेट-विमान, जैसे रोशनी के शहतीर में पतंगे।

टेलफ़िनों वाली आसमानी नीली प्लिमथ के पास सोफ़ी मोल के लिए एक मुस्कान थी। क्रोम के बम्पर वाली सागरमच्छ सरीखी मुस्कान।

पैराडाइज़ अचार वाली कार की मुस्कान।

जब मार्ग्रेट कॉचम्मा ने कार के ऊपर सामान वाली जगह पर अचार की शीशियों और पैराडाइज़ के माल की सूची से रँगे तख़्तों को देखा तो उसने कहा, 'ओ डियर ! मुझे लग रहा है मानो मैं किसी इश्तहार में हूँ !' वह ओ डियर ! बहुत कहती थी।

ओ डियर ! ओ डियरोडियर !

'मुझे मालूम नहीं था कि तुम अन्नानास के कतले भी बनाते हो !' उसने कहा, 'सोफ़ी को अन्नानास बहुत पसन्द है, है न सोफ़ ?'

'कभी-कभी,' सोफ़ ने कहा, 'और कभी-कभी नहीं।'

मार्ग्रेट कॉचम्मा अपनी पीठ की भूरी चित्तियों और बाँहों की चित्तियों और फूलदार पोशाक के नीचे से झलकती टाँगों के साथ इश्तहार में जा चढ़ी।

सोफ़ी मोल आगे की सीट पर चाको और मार्ग्रेट कॉचम्मा के बीच बैठी क्योंकि वह उनकी बेटी थी। सिर्फ़ उसकी हैट कार की सीट के ऊपर से झाँक रही थी।

राहेल और एस्ता पीछे बैठे।

सामान पीछे पेटी में था।

पेटी एक प्यारा शब्द था। *तगड़ा* एक भयानक शब्द था।

एट्टूमानूर के नज़दीक वे मन्दिर के एक मरे हुए हाथी के पास से गुज़रे जिसे

बिजली की ऊँचे वोल्टेज वाली तार का झटका लगा था, जो सड़क पर गिर गयी थी। एट्टूमानूर नगरपालिका का एक इंजीनियर अपनी देख-रेख में लाश को ठिकाने लगाने की व्यवस्था कर रहा था। उन्हें सावधानी बरतनी थी क्योंकि यह निर्णय आगे के सभी सरकारी 'हस्ति शव निस्तारणों' के लिए एक नज़ीर का काम करने वाला था। मामला ऐसा नहीं था कि उसे हलके-फुलके ढंग से लिया जाय। एक दमकल गाड़ी और कुछ चकराये हुए आग बुझाने वाले कर्मचारी वहाँ मौजूद थे। नगरपालिका के अधिकारी के पास एक फ़ाइल थी और वह बहुत चिल्ला- चिल्ली कर रहा था। वहीं एक जॉय आईसक्रीम की गाड़ी और सँकरी तिकोनी पुड़ियों में मूँगफली बेचने वाला आदमी भी था। काग़ज़ की पुड़ियाँ ऐसी चतुराई से बनायी गयी थीं कि उनमें आठ या नौ दानों से ज़्यादा नहीं आ सकते थे।

सोफ़ी मोल ने कहा, 'देखो, एक मरा हुआ हाथी।'

चाको ने यह पूछने के लिए गाड़ी रोकी कि कहीं इत्तफ़ाक़ से यह कोच्चु तोम्मन (नन्हा हाथी) तो नहीं था, आयमनम के मन्दिर का वह हाथी जो महीने में एक बार आयमनम निवास पर एक नारियल लेने के लिए आता था। उन्होंने कहा यह वह नहीं था।

चिन्तामुक्त हो कर कि यह कोई अजनबी हाथी था, वह नहीं जिसे वे जानते थे, वे आगे बढ़ गये।

'थैंग गॉड,' एस्ता ने कहा।

'थैंक गॉड, एस्ता,' बेबी कॉचम्मा ने उसे सुधारा।

रास्ते में सोफ़ी मोल ने कच्चे रबड़ की (पास आती हुई) गन्ध को पहचानना और अपने नथुनों को तब तक दबाये रखना सीख लिया जब तक कि उसे ढोने वाली गाड़ी काफ़ी दूर तक न चली जाय।

बेबी कॉचम्मा ने कार में गीत गाने का सुझाव दिया।

एस्ता और राहेल को फ़र्माबरदार आवाज़ों में गीत अंग्रेज़ी में गाना था। मौज-मस्ती के साथ। मानो उन्हें सारा हफ़्ता उसका अभ्यास नहीं कराया गया था। राजदूत ई. पेल्विस और राजदूत सीं टिड्डी को।

रिज-ऑइस इन द लॉ-ऑर्ड ऑर-ऑलवेज़
ऐण्ड अगेन आई से रिज-ऑइस

उनका तल-आर-फ़ुज़ बिलकुल सही था।

प्लिमथ मोटरकार दोपहर की हरी गर्मी में अपनी छत पर अचारों का और अपने टेलफ़िनों में आसमानी नीले आकाश का प्रचार करती भागी जा रही थी।

आयमनम के ठीक बाहर वे एक पत्तागोभी जैसी हरी तितली से टकरा गये (या शायद वह उनसे टकरा गयी)।

7

ज्ञान अभ्यास पुस्तिकाएँ

पप्पाची के अध्ययन कक्ष में शीशे की नुमाइशी पेटियों में मढ़ा कर रखी गयी तितलियाँ और पतंगे छार-छार हो कर रंग-बिरंगी धूल की छोटी-छोटी ढेरियों में तब्दील हो गये थे, जो इन पेटियों के तले पर चूरे की तरह बिखरी हुई थी। जिन पिनों से कील कर उन्हें नुमाइश के लिए सजाया गया था, वे उघड़ी हुई नंगी छूट गयी थीं। क्रूरता से भरी। कमरे में फफूँदी और नाइस्तेमाली की महक बसी हुई थी। एक पुराना नियॉन-हरा हूला-हूप दीवार पर लकड़ी की खूँटी से टँगा हुआ था। किसी विशालकाय सन्त के त्याग दिये गये प्रभामण्डल सरीखा। चमकते काले चींटों की एक कतार खिड़की की दहलीज़ पर चल रही थी, बसबी बार्कले के संगीत-भरे कार्यक्रम में इठला कर चलती नृत्य-मण्डली की नर्तकियों की तरह अपने पिछवाड़े ऊपर को उठाये। सूरज की रोशनी के सामने छाया-चित्रित। मँजे हुए और मोहक।

राहेल (एक मेज़ के ऊपर रखी चौकी पर चढ़ कर) धुँधलाये, गन्दे शीशों वाली एक किताबों की अलमारी में कुछ खोज-बीन कर रही थी। उसके नंगे पैरों की छाप धूल-भरे फ़र्श पर साफ़ नज़र आ रही थी। दरवाज़े से (खींच कर किताबों की अलमारी तक लायी गयी) मेज़ तक फिर (खींच कर मेज़ तक लायी और उसके ऊपर रखी गयी) चौकी तक जाती दिखायी दे रही थी। वह किसी चीज़ की तलाश में थी। उसकी ज़िन्दगी का अब एक रूप था और एक आकार। उसकी आँखों के नीचे अर्द्ध-चन्द्र थे और उसके क्षितिज पर प्रेतों की एक टोली।

ऊपरी ख़ाने में, पप्पाची की *भारत की कीट सम्पदा* ग्रन्थमाला के हर खण्ड की चमड़े की जिल्द ढीली पड़ कर लहरियेदार सीमेंट की चादर की तरह सिकुड़ गयी थी। नन्हे रुपहले कीड़े किताबों के पन्नों के बीच सुरंगें बनाते, मनमाने ढंग से एक प्रजाति से दूसरी प्रजाति तक अपने बिल बनाते हुए व्यवस्थित ज्ञान को पीले जालीदार गोटे में बदल रहे थे।

राहेल ने किताबों की क़तार के पीछे टटोला और छिपायी गयी चीज़ें बाहर निकालीं।

एक चिकनी और एक काँटेदार सीपी।

कॉन्टैक्ट लेंसों की एक डिबिया और एक नारंगी नलकी।

मनकों की एक माला में लगा चाँदी का सलीब। बेबी कॉचम्मा की तस्बीह।

उसने माला को रोशनी के सामने उठाया। हर लालची मनके ने धूप का अपना हिस्सा झपट लिया।

अध्ययन कक्ष के फ़र्श पर धूप के आयताकार चकत्ते के आर-पार एक परछाईं आ गिरी। राहेल अपनी प्रकाश की माला को लिये-लिये दरवाज़े की तरफ़ मुड़ी।

'ज़रा सोचो। यह अभी तक यहीं है। मैंने चुराया था इसे। तुम्हारे लौटाये जाने के बाद।'

वह शब्द कितनी आसानी से निकल गया था। *लौटाया जाना।* मानो दोनों जुड़वाँ इसी मसरफ़ के थे। उधार लिये जाने और लौटाये जाने के लिए। पुस्तकालय की किताबों की तरह।

एस्ता ने निगाह ऊपर को नहीं की। उसके दिमाग़ में रेलगाड़ियाँ भरी थीं। वह दरवाज़े से आती रोशनी को रोके खड़ा था। ब्रह्माण्ड में एक एस्ता-रूपी छेद।

किताबों के पीछे, राहेल की चकराई उँगलियों का सामना किसी और चीज़ से हुआ। एक और मैना को भी यही ख़याल आया था। राहेल ने उसे बाहर निकाला और अपनी कमीज़ की आस्तीन से गर्द साफ़ की। वह एक चपटा पैकेट था, पारदर्शी प्लास्टिक में लिपटा और सेलोटेप चिपका कर बन्द किया हुआ। उसके अन्दर रखे सफ़ेद काग़ज़ के टुकड़े पर लिखा था *एस्ताप्पेन और राहेल।* अम्मू की लिखावट में।

पैकेट में चार ख़स्ताहाल नोटबुकें थीं। उनकी जिल्दों पर लिखा था *ज्ञान अभ्यास पुस्तिका* और *नाम, स्कूल कॉलेज, कक्षा, विषय* दर्ज करने के लिए एक जगह थी। दो पर उसका नाम लिखा था, और दो पर एस्ता का।

एक नोटबुक की जिल्द के अन्दर की तरफ़ एक बच्चे की लिखावट में कुछ लिखा हुआ था। मेहनत से बनाये गये हर अक्षर के रूप और शब्दों के बीच की ग़ैर-बराबर जगहों से पेंसिल की भटकन और मनमानेपन पर क़ाबू पाने का संघर्ष झलकता था। इसके विपरीत, जो भावना व्यक्त की गयी थी, वह स्पष्ट थी : *मुझे मिस मिटन से नफ़रत है और मेरे ख़याल से उनका कच्छा फटा हुआ है।*

नोटबुक के सामने वाली तरफ़ एस्ता ने अपने कुलनाम को थूक से रगड़ कर मिटा दिया था और उसी के साथ काग़ज़ की आधी परत भी उड़ा दी थी। इस सारे घाल-मेल के ऊपर उसने पेंसिल से लिख दिया था *अन-जान*। एस्ताप्पेन अन-जान। (उसका कुलनाम फ़िलहाल स्थगित था, जबकि इस बीच अम्मू अपने पति और पिता के नाम के बीच चुनाव कर रही थीं।) कक्षा के सामने लिखा था—*छै साल*। विषय के सामने लिखा था—*कहानी-लेखन*।

राहेल (मेज़ के ऊपर रखी चौकी के ऊपर) पालथी मार कर बैठ गयी।

'एस्ताप्पेन अन-जान,' उसने कहा। फिर उसने नोटबुक खोली और ऊँचे स्वर में पढ़ना शुरू किया।

'जब यूलीसीज़ घर आया तो उसका बेटा आया और बोला पिता मैंने सोचा था आप वापस नहीं आयेंगे। बहुत-से राजकुमार आये और हर कोई पेन लोपी से वीवाह करना चाहता था, लेकिन पेन लोपी ने कहा कि जो आदमी बारह छल्लों के बिच से तीर मार

सकेगा मुझसे वीवाह कर सकता है। और सब कोई अस्फल हो गये। और यूलीसिज़ भिखारी के कपड़े पहन कर महल में आया और पुछने लगा कि क्या वह कोशीश कर सकता है। सारे लोग उस पर हँसे और बोले अगर हम नहीं कर सकते तो तुम भी नहीं कर सकते। युलिसीज़ के बेटे ने उन्हें रोका और कहा इसे कोशीश करने दो और उसने धनूष उठाया और बारह छल्लों के बिच से सीधा तीर मार दिया।'

इसके नीचे पिछले पाठ की ग़लतियाँ सुधारी गयी थीं।

लौह	**शिक्षित**	**निश्चित**	**वाहन**	**पुल**	**वाहक**	**सम्बद्ध**
लौह	*शिक्षित*	*निश्चित*	*वाहन*	*पुल*	*वाहक*	*सम्बद्ध*
लौह	*शिक्षित*	*निश्चित*				
लौह	*शिक्षित*	*निश्चित*				

हँसी राहेल की आवाज़ के किनारों के गिर्द लिपट गयी। ' ''सुरक्षा और सावधानी''।' उसने ऐलान किया। अम्मू ने पन्ने पर ऊपर से नीचे तक लाल क़लम से एक लहरदार रेखा खींच दी थी और लिखा था, *हाशिया ? और कृपया आगे से शिरोरेखा के साथ अक्षर मिला कर लिखो !*

'जब हम शहर में सड़क पर चलते हैं,' सावधान एस्ता की कहानी कहती थी, *'हमें हमेशा पटरी पर चलना चाहिए। अगर तुम पटरी पर चलोगे तो दुघर्टना नहीं होगी, लेकिन सड़क पर इतना खतरनाक यातायात होता है कि वे आसानी से तुम्हें टक्कर मार कर गिरा सकते हैं और तुम्हें बेहोश या अपाहिज कर सकते हैं। अगर तुम्हारा सिर या रीढ़ की हड्डी टूट जाये तो तुम्हारा बहुत दुर्भाग्य होगा। पुलिस के सिपाही यातायात को निर्देश दे सकते हैं ताकि बहुत ज़्यादा लोग अपंग हो कर हस्पताल न जायें। जब हम बस के बाहर निकलें हमें संचालक से पूछ कर ही ऐसा करना चाहिए वरना हम घायल हो जायेंगे और डाक्टरों के लिए मुसीबत खड़ी करेंगे। चालक का काम बहुत जोखीम वाला होता है उसके परवार को बहुत चीन्ता होनी चाहिए क्योंकि चालक आसानी से मर सकता है।'*

'बीमार ख़यालों वाला बच्चा,' राहेल ने एस्ता से कहा। फिर, जैसे ही उसने पन्ना पलटा, किसी चीज़ ने उसके कण्ठ के भीतर हाथ बढ़ाया, उसकी आवाज़ को नोच कर बाहर लायी, उसे झँझोड़ा और उसके हँसते किनारों पर रन्दा फेर कर उसे वापस पहुँचा आयी। एस्ता की अगली कहानी का नाम था *नन्ही अम्मू*।

मिला कर लिखे गये अक्षरों में। शिरोरेखा के साथ। दरवाज़े में मौजूद परछाईं बिलकुल निश्चल खड़ी थी।

'शनिवार को हम कोट्टयम में एक किताब की दुकान पर अम्मू के लिए एक उपहार

खरिदने के लिए गये क्योंकि उनका जनम दिन 17 नवम्बर में है। हमने उनके लिए एक डायरि खरिदी। हमने उसे अलमारी में छूपा दीया और तब रात होने लगी। फिर हमने कहा क्या आप अपना उपहार देखना चाहती हैं उन्होंने कहा हाँ मैं उसे देखना चाहूँगी। और हमने कागज पर लीखा नन्ही अम्मू के लिए प्यार के साथ एस्ता और राहेल की तरफ़ से और हमने उसको अम्मू को दे दीया और उन्होंने कहा कीतना प्यारा तोहफा है मुझे बस यही चाहीए था और फिर हम कुछ देर तक बात करते रहे और हमने डायरि की बात की फिर हमने उनको एक चुम्मी दी और सोने चले गये।

हमने आपस में एक-दुसरे से बात की और सो गये। हमें एक छोटा सपना आया।

कुछ देर बाद मैं उठा और मुझे बहुत प्यास लगी थी और मैं अम्मू के कमरे में गया और मैंने कहा मुझे प्यास लगी है। अम्मू ने मुझे पानी दिया और मैं अपने पलँग पर जा ही रहा था जब अम्मू ने मुझे बुलाया और कहा आओ मेरे साथ सो जाओ। और मैं अम्मू की पिठ से सट कर लेट गया और अम्मू से बात करता रहा और सो गया। कुछ देर बाद मैं उठ गया और हमने फिर बात की और उसके बाद हमने आधी रात को एक दवात की। हमने सन्तरा कॉफ़ी केला खाया। बाद में राहेल आयी और हमने दो और केले खाये और हमने अम्मू को एक चुम्मी दी क्योंकि यह उनका जनम दिन था बाद में हमने हैपी बर्थडे गाया। फिर सुबह को हमें अम्मू से वापस-उपहार में नये कपड़े मिले राहेल एक महारानी थी और मैं नन्हा नेहरू था।'

अम्मू ने हिज्जों की ग़लतियाँ सुधार दी थीं और निबन्ध के नीचे लिखा था—*अगर मैं किसी से बात कर रही हूँ तो तुम बीच में मेरी बात तभी काट सकते हो अगर यह बहुत ज़रूरी हो। जब तुम ऐसा करो तो कृपया 'माफ़ कीजिए' कहो। अगर तुम इन हिदायतों को अनदेखा करोगे तो मैं तुम्हें कड़ी सज़ा दूँगी। कृपया अपनी ग़लतियाँ सुधार लो।*

नन्ही अम्मू।

जिन्होंने *अपनी* ग़लतियाँ कभी नहीं सुधारीं।

जिन्हें अपना सामान बाँध कर जाना पड़ा। क्योंकि वे कुछ भी करने की अधिक आरी नहीं थीं। क्योंकि चाको का कहना था कि उन्होंने पहले ही काफ़ी कुछ नष्ट कर दिया था।

जो दमे के साथ और अपनी छाती में एक ऐसी घरघराहट लिये आयमनम लौटीं मानो दूर से कोई आदमी चिल्ला रहा हो।

एस्ता ने उन्हें कभी वैसा नहीं देखा।

व्याकुल। बीमार। उदास।

आख़िरी बार जब अम्मू आयमनम लौटीं, राहेल को हाल ही में नाज़रेथ कॉन्वेंट से (गोबर को सजाने और बड़ी लड़कियों से टकराने के लिए) निकाल दिया गया था। अम्मू ने अपनी एक के बाद दूसरी नौकरी की शृंखला में से आख़िरी—एक सस्ते होटल में रिसेप्शनिस्ट की नौकरी—खो दी थी क्योंकि वे बीमार रही थीं और काम से बहुत ज़्यादा दिन ग़ैरहाज़िर रही थीं। होटल यह बरदाश्त नहीं कर सकता, उन्होंने अम्मू से कहा था। उन्हें एक ज़्यादा सेहतमन्द रिसेप्शनिस्ट की ज़रूरत थी।

उस अन्तिम यात्रा के दौरान अम्मू ने सुबह का वक़्त राहेल के साथ उसके कमरे में बिताया था। अपनी मामूली-सी तनख़्वाह के बचे-खुचे पैसों से वे अपनी बेटी के लिए छोटे-छोटे उपहार लायी थीं, जो ख़ाकी काग़ज़ में लिपटे हुए थे, जिस पर काग़ज़ के रंगीन दिल चिपके हुए थे। सिगरेट वाली मिठाई की डिब्बी, टीन का बना फ़ैंटम पेन्सिल बॉक्स और *पॉल बनयन*—एक जूनियर क्लासिक्स चित्रकथा। ये सारे उपहार एक सात बरस के बच्चे के लायक़ थे, राहेल लगभग ग्यारह की थी। ऐसा लगता था मानो अम्मू को यक़ीन था कि अगर वे समय के गुज़रने को ख़ातिर में लाना बन्द कर देंगी, अगर वे अपनी इच्छा-शक्ति के बल पर उसे अपने जुड़वाँ बच्चों की ज़िन्दगी में ठिठके खड़े रहने को कहेंगी, तो वह रुक जायेगा। मानो यह महज़ इच्छा-शक्ति के बल पर सम्भव था कि वे अपने बच्चों के बचपन को तब तक स्थगित रखें, जब तक कि वे उन्हें अपने साथ ला कर रखने के क़ाबिल नहीं हो जातीं। फिर वे वहीं से शुरू करेंगे जहाँ से उन्होंने छोड़ा था। दोबारा सात की उमर से। अम्मू ने राहेल को बताया कि वे एस्ता के लिए भी एक चित्रकथा लायी थीं, लेकिन उन्होंने उसको एस्ता के लिए तब तक अलग रख छोड़ा था, जब तक कि उन्हें दूसरी नौकरी नहीं मिल जाती और वे इतना नहीं कमाने लगतीं कि तीनों के इकट्ठा रहने के लिए एक कमरा किराये पर ले सकें। फिर वे कलकत्ता जायेंगी और एस्ता को अपने साथ ले आयेंगी और तब उसे अपनी चित्रकथा मिल जायेगी। वह दिन दूर नहीं था, अम्मू ने कहा था। वह किसी भी दिन हो सकता था। जल्दी ही किराये की कोई समस्या नहीं रहेगी। उन्होंने कहा कि उन्होंने राष्ट्रसंघ में नौकरी की अर्ज़ी दे रखी थी और वे सब द हेग में रहेंगे और उनकी देख-भाल के लिए एक डच आया होगी। या दूसरी तरफ़, अम्मू ने कहा, वे हिन्दुस्तान में ही रहती रहेंगी और वही करेंगी जिसे करने की वे हमेशा से योजना बनाती रही थीं—एक स्कूल खोलेंगी। शिक्षा को पेशा बनाने और राष्ट्रसंघ की नौकरी के बीच चुनना आसान नहीं था, उन्होंने कहा था—लेकिन याद रखने लायक़ चीज़ यह थी कि महज़ उनके पास इस विकल्प का होना एक बहुत बड़ी सुविधा थी।

लेकिन फ़िलहाल, उन्होंने कहा, जब तक वे फ़ैसला नहीं कर लेतीं, वे एस्ता के उपहार उसके लिए अलग रखे दे रही थीं।

उस दिन सारी सुबह अम्मू अनवरत बातें करती रही थीं। वे राहेल से सवाल पूछतीं, मगर उसे जवाब देने का मौक़ा न देतीं। अगर राहेल कुछ कहने की कोशिश करती तो वे उसे एक नये ख़याल या प्रश्न से टोक देतीं। वे इस आशंका से भयभीत लग रही थीं कि उनकी बेटी जाने कौन-सी वयस्कों जैसी बात कह दे और समय की बर्फ़ को पिघला दे। भय ने उन्हें बातूनी बना दिया था। वे उसे अपनी बक-बक से दूर रखे हुए थीं।

उनका बदन कॉर्टिज़ोन से सूजा हुआ था। चेहरा चाँद सरीखा था। उस पतली-छरहरी माँ का कहीं नामो-निशान न था, जिससे राहेल अब तक परिचित थी। उनकी चमड़ी उनके फूले हुए गालों पर तनी हुई थी, उस चमकदार त्वचा की तरह जो पुराने टीकों के निशानों पर आ जाती है। जब वे मुस्करातीं तो ऐसा लगता कि उनके गालों में पड़ने वाले गड्ढे दुख रहे हैं। उनके घुँघराले बाल अपनी चमक खो बैठे

थे और उनके सूजे हुए चेहरे के गिर्द फीके पड़ गये पर्दे की तरह झूल रहे थे। वे अपनी साँस को अपने ख़स्ताहाल बटुए में रखे शीशे के इनहेलर में लिये रखती थीं। ब्रोवोन के भूरे भभके। हर साँस जो वे लेतीं, मानो उस लोहे की मुट्ठी के ख़िलाफ़ जीता गया एक युद्ध था, जो उनके फेफड़ों से हवा को दबा कर निकालने की कोशिश कर रही थी। राहेल अपनी माँ को साँस लेते देखती रही। हर बार जब वे साँस खींचतीं, उनकी हँसली के इर्द-गिर्द गड्ढे गहरे हो जाते और उनमें छायाएँ भर जातीं।

अम्मू ने अपने रूमाल में खाँस कर बलग़म का एक लौंदा उगला और उसे राहेल को दिखाया।

'तुम्हें हमेशा उसे जाँच कर देख लेना चाहिए,' उन्होंने बैठी हुई आवाज़ में फुसफुसा कर कहा, मानो बलग़म कोई गणित की परीक्षा के उत्तर का पन्ना हो जिसे जमा करने से पहले दोबारा परखना ज़रूरी हो। 'जब यह सफ़ेद होती है तो इसका मतलब है यह पकी नहीं है। जब यह पीली हो और इससे बदबू आये, तो यह पक गयी होती है और खाँस कर उगल दिये जाने के लिए तैयार होती है। बलग़म फलों की तरह होती है। कच्ची या पक्की। तुम्हें इसकी पहचान होनी चाहिए।'

खाने के दौरान उन्होंने किसी ट्रक-ड्राइवर की तरह डकार लिया और एक भारी, अस्वाभाविक आवाज़ में कहा, 'माफ़ कीजिए।' राहेल का ध्यान गया कि उनकी भवों में नये, मोटे लम्बे बाल थे। तली हुई एम्परर मछली को उसके काँटों से चुन-चुन कर खाते हुए अम्मू मेज़ पर घिरी ख़ामोशी पर मुस्करायीं। उन्होंने कहा कि वे ख़ुद को सड़क के किनारे लगे निशान जैसा महसूस कर रही थीं, जिस पर चिड़ियाँ बीट कर रही हों। उनकी आँखों में एक अजीब, बुख़ार की-सी चमक थी।

मम्माची ने उनसे पूछा कि क्या उन्होंने पी रखी थी और सुझाव दिया कि वे राहेल से मिलने के लिए भरसक कम-से-कम आया करें।

अम्मू मेज़ से उठीं और बिना एक शब्द बोले चली गयीं। उन्होंने विदा भी नहीं ली। 'जाओ, उसे छोड़ आओ,' चाको ने राहेल से कहा।

राहेल ने ऐसा दिखावा किया मानो उसने सुना न हो। वह अपनी मछली के साथ जुटी रही। उसने बलग़म के बारे में सोचा और उसे उबकाई आते-आते रह गयी। उस समय उसे अपनी माँ से नफ़रत हुई। *नफ़रत !*

उसने उन्हें फिर कभी नहीं देखा।

अम्मू का देहान्त अलेप्पी के भारत लॉज के एक गन्दे, मैले कमरे में हुआ, जहाँ वे किसी के सेक्रेटरी की नौकरी के लिए इण्टर्व्यू देने गयी हुई थीं। मरते समय वे बिलकुल अकेली थीं। साथ देने के लिए एक शोर करता छत का पंखा था और पीठ से सट कर लेटने और उनसे बात करने के लिए कोई एस्ता नहीं था। वे इकतीस साल की थीं। बूढ़ी नहीं, जवान नहीं, मगर एक करने-योग्य, मरने-योग्य उमर।

वे रात को नींद में जागी थीं ताकि उस बार-बार आने वाले चिरपरिचित सपने से बच सकें, जिसमें पुलिस के सिपाही कैंचियाँ कचकचाते हुए उनके बाल काटने के इरादे से उनकी ओर बढ़ रहे होते। वे ऐसा कोट्टयम में वेश्याओं के साथ करते थे जिन्हें उन्होंने बाज़ार में पकड़ा होता—निशानी के तौर पर ताकि हर कोई जान सके कि वे

क्या थीं। *वेश्याएँ*। ताकि गश्त करने वाले नये सिपाहियों को यह पहचानने में कोई दिक़्क़त न हो कि किसे हैरान-परेशान करना है। बाज़ार में अम्मू का ध्यान हमेशा उन पर जाता, सूनी आँखों और ज़बरदस्ती मूँडे गये सिरों वाली औरतों पर—उस इलाक़े में जहाँ लम्बे, तेल-लगे बाल सिर्फ़ नैतिक रूप से सच्चरित्र लोगों का अधिकार थे।

उस रात लॉज में अम्मू एक अजनबी शहर के अजनबी कमरे के अजनबी बिस्तर में उठ बैठीं। उन्हें पता नहीं था कि वे कहाँ हैं, वे अपने इर्द-गिर्द की किसी चीज़ को नहीं पहचानती थीं। सिर्फ़ उनका भय चिरपरिचित था। उनके भीतर का दूर खड़ा आदमी चिल्लाने लगा। इस बार लोहे की मुट्ठी ने अपनी पकड़ ढीली नहीं की। उनकी हँसली की हड्डी के पास के गहरे गड्ढों में छायाएँ चमगादड़ों की तरह इकट्ठा हो गयीं।

सुबह जमादार ने उन्हें मरा पाया। उसने पंखा बन्द कर दिया।

उनकी एक आँख के नीचे एक गहरी नीली थिगली थी जो बुलबुले की तरह फूल आयी थी। मानो उनकी आँख ने वह करने की कोशिश की थी जो उनके फेफड़े नहीं कर पाये थे। आधी रात के क़रीब किसी समय उस दूर खड़े आदमी ने, जो उनकी छाती के अन्दर रहता था, चिल्लाना बन्द कर दिया था। चींटियों का एक दस्ता एक मरे हुए तिलचट्टे को इत्मीनान के साथ दरवाज़े के बाहर ले जा रहा था, यह प्रदर्शित करता हुआ कि लाशों के साथ क्या किया जाना चाहिए।

गिरजे वालों ने अम्मू को दफ़नाने से इनकार कर दिया था। अनेक कारणों से। लिहाज़ा चाको ने शव को बिजली के शव-दाह-गृह तक ले जाने के लिए किराये की एक गाड़ी का इन्तज़ाम किया। उसने अम्मू को बिस्तर की एक गन्दी चादर में लिपटवा कर स्ट्रेचर पर लिटा दिया था। राहेल ने सोचा कि वे एक रोमन सांसद जैसी लगती थीं। *ऍट टू, अम्मू ! तुम भी, अम्मू !* उसने सोचा था और एस्ता को याद करके मुस्करायी थी।

एक दिवंगत रोमन सांसद को गाड़ी के फ़र्श पर लिये-लिये, चमक-दमक-भरी, व्यस्त सड़कें पार करते हुए जाना अजीब-सी बात थी। उससे नीला आकाश कुछ और नीला हो गया था। गाड़ी की खिड़कियों के बाहर, काग़ज़ काट कर बनाये गये पुतलों जैसे लोग, अपनी काग़ज़ी पुतलों वाली ज़िन्दगियों में रमे हुए थे। असली ज़िन्दगी तो गाड़ी के भीतर थी। जहाँ असली मौत थी। सड़क के जोड़-जोड़ हिलाने वाले धचकों और गड्ढों से गुज़रते हुए अम्मू की देह हिल कर स्ट्रेचर से नीचे सरक गयी। उनका सिर फ़र्श पर लोहे के बोल्टू से टकराया। लेकिन वे न तो काँपीं, न जागीं। राहेल के सिर के अन्दर एक भनभनाहट हो रही थी और बाक़ी सारा दिन अगर चाको चाहता कि उसकी बात सुनी जाय तो उसे राहेल से चिल्ला-चिल्ला कर बात करनी पड़ी थी।

शव-दाह-गृह की भी वैसी ही सड़ाँध-भरी, फटीचर फ़िज़ा थी, जैसी एक रेलवे स्टेशन की होती है, सिवाय इसके कि वह निर्जन था। न ट्रेनों की गहमा-गहमी थी, न भीड़ की। भिखारियों, लावारिसों और पुलिस-हिरासत में मरने वालों के सिवा और कोई वहाँ नहीं जलाया जाता था। ऐसे लोग, जिनकी मौत के समय कोई उनकी पीठ से सट कर लेटने और उनसे बात करने वाला नहीं था। जब अम्मू की बारी आयी,

चाको ने राहेल का हाथ कस कर पकड़ लिया। वह नहीं चाहती थी कि कोई उसका हाथ पकड़े। उसने शव-दाह-गृह के पसीने की फिसलन का सहारा लेते हुए चाको की पकड़ से अपना हाथ सरका लिया। परिवार से और कोई वहाँ मौजूद नहीं था।

भट्टी का फ़ौलादी दरवाज़ा ऊपर उठा और उसके भीतर जलती अनन्त अग्नि की दबी हुई भनभनाहट एक लाल दहाड़ बन गयी। गर्मी की लपटें उनकी तरफ़ एक क्षुधापीड़ित पशु की तरह लपकीं। फिर राहेल की अम्मू उसे सौंप दी गयीं। उनके बाल, उनकी त्वचा, उनकी मुस्कान। उनकी आवाज़। जिस तरह वे अपने बच्चों को सुलाने से पहले उन्हें प्यार करने के लिए किपलिंग का इस्तेमाल करती थीं : *तुम और मैं, हमारा ख़ून एक ही है।* उनका रात का आख़िरी चुम्बन। जिस तरह वे एक हाथ से उनके चेहरों को पकड़ कर थिर रखतीं (गालों को पिचकाते और होंटों को मछलियों के मुँह जैसा बनाते) जब कि दूसरे हाथ से वे उनके बालों में माँग निकालतीं और कंघी करतीं। जिस तरह वे राहेल के लिए निक्कर को आगे बढ़ा कर पकड़े रहतीं ताकि वह उसमें पैर डाल सके। *बायाँ पैर, दायाँ पैर।* यह सब कुछ उस पशु को सौंप दिया गया और वह सन्तुष्ट हो गया।

वे उनकी अम्मू थीं और उनके बाबा *और* वे उनसे दुगना प्यार करती थीं। भट्टी का दरवाज़ा भारी खनक के साथ बन्द हो गया। कोई आँसू नहीं बहा।

शव-दाह-गृह का 'इन्चार्ज' सड़क तक चाय पीने के लिए गया हुआ था और बीस मिनट तक वापस नहीं आया। इतनी देर चाको और राहेल को उस गुलाबी रसीद के लिए रुके रहना पड़ा, जिसके बल पर उन्हें अम्मू के अवशेषों को हासिल करने का अधिकार मिलता। उनकी राख। उनकी हड्डियों का चूरा। उनकी मुस्कान की दन्तावलि। उनका समूचा वजूद एक छोटे-से मिट्टी के घड़े में ठूँस कर भरा हुआ। रसीद नम्बर क्यू 498673।

राहेल ने चाको से पूछा कि शव-दाह-गृह के प्रबन्धक यह कैसे जानते थे कि कौन-सी राख किसकी थी। चाको ने कहा उनके पास ज़रूर कोई तरीक़ा होगा।

अगर एस्ता उनके साथ होता तो उसने रसीद रख ली होती। वह अभिलेख-पाल था। बस की टिकटों, बैंक की रसीदों, नक़द पर्चियों, चेक बुक के टोटों का स्वाभाविक संरक्षक। छुटकू राम। करता कुटिया में आराम। ता-धिन।

लेकिन एस्ता उनके साथ नहीं था। सबने फ़ैसला किया कि यही बेहतर था। इसकी बजाय उन्होंने उसको चिट्ठी लिख दी थी। मम्माची ने कहा था कि राहेल को भी लिखना चाहिए। क्या लिखना चाहिए ? *प्यारे एस्ता, तुम कैसे हो ? मैं ठीक हूँ। कल अम्मू की मौत हो गयी।*

राहेल ने उसे कभी नहीं लिखा। कुछ चीज़ें तुम कभी नहीं कर सकते–जैसे खुद अपने एक हिस्से को चिट्ठियाँ लिखना। अपने पैरों को या बालों को। या हृदय को।

पप्पाची के अध्ययन कक्ष में, (न बूढ़ी, न जवान) राहेल ने, जिसके पैर के तलवों पर फ़र्श की धूल थी, ज्ञान अभ्यास पुस्तिका से नज़र उठायी और देखा कि एस्ताप्पेन अन-जान जा चुका था।

वह नीचे उतरी (स्टूल से, मेज़ से) और चल कर बरामदे तक गयी।

उसने एस्ता की पीठ को फाटक से हो कर ओझल होते देखा।

सुबह आधी बीत चुकी थी और बारिश फिर होने-होने को थी। बाहर की हरियाली—एक अजीब, दमकती हुई, वर्षा-पूर्व की रोशनी के अन्तिम क्षणों में—प्रचण्ड थी।

दूर एक मुर्ग़े ने बाँग दी और उसकी आवाज़ अलग-अलग दो हिस्सों में बँट गयी। पुराने जूते से अलग होते तले की तरह।

राहेल अपनी ख़स्ताहाल ज्ञान अभ्यास पुस्तिकाएँ लिये वहीं खड़ी रही। एक पुराने घर के बरामदे में, बटन-सरीखी आँखों वाले भैंसे के सिर के नीचे, जहाँ वर्षों पहले, जिस दिन सोफ़ी मोल आयी थी, *स्वागत है तुम्हारा, प्यारी सोफ़ी मोल* खेला गया था।

चीज़ें एक दिन में बदल सकती हैं।

8

स्वागत है तुम्हारा, प्यारी सोफ़ी मोल

वह एक पुराना शानदार मकान था, आयमनम निवास, मगर अलग-थलग दिखता हुआ-सा। मानो उसका उन लोगों से बहुत कम वास्ता था जो उसमें रहते थे। उस बुड्ढे की तरह जो अपनी नम, धुँधलायी आँखों से बच्चों को खेलते हुए निहार कर उनके तीखे उल्लास और जीवन के प्रति उनकी हार्दिक प्रतिबद्धता में सिर्फ़ नश्वरता देख रहा हो।

खपरैल वाली ढलवाँ छत वक़्त और बारिश के साथ काली और काई-ज़दा हो गयी थी। तिकोनी छतों के छज्जों के नीचे लकड़ी के जो तिकोने फ्रेम लगाये गये थे उनमें बारीक नक़्क़ाशी की गयी थी। उनसे छन कर जो रोशनी कमरे में दाख़िल हो कर फ़र्श पर आकृतियाँ रचती, वह रहस्यों से भरी होती। भेड़िए। फूल। गिरगिटान। जैसे-जैसे सूरज आकाश में सफ़र करता, उसके रूप बदलते रहते। शाम को वह पाबन्दी के साथ दिवंगत हो जाती।

दरवाज़ों पर दिल्हेदार सागौन की लकड़ी के दो नहीं, चार झिलमिली वाले किवाड़ थे ताकि पुराने दिनों में घर की महिलाएँ नीचे का आधा हिस्सा बन्द रखते हुए, कोर पर अपनी कुहनियाँ टिका कर, अपनी कमर के नीचे के हिस्से को प्रकट किये बिना, फेरी लगाने वाले सौदा-फ़रोशों से मोल-भाव कर सकती थीं। तकनीकी तौर पर वे अपनी छातियों को ढँके और नितम्बों को उघाड़े, दरियाँ या चूड़ियाँ ख़रीद सकती थीं। तकनीकी तौर पर।

नौ ऊँची पैदानों वाली एक सीढ़ी घर तक आने वाले रास्ते से सामने के बरामदे पर चढ़ती थी। यह ऊँचाई उसे एक मंच की-सी गरिमा प्रदान कर देती और जो कुछ वहाँ होता, वह एक नाट्य-प्रदर्शन की रंगो-बू और अहमियत इख़्तियार कर लेता। बरामदे से बेबी कॉचम्मा की सजावटी बगिया और उसके गिर्द चक्कर काटते मुर्रम-बिछे रास्ते का नज़ारा दिखायी देता, उस छोटे-से टीले से नीचे को जाती ढलान पर उतरता हुआ, जिस पर मकान की इमारत खड़ी थी।

वह एक चौड़ा, गहरा बरामदा था, दोपहर के वक़्त भी ठण्डा रहने वाला, जब सूरज की तपिश अपने चरम पर होती।

जब लाल सीमेंट का फ़र्श बनाया गया था तो लगभग नौ सौ अण्डों की सफ़ेदी उसमें डाली गयी थी। उसमें तेज़ चमक पैदा हो गयी थी।

भुस-भरे, बटन सरीखी आँखों वाले भैंसे के सिर के नीचे, जिसके अगल-बग़ल उनकी सास और ससुर के चित्र लगे थे, मम्माची एक नीची बेंत की कुर्सी पर बेंत की ही मेज़ के सामने बैठी थीं जिस पर शीशे का एक हरा फूलदान रखा था जिससे बैंगनी ऑर्किड के फूलों की एक टहनी बाहर को झुकी हुई थी।

दुपहरी थिर और गरम थी। और हवा प्रतीक्षा-रत।

मम्माची ने अपनी ठोड़ी के नीचे एक चमकती हुई वायलिन दबा रखी थी। उनका पचास के दशक का अपारदर्शी धूप का चश्मा काला और तिरछी आँखों वाला था, जिसके फ्रेम के कोने पर नक़ली हीरे जड़े हुए थे। उनकी साड़ी कलफ़दार और सुगन्धित थी। सफ़ेदी मायल और सुनहरी। उनके हीरे के कर्णफूल उनके कानों में फ़ानूसों की तरह दमक रहे थे। उनकी मानिक की अँगूठियाँ ढीली पड़ गयी थीं। उनकी गोरी कोमल त्वचा पर झुर्रियाँ पड़ी हुई थीं, ठण्डे होते दूध पर मलाई की तरह, और नन्हे-नन्हे लाल तिल छिटके हुए थे। वे सुन्दर थीं। बूढ़ी, असाधारण, राजसी।

एक वायलिन लिये अन्धी विधवा माता।

अपनी जवानी के दिनों में दूरन्देशी और होशियारी के साथ मम्माची ने अपने सिर से गिरने वाले सारे बालों को इकट्ठा करके एक छोटे, कढ़ाईदार बटुए में जमा कर लिया था, जिसे वे अपनी सिंगार-मेज़ पर रखती थीं। जब काफ़ी बाल इकट्ठा हो गये तो उन्होंने उनका एक जालीदार गोला बना लिया जिसे वे अपने गहनों के साथ ताले वाली अलमारी में बन्द रखती थीं। कुछ साल पहले जब उनके बाल छिदरे और रुपहले होने लगे तो उन्हें घना बनाने के लिए वे अपने बालों के उस कज्जल-काले गोले को अपने छोटे-से रुपहले सिर पर बाँध लेतीं। उनकी नियम-पुस्तिका में यह बिलकुल उचित और स्वीकार्य था क्योंकि सारे बाल उन्हीं के थे। रात को जब वे अपना गोला उतारतीं, वे राहेल और एस्ता को इजाज़त दे देतीं कि वे उनके बचे-खुचे बालों को गूँथ कर एक कसी हुई, तेल-लगी, चूहे की पूँछ जैसी चोटी बना दें और उसके सिरे को रबर के छल्ले से बाँध दें। एक बच्चा उनकी चोटी गूँथता जबकि दूसरा उनके अनगिनत तिलों की गिनती करता। इस काम के लिए उन्होंने पारियाँ बाँध रखी थीं।

मम्माची की खोपड़ी पर उनके झीने बालों से सावधानीपूर्वक छिपी अर्द्ध-चन्द्राकार उभरी लकीरें थीं। एक पुरानी शादी से हासिल हुई पुरानी पिटाइयों की निशानियाँ। उनके पीतल के फूलदान वाले दाग़।

उन्होंने वायलिन पर *लेंटेमेंट* बजायी—हैंडल के *वॉटर म्यूज़िक* की डी/जी श्रुतियों के पहले जोड़ की एक गत। उनके तिरछे धूप के चश्मे के पीछे उनकी बेकार आँखें बन्द थीं, लेकिन वे संगीत को अपनी वायलिन से निकल कर दुपहरी में धुँए की तरह ऊपर उठता देख सकती थीं।

उनके सिर का अन्दरूनी हिस्सा उस कमरे सरीखा था जिसमें एक उजले, चमकते दिन पर गहरे पर्दे खींच दिये गये हों।

वायलिन बजाते-बजाते, उनके ख़याल बीते हुए वर्षों में पीछे को भटकते हुए पेशेवराना ढंग से बनाये गये उनके अचार की पहली खेप तक जा पहुँचे। कितने सुन्दर दिखते थे वे ! बोतलों में सीलबन्द, उनके पलँग के सिरहाने के पास एक मेज़ पर रखे

हुए ताकि सुबह के समय जागने पर वे सबसे पहले उन्हें छू सकें। वे उस रात जल्दी सोने चली गयी थीं, लेकिन आधी रात के थोड़ी देर बाद उनकी नींद खुल गयी। उन्होंने हाथ बढ़ा कर उन्हें टटोला था, और उनकी आतुर उँगलियों पर तेल की एक परत चढ़ गयी थी। अचार की बोतलों के गिर्द तेल का एक तालाब बन गया था। हर जगह तेल ही तेल था। उनकी वैक्यूम फ़्लास्क के नीचे के गोल दायरे में। उनकी बाइबल के नीचे। उनके पलँग के सिरहाने रखी मेज़ की पूरी सतह पर। अचार डाले गये आम तेल सोख कर फूल गये थे जिससे बोतलें रिसने लगी थीं।

मम्माची ने उस किताब से मशविरा लिया था जो चाको उनके लिए ख़रीद कर लाया था—*घरेलू अचार विधि*—लेकिन उससे समस्या का कोई हल नहीं मिला था। फिर उन्होंने अन्नम्मा चाण्डी के जीजा को एक पत्र लिखवाया था, जो बम्बई में पद्मा अचार का क्षेत्रीय प्रबन्धक था। उसका सुझाव था कि वे मसालों का अनुपात बढ़ा दें। और नमक भी। यह किसी हद तक फ़ायदेमन्द साबित हुआ था, मगर समस्या पूरी तरह हल नहीं हुई थी। इतने साल बाद, अब भी पैराडाइज़ अचार की बोतलें थोड़ा-बहुत रिसती ही थीं। रिसाव नामालूम था, मगर अब भी बरक़रार था और लम्बे सफ़र के दौरान बोतलों के लेबल तेलहे और पारदर्शी हो जाते थे। अचारों में नमक भी थोड़ा तेज़ ही रहता था।

मम्माची ने सोचा, क्या वे कभी दोष-रहित अचार डालने के हुनर में माहिर हो पायेंगी, और क्या सोफ़ी मोल बर्फ़ में लगा अंगूर का रस पीना पसन्द करेगी। एक गिलास में थोड़ा-सा ठण्डा, बैंगनी रस।

फिर उनका ख़याल मार्ग्रेट कॉचम्मा की तरफ़ चला गया और हैंडल के संगीत के धीमे तरल स्वर तीखे और आक्रोश-भरे हो उठे।

मम्माची कभी मार्ग्रेट कॉचम्मा से नहीं मिली थीं। लेकिन हर हाल में वे उसे नापसन्द करती थीं। *पंसारी की बेटी*—मम्माची के दिमाग़ में मार्ग्रेट कॉचम्मा की छवि इसी रूप में दर्ज थी। मम्माची का संसार इसी तरह व्यवस्थित था। अगर उन्हें कोट्टयम में किसी शादी में आमन्त्रित किया जाता तो जिसके साथ भी वे गयी होतीं, सारा समय उसके कान में फुसफुसाते हुए गुज़ारतीं, 'दुलहिन का नाना मेरे पिता का बढ़ई था। कुंजुकुट्टी ईपन ? उसकी परदादी की बहन ट्रिवैंड्रम में महज़ एक दाई थी। यह पूरी-की-पूरी पहाड़ी मेरे पति के परिवार की मिल्कियत हुआ करती थी।'

बेशक, माग्रेट कॉचम्मा अगर इंग्लैण्ड की राजगद्दी की वारिस भी होती तो भी मम्माची उसे नापसन्द ही करतीं। मम्माची को महज़ उसकी मज़दूर-वर्ग की पृष्ठभूमि पर ही रंज नहीं था। उन्हें मार्ग्रेट कॉचम्मा से इसलिए नफ़रत थी क्योंकि वह चाको की पत्नी थी। उन्हें उससे नफ़रत थी क्योंकि उसने चाको को छोड़ दिया था। लेकिन अगर वह चाको के साथ रह गयी होती तो वे उससे और भी नफ़रत करतीं।

जिस रोज़ चाको ने पप्पाची को उन्हें पीटने से रोका था (और पप्पाची ने बदले में अपनी कुर्सी का काम-तमाम कर दिया था) मम्माची ने अपने पत्नी वाले सारे साज-सामान को बाँधा था और उसे चाको की देख-रेख के हवाले कर दिया था। उस समय के बाद से चाको उनकी सारी स्त्रियोचित भावनाओं का केन्द्र बन गया था।

उनका आदमी। उनका एकमात्र प्रेम-पात्र।

वे कारख़ाने की औरतों के साथ चाको के कामुक सम्बन्धों से अवगत थीं, लेकिन उनसे दुखी होना उन्होंने बन्द कर दिया था। जब बेबी कॉचम्मा ने यह विषय उठाया था, मम्माची तन गयी थीं और उनके होंट भिंच गये थे।

'आदमी की ज़रूरतों के आगे वह मजबूर है,' उन्होंने रूखेपन से कहा था।

आश्चर्यजनक रूप से बेबी कॉचम्मा ने इस व्याख्या को स्वीकार कर लिया था और आदमियों की ज़रूरतों की इस रहस्यमय, गुप्त रूप से उत्तेजना पैदा करने वाली धारणा को आयमनम निवास में एक अनकही मंज़ूरी मिलती चली गयी। न तो मम्माची को चाको के मार्क्सवादी दिमाग़ और सामन्ती कामुकता के बीच कोई अन्तर्विरोध दिखायी दिया, न ही बेबी कॉचम्मा को। उन्हें सिर्फ़ नक्सलवादियों की चिन्ता थी, जिनके बारे में यह मालूम था कि वे अच्छे परिवारों के आदमियों को उन नौकरानियों से शादी करने पर मजबूर करते थे, जिन्हें उन्होंने गर्भवती कर दिया होता था। यक़ीनन, उन्हें दूर-दूर तक यह आशंका नहीं थी कि वह तीर, जब वह *चलाया जायेगा*—वह जो परिवार की कीर्ति को हमेशा-हमेशा के लिए ध्वस्त कर देगा—एक बिलकुल अनपेक्षित दिशा से आयेगा।

मम्माची ने चाको के कमरे के लिए, जो मकान के पूर्वी हिस्से में था, एक अलग दरवाज़ा खुलवा दिया था, ताकि उसकी 'ज़रूरतों' की चीज़ों को घर के भीतर से चहल-क़दमी करते हुए न जाना पड़े। वे उन्हें खुश रखने के लिए चोरी-छिपे पैसे भी थमा दिया करती थीं। उनके बच्चे छोटे होते और माता-पिता बूढ़े। या पति, जो अपनी सारी कमाई ताड़ीख़ानों में लुटा देते। यह बन्दोबस्त मम्माची को मुनासिब लगता था, क्योंकि उनके ख़याल से मेहनताना चीज़ों को *स्पष्ट* कर देता था। वासना को प्रेम से अलग कर देता था और ज़रूरतों को भावनाओं से।

मार्ग्रेट कॉचम्मा, बहरहाल, कुल मिला कर एक बिलकुल ही अलग क़िस्म की चीज़ थी। चूँकि मम्माची के पास जानने का कोई ज़रिया नहीं था (हालाँकि एक बार उन्होंने कोच्चु मारिया से पलँग की चादरों पर धब्बों की जाँच करवाने की कोशिश ज़रूर की थी) इसलिए वे सिर्फ़ उम्मीद कर सकती थीं कि मार्ग्रेट कॉचम्मा चाको के साथ फिर से अपने यौन-सम्बन्ध बहाल करने का कोई इरादा नहीं रखती। उस दौरान, जब मार्ग्रेट कॉचम्मा आयमनम में थी, मम्माची ने और तरह से क़ाबू के बाहर अपनी भावनाओं को नियन्त्रित करने के लिए एक विशेष साधन अपनाया था। वे मार्ग्रेट कॉचम्मा के उन कपड़ों की जेबों में चुपके से पैसे रख देतीं जो उसने धुलने के लिए धोबी की टोकरी में रखे होते। मार्ग्रेट कॉचम्मा ने ये पैसे महज़ इसलिए कभी वापस नहीं किये क्योंकि वे उसे मिले ही नहीं। उसकी जेबें हस्बेमामूल अनियन धोबी ख़ाली करता था। मम्माची इस बात से वाक़िफ़ थीं। मगर उन्हें मुनासिब लगता था कि मार्ग्रेट कॉचम्मा की ख़ामोशी का मतलब यही लगायें कि वह उन मेहरबानियों के मुआवज़े की अनकही मंज़ूरी है, जो मेहरबानियाँ कि मम्माची के ख़याल में वह उनके बेटे पर निछावर कर रही थी।

लिहाज़ा, मम्माची के मन में मार्ग्रेट कॉचम्मा को महज़ एक और रण्डी समझने का

सन्तोष था, धोबी अनियन रोज़ाना मिलने वाले अपने इनाम पर ख़ुश था, और मार्ग्रेट कॉचम्मा निश्चय ही उस समूचे बन्दोबस्त से आनन्दपूर्वक अनजान बनी रही।

कुँए पर अपने अड्डे से एक बेढंगे कोकिल ने *कूहू-कूहू* की पुकार बुलन्द की और अपने धूसर-लाल पंख फड़फड़ाये।

एक कौए ने थोड़ा-सा साबुन चुराया जो उसकी चोंच में झाग पैदा करता रहा।

अँधेरे, धुँआसे रसोई-घर में नाटी कोच्चु मारिया अपने पंजों के बल खड़ी हो कर उस ऊँचे, दुमंज़िला केक पर आइसिंग की परत जमा रही थी, जिस पर *स्वागत है तुम्हारा प्यारी सोफ़ी मोल* लिखा था। हालाँकि उन दिनों में भी ज़्यादातर सीरियन ईसाई औरतों ने साड़ियाँ पहनना शुरू कर दिया था, कोच्चु मारिया अब भी अपना वी-नेक वाला, आँधी बाँह का बेदाग़ सफ़ेद चट्टा और सफ़ेद मुण्डू पहनती थी, जो पीछे उसके नितम्बों की तरफ़ कपड़े के एक कड़क पंखे की शक्ल में तह करके खुँसा रहता था। कोच्चु मारिया का पंखा कमोबेश उस नीले-सफ़ेद चारख़ाने वाले, झालरदार, निहायत बेतुके और बेमेल नौकरानियों वाले एप्रन से ढँका रहता, जो मम्माची का आग्रह था कि कोच्चु मारिया घर के भीतर पहने रखे।

उसकी बाँहें छोटी और मोटी-मोटी थीं, उँगलियाँ परवलों की तरह, और फैले नथुनों वाली चौड़ी, मांसल नाक। उसकी नाक माँस की गहरी तहों से ठोड़ी की दोनों तरफ़ जुड़ी हुई थी और उसके चेहरे का यह हिस्सा बाक़ी हिस्से से अलग और बाहर को निकला हुआ था, थूथनी की तरह। उसके शरीर की तुलना में उसका सिर बहुत बड़ा था। वह बोतल में रखे गये भ्रूण जैसी दिखायी देती थी, जो जीव विज्ञान की किसी प्रयोगशाला में रखे फ़ॉर्मलडिहाइड के मर्तबान से बाहर निकल आया था और वक़्त के साथ सिकुड़न-रहित हो कर फूल गया था।

वह सीली नक़दी अपनी अँगिया में खोंसे रखती, जिसे वह अपनी ग़ैर-ईसाई उद्दण्डता से उभरी हुई छातियों को चपटा बनाने के लिए सीने पर कस कर बाँधे रखती। उसकी कुनुक्कू बालियाँ सोने की और भारी-भारी थीं। उसके कानों की लवें लटक कर वज़नदार छल्लों की शक्ल इख़्तियार कर चुकी थीं जो उसकी गर्दन के गिर्द झूलते रहते। उसकी बालियाँ कानों की उन छल्लेदार लवों में झूलती रहतीं, हिंडोले पर बैठे प्रसन्न-वदन बच्चों की तरह। उसके दायें कान की लौ एक बार नीचे तक पूरी चिर गयी थी और उसे डॉक्टर वर्गीज़ वर्गीज़ ने सिल कर दोबारा जोड़ दिया था। कोच्चु मारिया अपनी कुनुक्कू बालियों को पहनना बन्द नहीं कर सकती थी क्योंकि अगर वह ऐसा करती तो लोग यह कैसे जान पाते कि ख़ानसामिन की अपनी निखिद्द (पचहत्तर रुपये महीने की) चाकरी के बावजूद वह एक सीरियन ईसाई थी, मार तोमा सम्प्रदाय की ? न तो पेलया थी, न पुलया, और न परवन। बल्कि एक सवर्ण, ऊँची जात की ईसाई (जिसके भीतर ईसाइयत चाय की थैली से चाय की तरह रिस आयी थी)। फटे कानों को दोबारा सिलवाना कहीं बेहतर विकल्प था।

अभी तक कोच्चु मारिया का परिचय टेलिविज़न की उस नशेड़न से नहीं हुआ था, जो उसके भीतर छिपी इन्तज़ार कर रही थी। हल्क होगन और विश्व कुश्ती के

मुक़ाबलों की नशेड़न। उसने अभी तक एक टीवी सेट भी नहीं देखा था। वह कभी टीवी के अस्तित्व पर विश्वास ही न करती। अगर कोई यह सुझाता कि वह सचमुच है तो कोच्चु मारिया यह समझती कि वह आदमी या औरत उसकी बुद्धि का अपमान कर रही है। दूसरे लोग बाहरी दुनिया का क्या नक़्शा खींचते हैं, इसे ले कर कोच्चु मारिया सतर्क रहती थी। अक्सरहा, वह उसे अपनी शिक्षा के अभाव और (पहले के) अल्हड़पन पर जान-बूझ कर किया गया आक्षेप समझती थी। अपने बुनियादी स्वभाव को हठपूर्वक उलटने के सबब से अब कोच्चु मारिया उसूल के तौर पर लोगों की किसी भी बात का मुश्किल से ही कभी विश्वास करती। कुछ महीने पहले, जुलाई में, जब राहेल ने उसे बताया था कि नील आर्मस्ट्रॉन्ग नामक एक अमरीकी अन्तरिक्ष यात्री चाँद पर चला था, तो उसने बड़े व्यंग्य से हँस कर कहा था कि एक मलयाली कलाबाज़ ओ. मुत्तच्चन ने सूरज पर हाथ के बल खड़े हो कर कलाबाज़ियाँ खायी थीं। अपने नथुनों में पेंसिलें खोंस कर। वह इतना मान लेने को तैयार थी कि अमरीकी *होते हैं,* हालाँकि उसने तब तक एक भी नहीं देखा था। वह इस पर भी विश्वास करने को तैयार थी कि सम्भव है नील आर्मस्ट्रॉन्ग एक बेतुका-सा नाम हो। लेकिन चाँद पर चलने वाली बात ? ना बाबू। न उसे उन अस्पष्ट-सी सलेटी तस्वीरों पर भरोसा था जो *मलयाल मनोरमा* में छपी थीं, जिसे वह पढ़ नहीं सकती थी।

वह यक़ीन करती रही कि जब एस्ता ने *'ऍट टू, कोच्चु मारिया !'* कहा था तो वह अंग्रेज़ी में उसका अपमान कर रहा था। उसके ख़याल में उसका मतलब *ओ काली बदसूरत बौनी कोच्चु मारिया* जैसा कुछ था। वह एस्ता की शिकायत करने के लिए मुनासिब मौक़े के इन्तज़ार में धीरज धर कर बैठी रही।

उसने उस ऊँचे केक पर आइसिंग लगाने का काम ख़त्म कर लिया। फिर उसने अपना सिर पीछे को झुकाया और बची हुई आइसिंग दबा कर अपनी जीभ पर डाल ली। एक गुलाबी कोच्चु मारिया जीभ पर चाकलेटी दन्तमंजन की अन्तहीन कुण्डलियाँ। जब मम्माची ने बरामदे से आवाज़ दी ('कोच्चु मारिये। मुझे कार की आवाज़ आ रही है !') तो उसका मुँह आइसिंग से भरा हुआ था और वह जवाब देने में असमर्थ थी। जब उसने आइसिंग ख़त्म कर ली, तब उसने अपनी जीभ अपने दाँतों पर फिरायी और तालू से जीभ सटा कर कई छोटे-छोटे चटख़ारे लिये मानो उसने अभी-अभी कोई चटपटी चीज़ खायी हो।

सुदूर आसमानी नीली कारध्वनियों ने (बस स्टॉप से हो कर, स्कूल से हो कर, पीले गिरजे से हो कर, रबर के पेड़ों के बीच से धचकेदार लाल सड़क पर नज़दीक आते हुए) पैराडाइज़ अचार के धुँधले कालिख-ज़दा अहाते में एक गुनगुनाहट पैदा कर दी।

अचार डालना (और पीसना, काटना, छीलना, उबालना और कड़छुल हिलाना, कद्दूकस करना, नमक लगाना, सुखाना, तोलना और बोतलों को सीलबन्द करना) रुक गया।

'चाको सार वन्नु,' फुसफुसाहटों की यात्रा शुरू हो गयी। चापड़ नीचे रख दिये गये। बड़े-बड़े स्टील के थालों पर सब्ज़ियाँ आधी कटी छोड़ दी गयीं। अकेले और दुखी

करेले। अधूरे अन्नानास।(मोटे उल्लास-भरे गर्भ निरोधकों की तरह चमकते हुए) रबर के रंगीन अंगुश्ताने उतार दिये गये। अचार-लगे हाथ धो कर गहरे नीले एप्रनों से पोंछ लिये गये। बाहर निकल आने वाले बालों के गुच्छे पकड़ कर सिर पर बँधे सफ़ेद पटकों में दोबारा उड़स लिये गये। एप्रनों के नीचे खोंसे गये मुण्डू खोल कर नीचे कर लिये गये। कारख़ाने के जालीदार दरवाज़ों में कमानीदार क़ब्ज़े लगे थे और वे खुलने पर आवाज़ करते हुए ख़ुद-ब-ख़ुद बन्द हो जाते थे।

और अहाते के रास्ते की एक तरफ़, पुराने कुएँ की बग़ल में, कोडम पुली वृक्ष की छाया में, नीले एप्रनों वाली एक ख़ामोश सेना हरियाली गर्मी में ताकने- निहारने के लिए इकट्ठा हो गयी।

नीले एप्रन पहने, सफ़ेद पटके बाँधे, चाक-चौबन्द नीले-सफ़ेद झण्डों के एक थक्के की तरह।

अच्चू, जोज़, याको, अनियन, एलयन, कुट्टन, विजयन, वावा, जॉय, सुमति, अम्माल, अन्नम्मा, कनकम्मा, लता, सुशीला, विजयम्मा, जॉली कुट्टी, मॉलीकुट्टी, लूसीकुट्टी, बीना मोल (बसों के नामों वाली लड़कियाँ)। असन्तोष की आरम्भिक गड़गड़ाहट, वफ़ादारी की एक मोटी परत के नीचे छिपी हुई।

आसमानी नीली प्लिमथ मोटर कार फाटक के अन्दर को मुड़ी और मुर्रम-बिछे रास्ते के ऊपर चरमराती हुई, छोटे-छोटे शंखों-सीपियों को पीसती और नन्हे-नन्हे लाल और पीले कंकड़ों को चूर-चूर करती, आ रुकी। बच्चे हड़बड़ा कर बाहर निकले।

भहराये हुए फ़व्वारे।

पिचके हुए बुल्ले।

मुचड़ी हुई पीली बेलबॉटम पतलून और एक गो-गो बैग जो बहुत प्यारा था। विमान यात्रा की थकान से लस्त और मुश्किल से जगा हुआ। फिर सूजे टख़नों वाले बुज़ुर्गवार। बहुत देर तक बैठे रहने की वजह से सुस्त।

'तुम लोग आ गये ?' मम्माची ने अपने तिरछे काले चश्मे को नयी आवाज़ों—कार के दरवाज़ों के धमाके, लोगों की बाहर-निकलाई—की तरफ़ घुमाते हुए पूछा। उन्होंने अपनी वायलिन नीचे की।

'मम्माची !' राहेल ने अपनी सुन्दर अन्धी नानी से कहा। 'एस्ता ने उलटी की ! *द साउण्ड ऑफ़ म्यूज़िक* के बीच में ! और...'

अम्मू ने नरमी से अपनी बेटी को छुआ। उसके कन्धे पर। और उनके स्पर्श का मतलब था *शशश*...राहेल ने अपने इर्द-गिर्द नज़र डाली और देखा कि वह एक नाटक में थी। लेकिन उसकी भूमिका छोटी-सी ही थी।

वह महज़ दृश्यावली थी। शायद एक फूल। या एक पेड़।

भीड़ में एक चेहरा। एक क़स्बेवाली।

किसी ने राहेल को हैलो नहीं कहा। हरियाली गरमी में खड़ी नीली सेना ने भी नहीं।

'कहाँ है वह ?' मम्माची ने कारध्वनियों से पूछा, 'कहाँ है मेरी सोफ़ी मोल ? यहाँ आओ ताकि मैं तुम्हें देख सकूँ।'

उनके बोलने के दौरान, वह प्रतीक्षा का राग जो उनके ऊपर मन्दिर के हाथी के झिलमिलाते छत्र की तरह तना हुआ था, चूर-चूर हो गया और धूल की तरह आहिस्ता से आस-पास झर गया।

चाको अपना *क्या हुआ हमारे जनता के आदमी को ?* वाला सूट और खा-पी कर अघाई टाई पहने, घर की नौ लाल सीढ़ियों पर मार्ग्रेट कॉचम्मा और सोफ़ी मोल को लिये-लिये विजयी भाव से चढ़ा मानो वे टेनिस के इनामों का जोड़ा हों जिन्हें उसने हाल ही में जीता हो।

और एक बार फिर सिर्फ़ छोटी-छोटी बातें ही कही गयीं। बड़ी चीज़ें अनकही अन्दर दुबकी रहीं। 'हैलो मम्माची,' मार्ग्रेट कॉचम्मा ने अपनी भली स्कूल टीचर वाली (जो कभी-कभी चाँटा लगाती थी) आवाज़ में कहा। 'हमें यहाँ बुलाने के लिए धन्यवाद। हमें वहाँ से निकल आने की बहुत ज़रूरत थी।'

मार्ग्रेट कॉचम्मा ने मम्माची का हाथ अपने हाथ में लिया। उँगलियाँ नरम थीं, मानिक की अँगूठियाँ सख़्त।

'हैलो मार्ग्रेट,' मम्माची ने कहा (न बेरुख़ी से, न शिष्टता से)। उनका काला चश्मा आँखों पर अब भी चढ़ा था। 'आयमनम में तुम्हारा स्वागत है। मुझे दुख है, मैं तुम्हें देख नहीं सकती। जैसा कि तुम जानती ही होगी, मैं लगभग अन्धी हूँ।' उन्होंने धीरे-धीरे, सोच-सोच कर बोले जाने वाले लहजे में कहा।

'कोई बात नहीं,' मार्ग्रेट कॉचम्मा ने कहा, 'मुझे यक़ीन है, मैं वैसे भी भयंकर नज़र आ रही हूँ।' वह अनिश्चय से हँसी। उसे भरोसा नहीं था कि उसकी प्रतिक्रिया सही थी या नहीं।

'ग़लत,' चाको ने कहा। वह मम्माची की तरफ़ मुड़ा, एक ऐसी गर्व-भरी मुस्कान के साथ जिसे उसकी माँ देख नहीं सकती थी। 'यह उतनी ही सुन्दर है जितनी पहले थी।'

'मुझे अ...जो के बारे में सुन कर बहुत अफ़सोस हुआ,' मम्माची ने कहा। उनके स्वर में सिर्फ़, थोड़ा-सा अफ़सोस ही झलक रहा था। बहुत अफ़सोस नहीं।

थोड़ी देर के लिए जो-के-बारे-में-अफ़सोस वाली ख़ामोशी छा गयी।

'मेरी सोफ़ी मोल कहाँ है ?' मम्माची ने कहा, 'यहाँ आओ ताकि तुम्हारी दादी तुम्हें देख सके।'

सोफ़ी मोल को मम्माची के पास ले जाया गया। मम्माची ने अपना काला चश्मा ऊपर अपने बालों पर चढ़ा लिया। वह बिल्ली की तरह तिरछी आँखों से ऊपर भुकड़ी-लगे भैंसे के सिर को देखने लगा। *'ना। बिलकुल नहीं,'* भुकड़ी लगे भैंसे ने कहा, भुकड़ी-लगी भैंस-भाषा में।

अपनी आँख की पुतली के ऑपरेशन के बाद भी मम्माची सिर्फ़ प्रकाश और छाया ही देख पाती थीं। अगर कोई दरवाज़े में खड़ा होता, तो वे सिर्फ़ यही बता पातीं कि कोई दरवाज़े में खड़ा है। यह नहीं कि वह कौन है। वे चेक, या रसीद या बैंक का नोट उसी हालत में पढ़ पाती थीं अगर वह उनकी आँख के इतना क़रीब हो कि उनकी बरौनियाँ उसे छू सकें। वे तब उसे थिर करके पकड़े रखतीं और अपनी आँख उस

पर धीरे-धीरे फिरातीं। एक शब्द से दूसरे शब्द तक बढ़ाती हुईं।

क़स्बेवाली ने (अपनी परी जैसी फ्रॉक पहने) देखा कि सोफ़ी मोल को देखने के लिए मम्माची उसे खींच कर अपनी आँखों के क़रीब ले आयीं। चेक की तरह उसे पढ़ने के लिए। बैंक के नोट की तरह उसे परखने के लिए। मम्माची ने (अपनी निस्बतन बेहतर आँख से) धूसर लाल (न्न...न्नलगभग सुनहरे) बाल देखे, दो मोटे चित्तियों वाले (न्न...न्नलगभग गुलाबी) गालों की गोलाई, नीलीसलेटीनीली आँखें।

'पप्पाची जैसी नाक है,' मम्माची ने कहा। 'मुझे बताओ, क्या तुम एक सुन्दर लड़की हो ?' उन्होंने सोफ़ी मोल से पूछा।

'हाँ,' सोफ़ी मोल ने कहा।

'और लम्बी ?'

'अपनी उमर के हिसाब से लम्बी,' सोफ़ी मोल ने कहा।

'बहुत लम्बी,' बेबी कॉचम्मा ने कहा, 'एस्ता से कहीं ज़्यादा लम्बी।'

'यह उससे बड़ी है,' अम्मू ने कहा।

'फिर भी...' बेबी कॉचम्मा ने कहा।

वहाँ से थोड़ी दूर पर, वेलुता रबर के पेड़ों के बीच से आने वाले छोटे रास्ते पर चलता हुआ आया। नंगे बदन। बिजली की प्लास्टिक-चढ़ी तार का एक लच्छा उसके एक कन्धे पर लिपटा हुआ था। उसने अपना गहरे नीले और काले छापे वाला मुण्डू ढीला-ढीला घुटनों के ऊपर को चढ़ा कर पहन रखा था। उसकी पीठ पर जन्म चिन्ह के पेड़ का सगुनिया पत्ता था (जिसकी वजह से बारिशें समय पर आती थीं)। रात के वक़्त उसका पतझड़ का पत्ता।

इससे पहले कि वह पेड़ों के बीच से निकल कर सड़क पर क़दम रखता, राहेल ने उसे देख लिया और नाटक से चुपचाप सरक कर उसके पास जा पहुँची।

अम्मू ने उसे जाते हुए देखा।

मंच के बाहर खड़े-खड़े, वे दोनों को पूरे ताम-झाम के साथ अपने औपचारिक अभिवादन की रस्म को निभाते देखती रहीं। वेलुता ने, जैसा उसे सिखाया गया था, अपने मुण्डू को लहँगे की तरह फैला कर घुटने ज़रा-सा मोड़ते हुए अभिवादन किया, *द किंग्स ब्रेकफ़ास्ट* नामक फ़िल्म की अंग्रेज़ ग्वालन की तरह। राहेल ने सिर झुकाया (और कहा, 'झुको।') फिर उन्होंने अपनी छोटी उँगलियाँ एक-दूसरी में कटिया की तरह फँसायीं और गम्भीरता से हाथ हिलाये, किसी सम्मेलन में इकट्ठा बैंक अधिकारियों की भाव-भंगिमा के साथ।

गहरे हरे पेड़ों से छन कर आने वाली चित्तीदार धूप में अम्मू ने देखा कि वेलुता ने आसानी से उनकी बेटी को उठा लिया मानो वह गुब्बारे की तरह फुलायी जा सकने वाली बच्ची हो, हवा से बनी हो। जब उसने उसे ऊपर उछाला और वह उसकी बाँहों में आ गिरी तो अम्मू ने राहेल के चेहरे पर हवा में उड़ने वाले किशोरों की-सी बेइन्तहा ख़ुशी देखी।

उन्होंने वेलुता के पेट पर माँस-पेशियों के उभार को तनते और फिर चाकलेट

की पट्टी पर बनी फाँकों की तरह चमड़ी के नीचे लहर की तरह उठते देखा। उन्हें हैरत हुई कि उसका शरीर कैसे बदल गया था—इतनी ख़ामोशी से, एक सपाट मांसपेशियों वाले लड़के के शरीर से एक आदमी के शरीर में। उभरी रेखाओं वाला और कठोर। एक तैराक का शरीर। एक तैराक-बढ़ई का शरीर। ख़ूब चमकदार, मानो गाढ़े, मोमी-रोग़न से चमकाया हुआ।

उसके गालों की हड्डियाँ ऊँची थीं और हँसी उजली, सहसा खिल उठने वाली।

यह उसकी हँसी ही थी जो अम्मू को वेलुता के लड़कपन की याद दिलाती थी। वेल्या पाप्पन को नारियल गिनने में मदद देते हुए। अम्मू के लिए बनाये गये छोटे-छोटे उपहारों को उनके सामने बढ़ाते हुए, अपनी सपाट हथेली पर रख कर ताकि वे उसे छुए बिना उन्हें ले सकें। नावें, डिब्बियाँ, छोटी-छोटी पवन-चक्कियाँ। उन्हें अम्मू कुट्टी—नन्ही अम्मू—कह कर बुलाते हुए। हालाँकि वे उसकी बनिस्बत कहीं कम नन्ही थीं। अब जब वे उसकी तरफ़ देखतीं, उन्हें बरबस यह ख़याल आ जाता कि वह जिस आदमी में बदल गया था, वह उस लड़के से कितना कम मेल खाता था जो वह कभी था। उसकी हँसी ही वह एकमात्र चीज़ थी, जो वह लड़कपन से जवानी तक अपने साथ लेता आया था।

सहसा अम्मू ने उम्मीद की कि यह वही था जिसे राहेल ने जुलूस में देखा था। उन्होंने उम्मीद की कि यह वही था, जिसने आक्रोश से अपना झण्डा और अपनी गठीली बाँह ऊपर को उठायी थी। उन्होंने उम्मीद की कि उसने ख़ुशमिज़ाजी के अपने सावधान लबादे के नीचे उस सन्तुष्ट, व्यवस्थित दुनिया के ख़िलाफ़ एक ज़िन्दा, धड़कता ग़ुस्सा सँजो रखा होगा, जिसके ख़िलाफ़ ख़ुद उनके अन्दर इतना अदम्य रोष था।

उन्होंने उम्मीद की कि वही था।

उन्हें आश्चर्य हुआ कि उनकी बेटी उसके साथ किस हद तक शारीरिक रूप से सहज थी। आश्चर्य हुआ कि उनकी बेटी के पास लगता था एक ऐसा उप-संसार है जिससे *वे* पूरी तरह बाहर थीं। मुस्कानों और क़हक़हों का एक ऐसा स्पर्श-योग्य सघन संसार जिसमें उनकी, उसकी माँ की, कोई हिस्सेदारी नहीं थी। अम्मू ने अस्पष्ट रूप से महसूस किया कि उनके ख़यालों में ईर्ष्या का एक नाज़ुक, बैंगनी पुट है। उन्होंने ख़ुद को यह सोचने की मोहलत नहीं दी कि वह कौन था जिसके प्रति उन्हें ईर्ष्या थी। वह आदमी या उनकी अपनी बच्ची। या महज़ उनकी आपस में फँसी उँगलियों और सहसा खिल उठने वाली मुस्कानों का संसार।

उस आदमी ने, जो रबर के वृक्षों की छाया में खड़ा था और जिसके बदन पर धूप की अशरफ़ियाँ नाच रही थीं और जिसने उनकी बेटी को अपनी बाँहों में उठा रखा था, नज़रें ऊपर उठायीं और वे अम्मू की एकटक ताकती निगाह से जा मिलीं। एक क्षणभंगुर पल में सदियाँ सिमट आयीं। इतिहास औचक में निष्कवच पकड़ा गया। साँप की पुरानी केंचुल की तरह उतार फेंका गया। उसके चिन्ह, उसकी चोटों के निशान, पुरानी लड़ाइयों और पीछे को चलने वाले दिनों के ज़ख़्म—सब झड़ गये। अपनी ख़ाली की हुई जगह में वह एक कैफ़ियत छोड़ गया, एक छुई जा सकने वाली झिलमिलाहट, जो इतनी साफ़ नज़र आती थी जैसे नदी में पानी या आकाश में सूरज। इतनी साफ़

महसूस होती थी जैसे किसी गर्म दिन का ताप या तनी हुई डोरी पर मछली का झटका। इतनी स्पष्ट कि उस पर किसी का ध्यान नहीं गया।

उस नन्हे-से पल में वेलुता ने नज़रें उठायीं और ऐसी चीज़ें देखीं, जिन्हें उसने पहले कभी नहीं देखा था। चीज़ें जो तब तक पहुँच से बाहर रही थीं, इतिहास के अँखौड़ों की बजह से ढँकी रही थीं।

सीधी-सादी चीज़ें।

मिसाल के तौर पर उसने देखा कि राहेल की माँ एक औरत थी।

कि जब वह मुस्कराती तो उसके गालों में गहरे गड्ढे पड़ जाते और जब उसकी मुस्कान उसकी आँखों से विलीन हो जाती तब भी वे देर तक बने रहते। उसने देखा कि उसकी भूरी बाँहें गोल और भरी हुई और सुडौल थीं। कि उसके कन्धे चमकते थे, मगर उसकी आँखें कहीं और थीं। उसने देखा कि जब वह उसे उपहार देता तो अब उनको अपनी सपाट हथेली पर रख कर बढ़ाने की ज़रूरत नहीं थी कि कहीं उन्हें उठाते समय वह उससे छू न जाय। उसकी नावें और डिब्बियाँ। उसकी नन्ही-नन्ही पवनचक्कियाँ। उसने यह भी देखा कि वही अनिवार्य रूप से एकमात्र उपहार-दाता नहीं था। कि अम्मू के पास भी उसे देने के लिए उपहार थे।

यह जानकारी उसके भीतर सफ़ाई से उतरती चली गयी। नश्तर की तेज़ धार की तरह। एक साथ ठण्डी और गर्म। इसमें महज़ एक पल लगा।

अम्मू ने देखा कि उसने देख लिया है। उन्होंने निगाहें फेर लीं। उसने भी यही किया। इतिहास के प्रेत उन पर दावा जताने लौट आये। उन्हें फिर से इतिहास की पुरानी, जख़्मों के निशान से भरी खाल में लपेट कर वापस वहीं घसीट ले जाने के लिए जहाँ वे सचमुच रहते थे। जहाँ प्रेम के क़ानून यह तय करते थे कि किससे प्रेम करना चाहिए। और कैसे। और कितना।

अम्मू चल कर ऊपर बरामदे में आ गयीं, नाटक में वापस। काँपती हुईं।

वेलुता ने नज़रें नीची करके अपनी बाँहों में राजदूत सीं. टिड्डी को देखा। उसने उसे नीचे उतार दिया। ख़ुद भी काँपते हुए।

'ज़रा अपने आप को देखो !' वह उसकी झाग की तरह फूली हास्यास्पद फ्रॉक को देखते हुए बोला। 'इतनी सुन्दर ! शादी हो रही है ?'

राहेल उसकी बग़लों की तरफ़ झपटी और बेरहमी से उसे गुदगुदाने लगी। *इकिली इकिली इकिली*।

'मैंने कल तुम्हें देखा था,' वह बोली।

'कहाँ ?' वेलुता ने अपने स्वर को ऊँचा और चकित-सा बनाते हुए कहा।

'झूठे,' राहेल ने कहा, 'झूठे और कपटी। मैंने पक्का तुम्हें देखा था। तुम कम्यूनिस्ट बने हुए थे और तुम्हारे पास एक कमीज़ और झण्डा था। और तुमने मुझे देख कर भी नहीं देखा।'

'अइयो कष्टम,' वेलुता ने कहा, 'क्या मैं ऐसा कर सकता हूँ ? तुम्हीं बताओ, क्या वेलुता कभी ऐसा करेगा ? वह ज़रूर मेरा अर्से-से-खोया जुड़वाँ भाई रहा होगा।'

'कौन-सा अर्से-से-खोया जुड़वाँ भाई ?'

'उरुम्बन बुद्धू...वह जो कोच्चि में रहता है।'

'कौन उरुम्बन ?' तभी उसने उसकी आँखों की झिलमिलाहट देखी। 'झूठे ! तुम्हारा कोई जुड़वाँ भाई नहीं है ! वह उरुम्बन नहीं था ! वह *तुम* थे !'

वेलुता हँसा। उसकी हँसी बहुत प्यारी थी जो वह सचमुच दिल से हँसता था। 'मैं नहीं था,' वह बोला, 'मैं तो बीमार था बिस्तर पर।'

'देखा, तुम मुस्करा रहे हो,' राहेल ने कहा। 'इसका मतलब है तुम्हीं थे। मुस्कराने का मतलब है "तुम्हीं थे"।'

'ऐसा सिर्फ़ अंग्रेज़ी में होता है !' वेलुता ने कहा। 'मलयालम में मेरे गुरू जी हमेशा कहते थे, "मुस्कराने का मतलब है मैं नहीं था"।'

राहेल को यह गुत्थी सुलझाने में बस एक पल लगा। वह एक बार फिर उसकी तरफ झपटी। *इकिली इकिली इकिली !*

अब भी हँसते हुए वेलुता ने सोफ़ी के लिए खेले जा रहे नाटक की तरफ़ देखा। 'हमारी सोफ़ी मोल कहाँ है ? आओ, एक नज़र उसे देखें। क्या तुम्हें उसको लाना याद रहा, या तुम उसे पीछे छोड़ आयी हो ?'

'उधर मत देखो,' राहेल ने व्यग्रता से कहा।

वह सीमेंट की उस मुँडेर पर खड़ी हो गयी जो रबर के वृक्षों को सड़क से अलग करती थी और उसने अपने हाथों से वेलुता की आँखों को ढाँप लिया।

'क्यों ?' वेलुता ने कहा।

'क्योंकि,' राहेल ने कहा, 'मैं नहीं चाहती तुम उधर देखो।'

'एस्ता मोन कहाँ है ?' वेलुता ने उस राजदूत से पूछा, जिसने एक हवाई अड्डे की परी का रूप धरे सींकिया टिड्डी का रूप धरा हुआ था और जो उसकी कमर के गिर्द टाँगें लिपटाये, उसके कन्धे से लटकी हुई थी और जिसने अपने नन्हे-नन्हे चिपचिपे हाथों से उसकी आँखें ढाँप रखी थीं। 'मैंने उसे देखा नहीं।'

'अरे, उसको तो हमने कोचीन में बेच दिया,' राहेल ने बेपरवाही से कहा, 'एक बोरा चावल और एक टॉर्च के बदले में।'

उसकी कलफ़दार फ्रॉक की झाग वेलुता की पीठ पर लेस के खुरदरे फूलों के छापे बना रही थी। लेस के फूल और एक सगुनिया पत्ता एक काली पीठ पर खिल उठे।

लेकिन जब राहेल ने एस्ता को खोजने के लिए नाटक पर नज़र दौड़ायी तो उसने देखा कि एस्ता वहाँ नहीं था।

वापस, नाटक के भीतर कोच्चु मारिया ने प्रवेश किया। अपने ऊँचे केक के पीछे नाटी कोच्चु मारिया।

'केक आ गया,' उसने मम्माची से थोड़ा ऊँची आवाज़ में कहा।

कोच्चु मारिया मम्माची से हमेशा थोड़ा ऊँचे स्वर में बात करती थी क्योंकि उसका ख़याल था कि आँखों का कमज़ोर होना आप से आप दूसरी इन्द्रियों को भी प्रभावित

करता था।

'कण्डो, कोच्चु मारिये ?' मम्माची ने कहा। 'क्या तुमने हमारी सोफ़ी मोल को देखा ?'

'कण्डू, कॉचम्मा,' कोच्चु मारिया ने कहा, अतिरिक्त ऊँचे स्वर में। 'मैं उसे देख रही हूँ।'

वह सोफ़ी मोल की ओर देखते हुए मुस्करायी। अतिरिक्त चौड़ी मुस्कान। वह ठीक सोफ़ी मोल जितनी लम्बी थी। अपनी तमाम कोशिशों के बावजूद सीरियन ईसाई की बनिस्बत ज़्यादा नाटी।

'अपनी माँ का रंग पाया है इसने,' कोच्चु मारिया ने कहा।

'नाक पप्पाची जैसी है,' मम्माची ने ज़ोर दे कर कहा।

'उसके बारे में नहीं जानती मैं, लेकिन है यह बड़ी सुन्दर,' कोच्चु मारिया चिल्लायी। '*सुन्दरी कुट्टी।* नन्हा फ़रिश्ता है यह।'

नन्हे फ़रिश्तों का रंग सागर तट की रेत जैसा होता था और वे बेलबॉटम पहनते थे।

नन्हे शैतान मटियाले होते थे, हवाई अड्डे की परी वाली फ्रॉक में, अपने माथे पर गूमड़ लिये जो मुमकिन था सींगों में बदल जायें। और फ़व्वारे-नुमा बाल लव-इन-टोकियो में बाँधे। और उलटा पढ़ने के आदी।

और अगर तुम देखना गवारा करते, तुम उनकी आँखों में शैतान को देख सकते थे।

कोच्चु मारिया ने सोफ़ी के दोनों हाथ अपने हाथों में लिये, हथेलियाँ ऊपर को कीं, उन्हें अपने चेहरे तक उठाया और लम्बी साँस खींची।

'यह क्या कर रही है ?' आयमनम के खुरदरे हाथों में जकड़े लन्दन के मुलायम हाथों वाली सोफ़ी मोल ने जानना चाहा, 'यह कौन है और मेरे हाथों की गन्ध क्यों ले रही है ?'

'वह बावर्चिन है,' चाको ने कहा, 'यह उसका तरीक़ा है तुम्हें चूमने का।'

'चूमने का ?' सोफ़ी मोल को विश्वास नहीं आया, मगर वह उत्सुक थी।

'कितना अद्‌भुत है !' मार्ग्रेट कॉचम्मा बोली। 'यह एक तरह का सूँघना है। क्या आदमी-औरत भी एक-दूसरे के साथ ऐसा करते हैं ?'

उसका इरादा नहीं था कि उसकी बात से कुछ ऐसी ध्वनि आये, और उसका चेहरा लाल हो आया। ब्रह्माण्ड में एक झेंपी-शर्मिन्दा स्कूल टीचर-रूपी छेद।

'अरे, हर वक़्त !' अम्मू ने कहा और उनकी आवाज़ उनके इरादे के विपरीत एक व्यंग्य-भरी बुदबुदाहट की बनिस्बत कहीं ऊँची थी। 'इसी तरह तो हम बच्चे बनाते हैं।'

चाको ने उन्हें चाँटा नहीं मारा।

लिहाज़ा उन्होंने भी उसे पलट कर चाँटा नहीं लगाया।

लेकिन इन्तज़ार करती हवा में नाराज़गी भर गयी।

'मेरा ख़याल है अम्मू, तुम्हें मेरी पत्नी से माफ़ी माँगनी चाहिए,' चाको ने एक हिफ़ाज़ती मालिकाना अन्दाज़ में कहा (इस उम्मीद के साथ कि मार्ग्रेट कॉचम्मा *'भूतपूर्व पत्नी, चाको !'* कहते हुए उसकी ओर गुलाब नहीं हिलायेगी।)

'अरे नहीं !' मार्ग्रेट कॉचम्मा बोली। 'ग़लती मेरी थी। मेरा इरादा नहीं था कि उससे कुछ इस तरह का मतलब निकले...मेरा मतलब यह था कि–मेरा मतलब है कि यह सोचना बहुत दिलचस्प है कि–'

'सवाल बिलकुल वाजिब था,' चाको ने कहा। 'और मैं सोचता हूँ कि अम्मू को माफ़ी माँगनी चाहिए।'

'क्या हमें किसी मरदूद क़बीले का-सा व्यवहार करना चाहिए जिसे अभी-अभी खोज निकाला गया है ?' अम्मू ने पूछा।

'ओ डियर !' मार्ग्रेट कॉचम्मा ने कहा।

नाटक की नाराज़ ख़ामोशी में (हरियाली गर्मी में खड़ी नीली सेना अब भी मुस्तैदी से आँख गड़ाये थी) अम्मू चल कर वापस प्लिमथ तक गयीं, अपना सूटकेस निकाला, दरवाज़ा धमाके से बन्द किया और चमकते कन्धे लिये अपने कमरे की तरफ़ चल दीं। उन्होंने सब को हैरत से सोचने के लिए छोड़ दिया कि उन्होंने यह गुस्ताख़ी कहाँ सीखी थी।

और सच कहा जाय, यह कोई मामूली हैरत की बात नहीं थी।

क्योंकि अम्मू ने ऐसी शिक्षा नहीं पायी थी, न इस क़िस्म की किताबें पढ़ी थीं, न इस क़िस्म के लोगों से उनकी मेल-मुलाक़ात रही थी, जो उन्हें वैसा सोचने के लिए प्रेरित कर सकें, जैसा कि वे सोचती थीं।

वे बस जीव ही कुछ उस क़िस्म की थीं।

बचपन में, उन्होंने बहुत जल्द ही बाबा भालू अम्मा भालू की उन कहानियों को नज़रन्दाज़ करना सीख लिया था, जो उन्हें पढ़ने को दी गयी थीं। उनके निजी संसार में बाबा भालू पीतल के फूलदानों से अम्मा भालू की पिटाई करते थे। अम्मा भालू इन पिटाइयों को ख़ामोश बेबसी से सहती थी।

बड़े होने के दौरान, अम्मू ने अपने पिता को अपना घिनौना जाल बुनते देखा था। मुलाक़ातियों के साथ वे बड़ी सभ्यता और शिष्टता से पेश आते और अगर ख़ुदा-ना-ख़ास्ता कोई गोरा होता तो उनका व्यवहार लगभग ख़ुशामद की हद को छूने लगता। वे अनाथालयों और कुष्ठ आश्रमों को चन्दा देते। वे एक सुरुचिपूर्ण, उदार और नैतिक व्यक्ति के रूप में अपनी सार्वजनिक छवि पर ख़ासी मेहनत करते थे। लेकिन अपनी पत्नी और बच्चों के साथ अकेले में वे एक ख़ौफ़नाक, शक्की तानाशाह में बदल जाते, जिसमें एक दुष्ट मक्कारी का पुट भी होता। वे उन्हें पीटते, ज़लील करते और फिर मित्र-परिचितों और रिश्तेदारों की ईर्ष्या झेलने को विवश करते कि उन्हें कितना अच्छा पति और कितना अच्छा पिता मिला हुआ था।

अम्मू ने कई बार दिल्ली में सर्दियों की ठण्डी रातें अपने घर के गिर्द लगी मेंहदी की झाड़ी में छुप कर बितायी थीं (ताकि अच्छे परिवारों के लोग उन्हें देख न लें) क्योंकि पप्पाची बिगड़े मिज़ाज के साथ दफ्तर से घर लौटे थे, और उन्होंने अम्मू और मम्माची को पीट कर घर के बाहर निकाल दिया था।

ऐसी ही एक रात को, अम्मू ने, जो तब नौ साल की थीं, झाड़ी में अपनी माँ

के साथ छिपे-छिपे, घर की रोशन खिड़कियों में पप्पाची की बनी-ठनी छायाकृति को एक कमरे से दूसरे कमरे में घूमते देखा था। अपनी पत्नी और बेटी की पिटाई करने से ही सन्तुष्ट न हो कर (चाको तब दूर के स्कूल में था) उन्होंने पर्दे नोच कर गिरा दिये थे, फ़र्नीचर को ठोकरें मारी थीं और एक टेबल-लैम्प तोड़ दिया था। बत्तियाँ बुझने के एक घण्टे बाद, मम्माची के भयभीत निवेदन की अवहेलना करते हुए, नन्ही अम्मू एक रोशनदान से रेंगती हुई घर के भीतर दाख़िल हुई थीं ताकि अपने नये गमबूटों को बचा कर ला सकें जिन्हें वे किसी भी और चीज़ से ज़्यादा प्यार करती थीं। उन्होंने गमबूट काग़ज़ की एक थैली में रखे थे और दबे पाँव बैठके में वापस आयी ही थीं, जब अचानक बत्तियाँ जला दी गयीं।

पप्पाची सारा समय अपनी महॉगनी की झूलने वाली कुर्सी में बैठे, अँधेरे में ख़ामोशी से झूलते रहे थे। जब उन्होंने उसे पकड़ लिया तो वे एक शब्द नहीं बोले। उन्होंने अपने हाथी दाँत की मूठ वाले चाबुक से (वही जिसे उन्होंने स्टूडियो में खींचे गये अपने चित्र में गोद में रखा हुआ था) अम्मू की जम कर मरम्मत की। अम्मू रोयी-चिल्लायीं नहीं। जब उन्होंने उनकी पिटाई बन्द की तो उन्होंने अम्मू से मम्माची की सीने-पिरोने वाली अलमारी से उनकी दाँतेदार कैंची मँगवायी। अम्मू के देखते-देखते राजकीय कीट-विज्ञानी ने उनके नये गमबूट उनकी माँ की दाँतेदार कैंची से पुर्ज़ा-पुर्ज़ा कर दिये। काले रबर की पट्टियाँ फ़र्श पर गिरती रहीं। कैंची से कैंचियों-जैसी कच-कच की आवाज़ आती रही। अम्मू ने अपनी माँ का सुता हुआ भयभीत चेहरा नज़रन्दाज़ कर दिया जो खिड़की से भीतर झाँक रहा था। उनके प्यारे गमबूटों को पूरी तरह पुर्ज़ा-पुर्ज़ा होने में दस मिनट लगे। जब रबर की आख़िरी पट्टी लहराती हुई फ़र्श पर जा गिरी तो उनके पिता ने अपनी सर्द, सपाट आँखों से उन्हें देखा और रबर के ऐंठते हुए साँपों के सागर से घिरे हुए, कुर्सी पर बैठे, आगे-पीछे झूलते रहे, झूलते रहे, झूलते रहे।

जैसे-जैसे अम्मू और बड़ी हुईं उन्होंने इस ठण्डी, सुविचारित क्रूरता के साथ जीना सीख लिया। उन्होंने अन्याय के प्रति एक अभिमान का भाव विकसित कर लिया और ख़च्चरों जैसे बेपरवाह अड़ियलपने का वह रवैया, जो अमूमन किसी छोटे व्यक्ति में पैदा हो जाता है जिसे सारी ज़िन्दगी किसी बड़े व्यक्ति की धौंस सहनी पड़ती है। झगड़ों और मुठभेड़ों से बचने के लिए वे क़तई कुछ नहीं करती थीं। दरअसल, दावा तो यह किया जा सकता था कि वे उलटा उन्हें खोज निकालती थीं, शायद उनका आनन्द भी लेती थीं।

'क्या वह चली गयी ?' मम्माची ने अपने इर्द-गिर्द की ख़ामोशी से पूछा।

'वह चली गयी है,' कोच्चु मारिया ने ऊँची आवाज़ में कहा।

'क्या तुम्हें हिन्दुस्तान में ''मरदूद'' कहने की इजाज़त है ?' सोफ़ी मोल ने पूछा।

'किसने ''मरदूद'' कहा ?' चाको ने दरयाफ़्त किया।

'उन्होंने कहा,' सोफ़ी मोल बोली, 'अम्मू आण्टी ने। उन्होंने कहा, ''किसी मरदूद क़बीले''।'

'केक काटो और सब को एक-एक टुकड़ा दो,' मम्माची ने कहा।

'क्योंकि इंग्लैण्ड में हमें नहीं है,' सोफ़ी मोल ने चाको से कहा।

'क्या नहीं है ?' चाको बोला।

'म-र-दू-द कहने की इजाज़त,' सोफ़ी मोल ने कहा।

मम्माची ने अन्धेपन से बाहर चमकती हुई दुपहरी को देखा। 'क्या सब लोग यहाँ हैं ?' उन्होंने पूछा।

'*ऊवऽ*, कॉचम्मा,' हरियाली गर्मी में खड़ी नीली सेना बोली, 'हम सब यहाँ हैं।'

नाटक के बाहर राहेल ने वेलुता से कहा, 'हम यहाँ नहीं हैं, है न ? हम खेल भी नहीं रहे हैं।'

'यह एकदम सही है,' वेलुता ने कहा। 'हम खेल भी नहीं रहे हैं। लेकिन जो बात मैं जानना चाहता हूँ वह यह है कि हमारा एस्ताप्पाप्पीचाचेन कुट्टपेन पीटर मोन कहाँ है?'

और यह रबर के पेड़ों के बीच एक उल्लास-भरा, साँस फुला देने वाला रम्पलस्टिल्टस्किन-सरीखा नृत्य बन गया।

ओ एस्ताप्पाप्पीचाचेन कुट्टप्पेन पीटर मॉन
कहाँ, हाँ, कहाँ गये तुम जॉन

और फिर रम्पलस्टिलस्किन से धीरे-धीरे बढ़ कर वह स्कार्लेट पिम्पर्नेल तक पहुँचा।

हम ढूँढें यहाँ, हम ढूँढें वहाँ
फ्रान्सीसी ढूँढें यहाँ वहाँ
वह नभ में है या गया पाताल
वह महाछली एस्ताप्पेन लाल ?

कोच्चु मारिया ने मम्माची की मंज़ूरी के लिए नमूने के तौर पर केक का एक टुकड़ा काटा।

'हरेक को एक टुकड़ा,' मम्माची ने कोच्चु मारिया को ताकीद की—टुकड़े को मानिक की अँगूठियों वाली उँगलियों से हलके से छू कर देखते हुए कि वह काफ़ी छोटा तो है।

कोच्चु मारिया ने परिश्रमपूर्वक, मुँह से साँस लेते हुए, चाक़ू से बाक़ी के केक पर फूहड़ता से आरी चला दी मानो वह भुने हुए दुम्बे का बड़ा-सा टुकड़ा काट रही हो। उसने केक के टुकड़ों को एक बड़े-से चाँदी के थाल में रख दिया। मम्माची ने अपनी वायलिन पर *स्वागत है तुम्हारा, प्यारी सोफ़ी मोल* की एक धुन बजानी शुरू की। एक जी मितलाने वाली, चॉकलेटी धुन। चिपचिपी मीठी और पिघलती भूरी। चॉकलेट के तट पर चॉकलेट की लहरें।

धुन के बीच में ही चाको ने अपनी आवाज़ चॉकलेटी ध्वनियों से ऊँची उठायी। 'मम्मा !' उसने कहा (अपनी सस्वर पाठ वाली आवाज़ में)। 'मम्मा ! बस कीजिए। बहुत हो गया वायलिन !'

मम्माची ने वायलिन बजाना बन्द कर दिया और गज़ को बीच-हवा में थामे, चाको

की दिशा में देखा।

'काफ़ी ? तुम्हारे ख़याल से इतना काफ़ी है, चाको ?'

'काफ़ी से ज़्यादा,' चाको ने कहा।

'काफ़ी है तो काफ़ी है,' मम्माची ने बुदबुदा कर ख़ुद से कहा। 'मेरा ख़याल है अब मैं बन्द करूँ।' मानो यह विचार अचानक उन्हें आया था।

उन्होंने वायलिन को उसके काले वायलिन के आकार के डिब्बे में रख दिया। वह एक सूटकेस की तरह बन्द हो गया। और संगीत भी उसी के साथ बन्द हो गया।

क्लिक। और क्लिक।

मम्माची ने अपना काला चश्मा फिर से लगा लिया। और गर्मी-भरे दिन पर पर्दे खींच लिये।

अम्मू घर से बाहर निकलीं और उन्होंने राहेल को आवाज़ दी।

'राहेल ! मैं चाहती हूँ कि तुम अपनी दोपहर की झपकी ले लो ! अपना केक ख़त्म करने के बाद अन्दर आ जाना !'

राहेल का दिल बैठ गया। दोपहर की झपकी। उसे वह सख़्त नापसन्द थी।

अम्मू वापस अन्दर चली गयीं।

वेलुता ने राहेल को नीचे उतार दिया, और वह सड़क के छोर पर, नाटक की परिधि पर खोयी हुई-सी खड़ी रही। उसके क्षितिज पर एक विराट और नाख़ुशगवार झपकी मँडरा रही थी।

'और मेहरबानी करके उस आदमी को मुँह लगाना बन्द करो !' बेबी कॉचम्मा ने राहेल से कहा।

'मुँह लगाना ?' मम्माची ने कहा। 'कौन है, चाको ? कौन मुँह लगा रहा है ?'

'राहेल,' बेबी कॉचम्मा बोली।

'*किसके* मुँह लग रही है ?'

'किसको,' चाको ने अपनी माँ को सुधारा।

'ठीक है, *किसको* मुँह लगा रही है वह ?' मम्माची ने पूछा।

'आपके प्यारे वेलुता को—और किसे ?' बेबी कॉचम्मा ने कहा, और फिर चाको से बोली—'उससे पूछो कि कल कहाँ था वह। चलो, एक बार बिल्ली के गले में हमेशा के लिए घण्टी बाँध ही दी जाय।'

'इस समय नहीं,' चाको ने कहा।

'मुँह लगाना क्या होता है ?' सोफ़ी मोल ने मार्ग्रेट कॉचम्मा से पूछा, जिसने कोई जवाब नहीं दिया।

'वेलुता ? क्या वेलुता यहाँ है ? तुम हो यहाँ ?' मम्माची ने दुपहरी से पूछा।

'*ऊवऽ,* कॉचम्मा।' उसने पेड़ों को पार करके नाटक में क़दम रखा।

'तुम्हें पता चला, क्या हुआ था ?' मम्माची ने पूछा

'फ़ुट-वाल्व का वॉशर ख़राब था,' वेलुता ने कहा। 'मैंने उसे बदल दिया है। अब काम कर रहा है।'

'तो उसे चालू कर दो,' मम्माची ने कहा। 'टंकी ख़ाली है।'

'यह आदमी ज़रूर हमारे लिए मुसीबत का कारण बनेगा,' बेबी कॉचम्मा ने कहा। इसलिए नहीं कि उसके पास कोई दिव्य-दृष्टि थी या उसे अचानक कोई पैग़म्बराना इलहाम हुआ था। बल्कि महज़ वेलुता के लिए मुसीबत खड़ी करने की ख़ातिर। किसी ने उसकी बात पर ध्यान नहीं दिया।

'मेरी बात याद रखना,' उसने कटुता से कहा।

'उसे देखती हो ?' केक का थाल लिये, राहेल के पास पहुँचने पर कोच्चु मारिया बोली। उसका इशारा सोफ़ी मोल की तरफ़ था। 'जब वह बड़ी हो जायेगी तो वही हमारी कॉचम्मा होगी और वह हमारी तन्ख़ा बढ़ा देगी और हमें ओणम पर नायलॉन की साड़ियाँ देगी।' कोच्चु मारिया साड़ियाँ इकट्ठा करती थी, हालाँकि उसने कभी साड़ी नहीं पहनी थी और शायद कभी पहनने वाली भी नहीं थी।

'तो इससे क्या ?' राहेल ने कहा। 'उस समय तक मैं अफ़्रीका में रह रही हूँगी।'

'अफ़्रीका ?' कोच्चु मारिया नाक से हँसी। 'अफ़्रीका में तो काले बदसूरत लोग और मच्छर भरे पड़े हैं।'

'बदसूरत तो सिर्फ़ तुम हो,' राहेल ने कहा, और फिर (अंग्रेज़ी में) आगे जोड़ा 'स्टूपिड ड्वॉर्फ़[1] !'

'क्या कहा तुमने ?' कोच्चु मारिया ने धमकाते हुए कहा, 'मत बताओ मुझे। मैं जानती हूँ। सुन लिया मैंने। मम्माची को बताऊँगी। ज़रा रुको तो सही।'

राहेल टहलती हुई पुराने कुँए की तरफ़ चली गयी जहाँ आम तौर पर मारने के लिए कुछ चींटे मिल जाते थे। लाल चींटे जिन्हें कुचलने पर एक खट्टी पदीली गन्ध आती थी। कोच्चु मारिया केक का थाल लिये उसके पीछे-पीछे आयी।

राहेल ने कहा कि उसे उस बेवकूफ़ाना केक का कोई टुकड़ा नहीं चाहिए था।

'कुशुम्बी,' कोच्चु मारिया ने कहा, 'जलने वाले लोग सीधे नरक में जाते हैं।'

'कौन जलता है ?'

'मैं नहीं जानती। तुम बताओ,' झालरदार एप्रन और सिरके से भरे हृदय वाली कोच्चु मारिया ने कहा।

राहेल ने अपना धूप का चश्मा चढ़ा लिया और पीछे मुड़ कर नाटक पर नज़र डाली। हर चीज़ गुस्से के रंग की थी। मार्ग्रेट कॉचम्मा और चाको के बीच में खड़ी सोफ़ी मोल ऐसी दिखायी दे रही थी जैसे उसे थप्पड़ लगाया जाना चाहिए। राहेल ने रसीले चींटों की एक पूरी क़तार खोज निकाली। वे सब गिरजे को जा रहे थे। सबके लिबास लाल थे। इससे पहले कि वे वहाँ पहुँचते उन्हें मार देना ज़रूरी था। पत्थर से कुचलना और पिचका देना था। गिरजे में बदबूदार चींटों का होना बरदाश्त नहीं किया जा सकता था।

चींटों ने प्राण त्यागते समय एक हल्की चरमराती आवाज़ पैदा की। मानो कोई

1. बेवकूफ़ बौनी।

नन्ही-सी परी टोस्ट खा रही हो या एक कुरकरा बिस्कुट।

चींटिया गिरजा ख़ाली रहेगा और चींटिया पादरी अपने हास्यास्पद चींटिया पादरी वाले कपड़ों में इन्तज़ार करता रहेगा, चाँदी के धूपदान में लोबान झुलाता हुआ। और कोई नहीं आयेगा।

समय की एक पर्याप्त चींटिया अवधि तक प्रतीक्षा करने के बाद उसके माथे पर एक अजीब चींटिया पादरी की-सी त्योरी पड़ जायेगी और वह अफ़सोस से अपना सिर हिलायेगा। वह दमकती हुई चींटिया रंगीन-काँच वाली खिड़कियों पर निगाह डालेगा और जब उन्हें देखने का काम पूरा कर लेगा, वह एक विशाल चाभी से गिरजे में ताला बन्द करेगा और उसमें अँधेरा कर देगा। फिर वह अपनी पत्नी के पास घर जायेगा, और (अगर वह मर न गयी हुई) वे एक चींटिया दोपहर की झपकी लेंगे।

सोफ़ी मोल हैट पहने, बेलबॉटम डाटे और शुरू ही से प्रेम की पात्र, नाटक के बाहर चली आयी—यह देखने के लिए कि राहेल कुँए के पीछे क्या कर रही थी। लेकिन नाटक उसके साथ-साथ गया। जब वह चलती, वह भी चलता, जब वह रुक जाती, वह भी रुक जाता। प्यार-भरी मुस्कानों ने उसका अनुसरण किया। कोच्चु मारिया ने केक के थाल को अपनी प्यार-भरी नीचे की ओर उन्मुख मुस्कान के रास्ते से हटाया जब सोफ़ी मोल कुँए की फचर-फचर में उकड़ूँ बैठी (बेल-बॉटम के पीले पाँयचे अब तक गीली मिट्टी में लथ और पथ हो चुके थे)।

सोफ़ी मोल ने डॉक्टरों जैसी तटस्थता से उस दुर्गन्ध-भरी मार-काट का निरीक्षण किया। कुचली हुई लाल लाशों और धीमे-धीमे हिलती हुई चन्द टाँगों का लेप पत्थर पर चढ़ा हुआ था।

कोच्चु मारिया अपने केक के बचे-खुचे चूरे के साथ नज़रें गड़ाये थी।

प्यार-भरी मुस्कानें प्यार से निहार रही थीं।

नन्ही लड़कियों को खेलते हुए।

प्यारी।

एक सागर-तट के रंग की।

एक भूरी।

एक प्यार की जाने वाली।

एक कुछ कम प्यार की जाने वाली।

'आओ, एक को ज़िन्दा छोड़ दें ताकि वह अकेला महसूस करे,' सोफ़ी मोल ने सुझाव दिया।

राहेल ने उसे नज़रन्दाज़ कर दिया और सब को मार दिया। फिर अपनी झागदार हवाई अड्डे वाली फ्रॉक और उससे मेल खाती निक्कर (जो अब कलफ़दार नहीं रह गयी थी) और बेमेल धूप का चश्मा पहने वह भाग निकली। हरियाली गर्मी में ग़ायब हो गयी।

प्यार भरी मुस्कानें स्पॉट लाइट की तरह सोफ़ी मोल पर केन्द्रित रहीं—इस ख़याल में शायद कि प्यारी ममेरी बहनें लुका-छिपी खेल रही हैं जैसे कि प्यारी ममेरी बहनें अकसर खेला करती हैं।

9

श्रीमती पिल्ले, श्रीमती ईपन, श्रीमती राजगोपालन

पेड़ों से दिन-की-हरियाली रिस चुकी थी। ताड़ और नारियल के कलछौंहे पत्ते वर्षा ऋतु के आकाश में कुम्हलाई कंधियों की तरह चौड़े-चपटे झिरीदार नज़र आ रहे थे। नारंगी सूरज उनके मुड़े हुए, तिरछे, पकड़ने-को-तत्पर दाँतों के बीच से सरक रहा था।

फल खाने वाले चमगादड़ों का एक दस्ता धुँधलके को चीरता निकल गया।

अपने हाल पर छोड़ दी गयी सजावटी बगिया में राहेल, जिसे सुस्ती से पसरे हुए बौने और एक परित्यक्त देव-शिशु निहार रहे थे, थिर ठहरे हुए ताल के किनारे उकड़ूँ बैठी, मेंढकों को एक काई-लगे पत्थर से दूसरे काई-लगे पत्थर पर कूदते देख रही थी। सुन्दर बदसूरत मेंढक।

लिसलिसे। मस्सों से भरे। टर्राते।

अपने भीतर बन्दी, आकुल-अचुम्बित राजकुमारों को लिये हुए। जून के महीने की ऊँची घास में दुबके साँपों का आहार। एक सरसराहट। एक झपट। अब कोई मेंढक नहीं जो काई-ज़दा पत्थर से काई-ज़दा पत्थर पर छलाँग लगा सके। चूमने के लिए अब कोई राजकुमार नहीं।

उसके आने के बाद से यह पहली रात थी जब पानी नहीं बरसा था।

तक़रीबन इसी वक़्त, राहेल ने सोचा, *अगर यह वॉशिंग्टन होता, तो मैं अपने काम पर जा रही होती। बस का सफ़र। सड़क की बत्तियाँ। पेट्रोल के भभके। मेरे कैबिन के बुलेट-प्रूफ़ शीशे पर लोगों की साँसों से बनती सूरतें। लोहे की तश्तरी में मेरी तरफ़ धकेले गये सिक्कों की खनक। अपनी उँगलियों पर पैसों की महक। वक़्त का पाबन्द सुस्थिर आँखों वाला शराबी जो रात के ठीक दस बजे आता है : 'ए काली कुतिया ! चूस मेरा बम्बू !'*

उसके पास सात सौ डॉलर थे। और साँप के सिरों वाला एक सोने का कंगन। लेकिन बेबी कॉचम्मा ने पहले ही उससे पूछ लिया था कि उसका और कितने दिन यहाँ ठहरने का विचार है। और एस्ता के बारे में उसका क्या करने का इरादा है।

उसका कोई इरादा नहीं था।

कोई योजना नहीं।

कोई वैधाधिक कार नहीं।

उसने मुड़ कर ब्रह्माण्ड में डोलते, तिकोनी छतों वाले, उस मकान-रूपी छेद पर

नज़र डाली और उस रुपहली कटोरी में रहने की कल्पना की जो बेबी कॉचम्मा ने छत पर लगवा रखी थी। वह इतनी बड़ी तो *नज़र* आती ही थी कि लोग उसमें रह सकें। निश्चय ही वह बहुत-से-लोगों के घरों से बड़ी थी। मसलन, कोच्चु मारिया की सिकुड़ी-सिमटी कोठरी से।

अगर वे वहाँ सोने लगे, एस्ता और वह, स्टील की एक छिछली बच्चेदानी में एक-दूसरे से लिपटे भ्रूणों की तरह तो हल्क होगन और बैम बैम बिगलो क्या करेंगे ? अगर तश्तरी की जगह घिरी रही तो *वे* कहाँ जायेंगे ? क्या वे चिमनी से फिसल कर बेबी कॉचम्मा की ज़िन्दगी और उसके टी.वी. के भीतर प्रवेश करेंगे ? क्या वे पुराने चूल्हे पर *हीय्याह* चिल्लाते हुए, अपने फूले हुए पुट्ठों और चित्तीदार कपड़ों के साथ धमक पड़ेंगे ? क्या वे दुबले-पतले लोग—अकालपीड़ित और शरणार्थी—दरवाज़ों की दरारों से सरक कर दाख़िल होंगे ? क्या नरसंहार खपरैलों के बीच से फिसलेगा ?

आसमान टी.वी से अटा पड़ा था। अगर तुम ख़ास क़िस्म के चश्मे पहनते तो तुम उन्हें चमगादड़ों और घर लौटते पखेरुओं के बीच आसमान में फिरकी की तरह नाचते देख सकते थे—सुनहरे बालों वाली औरतें, युद्ध, अकाल, फ़ुटबॉल, पाकशास्त्रियों के कार्यक्रम, विप्लव, हेयर स्प्रे से जमायी गयी केश सज्जाएँ। कसरत से कमाये गये सीने। हवाई छलाँग लगाने वालों की तरह आयमनम की तरफ़ उड़ते बहते आते हुए। आकाश में अल्पनाएँ रचते हुए। पहिए। पवनचक्कियाँ। खिलते और मुँदते फूल।

हीय्याह !

राहेल ने मुड़ कर फिर मेंढकों पर ध्यान लगाया।

मोटे। पीले। काई-लगे पत्थर से काई-लगे पत्थर तक। उसने हलके से एक मेंढक को छुआ। उसने अपनी पलकें ऊपर उठायीं। एक अजीब-से आत्मविश्वास के साथ।

निमेषक पटल, उसे याद आया एस्ता और वह एक बार पूरा दिन यह कहते रहे थे। एस्ता और वह और सोफ़ी मोल।

निमेषक
इमेषक
मेषक
एषक
षक
अक

उस दिन उन तीनों ने साड़ियाँ पहन रखी थीं (पुरानी-धुरानी, आधे में फाड़ी हुई)। एस्ता ने परिधान विशेषज्ञ की भूमिका निभायी थी। उसने सोफ़ी मोल की चुन्नटें चुनी थीं। राहेल का पल्लू सँवारा था और अपना भी। उन्होंने अपने माथे पर लाल बिन्दियाँ लगायी हुई थीं। अम्मू द्वारा वर्जित काजल को धोने की कोशिश करने के दौरान वह धब्बों की तरह उनकी आँखों पर सब जगह फैल गया था और कुल मिला कर वे हिन्दू महिलाओं का भेस धरने की कोशिश करते तीन रैकून लग रहे थे। यह सोफ़ी मोल के आने के लगभग एक हफ़्ते बाद की बात थी। और उसके मरने से हफ़्ता भर पहले की। तब तक उसने राहेल और एस्ता के कुशल निरीक्षण की छाया में अडिग रूप से

हर काम किया था और उनकी सारी अपेक्षाओं पर खरा उतरते हुए उन्हें चकित कर दिया था।

उसने :

(क) चाको को बता दिया था कि इसके बावजूद कि वह उसका असली पिता था, वह उसे जो की बनिस्बत कम प्यार करती थी—(इससे चाको किन्हीं दो-डिम्बों से जन्मे व्यक्तियों के स्थानापन्न पिता के रूप में उपलब्ध हो गया था जो उसके स्नेह के भूखे थे भले ही ख़ुद उसका रुझान इस तरफ़ इतना नहीं था।)

(ख) मम्माची के उस प्रस्ताव से इनकार कर दिया था कि वह हर रात मम्माची की चुटिया गूँथने और तिलों की गिनती करने के विशेषाधिकारी के रूप में राहेल और एस्ता की जगह ले ले।

(ग) (और सबसे महत्वपूर्ण) बड़ी कुशलता से मौजूदा तेवर को भाँप कर, न सिर्फ़ बेबी कॉचम्मा के सारे प्रस्तावों और छोटे-छोटे प्रलोभनों को नामंज़ूर कर दिया था, बल्कि सीधे-सीधे और निहायत बेरुख़ी से उन्हें ठुकरा दिया था।

जैसे इतना ही काफ़ी न था, उसने साबित कर दिया था कि वह मानवीय भी है। एक दिन जब दोनों जुड़वाँ नदी की एक गुपचुप सैर से लौटे (जिसमें सोफ़ी मोल को शामिल नहीं किया गया था) तो उन्होंने सोफ़ी मोल को आँखों में आँसू भरे, बगिया में बेबी कॉचम्मा की घुमावदार क्यारी के शिखर पर टिके पाया, *'अकेला महसूस करते हुए,'* जैसा कि उसने बताया। अगले दिन एस्ता और राहेल वेलुता से मुलाक़ात करने के लिए उसे अपने साथ लेते गये थे।

वे उससे साड़ियाँ पहन कर मिलने गये थे, बेढंगेपन से क़दम रखते, लाल मिट्टी और ऊँची घास के बीच भदभदाते हुए *(निमेषक इमेषक मेषक ऐषक षक अक),* और उन्होंने अपना परिचय श्रीमती पिल्ले, श्रीमती ईपन और श्रीमती राजगोपालन के रूप में दिया था। वेलुता ने अपना और अपने लक़वा-ग्रस्त भाई कुट्टप्पेन का परिचय दिया था (हालाँकि वह गहरी नींद में था)। उसने उन सबको कॉचम्मा कह कर सम्बोधित किया था और उन्हें पीने के लिए ताज़ा नारियल पानी दिया था। वह उनसे बतियाता रहा था। मौसम के बारे में। नदी के बारे में। और इस तथ्य के बारे में कि उसके ख़याल से नारियल के पेड़ हर साल पहले से छोटे होते जा रहे हैं। आयमनम की महिलाओं की तरह। उसने अपनी बदमिज़ाज मुर्ग़ी से उनकी भेंट करायी थी। उसने उन्हें अपने बढ़ईगीरी के औज़ार दिखाये थे और तीनों को एक-एक लकड़ी का चम्मच तराश कर भेंट किया था।

यह तो अब जा कर ही, इतने वर्षों बाद, राहेल ने वयस्कों की विगत-दृष्टि के बल पर उस हाव-भाव की मधुरता को पहचाना। एक बड़ा आदमी तीन रैकूनों की आव-भगत करता हुआ, उन्हें असली महिलाओं का दर्जा देते हुए, उनसे वैसा ही व्यवहार करता हुआ। सहज ज्ञान से उनके कल्पित आयोजन में शामिल होता हुआ, इस बात का ध्यान रखता हुआ कि उसे नष्ट-भ्रष्ट न कर दे। वयस्क लापरवाही से। या दुलार से।

आख़िरकार, कितना आसान होता है एक कहानी को चूर-चूर कर देना। ख़यालों

के एक सिलसिले को तोड़ देना। एक सपने के टुकड़े को नष्ट कर देना, जिसे चीनी मिट्टी के किसी पात्र की तरह सावधानी से सँजो कर यहाँ-वहाँ ले जाया जा रहा हो।

उसे जीवित रहने देना, उसका साथ देना, जैसा वेलुता ने किया था, कहीं अधिक कठिन काम है।

आतंक के तारी होने से तीन दिन पहले उसने उन्हें अम्मू द्वारा फेंक दिये गये लाल क्यूटेक्स से उसके नाख़ूनों को रँगने की छूट दे दी थी। वह ऐसा ही था जिस दिन इतिहास ने पिछले बरामदे में आ कर उनसे भेंट की थी। भड़कीले नाख़ूनों वाला एक बढ़ई। सवर्ण पुलिसवालों के दस्ते ने नाख़ूनों को देखा था और हँसे थे।

'यह क्या है ?' एक ने कहा था, 'एसी-डीसी ?'

दूसरे ने अपना बूट उठाया था जिसके तले की उभरी हुई धारियों में एक कनखजूरा गुड़ी-मुड़ी हो कर लिपटा हुआ था। मुर्चे के रंग का गहरा भूरा। लाखों टाँगें।

रोशनी की आख़िरी पट्टी देव शिशु के कन्धे से फिसल गयी। धुँधलके ने बगिया को निगल लिया। समूचा। किसी अजगर की तरह। घर में बत्तियाँ जल उठीं।

राहेल एस्ता को उसके कमरे में अपने साफ़-सुथरे पलँग पर बैठे देख सकती थी। वह सीख़चेदार खिड़की से बाहर अँधेरे को देख रहा था। वह उसे नहीं देख सकता था, अँधेरे में बाहर बैठी हुई, अन्दर रोशनी की तरफ़ देखती हुई।

कथानक और घटना-क्रम के किसी भी संकेत से वंचित, एक दुर्बोध रहस्यमय नाटक में फँसे अभिनेताओं का जोड़ा। अपनी भूमिकाओं को लड़खड़ाते हुए निभाता, किसी और के दुख से दुखी होता। किसी और के ग़म से ग़मगीन।

नाटकों की अदला-बदली करने में, किसी तरह, असमर्थ। या फ़ीस अदा करके एक लुभावनी डिग्री वाले किसी सलाहकार से प्रेत-मुक्ति की कोई सस्ती चालू क़िस्म ख़रीदने में, जो उन्हें बैठा कर बहुत-से तरीक़ों में से एक में कह सके, 'तुम पापी नहीं हो। पाप तो तुम्हारे साथ किया गया है। तुम तो महज़ बच्चे थे। तुम्हारा कोई इख़्तियार नहीं था। तुम तो *शिकार* हो, अपराधी नहीं।'

अगर वे पाला बदल कर दूसरी तरफ़ जा सके होते तो शायद इससे उन्हें मदद मिली होती। अगर कहीं वे, थोड़ी देर के लिए ही सही, शिकार होने का दुखद लबादा पहन सके होते। फिर वे उसका सामना कर पाये होते और जो कुछ हुआ था उसके प्रति आक्रोश जागृत कर सके होते। या उसके प्रतिकार की माँग कर सके होते। और अन्ततः, शायद, उन स्मृतियों से मुक्त हो सके होते, जो प्रेत की तरह उनका पीछा करती थीं।

लेकिन आक्रोश उन्हें उपलब्ध नहीं था और उस दूसरी चीज़ पर लगाने के लिए कोई मुखौटा नहीं था जिसे उन्होंने अपने चिपचिपे दूसरे हाथों में थाम रखा था, एक काल्पनिक सन्तरे की तरह। कोई जगह नहीं थी जहाँ वे उसे नीचे रख देते। वह उनका था नहीं कि वे उसे किसी को दे देते। उसे तो थामे ही रखना था। सावधानी से और हमेशा के लिए।

एस्ताप्पेन और राहेल, दोनों को मालूम था कि उस दिन (उनके अलावा) और भी बहुत-से अपराधी थे। लेकिन शिकार सिर्फ़ एक था। और उसके नाख़ून ख़ून की तरह सुर्ख़ थे और उसकी पीठ पर एक भूरा पत्ता था जिसकी वजह से बारिशें समय पर आती थीं।

वह अपने पीछे ब्रह्माण्ड में एक छेद छोड़ गया जिससे हो कर अन्धकार पिघले तारकोल की तरह ढलता चला गया। जिससे हो कर उनकी माँ भी, विदाई में हाथ हिलाने के लिए मुड़े बिना, चली गयी। वह उन्हें पीछे छोड़ गयी, अँधेरे में फिरकी की तरह नाचते हुए, किसी ठौर-ठिकाने के बिना, एक ऐसी जगह में जिसकी कोई बुनियाद नहीं थी।

घण्टों बाद चन्द्रमा उदित हुआ और उसने धुँधलके के अजगर को वह सब वापस उगलने को मजबूर कर दिया, जिसे उसने निगल लिया था। बगिया फिर से प्रकट हुई। समूची उगली जा कर। राहेल को अपने भीतर बैठाये हुए।

हवा ने दिशा बदली और नगाड़ों की आवाज़ उस तक लायी। एक *उपहार*। एक कहानी का वादा। *एक समय की बात है,* उन्होंने कहा, *वहाँ रहता था एक*

राहेल ने अपना सिर उठाया और सुनती रही।

साफ़ रातों को चेंडा की आवाज़ आयमनम मन्दिर से एक-एक किलोमीटर की दूरी तक सुनायी देती, कथकली नृत्य की सूचना देती हुई।

राहेल चल दी। खड़ी ढलवाँ छतों और सफ़ेद दीवारों की स्मृति से खिंचती हुई। पीतल के दीपदानों की लौ और काली, तेल चुपड़ी लकड़ी की स्मृति से। वह एक पुराने हाथी से मिलने की उम्मीद ले कर गयी जो कोट्टयम-कोचीन राजमार्ग पर बिजली के झटके से मारा नहीं गया था। रसोई-घर के पास वह एक नारियल लेने के लिए रुकी।

बाहर जाते हुए उसका ध्यान गया कि कारख़ाने का एक जालीदार दरवाज़ा अपने क़ब्ज़ों से बाहर आ गया था और दहलीज़ में टिका खड़ा था। उसने उसे परे सरकाया और अन्दर क़दम रखा। हवा सीलन और नमी से भारी थी, इतनी गीली कि मछलियाँ उसमें तैर सकती थीं।

उसके जूतों के नीचे फ़र्श बारिशों की काई और कचरे से चिकना था। एक छोटा-सा परेशान चमगादड़ छत की कड़ियों के बीच उड़ता फिर रहा था।

धुँधलके में सीमेंट के बने अचार के नाटे हौज़ों की परछाइयों के कारण कारख़ाने का कमरा गोलाकार मृतकों की आच्छादित क़ब्रगाह-सरीखा लग रहा था।

पैराडाइज़ अचार और मुरब्बे के पार्थिव अवशेष।

जहाँ अर्सा पहले उस दिन जब सोफ़ी मोल आयी थी, राजदूत ई. पेल्विस ने जैम के एक पतीले में कड़छुल चलायी थी और दो विचार विचारे थे। जहाँ एक लाल कच्चे-आम-की-शक्ल-वाले राज़ का अचार डाल कर सील-बन्द करके अलग रख दिया गया था।

सच है। चीज़ें एक दिन में बदल सकती हैं।

10

नाव में नदी

सामने वाले बरामदे में जब *स्वागत है तुम्हारा, प्यारी सोफ़ी मोल* नाटक खेला जा रहा था और कोच्चु मारिया हरियाली गर्मी में एक नीली सेना को केक बाँट रही थी, हल्के भूरे और नोकदार जूतों वाले (बालों में बुल्ला सजाये) राजदूत ई. पेल्विस/एस. पिम्पर्नेल ने पैराडाइज़ अचार के सीले और अचार से गँधाते कारख़ाने के जालीदार दरवाज़े को धकेल कर खोला। वह अचार डालने के लिए बनाये गये सीमेंट के विशाल हौज़ों के बीच सोचने के लिए एक जगह की तलाश में चहलक़दमी करता रहा। घुग्घू, ओउसा, जो रोशनदान के पास एक कालिख-ज़दा शहतीर पर रहता था (और कभी-कभार पैराडाइज़ द्वारा बनायी गयी किन्हीं चीज़ों के स्वाद में योगदान भी करता रहता था) उसे चहलक़दमी करते देखता रहा।

नमक के पानी में तैरते नींबुओं के पास से, जिन्हें समय-समय पर कोंचना पड़ता था (वरना पारदर्शी सूप में झालरदार कुकुरमुत्तों की तरह नमक के पानी में काली फफूँदी के टापू बन जाते थे।)

बीच से काट कर नमक-मिर्च भरने के बाद एक-दूसरे से मिला कर डोरी से बाँधे गये कच्चे आमों के पास से। (उन पर कुछ समय तक कोई ध्यान देने की ज़रूरत नहीं थी।)

काग-लगे काँच के पीपों में भरे सिरके के पास से।

लासे और मसालों के ख़ानों के पास से।

करेले के थालों के पास से, जिनमें चाक़ू और रंगीन अंगुश्ताने भी रखे हुए थे।

लहसुन और छोटे-छोटे प्याज़ों से फूले टाट के बोरों के पास से।

ताज़ा कच्ची काली मिर्च की ढेरियों के पास से।

फ़र्श पर केले के छिलकों के अम्बार के पास से। (जिन्हें सुअरों के चारे के लिए रख छोड़ा गया था।)

चिप्पियों से भरी चिप्पियाँ रखने वाली अलमारी के पास से।

गोंद के पास से।

गोंद के ब्रश के पास से।

लोहे की एक चिलमची के पास से जिसमें साबुन की झाग वाले पानी में बोतलें तैर रही थीं।

नींबू-निचोड़ के पास से।
अंगूर के कोल्हू के पास से।
और वापस।

अन्दर अँधेरा था। प्रकाश के नाम पर बस, मैल-भरे जाली के दरवाज़ों से छन कर आने वाली रोशनी और रोशनदान से धूल-भरी धूप का एक शहतीर ही था (जिसे ओउसा इस्तेमाल नहीं करता था।) सिरके और हींग की गन्ध उसके नथुनों में चुनचुनी पैदा करने लगी, मगर एस्ता उसका आदी था, उसे पसन्द करता था। सोचने के लिए उसे जो जगह मिली, वह दीवार और लोहे के उस बड़े कड़ाह के बीच थी जिसमें ताज़ा-ताज़ा उबाले गये (अवैध) केले के जैम की एक खेप धीरे-धीरे ठण्डी हो रही थी।

जैम अब भी गर्म था और उसकी चिपचिपी लाल सतह पर गाढ़ी गुलाबी झाग धीरे-धीरे मर रही थी। केले के नन्हे-नन्हे बुलबुले जैम की गहराई में डूबते हुए, और कोई उनकी मदद करने वाला नहीं।

ऑरेंज-लेमन वाला आदमी किसी भी मिनट अन्दर आ सकता था। कोचीन-कोट्टयम बस पकड़ कर यहाँ। और अम्मू उसे चाय का एक प्याला पेश करतीं। या अन्नानास का रस शायद। बर्फ़ डाल कर। गिलास में पीला-पीला।

लोहे के लम्बे कड़छुल से। एस्ता ने ताज़ा गाढ़े जैम को चलाया।
मरती हुई झाग ने मरती हुई झागदार शक्लें इख़्तियार कीं।
कुचले डैनों वाला एक कौआ।
मुर्ग़ी का एक भिंचा हुआ पंजा।
एकुल्लू (ओउसा नहीं) जैम की जी मिचलाने वाली दलदल में फँसा हुआ।
एक उदास चकरघिन्नी।
और मदद के लिए कोई नहीं।

गाढ़े जैम को चलाते-चलाते एस्ता ने दो विचार विचारे और जिन दो विचारों को उसने विचारा वे ये थे :

(क) *किसी के साथ कुछ भी हो सकता है।*
और
(ख) *तैयार रहना सबसे अच्छी चीज़ है।*

इन विचारों को विचारने के बाद एकाकी एस्ता ज्ञान के अपने इस छोटे-से टुकड़े को ले कर खुश था।

जैसे-जैसे तरबूज़ी रंग का जैम गोल-गोल नाचता गया, एस्ता बिगड़े हुए बुल्ले और ऊबड़-खाबड़ दाँतों वाला मथनिया जादूगर बन गया, और फिर मैकबेथ की डायनें।

आग जले, केला उबले।

अम्मू ने एस्ता को केले के जैम का मम्माची वाला नुस्ख़ा अपनी नयी—सफ़ेद पुश्ते वाली काली—नुस्ख़ों की कॉपी में उतारने की इजाज़त दे दी थी।

अम्मू ने जो सम्मान उसे बख़्शा था, उसके गहरे एहसास के साथ एस्ता ने अपनी

दोनों बेहतरीन लिखावटें इस्तेमाल की थीं।

केले का जैम (अपनी *पुरानी* बेहतरीन लिखावट में)

पके केले को मसलिए। ऊपर तक पानी भर कर तेज़ गर्म आँच पर पकाइए।
जब तक कि फल नरम न हो जाये।
मोटी मलमल से छान कर रस को दबा कर निकाल लिजिए।
बराबर की मात्रा में चीनी तोलिए और <u>अलग रख दीजिए।</u>
फल के रस को तब तक पकाइए जब तक वह लाल न हो जाय
और लगभग आधा रस भाप बन कर उड़ जाय।

लासा (पेक्टिन) इस प्रकार तैयार करें :
अनुपात 1 : 5
यानी : 4 चम्मच पेक्टिन : 20 चम्मच चीनी

एस्ता हमेशा पेक्टिन के बारे में यही सोचता था कि वह हथौड़ों वाले तीन भाइयों—पेक्टिन, हेक्टिन और ऐबेडनेगो—में सबसे छोटा था। वह कल्पना करता कि वे मन्द होती रोशनी और हल्की फुहार में लकड़ी का एक जहाज़ बना रहे हैं। नूह के बेटों की तरह। वह उन्हें अपने दिमाग़ में साफ़-साफ़ देख सकता था। समय से होड़ लगाये हुए। उनके हथौड़ों की आवाज़ आते-तूफ़ान वाले उद्विग्न आकाश के नीचे मद्धम-मद्धम गूँजती हुई। और नज़दीक ही जंगल में, आते-तूफ़ान के भुतहे प्रकाश में, जानवरों के क़तारबन्द जोड़े।

लड़की लड़का।
लड़की लड़का।
लड़की लड़का।
लड़की लड़का।
जुड़वों की मनाही थी।

नुस्ख़े का बाक़ी हिस्सा एस्ता की नयी बेहतरीन लिखावट में था। नुकीली, काँटेदार। वह पीछे को झुकी पड़ती थी मानो अक्षर शब्द बनाने से हिचकिचा रहे हों और शब्द वाक्यों में रहने से कतरा रहे हों :

पेक्टिन को गाढ़े रस में मीलाइए। कुछ (5) मिनिटों तक पकाइए।
चारों तरफ़ से तेज़ जलती आग का प्रयोग कीजिए।
चीनी मीलाइए। जब तक परत जैसा गाढ़ापन न आ जाये तब तक पकाइए।
धीरे-धीरे ठण्डा कीजिए।
उम्मीद है आप इस नुस्ख़े का आनन्द लेंगे।

हिज्जों की ग़लतियों के अलावा, आख़िरी पंक्ति—*उम्मीद है आप इस नुस्ख़े का आनन्द*

लेंगे—नुस्ख़े के मूल प्रारूप में एस्ता का एकमात्र योगदान था।

धीरे-धीरे, जैसे-जैसे एस्ता कड़छुल चलाता रहा, केले का जैम गाढ़ा और ठण्डा होता गया और विचार नम्बर तीन बिन-बुलाये उसके हल्के भूरे और नोकदार जूतों से उठा।

विचार नम्बर तीन था :

(ग) *एक नाव।*

एक नाव-नदी पार जाने के लिए। अक्करा। दूसरी तरफ़। एक नाव खाने-पीने का सामान ले जाने के लिए। माचिसें। कपड़े। बर्तन-भाँडे। चीज़ें जिनकी उन्हें दरकार होगी और जिन्हें ले कर वे तैर नहीं सकते थे।

एस्ता की बाँहों के रोंए खड़े हो गये। जैम-चलाना नाव-खेना बन गया। गोल-गोल की बजाय आगे-पीछे होने लगा। एक चिपचिपी लाल नदी में। ओणम की नौका-दौड़ का एक गीत कारख़ाने में गूँजने लगा। *'थेई थेई थाक्का थेई थेई थोम !'*

एंडा डा कोरांगाचा, चांडी इथरा थेंजाडू ?
(बोलो बोलो बन्दर राम चूतड़ क्यों है इतना लाल ?)
पांडिल थूरन पोयप्पोल नेराक्कामुथिरी नेरांगी न्यान।
(हगने गया था मैं मद्रास, वहीं छिल गयी मेरी खाल।)

नौका-गीत के किसी क़दर अशिष्ट प्रश्नों और उत्तरों के ऊपर से तैरती हुई राहेल की आवाज़ कारख़ाने में आयी।

'एस्ता ! एस्ता ! एस्ता !'

एस्ता ने जवाब नहीं दिया। नौका-गीत का समवेत स्वर गाढ़े जैम में फुसफुसाया जाने लगा।

थीयोम
थिथोम
थरका
थिथोम
थीम

एक जालीदार दरवाज़ा चरमराया और सींगों के गूमड़ और पीले किनारों वाले लाल धूप के चश्मे वाली एक हवाई अड्डे की परी ने भीतर झाँका। सूरज उसके पीछे था। कारख़ाना नाराज़ रंग का था। नमक-लगे नींबू लाल थे। कच्चे आम लाल थे। चिप्पियों वाली अलमारी लाल थी। धूल-भरी धूप का शहतीर (जिसे ओउसा कभी नहीं इस्तेमाल करता था) लाल था।

जालीदार दरवाज़ा बन्द हो गया।

राहेल अपने फ़व्वारे को लव-इन-टोकियो में बाँधे ख़ाली कारख़ाने में खड़ी थी। उसने एक भिक्षुणी की आवाज़ को नौका-गीत गाते सुना। सिरके के भभकों और अचार के हौज़ों के ऊपर बहता हुआ एक शुद्ध सप्तम।

वह काले कड़ाह में लाल शोरबे के ऊपर झुके एस्ता की तरफ़ मुड़ी। 'क्या चाहिए तुम्हें ?' एस्ता ने नज़रें ऊपर किये बिना पूछा।

'कुछ नहीं,' राहेल बोली।

'फिर यहाँ क्यों आयी हो ?'

राहेल ने जवाब नहीं दिया। एक छोटी-सी शत्रुतापूर्ण चुप्पी छा गयी।

'तुम जैम में चप्पू क्यों चला रहे हो ?' राहेल ने पूछा।

'हिन्दुस्तान एक आज़ाद देश है,' एस्ता ने कहा।

इसके साथ कोई बहसबाज़ी नहीं हो सकती थी।

हिन्दुस्तान एक आज़ाद देश था।

तुम नमक बना सकते थे। जैम में चप्पू चला सकते थे, अगर तुम्हारी मर्ज़ी होती।

ऑरेंज-लेमन वाला आदमी जालीदार दरवाज़े से हो कर सीधा अन्दर आ सकता था।

अगर उसकी मर्ज़ी होती।

और अम्मू उसे अन्नानास का रस पेश करतीं। बर्फ़ डाल कर।

राहेल सीमेंट के एक हौज़ के किनारे पर बैठ गयी (बकरम और लेस के झागदार छोर ने कच्चे आम के अचार में नज़ाकत से डुबकी लगायी) और उसने रबर के अंगुश्ताने पहनने की कोशिश की। तीन नीली मक्खियों ने अन्दर आने की इच्छा से जालीदार दरवाज़ों के साथ घमासान मचा रखा था। और घुग्घू ओउसा अचार की गन्ध वाले इस मौन को निहार रहा था जो दोनों जुड़वों के बीच एक चोट की तरह पसरा हुआ था।

राहेल की उँगलियाँ पीली हरी नीली लाल पीली थीं।

एस्ता का जैम मथा जा चुका था।

राहेल जाने के लिए उठी। अपनी दोपहर की नींद के लिए।

'तुम कहाँ जा रही हो ?'

'कहीं भी।'

राहेल ने अपनी नयी उँगलियाँ उतार दीं और अब उसे उँगलियों के रंग की अपनी उँगलियाँ वापस मिल गयी थीं। न पीली, न हरी, न नीली, न लाल। न पीली।

'मैं अक्करा जा रहा हूँ,' एस्ता ने कहा। ऊपर देखे बिना। 'इतिहास-घर को।'

राहेल रुकी और घूम गयी, और उसके हृदय पर बैठे ग़ैर-मामूली तौर पर घने बालों से भरी पीठ वाले धूसर पतंगे ने अपने अहेरी पंख फैलाये।

धीरे-धीरे बाहर।

धीरे-धीरे अन्दर।

'क्यों ?' राहेल ने कहा।

'क्योंकि किसी के साथ कुछ भी हो सकता है,' एस्ता ने कहा। 'तैयार रहना सबसे अच्छी चीज़ है।'

इसके साथ कोई बहसबाज़ी नहीं हो सकती थी।

कारी सैपू के घर अब कोई नहीं जाता था। वेल्या पाप्पन का दावा था कि वह

उसे देखने वाला आख़िरी बन्दा था। उसका कहना था कि वह घर भुतहा है। उसने दोनों जुड़वों को कारी सैपू के भूत के साथ अपनी मुठभेड़ की कहानी सुनायी थी। यह दो साल पहले की बात थी, उसने कहा था। वह नदी पार करके उस तरफ़ जायफल के पेड़ की खोज में गया था ताकि अपनी बीबी चेल्ला के लिए, जो बिस्तर पर तपेदिक़ से मरती हुई पड़ी थी, जायफल और ताज़ा लहसुन की चटनी बना दे। अचानक उसे सिगार के धुँए की महक आयी (जिसे उसने तुरन्त पहचान लिया क्योंकि पप्पाची भी वही ब्रैण्ड पिया करते थे)। वेल्या पाप्पन फिरकी की तरह घूमा और उसने अपना हँसिया महक की दिशा में फेंक मारा। उसने भूत को एक रबर के पेड़ से कील दिया, जहाँ, वेल्या पाप्पन के अनुसार, वह अब भी मौजूद था। एक हँसिया-कीलित महक, जिससे साफ़ राल के रंग का ख़ून निकला और जो सिगार के लिए गिड़गिड़ाती रही।

वेल्या पाप्पन को जायफल का पेड़ कभी नहीं मिला और उसे एक नया हँसिया ख़रीदना पड़ा। लेकिन उसे इस जानकारी से सन्तोष था कि (उसकी गिरवी आँख के बावजूद) उसकी बिजली की-सी फुर्ती और दुरुस्त होश-हवास ने एक लौंडेबाज़ भूत की ख़ूँख़ार भटकन का काम-तमाम कर दिया था।

जब तक कि कोई उसकी चाल में फँस कर एक सिगार मुहैया करा के उसे हँसिया-मुक्त न कर देता।

जो बात कि वेल्या पाप्पन को (जो अधिकतर चीज़ें जानता था) *नहीं* मालूम थी, वह यह कि कारी सैपू का घर इतिहास-घर था (जिसके दरवाज़े बन्द और खिड़कियाँ खुली थीं)। और यह कि उसके भीतर पैर के कड़े नाख़ूनों वाले पुरखे, जिनकी साँसों से नक़्शों की गन्ध आती, दीवार पर रेंगती छिपकलियों से फुसफुसाते रहते। कि इतिहास अपनी शर्तें तय करने और अपने पावने की वसूली के लिए पीछे के बरामदे का इस्तेमाल करता था। अदायगी में चूक के भयानक परिणाम होते थे। कि इतिहास अपना हिसाब-किताब बराबर करने के लिए जो दिन चुनेगा, उन दिन एस्ता उस भुगतान की रसीद रखेगा जो वेलुता चुकायेगा।

वेल्या पाप्पन को कोई सान-गुमान नहीं था कि यह कारी सैपू था जो सपनों को गिरफ़्तार कर लेता था और उन्हें फिर से सपनाता था। कि वह उन्हें राह-चलतों के दिमाग़ों से उसी तरह चुन लेता था, जैसे बच्चे केक में से किशमिश के दाने चुन लेते हैं। कि जिन सपनों की उसे सबसे ज़्यादा तलब रहती थी, जिन सपनों को वह फिर से सपनाना पसन्द करता था, वे दो-डिम्बों से पैदा जुड़वों के कोमल सपने थे।

बेचारा बूढ़ा वेल्या पाप्पन। अगर उसे तब यह पता होता कि इतिहास उसे अपने सहायक के रूप में चुनने वाला है, कि *उसके* ही आँसुओं से आतंक का श्रीगणेश होगा तो शायद वह आयमनम बाज़ार में एक टेनी मुर्ग़े की तरह छाती फुलाये डींग मारता न घूमता कि कैसे उसने हँसिया मुँह में दबाये (जीभ पर लोहे का स्वाद खटास-भरा था) नदी को तैर कर पार किया था। कैसे उसने उसे सिर्फ़ एक पल के लिए ही नीचे रखा था ताकि झुक कर अपनी गिरवी आँख से नदी का कचरा साफ़ कर सके (नदी में कभी-कभी कचरा होता था, ख़ास कर बारिश के महीनों में) जब उसे हवा के पहले झोंके में सिगार के धुँए की महक मिली। कैसे उसने अपना हँसिया उठाया, तेज़ी से

घूमा और उस महक को हँसिए से कील दिया जिसने हमेशा-हमेशा के लिए भूत का काम-तमाम कर दिया। एक ही चुस्त, फुर्तीली हरकत से।

जब तक वह इतिहास की योजना में अपनी भूमिका समझ पाया, उसके लिए अपने क़दमों पर फिर उसी जगह वापस लौटने में बहुत देर हो चुकी थी। उसने खुद अपने पद-चिन्हों को बुहार कर साफ़ कर दिया था। एक झाड़ू लिये पीछे की ओर रेंगते हुए।

कारख़ाने के भीतर ख़ामोशी ने एक बार फिर नीचे को झपट्टा मारा और जुड़वों को अपनी गिरफ़्त में कस लिया। लेकिन इस बार यह एक अलग क़िस्म की ख़ामोशी थी। एक पुरानी नदी की ख़ामोशी। मछुआरे लोगों और मोम-सरीखी जलपरियों वाली ख़ामोशी।

'मगर कम्यूनिस्ट प्रेतों में विश्वास नहीं करते,' एस्ता ने कहा मानो वे प्रेत-समस्या के समाधानों की छान-बीन करने वाली बातचीत जारी रख रहे थे। उनकी बातचीत पहाड़ी नदियों की तरह सतह पर आती और फिर डूब जाती। कभी दूसरों को सुनायी देती। कभी नहीं।

'क्या हम एक कम्यूनिस्ट बनने जा रहे हैं ?' राहेल ने पूछा।

'हो सकता है बनना पड़े।'

व्यावहारिक एस्ता।

सुदूर, केक-भुरभुराई आवाज़ें और नीली सेना की निकट आती पदचापों ने दोनों कॉमरेडों को अपना भेद मुहरबन्द करने पर मजबूर कर दिया। उसे मसालों से लपेट कर, सीलबन्द करके अलग रख दिया गया। हौज़ में रखा एक लाल, कच्चे आम की शक्ल वाला भेद। एकुल्लू की अध्यक्षता में।

लाल कार्यक्रम के ब्योरे तय किये गये और उन पर सहमति हासिल की गयी :

कॉमरेड राहेल दोपहर की नींद लेने के लिए जायेगी, फिर तब तक जगी लेटी रहेगी जब तक अम्मू सो नहीं जातीं।

कॉमरेड एस्ता उस झण्डे को खोज निकालेगा (जिसे बेबी कॉचम्मा लहराने को मजबूर की गयी थी) और नदी पर उसका इन्तज़ार करेगा, और वहाँ वे :

(ख) *तैयार रहने की तैयारी करने की तैयारी करेंगे।*

एक बच्ची की उतारी गयी परियों वाली (आधी अचार-डली) फ़्रॉक अम्मू के अँधेरे शयन-कक्ष के फ़र्श पर अपने बल तनी खड़ी थी।

बाहर हवा चौकन्नी और उजली और गर्म थी। राहेल अम्मू की बग़ल में लेटी थी, पूरी तरह जगी हुई, अपना मेल-खाता जाँघिया पहने। उसे नीले कढ़ाईदार पलँग-पोश से अम्मू के गाल पर पड़े नीले कढ़ाईदार फूलों के निशान दिखायी दे रहे थे। उसे नीली कढ़ाईदार दुपहरी सुनाई दे रही थी।

छत का धीमा पंखा। पर्दों के पीछे सूरज।

एक ख़तरनाक दज़्ज़ज़ से खिड़की के शीशे पर बर्राती हुई पीली बर्र।

एक अविश्वासी छिपकली का पलक झपकना।

अहाते में नाप-नाप कर कदम रखती मुर्ग़ियाँ।

सूरज की आवाज़। धुलाई में सिकुड़नें और सफ़ेद चादरों में कड़क पैदा करती। (सफ़ेदी-मायल और सुनहरी) माँड-लगी साड़ियों को कलफ़दार बनाती।

पीले पत्थरों पर लाल चींटे।

एक गर्मी से बेहाल गर्म गाय। *बाँ-ऽ-ऽ।* कहीं दूर।

और एक चालाक अंग्रेज़ भूत की गन्ध, रबर के पेड़ से हँसिया-कीलित, अदब से एक सिगार माँगती।

'अ...म-म-म...माफ़ कीजिए ? आपके पास अ...म-म-म...एक सिगार तो नहीं होगा, क्यों ?'

एक भली-स्कूलटीचराना आवाज़ में।

ओ *डियर*।

और एस्ता उसकी प्रतीक्षा करता हुआ। नदी के पास। मैंगोस्टीन के उस पेड़ के नीचे, जिसे रेवरेंड ई. जॉन आइप अपनी माँडले की यात्रा से घर लाये थे।

एस्ता बैठा किस चीज़ पर था ?

उसी पर जिस पर वे हमेशा मैंगोस्टीन के पेड़ के नीचे बैठा करते थे। सलेटी और धूसर-सी चीज़। काई और जंगली घास से ढँकी, सरपत से दबी हुई। कोई चीज़ जिस पर धरती ने क़ब्ज़ा कर लिया था। पेड़ का तना नहीं। चट्टान नहीं...

ख़याल को पूरा करने से पहले ही राहेल उठ कर दौड़ने लगी थी।

बावर्चीख़ाने से हो कर, गहरी नींद में सोयी कोच्चु मारिया के पास से। झालरदार एप्रन बाँधे एक अनपेक्षित गैंडे की तरह गहरी झुर्रियों वाली कोच्चु मारिया।

कारख़ाने के पास से।

हरियाली गर्मी में, पीछा करती हुई पीली बर्र के आगे-आगे नंगे पैर गिरती-पड़ती।

कॉमरेड एस्ता वहीं था। मैंगोस्टीन के पेड़ के नीचे। अपने पास ज़मीन में लाल झण्डा गाड़े। एक घुमन्तू गणतन्त्र। एक बुल्लेदार जुड़वाँ क्रान्ति।

और वह बैठा किस चीज़ पर था ?

कोई चीज़ जो काई से ढँकी थी, पत्तेदार घास में छिपी थी।

उसे ठकठकाओ तो वह एक खोखली ठकठकाई-गयी आवाज़ करती थी।

ख़ामोशी ने अंग्रेज़ी के आठ का अंक बनाते हुए डुबकी लगायी फिर उड़ान भरी फिर झपट्टा मारा फिर चक्कर काटा। नगीनों-जड़े पतंगे सूरज में बच्चों की तीखी आवाज़ों की तरह मँडराते रहे।

उँगलियों के रंग की उँगलियों ने पत्तेदार घास से संघर्ष किया, पत्थरों को हटाया, रास्ता साफ़ किया। पकड़ के लिए किनारे की खोज में एक पसीना-पसीना हाथापाई हुई। और फिर एक दो और।

चीज़ें एक दिन में बदल सकती हैं।

वह एक नाव *ही थी*। एक छोटी-सी लकड़ी की वैल्लम।

वह नाव जिस पर एस्ता बैठा था और जिसे राहेल ने खोज निकाला था। वह नाव जिसे अम्मू नदी पार करने के लिए इस्तेमाल करने वाली थीं। उस आदमी को रात के वक़्त प्यार करने के लिए, जिससे उनके बच्चे दिन के वक़्त प्यार करते थे।

इतनी पुरानी नाव कि उसने जड़ पकड़ ली थी। लगभग।

एक पुराना सलेटी नाव का पौधा नाव के फूलों और नाव के फलों के साथ। और नीचे सूखी हुई घास का एक नाव के आकार का चकत्ता। एक अफ़रा- तफ़री-भरी नाव की दुनिया।

अँधेरी और सूखी और ठण्डी। अब बे-छती। और अन्धी।

अपने काम पर जाती सफ़ेद दीमकें।

अपने घर जाते सफ़ेद गुबरैले।

रोशनी से दूर होने के लिए बिल खोदते झींगुर।

सफ़ेद लकड़ी की वायलिन वाले सफ़ेद टिड्डे।

उदास सफ़ेद संगीत।

एक सफ़ेद बर्र। मरी हुई।

एक जर्जर सफ़ेद साँप की केंचुल, अँधेरे में सुरक्षित, सूरज में चूर-चूर होती हुई।

मगर क्या यह काम देगी, यह छोटी-सी वैल्लम ? कहीं यह बहुत पुरानी तो नहीं थी ? बहुत मरी हुई ? क्या इसके लिए अक्करा बहुत दूर था ?

दो डिम्बों वाले जुड़वों ने अपनी नदी के दूसरे किनारे तक नज़र दौड़ायी।

मीनाचल

सलेटी हरी। मछलियों वाली। आकाश और पेड़ों वाली। और रात के समय खण्डित चन्द्रमा वाली।

पप्पाची के लड़कपन में एक पुराना इमली का पेड़ आँधी से उसमें गिर पड़ा था। वह अभी तक वहीं था। चिकना, छाल-रहित पेड़, हरे पानी की भरमार से करियाया हुआ। न बहने वाली बहने-वाली-लकड़ी।

नदी का पहला तिहाई उनका मित्र था। असली गहराई शुरू होने से पहले। वे पत्थर की उन (तेरह) फिसलनी सीढ़ियों से परिचित थे जिसके बाद कीचड़दार मिट्टी शुरू हो जाती। वे दोपहर की उस सिवार से परिचित थे जो कोमाराकोम के ठहरे हुए नालों से पीछे को बह कर आती थी। वे छोटी जात की मछलियों से परिचित थे। चपटी चौंघट पल्लाथी, रुपहली पराल, दाढ़ी-मूँछों वाली काइयाँ कूरी, यदा-कदा कारीमीन।

यहीं चाको ने उन्हें तैरना सिखाया था (उसकी भारी-भरकम ममेरी तोंद के इर्द-गिर्द बिना मदद छपछपाते हुए)। यहीं उन्होंने अपने लिए पानी के अन्दर रुक-रुक कर पादने के आनन्द की खोज की थी।

यहीं उन्होंने मछली मारना सीखा था। बल खाते बैंगनी केंचुओं को मछली मारने की उन बंसियों की कटिया में फँसाना जिन्हें वेलुता ने पीले बाँस की पतली टहनियों से बनाया था।

यहीं उन्होंने ख़ामोशी का अध्ययन किया था। (मछुआरों के बच्चों की तरह) और

धूप में उड़ते पतंगों की उजली चमकती भाषा सीखी थी।

यहीं उन्होंने प्रतीक्षा करना सीखा था। और ध्यान से देखना। विचारों को विचारना और उन्हें शब्दों में प्रकट न करना। और लचीले पीले बाँस के नीचे झुकने पर बिजली की तरह झपटना।

इस तरह नदी की इस पहली तिहाई से वे भली-भाँति परिचित थे। अगली दो-तिहाई से इतना नहीं।

अगली तिहाई वहाँ थी जहाँ से असली गहराई शुरू होती थी। जहाँ धारा तेज़ और निश्चित थी (भाटे के समय नीचे की ओर और ज्वार के समय ऊपर की ओर, ठहरे हुए समुद्री जल से अन्दर को धँसती हुई)।

तीसरी तिहाई फिर उथली थी। पानी धूसर और धुँधला। सिवार और सर्पमीन और ढीले कीचड़ से भरा हुआ जो पैर की उँगलियों के बीच से दन्त मंजन की तरह बह निकलता था।

दोनों जुड़वाँ मछलियों की तरह तैर सकते थे और चाको की निगरानी में कई बार नदी पार कर चुके थे, अपनी कारगुज़ारी के सुबूत के तौर पर दूसरी तरफ़ से एक पत्थर, एक टहनी, एक पत्ते के साथ लौटते, इस कठिन प्रयास से भैंगी आँखें लिये, हाँफते-काँपते। लेकिन किसी भी प्रतिष्ठित नदी की मझधार, या दूसरा किनारा बच्चों के लिए ठहरने, पसरने और चीज़ें सीखने लायक़ जगह नहीं होती। एस्ता और राहेल मीनाचल की दूसरी तिहाई और तीसरी तिहाई को वही आदर-सम्मान देते थे, जिसके योग्य वह थी। तो भी, तैर कर पार जाना असली समस्या नहीं थी। समस्या थी नाव को मय सामान ले जाना (ताकि वे (ख) *तैयार रहने की तैयारी करने की तैयारी कर सकें)।*

उन्होंने पुरानी नाव जैसी आँखों से नदी के पार निगाहें दौड़ायीं। जहाँ वे खड़े थे, वहाँ से वे इतिहास-घर को नहीं देख सकते थे। वह दलदल के आगे महज़ एक अँधियारा था, परित्यक्त रबर बगान के हृदय में, जहाँ से झींगुरों के स्वर उमड़ते थे।

एस्ता और राहेल ने उस छोटी-सी नाव को उठाया और उसे किनारे तक ले आये। वह चकित-सी लग रही थी, एक धूसर मछली की तरह जो गहराई से ऊपर सतह पर उतरा गयी हो। धूप की बेतरह चाहत से। उसे खुरच कर साफ़ करने की ही ज़रूरत थी शायद, और कुछ नहीं।

दो प्रसन्न हृदयों ने रंगीन पतंगों की तरह आसमानी नीले आकाश में उड़ान भरी। लेकिन फिर, एक धीमी हरी फुसफुसाहट के साथ, नदी (जिसमें मछलियाँ थीं, और आकाश और पेड़ थे) बुदबुदाती हुई अन्दर आ गयी।

धीरे-धीरे नाव डूबती चली गयी और सीढ़ी की छठी पैदान पर जा टिकी।

और दो-डिम्बों वाले हृदयों का एक जोड़ा डूबा और छठी से ऊपर वाली पैदान पर जा टिका।

गहराई में तैरने वाली मछलियों ने अपने पंखों से अपने मुँह ढँके और इस नज़ारे पर बग़ल की ओर मुँह करके हँस दीं।

एक सफ़ेद नाव की मकड़ी नाव में नदी के साथ ऊपर को तिरती हुई आयी,

कुछ देर उसने हाथ-पैर मारे फिर डूब गयी। उसकी सफ़ेद अण्डों की थैली वक़्त से पहले फट गयी और सौ शिशु मकड़ियाँ (इतनी हल्की कि डूब न सकें, इतनी छोटी कि तैर न सकें) हरे पानी की चिकनी सतह को बिन्दियों की तरह चित्रित करने के बाद तेज़ी से समुद्र की ओर बहती चली गयीं। मैडागास्कर की तरफ़, मलयाली तैराक मकड़ियों की एक नयी नस्ल शुरू करने के लिए।

थोड़ी देर बाद, मानो उन्होंने इस पर चर्चा की हो (हालाँकि उन्होंने की नहीं थी) दोनों जुड़वों ने नदी में नाव को धोना शुरू किया। जाले, मिट्टी, काई और जंगली घास दूर तैरती चली गयी। जब वह साफ़ हो गयी तो उन्होंने उसे उलट कर उठाया और अपने सिरों पर रख लिया। एक सम्मिलित टोपी की तरह जो टपक रही थी। एस्ता ने लाल झण्डे को ज़मीन से खींच लिया।

एक छोटा-सा जुलूस (एक झण्डा, एक ततैया और एक टाँगों-वाली-नाव) झाड़-झंखाड़ के बीच से एक पतली-सी पगडण्डी पर अपने जाने-समझे रास्ते पर धीरे-धीरे बढ़ चला। कँटीली बिच्छू-बूटियों के झुरमुट से बचता हुआ और जानी हुई खाइयों और चींटियों की बाँबियों की बग़ल से पैर धरता हुआ। वह उस गहरे गड्ढे के कगार के किनारे-किनारे गुज़रा जिसमें से मुर्रम खोद कर निकाल ली गयी थी और जो अब खड़े नारंगी किनारों वाली थिर निश्चल झील थी, जिसके गाढ़े लसीले पानी पर हरी झागदार काई की एक चमकदार परत फैली हुई थी। एक हरा, ख़तरनाक मैदान जिसमें मच्छर पैदा होते और मछलियाँ मोटी मगर पहुँच से बाहर थीं।

रास्ता, जो नदी के समानान्तर चलता था, घास के एक छोटे, खुले अहाते तक गया था, जो सटा कर लगाये गये पेड़ों के झुरमुट से घिरा था। नारियल, काजू, आम, बिलिम्बी। खुली जगह के छोर पर नदी की तरफ़ पीठ किये एक नीची झोंपड़ी, जिसकी नारंगी मुर्रम की दीवारों पर मिट्टी लीप दी गयी थी और जिसकी छत फूस की थी, ज़मीन से यों चिपकी हुई थी मानो फुसफुसा कर बताये जा रहे पृथ्वी के किसी भूगर्भी भेद को सुन रही हो। झोंपड़ी की नीची दीवारें उसी ज़मीन के रंग की थीं, जिस पर वह खड़ी थी और लगता था कि वे धरती में बोये गये किसी घर के बीज से अंकुरित हुई थीं, जिससे धरती की समकोण पसलियों ने फूट कर जगह को घेर लिया है। तीन बेतरतीब-से केले के गाछ सामने के छोटे-से अहाते में उगे हुए थे, जिसे ताड़ की पत्तियों को बुन कर बनाये गये पर्दों की चारदीवारी से घेर दिया गया था।

टाँगों पर चलती नाव झोंपड़ी के पास पहुँची। एक बुझा हुआ तेल का दीवट दीवार पर दरवाज़े के पास टँगा हुआ था। उसके पीछे दीवार की पट्टी आँच से कजला गयी थी। दरवाज़ा उढ़का हुआ था। अन्दर अँधेरा था। दरवाज़े में काले रंग की एक मुर्ग़ी प्रकट हुई। फिर वह अन्दर चली गयी, नावों के आगमन से बिलकुल बेनियाज़।

वेलुता घर पर नहीं था। न वेल्या पाप्पन। लेकिन कोई था ज़रूर।

एक आदमी की आवाज़ अन्दर से बाहर को बहती हुई आयी और घर के अकेलेपन को ध्वनित करती हुई अहाते भर में गूँजने लगी।

आवाज़ उसी बात को बार-बार चिल्ला कर कह रही थी और हर बार वह पहले से अधिक ऊँचे, अधिक उन्मादी स्वर में उठती जा रही थी। वह पेड़ से गिर कर ज़मीन

पर गन्दगी फैलाने की आशंका पैदा करने वाले एक ज़रूरत से ज़्यादा पके अमरूद से एक अनुरोध था।

पा पेरां-पेरा-पेरा-पेराक्का
(श्री अम-अम-अम-अमरूदा)
एंडे पाराम्बिल थूराल्ले
(यहाँ मेरे हाते में मत हग देना)
चेटेंडे पाराम्बिल थूरिक्कू
(तुम बग़ल में मेरे भाई के हाते में हग सकते हो)
पा पेरा-पेरा-पेरा-पेराक्का
(श्री अम-अम-अम-अमरूदा)

चिल्लाने वाला आदमी कुट्टप्पेन था। वेलुता का बड़ा भाई। छाती से नीचे उसके अंगों को लक़वा मार गया था। दिन-पर-दिन, महीने-दर-महीने, उसका भाई जब बाहर गया होता और बाप काम पर निकला होता, कुट्टप्पेन पीठ के बल चित लेटा रहता और अपनी जवानी को, सलाम-दुआ के लिए रुके बिना, अपने पास से चहलक़दमी करते गुज़रते देखता रहता। सारा दिन वह लेटे-लेटे पेड़ों के झुरमुट की ख़ामोशी को सुनता रहता। साथ निभाने के लिए उसके पास सिर्फ़ एक धाकड़, रोब जमाने वाली मुर्ग़ी थी। वह अपनी माँ, चेल्ला, की कमी महसूस करता, जो कमरे के उसी कोने में मरी थी जहाँ अब वह पड़ा हुआ था। वह एक खाँसती, थूकती, पीड़ा-भरी, बलग़मी मौत मरी थी। कुट्टप्पेन को इस बात पर ध्यान देना याद था कि कैसे उसके मरने से बहुत पहले ही उसके पैर मर चुके थे। कैसे उनकी चमड़ी सलेटी और बेजान हो गयी थी। कितने भय के साथ उसने मौत को उस पर नीचे से ऊपर को रेंगते देखा था। कुट्टप्पेन बढ़ते हुए ख़ौफ़ के साथ खुद अपने सुन्न पैरों की चौकसी करता रहता। कभी-कभार वह उम्मीद के साथ उन्हें उस छड़ी से कोंचता, जो वह घर में चले आने वाले साँपों से अपनी रक्षा करने के लिए कोने में टिकाये रखता था। उसे अपने पैरों में कोई एहसास न होता, और केवल आँखों से देखे सबूत से उसे भरोसा होता कि वे अब भी उसके शरीर से जुड़े हुए थे और सचमुच उसी के थे।

चेल्ला की मौत के बाद कुट्टप्पेन को हटा कर उसी कोने में खिसका दिया गया था, उस कोने में जो कुट्टप्पेन के ख़याल से उसके घर का वह कोना था जिसे मौत ने अपने मृत्यु-रूपी कार्य-व्यापार के संचालन के लिए आरक्षित कर छोड़ा था। एक कोना खाना बनाने के लिए, एक कपड़ों के लिए, एक बिस्तरों के लिए, एक मरने के लिए।

वह सोचा करता कि उसकी मौत कितना समय लेगी, और जिन लोगों के पास अपने घरों में चार से ज़्यादा कोने होते थे, वे अपने बाक़ी के कोनों का क्या करते थे। क्या इससे उन्हें मरने के लिए कोनों को चुनने की सहूलत मिल जाती थी ?

उसकी धारणा थी, अकारण ही नहीं, कि वह अपनी माँ के पीछे-पीछे जाने वाला परिवार का पहला सदस्य होगा। उसे इससे उलट ही पता लगने वाला था। जल्दी। बहुत

जल्दी।

कभी-कभी (आदतन, उसकी याद में), कुट्टप्पेन अपनी माँ की तरह ही खाँसता और उसका धड़ अभी-अभी पकड़ी गयी मछली की तरह फड़क उठता। उसके शरीर का निचला हिस्सा सीसे की तरह पड़ा रहता, मानो वह किसी और का था। किसी मृत व्यक्ति का जिसकी रूह फँसी हुई थी और छुटकारा नहीं पा रही थी।

वेलुता के विपरीत, कुट्टप्पेन एक अच्छा, निरापद परवन था। वह न तो पढ़ सकता था, न लिख सकता था। वह जब अपने सख़्त बिस्तर पर लेटा रहता तो छत से फूस और कंकड़ के टुकड़े उस पर गिरते और उसके पसीने से घुल-मिल जाते। कभी-कभी उनके साथ चींटियाँ और दूसरे कीड़े-मकौड़े भी गिरते। ख़राब दिनों में नारंगी दीवारें एक-दूसरे के हाथ थाम कर उसके ऊपर झुकती चली जातीं, दुर्भावनापूर्ण डॉक्टरों की तरह उसे परखतीं, धीरे-धीरे, इत्मीनान के साथ उसकी साँस को उसके अन्दर से निचोड़ लेतीं और उसे चीख़ने पर मजबूर कर देतीं। कभी-कभी वे आप-से-आप पीछे हट जातीं और वह कमरा, जिस में वह पड़ा रहता, असम्भव रूप से विशाल बन जाता, उसे उसके ख़ुद के मामूलीपन की छाया से आतंकित करता हुआ। इस पर भी वह चीख़ उठने को मजबूर हो जाता।

पागलपन हरदम उसके पास ही मँडराता रहता, किसी मँहगे रेस्तराँ के तत्पर बैरे की तरह (सिगरेट सुलगाता हुआ, गिलासों को फिर से भरता हुआ)। कुट्टप्पेन उन पागल आदमियों के बारे में ईर्ष्या के साथ सोचता जो चल सकते थे। उसे इस सौदे के खरेपन को ले कर कोई शुबहा नहीं था; अपना मानसिक सन्तुलन दे कर काम करने क़ाबिल टाँगें हासिल करना।

जुड़वों ने नाव नीचे उतार कर रख दी और उसकी खड़खड़ाहट का स्वागत अन्दर अचानक छा जाने वाली ख़ामोशी ने किया।

कुट्टप्पेन को किसी के आने की उम्मीद नहीं थी।

एस्ता और राहेल ने दरवाज़े को धक्का दे कर खोला और अन्दर चले गये। अपने छोटे क़द के बावजूद उन्हें अन्दर दाख़िल होने के लिए थोड़ा-सा झुकना पड़ा। ततैया बाहर लैम्प पर प्रतीक्षा करने लगा।

'ये हम हैं।'

कमरा अँधेरा और साफ़-सुथरा था। उससे मछली के सालन और लकड़ी के धुँए की गन्ध आ रही थी। गर्मी हलके बुख़ार की तरह चीज़ों से चिपकी हुई थी। लेकिन राहेल के नंगे पैरों के नीचे कच्चा फ़र्श ठण्डा था। वेलुता और वेल्या पाप्पन के बिस्तर गोल करके दीवार के सहारे टिका दिये गये थे। एक रस्सी पर कपड़े टँगे हुए थे। वहीं एक नीचा लकड़ी का रसोई का ताक़ था, जिस पर ढक्कनदार मिट्टी की हाँडियाँ, नारियल से बने हुए कड़छुल और तामचीनी की, गहरे नीले किनारों वाली तीन चिटकी हुई तश्तरियाँ सजी थीं। एक बड़ा आदमी कमरे के बीचों-बीच सीधा खड़ा हो सकता था, मगर किनारों के साथ-साथ नहीं। एक और नीचा दरवाज़ा पीछे के अहाते में खुलता था जहाँ केले के कुछ और पेड़ थे, जिनके पार पत्तों के बीच से नदी झिलमिलाती

थी। पीछे के आँगन में एक बढ़ई का ठीहा खड़ा किया गया था।

वहाँ न तो चाभियाँ थीं, न ताले लगाने के लिए अलमारियाँ ही थीं।

काली मुर्ग़ी पीछे वाले दरवाज़े से बाहर चली गयी और आँगन में, जहाँ लकड़ी की छीलन सुनहरे घूँघरों की तरह हवा में उड़ती फिर रही थी, अनमनेपन से ज़मीन कुरेदने लगी। उसकी शख़्सियत को देखते हुए लगता था कि वह लोहे-लंगड़ के चारे पर पली है—कुण्डे और कीलें और खटके और पुराने पेच।

'अइयो, मोन ! मोल ! तुम लोग क्या सोच रहे होगे ? कि कुट्टप्पेन का पेच ढीला है !' एक शर्मिन्दा आवाज़ आयी।

जुड़वों की आँखों को अँधेरे की आदी होने में कुछ समय लगा। फिर अँधेरा छँट गया और कुट्टप्पेन अपने बिस्तर पर प्रकट हुआ, धुँधलके में एक चमकता हुआ जिन्न। उसके पैरों के (इतना लेटे रहने के कारण मुलायम) तलवे उस कपड़े के नीचे से बाहर को निकले हुए थे, जिससे उसकी टाँगें ढकी हुई थीं। वर्षों तक लाल मिट्टी पर नंगे पैर चलने की वजह से उन पर अब भी एक फीका नारंगी रंग चढ़ा हुआ था। उसके टख़नों पर उस रस्सी की रगड़ से सलेटी घट्टे पड़े हुए थे जिसे नारियल के पेड़ों पर चढ़ते वक़्त परवन अपने पैरों में बाँध लेते थे।

उसके पीछे की दीवार पर चूहे के रंग के बालों वाले एक दयालु कैलेण्डरी-ईसा मसीह थे, लिपस्टिक और ग़ाज़ा लगाये, जिनके कपड़ों के बीच से एक चटकीला, नगीने जड़ा हृदय दमक रहा था। कैलेण्डर का निचला चौथाई हिस्सा (जिस पर तारीख़ें थीं) लहँगे की तरह झालरदार था। मिनी स्कर्ट पहने ईसा मसीह। साल के बारह महीनों के लिए लँहगों की बारह परतें। उनमें से एक भी फाड़ कर नहीं निकाली गयी थी।

आयमनम निवास की कुछ और भी चीज़ें वहाँ थीं जो या तो उन्हें दी गयी थीं या फिर कूड़े के डिब्बे से बचा कर निकाल लायी गयी थीं। एक ग़रीब घर में अमीरों की चीज़ें। एक घड़ी जो काम नहीं करती थी, फूलदार टीन की एक रद्दी की टोकरी। पप्पाची के पुराने घुड़सवारी के जूते (हरी फफूँदी लगे, भूरे) जिनमें अभी तक मोची के साँचे पड़े हुए थे। बिस्कुट के टीन जिन पर अंग्रेज़ों के क़िलों और फूले हुए लिबासों और घूँघरदार बालों वाली महिलाओं की शानदार तस्वीरें थीं।

एक छोटा-सा पोस्टर (बेबी कॉचम्मा की मिल्कियत, जो सील के दाग़ की वजह से दे दिया गया था) ईसा मसीह की बग़ल में टँगा था। वह सुनहरे बालों वाली एक छोटी-सी लड़की का चित्र था, जो पत्र लिख रही थी और जिसके गालों पर आँसू बह रहे थे। नीचे छपा था : *मैं यह बताना चाहती हूँ कि तुम मुझे कितना याद आते हो।* उसे देख कर लगता था कि उसने बाल कटाये थे और ये उसके कतरे हुए घूँघर थे जो वेलुता के पिछले आँगन में उड़ते फिर रहे थे।

प्लास्टिक की एक पारदर्शी नली कुट्टप्पेन को ढाँपने वाली घिसी हुई सूती चादर के नीचे से निकल कर पीले तरल पदार्थ की उस बोतल तक जा रही थी जिस पर दरवाज़े के भीतर आने वाली रोशनी की एक किरण पड़ रही थी और जिसने राहेल के मन में उठने वाले एक सवाल को शान्त कर दिया था। उसने मिट्टी के कूज़े से स्टील के गिलास में पानी ला कर उसे दिया। वह घर से भली-भाँति परिचित लगती

थी। कुट्टप्पेन ने सिर उठाया और पानी पिया। थोड़ा-सा पानी उसकी ठोड़ी पर बह आया।

राहेल और एस्ता उकड़ूँ बैठ गये, आयमनम की हाट में पेशेवर बालिग़ गपोड़ियों की तरह।

कुछ देर तलक वे ख़ामोश बैठे रहे। कुट्टप्पेन सन्ताप-ग्रस्त और दोनों जुड़वाँ नाव के ख़यालों में डूबे हुए।

'चाको सार की मोल आ गयी क्या ?' कुट्टप्पेन ने पूछा।

'आ गयी होगी,' राहेल ने नपे-तुले ढंग से कहा।

'कहाँ है वह ?'

'क्या मालूम ? होगी कहीं। हम नहीं जानते।'

'क्या तुम उसे यहाँ मुझे दिखाने लाओगी ?'

'नहीं ला सकती,' राहेल ने कहा।

'क्यों नहीं ?'

'उसे घर के अन्दर रहना पड़ता है। वह बहुत नाज़ुक है। अगर वह गन्दी हो गयी तो वह मर जायेगी।'

'समझा।'

'हमें उसको यहाँ लाने की इजाज़त नहीं है...और फिर देखने के लिए कुछ नहीं है,' राहेल ने कुट्टप्पेन को आश्वस्त किया। 'उसके बाल हैं, टाँगें हैं, दाँत हैं—तुम तो जानते हो—वही सब कुछ...बस, वह थोड़ी लम्बी है।' और वह महज़ इतनी ही रियायत करने वाली थी।

'बस, यही सब है,' कुट्टप्पेन ने आशय को जल्दी से पकड़ते हुए कहा। 'फिर उसे देखने का क्या मतलब है ?'

'कोई मतलब नहीं,' राहेल ने कहा।

'कुट्टप्पा, अगर एक वैल्लम में छेद हो तो क्या उसकी मरम्मत करना बहुत मुश्किल है ?' एस्ता ने पूछा।

'होनी तो नहीं चाहिए,' कुट्टप्पेन ने कहा, 'निर्भर करता है। क्यों, किसकी वैल्लम में छेद है ?'

'हमारी—जो हमने खोजी। देखना चाहते हो उसे ?'

वे बाहर गये और उस धूसर नाव के साथ वापस आये ताकि वह लक़वा-ग्रस्त आदमी उसे देख सके। उन्होंने उसे उसके ऊपर एक छत की तरह तान कर पकड़े रखा। पानी उस पर टपकता रहा।

'पहले हमें छेद ढूँढने होंगे,' कुट्टप्पेन ने कहा, 'फिर हमें उनको मूँद देना होगा।'

'फिर रेगमार,' एस्ता ने कहा। 'फिर पालिश।'

'फिर चप्पू,' राहेल ने कहा।

'फिर चप्पू,' एस्ता ने रज़ामन्दी ज़ाहिर की।

'फिर चलचलाचलचल,' राहेल बोली।

'किधर को ?' कुट्टप्पेन ने पूछा।

'बस, यहाँ-वहाँ,' एस्ता ने ऊँचाई से कहा।

'तुम्हें होशियार रहना चाहिए,' कुट्टप्पेन ने कहा, 'यह हमारी नदी—यह हमेशा वही नहीं रहती जिसका यह दिखावा करती है।'

'किस चीज़ का दिखावा करती है यह ?' राहेल ने पूछा।

'ओ...एक छोटी-सी गिरजे जाने वाली अम्मूमा, साफ़-सुथरी और शान्त...नाश्ते में इडी अप्पम, खाने में कांजी और मीन। अपने काम से काम रखने वाली। दायें-बायें नज़र न डालने वाली।'

'और दरअसल वह...'

'सचमुच एक बेलगाम चीज़ है...मैं रात को उसे सुन सकता हूँ चाँदनी में सरपट भागते हुए, हमेशा जल्दबाज़ी में। तुम्हें उससे होशियार रहना चाहिए।'

'और यह सचमुच क्या खाती है ?'

'सचमुच क्या खाती है ? ओह...सुरबेदार गोस...और...,' उसने किसी अंग्रेज़ी चीज़ के बारे में सोचने की कोशिश की जो दुष्ट नदी खाती होगी।

'अन्नानास के कतले,' राहेल ने सुझाया।

'सही कहा ! अन्नानास के कतले और सुरबेदार गोस। और वह पीती है। ह्विस्की।'

'और ब्राण्डी।'

'और ब्राण्डी। सही।'

'और दायें और बायें नज़र मारती है।'

'सही।'

'और *दूसरों* के काम में नाक घुसेड़ती है।'

एस्ताप्पेन ने उस छोटी-सी नाव को मिट्टी के ऊबड़-खाबड़ फ़र्श पर लकड़ी के कुछ गुटकों की मदद से टिकाया, जो उसने पिछले आँगन में वेलुता के ठीहे से खोज निकाले थे। उसने राहेल को एक कड़छुल दी जो आधे नारियल को चिकना करके लकड़ी का एक हत्था लगा कर बनायी गयी थी।

दोनों जुड़वाँ वैल्लम में चढ़ कर बैठ गये और विस्तीर्ण, हिलोरें लेते पानी में चप्पू चलाने लगे।

थई थई थाका थई थई थोम के साथ। और एक नगीनों-जड़े ईसा मसीह की निगाहों के सामने।

वह पानी पर चला था। शायद। मगर क्या वह धरती पर *तैर* सका होता ?

मेलदार जाँघिया और काला चश्मा पहने हुए ? लव-इन-टोकियो में अपना फ़व्वारा बाँधे ? नोकदार जूतों में और बालों में बुल्ला बनाये ? क्या उसमें ऐसी कल्पनाशीलता होती ?

वेलुता यह देखने के लिए लौटा था कि कुट्टप्पेन को किसी चीज़ की ज़रूरत तो नहीं थी। दूर से उसने गाने की कर्कश आवाज़ सुनी। युवा स्वर, उल्लास से गीत की अश्लीलता और गन्दगी को रेखांकित करते हुए।

बोलो बोलो बन्दर राम
***चूतड़** क्यों है इतना **लाल** ?*
***हगने** गया था मैं मद्रास*
*वहीं छिल गयी मेरी **खाल** !*

वक़्ती तौर पर, कुछ सुखद पलों के लिए, ऑरेंज-लेमन वाले आदमी ने अपनी पीली मुस्कान समेट ली और दफ़ा हो गया। डर डूब गया और पानी की गहराई में जा टिका। कुत्ते की नींद सोता हुआ। पल भर के खटके पर उठने और चीज़ों को गँदला बनाने के लिए तैयार।

वेलुता ने जब मार्क्सवादी झण्डे को अपने दरवाज़े के बाहर एक पेड़ की तरह फूलता देखा तो वह मुस्कराया। घर के अन्दर दाख़िल होने के लिए उसे नीचे झुकना पड़ा। एक गर्म जलवायु का एस्कीमो। जब उसने बच्चों को देखा तो उसके भीतर कोई चीज़ भिंच-सी गयी। और वह उसे समझ नहीं पा रहा था। वह उन्हें हर रोज़ देखता था। वह उन्हें बिना जाने प्यार करता था। लेकिन अचानक एक अन्तर आ गया था। अब। इतिहास के इस बुरी तरह ग़च्चा खाने के बाद। पहले कोई मुट्ठी उसके अन्दर नहीं भिंची थी।

उसके बच्चे, एक उन्मत फुसफुसाहट उससे फुसफुसा कर बोली।

उसकी आँखें, *उसका* मुँह। *उसकी* दन्तावली।

उसकी मुलायम, झिलमिलाती त्वचा।

उसने झुँझला कर इस ख़याल को दूर हँका दिया। वह लौट कर उसकी खोपड़ी के बाहर आ बैठा। एक कुत्ते की तरह।

'आहा !' उसने अपने युवा मेहमानों से कहा। 'और क्या मैं पूछ सकता हूँ कौन हैं ये मछुआरे ?'

'एस्ताप्पीचाचेन कुट्टप्पेन पीटर मोन। श्रीमान और श्रीमती आप-से-मिल-कर-ख़ुशी-हुई।' राहेल ने अपने हाथ में पकड़ी कड़छुल अभिवादन में आगे बढ़ायी।

उसे अभिवादन में थाम कर हिलाया गया। उसकी, फिर एस्ता की।

'और, क्या मैं पूछ सकता हूँ, वे नाव पर किधर रवाना हो रहे हैं।'

'अफ़्रीका को !' राहेल चिल्लायी।

'*चिल्लाओ* मत,' एस्ता ने कहा।

वेलुता ने नाव के चारों ओर चक्कर लगाया। उन्होंने उसे बताया कि नाव उन्हें कहाँ मिली थी।

'सो कोई इसका मालिक नहीं है,' राहेल ने हलके से सन्देह-भरे स्वर में कहा, क्योंकि अचानक उसे ख़याल आया कि शायद कोई हो। 'क्या हमें पुलिस को इसकी ख़बर देनी चाहिए ?'

'बेवकूफ़ी मत करो,' एस्ता ने कहा।

वेलुता ने लकड़ी को ठकठकाया और फिर अपने नाख़ून से एक छोटा-सा हिस्सा खुरच कर साफ़ किया।

'अच्छी लकड़ी है,' वह बोला।

'यह डूब जाती है,' एस्ता ने कहा। 'इसमें छेद हैं।'

'क्या तुम हमारे लिए इसकी मरम्मत कर सकते हो, वेलुतापाप्पीचाचेन पीटर मोन ?' राहेल ने पूछा।

'इसके बारे में हम देखेंगे,' वेलुता ने कहा। 'मैं नहीं चाहता कि तुम लोग इस नदी पर कोई बुद्धूपने के खेल करो।'

'हम नहीं करेंगे। हम वादा करते हैं। हम इसे तभी इस्तेमाल करेंगे जब तुम हमारे साथ होगे।'

'पहले तो हमें छेद ढूँढने होंगे...' वेलुता ने कहा।

'फिर हमें उनको मूँदना होगा।' जुड़वाँ चिल्लाये, मानो यह किसी लोकप्रिय कविता की दूसरी पंक्ति हो।

'इसमें कितनी देर लगेगी ?' एस्ता ने पूछा।

'एक दिन,' वेलुता ने कहा।

'एक दिन ! मेरा ख़याल था तुम एक महीना कहोगे !'

एस्ता, ख़ुशी से पागल हो कर, वेलुता पर कूद कर चढ़ गया। उसने अपनी टाँगें उसकी कमर के गिर्द लपेट लीं और उसे चूम लिया।

रेगमार को दो बिलकुल बराबर हिस्सों में बाँटा गया और दोनों जुड़वाँ एक ऐसी भयानक तल्लीनता से काम में जुट गये जिसमें और किसी चीज़ का दख़ल नहीं था।

नाव की धूल कमरे भर में उड़ कर छा गयी और बालों और भवों पर बैठ गयी। कुट्टप्पेन पर एक बादल की तरह, ईसा मसीह पर चढ़ावे की तरह। वेलुता को उनकी उँगलियों से रेगमार खींच निकालना पड़ा।

'यहाँ नहीं,' उसने दृढ़ता से कहा। 'बाहर।'

उसने नाव उठायी और उसे बाहर ले गया। दोनों जुड़वाँ उसके पीछे-पीछे गये, आँखें अपनी नाव पर अडिग एकाग्रता से गड़ाये, भूखे पिल्लों की तरह खाना खिलाये जाने की उम्मीद में।

वेलुता ने उनके लिए नाव को टिका कर तैयार कर दिया। वह नाव जिस पर एस्ता बैठा था और जिसे राहेल ने खोजा था। उसने उन्हें दिखाया कि कैसे लकड़ी के रेशे के साथ-साथ हाथ चलाना है। उसने उन्हें रेगमार का काम शुरू करा दिया। जब वह वापस अन्दर गया तो काली मुर्ग़ी उसके पीछे-पीछे गयी, इस हठ के साथ कि उसे वहीं रहना है जहाँ नाव न हो।

वेलुता ने एक पतला सूती तौलिया मिट्टी के बर्तन में रखे पानी में डुबोया। उसने उसमें से पानी निचोड़ा (बर्बरता से, मानो वह कोई अनचाहा ख़याल था) और उसे कुट्टप्पेन को थमा दिया कि वह अपने चेहरे और गर्दन से गर्द साफ़ कर सके।

'क्या उन्होंने कुछ कहा ?' कुट्टप्पेन ने पूछा। 'तुम्हें जुलूस में देखने के बारे में ?'

'नहीं,' वेलुता ने कहा। 'अभी नहीं। मगर वे कहेंगे ज़रूर। वे जानते हैं।'

'पक्के तौर पर ?'

वेलुता ने कन्धे उचकाये और तौलिया ले कर उसे धोने चला गया। और खँगालने। और फींचने। और निचोड़ने। मानो वह उसका बेहूदा, बात न मानने वाला दिमाग़ हो।

उसने उससे नफ़रत करने की कोशिश की।

वह उन्हीं में से एक है, उसने ख़ुद को बताया, *सिर्फ़ उन्हीं में से एक और है।*

वह नाकाम रहा।

जब वह मुस्कराती उसके गालों में गहरे गड्ढे पड़ जाते। उसकी आँखें हमेशा कहीं और रहतीं।

पागलपन इतिहास की एक दरार से हो कर अन्दर सरक आया। इसमें बस एक पल लगा।

रेगमार की रगड़ाई शुरू किये एक घण्टा हुआ था कि राहेल को अपनी दोपहर की नींद का ख़याल आया। और वह उठ कर भागी। दोपहर की हरी गरमी के बीच से गिरते-पड़ते। अपने पीछे-पीछे अपने भाई और एक पीले ततैये को लिये।

आशा करती हुई, प्रार्थना करती हुई, कि अम्मू जाग न गयी हों और उन्होंने उसे ग़ायब न पाया हो।

11

मामूली चीज़ों का देवता

उस दोपहर, अम्मू एक सपने से हो कर ऊपर को जा रही थीं जिसमें एक खुशमिज़ाज आदमी ने, जिसकी एक ही बाँह थी, उन्हें तेल के एक दीवट की रोशनी के समीप अपने से कस कर चिपका रखा था। उसके पास उन छायाओं से लड़ने के लिए कोई दूसरी बाँह नहीं थी, जो उसके इर्द-गिर्द फ़र्श पर झिलमिला रही थीं।

छायाएँ जिन्हें सिर्फ़ वही देख सकता था।

उसके पेट पर मांसपेशियों का उभार उसकी चमड़ी के नीचे ऐसे उठा हुआ था जैसे चॉकलेट की पट्टी पर लकीरों से बँटे हुए हिस्से।

उसने उन्हें कस कर अपने से चिपका रखा था, तेल के लैम्प की रोशनी के पास, और वह यों चमचमा रहा था मानो उसे गाढ़े-मोमी रोग़न से चमकाया गया हो।

वह एक बार में एक ही चीज़ कर सकता था।

अगर वह उन्हें चिपकाये रखता, वह उन्हें चूम नहीं सकता था। अगर वह उन्हें चूमता, वह उन्हें देख नहीं सकता था। अगर वह उन्हें देखता, वह उन्हें छू नहीं सकता था।

वे उसके शरीर को अपनी उँगलियों से हल्के से छू सकती थीं और उसकी चिकनी त्वचा पर सिहरन से उभर आये दाने महसूस कर सकती थीं। वे अपनी उँगलियों को भटकते हुए उसके सपाट, चिपके हुए पेट के निचले हिस्से तक जाने की छूट दे सकती थीं। लापरवाही से, उन चमचमाते चॉकलेटी उभारों पर। और उसके जिस्म पर दानेदार खाल की छापेदार लीकें छोड़ सकती थीं, ब्लैकबोर्ड पर चपटे चॉक की लीकों की तरह, धान के खेत में हवा के झँकोरे की तरह, गिरजे के नील-नभ में जेट विमान के धुँए की लकीरों की तरह। वे कितनी आसानी से ऐसा कर सकती थीं, मगर उन्होंने किया नहीं। वह भी उन्हें छू सकता था। लेकिन उसने भी ऐसा नहीं किया क्योंकि तेल के दीवट के पार धुँधलके में परछाइयों के बीच, लोहे की फ़ोल्डिंग कुर्सियाँ एक घेरे में सजी हुई थीं और कुर्सियों पर लोग बैठे थे, तिरछे, नक़ली हीरों-जड़े धूप के चश्मे पहने, नज़रें गड़ाये हुए। उन सबने रोग़न की हुई वायलिनें अपनी ठोड़ियों के नीचे जमा रखी थीं और गज़ एक-सरीखे कोणों पर थाम रखे थे। उन सब की टाँगें एक-दूसरी पर चढ़ी हुई थीं, दायीं के ऊपर बायीं, और उन सब की बायीं टाँगें थरथरा रही थीं।

कुछ के पास अख़बार थे। कुछ के पास नहीं थे। उनमें से कुछ थूक के बुलबुले उड़ा रहे थे। कुछ नहीं उड़ा रहे थे। लेकिन उन सबके चश्मों के हर शीशे पर तेल के दीवट का एक झिलमिलाता प्रतिबिम्ब था।

फ़ोल्डिंग कुर्सियों के घेरे से परे एक समुद्र-तट था, टूटी हुई नीली काँच की बोतलों से अटा हुआ। ख़ामोश लहरें नयी नीली बोतलों को तोड़े जाने के लिए लातीं और लौटते हुए पुरानी बोतलों को वहाँ से खींच ले जातीं। वहाँ काँच पर काँच की कर्कश ध्वनियाँ थीं। दूर सागर में एक चट्टान पर, बैंगनी रोशनी के एक शहतीर में, महॉगनी और बेंत की एक झूलने वाली कुर्सी थी। चकनाचूर।

समुद्र काला था, झाग उलटी के रंग की हरी।

मछलियाँ काँच के चूरे को खा रही थीं।

रात की कुहनियाँ पानी पर टिकी हुई थीं और गिरते हुए सितारे उसके भुरभुरे ठीकरों से टकरा कर छिटक जाते।

पतंगे आकाश को आलोकित कर रहे थे। वहाँ कोई चाँद नहीं था।

वह तैर सकता था, अपनी एक बाँह के सहारे। वे, अपनी दोनों बाँहों के सहारे।

उसकी त्वचा नमकीन थी। उनकी भी।

वह रेत पर कोई पदचिन्ह नहीं छोड़ता था, पानी में कोई लहर नहीं, शीशों में कोई प्रतिबिम्ब नहीं।

वे उसे अपनी उँगलियों से छू सकती थीं, मगर उन्होंने ऐसा नहीं किया। वे बस, साथ-साथ खड़े रहे।

निश्चल।

त्वचा से त्वचा सटाये।

एक गुबार-भरे, रंगीन झोंके ने उनके बालों को उठाया और एक लहराती चादर की तरह उड़ा कर उसके बाँह-रहित कन्धे के गिर्द लपेट दिया, जो एक कगार की तरह अचानक ख़त्म होता था।

कूल्हे की उभरी हुई हड्डी वाली, एक दुबली-पतली लाल गाय प्रकट हुई और सीधी समुद्र में तैरती चली गयी, बिना अपने सींगों को गीला किये, बिना पीछे देखे।

अम्मू अपने स्वप्न के एक सिरे से दूसरे सिरे तक भारी, थरथराते पंखों पर उड़ीं और आराम करने के लिए ठीक स्वप्न की त्वचा के नीचे रुक गयीं।

उनके गालों पर नीले कढ़ाईदार पलँगपोश के गुलाबों की छाप थी।

उन्हें महसूस हुआ कि उनके सपने के ऊपर उनके बच्चों के चेहरे लटके हुए हैं, दो साँवले, चिन्तातुर चन्द्रमाओं की तरह, भीतर दाख़िल किये जाने की प्रतीक्षा करते हुए।

'तुम्हारे ख़याल में क्या ये मर रही हैं ?' उन्होंने राहेल को एस्ता से फुसफुसाते सुना।

'यह दोपहर का हौवा है,' सयाने एस्ता ने जवाब दिया। 'वे बहुत सपने देखती हैं।'

अगर वह उन्हें छूता, वह उनसे बात नहीं कर सकता था, अगर वह उन्हें प्यार करता, वह जा नहीं सकता था, अगर वह बोलता, वह सुन नहीं सकता था, अगर वह लड़ता, वह जीत नहीं सकता था।

कौन था वह, वह एक बाँह वाला आदमी ? कौन *हो सकता* था वह ? हानि का देवता ? मामूली चीज़ों का सिरजनहार ? झुरझुरियों और आकस्मिक मुस्कानों का देवता ? धातु की खटास-भरी महक—जैसे बस के लोहे के डण्डे और उन्हें थामने से बस कण्डक्टर के हाथों से आने वाली गन्ध—का ईश्वर ?

'इन्हें जगा दें ?' एस्ता ने कहा।

बाद-दोपहरी की रोशनी की किरचें पर्दों से हो कर चुपके-से कमरे में दाख़िल हुईं और अम्मू के नारंगी के आकार वाले रेडियो पर पड़ीं जिसे वे हमेशा अपने साथ नदी पर ले जाती थीं। (नारंगी के ही आकार की वह चीज़ भी थी, जिसे एस्ता अपने चिपचिपे दूसरे हाथ में *द साउण्ड ऑफ़ म्यूज़िक* में ले गया था।)

धूप की उजली धारियों में अम्मू के उलझे हुए बाल चमक रहे थे। वे इन्तज़ार करती रहीं, अपने स्वप्न की त्वचा के नीचे, अपने बच्चों को अन्दर दाख़िल करने से गुरेज़ करती हुईं।

'इनका कहना है कि सपने लेते लोगों को अचानक कभी नहीं जगाना चाहिए,' राहेल ने कहा। 'वे कहती हैं उन्हें दिल का दौरा भी पड़ सकता है।'

आपस में उन्होंने तय किया कि उन्हें अचानक जगाने की बजाय, सावधानी से उनकी *शान्ति भंग करना* ही सबसे ठीक रहेगा। लिहाज़ा उन्होंने दराज़ खोले, खँखार कर अपने गले साफ़ किये, वे ज़ोर-ज़ोर से फुसफुसाये, उन्होंने एक छोटी-सी धुन गुनगुनायी। उन्होंने जूते सरकाये। और एक अलमारी का दरवाज़ा खोज निकाला जो चरमराता था।

अपने सपने की त्वचा के नीचे आराम करते हुए अम्मू उन्हें देखती रहीं और उनके लिए अपने प्यार की टीस महसूस करती रहीं।

एक बाँह वाले आदमी ने अपना दीवट फूँक कर बुझा दिया और ऊबड़-खाबड़ समुद्र-तट को पार करता चला गया, दूर उन परछाइयों में, जिन्हें सिर्फ़ वही देख सकता था।

उसने किनारे पर कोई पदचिन्ह नहीं छोड़े।

फ़ोल्डिंग कुर्सियाँ तहा दी गयीं। काले सागर को हमवार कर दिया गया। सिलवटों से भरी लहरों पर इस्त्री फेर दी गयी। झाग बोतल में बन्द कर दी गयी। बोतल पर काग लगा दिया गया।

रात को अगली सूचना तक स्थगित कर दिया गया।

अम्मू ने अपनी आँखें खोलीं।

वह एक लम्बा सफ़र था जो अम्मू ने तय किया, एक बाँह वाले आदमी के आलिंगन से अपने दो-डिम्बों वाले असमान जुड़वाँ बच्चों तक।

'आप दोपहर का हौवा देख रही थीं,' उनकी बेटी ने उन्हें सूचित किया।

'हौवा नहीं था,' अम्मू ने कहा। 'एक सपना था।'

'एस्ता का ख़याल था, आप मर रही थीं।'

'आप इतनी उदास नज़र आ रही थीं,' एस्ता ने कहा।

'मैं ख़ुश थी,' अम्मू ने कहा और उन्हें एहसास हुआ कि सचमुच ऐसा ही था।

'अगर सपने में कोई ख़ुश हो, अम्मू, तो क्या वह गिनती में शामिल होता है ?' एस्ता ने पूछा।

'क्या गिनती में शामिल होता है ?'

'ख़ुशी—क्या वह गिनती में शामिल होती है ?'

उन्हें सही-सही मालूम था कि उसका मतलब क्या था, बिगड़े हुए बुल्ले वाले उनके बेटे का।

क्योंकि सच तो यह था कि जो *गिना* जा सके सिर्फ़ वही गिनती में शामिल होता है।

बच्चों का सरल, विचलित न होने वाला ज्ञान।

अगर तुम सपने में मछली खाओ तो क्या वह गिनती में शामिल होता है ? क्या इसका मतलब होता है कि तुमने सचमुच मछली खायी है ?

बिना पदचिन्हों वाला वह ख़ुशमिज़ाज आदमी—क्या *वह* गिनती में शामिल था ?

अम्मू ने अपना नारंगी-नुमा ट्रांज़िस्टर टटोल कर उठाया और उसे चालू कर दिया। उसमें *चेम्मीन* फ़िल्म का एक गाना बज रहा था।

वह एक ग़रीब लड़की की कहानी थी जिसकी शादी पास के समुद्र-तट के एक मछुआरे से ज़बरदस्ती कर दी जाती है, हालाँकि वह किसी और से प्यार करती है। जब मछुआरे को अपनी नयी पत्नी के पुराने प्रेमी के बारे में पता चलता है, वह अपनी छोटी-सी नाव पर समुद्र में निकल पड़ता है, हालाँकि उसे मालूम है कि तूफ़ान आने वाला है। अँधेरा है और हवा तेज़ होती जाती है। समुद्र तल से एक भँवर उठता है। तूफ़ान का संगीत बजता है और मछुआरा, भँवर के केन्द्र में फँस कर समुद्र-तल की ओर खिंचता हुआ, डूब जाता है।

उधर दोनों प्रेमी एक साथ आत्महत्या करने का समझौता करते हैं और अगली सुबह बाँहें एक-दूसरे के गिर्द लपेटे सागर-तट पर बह कर आये पाये जाते हैं। सो हर कोई मर जाता है। मछुआरा, उसकी बीवी, उसका प्रेमी और एक शार्क मछली जिसकी कहानी में कोई भूमिका नहीं है, लेकिन मर जाती है बहरहाल। समुद्र उन सब पर हक़ जमा लेता है।

रोशनी की किनारीदार गोट-लगे नीले कढ़ाईदार अँधेरे में, अपने निंदासे गालों पर कढ़ाईदार गुलाबों के साथ, अम्मू और उनके जुड़वाँ (उनकी एक-एक तरफ़ एक-एक) रेडियो के स्वर-से-स्वर मिला कर हौले-हौले गाने लगे। वह गीत जो मछुआरिनों ने उस उदास नवेली दुलहिन के बाल गूँथते हुए और उसे उस आदमी के साथ शादी करने के लिए तैयार करते हुए गाया था, जिसे वह प्यार नहीं करती थी।

पण्डोरू मुक्कूवन मुथिनू पोई,

(एक बार की बात है एक मछुआरा समुद्र में गया,)

पडिंजारन कट्टाथू मुंगी पोई,
(पछुआ बही और उसकी नाव निगल गयी,)

एक हवाई अड्डे की परी की फ़्रॉक फ़र्श पर खड़ी थी, ख़ुद अपनी झाग और कड़ेपन के सहारे। बाहर मिट्टम में, कड़क साड़ियाँ क़तार में फैली हुई थीं और धूप में कड़कदार बन रही थीं। सफ़ेदी-मायल और सुनहरी। छोटे-छोटे कंकड़ उनकी कलफ़दार सिलवटों में अटके हुए थे और साड़ियों को तह करके इस्त्री करने के लिए अन्दर ले जाने से पहले उन्हें झाड़ कर निकाला जाना था।

अरयथी पेन्नू पिज़ाचू पोई,
(पीछे किनारे पर उसकी बीवी भटक गयी,)

एट्टूमानूर में बिजली के झटके से मरे हाथी (कोच्चु तोम्मन नहीं) का दाह-संस्कार कर दिया गया। राजमार्ग पर एक विशाल श्मशान बनाया गया। सम्बन्धित महापालिका के इंजीनियरों ने उसके दाँत आरी से काट कर निकाल लिये और उन्हें ग़ैर-सरकारी तौर पर आपस में बाँट लिया। ग़ैर-बराबरी से। देसी घी के अस्सी टीन हाथी के ऊपर आग की आहुति के लिए उँडेले गये। धुँए के घने बादल उठे और आसमान में जटिल आकृतियाँ रचते हुए फैल गये। लोग एक सुरक्षित दूरी पर भीड़ लगा कर खड़े, उनके अर्थ बाँचने लगे।

वहाँ ढेर सारी मक्खियाँ थीं।

अवने कडलम्मा कोण्डू पोई।
(सो सागर अम्मा उठी और मछुआरे को ले गयी।)

चाण्डाल गिद्ध मृत हाथी की अन्त्येष्टि के निरीक्षण का निरीक्षण करने के लिए पास के पेड़ों पर उतर कर बैठ गये। उन्हें, अकारण ही नहीं, उसकी विशाल आँतों की बटोरन पाने की उम्मीद थी। शायद एक विशाल पित्ताशय। या एक झुलसी हुई भीमकाय तिल्ली।

वे निराश नहीं हुए। न पूरी तरह सन्तुष्ट।

अम्मू का ध्यान गया कि उनके दोनों बच्चे एक महीन गर्द से लथपथ हैं। हल्की चीनी से बुरके हुए केक के दो असमान टुकड़ों की तरह। राहेल के काले घूँघरों में एक सुनहरा घूँघर फँसा हुआ था। वेलुता के पिछले आँगन से आया हुआ घूँघर। अम्मू ने उसे खींच कर बाहर निकाला।

'मैंने तुम से पहले भी कहा है,' उन्होंने कहा, 'मैं नहीं चाहती तुम उसके घर जाओ। इससे सिर्फ़ मुसीबत खड़ी होगी।'

कैसी मुसीबत, उन्होंने बताया नहीं। वे नहीं जानती थीं।

जाने कैसे, उसके नाम का ज़िक्र न करके, उन्हें मालूम था कि उन्होंने उसे उस

नीली कढ़ाईदार दुपहरी और नारंगी-नुमा ट्रांजिस्टर में बजते गीत की छितरी हुई अन्तरंगता में खींच लिया है। उसके नाम का ज़िक्र न करके, उन्हें महसूस हुआ कि उनके स्वप्न और संसार के बीच एक समझौता हो गया है। और यह कि उनके बुरादे से ढँके दो-डिम्बी जुड़वाँ इस समझौते की दाइयाँ थीं, या होने वाली थीं।

वे जानती थीं वह कौन था—हानि का देवता, मामूली चीज़ों का सिरजनहार। यक़ीनन वे जानती थीं।

उन्होंने नारंगी-नुमा रेडियो बन्द कर दिया। (रोशनी की किनारीदार गोट से टँकी हुई) दोपहर की ख़ामोशी में उनके बच्चे उनकी गर्माहट में गुड़ी-मुड़ी हो गये। उनकी महक में। उन्होंने अपने सिर उनके बालों से ढँक लिये। जाने कैसे उन्होंने महसूस किया कि अपनी नींद में वे उनसे दूर चली गयी थीं। उन्होंने अपनी छोटी-छोटी हथेलियों को उनकी साड़ी और ब्लाउज़ के बीच पेट की नंगी त्वचा पर रख कर अब उन्हें वापस तलब किया। उन्हें यह बात बेहद पसन्द थी कि उनके हाथों के ऊपरी हिस्से का भूरापन एकदम उनकी माँ के पेट की त्वचा के भूरेपन जैसा था।

'एस्ता, देखो,' राहेल ने अम्मू की नाभि से दक्षिण की ओर जाते नरम रोओं की क़तार को चुटकी में भरते हुए कहा।

'यही वह जगह है जहाँ हमने आपको लात मारी थी,' एस्ता ने त्वचा खिंचने से बनी एक टेढ़ी-मेढ़ी रुपहली धारी पर उँगली फिराते हुए कहा।

'अम्मू, क्या यह बस में हुआ था ?'

'मँडराती हुई बगान वाली सड़क पर ?'

'जब बाबा को आपका पेट पकड़ कर रखना पड़ा था ?'

'क्या आपको टिकट ख़रीदने पड़े थे ?'

'क्या हमने आपको चोट पहुँचायी थी ?'

और फिर अपनी आवाज़ को सहज-सामान्य रखते हुए राहेल का सवाल, 'आपके ख़याल में क्या वे हमारा पता भूल गये हो सकते हैं ?'

अम्मू की साँसों की लय में एक हल्ले-से ख़म की भनक पाते ही एस्ता ने राहेल की बीच वाली उँगली अपनी बीच वाली उँगली से छुई। और अपनी सुन्दर माँ के पेट पर बीच वाली उँगलियाँ मिला कर उन्होंने सवालों की यह दिशा त्याग दी।

'यहाँ एस्ता ने लात मारी और यहाँ मैंने,' राहेल ने कहा...'और यहाँ एस्ता ने और यहाँ मैंने।'

आपस में उन्होंने अपनी माँ के पेट पर बनी सात रुपहली धारियों का बँटवारा कर लिया। फिर राहेल ने अपना मुँह अम्मू के पेट पर रख कर साँस अन्दर खींचते हुए उसे चूसा, नरम गोश्त को अपने मुँह के अन्दर खींचते हुए और फिर अपनी माँ की त्वचा पर लार के चमकते घेरे और अपने दाँतों के हल्के लाल निशान को प्रशंसा से देखने के लिए सिर उठाते हुए।

अम्मू को इस चुम्बन की पारदर्शिता के बारे में अचरज हुआ। वह एक शीशे-जैसा-साफ़ चुम्बन था। आवेग और कामना से धुँधलाया हुआ नहीं। भावनाओं के वे जुड़वाँ शावक जो बच्चों के अन्दर बेहद गहरी नींद सोये रहते हैं, उनके बड़े होने

का इन्तज़ार करते हुए। वह ऐसा चुम्बन था जो किसी प्रति-चुम्बन की माँग नहीं करता था।

उत्तर चाहनेवाले प्रश्नों से भरा हुआ धुँधलाया चुम्बन नहीं। जैसे कि सपनों में आने वाले एक बाँह वाले खुशमिज़ाज आदमियों के चुम्बन थे।

अम्मू उनकी मालिकाना छेड़-छाड़ से थकने लगीं। वे अपना शरीर वापस चाहती थीं। वह उनका था। उन्होंने अपने बच्चों को झटक कर अलग किया जैसे एक कुतिया अपने बच्चों से भर पाने के बाद उन्हें झटक देती है। वे उठ बैठीं और उन्होंने अपने बालों को बल देकर गर्दन के पीछे गाँठ लगा ली। फिर उन्होंने झटके से पैर उठा कर बिस्तर के नीचे फ़र्श पर रखे, चल कर खिड़की तक गयीं और पर्दों को खींच दिया।

दोपहर की तिरछी रोशनी कमरे में भर गयी और बिस्तर पर लेटे दोनों बच्चे दमक उठे।

जुड़वों ने अम्मू के ग़ुसलख़ाने के दरवाज़े की चिटकनी की आवाज़ सुनी।

क्लिक।

अम्मू ने ग़ुसलख़ाने के दरवाज़े पर लगे लम्बे शीशे में खुद को देखा और उनके भविष्य की प्रेतीली छाया उनका उपहास करने के लिए उसमें प्रकट हुई। अचार सरीखी। सलेटी। चिपचिपी आँखों वाली। एक ढीले, धँसे गाल पर कढ़ाईदार गुलाब। कुम्हलायी छातियाँ जो वज़नदार मोज़ों की तरह लटकी हुई थीं। टाँगों के बीच हडीला सूखापन, बाल पंखों की तरह सफ़ेद। छिदरे। दबा कर सुखायी गयी पत्ती की तरह कुरकुरे।

पपड़िया कर बर्फ़ की तरह झरती त्वचा।

अम्मू ने एक झुरझुरी ली।

एक गर्म दुपहरी में उस सर्द एहसास के साथ कि ज़िन्दगी को जिया जा चुका था कि उनका प्याला मिट्टी से लबरेज़ था। कि हवा, आसमान, पेड़, सूरज, बारिश, रोशनी और अँधेरा, सब धीरे-धीरे रेत में बदल रहे थे। कि रेत उनके नथुनों में, उनके फेफड़ों में, उनके मुँह में भर जाने वाली थी। उन्हें नीचे खींच ले जानेवाली थी, सतह पर एक गोल-गोल नाचता भँवर छोड़ती हुई, जैसा केकड़े छोड़ते हैं जब वे समुद्र-तट पर नीचे की ओर बिल बनाते हैं।

अम्मू ने कपड़े उतारे और एक लाल टूथब्रश एक छाती के नीचे रखा, यह देखने के लिए कि वह टिकेगा या नहीं। नहीं टिका। उन्होंने जहाँ भी खुद को छुआ, उनका माँस तना हुआ और चिकना था। उनके हाथों के नीचे उनके कुचाग्रों में सिलवटें पड़ीं और वे काली गुठलियों की तरह कठोर हो गये, उनकी छाती की मुलायम चमड़ी में खिंचाव पैदा करते हुए। उसकी नाभि से रोंओं की पतली रेखा उनके पेट के निचले हिस्से के हल्के उभार पर से होते हुए उनके काले तिकोन तक जा रही थी। तीर के निशान की तरह जो एक खोये हुए यात्री का मार्ग-दर्शन कर रहा हो। एक अनुभवहीन प्रेमी का।

उन्होंने अपने बाल खोल दिये और घूम कर यह देखने की कोशिश की कि वे कितने लम्बे हो गये थे। वे—अन्दर की तरफ़ मुलायम, बाहर की तरफ़ कुछ कड़ी—लहरों और घूँघरों और बेलगाम छल्लेदार गुच्छों में गिरते हुए उस जगह से ज़रा नीचे तक पहुँचे

जहाँ से उनकी पतली, मज़बूत कमर उनके कूल्हों की तरफ़ बाहर को गोलाई में उभरनी शुरू होती थी। ग़ुसलख़ाना गर्म था। पसीने के नन्हे-नन्हे मनके उनकी त्वचा पर हीरों की तरह जड़े थे। फिर वे टूट कर नीचे को सरकने लगे। पसीना उनकी रीढ़ की हड्डी की गड्ढेदार लीक में नीचे को बहने लगा। उन्होंने एक परखती हुई निगाह अपने गोल, भारी नितम्बों पर डाली। अपने आप में बड़े नहीं। *बज़ाते ख़ुद* बड़े नहीं (जैसा कि ऑक्सफ़ोर्ड-वाले-चाको ने निस्सन्देह कहा होता)। महज़ इसलिए बड़े क्योंकि उनका बाक़ी जिस्म इतना पतला-छरहरा था। वे किसी और ज़्यादा गदराये कामुक शरीर के लायक थे।

उन्हें मानना पड़ा कि वे बड़ी ख़ुशी से एक-एक टूथब्रश को टिकाने क़ाबिल थे। शायद दो भी। वे आयमनम के एक सिरे से दूसरे सिरे तक अपने एक-एक नितम्ब पर क़तार में बाहर को निकले रंगीन टूथब्रशों को टिकाये, नंगे निकल जाने के ख़याल पर ज़ोर से हँसीं। जल्दी ही उन्होंने अपनी हँसी रोक ली। उन्होंने पागलपन की एक लकीर को उसकी बोतल से छूट निकलते और ग़ुसलख़ाने में विजयोल्लास में कुलाँचें मारते देखा।

अम्मू को पागलपन के बारे में चिन्ता हुई।

मम्माची का कहना था कि यह उनके परिवार में आम था। कि वह अचानक लोगों पर तारी होता और उन्हें औचक में पकड़ लेता। अब जैसे पथिल अम्माई थीं जिन्होंने पैंसठ की उमर में अपने कपड़े उतार कर नदी के किनारे मछलियों को गाना सुनाते हुए नंग-धड़ंग भागना शुरू किया था। थम्पी चाचेन थे जो हर सुबह स्वेटर बिनने की सलाई से अपने पाख़ाने में उस सोने के दाँत को खोजा करते जिसे उन्होंने वर्षों पहले निगल लिया था। और डॉक्टर मुत्तच्चन थे जिन्हें ख़ुद उनकी शादी से एक बोरे में हटाना पड़ा था। क्या भावी पीढ़ियाँ कहेंगी, 'एक अम्मू हुआ करती थीं—अम्मू आइप। एक बंगाली से शादी की। बिलकुल पगला गयीं। कम उमर में ही मर गयीं। कहीं किसी सस्ते-से लॉज में।'

चाको का कहना था कि सीरियन ईसाइयों में मानसिक रोग की ऊँची दर वह क़ीमत थी, जो वे सजातीय प्रजनन के कारण चुकाते थे। मम्माची का कहना था कि ऐसा नहीं था।

अम्मू ने अपने घने बाल समेटे, उन्हें अपने चेहरे के गिर्द लपेट लिया, और उनकी लटों के बीच से बुढ़ापे और मृत्यु की ओर जाने वाली राह को निहारा। एक मध्यकालीन वधिक की तरह जो अपने नोकदार काले टोप में आँखों के लिए बनाये गये तिरछे छेदों से वध किये जाने वाले को निहार रहा हो। काले कुचाग्रों वाली एक छरहरी, नंगी जल्लाद, जो हँसती तो उसके गालों में गड्ढे पड़ जाते। जिसके पेट पर सात रुपहले निशान थे जो एक हारे गये युद्ध की ख़बरों के बीच मोमबत्ती की रोशनी में पैदा होने वाले उसके दो-डिम्बी जुड़वों के कारण त्वचा खिंचने से बन गये थे।

उनकी राह के आख़िर में जो था, वह अम्मू को उतना भयभीत नहीं करता था, जितना कि ख़ुद रास्ते की फ़ितरत। उसकी निशानदेही के लिए कोई मील का पत्थर नहीं था। उसके किनारे-किनारे पेड़ नहीं लगे थे। उस पर चित्तीदार परछाइयों की छाया

नहीं थी। धुन्ध उस पर नहीं घिरती थी। चिड़ियाँ उस पर नहीं मँडराती थीं। कोई घुमाव, कोई चक्कर, कोई तीखा मोड़, उन्हें साफ़-साफ़ नज़र आते अन्त को, पल भर के लिए ही सही, दृष्टि से ओझल नहीं करता था। इससे अम्मू एक भयानक दहशत से भर उठती थीं, क्योंकि वे उस तरह की औरत नहीं थीं जो अपना भविष्य बताया जाना चाहती थीं। उन्हें उससे बहुत ज़्यादा दहशत होती थी। लिहाज़ा अगर उन्हें एक छोटा-सा वर माँगना होता तो शायद वह न जानने का ही होता। न जानना कि हर दिन उनके लिए क्या सँजोये हुए है। न जानना कि वे कहाँ होंगी अगले महीने, अगले साल। दस साल बाद। न जानना कि उनका रास्ता किस दिशा में मुड़ सकता है और मोड़ के पार क्या रखा है। और अम्मू जानती थीं। या उनका *ख़याल* था कि वे जानती थीं, जो उतना ही बुरा था (क्योंकि अगर सपने में तुमने मछली खायी होती है तो इसका मतलब है कि तुमने मछली खायी है)। और अम्मू जो कुछ जानती थीं (या उनका ख़याल था कि जानती थीं) उससे उसी बेस्वाद, सिरकेदार खट्टे भभकों की गन्ध आती थी जो पैराडाइज़ अचार के सीमेंटी कुण्ड से उठते थे। भभके जो यौवन में झुर्रियाँ पैदा करते थे और भविष्य का अचार डालते थे।

अपने ही बालों का घूँघट ओढ़े, अम्मू ने गुसलख़ाने के शीशे में ख़ुद अपने साथ टेक लगायी और रोने की कोशिश की।

अपने लिए।

मामूली चीज़ों के सिरजनहार के लिए।

अपने सपने की जुड़वाँ, चीनी से बुरकी दाइयों के लिए।

उस दोपहर—जब गुसलख़ाने में नियति उनकी रहस्यमयी माँ के रास्ते की दिशा को ख़ौफ़नाक ढंग से परिवर्तित करने की साज़िश कर रही थी, जब वेलुता के पिछले आँगन में एक पुरानी नाव उनका इन्तज़ार कर रही थी, जब एक पीले गिरजे में एक नन्हा चमगादड़ पैदा होने की प्रतीक्षा कर रहा था—अपनी माँ के शयन-कक्ष में एस्ता राहेल के नितम्बों पर सिर के बल खड़ा था।

वह शयन-कक्ष जिसमें नीले पर्दे थे और पीली ततैयाँ जो खिड़की के शीशों को परेशान करती रहती थीं। वह शयन-कक्ष जिसकी दीवारें जल्द ही उनके दुखद रहस्यों को जानने वाली थीं।

वह शयन-कक्ष जिसके भीतर पहले तो अम्मू को बन्द करके ताला लगा दिया जाने वाला था और फिर जिसे वे ख़ुद बन्द कर लेने वाली थीं। जिसका दरवाज़ा, सोफ़ी मोल की किरिया के चार दिन बाद, चाको, दुख से पगला कर, पीट-पीट कर तोड़ देने वाला था।

'इससे पहले कि मैं तुम्हारे बदन की एक-एक हड्डी तोड़ दूँ, निकल जाओ मेरे घर से।'

मेरा घर, *मेरे* अन्नानास, *मेरा* अचार।

इसके बाद बरसों तक राहेल यह सपना देखने वाली थी : बिना चेहरे का एक मोटा आदमी, एक औरत की लाश के पास घुटनों के बल बैठा हुआ। उसके बालों

को काट-काट कर फेंकता हुआ। उसके जिस्म की एक-एक हड्डी तोड़ता हुआ। यहाँ तक कि सबसे छोटी हड्डियों को भी टूक-टूक करता हुआ। उँगलियों को भी। कान की हड्डियाँ तिनकों की तरह दरकती हुईं। *चट-चट* टूटती हड्डियों का मद्धम स्वर। एक पियानोवादक पियानो के सुरों को क़त्ल करता हुआ। काले सुरों को भी। और राहेल (हालाँकि वर्षों बाद बिजली के शवदाह-गृह में वह पसीने की फिसलन को चाको की पकड़ से सरक आने के लिए इस्तेमाल करने वाली थी) दोनों को प्यार करती थी। पियानोवादक को भी और पियानो को भी।

हत्यारे को भी और लाश को भी।

जैसे-जैसे दरवाज़े को धीरे-धीरे तोड़ा जा रहा था, अम्मू अपने हाथों की कँपकँपी को काबू में रखने के लिए राहेल के रिबनों की छोरों की तुरपाई करने वाली थीं, जिन्हें तुरपाई की ज़रूरत नहीं थी।

'मुझसे वादा करो कि तुम दोनों हमेशा एक-दूसरे को प्यार करते रहोगे,' वे अपने बच्चों को खींच कर अपने से सटाते हुए कहने वाली थीं।

'वादा,' एस्ता और राहेल कहने वाले थे। उन्हें यह बताने के लिए शब्द खोजने में विफल हो कर कि उनके लिए न तो कोई *एक* था, न *दूसरा*।

जुड़वाँ चक्की के पाट और उनकी माँ। स्तब्ध चक्की के पाट। उन्होंने जो किया था, वह लौट कर उन्हें रिक्त कर देने वाला था। मगर यह तो बाद में घटित होना था।

बाद। में। एक काई-लगे कुएँ में बजती गहर स्वर वाली घण्टी। पतंगों की टाँगों जैसी रोएँदार और लरज़ती हुई।

उस समय तो केवल निरर्थकता होने वाली थी। मानो चीज़ों के अर्थ उनके भीतर से चुपचाप सरक गये थे और उन्हें खण्डित छोड़ गये थे। असम्बद्ध। अम्मू की सुई का लिश्कारा। रिबन का रंग। कढ़ाईदार पलँगपोश की बुनावट। एक दरवाज़ा धीरे-धीरे टूटता हुआ। अलग-अलग चीज़ें जिनका कोई *अर्थ* नहीं था। मानो जो समझदारी ज़िन्दगी की छिपी हुई बनावट के अर्थ खोलती है—जो प्रतिबिम्बों को छवियों से, लिश्कारे को रोशनी से, बिनावट को कपड़े से, सुइयों को धागे से, दीवारों को कमरे से, प्रेम को भय से क्रोध से पश्चाताप से जोड़ती है—वह अचानक गुम हो गयी थी।

'अपना सामान बाँधो और जाओ,' चाको कहने वाला था, मलबे को फलाँग कर बढ़ते हुए। उनके ऊपर डोलते हुए। हाथ में दरवाज़े का क्रोम का हत्था लिये हुए। अचानक अजीब ढंग से शान्त। अपनी ताक़त पर चकित। अपनी विशालता पर। अपनी धौंस-धप्पे की शक्ति पर। अपने निजी भयानक दुख की दारुणता पर।

जो खपचियों में तब्दील दरवाज़े की लकड़ी के रंग का था—लाल।

अम्मू, बाहर शान्त, भीतर काँपती हुईं, अपनी ग़ैर-ज़रूरी तुरपाई से निगाहें नहीं उठाने वाली थीं। रंगीन रिबनों का डिब्बा उनकी गोद में खुला पड़ा रहने वाला था, उस कमरे में जहाँ उन्होंने अपने रहने की अधिक आरिकता खो दी थी।

वही कमरा जिसमें (हैदराबाद के जुड़वाँ विशेषज्ञ का जवाब आने के बाद) अम्मू एस्ता का छोटा-सा ट्रंक और ख़ाकी बिस्तरबन्द तैयार करने वाली थीं : 12 बग़ैर बाँह की बनियानें, 12 आधी बाँह की बनियानें। *एस्ता, देखो, यहाँ तुम्हारा नाम इन पर स्याही*

से पड़ा हुआ है। उसके मोज़े। उसकी पतली मोहरी की पतलूनें। उसकी नुकीले कॉलरों वाली कमीज़ें। उसके हल्के भूरे नोकदार जूते (जहाँ से गुस्से की भावनाएँ उठती थीं)। उसके एल्विस रिकॉर्ड। उसकी कैल्शियम की गोलियाँ और वाइडैलिन खाँसी का शरबत। उसका मुफ़्त जिराफ़ (जो वाइडैलिन के साथ मिला था)। उसका ज्ञान कोष खण्ड 1-4। *नहीं बेट्ट, वहाँ मछली मारने के लिए कोई नदी नहीं है।* उसकी सफ़ेद चमड़े की ज़िपदार बाइबल जिसकी ज़िप के कुण्डे में एक राजकीय कीट विज्ञानी का जमुनिया-जड़ा कफ़लिंक लगा था। उसका मग। उसका साबुन। उसके जन्मदिन का अग्रिम उपहार जो उसे *हरगिज़ नहीं* खोलना था। चालीस हरे अन्तर्देशीय पत्र। *एस्ता, देखो, मैंने अपना पता इन पर लिख दिया है। तुम्हें बस इन्हें मोड़ना है। देखो कि तुम इसे खुद मोड़ पाते हो या नहीं।* और एस्ता हरे अन्तर्देशीय पत्र को सफ़ाई से उन बिन्दीदार रेखाओं की सीध में मोड़ने वाला था जिन पर लिखा था *यहाँ से मोड़ें* और ऐसी मुस्कान के साथ अम्मू की ओर देखने वाला था जो उनका दिल तोड़ देने वाली थी।

मुझसे वादा करो कि तुम लिखोगे ? तब भी जब तुम्हारे पास कोई ख़बर न हो ?

वादा, एस्ता कहने वाला था। अपनी परिस्थिति का पूरा एहसास किये बग़ैर। उसकी आशंकाओं की तीखी धार सांसारिक वस्तुओं की इस अचानक इफ़रात से कुन्द। वे उसकी थीं। और उन पर स्याही से उसका नाम दर्ज था। वे उस ट्रंक में (जिस पर उसका नाम था) रखी जाने वाली थीं, जो शयन-कक्ष के फ़र्श पर खुला पड़ा था।

वही कमरा, जिसमें वर्षों बाद राहेल लौटने और एक ख़ामोश अजनबी को नहाते और अपने कपड़ों को उजले नीले भुरभुरे साबुन से धोते देखने वाली थी।

सपाट पुट्ठों वाला और शहद के रंग का अजनबी। उसकी आँखों में समुद्री-रहस्य। कान पर रुपहली बारिश की बूँद।

एस्ता पाप्पीचाचेन कुट्टप्पेन पीटर मोन।

12

कोच्चु थोम्मन

चेंडा की ध्वनि छतरी की तरह मन्दिर के ऊपर उठती जा रही थी, चारों ओर घिरी हुई रात की ख़ामोशी को, सुनसान गीली सड़क और एकटक ताकते पेड़ों के मौन को और भी बढ़ाती हुई। राहेल, फूली साँस के साथ, नारियल थामे हुए, ऊँची सफ़ेद चारदीवारी में बने लकड़ी के द्वार से मन्दिर के अहाते में दाख़िल हुई।

अन्दर, हर चीज़ सफ़ेद दीवारों वाली, काई-ज़दा खपरैलों वाली और चाँदनी से आलोकित थी। हर चीज़ में हाल में हुई बारिश की गन्ध बसी हुई थी। दुबला-पतला पुजारी पत्थर के ऊँचे बरामदे में चटाई पर सोया हुआ था। सिक्कों से भरा एक पीतल का थाल उसके सिरहाने रखा था, उसके सपनों के एक कार्टूनी चित्र की तरह। अहाते भर में चाँद बिखरे हुए थे, कीचड़ के हर डबरे में एक चाँद नज़र आ रहा था। कोच्चु थोम्मन ने अपनी औपचारिक प्रदक्षिणा पूरी कर ली थी और अब अपनी ही लीद के भाप-छोड़ते ढेर के पास लकड़ी के खूँटे से बँधा पड़ा था। वह नींद में था, अपना कर्तव्य पूरा करके, आँतें ख़ाली करके, एक दाँत धरती पर टिकाये, दूसरा सितारों की ओर उठाये। राहेल आहिस्ता से उसके नज़दीक गयी। उसने देखा कि उसकी चमड़ी उतनी कसी हुई नहीं थी जितना कि उसे याद था। वह अब *कोच्चु* थोम्मन नहीं रह गया था। उसके दाँत बढ़ गये थे। वह अब *वेल्या* थोम्मन था। दीर्घ दन्तुल। राहेल ने नारियल को उसके पास ज़मीन पर रख दिया। एक चीमड़ झुर्री खुली और हाथी की आँख की एक तरल चमक उजागर हुई। फिर वह बन्द हुई और लम्बी, लहराती बरौनियों ने नींद को दोबारा तलब किया। एक दाँत सितारों की ओर उठाये।

जून का महीना कथकली के लिए मन्दी का मौसम है। लेकिन कुछ मन्दिर हैं, जिनमें प्रदर्शन किये बिना दल आगे नहीं बढ़ेगा। आयमनम का मन्दिर उनमें से नहीं था, लेकिन इन दिनों, भला हो उसके भूगोल का, चीज़ें बदल गयी थीं।

आयमनम में वे इसलिए नाचते थे ताकि अन्धकार का हृदय में हुए अपमान को झटक दें। तरन-ताल के तट पर किये गये अपने कटे-छँटे, विकृत प्रदर्शनों से हल्के हो जायें। भुखमरी को टालने के लिए पर्यटन की ओर आँखें पसारने की विवशता को उतार फेंकें।

अन्धकार का हृदय से वापसी पर वे मन्दिर पर रुकते, अपने देवताओं से क्षमा

माँगने के लिए। उनकी गाथाओं को विकृत करने, उनके व्यक्तित्वों को भुनाने, उनकी ज़िन्दगियों का दुरुपयोग करने के लिए खेद प्रकट करने की ख़ातिर।

इन अवसरों पर दर्शकों की उपस्थिति का स्वागत होता, मगर वह पूरी तरह आकस्मिक ही होती थी।

मन्दिर के गर्भ-गृह से, जहाँ नीला देवता अपनी वंशी के साथ विद्यमान था, एक चौड़ा, छता हुआ गलियारा जुड़ा हुआ था। इसी खम्भों वाले कुथम्बलम में ढोलवादक नगाड़े बजाते और नर्तक नाचते, उनके रंग-बिरंगे वस्त्र रात में धीरे-धीरे चक्कर खाते रहते। राहेल पालथी मार कर, अपनी पीठ को एक सफ़ेद खम्भे की गोलाई से टिकाते हुए, नीचे बैठ गयी। नारियल के तेल का एक ऊँचा कनस्तर पीतल के दीवट की टिमटिमाती रोशनी में चमक रहा था। तेल रोशनी को तरो-ताज़ा कर रहा था। रोशनी कनस्तर को आलोकित कर रही थी।

इससे कोई फ़र्क़ नहीं पड़ता था कि कहानी शुरू हो चुकी थी, क्योंकि कथकली ने बहुत पहले यह खोज कर ली थी कि महान गाथाओं का रहस्य यह होता है कि उनमें कोई रहस्य *नहीं होता*। महान गाथाएँ वे होती हैं जिन्हें तुमने सुन रखा होता है और जिन्हें तुम फिर से सुनना चाहते हो। जिनमें तुम कहीं से भी प्रवेश कर सकते हो और आराम से रह सकते हो। वे तुम्हें सनसनी और रोमांच और चतुराई-भरे अन्त से धोखा नहीं देतीं। वे तुम्हें अप्रत्याशित चीज़ों से चकित नहीं करतीं। वे उतनी ही चिरपरिचित होती हैं जितना वह घर जिसमें तुम रहते हो। या जितनी तुम्हारे प्रेमी की त्वचा। तुम जानते हो उनका अन्त क्या है, फिर भी तुम यों सुनते हो जैसे तुम्हें पता न हो। उसी तरह जैसे हालाँकि तुम जानते हो कि एक दिन तुम मर जाओगे, तुम यों जीते हो जैसे तुम कभी मरोगे नहीं। महान गाथाओं में तुम जानते हो कि कौन जीवित रहता है, कौन मरता है, किसे प्रेम मिलता है, किसे नहीं। और इसके बावजूद तुम फिर से जानना चाहते हो।

यही उनका रहस्य है और यही उनका जादू।

कथकली नर्तक के लिए ये गाथाएँ उसके बच्चे हैं और उसका बचपन। वह उन्हीं के भीतर बड़ा हुआ है। ये गाथाएँ वह घर हैं जिसमें उसका पालन-पोषण हुआ था; वे मैदान, जिनमें वह खेला-कूदा। वे उसकी खिड़कियाँ हैं और उसका देखने का अन्दाज़। लिहाज़ा जब वह एक कहानी सुनाता है, वह उसके साथ वैसा ही व्यवहार करता है जैसा कि वह ख़ुद अपने बच्चे के साथ करता। वह उसे छेड़ता है। वह उसे दण्ड देता है। वह उसे बुलबुले की तरह ऊपर उड़ाता है। वह उसके साथ कुश्ती लड़ कर उसे ज़मीन पर गिरा देता है और फिर उसे छोड़ देता है। वह उस पर हँसता है क्योंकि वह उससे प्रेम करता है। वह तुम्हें कुछ ही पलों में संसारों के पार उड़ाता ले जा सकता है, वह घण्टों एक कुम्हलाती हुई पत्ती को निहारने के लिए रुका रह सकता है। या एक सोते हुए बन्दर की पूँछ से खेलता रह सकता है। वह बिना प्रयास किये युद्ध की मार-काट से मुड़ कर पहाड़ी नदी में बाल धोती औरत के आनन्द की ओर उन्मुख हो सकता है। एक नये विचार से प्रेरित राक्षस के कुटिल आवेग से पलट कर एक बातूनी मलयाली की ओर जिसके पास कोई कलंक-कथा हो लोगों में फैलाने के लिए। बच्चे

को दूध पिलाती औरत की ऐन्द्रिकता से कृष्ण की मुस्कान के मनमोहक नटखटपने की ओर। वह दुख की उस गुठली को उजागर कर सकता है जो सुख में छिपी होती है। गौरव के सागर में छिपी हुई लज्जा की मछली को।

वह देवताओं की कथाएँ सुनाता है, लेकिन उनके रेशे अपावन मानवीय हृदय से बुने गये होते हैं।

कथकली नर्तक पुरुषों में सबसे सुन्दर होता है। क्योंकि उसका शरीर ही उसकी आत्मा है। उसका एकमात्र साज़। तीन साल की उम्र से उसे माँज कर, चमका कर, तराश कर पूरी तरह कथा-वाचन के काम के योग्य बनाया जाता है। वह एक मायावी पुरुष होता है, रँगे हुए मुखौटे और लहराते लँहगे के भीतर का यह आदमी।

लेकिन इन दिनों वह अकारथ हो गया है। अनुपयोगी। कण्डम माल। उसके बच्चे उसका उपहास करते हैं। वे वह सब बनने की कामना करते हैं जो वह नहीं है। उसने उन्हें बड़े हो कर बस-कण्डक्टर और किरानी बनते देखा है। चतुर्थ श्रेणी के अराजपत्रित कर्मचारी। जिनके अपने-अपने मज़दूर-संघ हैं।

लेकिन वह ख़ुद, जिसे स्वर्ग और धरती के बीच कहीं लटकता छोड़ दिया गया है, वह सब नहीं कर सकता जो वे करते हैं। वह बस की सीटों के बीच के तंग रास्ते में सरकता हुआ रेज़गारी गिनने और टिकट बेचने का काम नहीं कर सकता। वह उन घण्टियों की हाज़िरी नहीं बजा सकता, जो उसे तलब करती हैं। वह चाय के प्यालों और मारी बिस्कुटों की ट्रे लिये झुका नहीं रह सकता।

हताश हो कर वह पर्यटकों की तरफ़ मुड़ता है। वह बाज़ार में दाख़िल होता है। वह फ़क़त उस चीज़ की फेरी लगाता है, जिसका वह मालिक है। वे कहानियाँ, जो उसका शरीर सुना सकता है।

वह एक क्षेत्रीय आकर्षण बन जाता है।

अन्धकार का हृदय में वे अपने पसरे हुए उघड़ेपन और अपनी विदेशी तल्लीनता के सीमित पलों से उसका उपहास करते हैं। वह अपने क्रोध पर क़ाबू रखते हुए उनके लिए नाचता है। अपना पारिश्रमिक वसूलता है। पी कर धुत्त हो जाता है। या गाँजे का दम लगाता है। केरल की उम्दा पत्ती का गाँजा। उसे पी कर वह हँसता है। फिर वह आयमनम के मन्दिर पर रुकता है, वह और उसके साथ के दूसरे लोग, और वे देवताओं से क्षमा माँगने के लिए नाचते हैं।

राहेल (कोई योजना नहीं, कोई अधि कारिकता नहीं), अपनी पीठ खम्भे से टिकाये, कर्ण को गंगा के तट पर प्रार्थना करते देख रही थी। अपने प्रकाश के कवच से आच्छादित कर्ण। दिन के देवता सूर्य का विषाद-भरा पुत्र, कर्ण। दानी कर्ण। परित्यक्त शिशु कर्ण। सबसे प्रतापी योद्धा कर्ण।

उस रात कर्ण गाँजे के नशे में धुत्त था। उसके जीर्ण-शीर्ण लहँगे पर रफ़ू हो रखा था। उसके मुकुट में जहाँ रत्न होते थे, वहाँ गड्ढे थे। उसकी मख़मल की चोली इस्तेमाल से घिस कर गंजी हो रही थी। उसकी एड़ियाँ फटी हुई थीं। सख़्त। वह अपने गाँजे की सिगरेट उन पर रगड़ कर बुझाता था।

लेकिन अगर उसके पास नेपथ्य में इन्तज़ार करते मेकप करने वालों का एक

झुण्ड होता, एक ऐजेंट, एक अनुबन्ध, लाभ में कुछ फ़ीसदी हिस्सा—तब क्या होता वह ? एक झूठा दावेदार ? एक अमीर नक़्क़ाल ? एक अभिनेता जो एक भूमिका निभा रहा था ? क्या वह कर्ण हो सकता था ? या वह अपनी समृद्धि के कवच के भीतर ज़रूरत से ज़्यादा *सुरक्षित* होता ? क्या उसका धन उसके और उसकी कथा के बीच छिलके की तरह उग-बढ़ आता। क्या वह अपनी कथा के अन्तस्तल, उसके गोपन रहस्यों को उस तरह छू पाता, जिस तरह वह अब छू सकता है ?

शायद नहीं।

यह आदमी आज की रात ख़तरनाक है। पूरी तरह हताश। यह कथा वह सुरक्षा जाल है जिसके ऊपर वह एक दीवालिया सर्कस के बेमिसाल जोकर की तरह कलाबाज़ी के करतब दिखाता है, हवा में झपट्टे मारता है, ग़ोते लगाता है। उसके पास बस यही है जो उसे दुनिया के बीच से किसी गिरते पत्थर की तरह धमाके से गिर पड़ने से बचाता है। वही उसका रंग है और उसकी रोशनी। यह कथा ही वह पात्र है जिसमें वह ख़ुद को उँडेलता है। वह उसे आकार देती है। रूप देती है। उसे बाँधती है। उसे समोये रखती है। उसे। उसके प्रेम को। उसके उन्माद को। उसकी आशा को। उसके असीमानन्द को। विडम्बना यही है कि उसका संघर्ष एक अभिनेता के संघर्ष का उलट है—वह एक भूमिका में *प्रवेश* करने का नहीं, बल्कि उससे भाग निकलने का प्रयास करता है। लेकिन यही वह कर नहीं सकता। उसकी इस दयनीय पराजय में ही उसकी सबसे बड़ी जीत है। वह कर्ण है जिसे दुनिया ने त्याग दिया है। एकाकी कर्ण। कण्डम माल। दरिद्रता में पला एक राजकुमार। जिसका जन्म अपने भाई के हाथों अन्यायपूर्ण ढंग से, निहत्थे और अकेले मारे जाने के लिए हुआ है। अपनी सम्पूर्ण हताशा में महिमा से मण्डित। गंगा के तट पर प्रार्थना करता हुआ। नशे में बेतरह धुत्त।

फिर कुन्ती प्रकट हुई। वह भी एक आदमी था लेकिन ऐसा आदमी जो वर्षों तक नारी भूमिकाएँ अदा करने के कारण सुकोमल और स्त्रैण बन गया था—छातियों वाला आदमी। उसकी चाल-ढाल तरल थी। औरतपने से भरी हुई। कुन्ती भी धुत्त थी। आपस में बाँट कर पी गयीं गाँजे की उन्हीं सिगरेटों से। वह कर्ण को एक कहानी सुनाने आयी थी।

कर्ण ने अपना सुन्दर सिर एक ओर झुकाया और सुनने लगा।

कुन्ती ने, जिसकी आँखें लाल थीं, उसके लिए नृत्य किया। उसने उसे एक युवती के बारे में बताया जिसे एक वरदान मिला था। एक गोपनीय मन्त्र जिसके बल पर वह देवताओं में से अपने लिए एक प्रेमी चुन सकती थी। कैसे जवानी की नासमझी में उस युवती ने उसकी परीक्षा करने का फ़ैसला किया—यह देखने के लिए कि वह सचमुच काम करता है या नहीं। कैसे वह एक ख़ाली मैदान में अकेली खड़ी हुई, अपना चेहरा आकाश की ओर किया और मन्त्र का पाठ किया। अभी शब्द उसके नासमझ होंटों से निकले ही होंगे, कुन्ती ने कहा, जब दिन का देवता, सूर्य, उसके सामने प्रकट हुआ। युवती ने, झिलमिलाते युवा देवता के सौन्दर्य पर मोहित हो कर, अपना सर्वस्व उसे सौंप दिया। नौ महीने बाद उसने एक पुत्र को जन्म दिया। शिशु प्रकाश से आच्छादित जन्मा था। उसके कानों में सोने के कुण्डल और वक्ष पर सोने का कवच था जिस पर सूर्य

का चिन्ह अंकित था।

युवा माता को अपने पहले जन्मे पुत्र से गहरा प्रेम था, कुन्ती ने कहा, लेकिन वह अविवाहित थी और उसे अपने पास रख नहीं सकती थी। उसने शिशु को सरकण्डों की टोकरी में रख कर एक नदी में बहा दिया। नदी में आगे बहते हुए वह शिशु अधिरथ नामक एक सारथी को मिला। और उसका नामकरण हुआ कर्ण।

कर्ण ने कुन्ती की ओर निगाह उठा कर देखा। *कौन थी वह ? कौन थी मेरी माता ? बताओ मुझे वह कहाँ है। ले चलो मुझे उसके पास।*

कुन्ती ने सिर झुकाया। *वह यहीं है,* उसने कहा। *तुम्हारे सामने खड़ी है।*

इस रहस्योद्‌घाटन पर कर्ण का उल्लास और क्रोध। उलझन और हताशा का नृत्य। *कहाँ थीं तुम,* उसने उससे पूछा, *जब मुझे तुम्हारी सबसे ज़्यादा ज़रूरत थी ? क्या तुमने कभी मुझे अपनी बाँहों में लिया ? क्या तुमने मुझे खिलाया-पिलाया ? क्या तुमने कभी मेरी तलाश की ? क्या तुमने कभी सोचा कि मैं कहाँ हूँ ?*

उत्तर में कुन्ती ने उस राजसी मुख को अपने हाथों में लिया, मुख हरा, नेत्र रक्तिम, और उसे माथे पर चूमा। कर्ण आह्लाद से काँप उठा। योद्धा से शिशु बन गया। उस चुम्बन का चरम आनन्द। उसने शरीर की पोर-पोर तक उसे प्रवाहित कर दिया। पैरों की उँगलियों के छोर तक। हाथों की उँगलियों की पोरों तक। उसकी प्यारी माता का चुम्बन। *क्या तुम्हें पता है तुम्हारी कमी मुझे कितनी महसूस होती थी ?* राहेल उसे उसकी नसों में प्रवाहित होता देख सकती थी, इतना साफ़-साफ़ जितना एक शुतुरमुर्ग़ के गले के नीचे उतरता अण्डा।

एक भ्रमणशील चुम्बन, जिसकी यात्रा विस्मय के कारण अधूरी रह गयी जब कर्ण को एहसास हुआ कि उसकी माँ ने उसके सामने अपना भेद सिर्फ़ अपने पाँच अन्य, अधिक प्रिय बेटों—पाण्डवों—की सुरक्षा को सुनिश्चित करने के लिए खोला था, जो अपने सौ चचेरे भाइयों के विरुद्ध अपने महासंग्राम के कगार पर खड़े थे। वही थे जिन्हें कुन्ती, कर्ण के सामने यह घोषणा करके, बचाने का प्रयास कर रही थी कि वह उसकी माँ थी। उसे उससे एक वचन लेना था।

उसने रक्त सम्बन्धों की दुहाई दी।

वे तुम्हारे भाई हैं। तुम्हारा अपना रक्त और मांस हैं। वचन दो कि तुम उनके विरुद्ध युद्ध में नहीं भाग लोगे। यही वचन दो मुझे।

योद्धा कर्ण यह वचन नहीं दे सकता था, क्योंकि ऐसा करने पर उसे एक और वचन तोड़ना पड़ता। कल वह युद्ध में जायेगा, और पाण्डव उसके शत्रु होंगे। वे ही थे, विशेष रूप से अर्जुन, जिन्होंने भरी सभा में उसे, एक अधम सारथी का पुत्र होने के कारण, अपमानित किया था। और वह दुर्योधन था, सौ कुरु-पुत्रों में सबसे बड़ा, जिसने उसे एक राज्य उपहार में दे कर उसकी रक्षा की थी। कर्ण ने, बदले में, दुर्योधन को अनन्त निष्ठा का वचन दिया था।

लेकिन दानी कर्ण अपनी माँ को वह देने से इनकार नहीं कर सकता था जो वह उससे माँग रही थी। लिहाज़ा उसने वचन में संशोधन कर दिया। वाक्छल से काम लिया। थोड़ी-सी फेर-बदल की, एक बदली हुई शपथ ली।

मैं तुम्हें यह वचन देता हूँ, कर्ण ने कुन्ती से कहा, *तुम्हारे हमेशा पाँच बेटे रहेंगे। युधिष्ठिर को मैं क्षति नहीं पहुँचाऊँगा। भीम मेरे हाथों नहीं मरेगा। दोनों जुड़वों—नकुल और सहदेव—को मैं छुऊँगा नहीं। लेकिन अर्जुन—उसके बारे में मैं कोई वचन नहीं दूँगा। मैं उसे मारूँगा, या वह मुझे मार देगा। हम में से एक मरेगा।*

हवा में कुछ तब्दीली-सी हुई। और राहेल को पता चल गया कि एस्ता आ गया था।

उसने अपना सिर नहीं घुमाया, लेकिन उसके भीतर एक दमक फैलती चली गयी। *वह आ गया है,* उसने सोचा। *वह यहाँ है। मेरे साथ।*

एस्ता दूर के एक खम्भे के सहारे टिक गया और वे इसी तरह पूरे नृत्य के दौरान बैठे रहे, कुथम्बलम की चौड़ाई से विभाजित, लेकिन एक कथा के सहारे जुड़े हुए। और एक दूसरी माँ की स्मृति के सहारे।

हवा कुछ और गर्म हो गयी। कम सीलन-भरी।

शायद वह शाम अन्धकार का हृदय में ख़ास तौर पर बुरी गुज़री थी। आयमनम में नर्तक ऐसे नाच रहे थे मानो वे रुक नहीं पा रहे। एक गर्म घर में आँधी से पनाह लेने वाले बच्चों की तरह। बाहर आ कर मौसम को तस्लीम करने इनकार करते हुए। हवा और गरज को तस्लीम करने से। उन चूहों को तस्लीम करने से जो उस नष्ट-भ्रष्ट दृश्यावली पर अपनी आँखों में डॉलरों के निशान लिये दौड़ लगा रहे थे। अपने इर्द-गिर्द धमाके से ढहती हुई दुनिया को तस्लीम करने से।

वे एक कथा से बाहर आये तो महज़ दूसरी कथा की गहराई में डुबकी लगाने के लिए। *कर्ण शब्दम*—कर्ण की प्रतिज्ञा—से *दुर्योधन वधम*—दुर्योधन और उसके भाई दुःशासन की मृत्यु में प्रवेश करने के लिए।

भोर के लगभग चार बज रहे थे जब भीम ने पापी दुःशासन को खोज कर घेर लिया। वह आदमी जिसने भरी सभा में पाण्डवों की पत्नी द्रौपदी को निर्वस्त्र करने का प्रयास किया था जब पाँसों के खेल में कौरवों ने उसे जीत लिया था। द्रौपदी ने (जो विचित्र रूप से उन लोगों पर कुपित थी, जिन्होंने उसे जीता था, उन लोगों पर नहीं, जिन्होंने उसे दाँव पर लगाया था) प्रतिज्ञा की थी कि वह अपने बालों को तब तक नहीं बाँधेगी जब तक कि वे दुःशासन के रक्त से नहीं धोये जाते। भीम ने उसके अपमान का प्रतिशोध लेने की शपथ ली थी।

भीम ने दुःशासन को लड़ाई के मैदान में घेर लिया जिसमें पहले ही लाशें बिछी हुई थीं। एक घण्टे तक वे एक-दूसरे ख़िलाफ़ तलवार भाँजते रहे। एक-दूसरे के साथ अपशब्दों का लेन-देन करते रहे। एक ने दूसरे के विरुद्ध जो दुष्कर्म किये थे, उनकी फ़ेहरिस्त पेश करते रहे। जब पीतल के दीवट की रोशनी लुपलुपाने लगी और बुझने को आ गयी तो उन्होंने सन्धि की। भीम ने तेल उँडेला, दुःशासन ने झुलसी हुई बाती साफ़ की। फिर वे दोबारा युद्ध करने लगे। उनकी हाँफती हुई लड़ाई छलक कर कुथम्बलम के बाहर चली आयी और मन्दिर के चारों ओर चकरघिन्नी खाने लगी। वे एक-दूसरे को अहाते भर में, अपनी गत्ते से बनी गदाएँ घुमाते, पिछियाते रहे। फूले हुए

लहँगों और गंजी होती शनील की चोलियाँ पहने दो आदमी छितरे हुए चन्द्रमाओं और लीद के ढेरों के ऊपर छलाँगें मारते हुए, सोये हुए हाथी की विशाल काया के गिर्द चक्कर काटते हुए। दुःशासन एक पल दिलेरी से भरा हुआ। दूसरे पल दीन-हीन। भीम उसके साथ खेल करता हुआ। दोनों धुत्त।

आसमान गुलाबी कटोरा बन चुका था। ब्रह्माण्ड में सलेटी, हाथी के आकार का छेद नींद में कुनमुनाया, फिर दोबारा सो गया। पौ फट रही थी जब भीम के अन्दर के पशु में हलचल हुई। नगाड़े तेज़ी से बजने लगे, मगर हवा शान्त हो गयी और आतंक से भर उठी। भोर के आलोक में एस्ताप्पेन और राहेल ने भीम को द्रौपदी से की गयी प्रतिज्ञा पूरी करते देखा। उसने गदा मार कर दुःशासन को धरती पर गिरा दिया। अपनी गदा से उसके प्राण छोड़ते शरीर की हर कमज़ोर कँपकँपी का पीछा किया, उस पर घात करते हुए जब तक कि वह निश्चल न हो गयी। एक लोहार, हठी धातु की चादर को सीधा सपाट बनाता हुआ। तरतीबवार ढंग से हर गड्ढे और उभार को हमवार करता हुआ। वह उसे उसके मर जाने के बाद भी देर तक मारता रहा। फिर, सिर्फ़ अपने हाथों से उसने शव को फाड़ डाला। उसने आँतें खींच कर बाहर निकालीं और क्षत-विक्षत शव के कटोरे से ख़ून पीने के लिए झुका। उसकी पगलायी आँखें किनारे के ऊपर से झाँक रही थीं, क्रोध और घृणा और उन्मत्त सन्तोष से चमकती हुईं। गरगराते हुए ख़ून के बुलबुले उसके दाँतों के बीच हलके गुलाबी। उसके रँगे हुए चेहरे, उसकी गरदन और ठोड़ी से नीचे बहते-टपकते। जब उसने जी भर पी लिया, वह उठा, और ख़ून-सनी आँतें दुपट्टे की तरह गले में लपेटे द्रौपदी की तलाश में चला ताकि उसके बालों को ताज़ा ख़ून से नहला सके। अब भी उसके इर्द-गिर्द क्रोध की थरथराहट थी जिसे हत्या भी शान्त नहीं कर सकती।

उस सुबह वहाँ पागलपन ही था। गुलाबी के कटोरे के नीचे। यह कोई नाटक नहीं था। एस्ताप्पेन और राहेल ने यह पहचान लिया था। वे पहले भी उसकी कारगुज़ारी देख चुके थे। एक और सुबह को। एक और मंच पर। एक और उन्माद (जिसके जूतों के तलों में कनखजूरे थे)। उसकी कंजूसी से बरती गयी बर्बरता इसकी उच्छृंखल पाशविकता से मेल खाती थी।

वे वहीं बैठे रहे, ख़ामोशी और ख़ालीपन, बर्फ़ की तरह जमे हुए दो-डिम्बों वाले पथराये जीव, सींगों के गूमड़ों के साथ जो बढ़ कर सींग नहीं बने थे। एक कुथम्बलम की चौड़ाई से विभाजित। एक ऐसी कथा की दलदल में फँसे हुए जो उनकी थी भी और नहीं भी थी। जो व्यवस्था और विन्यास की झलक देती हुई शुरू हुई थी, फिर एक डरे हुए घोड़े की तरह भड़क कर अराजकता में तब्दील हो गयी थी।

कोच्चु थोम्मन जागा और उसने नज़ाकत के साथ सुबह के नारियल को फोड़ा।

कथकली नर्तकों ने अपना मेकप उतारा और अपनी पत्नियों को पीटने घर चले गये। छातियों वाली सुकोमल कुन्ती भी।

बाहर चारों तरफ़, वह छोटा-सा कस्बा, जिसने गाँव का रूप धरा हुआ था, कुनमुनाया और जीवित हो उठा। एक बूढ़ा आदमी नींद से जागा और अपना काली मिर्च-डला

नारियल का तेल गर्म करने के लिए लड़खड़ाता हुआ चूल्हे तक गया।

कॉमरेड पिल्ले। आयमनम के नारद मुनि और पेशेवर खिचड़ी पकाने वाले।

अजीब बात है कि वही थे जिन्होंने कथकली से जुड़वों का परिचय कराया था। बेबी कॉचम्मा की बेहतर समझदारी के ख़िलाफ़ वही थे जो उन्हें लेनिन के साथ-साथ, मन्दिर में सारी-सारी रात चलने वाले नृत्य के आयोजनों में ले जाते और भोर तक उनके साथ बैठे उन्हें कथकली की भाषा और मुद्राएँ समझाते रहते। छै बरस की उमर में उन्होंने कॉमरेड पिल्ले के साथ बैठ कर ठीक यही कथा पूरी-की-पूरी देखी थी। कॉमरेड पिल्ले ही थे जिन्होंने रौद्र भीम से उनका परिचय कराया था—मृत्यु और प्रतिशोध की खोज में पगलाया, ख़ून का प्यासा भीम। 'वह अपने अन्दर निवास करने वाले पशु को खोज रहा है,' कॉमरेड पिल्ले ने उन्हें—डरे हुए, फटी-फटी आँखों वाले बच्चों को—बताया था, जब आम तौर पर भले स्वभाव वाले भीम ने शिकारी कुत्तों की तरह चीख़ना और गुर्राना शुरू किया था।

विशेष रूप से कौन-सा पशु, यह कॉमरेड पिल्ले ने नहीं बताया था। शायद उनका असली मतलब अपने अन्दर निवास करने वाले *आदमी* की खोज से था, क्योंकि निश्चय ही किसी पशु ने मानवीय घृणा की असीम, बेहद चतुराई-भरी कला प्रदर्शित नहीं की है। कोई पशु उसकी शक्ति और विस्तार की बराबरी नहीं कर सकता।

गुलाबी कटोरा फीका पड़ गया और उससे एक सलेटी, गर्म फुहार नीचे झरी। जैसे ही एस्ता और राहेल ने मन्दिर के द्वार से हो कर बाहर को कदम रखे, कॉमरेड के.एन.एम. पिल्ले तेल मालिश करके नहा कर चिकने बने अन्दर दाख़िल हुए। उनके माथे पर चन्दन लगा था। वर्षा की बूँदें उनके तेल-लगे जिस्म पर मनकों की तरह उभरी हुई थीं। अपनी हथेलियों का कटोरा बनाये वे उसमें बेला के ताज़ा फूलों की छोटी-सी ढेरी लिये हुए थे।

'ओ हो !' उन्होंने अपनी पिपहरी सरीखी आवाज़ में कहा। 'तुम यहाँ हो ! तो अब भी अपनी भारतीय संस्कृति में तुम्हारी दिलचस्पी है ? अच्छा है, अच्छा है। बहुत अच्छा है।'

दोनों जुड़वाँ, न रूखे, न शालीन, कुछ नहीं बोले। वे साथ-साथ घर चल दिये। वह और वह। हम और हम।

13

आशावादी और निराशावादी

चाको ने अपना कमरा छोड़ दिया था और पप्पाची की स्टडी में सोने वाला था ताकि उसका कमरा सोफ़ी मोल और मार्ग्रेट कॉचम्मा को मिल जाय। वह एक छोटा-सा कमरा था जिसमें एक खिड़की उस उजड़ते, किसी कदर उपेक्षित रबर के बगान में खुलती थी जो रेवरेंड ई. जॉन आइप ने एक पड़ोसी से ख़रीदा था। एक दरवाज़ा उसे घर के मुख्य भाग से जोड़ता था और दूसरा (वह अलग प्रवेश द्वार जो मम्माची ने चाको के लिए अपनी 'मर्दों वाली ज़रूरत' को होशियारी के साथ पूरा करने की ख़ातिर खुलवाया था) सीधे बाहर बग़ल वाले मिट्टम में खुलता था।

सोफ़ी मोल एक छोटी-सी सफ़री चारपाई पर सोयी हुई थी, जो बड़े पलँग की बग़ल में उसके लिए लगा दी गयी थी। छत के धीमी रफ़्तार वाले पंखे की भनभनाहट उसके सिर में भरी हुई थी। नीलीसलेटीनीली आँखें चट से खुलीं।

जा गी

जा नदार

जा गरूक

नींद को वक़्ती तौर पर विदा कर दिया गया।

जो के मरने के बाद यह पहली बार था कि उसने उठते ही सबसे पहले उसको नहीं याद किया था।

उसने कमरे में चारों तरफ़ नज़र दौड़ायी। हिलते हुए नहीं, सिर्फ़ अपनी आँखों के गोलकों को नचाते हुए। दुश्मन के इलाक़े में पकड़ा गया एक जासूस क़ैद से विस्मयकारी ढंग से भाग निकलने की योजना बनाता हुआ।

बेढंगेपन से सजाये गये, अभी से कुम्हलाते, गुड़हलों का एक गुलदान चाको की मेज़ पर रखा था। दीवारों पर किताबों की क़तारें थीं। एक शीशे के पल्लों वाली अलमारी बालसा लकड़ी से बने टूटे-फूटे हवाई जहाज़ों से ठसाठस भरी थी। याचना-भरी आँखों वाली क्षत-विक्षत तितलियाँ। एक दुष्ट राजा की काठ की रानियाँ काठ के किसी अमंगलकारी टोने से कुम्हलाती हुईं।

फँसी हुईं।

सिर्फ़ एक, उसकी माँ, मार्ग्रेट, बच कर इंग्लैण्ड निकल गयी थी।

छत के रुपहले पंखे के बीचों-बीच क्रोम के शान्त गोल दायरे में कमरा गोल-गोल

घूम रहा था। अधपके बिस्कुट के रंग की एक हल्की भूरी छिपकली ने सोफ़ी को कौतूहल-भरी आँखों से निहारा। उसने जो के बारे में सोचा। कोई चीज़ उसके अन्दर थरथरायी। उसने अपनी आँखें बन्द कर लीं।

छत के रुपहले पंखे का क्रोम का शान्त गोल दायरा उसके सिर के भीतर गोल-गोल घूमता रहा।

जो अपने हाथों पर खड़ा हो कर चल लेता था। और जब वह पहाड़ी पर नीचे को साइकिल चलाता, वह हवा को अपनी कमीज़ में भर सकता था।

बग़ल के पलँग पर मार्ग्रेट कॉचम्मा अब भी सो रही थी। वह अपनी पीठ के बल लेटी थी, हाथों को पसलियों के ठीक नीचे एक-दूसरे में फँसाये। उसकी उँगलियाँ सूजी हुई थीं और उसकी शादी की अँगूठी असुविधाजनक ढंग से तंग नज़र आ रही थी। उसके गालों का माँस चेहरे के दोनों ओर ढलका हुआ था, जिससे उसके गालों की हड्डियाँ ऊँची और उभरी हुई दिखने लगी थीं और मुँह नीचे को एक उल्लास-रहित मुस्कान में खिंच गया था, जिसमें दाँतों की महज़ एक झिलमिलाहट-सी थी। उसने अपनी भवों को, जो कभी घनी थीं, मोचने से नोच कर मौजूदा फ़ैशनेबल, पेंसिल-सरीखी पतली धनुषाकार रेखाओं में तब्दील कर लिया था, जो नींद में भी उसे एक हल्का-सा चकित होने का भाव प्रदान करती थीं। उसकी बाक़ी भाव-भंगिमाएँ भवों की बढ़ती हुई खूँटियों के रूप में वापस उग रही थीं। उसका चेहरा तमतमाया हुआ था। उसका माथा चमक रहा था। सुर्ख़ी की दमक के नीचे एक पीलापन था। एक जबरन रोकी गयी उदासी।

उसके गहरे नीले और सफ़ेद फूलदार सूती-पोलिएस्टर लिबास का पतला कपड़ा कुम्हला-सा गया था और ढीलेपन से उसके शरीर के उभारों से चिपका हुआ था, उसकी छातियों पर उठता हुआ, उसकी लम्बी-तड़ंगी टाँगों के बीच की धारी में नीचे को झुकता हुआ—मानो वह भी गर्मी का आदी नहीं था और उसे एक झपकी की ज़रूरत थी।

पलँग के साथ रखी मेज़ पर चाँदी के फ़्रेम में लगी चाको और मार्ग्रेट कॉचम्मा की शादी की एक काली-और-सफ़ेद तस्वीर थी जो ऑक्सफ़ोर्ड में गिरजे के बाहर खींची गयी थी। हल्की-सी बर्फ़ गिर रही थी। ताज़ा बर्फ़ के पहले-पहले गाले सड़क और फ़ुटपाथ पर पड़े हुए थे। चाको ने नेहरू जैसा लिबास पहन रखा था। सफ़ेद चूड़ीदार, और काली शेरवानी। उसके कन्धों पर बर्फ़ की परत थी। उसके काज में एक गुलाब था और उसके रूमाल का सिरा, तहा कर तिकोन बनाया हुआ, उसके सीने की जेब से झाँक रहा था। पैरों में उसने पालिश किये काले ऑक्सफ़ोर्ड जूते पहन रखे थे। वह ऐसा लग रहा था मानो ख़ुद पर और अपनी साज-सज्जा पर हँस रहा हो। किसी ऐसे व्यक्ति की तरह, जो फ़ैंसी-ड्रेस पार्टी में शामिल हो।

मार्ग्रेट कॉचम्मा ने एक लम्बा, फेनिल गाउन और अपने कटे हुए, घुँघराले बालों पर एक सस्ता-सा मुकुट पहन रखा था। उसका घूँघट उसके चेहरे के ऊपर उठा हुआ था। वह उसके जितनी ही लम्बी थी। वे ख़ुश नज़र आ रहे थे। पतले-छरहरे और जवान, आँखों में पड़ती धूप के कारण आँखें सिकोड़े। उसकी घनी, काली भवें आपस में गुँथी हुई थीं और जाने कैसे विवाह के सफ़ेद, फेनिल लिबास की तुलना में एक आकर्षक विषमता पैदा कर रही थीं। त्योरियाँ चढ़ाये एक भवों वाला बादल। उनके पीछे

मोटे टख़नों वाली एक भारी-भरकम मेट्रन-सरीखी औरत खड़ी थी जिसके लम्बे ओवरकोट के सारे बटन बन्द थे। मार्ग्रेट कॉचम्मा की माँ। उसकी छोटी-छोटी पोतियाँ उसके अगल-बग़ल खड़ी थीं, चारख़ाने के चुन्नटदार स्कर्ट और ऊँची जुराबें पहने और एक-से झालरदार बालों वाली। दोनों-की-दोनों मुँह पर हाथ रखे दबी हँसी हँस रही थीं। मार्ग्रेट कॉचम्मा की माँ कहीं दूसरी तरफ़ देख रही थी, तस्वीर के बाहर, मानो उसका बस चलता तो वह वहाँ न रही होती।

मार्ग्रेट काचम्मा के पिता ने शादी में शामिल होने से इनकार कर दिया था। वह हिन्दुस्तानियों को नापसन्द करता था। उसके ख़याल में वे काइयाँ, बेईमान लोग थे। उसे यक़ीन नहीं हो रहा था कि उसकी बेटी एक हिन्दुस्तानी से शादी कर रही थी।

तस्वीर के दायें हाथ वाले कोने में एक आदमी पटरी के किनारे-किनारे साइकिल खींचता हुआ मुड़ कर विवाहित जोड़े को घूर रहा था।

जब वह पहले-पहले चाको से मिली, मार्ग्रेट कॉचम्मा ऑक्सफ़ोर्ड के एक जलपान-गृह में वेट्रेस के रूप में काम कर रही थी। उसका परिवार लन्दन में रहता था। उसका बाप एक बेकरी का मालिक था। उसकी माँ औरतों की टोपियाँ बनाने वाले की सहायक थी। माग्रेट कॉचम्मा ने साल भर पहले अपने माता-पिता का घर छोड़ दिया था, जिसके पीछे जवानी के जोश में आज़ादी का दावा करने से बड़ा और कोई कारण नहीं था। उसका इरादा काम करके इतना पैसा जोड़ने का था कि टीचर ट्रेनिंग कोर्स कर ले और किसी स्कूल में काम की तलाश करे। ऑक्सफ़ोर्ड में वह एक छोटे-से फ़्लैट में एक सहेली के साथ साझे में रहती थी। वह भी एक और जलपान-गृह में वेट्रेस थी।

अलग रहने का फ़ैसला करने के बाद, मार्ग्रेट कॉचम्मा ने खुद को ठीक उसी क़िस्म की लड़की बनते पाया, जैसा कि उसके माता-पिता चाहते थे वह बने। असली दुनिया से सामना होने पर वह घबराहट के साथ स्मृति में सँजोये हुए पुराने नियम-क़ायदों से चिमटी रही, और उसके पास अपने सिवा और कोई नहीं था जिसके ख़िलाफ़ वह बग़ावत कर सके। लिहाज़ा, ऑक्सफ़ोर्ड पहुँच कर भी, अपने ग्रामोफ़ोन को जितना उसे घर में इजाज़त थी, उससे कुछ और ऊँचा बजाने के अलावा, वह वैसी ही छोटी, सीमित ज़िन्दगी बिताती रही जिससे कि उसका ख़याल था वह भाग निकली है।

जब तक कि एक सुबह चाको जलपान-गृह में दाख़िल नहीं हुआ।

वे ऑक्सफ़ोर्ड में उसके अन्तिम वर्ष की गर्मियाँ थीं। वह अकेला था। उसकी मुचड़ी हुई कमीज़ के बटन ग़लत काजों में लगे हुए थे। जूतों के फीते खुले थे। उसके बाल, जो आगे से सावधानीपूर्वक ब्रश किये और बैठाये गये थे, पीछे से पैरों के एक कड़े प्रभामण्डल की शक्ल में उठे हुए थे। वह सन्तत्व को प्राप्त, एक बेढब-बेढंगे साही जैसा लग रहा था। वह लम्बा-तड़ंगा था और कपड़ों के घालमेल (बेमेल टाई, फटीचर कोट) के नीचे मार्ग्रेट कॉचम्मा देख सकती थी कि वह हट्टा-कट्टा है। उसके हाव-भाव एक मुदित आदमी के थे और आँखों को सिकोड़ने का एक ऐसा ढब मानो वह दूर के किसी चिन्ह को पढ़ने की कोशिश कर रहा हो और अपना चश्मा लाना भूल गया हो। उसके कान सिर की दोनों तरफ़ चाय की केतली के हत्थों की तरह बाहर को

निकले हुए थे। उसकी कसरती काठी और ढीले-ढाले रंग-ढंग में एक अजीब-सा अन्तर्विरोध था। उसके भीतर एक मोटा आदमी दुबका हुआ है, इसका एकमात्र चिन्ह उसके चमकते, प्रसन्न गाल थे।

उसमें उस अनिश्चय और खेद-भरे बेढंगेपन का लेश भी नहीं था जिसे आम तौर पर बेतरतीब, भुलक्कड़ लोगों की निशानी माना जाता है। वह प्रसन्न दिखता था, मानो वह किसी काल्पनिक मित्र के साथ हो जिसकी संगत उसे पसन्द हो। उसने खिड़की के पास एक जगह ली और बैठ गया, अपनी एक कुहनी मेज़ पर रखे और अपनी हथेली में चेहरे को टिकाये, ख़ाली जलपान-गृह में चारों ओर देख कर मुस्कराता हुआ मानो वह फ़र्नीचर से बातचीत शुरू करने की सोच रहा हो। उसने उसी दोस्ताना मुस्कान के साथ कॉफ़ी का आदेश दिया, लेकिन उस लम्बी, घनी भवों वाली वेट्रेस पर वास्तव में ध्यान देने का आभास दिये बग़ैर जिसने उससे आदेश लिया।

जब उसने अपनी बेहद दूध वाली कॉफ़ी में दो चम्मच भर कर चीनी डाली तो वह चिंहुकी।

फिर उसने टोस्ट पर तले अण्डों की फ़रमाइश की। कुछ और कॉफ़ी, और स्ट्रॉबेरी जैम की।

जब वह उसके द्वारा मँगायी गयी चीज़ें ले कर लौटी तो उसने कहा, मानो वह एक पुरानी बातचीत को जारी रख रहा हो, 'क्या तुमने उस आदमी के बारे में सुना है, जिसके जुड़वाँ बेटे थे ?'

'नहीं,' उसने उसका नाश्ता रखते हुए कहा। किसी कारणवश (स्वाभाविक समझदारी की वजह से शायद, और विदेशियों के प्रति एक सहज संकोच से) उसने वह गहरी दिलचस्पी नहीं प्रकट की जो लगता था कि वह जुड़वाँ बेटों वाले आदमी के बारे में उससे उम्मीद करता था। चाको इसकी परवाह करता नहीं जान पड़ा।

'एक आदमी के जुड़वाँ बेटे थे,' उसने मार्ग्रेट कॉचम्मा से कहा। 'पीट और स्टुअर्ट। पीट आशावादी था और स्टुअर्ट निराशावादी।'

उसने जैम में से स्ट्रॉबेरी के दाने चुन कर निकाले और उन्हें अपनी तश्तरी के एक किनारे रख दिया। बाक़ी जैम की एक मोटी तह उसने अपने मक्खन-लगे टोस्ट पर फैला दी।

'उनके तेरहवें जन्मदिन पर उनके पिता ने स्टुअर्ट को—जो निराशावादी था—एक घड़ी, बढ़ईगीरी के औज़ारों का सेट और एक साइकिल दी।'

चाको ने नज़रें उठा कर मार्ग्रेट कॉचम्मा को देखा कि वह सुन रही थी या नहीं।

'और पीट—जो आशावादी था—उसके कमरे को उसने घोड़े की लीद से भर दिया।'

चाको ने तले हुए अण्डे उठा कर टोस्ट पर रखे, उनकी चमकती हुई, डगमगाती ज़र्दी को तोड़ा और उसे चम्मच के पिछले हिस्से से स्ट्रॉबेरी के जैम के ऊपर फैला दिया।

'जब स्टुअर्ट ने अपने उपहार खोले तो वह पूरी सुबह भुनभुनाता रहा। वह बढ़ईगीरी के औज़ार नहीं चाहता था, घड़ी उसे पसन्द नहीं आयी और साइकिल में

ग़लत किस्म के टायर लगे हुए थे।'

मार्ग्रेट कॉचम्मा ने सुनना बन्द कर दिया था क्योंकि उसका ध्यान उस रस्म ने पूरी तरह खींच लिया था जो चाको की प्लेट पर घटित हो रही थी। जैम और तले हुए अण्डों वाला टोस्ट छोटे-छोटे, सुथरे चौकोर टुकड़ों में काटा गया। जैम-निष्कासित स्ट्रॉबेरी के दाने एक-एक करके तलब किये गये और नाज़ुक कतलों की शक्ल में काटे गये।

'जब उनका बाप आशावादी पीट के कमरे में गया तो पीट उसे दिखायी नहीं दिया, लेकिन उसे ताबड़तोड़ फावड़ा चलाने और ज़ोर-ज़ोर से साँस लेने की आवाज़ें सुनायी दीं। पूरे कमरे में घोड़े की लीद इधर-उधर उड़ रही थी।'

अपने लतीफ़े के अन्त की पूर्वकल्पना से ही चाको बेआवाज़ हँसी से हिलने लगा था। हँसते हुए हाथों से उसने टोस्ट के हर चमकते पीले और लाल चौकोन पर स्ट्रॉबेरी का एक कतला रखा—जिससे वह सारी चीज़ एक ऐसा रंग-बिरंगा नाश्ता नज़र आने लगा जो सम्भव है कोई बूढ़ी औरत किसी ब्रिज की पार्टी में पेश करे।

' "हे भगवान, यह तुम क्या कर रहे हो ?" बाप ने चिल्ला कर पीट से कहा।'

टोस्ट के चौकोर टुकड़ों पर नमक-काली मिर्च छिड़की गयी। चाको आख़िरी जुमले से पहले ठहरा और मार्ग्रेट कॉचम्मा की ओर देखता हुआ हँसा, जो उसकी प्लेट को देख कर मुस्करा रही थी।

'लीद के अन्दर कहीं गहरे से एक आवाज़ आयी, "अरे बापू," पीट ने कहा, "अगर चारों तरफ़ इतनी लीद है तो कहीं-न-कहीं घोड़ा भी ज़रूर होना चाहिए।" '

अपने एक हाथ में छुरी और एक में काँटा थामे चाको ख़ाली जलपान-गृह में अपनी कुर्सी पर पीछे को झुका और अपनी ऊँची, हिचकियों वाली, संक्रामक, मोटे आदमी की हँसी हँसा, हत्ता कि उसके गालों पर आँसू ढुलकने लगे। मार्ग्रेट कॉचम्मा, जिससे लतीफ़े का अधिकांश छूट गया था, मुस्करायी। फिर वह चाको की हँसी पर हँसने लगी। उनके क़हक़हे एक-दूसरे को सहारा देते रहे और एक उन्मादी सुर तक उठते चले गये। जब जलपान-गृह का मालिक प्रकट हुआ तो उसने देखा कि एक ग्राहक (ख़ास तौर पर पसन्दीदा नहीं) और एक वेट्रेस (महज़ औसत रूप से पसन्दीदा) हुहुआती, बेबस हँसी के एक चक्करदार घेरे में गिरफ़्तार हैं।

इस बीच एक ग्राहक (नियमित आने वाला) बग़ैर ध्यान खींचे आ पहुँचा था और सेवाओं की प्रतीक्षा कर रहा था।

मालिक ने अपनी अप्रसन्नता को मार्ग्रेट कॉचम्मा तक पहुँचाने के लिए पहले से साफ़ कुछ गिलासों को आपस में खनकाते हुए साफ़ किया, और काउण्टर पर बर्तनों को खड़खड़ाया। नये ग्राहक का आदेश लेने के लिए चलने से पहले मार्ग्रेट कॉचम्मा ने अपने को सुस्थिर करने का प्रयास किया। मगर उसकी आँखों में आँसू थे, और उसे हँसी का एक ताज़ा दौर दबाना पड़ा, जिसकी वजह से उस भूखे आदमी ने, जिसका आदेश वह ले रही थी, अपने पतले होंटों को ख़ामोश नापसन्दगी से भींच कर मेन्यू कार्ड से नज़रें ऊपर उठायीं।

मार्ग्रेट कॉचम्मा ने एक चोर नज़र चाको पर डाली, जिसने उसकी ओर देखा और

मुस्कराया। वह एक अजीब-सी बावली-बौराई दोस्ताना मुस्कान थी।

उसने अपना नाश्ता ख़त्म किया, पैसे दिये और चला गया। मार्ग्रेट कॉचम्मा के मालिक ने उसकी मलामत की और जलपान-गृह के आचार-व्यवहार पर एक भाषण दिया। मार्ग्रेट कॉचम्मा ने उससे माफ़ी माँगी। उसे अपने व्यवहार पर सचमुच अफ़सोस था।

उस शाम, काम के बाद, उसने जो हुआ था उसके बारे में सोचा और खुद अपने भीतर एक बेकली महसूस की। वह आम तौर पर छिछोरापन नहीं करती थी, और उसे एक बिलकुल अजनबी आदमी के साथ ऐसे बेक़ाबू हँसी-मज़ाक में हिस्सा लेना ठीक नहीं लगा। ऐसा करना उसे एक ज़रूरत से ज़्यादा बेतकल्लुफ़ और दोस्ताना हरकत लगी। उसे अचरज हुआ कि आख़िर किस चीज़ ने उसे इतना हँसने पर मजबूर कर दिया था। उस लतीफ़े ने नहीं, इतना तो वह जानती थी।

उसने चाको की हँसी के बारे में सोचा और एक मुस्कान देर तक उसकी आँखों में बनी रही।

चाको ने अकसर ही जलपान-गृह में आना शुरू कर दिया।

वह हमेशा अपने अदृश्य साथी और अपनी दोस्ताना मुस्कान के साथ आता। जब कभी मार्ग्रेट कॉचम्मा उसे चीज़ें नहीं भी परोस रही होती, वह उसे अपनी आँखों से खोज निकालता, और उनमें चोरी-छिपे मुस्कानों का आदान-प्रदान होता जो उनके क़हक़हों की साझी स्मृति जगा देता।

मार्ग्रेट कॉचम्मा ने पाया कि वह उत्सुकता से उस अस्त-व्यस्त साही के आने की बाट जोहने लगी है। व्यग्रता के बिना, मगर एक धीरे-धीरे बढ़ते स्नेह से। उसे पता चला कि वह हिन्दुस्तान से रोड्स छात्र-वृत्ति पर आया हुआ है। प्राचीन साहित्य का छात्र है। और बेलियल कॉलेज के नौका-दल में शामिल है।

उसके साथ अपनी शादी के दिन तक मार्ग्रेट कॉचम्मा को विश्वास नहीं था कि वह कभी उसकी पत्नी बनने को राज़ी होगी।

साथ-साथ घूमना-फिरना शुरू करने के कुछ महीनों बाद, चाको ने मार्ग्रेट कॉचम्मा को चोरी-छिपे अपने डेरे पर ले जाना शुरू किया, जहाँ वह एक असहाय, निष्कासित राजकुमार की तरह रहता था। अपनी सेविका और साफ़-सफ़ाई करने वाली महिला की बेहतरीन कोशिशों के बावजूद उसका कमरा हमेशा गन्दा-ग़लीज़ रहता। फ़र्श पर किताबें, शराब की ख़ाली बोतलें, मैले बनियान-जाँघिये और सिगरेट के टोटे बिखरे रहते। अलमारियों को खोलना ख़तरे से ख़ाली नहीं था क्योंकि कपड़े और किताबें और जूते झरने की तरह नीचे गिरते और उसकी कुछ किताबें तो इतनी भारी थीं कि सचमुच चोट पहुँचा सकती थीं। मार्ग्रेट कॉचम्मा की नन्ही-सी व्यवस्थित ज़िन्दगी ने खुद को—बर्फ़ीले समुद्र में दाख़िल होने वाले गर्म शरीर की बेआवाज़ सिसकी के साथ—इस सचमुच अनोखे पागलख़ाने के हवाले कर दिया।

उसने पाया कि अस्त-व्यस्त साही वाले पहलू के नीचे, एक यातनाग्रस्त मार्क्सवादी एक असम्भव, लाइलाज रूमानी के साथ संघर्षरत था, जो मोमबत्तियाँ लाना भूल जाता

था, जो शराब पीने के गिलास तोड़ देता था, जो अँगूठी गुमा देता था। जो ऐसे आवेग के साथ उसको प्यार करता कि उसका दम निकल जाता था। उसने हमेशा अपनी कल्पना एक ग़ैर-दिलचस्प-सी, मोटी कमर और भारी टख़नों वाली लड़की के रूप में की थी। देखने में बुरी नहीं। न ख़ास। लेकिन जब वह चाको के साथ होती तो पुरानी सीमाएँ पीछे धकेल दी जातीं। दिशाओं का विस्तार हो जाता।

वह पहले कभी ऐसे आदमी से नहीं मिली थी जो दुनिया के बारे में—वह क्या थी, और कैसे बनी, या उसके ख़याल में उसका क्या बनेगा—इस तरह बात करता था, जैसे मार्ग्रेट के परिचय के दायरे में आने वाले दूसरे आदमी अपनी नौकरियों, अपने दोस्तों या समुद्र-तट पर अपनी हफ़्तावार छुट्टियाँ बिताने के बारे में बातें किया करते थे।

चाको के साथ होने पर मार्ग्रेट कॉचम्मा को ऐसा महसूस होता मानो उसकी आत्मा टापू पर बसे अपने देश की संकीर्ण सीमाओं से छूट कर चाको के देश के विशाल, अपरिमित विस्तार में जा पहुँची है। वह उसे ऐसा एहसास कराता मानो दुनिया उनकी अपनी मिल्कियत थी—मानो वह उनके सामने चीर-फाड़ की मेज़ पर चीरा-लगे मेढक की तरह खुली पड़ी थी, परखे जाने की प्रार्थना करती हुई।

उससे जान-पहचान होने के साल भर के अर्से में, उससे शादी करने से पहले, मार्ग्रेट कॉचम्मा ने अपने भीतर थोड़ा-सा जादू खोज निकाला, और कुछ समय के लिए ख़ुद को चिराग़ से मुक्त एक प्रमुदित जिन्न जैसा महसूस किया। उसकी उमर शायद यह समझ पाने के लिए बहुत कच्ची थी कि जिसे वह चाको के प्रति अपना प्रेम मानती थी, वह दरअसल ख़ुद अपने प्रति एक अनिश्चित, झिझकता- डरता विश्वास था।

जहाँ तक चाको की बात है, अब तक की ज़िन्दगी में मार्ग्रेट कॉचम्मा उसकी पहली महिला मित्र थी। न सिर्फ़ वह पहली औरत थी जिसके साथ वह सोया था, बल्कि वह उसकी पहली सहचर भी थी। उसके बारे में जो चीज़ चाको को सबसे ज़्यादा पसन्द थी, वह थी उसकी आत्म-निर्भरता। औसतन अंग्रेज़ औरतों के सिलसिले में शायद यह कोई ग़ैर-मामूली बात नहीं थी, मगर चाको के लिए अनोखी थी।

उसे यह बात बेहद पसन्द थी कि मार्ग्रेट कॉचम्मा उससे चिपकी नहीं रहती थी। कि वह उसके बारे में अपनी भावनाओं को ले कर अनिश्चित थी। कि उसे आख़िरी दिन तक यह क़तई मालूम नहीं था कि वह उससे शादी करेगी या नहीं। उसे उसकी वह अदा पसन्द थी जब वह उसके बिस्तर में नंगी उठ बैठती, और लम्बी गोरी पीठ उसकी ओर से घुमाये, अपनी घड़ी पर नज़र डालती और अपने दुनियादार लहजे में कहती, 'अरे, मुझे अब चलना चाहिए।' जिस तरह वह हर सुबह अपनी साइकिल पर डगमगाते हुए काम पर जाती वह उसे पसन्द था। वह उनके आपसी मतभेदों को प्रोत्साहित करता और जब वह उसकी पतनशीलता पर खीझ कर कभी-कभार भड़क उठती तो वह मन-ही-मन ख़ुश होता।

वह उसका शुक्रगुज़ार था कि वह उसकी देख-रेख नहीं करना चाहती थी। कि उसने उसके कमरे को व्यवस्थित करने का प्रस्ताव नहीं किया था। कि वह हरदम उस

पर छायी रहने वाली माँ नहीं बनना चाहती थी। धीरे-धीरे वह अपने ऊपर निर्भर न रहने के लिए माग्रेट कॉचम्मा पर निर्भर रहने लगा। वह इसलिए उसकी पूजा करता था कि वह उसकी पूजा नहीं करती थी।

उसके परिवार के बारे में मार्ग्रेट कॉचम्मा को बहुत कम जानकारी थी। वह उनके बारे में यदा-कदा ही बात करता।

सच तो यह है कि ऑक्सफ़ोर्ड में बिताये वर्षों के दौरान चाको बिरले ही उनके बारे में सोचता। उसकी ज़िन्दगी में बहुत कुछ हो रहा था और आयमनम उसे बहुत दूर जान पड़ता था। नदी बहुत छोटी। मछलियाँ बहुत कम।

उसके पास अपने माता-पिता से सम्पर्क बनाये रखने का कोई अनिवार्य कारण नहीं था। रोड्स छात्रवृत्ति अच्छी-ख़ासी थी। पैसों की उसे कोई ज़रूरत नहीं थी। उसे मार्ग्रेट कॉचम्मा के प्रति अपने प्रेम से गहरा प्रेम था और उसके दिल में किसी और के लिए कोई जगह नहीं थी।

मम्माची उसे नियमित रूप से पत्र लिखतीं, जिनमें अपने पति के साथ उनकी निखिद्द कलह-क्लेश के विस्तृत विवरण और अम्मू के भविष्य के बारे में उनकी चिन्ताएँ भरी होतीं। वह मुश्किल से एक ख़त पूरा पढ़ता। कभी-कभी तो वह उन्हें खोलने की भी ज़हमत न उठाता। वह कभी पलट कर ख़त न लिखता।

उस एक बार जब वह वापस आया भी था (जब उसने पप्पाची को पीतल के गुलदान से मम्माची को पीटने से रोक दिया था, और चाँदनी में एक झूलने वाली कुर्सी का क़त्ल हो गया था) उसे शायद ही इसका आभास था कि उसके पिता कितने आहत हुए थे, कि उसकी माँ के मन में उसके प्रति अनुराग दुगना हो गया था, कि उसकी छोटी बहन अचानक कितनी सुन्दर हो गयी थी। वह एक बेख़ुदी के आलम में आया और गया था, अपने आगमन के क्षण से उस लम्बी पीठ वाली गोरी लड़की के पास लौटने के लिए व्याकुल, जो उसका इन्तज़ार कर रही थी।

बेलियल से बाहर आने के बाद की सर्दियों में (उसकी परीक्षाएँ ख़राब हुई थीं), मार्ग्रेट कॉचम्मा और चाको ने शादी कर ली थी। बिना मार्ग्रेट कॉचम्मा के परिवार की इजाज़त के। बिना चाको के परिवार की जानकारी के।

उन्होंने फ़ैसला किया कि जब तक वह अपने लिए कोई नौकरी नहीं ढूँढ लेता, उसे मय साज़ो-सामान मार्ग्रेट कॉचम्मा के फ़्लैट में आ जाना चाहिए (दूसरे जलपान-गृह की उस दूसरी वेट्रेस की जगह लेते हुए)।

शादी के लिए इससे ज़्यादा ख़राब समय नहीं चुना जा सकता था।

साथ-साथ रहने के दबावों के साथ मुफ़लिसी भी आयी। छात्रवृत्ति का अब कोई पैसा नहीं आ रहा था, और फ़्लैट का पूरा किराया अब उनके ज़िम्मे था।

नाव खेना बन्द करते ही उसके जिस्म पर एक अचानक, वक़्त से पहले का, अधेड़ों-सरीखा मोटापा आ गया। चाको एक मोटा आदमी बन गया, अपनी हँसी से मेल खाते बदन वाला।

शादी को साल भर हुआ, और मार्ग्रेट कॉचम्मा के मन से चाको की विद्यार्थियों वाली काहिली का आकर्षण उड़नछू हो गया। अब उसे यह बात दिलचस्प नहीं लगती

थी कि उस दौरान, जब वह काम पर जाती, फ़्लैट उसी तरह गन्दा और अव्यवस्थित बना रहता जैसा कि वह उसे छोड़ गयी होती। कि चाको के लिए बिस्तर ठीक करने या कपड़े या बर्तन धोने की बात पर विचार करना भी असम्भव था। कि वह नये सोफ़े पर सिगरेट से जलने के दाग़ों के लिए अफ़सोस ज़ाहिर नहीं करता था। कि लगता था वह नौकरी के इण्टर्व्यू में हाज़िर होने से पहले अपनी कमीज़ के बटन बन्द करने, टाई की गाँठ लगाने और जूते के फीते बाँधने के क़ाबिल नहीं था। साल भर के अन्दर वह मेज़ पर रखे चीरा-लगे मेंढक के बदले कुछ छोटी-छोटी, व्यावहारिक रियायतें हासिल करने को तैयार थी। मिसाल के तौर पर अपने पति के लिए एक नौकरी और एक साफ़-सुथरा घर।

आख़िरकार चाको भारतीय चाय बोर्ड के विदेश बिक्री विभाग में थोड़े वक़्त के लिए एक घटिया तन्ख़्वाह वाला अस्थायी काम हासिल करने में सफल हो गया। इस उम्मीद में कि इससे कुछ और चीज़ों का रास्ता खुलेगा, चाको और मार्ग्रेट लन्दन चले आये। और भी छोटे और तारीक कमरों में। मार्ग्रेट कॉचम्मा के माता-पिता ने उससे मिलने से इनकार कर दिया।

उसे अभी यह पता चला ही था कि वह बच्चे से है जब जो से उसकी मुलाक़ात हुई। वह उसके भाई के स्कूली दिनों का पुराना दोस्त था। जब वे मिले, मार्ग्रेट कॉचम्मा शारीरिक रूप से अपनी सर्वाधिक सुन्दर अवस्था में थी। गर्भवती होते ही उसके गालों में रंग आ गया था और उसके घने, काले बालों में चमक पैदा हो गयी थी। अपनी शादी-शुदा ज़िन्दगी की परेशानियों के बावजूद उसके हाव-भाव में वह रहस्यमय प्रसन्नता थी, अपने शरीर के लिए वह लगाव था, जो गर्भवती औरतों में अकसर होता है।

जो एक जीव-विज्ञानी था। वह एक छोटे-से प्रकाशन गृह के लिए एक जीव-विज्ञान कोष के तीसरे संस्करण का नवीनीकरण कर रहा था। जो वह सब कुछ था जो चाको नहीं था।

सुस्थिर। सम्पन्न। छरहरा।

मार्ग्रेट कॉचम्मा ने ख़ुद को कुछ इस तरह उसकी ओर खिंचता पाया जैसे अँधेरे कमरे में रखा पौधा रोशनी के तिकोने शिगाफ़ की तरफ़ खिंचता है।

जब चाको ने अपना अस्थायी काम पूरा कर लिया और कोई दूसरा काम नहीं ढूँढ सका, उसने मम्माची को अपनी शादी के बारे में बताते और पैसों की फ़रमाइश करते हुए चिट्ठी लिखी। मम्माची पर जैसे गाज गिर पड़ी, लेकिन उन्होंने चोरी-छिपे अपने गहने गिरवी रख कर पैसों का इन्तज़ाम किया, जो उसे इंग्लैण्ड भेजे जा सकें। वे काफ़ी नहीं थे। वे कभी काफ़ी नहीं पड़े।

सोफ़ी मोल के पैदा होने के समय तक, मार्ग्रेट कॉचम्मा ने समझ लिया कि अपनी और अपनी बेटी की ख़ातिर, उसे चाको को छोड़ना *ही* था। उसने चाको से तलाक़ माँगा।

चाको हिन्दुस्तान लौट आया, जहाँ आसानी से उसे एक नौकरी मिल गयी। कुछ साल तक वह मद्रास क्रिश्चियन कॉलेज में पढ़ाता रहा और पप्पाची की मौत के बाद

वह अपनी भारत बोतल-सीलिंग मशीन, अपने बेलियल कॉलेज के चप्पू और अपने टूटे दिल के साथ आयमनम लौट आया।

मम्माची ने उल्लास के साथ अपनी ज़िन्दगी में उसकी वापसी का स्वागत किया। वे उसे खिलातीं-पिलातीं, वे उसका सीना-पिरोना करतीं, वे इस बात का ख़याल रखतीं कि हर रोज़ उसके कमरे में ताज़ा फूल हों। चाको को अपनी माँ के इस भक्ति-भरे प्यार की ज़रूरत थी। सच तो यह है कि वह उसकी *माँग* करता था, इसके बावजूद वह उसके लिए उनसे नफ़रत करता था और उन्हें गुप्त रूप से दण्डित करता था। उसने अपने मोटापे और शरीर की आम शिकस्ताहाली को पोसना शुरू कर दिया। वह अपने सफ़ेद मुण्डू के साथ टेरिलीन की सस्ती, छापेदार बुश्शर्टें और बाज़ार में मिलने वाली प्लास्टिक की सबसे घटिया सैंडलें पहनता। अगर मम्माची के यहाँ मेहमान, रिश्तेदार या फिर दिल्ली से आया कोई पुराना मित्र होता तो चाको उनकी सलीक़े से लगाई गई—चीनी मिट्टी के बेहतरीन बर्तनों और ऑर्किड के फूलों की नफ़ासत-भरी सजावट से सजी-सँवरी—खाने की मेज़ पर प्रकट होता और किसी पुराने खुरण्ड को कुरेदने लगता या अपनी कुहनियों पर चमड़ी के सख़्त हो जाने से पड़ गये बड़े-बड़े काले चकत्तों को खुजाने लगता।

बेबी कॉचम्मा के मेहमान उसका ख़ास निशाना थे—ईसाई धर्मगुरु या दौरे पर आये पादरी—जो अकसर जलपान के लिए टपक पड़ते। उनकी मौजूदगी में चाको अपने सैंडल उतार देता और अपने पाँव का एक घिनौना, पीप-भरा मधुमेह-जनित फोड़ा प्रदर्शित करता।

'इस ग़रीब कोढ़ी पर दया करो भगवन,' वह कहता, और इस बीच बेबी कॉचम्मा उनकी दाढ़ियों में अटके बिस्कुट के चूरे और केले के चिप्स के टुकड़ों को चुनते हुए उनका ध्यान उस दृश्य से खींचने की बेतहाशा कोशिश करती।

लेकिन उन सारी सज़ाओं में से, जिनसे चाको छिपे तौर पर मम्माची को सन्तप्त करता रहता था, सबसे बुरी और ठेस पहुँचाने वाली वह थी, जब वह मार्ग्रेट कॉचम्मा के संस्मरण सुनाता। वह उसके बारे में अकसर और एक ख़ास किस्म के गर्व से बात करता। मानो वह खुद को तलाक़ देने के लिए उसकी प्रशंसा करता हो।

'उसने मेरे बदले एक बेहतर आदमी को चुन लिया,' वह मम्माची से कहता, और वे इस तरह चिंहुकतीं जैसे उसने खुद को नहीं, उन्हें कलंकित किया हो।

मार्ग्रेट कॉचम्मा नियमित रूप से पत्र लिख कर चाको को सोफ़ी मोल के समाचार देती। उसने उसे आश्वस्त किया था कि जो एक अद्‌भुत, ध्यान रखने वाला बाप साबित हुआ था और सोफ़ी मोल उसे बेहद प्यार करती थी। ये बातें चाको को समान रूप से प्रसन्न और उदास कर देतीं।

माग्रेट कॉचम्मा जो के साथ खुश थी। अगर उसने चाको के साथ वे बेलगाम, असुरक्षित वर्ष न गुज़ारे होते तो शायद वह इतना खुश न होती। वह चाको को लगाव से, मगर पछतावे के बिना याद करती। उसे यह सीधी-सी बात नहीं सूझती थी कि उसने चाको को इतनी गहरी चोट महज़ इसलिए पहुँचायी थी, क्योंकि वह अब भी, खुद को

एक मामूली औरत और उसे एक असाधारण आदमी मानती थी। और चूँकि चाको ने न तब, न उसके बाद ही कभी, दुख और दिल टूटने का कोई भी आम लक्षण प्रदर्शित किया था, मार्ग्रेट कॉचम्मा ने बस यही मान लिया था कि चाको भी यह महसूस करता था कि उनकी शादी उसके लिए भी उतनी ही बड़ी भूल साबित हुई थी, जितनी मार्ग्रेट कॉचम्मा के लिए। जब उसने उसे जो के बारे में बताया था, वह अफ़सोस के साथ, मगर ख़ामोशी से रुख़सत हो गया था। अपने अदृश्य साथी और अपनी दोस्ताना मुस्कान के साथ।

वे एक-दूसरे के साथ अकसर ख़तो-किताबत करते और समय के साथ उनके सम्बन्धों में प्रौढ़ता आती गयी। मार्ग्रेट कॉचम्मा के लिए उन्होंने एक सुविधाजनक प्रतिबद्ध मित्रता का रूप ले लिया। चाको के लिए वे एक साधन थे, एकमात्र साधन, अपनी बच्ची की माँ से सम्पर्क साधे रखने के, और उस औरत से जिसके अलावा उसने किसी और से प्रेम न किया था।

जब सोफ़ी मोल इतनी बड़ी हो गयी कि स्कूल जा सके तब मार्गेट कॉचम्मा ने एक टीचर ट्रेनिंग कोर्स में दाख़िला ले लिया, और फिर उसे क्लैपहैम में एक जूनियर स्कूल टीचर की नौकरी मिल गयी। वह स्टाफ़-रूम में थी जब उसे जो की दुर्घटना के बारे में बताया गया। यह ख़बर उसे पुलिस के एक नौजवान सिपाही ने दी थी, जिसके चेहरे पर एक गुरु-गम्भीर भाव था और हाथों में हेल्मेट। वह अजीब ढंग से हास्यास्पद नज़र आ रहा था, मानो एक ख़राब अभिनेता किसी नाटक में एक गम्भीर भूमिका अदा करने की ख़ातिर ऑडिशन के लिए आया हो। मार्ग्रेट कॉचम्मा को याद रहा कि जब उसने उस सिपाही को देखा था तो उसकी पहली प्रतिक्रिया मुस्कान की थी।

अगर अपनी नहीं तो सोफ़ी मोल की ख़ातिर, मार्ग्रेट कॉचम्मा ने धीरता से इस विपदा का सामना करने की भरसक कोशिश की। धीरता से विपदा का सामना करने का दिखावा करने की। उसने नौकरी से छुट्टी नहीं ली। उसने ध्यान रखा कि सोफ़ी मोल की स्कूल की दिनचर्या में कोई परिवर्तन न हो—*अपना होमवर्क ख़त्म करो। अपना अण्डा खाओ। नहीं, हम स्कूल न जाने की बात नहीं कर सकते।*

उसने अपनी व्यथा को एक अध्यापिका के चुस्त, व्यावहारिक मुखौटे के नीचे छिपा लिया। ब्रह्माण्ड में एक कठोर, अध्यापिका-नुमा छेद (जो कभी-कभी थप्पड़ मारता था।)।

लेकिन जब चाको ने उसे आयमनम आने का न्योता देते हुए लिखा तो उसके भीतर किसी चीज़ ने गहरी साँस छोड़ी और बैठ गयी। चाको और उसके बीच जो कुछ हुआ था, उसके बावजूद दुनिया में और कोई नहीं था जिसके साथ वह क्रिसमस बिताना ज़्यादा पसन्द करती। जितना अधिक वह उस पर विचार करती, उतना ही अधिक उसे लालच होता। उसने ख़ुद को राज़ी किया कि हिन्दुस्तान का सफ़र सोफ़ी मोल के लिए बिलकुल मुनासिब चीज़ होगी।

सो आख़िरकार, हालाँकि वह जानती थी कि स्कूल में उसके मित्र और सहकर्मी इसे अजीब मानेंगे—दूसरे पति के मरते ही उसका अपने पहले पति के पास वापस भागना—माग्रेट कॉचम्मा ने अपना फ़िक्स्ड डिपॉज़िट तुड़वाया और हवाई जहाज़ के दो

टिकट ख़रीद लिये—लन्दन-बम्बई-कोचीन।

जब तक वह जीवित रही यह फ़ैसला प्रेत की तरह उसका पीछा करता रहा।

आयमनम निवास की बैठक में आराम-कुर्सी पर लिटायी गयी उसकी बेटी के शव का दृश्य क़ब्र में भी उसके साथ रहा। दूर से भी यह स्पष्ट था कि वह मर चुकी थी। बीमार या सोयी हुई नहीं। शायद इसके पीछे जिस तरह वह पड़ी हुई थी, उसका हाथ था। उसके अंगों के कोण का। इसका कुछ-न-कुछ सम्बन्ध मृत्यु की सत्ता से था। उसकी भयावह निश्चलता से।

हरी सिवार और नदी का कीच उसके सुन्दर ललछौंहे-भूरे बालों में गुँथा हुआ था। उसकी धँसी हुई पलकों की चमड़ी छिल गयी थी, मछलियों द्वारा कुतरी हुई। (जी हाँ, वे ऐसा करती हैं, गहराई में तैरने वाली मछलियाँ। वे हर चीज़ चखती हैं।) उसके बैंगनी कॉर्डराय के लबादे पर *हॉलिडे !* लिखा था—तिरछे, ख़ुशनुमा अक्षरों में। वह पानी में बहुत देर तक रहने के कारण धोबी के अँगूठे की तरह सिकुड़नों से भर गयी थी।

स्पंज की बनी एक जलपरी जो तैरना भूल गयी थी।

उसकी नन्ही-सी मुट्ठी में चाँदी का एक अंगुश्ताना भिंचा था, शगुन के लिए।

अंगुश्ताने से पीने वाली

ताबूत में कलाबाज़ियाँ लगाने वाली

मार्ग्रेट कॉचम्मा ने सोफ़ी मोल को आयमनम ले जाने के लिए ख़ुद को कभी माफ़ नहीं किया। उसे शनिवार-इतवार को अकेले वहाँ छोड़ने के लिए, जिस बीच कि वह और चाको उनकी वापसी की टिकटें पक्की कराने के लिए कोचीन गये थे।

सुबह के लगभग नौ बजे का समय था जब मम्माची और बेबी कॉचम्मा को ख़बर मिली कि नदी में आगे चल कर, जहाँ मीनाचल समुद्र से बह कर आये बरहे के पास पहुँच कर चौड़ी हो जाती है, एक गोरी बच्ची की लाश तैरती पायी गयी है। एस्ता और राहेल अब भी लापता थे।

उस सुबह, कुछ और पहले, बच्चे—तीनों के तीनों—सबेरे पिये जाने वाले अपने दूध के गिलास के लिए हाज़िर नहीं हुए थे। बेबी कॉचम्मा और मम्माची ने सोचा कि हो सकता है, वे तैरने के लिए नदी तक गये हों जो बात चिन्ताजनक थी क्योंकि पिछले दिन, और रात में भी काफ़ी देर तक, तेज़ पानी बरसता रहा था। वे जानते थे कि नदी ख़तरनाक साबित हो सकती थी। बेबी कॉचम्मा ने कोच्चु मारिया को उन्हें खोजने के लिए भेजा, मगर वह उनके बिना ही वापस आयी। वेल्या पाप्पन के आने के बाद जो हड़कम्प मचा था, उसमें किसी को याद नहीं था कि उन्होंने बच्चों को आख़िरी बार दरअसल कब देखा था। किसी के भी दिमाग़ में उनका ख़याल सबसे ऊपर नहीं रहा था। मुमकिन था कि वे सारी रात लापता रहे थे।

अम्मू अब भी अपने सोने के कमरे में बन्द थीं और चाभियाँ बेबी कॉचम्मा के पास थीं। उसने दरवाज़े के उस पार से अम्मू को यह पूछने के लिए आवाज़ दी थी कि क्या उन्हें कोई अन्दाज़ा था कि बच्चे कहाँ हो सकते थे। उसने अपनी आवाज़ से घबराहट दूर रखने की कोशिश की थी, उसे एक सरसरी पूछ-ताछ का लहजा देते हुए। दरवाज़े से कोई चीज़ आ टकरायी थी। जो कुछ उनके साथ हो रहा था, उस पर क्रोध और अविश्वास से अम्मू होश-हवास खो बैठी थीं—किसी मध्यकालीन घर में परिवार के पागल की मानिन्द इस तरह ताले में बन्द कर दिये जाने पर। यह तो बाद में ही हुआ था, सोफ़ी मोल की लाश के आयमनम लाये जाने के बाद, जब दुनिया उनके गिर्द ढह पड़ी थी, और बेबी कॉचम्मा ने उन्हें ताला खोल कर रिहा किया था, कि अम्मू ने अपने आक्रोश की छान-बीन करके जो कुछ हो चुका था उसकी संगति बैठाने की कोशिश की थी। भय और आशंका ने उन्हें स्पष्टता से सोच-विचार करने के लिए मजबूर किया था, और तभी जा कर उन्हें याद आया था कि उन्होंने अपने जुड़वाँ बच्चों को क्या कहा था, जब वे उनके सोने के कमरे के दरवाज़े पर आये थे और उन्होंने पूछा था कि उन्हें क्यों बन्द कर दिया गया था। लापरवाही से कहे गये शब्द जिन्हें कहने के पीछे उनका वह इरादा नहीं था।

'तुम्हारी वजह से !' अम्मू चीख़ी थीं। 'अगर तुम लोग न होते तो मैं यहाँ न होती। यह सब कुछ हुआ ही न होता। मैं यहाँ न होती। मैं आज़ाद होती। मुझे उसी

दिन तुम लोगों को अनाथालय में फेंक आना चाहिए था जिस दिन तुम पैदा हुए थे। *तुम्हीं हो* मेरे गले में पड़े चक्की के पाट।'

वे उन्हें दरवाज़े से लगे दुबके-बैठे नहीं देख सकती थीं। एक चकित बुल्ला और एक लव-इन-टोकियो में बँधा फ़व्वारा। भगवान जाने किसके बदहवास जुड़वाँ राजदूत। महामहिम राजदूत ई.पेल्विस और सीं. टिड्डी।

'बस, दफ़ा हो जाओ।' अम्मू ने कहा था। 'तुम लोग बस, दफ़ा क्यों नहीं हो जाते और मुझे अकेला छोड़ देते ?'

लिहाज़ा उन्होंने ऐसा ही किया था।

लेकिन जब बेबी कॉचम्मा को बच्चों के बारे में अपने सवाल का महज़ यही जवाब मिला था कि कोई चीज़ अम्मू के सोने के कमरे के दरवाज़े से आ टकरायी थी, तो वह चली गयी थी। जैसे-जैसे उसने रात की घटनाओं और लापता बच्चों के बीच वह प्रकट, तर्क-संगत और पूरी तरह ग़लतफ़हमी-भरा सम्बन्ध स्थापित करना शुरू किया था, उसके भीतर धीरे-धीरे एक आतंक बढ़ने लगा था।

पिछली दोपहर बारिश जल्दी ही शुरू हो गयी थी। गर्मी से भरे दिन में अचानक अँधियारा-सा छा गया और आसमान गरजने-गड़गड़ाने लगा। कोच्चु मारिया, जिसका मिज़ाज बिना किसी ख़ास वजह के ही बिगड़ा हुआ था, किचन में अपनी नीची चौकी पर खड़ी, बेरहमी से एक बड़ी-सी मछली को छील रही थी और मछली के छिलकों का एक उत्तरोत्तर तेज़ होता, बदबूदार तूफ़ान पैदा कर रही थी। उसकी सोने की बालियाँ बेतहाशा हिल रही थीं। मछली के रुपहले छिलके रसोई-घर में चारों ओर उड़ते फिर रहे थे, केतलियों, दीवारों, कद्दूकसों और फ़्रिज के हत्थे पर जा टिकते हुए। जब वेल्या पाप्पन रसोई-घर के दरवाज़े पर पानी से शराबोर और काँपता हुआ प्रकट हुआ तो कोच्चु मारिया ने उसे नज़रन्दाज़ कर दिया। उसकी असली आँख बुरी तरह लाल थी और उसे देख कर लगता था जैसे वह शराब पीता रहा था। वह दस मिनट तक वहाँ खड़ा ध्यान दिये जाने का इन्तज़ार करता रहा। जब कोच्चु मारिया ने मछली का काम ख़त्म कर लिया और प्याज़ पर शुरू हुई तो उसने खँखार कर गला साफ़ किया और मम्माची को दरयाफ़्त किया। कोच्चु मारिया ने उसे हँकाने की कोशिश की, मगर वह जाता ही न था। हर बार जब वह बोलने के लिए मुँह खोलता तो उसकी साँस में बसी अरक़ की बू कोच्चु मारिया पर हथौड़े की तरह चोट करती। उसने उसे पहले कभी इस हालत में नहीं देखा था, और वह थोड़ा डरी हुई थी। उसे अच्छा-ख़ासा अन्दाज़ा था कि यह सब किस बाबत है, इसलिए उसने आख़िरकार यह फ़ैसला किया कि मम्माची को बुलाना ही ठीक रहेगा। उसने वेल्या पाप्पन को बाहर पीछे के मिट्टम में तेज़ बारिश में झूमता छोड़ कर रसोई-घर का दरवाज़ा बन्द किया। हालाँकि दिसम्बर का महीना था, लेकिन वर्षा ऐसी हो रही थी मानो जून हो। *चक्रवात की गड़बड़ी,* अख़बारों ने अगली सुबह उसे यही कहा था। लेकिन तब तक अख़बार पढ़ने लायक़ हालत में कोई भी नहीं था।

शायद यह वर्षा थी जिसने वेल्या पाप्पन को रसोई-घर के दरवाज़े पर आने के

लिए मजबूर कर दिया था। एक अन्धविश्वासी आदमी को उस बेमौसम की बरसात का बेपनाह ज़ोर किसी नाराज़ देवता के कोप के अशुभ संकेत जैसा ही जान पड़ा होगा। और उस अन्धविश्वासी आदमी को, जो नशे में धुत्त भी हो, वह प्रलय का प्रारम्भ भी लग सकता था। जो, एक तरह से, वह था भी।

जब मम्माची अपने पेटीकोट के ऊपर किंगरीदार किनारी वाला हल्का गुलाबी ड्रेसिंग गाउन पहने रसोई-घर में पहुँचीं तो वेल्या पाप्पन ने रसोई-घर की सीढ़ियाँ चढ़ कर उन्हें अपनी गिरवी आँख पेश की। उसने उसे अपनी हथेली में रख कर बढ़ाया। उसने कहा कि वह उसके क़ाबिल नहीं था और चाहता था कि वे उसे वापस ले लें। उसकी बायीं पलक आँख के ख़ाली छेद पर यों लटक आयी थी मानो वह स्थायी और कुत्सित ढंग से आँख मार रहा हो। मानो जो कुछ भी वह कहने जा रहा था, एक योजनाबद्ध चुहलबाज़ी का हिस्सा था।

'यह क्या है ?' मम्माची ने अपना हाथ बढ़ाते हुए पूछा—शायद इस ख़याल में कि शायद किसी वजह से वेल्या पाप्पन वह सेर भर लाल चावल वापस कर रहा था जो उन्होंने उसी सुबह उसे दिया था।

'वह उसकी आँख है,' कोच्चु मारिया ने ऊँचे स्वर में मम्माची से कहा, उसकी अपनी आँखें प्याज़ की झार से बहने वाले आँसुओं से चमक रही थीं। तब तक मम्माची ने शीशे की आँख को छू भी लिया था। वे उसकी फिसलन-भरी कठोरता से झटका खा कर पीछे हटीं। उसके चिपचिपे कंचेपन से।

'क्या तुमने पी रखी है ?' मम्माची ने क्रोध से बारिश की आवाज़ की तरफ़ मुँह करके कहा। 'तुम्हारी हिम्मत कैसे हुई इस हालत में यहाँ आने की ?'

वे टटोलते हुए चिलमची तक गयीं और उन्होंने उस धुत्त परवन की आँख से रिसे कीच को साबुन से साफ़ किया। धोने के बाद उन्होंने अपने हाथों को सूँघा। कोच्चु मारिया ने वेल्या पाप्पन को एक पुराना झाड़न दिया जिससे वह ख़ुद को पोंछ सके, और जब वह ढालुवीं छत के छज्जे के साये में सबसे ऊपर की सीढ़ी पर लगभग उसके सवर्ण रसोई-घर के अन्दर खड़ा ख़ुद को सुखा रहा था तब भी कुछ नहीं बोली।

अपेक्षाकृत शान्त होने पर वेल्या पाप्पन ने अपनी आँख को वापस उस छेद में लौटा दिया जिसकी वह हक़दार थी और बात करने लगा। उसने मम्माची को यह बताने से शुरू किया कि उनके परिवार ने उसके कुनबे के लिए क्या कुछ किया था। पीढ़ी-दर-पीढ़ी। कैसे, कम्यूनिस्टों के तजवीज़ करने से अर्सा पहले, रेवरेंड ई.जॉन आइप ने उसके बाप, केलन, के नाम उस ज़मीन का पट्टा लिख दिया था जिस पर उनकी झोपड़ी इस समय खड़ी थी। कैसे मम्माची ने उसकी आँख लगवाने का ख़र्चा दिया था। कैसे उन्होंने वेलुता की शिक्षा का प्रबन्ध किया था और उसे नौकरी दी थी...

हालाँकि मम्माची उसके नशेड़ीपन से खीझी हुई थीं, उन्हें अपनी और अपने परिवार की मसीही दयालुता के बारे में चारण कथाएँ सुनने से गुरेज़ नहीं था। मगर जो वह सुनने वाली थीं, उसके लिए उन्हें किसी चीज़ ने तैयार नहीं किया था।

वेल्या पाप्पन ने कलपना शुरू किया। उसका आधा हिस्सा रो रहा था। उसकी असली आँख में आँसू भर आये और उसके काले गाल पर चमकने लगे। अपनी दूसरी

आँख से वह निर्विकार भाव से सीधा सामने को घूर रहा था। वफ़ादारी और प्रेम के बीच विभाजित एक बूढ़ा परवन, जिसने पीछे को चलने वाले दिन देखे थे।

फिर आतंक ने उसे अपने क़ब्ज़े में ले लिया और झकझोर कर शब्दों को उसके भीतर से बाहर निकाल लिया। उसने मम्माची को बताया जो उसने देखा था। उस छोटी-सी नाव की कहानी, जो रात-दर-रात नदी पार करती थी, और उसमें कौन होता था। चाँदनी में त्वचा-से-त्वचा सटा कर साथ-साथ खड़े एक आदमी और औरत की कहानी।

वे कारी सैपू के घर जाते थे, वेल्या पाप्पन ने कहा। गोरे आदमी का भूत उनके भीतर घुस गया था। यह उस सबके लिए कारी सैपू का बदला था जो उसने, वेल्या पाप्पन ने, उसके साथ किया था। वह नाव (जिस पर एस्ता बैठा था और जिसे राहेल ने खोजा था) पेड़ के उस ठूँठ से बँधी रहती थी जो दलदल से हो कर परित्यक्त रबर बगान को जाने वाले चढ़ाईदार रास्ते की बग़ल में था। उसने उसे वहीं देखा था। हर रात। पानी पर डगमगाते हुए। ख़ाली। प्रेमियों के लौटने की प्रतीक्षा में। वह घण्टों प्रतीक्षा करती। कभी-कभी वे लम्बी घास के बीच से भोर के समय ही प्रकट होते। वेल्या पाप्पन ने उन्हें अपनी आँख से देखा था। दूसरों ने भी उन्हें देखा था। सारा गाँव जानता था। यह सिर्फ़ समय की बात थी कि मम्माची को भी पता चल जाता। इसलिए वेल्या पाप्पन ख़ुद मम्माची को बताने चला आया था। एक परवन और गिरवी अंगों वाला आदमी होने के नाते, उसने इसे अपना कर्तव्य समझा था।

वे प्रेमी। उसके हाड़-माँस से उपजे, और उनके भी। उसका बेटा और उनकी बेटी। उन्होंने सोच-से-परे को सोचने-योग्य बना दिया था और असम्भव को सचमुच घटित कर दिखाया था।

वेल्या पाप्पन ने बोलना जारी रखा। रोते हुए। ओकते हुए। अपना मुँह चलाते हुए। मम्माची को कुछ सुनाई नहीं दे रहा था कि वह क्या कह रहा है। बारिश की आवाज़ और भी तेज़ हो गयी और उनके दिमाग़ में फट पड़ी। उन्होंने ख़ुद को चिल्लाते नहीं सुना।

अचानक वह किंगरीदार ड्रेसिंग गाउन वाली बूढ़ी अन्धी औरत, जिसके छिदरे बाल चूहे की पूँछ-सरीखी चुटिया में गुँथे हुए थे, आगे बढ़ी और उसने वेल्या पाप्पन को अपनी पूरी ताक़त से धकेल दिया। वह पीछे को लड़खड़ाया, रसोई-घर की सीढ़ियों से नीचे, और गीली मिट्टी में चारों ख़ाने चित गिर पड़ा। वह बिलकुल भौंचक रह गया था। अछूत होने के निषेध का एक पहलू था—न छुए जाने की अपेक्षा रखना। कम-से-कम इन हालात में नहीं। एक शारीरिक रूप से अभेद्य कोये में बन्द रहना।

रसोई-घर के पास से गुज़रते हुए बेबी कॉचम्मा को यह हल्ला-गुल्ला सुनायी दिया। उसने मम्माची को बारिश में थूकते पाया, *थू ! थू ! थू !* और वेल्या पाप्पन को कीचड़ में लेटे—पानी से शराबोर, रोते, गिड़गिड़ाते। अपने बेटे को मार डालने, उसके टुकड़े-टुकड़े कर देने का प्रस्ताव करते।

मम्माची चिल्ला रही थीं, 'शराबी कुत्ता। झूठा शराबी परवन !'

शोर-गुल के बीच कोच्चु मारिया ने चिल्ला कर वेल्या पाप्पन की कहानी बेबी

कॉचम्मा को सुनायी। बेबी कॉचम्मा ने इस परिस्थिति की असीम सम्भावनाओं को तत्काल भाँप लिया, लेकिन फिर उसने तुरत ही सान्त्वना के लेप से अपने विचारों को अभिषिक्त किया। वह खिल उठी। उसने इसे एक ऐसे ईश्वरीय विधान के रूप में देखा जिससे अम्मू को उनके पापों की सज़ा दी जा सके और उसी के साथ-साथ वेलुता और जुलूस में शामिल लोगों के हाथों उसके (बेबी कॉचम्मा के) अपमान का—*मोडालाली मारियाकुट्टी* के तानों और जबरन झण्डा हिलाने के लिए मजबूर किये जाने का—बदला चुकाया जा सके। उसने फ़ौरन पाल खोले और रवाना हो गयी। पाप के सागर को चीर कर बढ़ता हुआ भलाई का जहाज़।

बेबी कॉचम्मा ने मम्माची को अपनी भारी-भरकम ब्राँह के घेरे में ले लिया। 'यह ज़रूर सच होगा,' उसने शान्त स्वर में कहा। 'वह ज़रूर ऐसा कर सकती है। और वह भी। वेल्या पाप्पन इस तरह की चीज़ के बारे में झूठ नहीं बोलेगा।'

उसने कोच्चु मारिया को मम्माची के लिए एक गिलास पानी, और बैठने के लिए एक कुर्सी लाने को कहा। उसने वेल्या पाप्पन को अपनी कहानी दोहराने का हुक्म दिया, ब्योरों के लिए उसे जब-तब रोकते हुए — किसकी नाव ? कितनी बार ? कितने दिन से वह सब चल रहा था ?

जब वेल्या पाप्पन ने क़िस्सा पूरा कर लिया, बेबी कॉचम्मा मम्माची की तरफ़ मुड़ी। 'उसे जाना होगा,' उसने कहा। 'आज रात। इससे पहले कि क़िस्सा आगे बढ़े। इससे पहले कि हम लोग पूरी तरह बरबाद हो जायें।'

फिर उसने अपनी स्कूली लड़कियों वाली झुरझुरी ली। तभी उसने कहा : *'वह उस महक को कैसे बरदाश्त कर पायी ? क्या आपने ध्यान नहीं दिया ? इनकी एक ख़ास गन्ध होती है, इन परवनों की।'*

इस गन्ध-विषयक टिप्पणी, इस छोटे-से विशेष ब्योरे के साथ ही आतंक की फिरकी खुलती चली गयी।

बारिश में खड़े, नशे में धुत्त, लड़खड़ाते और मिट्टी में सने उस बूढ़े, एक-आँख-वाले परवन के ख़िलाफ़ मम्माची का रोष मुड़ कर अपनी बेटी और जो उसने किया था उसके प्रति एक ठण्डे तिरस्कार में बदल गया। उन्होंने अपनी कल्पना में उसे नग्न और मिट्टी में एक ऐसे आदमी के साथ सम्भोग करते देखा जो एक गन्दे *कुली* के सिवा और कुछ नहीं था। उन्होंने पूरी स्पष्टता के साथ उसके एक-एक ब्योरे की कल्पना की : उनकी बेटी की छाती पर एक परवन का काला, खुरदरा हाथ। उसके मुँह पर उसका मुँह। उसकी फैली हुई टाँगों के बीच झटके से हिचकोले लेते उसके काले कूल्हे। उनकी साँसों की आवाज़। उसकी ख़ास परवनों वाली बू। *जानवरों की तरह,* मम्माची ने सोचा और उन्हें उलटी आने-आने को हुई। *उठान पर आयी कुतिया के साथ किसी कुत्ते की तरह।* अपने बेटे के सिलसिले में 'मर्दों की ज़रूरत' को ले कर उनकी सहनशीलता, अपनी बेटी के प्रति उनके बेक़ाबू क़हर के लिए ईंधन बन गयी। उसने पीढ़ियों से चली आने वाली संस्कारशीलता को दूषित कर दिया था। (ख़ुद ऐंटिऑक के धर्माचार्य द्वारा आशीषित नन्हा पुण्यात्मा, एक राजकीय कीट-विज्ञानी, ऑक्सफ़ोर्ड से आया एक रोड्स छात्रवृत्ति प्राप्त विद्यार्थी)। और परिवार को घुटने टेकने पर मजबूर कर दिया था।

आने वाली पीढ़ियों तक, *हमेशा के लिए,* अब लोग शादियों या अन्त्येष्टियों में उनकी तरफ़ उँगली उठायेंगे। बपतिस्मों और जन्म-दिन की पार्टियों में। वे एक-दूसरे को कुहनी मारेंगे और फुसफुसायेंगे। सब कुछ ख़त्म हो चुका था अब।

मम्माची खुद पर क़ाबू खो बैठीं।

उन्होंने वही किया जो उन्हें करना था, उन दोनों बूढ़ी महिलाओं ने। मम्माची ने आवेश जुटाया। बेबी कॉचम्मा ने योजना। कोच्चु मारिया उनकी बौनी सहायिका थी। वेलुता को बुलवाने से पहले उन्होंने अम्मू को (चालाकी से उन्हें उनके सोने के कमरे में भेज कर) बन्द कर दिया। वे जानती थीं कि चाको के वापस आने से पहले उन्हें वेलुता को आयमनम छोड़ कर चले जाने के लिए मजबूर करना ही होगा। वे न तो भरोसा कर सकती थीं, न भविष्यवाणी कि चाको का रवैया क्या होगा।

अलबत्ता, इसमें पूरी तरह उनका दोष नहीं था कि सारी चीज़ किसी पगलाये लट्टू की तरह तेज़ी से नाचती हुई, बेक़ाबू हो गयी। कि जो भी उसके रास्ते में आया, वह उस पर दुलत्ती झाड़ती चली गयी। कि जब तक चाको और मार्ग्रेट कॉचम्मा कोचीन से वापस आये, बहुत देर हो चुकी थी।

मछुआरे ने इससे पहले ही सोफ़ी मोल को ढूँढ लिया था।

उसकी कल्पना कीजिए।

भोर के समय बाहर अपनी नाव में, उस नदी के मुहाने पर जिसे वह अपनी सारी ज़िन्दगी जानता रहा है। पिछली रात हुई बारिश की वजह से वह अब भी बाढ़ पर आयी हुई और तेज़ है। कोई चीज़ पानी में डूबती-उतराती गुज़र जाती है और उसकी आँखें रंगों में उलझ जाती हैं। बैंगनी। ललछौंहा-भूरा। सागर-तट की रेत। वह धारा के साथ बहती है, तेज़ी से समुद्र की ओर। वह उसे रोक कर अपनी तरफ़ खींचने के लिए बाँस की लग्गी बढ़ाता है। वह एक झुर्रियों-भरी जलपरी है। एक जल-शिशु। मात्र एक जल-शिशु। ललछौंहे-भूरे बालों वाला। एक राजकीय कीट-विज्ञानी की-सी नाक वाला, और अपनी भिंची हुई मुट्ठी में शगुन के लिए चाँदी का एक अंगुश्ताना लिये। वह उसे पानी से खींच कर अपनी नाव पर ले आता है। अपना पतला सूती गमछा उसके नीचे बिछाता है, वह उसकी नाव के तल में छोटी-छोटी मछलियों की रुपहली कमाई के साथ लेटी है। वह नाव को घर की तरफ़ मोड़ कर डाँड चलाता है—*थई थई थक्का थई थई थोम*—सोचता हुआ कि एक मछुआरे के लिए यह मान लेना कितना ग़लत है कि वह अपनी नदी को अच्छी तरह जानता है। मीनाचल को कोई नहीं जानता। कोई नहीं जानता कि वह क्या छीन लेगी या अचानक लौटा देगी। या कब। यही है जो मछुआरों से पूजा-पाठ करवाता है।

कोट्टयम के थाने में काँपती हुई बेबी कॉचम्मा को थानेदार के कमरे में ले जाया गया। उसने इन्स्पेक्टर थॉमस मैथ्यू को उन परिस्थितियों के बारे में बताया जिनकी वजह से कारख़ाने का एक मज़दूर—एक परवन—बर्ख़ास्त कर दिया गया था। कुछ दिन पहले

उसने उसकी भांजी के साथ...के साथ...के साथ ज़बरदस्ती करने की कोशिश की थी, उसने कहा। एक तलाक़शुदा औरत जिसके दो बच्चे हैं। बेबी कॉचम्मा ने अम्मू और वेलुता के सम्बन्धों के बारे में ग़लतबयानी अम्मू की ख़ातिर नहीं, बल्कि कुचर्चा को रोकने और इन्स्पेक्टर थॉमस मैथ्यू की नज़रों में परिवार की प्रतिष्ठा को बचाने के लिए की थी। उसे यह नहीं सूझा था कि बाद में अम्मू ख़ुद अपने ऊपर शर्मिन्दगी का ठीकरा फोड़ लेंगी—कि वे पुलिस के पास जा कर बयान को सही कराने की कोशिश करेंगी। जैसे-जैसे बेबी कॉचम्मा अपनी कहानी बयान करती गयी, उसने ख़ुद उस पर विश्वास करना शुरू कर दिया।

इस मामले की सूचना पुलिस को पहले ही क्यों नहीं दी गयी, इन्स्पेक्टर ने जानना चाहा।

'हमारा पुराना ख़ानदान है,' बेबी कॉचम्मा ने कहा। 'ये ऐसी चीज़ें नहीं हैं जिनके बारे में हम चाहते थे कि बतकही हो...'

अपनी फड़कती हुई एयर इण्डिया के महाराजा वाली मूँछों के पीछे सिमटते हुए इन्स्पेक्टर थॉमस मैथ्यू ने बात पूरी तरह समझ ली। उसकी एक सवर्ण पत्नी थी, दो सवर्ण बेटियाँ थीं—जिनके सवर्ण गर्भों में सवर्णों की समूची पीढ़ियाँ इन्तज़ार कर रही थीं...

'जिससे छेड़-छाड़ हुई, वह इस समय कहाँ है ?'

'घर पर। उसे पता नहीं है कि मैं यहाँ आयी हूँ। वह मुझे आने न देती। क़ुदरती तौर पर—वह बच्चों के बारे में चिन्ता से पागल है। आपे से बाहर है।'

बाद में, जब असली कहानी इन्स्पेक्टर थॉमस मैथ्यू को पता चली तो इस बात ने उसे बुरी तरह उद्विग्न कर दिया कि उस परवन ने सवर्णों के साम्राज्य से जो चीज़ हासिल की थी, उसे उसने छीना नहीं था, बल्कि वह उसे *दी गयी थी।* इसलिए सोफ़ी मोल की अन्त्येष्टि के बाद जब अम्मू अपने जुड़वाँ बच्चों के साथ उसे यह बताने गयीं कि एक भूल हुई थी और उसने अपने डण्डे से अम्मू की छातियों को ठकठकाया था तो यह उसके तईं एक पुलिस वाले की स्वाभाविक पशुता नहीं थी। वह सही-सही जानता था कि वह क्या कर रहा था। वह एक सोची-समझी कार्रवाई थी, उन्हें अपमानित और आतंकित करने के उद्देश्य से की गयी। एक बिगड़ गयी दुनिया में व्यवस्था स्थापित करने का प्रयास।

और भी बाद में, जब धूल-गर्द बैठ गयी और उसने काग़ज़-पत्तर सब सही कर लिये तो उस सब के इस तरह निपट जाने के लिए इन्स्पेक्टर मैथ्यू ने अपनी पीठ ठोंकी थी।

मगर इस समय, जब बेबी कॉचम्मा अपनी कहानी की चूलें बैठा रही थी, वह ध्यान दे कर शिष्टता से सुन रहा था।

'कल रात अँधेरा हो रहा था—शाम के लगभग सात बजे—जब वह हमें धमकाने के लिए हमारे घर पर आया। बहुत तेज़ बारिश हो रही थी। बिजली चली गयी थी और हम लैम्प जला रहे थे जब वह आया,' उसने इन्स्पेक्टर को बताया, 'उसे मालूम था कि घर का आदमी, मेरा भांजा, चाको आइप कोचीन गया हुआ था—है। घर में

बस, हम तीन अकेली औरतें थीं।' वह रुकी ताकि इन्स्पेक्टर उस आतंक की कल्पना कर सके जो एक वासना से पगलाया परवन घर में तीन अकेली औरतों पर बरपा कर सकता था।

'हमने उससे कहा कि अगर वह चुपचाप आयमनम छोड़ कर नहीं चला जाता, हम पुलिस को बुलायेंगे। आप सोच सकते हैं, उसने यह कहते हुए शुरू किया कि मेरी भांजी ने *रज़ामन्दी* दी थी ? उसने हमसे पूछा कि जो इल्ज़ाम हम उस पर लगा रहे थे, उसका हमारे पास क्या सबूत था। उसने कहा कि श्रम क़ानून के मुताबिक़ हमारे पास उसे बर्ख़ास्त करने का कोई आधार नहीं था। वह बहुत शान्त था। "वे दिन गये," उसने हमसे कहा, "जब तुम हमें कुत्तों की तरह ठोकरें मार सकते हो..." ' अब तक बेबी कॉचम्मा एकदम विश्वसनीय लगने लगी थी। आहत। हतविश्वास।

फिर उसकी कल्पना ने पूरी तरह लगाम थाम ली। उसने यह नहीं बताया कि कैसे मम्माची ने आपा खो दिया था। कैसे उन्होंने वेलुता के नज़दीक जा कर सीधे उसके चेहरे पर थूक दिया था। जो बातें उन्होंने उससे कही थीं। जो गालियाँ उन्होंने उसे दी थीं।

इसकी बजाय उसने इन्स्पेक्टर थॉमस मैथ्यू को बताया कि वह पुलिस के पास आने को मजबूर हुई तो महज़ इसलिए नहीं कि वेलुता ने *क्या* कहा था, बल्कि *किस तरह* कहा था। जिस बात ने उसे सबसे ज़्यादा धक्का पहुँचाया था, वह यह थी कि उसके भीतर रत्ती भर पछतावा नहीं था। मानो जो कुछ उसने किया था, उस पर उसे सचमुच *गर्व* था। इस बात को ख़ुद जाने बिना, उसने वेलुता पर उस आदमी की भाव-भंगिमा चस्पाँ कर दी थी, जिसने जुलूस के दौरान बेबी कॉचम्मा को नीचा दिखाया था। उसने उसके चेहरे के तिरस्कार-भरे आक्रोश का वर्णन किया। उसकी आवाज़ की ढीठ गुस्ताख़ी का, जिसने उसे इतना डरा दिया था। जिसने उसे यक़ीन दिला दिया था कि उसकी बर्ख़ास्तगी और बच्चों के लापता होने के बीच, ऐसा नहीं था, सम्भव नहीं हो सकता था, कि कोई सम्बन्ध न हो।

वह उस परवन को तब से जानती थी, जब वह बच्चा ही था, बेबी कॉचम्मा ने कहा। उनके परिवार ने उसे पढ़ाया-लिखाया था, अछूतों के स्कूल में जो उनके पिता पुण्यन कुन्यु ने शुरू किया था (मिस्टर थॉमस मैथ्यू तो ज़रूर जानते होंगे वे कौन थे ? हाँ, निश्चय ही)...उनके परिवार ने उसे बढ़ई का काम सीखने में मदद दी थी, जिस घर में वह रहता था, उसे उनके परिवार ने उसके दादा को दिया था। वह हर चीज़ के लिए उनके परिवार का क़र्ज़दार था।

'आप लोग,' इन्स्पेक्टर थॉमस मैथ्यू ने कहा, 'पहले आप इन लोगों को बिगाड़ देते हैं, उन्हें ताज की तरह सिर पर उठाये फिरते हैं, फिर जब वे बदतमीज़ी करते हैं, आप मदद के लिए हमारे पास दौड़े आते हैं।'

बेबी कॉचम्मा ने एक झिड़के गये बच्चे की तरह आँखें झुका लीं। फिर उसने अपनी कहानी जारी रखी। उसने इन्स्पेक्टर थॉमस मैथ्यू को बताया कि कैसे पिछले कुछ हफ़्तों के दौरान उसका ध्यान कुछ चेतावनी-भरे लक्षणों की तरफ़ गया था, कुछ गुस्ताख़ी, कुछ उजड्डपना। उसने कोचीन जाते समय वेलुता को जुलूस में देखने का ज़िक्र

किया और उन अफ़वाहों का कि वह नक्सलवादी था या पहले रहा था। चिन्ता की उस हल्की-सी शिकन पर उसका ध्यान नहीं गया, जो सूचना के इस अंश ने इन्स्पेक्टर के माथे पर पैदा कर दी थी।

उन्होंने अपने भांजे को उसके बारे में सावधान किया था, बेबी कॉचम्मा ने कहा, लेकिन अपने बेलगाम-से-बेलगाम सपनों में भी उन्होंने कल्पना नहीं की थी कि नौबत यहाँ तक पहुँच जायेगी। एक ख़ूबसूरत बच्ची मर चुकी थी। दो बच्चे लापता थे।

बेबी कॉचम्मा ढह गयी।

इन्स्पेक्टर थॉमस मैथ्यू ने उसे एक कप पुलिसिया चाय दी। जब वह कुछ बेहतर महसूस करने लगी, उसने उसे वह सब, जो उसने उसे बताया था, एफ़.आई.आर. में दर्ज करने में मदद दी। उसने बेबी कॉचम्मा को कोट्टयम पुलिस के पूरे सहयोग का आश्वासन दिया। बदमाश को दिन ख़त्म होने से पहले ही धर लिया जायेगा, उसने कहा। दो-डिम्बी जुड़वों के एक जोड़े के साथ एक परवन, इतिहास जिसका पीछा कर रहा हो—वह जानता था कि उसके पास छिपने के लिए बहुत ज़गहें नहीं थीं।

इन्स्पेक्टर थॉमस मैथ्यू एक होशियार आदमी था। उसने एक सावधानी बरती। उसने जीप भेज कर कॉमरेड के.एन.एम. पिल्ले को पुलिस स्टेशन बुलवाया। उसके लिए यह जानना बेहद ज़रूरी था कि क्या उस परवन को कोई राजनीतिक समर्थन प्राप्त था या वह अकेले ही काम कर रहा था। हालाँकि वह खुद कांग्रेस का आदमी था, वह मार्क्सवादी सरकार के साथ किसी लंझे में नहीं फँसना चाहता था। जब कॉमरेड पिल्ले आ पहुँचे तो उन्हें ला कर उसी कुर्सी में बैठाया गया जो बेबी कॉचम्मा ने हाल ही में ख़ाली की थी। इन्स्पेक्टर थॉमस मैथ्यू ने उन्हें बेबी कॉचम्मा की एफ़.आई.आर. दिखायी। दोनों आदमियों के बीच बातचीत हुई। संक्षिप्त, गोपनीय और ऐन मुद्दे की। मानो उन्होंने शब्दों का नहीं, अंकों का आदान-प्रदान किया था। कोई सफ़ाई देना ज़रूरी नहीं जान पड़ा था। वे दोस्त नहीं थे—कॉमरेड पिल्ले और इन्स्पेक्टर थॉमस मैथ्यू—और उन्हें एक-दूसरे पर ऐतबार नहीं था। लेकिन वे एक-दूसरे को समझते पूरी तरह थे। दोनों ऐसे आदमी थे, जिन्हें बचपन ने बिना कोई निशानी छोड़े, त्याग दिया था। जिज्ञासाहीन। सन्देहरहित। दोनों अपने-अपने तौर पर सचमुच, भयावह रूप से वयस्क। वे बाहर दुनिया पर नज़र डालते और कभी अचरज न करते कि वह कैसे चलती है, क्योंकि वे जानते थे। *वे ही* उसे चलाते थे। वे उसी एक मशीन के अलग-अलग हिस्सों की देख-रेख करने वाले मिस्त्री थे।

कॉमरेड पिल्ले ने इन्स्पेक्टर थॉमस मैथ्यू को बताया कि वे वेलुता से परिचित थे, लेकिन यह उल्लेख नहीं किया कि वेलुता कम्यूनिस्ट पार्टी का सदस्य था, या यह कि वेलुता ने पिछली रात देर गये उनका दरवाज़ा खटखटाया था, जिसकी वजह से कॉमरेड पिल्ले वे आख़िरी व्यक्ति थे जिन्होंने वेलुता को उसके ग़ायब होने से पहले देखा था। ना ही, हालाँकि वे जानते थे कि यह सच नहीं है, कॉमरेड पिल्ले ने बेबी कॉचम्मा की एफ़.आई.आर में दर्ज बलात्कार की कोशिश के आरोप का खण्डन किया। उन्होंने इन्स्पेक्टर थॉमस मैथ्यू को महज़ यह आश्वासन दिया कि जहाँ तक उनका सरोकार था, वेलुता को न तो कम्यूनिस्ट पार्टी की सरपरस्ती हासिल थी, न सुरक्षा। कि वह अपना

मालिक आप था।

कॉमरेड पिल्ले के जाने के बाद इन्स्पेक्टर थॉमस मैथ्यू ने उनकी आपसी बातचीत को मन-ही-मन दुहराया, उसे उलटते-पलटते, उसके तर्कों को परखते, छिद्रों को खोजते। जब उसे तसल्ली हो गयी, उसने अपने आदमियों को हिदायतें दीं।

इस बीच बेबी कॉचम्मा आयमनम लौट आयी। प्लिमथ घर के बाहर खड़ी थी। मार्ग्रेट कॉचम्मा और चाको कोचीन से वापस आ गये थे।

सोफ़ी मोल को नीची आरामकुर्सी पर लिटा दिया गया था।

जब मार्ग्रेट कॉचम्मा ने अपनी नन्ही बेटी की लाश देखी, तो सदमा उसके भीतर ख़ाली सभागार में तालियों की काल्पनिक गड़गड़ाहट की तरह उमड़ा। वह उलटी की एक लहर में छलक कर बह निकला और उसे सूनी आँखों के साथ मूक-मर्माहत छोड़ गया। वह एक नहीं, दो मौतों का सोग मना रही थी। सोफ़ी के गुज़रने के साथ, जो एक बार फिर दिवंगत हो गया। और इस बार पूरा करने को कोई होमवर्क नहीं था, न अण्डे थे खाने के लिए। वह अपने घायल संसार की मरहम-पट्टी के लिए आयमनम आयी थी, और इसकी बजाय उसे पूरा-का-पूरा गँवा बैठी थी। वह शीशे की तरह किर्च-किर्च हो गयी।

उसके बाद आने वाले दिनों की उसकी स्मृति धुँधली थी। नये रेज़र ब्लेड की धार जैसे तेज़ और तीखे उन्माद के नुकीले, इस्पाती चीरों से छलनी—(डॉ. वर्गीज़ वर्गीज़ द्वारा औषधि-प्रेरित) गाढ़ी, निरुद्विग्न, कँटीली-जीभ-वाली शान्ति की लम्बी, नीम-अँधेरी घड़ियाँ।

उसे चाको का अस्पष्ट-सा आभास ही था—चिन्तित और मृदुभाषी जब वह उसके पास होता, अन्यथा सुलगता हुआ, हवा के कुपित झोंके की तरह आयमनम निवास में उमड़ता-घुमड़ता। उस मुदित, अस्त-व्यस्त साही से कितना भिन्न, जिससे वह जलपान-गृह में ऑक्सफ़ोर्ड की उस बहुत-दिन-पहले-की सुबह मिली थी।

उसे पीले गिरजे में अन्त्येष्टि की हल्की-सी याद थी। उदासी-भरे गीत। एक चमगादड़ जिसने किसी को परेशान कर दिया था। उसे दरवाज़ों के तोड़े जाने की आवाज़ें याद थीं और डरी हुई स्त्रियों के स्वर। और कैसे रात को झाड़ी के झींगुर चरमराती सीढ़ियों की तरह सुनायी देते और उस भय और अवसाद को घना कर देते जो आयमनम निवास पर छाया हुआ था।

वह उन दूसरे दोनों छोटे बच्चों पर अपना तर्कहीन आक्रोश कभी नहीं भूली जो किसी वजह से बच गये थे। उसका उत्तप्त मन इस धारणा से जोंक की तरह चिमट गया था कि एस्ता ही किसी-न-किसी तरह सोफ़ी मोल की मौत के लिए ज़िम्मेदार है। यह अजीब था, इसे ध्यान में रखते हुए कि मार्ग्रेट कॉचम्मा नहीं जानती थी कि यह एस्ता ही था—बुल्लेवाला कड़छुल हिलाऊ जादूगर, जिसने जैम में चप्पू चलाया था और दो बातें सोची थीं—एस्ता ही था, जिसने नियम तोड़े थे और सोफ़ी मोल और राहेल को दुपहरियों में नाव पर नदी के पार खेता हुआ ले गया था; एस्ता, जिसने एक मार्क्सवादी झण्डा लहरा कर एक हँसिया-कीलित गन्ध का शमन किया था। एस्ता, जिसने इतिहास-घर के पिछले बरामदे

को घर से बाहर दूसरा घर बना दिया था। एक चटाई और उनके अधिकांश खिलौनों—एक गुलेल, एक गुब्बारे वाली बत्तख, ढीले बटनों की आँखों वाले एक क्वांटास कोआला भालू—से सज्जित। और अन्ततः, उस भयावह रात को वह एस्ता ही था, जिसने तय किया था कि हालाँकि अँधेरा हो गया था और वर्षा हो रही थी, उनके लिए भाग जाने का समय आ गया था क्योंकि अम्मू को अब उनकी कोई ज़रूरत नहीं थी।

इस सब में से किसी चीज़ की जानकारी न होने के बावजूद मार्ग्रेट कॉचम्मा ने सोफ़ी मोल के साथ जो हुआ था, उसके लिए एस्ता को क्यों दोषी ठहराया ? शायद उसके भीतर एक माँ का सहज ज्ञान था।

तीन या चार बार, औषधि-प्रेरित नींद की गाढ़ी तहों को चीरते हुए तैर कर ऊपर आने के बाद उसने वाक़ई एस्ता को खोज निकाला था और उसे लगातार थप्पड़ मारे थे जब तक कोई उसे शान्त करके परे नहीं ले गया था। बाद में उसने अम्मू को चिट्ठी लिख कर माफ़ी माँगी थी। जब तक चिट्ठी आयी, एस्ता को लौटा दिया गया था और अम्मू को अपना सामान बाँध कर चले जाना पड़ा था। आयमनम में सिर्फ़ राहेल बची थी, एस्ता की ओर से मार्ग्रेट कॉचम्मा के माफ़ीनामे को स्वीकार करने के लिए। *मैं कल्पना नहीं कर सकती मुझे हो क्या गया था,* मार्ग्रेट कॉचम्मा ने लिखा था। *मैं इसे सिर्फ़ दवाइयों के असर का नतीजा कह सकती हूँ। मैंने जो बरताव किया वैसा करने का मुझे कोई अधिकार नहीं था और मैं तुम्हें यह बताना चाहती हूँ कि मैं शर्मिन्दा हूँ और मुझे बेहद, बेहद, अफ़सोस है।*

अजीब तरीके से, जिस आदमी के बारे में मार्ग्रेट कॉचम्मा ने कभी नहीं सोचा, वह वेलुता था। उसकी उसे कोई याद नहीं थी। यह भी नहीं कि उसकी मूरत-शक्ल कैसी थी।

शायद यह इसलिए था कि उसने वाक़ई कभी उसे नहीं जाना था, न कभी सुना कि उसके साथ क्या हुआ था।

हानि का देवता।

मामूली चीज़ों का ईश्वर।

उसने रेत में कोई पदचिन्ह, पानी में कोई हिलोर, शीशे में कोई प्रतिबिम्ब नहीं छोड़ा था।

वैसे भी, मार्ग्रेट कॉचम्मा सवर्ण पुलिसवालों के दस्ते के साथ नहीं थी, जब उन्होंने बाढ़ पर आयी नदी पार की थी। उनकी चौड़ी ख़ाकी निक्करें कलफ़ से कड़कदार थीं।

किसी की भारी जेब में हथकड़ियों की धातुई खनक।

किसी व्यक्ति से यह अपेक्षा रखना अनुचित है कि जो वह जानती नहीं कि हुआ भी था, उसे वह याद रखे।

दुख, बहरहाल, उस नीली कढ़ाईदार दोपहरी के वक़्त अभी दो हफ़्ते की दूरी पर था जब मार्ग्रेट कॉचम्मा जेट-लैग से पस्त और अब तलक सोयी हुई थी। चाको, कॉमरेड के.एन.एम. पिल्ले से मिलने के लिए जाते हुए, एक चिन्तित सतर्क ह्वेल मछली की तरह शयन-कक्ष की खिड़की के सामने से तैरता हुआ निकला—अन्दर झाँक कर यह देखने के इरादे से कि क्या उसकी पत्नी (*पूर्व-पत्नी चाको !*) और बेटी जाग गयी हैं और उन्हें किसी चीज़ की ज़रूरत तो नहीं। आख़िरी पल उसका साहस जवाब दे गया और वह बिना अन्दर झाँके, मोटापे में मगन तैरता बढ़ गया। (जा गी, जा नदार, जा गरूक) सोफ़ी मोल ने उसे जाते हुए देखा।

वह अपने पलँग पर उठ बैठी और उसने बाहर रबर के पेड़ों को देखा। सूरज आसमान को पार कर आया था और बगान पर घर की एक घनी छाया पसरी हुई थी, पहले से साँवले पत्तों वाले पेड़ों को और भी साँवला बनाती हुई। छाया के पार रोशनी सपाट और नरम थी। हर पेड़ की चित्तीदार छाल पर एक तिरछा चीरा लगा हुआ था जिससे दूधिया रबर किसी ज़ख़्म से बहते सफ़ेद खून की तरह रिस कर पेड़ से बँधे आधे कटे नारियल के प्रतीक्षारत कटोरे में टपक रहा था।

सोफ़ी मोल पलँग से उतरी और उसने अपनी सोयी हुई माँ के बटुए को हाथ डाल कर टटोला। जो वह खोज रही थी वह उसे मिल गया—उस बड़े-से बन्द सूटकेस की चाभियाँ जो फ़र्श पर रखा था और जिस पर विमान-सेवा की चिप्पियाँ लगी हुई थीं और पते-ठिकाने के पुर्ज़े बँधे हुए थे। उसने उसे खोला और फूलों की क्यारी को खोदते कुत्ते की-सी नफ़ासत के साथ उसके अन्दर रखे सामान को कुरेदना शुरू किया। उसने अन्तर्वस्त्रों के सजे हुए ढेर, इस्त्री किये हुए स्कर्ट और ब्लाउज़, शैम्पू, क्रीमें, चॉकलेट, सेलोटेप, छतरियाँ, साबुन (और अन्य बोतल-बन्द लन्दन की गन्ध), कुनीन, ऐस्पिरीन, व्यापक असर करने वाले ऐंटीबायॉटिक—सब उलट-पलट दिये। 'सब कुछ ले जाओ,' मार्ग्रेट कॉचम्मा के सहकर्मियों ने उसे राय दी थी। 'कुछ कहा नहीं जा सकता।' जो अन्धकार का हृदय की यात्रा पर जाने वाले सहकर्मी को यह बताने का उनका तरीक़ा था कि :

(क) किसी को कुछ भी हो सकता है।

इसलिए

(ख) तैयार रहना ही बेहतर है।

सोफ़ी मोल ने आख़िरकार वह ढूँढ निकाला जो वह खोज रही थी।

अपने फुफेरे भाई-बहन के लिए उपहार। तोब्लेरोन चॉकलेट की तिकोनी मीनारें (गर्मी में नरम और तिरछी होती हुई)। अलग-अलग बहुरंगी उँगलियों वाले मोज़े। और

दो बॉल पेन—जिनके ऊपरी आधे हिस्से पानी से भरे थे जिसमें लन्दन की सड़कों के दृश्यों को जोड़ कर बनायी गयी एक तस्वीर तैर रही थी। बकिंघम पैलेस और बिग बेन। दुकानें और लोग। हवा के एक बुलबुले से धकेली जाती एक लाल दुमंज़िली बस ख़ामोश सड़क पर ऊपर-नीचे तैर रही थी। बॉल पायण्ट की उस भीड़-भाड़-भरी सड़क पर शोर-शराबे की अनुपस्थिति में जैसे कुछ अमंगलसूचक-सा था।

सोफ़ी मोल ने तोहफ़े अपने गो-गो बैग में रखे और दुनिया में क़दम रखा। कड़ा मोल-भाव करने के लिए। एक दोस्ती का सौदा करने के लिए।

एक दोस्ती, जो दुर्भाग्य से, अधर में झूलती रह जाने वाली थी। अधूरी। पैर जमाने की जगह के बिना हवा में पैर मारती हुई। एक दोस्ती जो कभी चक्कर लगा कर एक कहानी नहीं बनी, जिसकी वजह से, इतनी जल्दी जितना कभी नहीं होना चाहिए था, सोफ़ी मोल एक याद बन कर रह गयी जबकि सोफ़ी मोल की ग़ैर-मौजूदगी ज़िन्दा और ताक़तवर होती गयी। मौसमी फल की तरह। हर मौसम में।

14

श्रम संघर्ष है

चाको ने रबर के झुके हुए पेड़ों से हो कर जाने वाला छोटा रास्ता चुना ताकि उसे कॉमरेड के.एन.एम. पिल्ले के घर पहुँचने के लिए मुख्य सड़क का महज़ एक बेहद छोटा हिस्सा पार करना पड़े। अपने कसे हुई हवाई अड्डे वाले सूट में सूखी पत्तियों के क़ालीन पर क़दम बढ़ाता हुआ वह कुछ बेतुका-सा नज़र आ रहा था। उसकी टाई हवा से उड़ कर उसके कन्धे पर पड़ी हुई थी।

जब चाको पहुँचा, कॉमरेड पिल्ले घर पर नहीं थे। उनकी पत्नी कल्याणी ने, जिसके माथे पर ताज़ा-ताज़ा चन्दन लगा हुआ था, उसे बाहर के छोटे कमरे में लोहे की एक फ़ोल्डिंग कुर्सी पर बैठाया और नायलॉन की चटकीली गुलाबी लेस के पर्दे से ढँके दरवाज़े से हो कर साथ के अँधेरे कमरे में ग़ायब हो गयी, जहाँ तेल के एक बड़े-से पीतल के दीवट की, छोटी-सी लौ फड़फड़ा रही थी। अगरबत्तियों की जी मिचलाने वाली गन्ध दरवाज़े से बहती हुई आ रही थी, जिस के ऊपर लकड़ी की एक छोटी-सी तख़्ती पर लिखा था—*श्रम संघर्ष है, संघर्ष श्रम है।*

चाको कमरे के लिए बहुत भारी-भरकम था। उसकी नीली दीवारें उसे घेरे ले रही थीं। उसने चारों तरफ़ नज़रें दौड़ायीं, तनाव और बेचैनी से। छोटी-सी हरी खिड़की के सीख़चों पर एक तौलिया सूख रहा था। खाने की मेज़ पर प्लास्टिक का एक चटक फूलदार मेज़पोश बिछा हुआ था। एक नीली किनारे वाली सफ़ेद तामचीनी की प्लेट में रखे चीनिया केलों के गुच्छे पर मच्छरों जैसे कीड़े भिनक रहे थे। कमरे के एक कोने में कच्चे, छिलकेदार नारियलों का ढेर था। एक बच्चे की रबर की चप्पलें अँगूठे मिलाये फ़र्श पर धूप के उजले चौकोर सीख़चेदार चकत्ते में पड़ी हुई थीं। मेज़ की बग़ल में काँच के पल्लों वाली एक अलमारी रखी थी। उसकी भीतरी तरफ़ छापेदार पर्दे लगे थे जिन्होंने उसके सामान को छिपा रखा था।

भूरे ब्लाउज़ और मलगजी सफ़ेद मुण्डू में एक नन्ही-सी औरत, जो कॉमरेड पिल्ले की माँ थी, दीवार से सटा कर लगाये गये लकड़ी के ऊँचे पलँग के किनारे बैठी थी। उसके पैर फ़र्श से काफ़ी ऊपर लटके हुए थे। उसने एक पतला सफ़ेद तौलिया आड़ा करके छातियों को ढँकते हुए ओढ़ रखा था और उसका ऊपर का छोर एक कन्धे के पीछे डाला हुआ था। औंधी विदूषकों वाली तिकोनी टोपी की तरह मच्छरों का झुण्ड एक कीप की शक्ल में उसके सिर पर भनभना रहा था। वह अपने गाल को हथेली

में टिकाये बैठी थी, जिससे उसके चेहरे के उस तरफ़ की तमाम झुर्रियाँ गुच्छे की तरह इकट्ठा हो गयी थीं। उसके शरीर का एक-एक इंच, यहाँ तक कलाइयाँ और टख़ने भी, झुर्रियों से भरा था। सिर्फ़ उसके गले की चमड़ी तनी हुई और चिकनी थी, एक बड़े-से घेंघे पर खिंची हुई। उसके यौवन का स्रोत। वह सूनी नज़रों से अपने सामने की दीवार को ताक रही थी, हलके-हलके आगे-पीछे झूमती हुई, एक निश्चित लय में छोटी-छोटी कराहें कराहती हुई, बस के एक लम्बे सफ़र के दौरान ऊबे हुए यात्री की तरह।

कॉमरेड पिल्ले के एस.एस.एल.सी., बी.ए. और एम.ए. के प्रमाण-पत्र, फ्रेम में जड़े, उसके सिर के पीछे वाली दीवार पर टँगे हुए थे।

एक दूसरी दीवार पर कॉमरेड ई.एम.एस. नम्बूदिरीपाद को माला पहनाते कॉमरेड पिल्ले का फ्रेम किया हुआ चित्र लगा था। चित्र में सामने की तरफ़ स्टैंड पर एक चमकता हुआ माइक्रोफ़ोन था जिस पर लगी पट्टी पर लिखा था *अजन्ता।*

बिस्तर के पास घूमने वाला टेबल फ़ैन अपनी मशीनी हवा को आदर्श, जनवादी पारियों में नपे-तुले ढंग से बाँट रहा था—पहले बूढ़ी श्रीमती पिल्ले के बचे-खुचे बालों को उड़ाता हुआ, फिर चाको के बालों को। मच्छर बिना थके लगातार तितर-बितर और फिर इकट्ठा हो रहे थे।

खिड़की से चाको गरजती गुज़रती बसों की छतों और उन पर लदे सामान को देख सकता था। एक जीप लाउडस्पीकर पर मार्क्सवादी पार्टी का एक गीत पूरे ज़ोर से सुनाती गुज़र गयी, जिसका विषय बेरोज़गारी था। कोरस अंग्रेज़ी में था, बाक़ी मलयालम में।

नो वेकेन्सी ! नो वेकेन्सी !
दुनिया में जहाँ भी ग़रीब आदमी जाये
नो नो नो नो नो वेकेन्सी !

'नो' का उच्चारण अंग्रेज़ी के शब्द 'डोर' की तरह किया जा रहा था।

कल्याणी चाको के लिए स्टेनलेस स्टील के गिलास में फ़िल्टर कॉफ़ी और स्टेनलेस स्टील ही की तश्तरी में (चटक पीले, बीच में नन्हे-नन्हे काले बीजों वाले) केले के चिप्स ले कर वापस आयी।

'वे ओलास्सा गये हुए हैं। अब किसी भी समय वापस आ सकते हैं,' उसने कहा। वह अपने पति को *अड्हेम* कह कर सम्बोधित कर रही थी जो 'वह' का आदर-सूचक रूप था जबकि 'वह' उसे 'एडी' कह कर बुलाता था जो लगभग 'तू' था।

वह एक गदरायी हुई सुन्दर औरत थी, सुनहरी-भूरी त्वचा और बड़ी-बड़ी आँखों वाली। उसके लम्बे लहरियेदार बाल गीले थे और उसकी पीठ पर खुले लटके हुए थे, सिर्फ़ छोर पर गुँथे हुए। उन्होंने उसके कसे हुए, गहरे लाल रंग के ब्लाउज़ को गीला कर दिया था और उस पर और भी कसा, और भी गहरा लाल धब्बा डाल दिया था। जहाँ उसकी आस्तीनें ख़त्म होती थीं वहाँ से उसकी बाँह का मुलायम माँस फूल कर उसकी गड्ढेदार कुहनियों पर एक भरपूर उभार की शक्ल में लटका हुआ था। उसका

सफ़ेद मुण्डू और कवानी कड़क और इस्त्री किये हुए थे। उससे चन्दन और बेसन की गन्ध आ रही थी जो वह साबुन की जगह इस्तेमाल करती थी। वर्षों में पहली बार चाको ने उसे हृदय में वासना की हल्की-सी भी हिलोर के बिना देखा। घर पर उसकी भी एक पत्नी (*पूर्व पत्नी, चाको !*) थी। बाँहों की चित्तियों और पीठ की चित्तियों के साथ। एक नीली पोशाक और उसके नीचे टाँगों वाली।

नन्हा लेनिन स्ट्रेचलॉन की कसी हुई लाल निक्कर पहने दरवाज़े पर नमूदार हुआ। वह बगुले की तरह एक पतली-सी टाँग पर खड़ा हो गया और चाको को अपनी माँ की-सी आँखों से घूरते हुए उसने लेस के गुलाबी पर्दे को मरोड़ कर एक लाठी जैसा बना दिया। वह अब छै साल का था और नाक में चीज़ें घुसेड़ने की उम्र काफ़ी पीछे छोड़ आया था।

'मोन, जाओ और लता को बुला लाओ,' श्रीमती पिल्ले ने उससे कहा।

लेनिन टस-से-मस नहीं हुआ, और चाको को लगातार घूरते हुए, प्रयास-रहित ढंग से चीख़ा, जैसे सिर्फ़ बच्चे चीख़ सकते हैं।

'लता ! लता ! तुम्हें बुला रहे हैं !'

'हमारी कोट्टयम वाली भतीजी। उनके बड़े भाई की बेटी,' श्रीमती पिल्ले ने बताया। 'पिछले हफ़्ते त्रिवेन्द्रम के यूथ फ़ेस्टिवल में उसने भाषण कला में पहला इनाम जीता है।'

बारह या तेरह साल की एक लड़ाकी-सी दिखने वाली लड़की लेस के पर्दे से हो कर प्रकट हुई। उसने नीचे टख़नों तक पहुँचने वाला एक लम्बा छापेदार लँहगा पहना हुआ था और कमर तक की छोटी सफ़ेद कुर्ती जिसमें आगे चल कर उभरने वाली छातियों को जगह देने के लिए नोकदार चुन्नट थे। उसके तेल लगे बाल बीच से माँग निकाल कर दो हिस्सों में बँटे हुए थे। उसकी कसी हुई चमकती चोटियों को फन्दे की तरह घुमा कर ऊपर रिबनों से बाँध दिया गया था जिससे वे उसके चेहरे के दोनों ओर लम्बे, लटकते कानों के ऐसे रेखांकनों की तरह झूल रही थीं जिनमें अभी रंग न भरा गया हो।

'तुम्हें पता है ये कौन हैं ?' श्रीमती पिल्ले ने लता से पूछा।

लता ने सिर हिला दिया।

'चाको सार। हमारे कारख़ाने के मोडालाली।'

लता ने उसे ऐसे संयत और निरुत्सुक ढंग से घूरा जो एक तेरह-वर्षीय लड़की के लिए ग़ैर-मामूली था।

'ये लन्दन ऑक्सफ़ोर्ड में पढ़े हैं,' श्रीमती पिल्ले ने कहा। 'इनके लिए अपना कविता पाठ करोगी ?'

लता ने बिना हिचक आज्ञा का पालन किया। उसने अपने पैर एक-दूसरे से थोड़े फ़ासले पर जमाये।

'आदरणीय सभापति महोदय,' उसने चाको के आगे सिर झुकाया, 'प्रिय निर्णायकगण और...' उसने उस छोटे-से गरमी-भरे कमरे में ठसाठस भीड़ लगाये दर्शकों पर चारों तरफ़ नज़र दौड़ायी, 'प्यारे साथियो।' वह नाटकीय अन्दाज़ में ठहरी।

'आज मैं आपके सामने सर वॉल्टर स्कॉट की एक कविता का पाठ करना चाहती हूँ जिसका शीर्षक है "लोकिनवार"।' उसने अपने हाथ पीठ पीछे बाँध लिये। उसकी

आँखों पर एक पर्दा-सा आ गया। उसकी नज़रें चाको के सिर के ठीक ऊपर कुछ-न-देखती-हुई-सी टिकी थीं। पाठ के दौरान वह हल्के-हल्के झूम रही थी। पहले-पहल तो चाको ने सोचा कि वह "लोकिनवार" का मलयालम अनुवाद था। शब्द एक-दूसरे से मिले हुए थे। एक शब्द का आख़िरी अक्षर अगले शब्द के पहले अक्षर से जुड़ जाता था। कविता का पाठ विलक्षण गति से किया जा रहा था।

'लो, युवा लोकिन वार्निकला पच्छिम से हो कर
सारेसी माप्रान्त में उस काश्व थाम नोहर
रॉर खड्ग छोड़उस केपास नहीं थाह थियार
औरचला वह निशस्त्र अकेलाघोड़े पर्सवार

कविता-पाठ के बीच-बीच में बिस्तर पर बैठी बुढ़िया की कराहें सुनायी देतीं, जिन पर लगता था चाको के अलावा और कोई ध्यान नहीं दे रहा था।

रॉर नदी कापाट पार्कर पहुँचा दूजी ओर
मगर्देर से पहुँचा थावह आह नेदरबी द्वार
डाल चुकीथी वधू गलेमें अन्यवी रके हार

कॉमरेड पिल्ले बीच-कविता में आ पहुँचे। स्वेद-सिक्त चमकती त्वचा के साथ, मुण्डू को मोड़ कर घुटनों के ऊपर चढ़ाये। उनकी टेरिलीन की बग़लों के नीचे पसीने के गहरे धब्बे फैले हुए थे। वे पैंतीस से चालीस के बीच की उमर के, बेडौल, छोटे क़द के पीले-से आदमी थे। उनकी टाँगों में अभी से सींकियापन था और उनका तना हुआ फूला पेट, उनकी नन्ही-सी माँ के घेंघे की तरह, उनके बाक़ी के पतले-दुबले, सिकुड़े शरीर और चौकन्ने चेहरे के बिलकुल विपरीत था। मानो उनकी ख़ानदानी विशेषता उन्हें अनिवार्य रूप से गूमड़ प्रदान करती थी जो बेतरतीब ढंग से उनके जिस्मों के अलग-अलग अंगों पर प्रकट हो जाते थे।

उनकी साफ़-सुथरी पेंसिल-सरीखी मूँछें उनके ऊपरी होंट को ऊपर-नीचे बराबर से विभाजित करती थीं और ठीक उनके होंटों की कोरों तक आ कर ख़त्म हो जाती थीं। उनके बाल आगे से झड़ने लगे थे और वे इसे छिपाने का कोई प्रयत्न नहीं करते थे। उनके बालों में तेल पड़ा हुआ था और वे कंघी करके माथे से पीछे की ओर सँवारे गये थे। प्रकट ही वे जवान दिखने के फेर में नहीं थे। उनके हाव-भाव में घर के मुखिया होने का सहज मालिकाना अन्दाज़ था। वे मुसकराये और उन्होंने सिर हिला कर चाको का अभिवादन किया, लेकिन अपनी पत्नी या माँ की मौजूदगी पर कोई ध्यान नहीं दिया।

कविता को जारी रखने की इजाज़त के लिए लता की आँखें झटके से उनकी ओर घूमीं। इजाज़त दे दी गयी। कॉमरेड पिल्ले ने अपनी कमीज़ उतारी, उसका एक गोला बनाया और उससे अपनी बग़लों को पोंछा। जब उन्होंने यह काम ख़त्म कर लिया तो कल्याणी ने उसे उनके हाथ से ले लिया और यों थामा मानो वह कोई उपहार हो। फूलों का एक गुच्छा। कॉमरेड पिल्ले, बिना बाँहों वाली बनियान में, एक फ़ोल्डिंग कुर्सी पर

बैठ गये और उन्होंने अपना बायाँ पैर उठा कर दायीं जाँघ पर रख लिया। अपनी भतीजी के शेष कविता पाठ के दौरान वे चिन्तन-भरी मुद्रा में फ़र्श पर नज़रें गड़ाये बैठे रहे, ठोढ़ी को हथेली में धँसाये, कविता की लय और छन्द के साथ-साथ दायें पैर से फ़र्श पर ताल देते हुए। अपने दूसरे हाथ से वे अपने बायें पैर के सुघड़, मेहराबदार तलवे की मालिश करते रहे।

जब लता ने ख़त्म किया तो चाको ने सच्ची हमदर्दी से ताली बजा कर तारीफ़ की। उसने उसकी तारीफ़ को मुस्कान की एक कौंध से भी नहीं सकारा। वह किसी स्थानीय प्रतियोगिता में भाग लेने वाली पूर्वी जर्मनी की तैराक सरीखी थी। उसकी आँखें अडिग रूप से ओलिम्पिक स्वर्ण पदक पर टिकी हुई थीं। इससे कमतर उपलब्धि को वह महज़ अपना हक़ मानती थी। उसने कमरे से बाहर जाने की इजाज़त के लिए अपने चाचा की तरफ़ देखा।

कॉमरेड पिल्ले ने उसे इशारे से बुलाया और उसके कान में फुसफुसा कर कहा, 'जाओ और पोतच्चन और मधुकुट्टी से कहो कि अगर वे मुझसे मिलना चाहते हैं तो फ़ौरन आ जायें।'

'नहीं, कॉमरेड, सचमुच...मैं और कुछ नहीं लूँगा,' चाको ने कहा, यह मान कर कि कॉमरेड पिल्ले लता को कुछ और नाश्ते का सामान लाने के लिए भेज रहे हैं। इस ग़लतफ़हमी के लिए शुक्रगुज़ार कामरेड पिल्ले ने उसे बनाये रखा।

'अरे नहीं, नहीं, नहीं। हुँह। यह क्या है ?...एडी कल्याणी, एक प्लेट में वे आवालोस ऊण्डे तो लाओ।'

एक महत्वाकांक्षी राजनेता के रूप में, कॉमरेड पिल्ले के लिए यह ज़रूरी था कि वे अपने निर्धारित चुनाव-क्षेत्र में एक असरदार आदमी के तौर पर देखे जायें। वे अपने घर पर चाको के आगमन का इस्तेमाल स्थानीय प्रार्थियों और कार्यकर्ताओं को प्रभावित करने के लिए करना चाहते थे। पोतच्चन और मधुकुट्टी, जिन्हें उन्होंने बुलवा भेजा था, गाँव वाले थे जिन्होंने उनसे कह रखा था कि वे कोट्टयम के हस्पताल में अपने सम्पर्कों का इस्तेमाल करके उनकी बेटियों के लिए नर्सों की नौकरी का प्रबन्ध कर दें। कॉमरेड पिल्ले की उत्कट इच्छा थी कि वे उनसे मुलाक़ात करने के लिए उनके घर के बाहर इन्तज़ार करते हुए देखे जायें। जितने ज़्यादा लोग उनसे मुलाक़ात के लिए इन्तज़ार करते *देखे* जाते, उतना ही अधिक उनकी व्यस्तता प्रकट होती, उतना ही बेहतर उनका प्रभाव पड़ता। और अगर प्रतीक्षा करते लोग देखते कि कारख़ाने के मोडालाली खुद उनसे मिलने के लिए आये हैं, उनके अखाड़े में, तो वे जानते थे कि इससे तरह-तरह के लाभदायक संकेत प्रसारित होंगे।

'तो कॉमरेड !' जब लता को रवाना कर दिया गया और आवालोस ऊण्डे आ गये तब कॉमरेड पिल्ले ने कहा। 'क्या ख़बर है ? आपकी बेटी कैसे एडजस्ट कर रही है ?' वे चाको के साथ अंग्रेज़ी में ही बात करने का हठ बाँधे रहते थे।

'अरे, बिलकुल मज़े में। इस समय तो वह गहरी नींद सोयी हुई है।'

'ओहो, जेट-लैग है, मेरे ख़याल से,' कॉमरेड पिल्ले ने कहा—इस बात पर खुद अपने आप में खुश होते हुए कि उन्हें अन्तर्राष्ट्रीय यात्राओं के बारे में एकाध चीज़ों की जानकारी है।

‘ओलास्सा में क्या हो रहा है ? पार्टी की बैठक ?’ चाको ने पूछा।

‘अरे, वैसी कोई चीज़ नहीं। कुछ दिन पहले मेरी बहन सुधा की हड्डी चटक गयी थी,’ कॉमरेड पिल्ले ने कहा, मानो हड्डी चटकना कोई राष्ट्रीय महत्व की घटना हो। ‘सो मैं उसे कुछ दवा-दारू के लिए ओलास्सा मूस के पास ले गया था। कुछ तेल वग़ैरा दिलाने। उसका पति पटना में है इसलिए वह अपनी ससुराल में अकेली है।’

लेनिन ने दहलीज़ पर अपना मोर्चा छोड़ दिया, ख़ुद को अपने पिता के घुटनों बीच स्थापित किया और नाक कुरेदने लगा।

‘क्यों नौजवान, तुम कोई कविता नहीं सुनाओगे ?’ चाको ने उससे कहा। ‘तुम्हारे पिता तुम्हें कोई कविता नहीं सिखाते ?’

लेनिन चाको को घूरता रहा। उसने इस बात का कोई संकेत नहीं दिया कि चाको ने जो कहा था, वह उसने सुना या समझा भी था।

‘यह सब कुछ जानता है,’ कॉमरेड पिल्ले ने कहा। ‘यह जीनियस है। बस, मेहमानों के सामने शान्त रहता है।’

कॉमरेड पिल्ले ने लेनिन को अपने घुटनों से हल्के-हल्के धक्का दिया।

‘लेनिन मोन, कॉमरेड चाचा को वह वाला बताओ जो पापा ने तुम्हें सिखाया था। *दोस्तो, रोम के लोगो, देशवासियो...*’

लेनिन ने अपनी नाक में ख़ज़ाने की खोज जारी रखी।

‘अब चलो भी मोन, ये हमारे कॉमरेड चाचा ही तो हैं—’

कॉमरेड पिल्ले ने धक्का लगा कर शेक्सपियर को चालू करने की कोशिश की। *‘दोस्तो, रोम के लोगो, देशवासियो, फेरो मेरी तरफ़...’*

लेनिन की नज़रें, झपके बिना, एकटक चाको पर टिकी रहीं। कॉमरेड पिल्ले ने फिर कोशिश की।

‘...फेरो मेरी तरफ़...’

लेनिन ने मुट्ठी भर केले के चिप्स झपटे और सामने वाले दरवाज़े से लपक कर बाहर चला गया। उसने एक ऐसी उत्तेजना से रेंकते हुए, जिसे वह ख़ुद भी नहीं समझ सकता था, घर और सड़क के बीच सामने के आँगन की पट्टी में ऊपर से नीचे दौड़ना शुरू कर दिया। जब उसका उबाल थोड़ा उतर गया तो उसका दौड़ना एक हाँफती हुई घुटनों-घुटनों ऊँची सरपट चाल में बदल गया।

‘फेरो मेरी तर्फ़पनेकान,’

लेनिन एक गुज़रती हुई बस की आवाज़ के ऊपर आँगन से चिल्लाया।

‘मैं आया हूँ सीज़र्को दफ़्नाने, उस्की प्रशंसा करने नहीं।
जो दुष्कर्म लोग कर्ते हैं, जीवित्रहते हैं उनके बाद भी,
सत्कर्मक्सर उनकी हड्डियों के साथ दफ़्न हो जाते हैं,’

वह उसे धाराप्रवाह ढंग से चिल्ला कर सुना रहा था, बिना एक बार भी लड़खड़ाये।

विलक्षण था, यह देखते हुए कि वह सिर्फ़ छै साल का था और जो वह कह रहा था, उसका एक शब्द भी नहीं समझता था। अन्दर बैठे-बैठे, अपने बाहर के आँगन में चकफेरियाँ लेते उस नन्हे-से धूल के बवण्डर (एक अदद बच्चे और बजाज स्कूटर वाले भावी फुटकर कामों के ठेकेदार) को देखते हुए कॉमरेड पिल्ले गर्व से मुस्कराये।

'क्लास में अव्वल आता है। इस साल इसे डबल प्रोमोशन मिलने वाला है।'

उस छोटे-से गर्म कमरे में ढेर सारी महत्वाकांक्षा ठूँस-ठूँस कर भरी हुई थी।

अपनी पर्देदार अलमारी में कॉमरेड पिल्ले ने जो भी कुछ सँजो कर रखा हुआ था, वह बालसा लकड़ी के टूटे हुए हवाई जहाज़ नहीं थे।

दूसरी ओर चाको, उस क्षण से, जब वह इस घर में दाख़िल हुआ था, या शायद उस क्षण से, जब कॉमरेड पिल्ले आ पहुँचे थे, अशक्त हो जाने की एक अजीब-सी प्रक्रिया से गुज़रा था। उस फ़ौजी जनरल की तरह जिसके सितारे-तमग़े उतार लिये गये हों, उसने अपनी मुस्कानें सीमित कर ली थीं। अपने फक्कड़ लाउबालीपन को काबू में कर लिया था। उससे वहाँ पहली बार मिलने वाला व्यक्ति यही सोचता कि वह चुप्पा है। लगभग भीरु।

किसी सड़क-छाप योद्धा के अचूक सहज ज्ञान के बल पर कॉमरेड पिल्ले यह जानते थे कि उनकी ख़स्ताहाली (उनके छोटे-से, तपते घर, उनकी कराहती माँ, मेहनत-मज़दूरी करने वाली जनता से उनकी प्रकट निकटता) ने उन्हें चाको के ऊपर एक ऐसी ताक़त दे दी थी जिसका मुक़ाबला उस क्रान्तिकारी ज़माने में ऑक्सफ़ोर्ड में की गयी कितनी भी पढ़ाई नहीं कर सकती थी।

अपनी ग़रीबी को उन्होंने बन्दूक की तरह चाको के सिर पर तान रखा था।

चाको ने एक मुचड़ा हुआ काग़ज़ का टुकड़ा निकाला जिस पर उसने उस नये लेबल का एक कच्चा ख़ाका बनाने की कोशिश की थी जो वह कॉमरेड के.एन.एम. पिल्ले से छपवाना चाहता था। वह एक नयी जिन्स का लेबल था जो पैराडाइज़ अचार और मुरब्बे वसन्त में पेश करना चाहते थे। खाना बनाने का कृत्रिम सिरका। रेखांकन में चाको की कोई ख़ास गति नहीं थी, लेकिन कॉमरेड पिल्ले को मोटा-मोटी उसका सार समझ में आ गया। वे कथकली नर्तक के प्रतीक-चिन्ह से परिचित थे, उसके लँहगे के नीचे छपे नारे से भी जिसमें लिखा था *स्वाद के संसार के सम्राट* (जो उनकी सूझ थी) और अक्षरों के उस आकार-प्रकार से भी जो उन्होंने पैराडाइज़ अचार और मुरब्बे के लिए चुने थे।

'डिज़ाइन वही है। अन्तर सिर्फ़ विषय में है, मेरे ख़याल से,' कॉमरेड पिल्ले ने कहा।

'और बॉर्डर के रंग में,' चाको ने कहा। 'लाल की जगह पीला।'

कॉमरेड पिल्ले ने लेबल की इबारत को सस्वर पढ़ने के लिए अपने चश्मे को ऊपर उठा कर बालों में उड़स लिया। ऐनक के शीशे सिर में लगे तेल से तत्काल धुँधले हो गये।

'खाने बनाने का कृत्रिम सिरका,' उन्होंने कहा, 'यह सब तो बड़े अक्षरों में जायेगा, मेरे ख़याल से।'

'गहरे नीले रंग में,' चाको ने कहा।

'एसेटिक एसिड से बनाया गया ?'

'हल्के नीले में,' चाको ने कहा। 'जैसा कि हमने नमकीन पानी में हरी मिर्चों के लिए किया था।'

*'वज़न। बैच नम्बर। बनाने की तारीख़। समाप्त होने की तारीख़। अधिकतम खुदरा मूल्य। रू...*उसी रॉयल ब्लू रंग में, लेकिन छोटे और बड़े अक्षरों में ?'

चाको ने हामी में सिर हिलाया।

'हम प्रमाणित करते हैं कि इस बोतल का सिरका शर्तिया उसी गुण और प्रकृति का है जिसका वह दावा करता है। प्रयुक्त तत्व : पानी और एसेटिक एसिड। यह लाल रंग में होगा, मेरे ख़याल से।'

कॉमरेड पिल्ले 'मेरे ख़याल से' का इस्तेमाल सवालों को बयान की शक्ल में छिपाने के लिए करते थे। उन्हें सवाल पूछना नापसन्द था जब तक कि वे निजी क़िस्म के न होते। सवालों से अज्ञान का एक भौंडा प्रदर्शन होता था।

जब तक उन्होंने सिरके के लेबल की चर्चा ख़त्म की चाको और कॉमरेड पिल्ले, दोनों को अपने-अपने सिरों के ऊपर मच्छरों की कुप्पियाँ हासिल हो गयी थीं।

उन्होंने लेबल छाप कर देने की एक तारीख़ भी आपस में तय कर ली।

'तो कल का जुलूस कामयाब रहा ?' चाको ने आख़िरकार अपने आने के असली कारण को प्रकट करते हुए कहा।

'जब तक कि माँगें पूरी नहीं की जातीं, कॉमरेड, हम कह नहीं सकते कि सफल था या ना-सफल।' कॉमरेड पिल्ले की आवाज़ में पर्चेबाज़ी का-सा एक अन्दाज़ झलक उठा। 'उस समय तक संघर्ष जारी रहना चाहिए।'

'मगर असर तो अच्छा था,' चाको ने उसी मुहावरे में बोलने की कोशिश करते हुए लुक़्मा दिया।

'वह तो है, निश्चय ही,' कॉमरेड पिल्ले ने कहा। 'साथियों ने पार्टी हाई कमान को ज्ञापन दे दिया है। अब देखें क्या होता है। हमें बस, इन्तज़ार करना और देखना है।'

'कल हम सड़क पर उनके पास से गुज़रे थे,' चाको ने कहा। 'प्रदर्शनकारियों के।'

'कोचीन जाते हुए, मेरे ख़याल से,' कामरेड पिल्ले ने कहा, 'लेकिन पार्टी सूत्रों के अनुसार ट्रिवेंड्रम में कहीं ज़्यादा अच्छा असर था।'

'कोचीन में भी हज़ारों कॉमरेड थे,' चाको ने कहा। 'बल्कि मेरी भांजी ने तो हमारे नौजवान वेलुता को उनके बीच देखा।'

'ओहो, ऐसा क्या।' कॉमरेड पिल्ले औचक में पकड़े गये थे। वेलुता एक ऐसा विषय था जिस पर चाको से चर्चा छेड़ने का उन्होंने मंसूबा बनाया हुआ था। किसी रोज़। आख़िरकार। लेकिन इतने दो-टूकपने से नहीं। उनका दिमाग़ मेज़ के पंखे की तरह भनभनाने लगा। उन्होंने मन में विचारा कि जो अवसर उन्हें दिया जा रहा था, वे उसका इस्तेमाल कर लें, या फिर इसे किसी और दिन के लिए छोड़ दें। उन्होंने उसे इसी समय इस्तेमाल करने का फ़ैसला किया।

'हाँ। वह एक अच्छा कर्मचारी है,' उन्होंने सोचते हुए कहा। 'बहुत अक़्लमन्द है।'

'वह तो है,' चाको ने कहा। 'बेहतरीन बढ़ई है, इंजीनियर के दिमाग़ वाला। बस,

अगर वह —'

'वैसा कर्मचारी नहीं कॉमरेड,' कॉमरेड पिल्ले ने कहा। *'पार्टी* कार्यकर्ता।'

कॉमरेड पिल्ले की माँ ने झूमना और कराहना जारी रखा। कराहों की लय में कुछ ऐसा था जो आश्वस्त करता था। घड़ी की टिक-टिक की तरह। एक ऐसी आवाज़ जिस पर तुम मुश्किल से ध्यान देते, लेकिन अगर वह रुक जाती तो उसकी कमी महसूस करते।

'ओ, ऐसा। तो वह कार्ड-होल्डर है ?'

'बिलकुल,' कॉमरेड पिल्ले ने नरमी से कहा। 'बिलकुल।'

चाको के बालों से हो कर पसीना टपकने लगा। उसे लगा जैसे चींटियों का एक जत्था उसकी खोपड़ी का दौरा कर रहा था। वह काफ़ी देर तक दोनों हाथों से अपना सिर खुजाता रहा। पूरे कपाल को ऊपर-नीचे हिलाते हुए।

'ओरु कार्यम पारायाट्टी ?' कॉमरेड पिल्ले ने पटरी बदल कर मलयालम में एक राज़ बाँटने वाली साज़िशी आवाज़ में कहा। 'मैं एक दोस्त के नाते बोल रहा हूँ, *केटो।* निजी तौर पर।'

बात जारी रखने से पहले कॉमरेड पिल्ले ने चाको की प्रतिक्रिया का अन्दाज़ा लगाने की कोशिश में उसे ग़ौर से देखा। चाको अपने नाख़ूनों में जमा पसीने और रूसी की सलेटी लेई का निरीक्षण कर रहा था।

'वह परवन तुम्हारे लिए मुसीबत खड़ी करने वाला है,' उन्होंने कहा। 'मेरी बात पर ध्यान दो...उसे किसी दूसरी जगह नौकरी दिलवा दो। उसे दूर कहीं भेज दो।'

बातचीत ने जो मोड़ इख़्तियार कर लिया था, उस पर चाको चकरा गया। उस का इरादा तो सिर्फ़ यह पता लगाने का था कि हो क्या रहा था, मामला कहाँ तक पहुँचा था। उसे उम्मीद थी कि उसे विरोध का, यहाँ तक कि मुक़ाबिले का भी सामना करना पड़ सकता है, और बदले में उसके सामने छल-कपट से भरी, धूर्त मिली-भगत का प्रस्ताव रखा जा रहा था।

'दूर भेज दूँ ? मगर क्यों ? मुझे उसके कार्ड-होल्डर होने में कोई एतराज़ नहीं है। मुझे तो सिर्फ़ उत्सुकता थी, बस...मैंने सोचा शायद आपने उससे कुछ कहा हो,' चाको ने कहा। 'लेकिन मुझे विश्वास है, वह सिर्फ़ तजरुबा कर रहा है, अपने पंख आज़मा रहा है, वह एक समझदार बन्दा है, कॉमरेड। मैं उस पर भरोसा करता हूँ...

'उस तरह नहीं,' कॉमरेड पिल्ले ने कहा। 'वह आदमी के तौर पर बिलकुल ठीक-ठाक हो सकता है। लेकिन दूसरे मज़दूर उसके साथ ख़ुश नहीं हैं। वे अभी से मेरे पास शिकायतें ले कर आने लगे हैं...बात यह है, कॉमरेड, स्थानीय नज़रिये से, इन जात-पाँत के मसलों की जड़ें बहुत गहरी हैं।'

कल्याणी ने एक स्टील के गिलास में भाप छोड़ती कॉफ़ी अपने पति के लिए मेज़ पर रख दी।

'मसलन, इसे देखो। इस घर की मालकिन। यह भी कभी परवनों को और उस सब को अपने घर में घुसने नहीं देगी। कभी नहीं। मैं भी इसे राज़ी नहीं कर सकता। ख़ुद अपनी पत्नी को। बेशक, घर के अन्दर यही बॉस है।' वे एक स्नेह-भरी नटखट मुस्कान के साथ उसकी ओर मुड़े। *'आल्ले एडी,* कल्याणी ?'

कल्याणी ने नज़रें नीचे झुका लीं और मुस्करायी, लजीलेपन से अपनी धार्मिक कट्टरता को स्वीकार करते हुए।

'देखा ?' कॉमरेड पिल्ले ने विजय भाव से कहा। 'वह अंग्रेज़ी अच्छी तरह समझ लेती है। बस, बोलती नहीं।'

चाको बेदिली से मुस्कराया।

'आप कहते हैं कि मेरे मज़दूर शिकायतें ले कर आपके पास आते हैं...'

'हाँ-हाँ, सही है,' कॉमरेड पिल्ले ने कहा।

'कोई ख़ास चीज़ ?'

'नहीं, ऐसी कोई ख़ास चीज़ नहीं,' कॉमरेड के.एन.एम. पिल्ले बोले। 'लेकिन देखो, कॉमरेड, जो भी सुविधाएँ तुम उसे देते हो, क़ुदरती तौर पर दूसरे उसका बुरा मनाते हैं। वे इसे तरफ़दारी के तौर पर देखते हैं। आख़िरकार, काम वह जो भी करता हो, बढ़ईगीरी या बिजली मिस्त्री या जो कुछ भी, उनके लिए वह सिर्फ़ एक परवन है। ये संस्कार उनमें जन्म से होते हैं। यह मैं खुद उन्हें बता चुका हूँ कि ग़लत है। मगर साफ़-साफ़ कहें तो, कॉमरेड, परिवर्तन एक चीज़ है। उसे स्वीकार करना दूसरी चीज़। तुम्हें होशियार रहना चाहिए। उसी के लिए बेहतर है कि तुम उसे कहीं रवाना कर दो...'

'माई डियर फ़ेलो,' चाको ने कहा, 'यह असम्भव है। वह अनमोल है। एक तरह से वही कारख़ाना चलाता है...और फिर हम सारे परवनों को बाहर निकाल कर तो इस समस्या को हल नहीं कर सकते। यक़ीनन हमें इस बकवास से निपटने का तरीक़ा सीखना होगा।'

कॉमरेड पिल्ले को 'माई डियर फ़ेलो' कह कर सम्बोधित किया जाना नापसन्द था। यह उन्हें सुनने में अच्छी अंग्रेज़ी में परोसे गये अपमान सरीखा लगता था, जो, निश्चय ही, उसे एक दुहरा-अपमान बना देता था—अपमान अपनी जगह, और ऊपर से यह कि चाको के ख़याल में वे उसे समझ नहीं पायेंगे। इस बात ने उनका मूड पूरी तरह ख़राब कर दिया।

'यह हो सकता है,' उन्होंने तेज़ाबी लहजे में कहा। 'लेकिन हथेली पर तो सरसों उगती नहीं। इस बात को ध्यान में रखो, कॉमरेड, कि यह तुम्हारा ऑक्सफ़ोर्ड वाला कॉलेज नहीं है। तुम्हारे वास्ते जो एक बकवास है, जनता के लिए वह एक अलग चीज़ है।'

अपने पिता के दुबलेपन और अपनी माँ की आँखों वाला लेनिन, हाँफता हुआ, दरवाज़े पर प्रकट हुआ। इससे पहले कि उसे आभास होता कि उसने अपने श्रोताओं को खो दिया है, वह मार्क ऐण्टनी का पूरा भाषण और 'लोकिनवार' का अधिकांश चिल्ला-चिल्ला कर सुनाने का काम पूरा कर चुका था। उसने फिर से कॉमरेड पिल्ले की फैली हुई टाँगों के बीच अपनी जगह सँभाल ली।

उसने अपने पिता के सिर पर अपने हाथों से ताली बजायी, मच्छरों की कुप्पी में क़हर बरपा हो गया। उसने अपनी हथेलियों पर कुचली-पिचकी लाशों को गिना। उनमें से कुछ ताज़ा ख़ून से फूली हुई थीं। उसने उन्हें अपने पिता को दिखाया, जिन्होंने उसे सफ़ाई के लिए उसकी माँ के हवाले किया।

एक बार फिर उनके बीच की ख़ामोशी पर बूढ़ी श्रीमती पिल्ले की कराहों ने क़ब्ज़ा

कर लिया। लता, पोतच्चन और मधुकुट्टी के साथ आ पहुँची। दोनों आदमियों से बाहर इन्तज़ार कराया गया। दरवाज़ा अधखुला छोड़ दिया गया। कॉमरेड पिल्ले जब अगली बार बोले तो उन्होंने मलयालम में बात की और इस बात का ध्यान रखा कि वह इतनी ऊँची हो कि बाहर बैठे उनके श्रोताओं को सुनायी दे जाय।

'निश्चय ही मज़दूरों की शिकायतों को सामने रखने का सही मंच यूनियन के ज़रिये है। और इस मामले में, जब मोडालाली ख़ुद एक कॉमरेड हैं, मज़दूरों के लिए यूनियन-बद्ध हो कर पार्टी में शामिल न होना शर्मनाक है।'

'मैंने इसके बारे में सोचा है,' चाको ने कहा। 'मैं उन्हें बाक़ायदा एक यूनियन में संगठित करने जा रहा हूँ। वे ख़ुद अपने नुमाइन्दे चुनेंगे।'

'लेकिन कॉमरेड, आप उनके लिए उनकी क्रान्ति घटित नहीं कर सकते। आप सिर्फ़ जागरूकता पैदा कर सकते हैं। उन्हें शिक्षित कर सकते हैं। उन्हें अपना संघर्ष *ख़ुद* शुरू करना होगा। उन्हें अपनी आशंकाओं को जीतना होगा।'

'किसके प्रति ?' चाको मुस्कराया। 'मेरे ?'

'नहीं, आपके प्रति नहीं, मेरे प्यारे कॉमरेड। सदियों के उत्पीड़न के प्रति।'

फिर कॉमरेड पिल्ले ने एक घुड़कने वाले स्वर में चेयरमैन माओ को उद्धृत किया। मलयालम में। उनकी मुद्रा दिलचस्प ढंग से उनकी भतीजी की-सी थी।

'क्रान्ति एक प्रीतिभोज नहीं है। क्रान्ति एक बग़ावत है, एक हिंसात्मक कार्रवाई, जिसमें एक वर्ग दूसरे वर्ग का तख़्ता पलट देता है।'

और इस तरह, खाना बनाने के कृत्रिम सिरके के लेबलों का ठेका हथियाने के बाद, उन्होंने दक्षता से चाको को तख़्ता-पलटने-वालों की संघर्षरत पाँतों से तख़्ता-पलट-दिये-जाने-वालों की ग़द्दार पाँतों में निष्कासित कर दिया।

जिस दिन सोफ़ी मोल आयी, उस दोपहर को, वे लोहे की फ़ोल्डिंग कुर्सियों में एक-दूसरे की बग़ल में बैठे कॉफ़ी की चुस्कियाँ लेते और केले के चिप्स चबाते रहे। अपनी ज़बानों की सहायता से उस पीले गीले रेशेदार गूदे को हटाते हुए, जो उनके तालुओं से चिपक जाता था।

वह छोटा पतला आदमी और वह बड़ा मोटा आदमी। आने-वाली लड़ाई के कार्टून-नुमा प्रतिद्वन्द्वी।

वह एक ऐसी लड़ाई साबित हुई, जो दुर्भाग्य से कॉमरेड पिल्ले के लिए लगभग शुरू होने से पहले ही ख़त्म हो जाने वाली थी। विजय उन्हें उपहार में, लिपटी-लिपटायी और रिबन-बँधी, चाँदी की थाली में रख कर दे दी गयी। तभी, जब बहुत देर हो चुकी थी और पैराडाइज़ अचार, बिना थोड़ी-सी भी चूँ-चरा किये या प्रतिरोध का दिखावा ही किये, फ़र्श पर आहिस्ता से ढह गया—कॉमरेड पिल्ले को आभास हुआ कि उन्हें वाक़ई जिस चीज़ की ज़रूरत थी, वह विजय के परिणाम से ज़्यादा लड़ाई की प्रक्रिया थी। युद्ध वह घोड़ा हो सकता था जिस पर सवार हो कर वे विधान सभा का रास्ता, पूरे-का-पूरा नहीं तो आंशिक रूप से, तय कर सकते थे, जबकि विजय ने उन्हें जहाँ से उन्होंने शुरू किया था, उससे किसी भी बेहतर हालत में नहीं छोड़ा था।

उन्होंने अण्डे तो तोड़ दिये थे, मगर ऑमलेट जला लिया था।

किसी को भी उस भूमिका की असली फ़ितरत का अन्दाज़ा नहीं हुआ, जो आने वाली घटनाओं में कॉमरेड पिल्ले ने निभायी। यहाँ तक कि चाको भी—जो जानता था कि मार्क्सवादी पार्टी द्वारा पैराडाइज़ अचार के घिराव के दौरान अछूतों के अधिकारों के बारे में जो जोशीले, ऊँचे-सुर-वाले भाषण कॉमरेड पिल्ले ने दिये थे ('जाति वर्ग है, कॉमरेडो'), वे पाखण्ड-भरे थे—कभी पूरी कहानी नहीं जान पाया था। उसे जानने की परवाह भी नहीं थी। तब तक, सोफ़ी मोल की मौत से अवसन्न, वह बाहर की हर चीज़ को दुख से धुँधलायी नज़र से देखता। उस बच्चे की तरह, जो विपत्ति का स्पर्श पा कर अचानक प्रौढ़ हो जाता है और अपने खेल का सामान त्याग देता है, चाको ने अपने खिलौने फेंक दिये थे। अचार सम्राट बनने के स्वप्न और जनता की लड़ाई उसकी काँच के पल्लों वाली अलमारी में टूटे हवाई जहाज़ों के ढेर में जा मिले थे। पैराडाइज़ अचार के बन्द हो जाने के बाद बैंक को चुकाने के लिए धान के कुछ खेत (उनके गिरवी के काग़ज़ात के साथ) बेच दिये गये थे। कुछ और खेत परिवार के लिए खाना-कपड़ा जुटाने की ख़ातिर बेचे गये थे। चाको के कनाडा जा बसने के समय तक, परिवार की कुल आमदनी सिर्फ़ आयमनम निवास के साथ लगे रबर के बगान से और अहाते में लगे चन्द नारियल के पेड़ों से हासिल होती थी। इसी के बल पर, बाक़ी सब के मरने, छोड़ कर चले जाने या लौटाये जाने के बाद, बेबी कॉचम्मा और कोच्चु मारिया का गुज़ारा चलता था।

कॉमरेड पिल्ले के साथ इन्साफ़ की बात यही है कि उन्होंने उस घटना-क्रम की योजना नहीं बनायी थी, जो बाद में सामने आया। उन्होंने तो बस, इतिहास के इन्तज़ार करते दस्ताने में अपनी आतुर उँगलियाँ सरका दी थीं।

यह पूरी तरह उनका दोष नहीं था कि वे ऐसे समाज में रहते थे जहाँ किसी आदमी की ज़िन्दगी की बनिस्बत उसकी मौत कहीं ज़्यादा फ़ायदेमन्द साबित हो सकती थी।

कॉमरेड पिल्ले से वेलुता की आख़िरी मुलाकात—मम्माची और बेबी कॉचम्मा के साथ उसकी भिड़न्त के बाद—और उनके बीच क्या गुज़रा, एक राज़ ही बना रहा। वह आख़िरी विश्वासघात जिसने वेलुता को धारा के विरुद्ध तैरते हुए, अँधेरे और बारिश में, इतिहास के साथ अपनी अन्धी मुलाक़ात के लिए ठीक वक़्त पर नदी के पार भेज दिया था।

वेलुता ने कोट्टयम से, जहाँ वह डिब्बा-बन्द करने वाली मशीन की मरम्मत करवा रहा था, वापस आने के लिए आख़िरी बस पकड़ी। बस स्टॉप पर अचानक वह कारख़ाने के दूसरे मज़दूरों में से एक से टकरा गया, जिसने खीसें निपोरते हुए उसे बताया कि मम्माची उससे मिलना चाह रही थीं। वेलुता को सान-गुमान भी नहीं था कि हुआ क्या था और वह आयमनम निवास पर अपने पिता के शराब पी कर जाने की घटना से भी पूरी तरह अनजान था। न उसे यही पता था कि वेल्या पाप्पन घण्टों से उनकी झोंपड़ी के दरवाज़े पर बैठा हुआ था, वेलुता के वापस आने की प्रतीक्षा करता हुआ, अब भी धुत्त, लैम्प की रोशनी में चमकती अपनी काँच की आँख और कुल्हाड़ी की

धार लिये। न यह कि लक़वे का मारा, बेचारा कुट्टप्पेन, आशंका से ग्रस्त, अपने बाप से लगातार दो घण्टे से बात करता रहा था, उसे शान्त करने की कोशिश करता हुआ; पूरा समय क़दमों की आहट या झाड़ियों की खरखराहट सुनने के लिए कान लगाये ताकि वह अपने बेख़बर भाई को चिल्ला कर चेतावनी दे सके।

वेलुता घर नहीं गया। वह सीधा आयमनम निवास गया था। अगरचे, एक तरफ़ वह औचक में पकड़ा गया था, दूसरी तरफ़ एक सनातन सहज ज्ञान से, वह जानता था, जानता रहा था कि एक दिन इतिहास के बेरहम लेनदार अपना सूद वसूलने आन पहुँचेंगे। मम्माची की भड़ास के दौरान वह शुरू से आख़िर तक संयत और अजीब ढंग से शान्त बना रहा। वह ऐसा संयम था जो चरम उत्तेजना से जन्मा था। वह एक ऐसी स्पष्टता से उपजा था जो आक्रोश से परे होती है।

जब वेलुता आया तो मम्माची अपना दिशा-ज्ञान खो कर अपना अन्धा ज़हर, अपनी फूहड़ भद्दी असहनीय गालियाँ स्लाइडिंग-फ़ोल्डिंग दरवाज़े के एक पल्ले पर उगलने लगीं जब तक कि बेबी कॉचम्मा ने होशियारी से उन्हें घुमा कर उनके गुस्से को सही निशाने पर केन्द्रित नहीं कर दिया—धुँधलके में बिलकुल निश्चल खड़े वेलुता पर। मम्माची ने अपनी फटकार जारी रखी, शून्य भावरहित आँखों और विकुंचित और कुरूप हो गये चेहरे के साथ, उनका गुस्सा उन्हें इस हद तक वेलुता की ओर धकेलता हुआ कि वे ठीक उसके मुँह पर चिल्ला रही थीं और वह उनकी थूक की फुहार और उनकी साँस में बासी चाय की गन्ध महसूस कर सकता था। बेबी कॉचम्मा मम्माची के साथ-साथ लगी रही। उसने कुछ कहा नहीं, लेकिन मम्माची के आक्रोश को घटाने-बढ़ाने और उसमें नये सिरे से ईंधन डालने के लिए वह अपने हाथों का इस्तेमाल करती रही। पीठ पर प्रोत्साहन की एक थपथपाहट। कन्धों के गिर्द सान्त्वना देती बाँह। मम्माची इस हथकण्डे से कतई बेख़बर थीं।

उनके जैसी बूढ़ी औरत ने—जो कलफ़दार इस्त्री की हुई साड़ियाँ पहनती थी और शामों को वायलिन पर *नटक्रैकर सुईट* की धुन बजाती थी—वैसी गन्दी भाषा आख़िर *कहाँ* सीखी होगी जैसी कि मम्माची ने उस दिन इस्तेमाल की, यह हरेक के लिए, जिसने उन्हें सुना (बेबी कॉचम्मा, कोच्चु मारिया और अपने कमरे में बन्द अम्मू ने), एक रहस्य ही था।

'निकल जा !' आख़िरकार वे चीख़ी थीं। 'अगर मैंने कल तुझे अपनी ज़मीन पर पाया तो मैं तुझे उस आवारा कुत्ते की तरह बधिया करवा दूँगी जो कि तू है। मैं तुझे मरवा दूँगी।'

'देखा जायेगा,' वेलुता ने आहिस्ता से कहा था।

उसने सिर्फ़ इतना ही कहा था। और इसी को बेबी कॉचम्मा ने इंस्पेक्टर थॉमस मैथ्यू के दफ़्तर में नमक-मिर्च लगा कर हत्या और अपहरण की धमकियों में बदल दिया था।

मम्माची ने वेलुता के मुँह पर थूक दिया था। गाढ़ा थूक। वह उसकी त्वचा से टकरा कर छिटक गया। उसके मुँह और आँखों में।

वह बस, वहीं-का-वहीं खड़ा रहा। स्तम्भित। फिर वह मुड़ा और चला गया।

उस घर से निकल कर जाते हुए उसने महसूस किया कि उसकी इन्द्रियाँ धारदार

और पैनी हो गयी थीं। मानो उसके इर्द-गिर्द की हर चीज़ सपाट हो कर एक सुघड़ चित्र सरीखी हो गयी थी। मशीन का एक रेखा-चित्र जिसके साथ एक निर्देश पुस्तिका थी जो उसे बताती थी कि क्या करना है। उसका दिमाग़, शिद्दत से किसी भी क़िस्म के ठहराव की तलाश में, बारीक़ियों का सहारा ले रहा था। वह हर चीज़ को, जिससे उसका सामना होता, एक नाम दे रहा था।

फाटक, उसने फाटक से बाहर जाते हुए सोचा। *फाटक। सड़क। पत्थर। आसमान। बारिश।*

फाटक।

सड़क।

पत्थर।

आसमान।

बारिश।

उसकी त्वचा पर गिरती बारिश गर्म थी। उसके पैरों के नीचे बजरी के कंकड़ ऊबड़-खाबड़ थे। उसे मालूम था वह कहाँ जा रहा था। उसे हर चीज़ की ख़बर थी। हर पत्ती की। हर पेड़ की। तारों से रहित आकाश के हर बादल की। अपने हर क़दम की।

कू-कू कूकम थीवांडी
कूकी पाडुम थीवांडी
रापाकल ओडुम थीवांडी
थालान्नु निल्कुम थीवांडी

यह पहला सबक था जो उसने स्कूल में सीखा था। रेलगाड़ी के बारे में एक कविता।

उसने गिनना शुरू किया। कोई चीज़। कुछ भी। *एक दो तीन चार पाँच छै सात आठ नौ दस ग्यारह बारह तेरह चौदह पन्द्रह सोलह सत्रह अट्ठारह उन्नीस बीस इक्कीस बाईस तेईस चौबीस पच्चीस छब्बीस सत्ताइस अट्ठाइस उन्तीस...*

मशीन का रेखा-चित्र धुँधलाने लगा। स्पष्ट रेखाएँ धब्बों में बदलने लगीं। निर्देश अपने अर्थ खो बैठे। सड़क उसका आलिंगन करने के लिए उठी और अँधेरा घना हो उठा। चिपचिपा। उसके बीच से रास्ता बनाना मुश्किल हो गया। सतह के नीचे तैरने की तरह।

वह हो रहा है, एक आवाज़ उसके कानों में गूँजी। *वह शुरू हो चुका है।*

उसका दिमाग़, अचानक ग़ैर-मुमकिन तौर पर बूढ़ा हो कर, उसके शरीर से बाहर निकल आया और हवा में तैरता हुआ उसके ऊपर मँडराने लगा, जहाँ से वह बड़बड़ाते हुए निरर्थक चेतावनियाँ देने लगा।

उसने नीचे निगाह दौड़ायी और एक जवान आदमी के शरीर को, अँधेरे और धारासार बारिश को चीरते हुए, क़दम बढ़ाते देखा। किसी और चीज़ से ज़्यादा वह शरीर बस, यही चाहता था कि सो जाये। सो जाये और किसी दूसरी दुनिया में जागे। *उसकी साँसों में उसकी त्वचा की गन्ध हो। उसका शरीर उसके जिस्म पर हो। सम्भव है, वह*

उसे फिर कभी देख ही न पाये। कहाँ थी वह ? क्या किया था उन्होंने उसके साथ ? क्या उन्होंने उसे चोट पहुँचायी थी ?

वह चलता रहा। उसका चेहरा न तो बारिश की तरफ़ ऊपर को उठा हुआ था, न उसकी तरफ़ से झुका हुआ था। वह न उसका स्वागत कर रहा था, न उससे बचाव कर रहा था।

हालाँकि बारिश ने उसके चेहरे से मम्माची के थूक को धो दिया था, उसका यह एहसास बरक़रार था कि किसी ने उसके सिर को धड़ से उठा कर उसके शरीर के अन्दर उलटी कर दी थी। थक्केदार उलटी, उसके जिस्म के अन्दर बहती- टपकती। उसके दिल पर। उसके फेफड़ों पर। उसके पेट के निचले हिस्से तक वह धीमी, गाढ़ी टपकन। उसके सारे अंग उलटी से सराबोर। इसके बारे में बारिश कुछ नहीं कर सकती थी।

उसे मालूम था कि उसे क्या करना है। निर्देश पुस्तिका ने उसे हिदायत दी। उसे कॉमरेड पिल्ले के पास पहुँचना था। क्यों—यह उसे अब नहीं मालूम था। उसके क़दम उसे लकी प्रेस ले गये, जो बन्द था, और फिर छोटे-से अहाते के पास कॉमरेड पिल्ले के घर तक।

महज़ दस्तक देने के लिए अपनी बाँह को उठाना उसे पस्त कर गया था।

जब वेलुता ने दस्तक दी, कॉमरेड पिल्ले ने अपना भोजन समाप्त कर लिया था और एक पके हुए केले को मसल कर उसका गूदा अपनी बन्द मुट्ठी की दरज़ों से दही की तश्तरी में निकाल रहे थे। उन्होंने अपनी पत्नी को दरवाज़ा खोलने के लिए भेजा। वह लौटी तो खिन्न दिख रही थी, और, कॉमरेड पिल्ले ने सोचा, अचानक कमनीय। उनके भीतर उसी वक़्त उसकी छाती को छूने की इच्छा जागी। लेकिन उनकी उँगलियाँ दही से सनी थीं और दरवाज़े पर कोई आया हुआ था। कल्याणी पलँग पर बैठ गयी और बेख़याली में उसने लेनिन को थपथपाया, जो अँगूठा मुँह में लिये अपनी दादी की बग़ल में सोया हुआ था।

'कौन है ?'

'वही परवन पाप्पन का बेटा। कहता है ज़रूरी काम है।'

कॉमरेड पिल्ले ने इतमीनान से दही ख़त्म किया। उन्होंने तश्तरी के ऊपर अपनी उँगलियाँ हिलायीं। कल्याणी स्टेनलेस स्टील के छोटे-से बरतन में पानी ले आयी और उनके हाथ धुलाये। उनकी तश्तरी में खाने के बचे-खुचे टुकड़े (एक सूखी लाल मिर्च और चूस कर फेंके गये सहजन के कड़े, नुकीले रेशे) पानी में उतरा कर तैरने लगे। वह उनके लिए एक तौलिया लायी। उन्होंने हाथ पोंछे, डकार ले कर अपनी सराहना प्रकट की और दरवाज़े तक गये।

'*एण्डा ?* इतनी रात गये ?'

जवाब देते हुए वेलुता ने ख़ुद अपनी आवाज़ को पलट कर अपने ऊपर चोट करते सुना, मानो वह दीवार से टकरा लौटी हो। उसने समझाने की कोशिश की कि क्या हुआ था, लेकिन उसने पाया कि वह अनर्गलता में फिसलता जा रहा है। जिस आदमी से वह बात कर रहा था, वह कहीं दूर और छोटा-सा था, शीशे की एक दीवार के पीछे।

'यह गाँव बहुत छोटा है,' कॉमरेड पिल्ले कह रहे थे। 'लोग बातें करते हैं। जो वे कहते हैं वह मैं सुनता हूँ। ऐसा नहीं है कि मुझे पता न हो क्या कुछ होता रहा है।'

एक बार फिर वेलुता ने ख़ुद को कुछ कहते सुना जिसका कोई असर उस आदमी पर नहीं पड़ा जिससे वह बात कर रहा था। उसकी अपनी आवाज़ उसके गिर्द साँप की तरह कुण्डली मार कर लिपट गयी।

'हो सकता है,' कॉमरेड पिल्ले ने कहा। 'लेकिन कॉमरेड, तुम्हें मालूम होना चाहिए कि पार्टी का गठन मज़दूरों के निजी जीवन में उनकी अनुशासनहीनता का समर्थन करने के लिए नहीं हुआ है।'

वेलुता ने कॉमरेड पिल्ले के शरीर को दरवाज़े से धीरे-धीरे ग़ायब होते देखा। उनकी कायारहित, पिपियाती आवाज़ पीछे बनी रही और नारे प्रसारित करती रही। ख़ाली दरवाज़े में फड़फड़ाते हुए परचम।

ऐसे मामलों को हाथ में लेना पार्टी हितों में शामिल नहीं है।

व्यक्तियों का हित संगठन के हित के अधीन है।

पार्टी अनुशासन को भंग करने का मतलब है पार्टी की एकता को भंग करना।

आवाज़ जारी रही। वाक्य खण्डित हो कर वाक्यांश और फिर महज़ शब्द बनते गये।

क्रान्ति का प्रगति पथ।

वर्ग शत्रु का सफ़ाया।

दलाल पूँजीपति।

वसन्त-गर्जन।

और फिर वही पुराना सिलसिला। एक और धर्म, अपने ख़िलाफ़ मोर्चेबन्द। मनुष्य के मस्तिष्क द्वारा निर्मित एक और इमारत मानवीय स्वभाव द्वारा ध्वस्त।

कॉमरेड पिल्ले ने दरवाज़ा बन्द कर दिया और अपनी पत्नी और भोजन की ओर लौट आये। उन्होंने एक और केला खाने का फ़ैसला किया।

'क्या कह रहा था वह ?' उसकी पत्नी ने उन्हें केला देते हुए पूछा।

'उन्हें पता चल गया है। किसी ने उन्हें बता दिया होगा। उन्होंने उसे नौकरी से निकाल दिया है।।

'बस ? उसकी क़िस्मत अच्छी है कि उन्होंने उसे पेड़ से लटका नहीं दिया।'

'एक अजीब चीज़ देखी मैंने...' कॉमरेड पिल्ले ने केला छीलते हुए कहा, 'उसने नाख़ूनों को लाल रँगा हुआ था...'

बाहर बारिश में, सड़क की अकेली बत्ती से आती, भीगी ठण्डी रोशनी में खड़े-खड़े वेलुता को अचानक नींद सताने लगी। उसे पलकें खोलने में ज़ोर लगाना पड़ रहा था।

कल, उसने ख़ुद से कहा। *कल, जब बारिश रुक जायेगी।*

उसके पैर उसे नदी तक चला कर ले गये। मानो वे रस्सी थे और वह उससे बँधा कुत्ता।

इतिहास कुत्ते को टहलाता हुआ।

15

पार उतराई

रात आधी से ज़्यादा बीत चुकी थी। नदी उमड़ आयी थी, उसकी धारा तेज़ और काली थी—साँप की तरह सागर की ओर लहराती-बढ़ती, अपने साथ रात का मेघाच्छन्न आकाश, ताड़ का एक समूचा पत्ता, सरपत के टट्टर का टुकड़ा और दूसरे उपहार ले जाती हुई जो हवा ने उसे बख़्शे थे।

कुछ अर्से बाद बारिश धीमी हो कर बूँदा-बाँदी में बदल गयी और फिर रुक गयी। हवा से हिल कर पानी पेड़ों से झड़ रहा था और कुछ देर तक सिर्फ़ पेड़ों के नीचे वर्षा होती रही, जहाँ कभी आसरा मिलता था।

एक फीके पनीले चाँद ने बादलों से छन कर नदी में उतरने वाली पत्थर की तेरह पैदानों में से सबसे ऊपरी पैदान पर बैठे एक नौजवान को प्रकट किया। वह बहुत निश्चल था, बहुत भीगा हुआ। बहुत युवा। थोड़ी देर बाद वह उठ खड़ा हुआ। उसने जो सफ़ेद मुण्डू पहना हुआ था, उसे उतारा, उसमें से पानी निचोड़ा और उसे पगड़ी की तरह सिर पर बाँध लिया। फिर पूरी तरह नग्न वह पत्थर की तेरह सीढ़ियों पर क़दम रखता हुआ पानी में उतरा और आगे बढ़ा जब तक कि पानी उसकी छाती तक नहीं आ गया। फिर वह आसानी से पानी को अपनी मज़बूत बाँहों से चीरते हुए तैरने लगा, उस ओर बढ़ता हुआ जहाँ धारा तेज़ और निश्चित थी, जहाँ असली गहराई शुरू होती थी। चाँदनी में नहायी हुई नदी उसकी तैरती हुई बाँहों पर से चाँदी की आस्तीनों की तरह फिसल रही थी। उसे नदी पार करने में कुछ ही मिनट लगे। जब वह दूसरी तरफ़ पहुँचा तो वह चाँदनी में चमकता हुआ बाहर आया और किनारे पर हाथ टिका कर उसने ख़ुद को ऊपर खींचा। उसका नंगा बदन उसके इर्द-गिर्द फैली रात की तरह काला था, उस पानी की तरह काला, जिसे उसने तैर कर पार किया था।

बाहर आ कर वह उस रास्ते पर चल दिया जो दलदल से हो कर इतिहास-घर की तरफ़ जाता था।

उसने पानी में अपने पीछे कोई लहर नहीं छोड़ी थी।

तट पर कोई पदचिन्ह नहीं।

उसने अपना मुण्डू सुखाने के लिए खोल कर अपने सिर के ऊपर फैला लिया। हवा ने उसे एक पाल की तरह तान दिया। अचानक वह ख़ुशी से भर गया। *हालत अभी और ख़राब होगी,* उसने मन-ही-मन सोचा। *फिर बेहतर हो जायेगी।* वह अब तेज़ी

से क़दम बढ़ा रहा था, अन्धकार का हृदय की ओर। किसी एकाकी भेड़िए की तरह।

हानि का देवता।

मामूली चीज़ों का ईश्वर।

अपने नाख़ूनों पर लगे रंग के अलावा पूरी तरह नग्न।

16

कुछ घण्टों बाद

नदी तट पर तीन बच्चे। एक अदद जुड़वाँ और एक, जिसके कॉर्डराय के बैंगनी लबादे पर तिरछे, ख़ुशनुमा अक्षरों में छपा था—हॉलीडे !

पेड़ों की भीगी पत्तियाँ कूटी गयी धातु की तरह झिलमिला रही थीं। पीले बाँस के घने झुण्ड नदी पर झुके हुए थे मानो जो वे जानते थे कि होने वाला था उसके लिए अग्रिम शोक मना रहे थे। नदी अपने आप में काली और शान्त थी। अपने होने की बजाय न होने का आभास देती हुई, किसी निशानी से यह ज़ाहिर न करती हुई कि वह दरअसल कितनी गहरी थी और उसकी धारा कितनी तेज़ थी।

एस्ता और राहेल ने नाव को उन झाड़ियों से घसीट कर बाहर निकाला जहाँ वे अमूमन उसे छिपा कर रखते थे। वेलुता ने जो चप्पू बनाये थे, वे एक खोखले पेड़ में छिपा कर रखे हुए थे। उन्होंने नाव को पानी में उतारा और पकड़ कर थिर किया ताकि सोफ़ी मोल उसमें चढ़ सके। ऐसा लगता था कि उन्हें अँधेरे पर पूरा भरोसा था और वे पत्थर की चमकती सीढ़ी पर युवा बकरियों की तरह पक्के पैरों से चढ़-उतर रहे थे।

सोफ़ी मोल ज़्यादा असमंजस में थी। कुछ-कुछ डरी हुई कि इर्द-गिर्द की छायाओं में जाने क्या दुबका हुआ हो। उसने कपड़े का एक झोला कन्धे से लटकाया हुआ था, जिसमें फ्रिज से उड़ाया गया खाने का सामान था। डबल रोटी, केक, बिस्कुट। दोनों जुड़वाँ, अपनी माँ के शब्दों के बोझ-तले दबे—

अगर तुम लोग न होते तो मैं आज़ाद होती। मुझे उसी दिन तुम्हें अनाथालय में फेंक आना चाहिए था जिस दिन तुम पैदा हुए थे। तुम्ही हो मेरे गले में पड़े चक्की के पाट—

कुछ भी नहीं लिये हुए थे। ऑरिंज-लेमन वाले ने एस्ता के साथ जो किया था, उसकी बदौलत उनका घर से बाहर दूसरा घर पहले ही साज़-सामान से लैस था।

उन दो हफ़्तों के दौरान जबसे एस्ता ने जैम में चप्पू चलाया था और दो विचार विचारे थे, उन्होंने गिलहरियों की तरह ज़रूरी सामान गुप-चुप पार करके वहाँ पहुँचा दिया था—माचिसें, आलू, एक पिचका हुआ हत्थेदार पतीला, एक गुब्बारे वाली बत्तख, अलग-अलग रंग की उँगलियों वाले मोज़े, लन्दन की बसों वाले बॉल पॉयण्ट पेन और ढीले बटनों की आँखों वाला क्वाण्टास विमान सेवा का कोआला भालू।

'अगर अम्मू ने हमें ढूँढ लिया और वापस आने के लिए *प्रार्थना* की तब ?'

'हम वापस चले जायेंगे। मगर तभी जब वे प्रार्थना करेंगी।'

करुणानिधान एस्ता।

सोफ़ी मोल ने दोनों भाई-बहनों को राज़ी किया था कि उनके साथ उसका जाना भी *अनिवार्य* था। कि बच्चों की, *सारे* बच्चों की, कमी बड़े-बुज़ुर्गों के पछतावे को और भी गहरा बना देगी। उन्हें सचमुच अफ़सोस होगा, जैसा हैमलिन के बड़े-बुज़ुर्गों को हुआ था जब पाइड पाइपर उनके सारे बच्चों को ले गया था। वे हर जगह खोजते फिरेंगे और ठीक उस समय, जब उन्हें विश्वास हो जायेगा कि तीनों-के-तीनों मर गये हैं, वे विजय-भाव से घर लौट जायेंगे। उनकी पहले से कहीं ज़्यादा क़दर होगी, प्यार मिलेगा और ज़रूरत महसूस की जायेगी। उसका निर्णायक तर्क था कि अगर उन्होंने उसे पीछे छोड़ दिया तो हो सकता है कि उसे तकलीफ़ दी जाय और उससे ज़बरदस्ती उनके छिपने की जगह उगलवा ली जाय।

एस्ता ने नाव में राहेल के सवार होने की प्रतीक्षा की, फिर अपनी जगह ले ली, उस छोटी-सी नाव पर दोनों ओर पैर लटका कर बैठते हुए, मानो वह सी-सॉ थी। जैसे ही वे हिचकोले खाते हुए गहरे पानी में पहुँचे, वे उलटी दिशा में तिरछे चप्पू चलाने लगे, धारा के विरुद्ध जैसे कि उन्हें वेलुता ने सिखाया था। ('अगर तुम वहाँ पहुँचना चाहते हो तो तुम्हें *वहाँ* निशाना बाँधना चाहिए।')

अँधेरे में वे देख नहीं पाये कि वे दबी आवाज़ वाले यातायात से भरे ख़ामोश राजमार्ग की उलटी दिशा में थे। कि डालियाँ, तने और पेड़ों के हिस्से उनकी तरफ़ मज़े की रफ़्तार से मोटरों की तरह बढ़े आ रहे थे।

वे असली गहराई पार कर आये थे और दूसरे किनारे से कुछ ही गज़ के फ़ासले पर थे जब वे एक तैरते हुए तने से जा टकराये और वह छोटी-सी नाव पलट गयी। नदी को पार करने के पिछले अभियानों के दौरान ऐसा उनके साथ अकसर होता रहा था और वे नाव के पीछे-पीछे, उसका सहारा ले कर, हाथों को चप्पुओं की तरह इस्तेमाल करते हुए किनारे तक तैर जाया करते थे। इस बार अँधेरे में उन्हें अपनी नाव नहीं दिखायी दी। वह धारा में बह गयी थी। उन्होंने किनारे का रुख़ किया और उन्हें अचरज हुआ कि उस छोटे-से फ़ासले को तय करने में उन्हें कितनी मेहनत लगी।

एस्ता एक नीची डाल को उचक कर पकड़ने में सफल हो गया जो पानी पर झुक आयी थी। उसने अँधेरे में नदी की दिशा में नज़रें गड़ा कर देखने की कोशिश की कि वह नाव को देख पाता है या नहीं।

'कुछ दिखायी नहीं देता। वह बह गयी है।'

कीचड़ में लिथड़ी राहेल किनारे पर चढ़ी और उसने हाथ बढ़ा कर एस्ता को पानी से बाहर निकलने में मदद दी। उन्हें अपनी साँस दुरुस्त करने में कुछ मिनट लगे और नाव के खो जाने को दर्ज करने में। उसके गुज़र जाने का शोक मनाने में।

'और हमारा सारा खाना ख़राब हो गया है,' राहेल ने सोफ़ी मोल से कहा। जवाब में उसे ख़ामोशी हासिल हुई। एक दौड़ती, भागती, हिलोरें लेती, तैरती मछलियों वाली ख़ामोशी।

'सोफ़ी मोल,' उसने झपटती हुई नदी से फुसफसा कर कहा। 'हम यहाँ हैं। यहाँ ! इलिम्बा के पेड़ के पास !'

कुछ नहीं।

राहेल के हृदय पर पप्पाची के पतंगे ने झटके से अपने धूसर पंख खोले।

बाहर।

भीतर।

और अपनी टाँगें उठायीं।

ऊपर।

नीचे।

वे किनारे के साथ दौड़ते हुए उसे पुकारते रहे। मगर वह जा चुकी थी। बह गयी थी। दबी आवाज़ वाले राजमार्ग पर। जो सलेटीहरा था। जिसमें मछलियाँ थीं। आकाश और पेड़ थे। और रात में, खण्डित पीला चाँद।

कोई तूफ़ानी संगीत नहीं बजा। मीनाचल की स्याह गहराइयों से कोई भँवर नाचता हुआ ऊपर नहीं आया। किसी शार्क ने उस त्रासदी की देख-परख नहीं की।

महज़ एक गुप-चुप सौंपने की रस्म। एक नाव अपना माल उलटती हुई। एक नदी भेंट को स्वीकार करती हुई। एक छोटी-सी ज़िन्दगी। एक अल्पायु सूर्यकिरण। अपनी नन्हीं-सी मुट्ठी में सगुन के लिए चाँदी का एक अंगुश्ताना भींचे हुए।

भोर के चार बजे थे, अभी अँधेरा था, जब दोनों जुड़वाँ पस्त, परेशान और मिट्टी में सने हुए, दलदल के बीच से रास्ता बनाते, इतिहास-घर पहुँचे। हैंसल और ग्रेटेल, एक डरावनी परी कथा में, जिसमें उनके सपनों को पकड़ कर फिर से सपनाया जाने वाला था। वे पिछले बरामदे में घास की चटाई पर गुब्बारे की बत्तख और क्वांटास के कोआला भालू के साथ लेट गये। भीगे हुए बौनों का एक जोड़ा, भय से अवसन्न, दुनिया के ख़त्म होने की प्रतीक्षा करता हुआ।

'तुम्हारे ख़याल में क्या वह अब तक मर गयी होगी ?'

एस्ता ने जवाब नहीं दिया।

'क्या होगा ?'

'हमें जेल में डाल देंगे।'

वह ठीक से जानता था। छुटकू राम। करता कुटिया में आराम। ता-धिन।

उन्होंने यह नहीं देखा कि कोई और भी अँधेरे में सोया पड़ा है। भेड़िए की तरह अकेला। अपनी काली पीठ पर एक भूरा पत्ता लिये। जिसकी वजह से बारिशें समय पर होती थीं।

17

कोचीन हार्बर टर्मिनस

मैले-कुचैले आयमनम निवास के अपने साफ़-सुथरे कमरे में एस्ता (बूढ़ा नहीं, जवान नहीं) अँधेरे में अपने बिस्तर पर बैठा था। वह सीधा तना बैठा था। कन्धे चौरस। हाथ गोद में। मानो वह किसी क़िस्म के मुआयने की क़तार का अगला बन्दा हो। या गिरफ़्तार किये जाने का इन्तज़ार कर रहा हो।

कपड़ों की इस्त्री का काम पूरा हो गया था। इस्त्री किये कपड़ों का ढेर इस्त्री की मेज़ पर सलीक़े से सजा था। उसने लगे हाथ राहेल के कपड़े भी कर दिये थे।

वर्षा लगातार हो रही थी। रात की वर्षा। अकेला ढोलची बैंड के बाक़ी लोगों के सो जाने के देर बाद तक अपनी थापों का अभ्यास करता हुआ।

बग़ल के मिट्टम में, 'मर्दों की ज़रूरत' वाले अलग-थलग प्रवेश द्वार के पास, पुरानी प्लिमथ के क्रोम टेलफ़िन पल भर के लिए बिजली की कौंध में चमके। चाको के कैनेडा चले जाने के वर्षों बाद तक बेबी कॉचम्मा कार को नियमित रूप से धुलवाती रही थी। हफ़्ते में दो बार मामूली मुआवज़े पर कोच्चु मारिया का जीजा, जो कोट्टयम में म्यूनिसिपैलिटी का कचरे वाला पीला ट्रक चलाता था, अपने ट्रक पर आयमनम आता। कोट्टयम के कचरे की गन्ध उसके आने की सूचना देती और उसके जाने के बाद भी देर तक वहीं बसी रहती। वह अपनी साली से उसकी तन्ख़्वाह झटकता और प्लिमथ की बैटरी चार्ज रखने के लिए उसे चलाया करता। जब बेबी कॉचम्मा ने टी. वी. का दामन थामा, उसने कार और बगिया से एक साथ हाथ धो लिये। अल्ला-अल्ला ख़ैर-सल्ला।

हर बारिश के साथ वह पुरानी कार ज़मीन में और मज़बूती के साथ बैठती जाती। गठिये की मारी, किसी नुकीली मुर्ग़ी की तरह जो अकड़े हुए अंगों के साथ अपने अण्डों पर बैठ रही हो। फिर कभी उठने के किसी भी इरादे के बिना। उसके पिचके टायरों के गिर्द घास उग आयी थी। पैराडाइज़ अचार और मुरब्बे का साइनबोर्ड सड़ गया था और एक दचके हुए मुकुट की तरह अन्दर को धँस गया था।

ड्राइवर की सीट के ऊपर लगे चटके आईने के बचे हुए आधे चित्तीदार हिस्से में एक लतर चोरी से ख़ुद पर निगाह डाल रही थी।

पीछे की सीट पर एक गौरेया मरी पड़ी थी। अपने घोंसले के लिए सीट के गद्दे

के एक टुकड़े के लालच में वह सामने के शीशे के छेद में से रास्ता बना कर अन्दर दाख़िल हो गयी थी। वह कभी बाहर निकलने का रास्ता नहीं खोज पायी। किसी ने कार के शीशे पर दी गयी उसकी बेचैन घबरायी इल्तजाओं पर ध्यान नहीं दिया। वह पीछे की सीट पर अपनी टाँगें हवा में उठाये मर गयी। मानो किसी लतीफ़े पर हँसती हुई उलंग हो गयी हो।

कोच्चु मारिया ड्रॉइंग-रूम के फ़र्श पर सोयी हुई थी, अब तक चालू टी.वी. की झिलमिलाती रोशनी में एक अर्द्ध विराम की तरह सिकुड़ी हुई। टी.वी. के पर्दे पर अमरीकी पुलिस वाले एक हथकड़ी-लगे किशोर को पुलिस की कार में ठूँस रहे थे। फ़ुटपाथ पर ख़ून छितरा हुआ था। वक़्त की मार खायी एक औरत, शायद लड़के की माँ, नीम-अँधेरे में से डरी-डरी ताक रही थी। लड़का छटपटा रहा था। उन्होंने उसके चेहरे के ऊपरी हिस्से को चौकोनों की बुनावट से धुँधला दिया था ताकि वह उनके ख़िलाफ़ नालिश न कर सके। उसके पूरे मुँह पर और टी-शर्ट के सामने वाले हिस्से पर किसी बच्चे के लाल बिब की तरह ख़ून जम गया था। उसके बच्चों-सरीखे गुलाबी होंट उसके दाँतों के ऊपर से एक गुर्राहट में उठे हुए थे। वह एक मानव-भेड़िए जैसा नज़र आ रहा था। कार की खिड़की से वह कैमरे में चिल्लाया।

'मेरी उमर पन्द्रह साल है और काश, जो मैं हूँ उससे बेहतर आदमी होता। लेकिन मैं नहीं हूँ। क्या तुम मेरी अफ़सोसनाक कहानी सुनना चाहते हो ?'

उसने कैमरे की तरफ़ थूका और थूक का एक लौंदा तीर की तरह आ कर लेंस पर छितर गया और नीचे को बहने-टपकने लगा।

बेबी कॉचम्मा अपने कमरे में थी, बिस्तर पर अध-लेटी अध-बैठी, लिस्टरीन का एक रियायती कूपन भरती हुई जो उनकी नयी आधे लीटर की बोतल पर दो रुपये की छूट दे रहा था और उनकी लॉटरी के इनाम जीतने वालों को दो हज़ार रुपये के उपहार वाउचर।

छोटे-छोटे कीड़ों की भीमकाय परछाइयाँ दीवारों और छत पर झपट्टे मारती, उड़ती फिर रही थीं। उनसे पीछा छुड़ाने के लिए बेबी कॉचम्मा ने बत्तियाँ बुझा दी थीं और पानी की एक चिलमची में एक बड़ी मोमबत्ती जलायी हुई थी। चिलमची का पानी झुलसी हुई लाशों से अटा पड़ा था। मोमबत्ती की रोशनी उसके सुर्ख़ी लगे गालों और रँगे हुए होंटों को और भी नुमायाँ बना रही थी। उसका काजल फैल गया था। उसके गहने चमक रहे थे।

उसने कूपन का रुख़ मोमबत्ती की तरफ़ किया।

आम तौर पर आप कौन-सा माउथ-वॉश इस्तेमाल करते हैं ?

लिस्टरीन, बेबी कॉचम्मा ने एक ऐसी लिखावट में दर्ज किया जो उमर के साथ मकौड़े सरीखी हो गयी थी।

अपनी पसन्द के कारण बताइए :

वह हिचकिचायी नहीं। *सनसनाता स्वाद। ताज़ा साँस।* उसने टी.वी. के इश्तहारों

की चुस्त, चटक भाषा सीख ली थी।

उसने अपना नाम भरा और उमर के सिलसिले में झूठ का सहारा लिया।

व्यवसाय : के नीचे उसने लिखा, *सजावटी बाग़बानी (डिप.) रॉचेस्टर, यू.एस.ए.।*

उसने कूपन को एक लिफ़ाफ़े में रख दिया जिस पर रिलायेबल मेडीकोज़, कोट्टयम अंकित था। वह सुबह कोच्चु मारिया के साथ जाने वाला था जब वह अपने बेस्ट बेकरी क्रीम-बन अभियान पर शहर जाती।

बेबी कॉचम्मा ने अपनी कत्थई-लाल डायरी उठायी जिसके साथ उसका अपना क़लम भी आया था। उसने 19 जून का सफ़्हा खोला और एक ताज़ा इन्दराज किया। उसका तरीक़ा बँधा-बँधाया था। उसने लिखा : *आई लव यू आई लव यू।*

डायरी के हर पृष्ठ पर एक जैसे इन्दराज थे। उसके पास डिब्बा भर डायरियाँ थीं जिनमें हू-ब-हू ऐसे ही इन्दराज थे। कुछ में इससे भी ज़्यादा दर्ज था। कुछ में दिन भर का हिसाब-किताब था, करने वाले कामों की सूचियाँ थीं, पसन्दीदा टी.वी. सीरियलों के सम्वादों के टुकड़े थे, मगर ये सारे-के-सारे इन्दराज उन्हीं शब्दों से शुरू होते थे : *आइ लव यू आई लव यू।*

चार साल पहले ऋषिकेश के उत्तर में एक आश्रम में वाइरल हेपाटाइटस से फ़ादर मलिगन की मौत हो गयी थी। वर्षों तक हिन्दू धर्मग्रन्थों के मनन-चिन्तन से उनमें पहले तो आध्यात्मिक उत्सुकता पैदा हुई थी, लेकिन अन्ततः इस का परिणाम धर्म-परिवर्तन में हुआ। पन्द्रह साल पहले फ़ादर मलिगन एक वैष्णव बन गये। भगवान विष्णु के उपासक। आश्रम में दाख़िल होने के बाद भी उन्होंने बेबी कॉचम्मा से सम्पर्क बनाये रखा था। वे उसे हर दीवाली पर पत्र लिखते और नये साल पर हर बार एक ग्रीटिंग कार्ड भेजते। कुछ साल पहले उन्होंने बेबी कॉचम्मा को अपना एक चित्र भेजा था जिसमें वे एक आध्यात्मिक शिविर में मध्यवर्गीय पंजाबी विधवाओं के एक समूह को सम्बोधित कर रहे थे। सारी औरतों ने सफ़ेद साड़ियाँ पहन रखी थीं और पल्लू से सिर ढँके हुए थे। फ़ादर मलिगन भगवा पहने थे। अण्डे की ज़र्दी उबले अण्डों के एक सागर को प्रवचन दे रही थी। फ़ादर मलिगन की सफ़ेद दाढ़ी और बाल लम्बे थे लेकिन कंघी किये हुए और सजे-सँवरे। एक केसरिया सैंटा क्लॉस जिसके माथे पर भभूत लगी थी। बेबी कॉचम्मा को विश्वास नहीं हुआ था। उनकी भेजी वही एक चीज़ थी जो उसने नहीं रखी थी। उसे इस बात से क्षोभ हुआ था कि फ़ादर मलिगन ने सचमुच, आख़िरकार अपना व्रत भंग कर दिया था, मगर उसकी ख़ातिर नहीं। दूसरे व्रत के लिए। यह वैसा ही था जैसे बाँहें फैला कर किसी का स्वागत किया जाय और वह पास से गुज़र कर किसी और की बाँहों में समा जाय।

फ़ादर मलिगन की मौत ने बेबी कॉचम्मा की डायरियों में इन्दराज के शब्दों में कोई परिवर्तन नहीं किया था, महज़ इसलिए कि जहाँ तक उसका सवाल था, इससे उनकी उपलब्धता में कोई अन्तर नहीं आया था। बल्कि, मृत्यु के बाद उन पर उसका कुछ ऐसा स्वामित्व हो गया था, जैसा उनके जीवन-काल में कभी नहीं था। कम-से-कम उनके बारे में उसकी स्मृतियाँ तो *उसकी* थीं। पूरी तरह उसकी थीं। प्रचण्ड और भीषण

ढंग से उसकी थीं। जिनमें धर्म की कोई साझेदारी नहीं थी, और हिस्सेदारी की होड़ मचाती सह-भिक्षुणियों या सह-साधुओं—या जो भी वे ख़ुद को कहते थे, सह-स्वामियों—के साथ बाँट-बँटाई का तो सवाल ही नहीं था।

जीवन-काल में फ़ादर मलिगन द्वारा बेबी कॉचम्मा के अस्वीकार को (भले ही वह कोमल और करुणामय था) उनकी मौत ने आवेग-रहित कर दिया था। उनको ले कर उसकी जो स्मृतियाँ थीं, उनमें उन्होंने उसे स्वीकार कर लिया था। केवल उसे। जिस तरह एक पुरुष एक स्त्री का आलिंगन करता है। उनकी मृत्यु के बाद बेबी कॉचम्मा ने फ़ादर मलिगन को उनके हास्यास्पद भगवा वस्त्रों से रहित कर के फिर से कोका कोला के रंग का वह लबादा पहना दिया था जिसे वह इतना पसन्द करती थी। (वस्त्र बदलने के दौरान उसकी इन्द्रियाँ उस पतले-दुबले, पिचके, ईसा-सरीखे शरीर का रस लेती रहीं।) उसने उनका भिक्षा-पात्र छीन लिया, उनके हिन्दू तलवों की बिवाइयाँ दूर कीं और उन्हें उनके आरामदेह सैंडल लौटा दिये। उसने फ़ादर मलिगन को फिर से उस उचकते हुए ऊँट में तब्दील कर दिया, जो हर बृहस्पतिवार को दोपहर के भोजन पर आया करता था।

और हर रात, रात-दर-रात, बरस-दर-बरस, डायरी-दर-डायरी-दर डायरी वह लिखती रही : *आई लव यू आई लव यू।*

उसने क़लम को डायरी में बने फन्दे में वापस अटका दिया और डायरी बन्द कर दी। उसने अपनी ऐनक उतारी, जीभ से नकली दाँतों की बत्तीसी को ढीला किया, लार की उन लड़ियों को चीरते हुए जिन्होंने बत्तीसी को मसूढ़ों से सारंगी के ढलके हुए तारों की तरह चिपका रखा था, और फिर उसे लिस्टरीन वाले पानी के गिलास में डाल दिया। बत्तीसी नीचे डूब गयी और उससे बुलबुले ऊपर उठे, प्रार्थनाओं की तरह। उसका दिन का आख़िरी कार्य। भिंचे दाँतों की मुस्कान वाला सोडा। सुबह के वक़्त सनसनाते दाँत।

बेबी कॉचम्मा पीछे को हो कर अपने तकिये पर टिक गयी और एस्ता के कमरे से राहेल के बाहर आने की आवाज़ सुनने का इन्तज़ार करने लगी। वे उसे बेचैन करने लगे थे, दोनों-के-दोनों। कुछ दिन पहले एक सुबह उसने अपनी खिड़की खोली थी (ताज़ा हवा की एक साँस के लिए) और उन्हें रँगे हाथों पकड़ लिया था—कहीं से लौटते हुए। यह साफ़ था कि उन्होंने पूरी रात बाहर गुज़ारी थी। साथ-साथ। कहाँ गये होंगे वे ? क्या और कितना याद था उन्हें ? वे जायेंगे कब ? वे क्या कर रहे थे, इतनी देर तलक अँधेरे में साथ-साथ बैठे हुए ? वह अपने तकियों पर टिकी-टिकी सो गयी, इस ख़याल के साथ कि शायद बारिश और टी.वी. की आवाज़ के ऊपर से उसने एस्ता के दरवाज़े का खुलना नहीं सुना था। कि राहेल बहुत पहले ही सोने चली गयी थी।

वह नहीं गयी थी।

राहेल एस्ता के पलँग पर लेटी हुई थी। लेटी हुई वह और भी दुबली-पतली लगती थी। और भी कम उम्र। और भी छोटी। उसके चेहरे का रुख़ पलँग के साथ वाली खिड़की की तरफ़ था। वर्षा की तिरछी बूँदें खिड़की के सीख़चों से टकरा कर छितराती हुईं उसके चेहरे और चिकनी भूरी बाँह पर एक महीन फुहार की शक्ल में पड़ रही

थीं। उसकी मुलायम, बिना बाँहों वाली पीली टी-शर्ट अँधेरे में दमक रही थी। उसकी देह का निचला हिस्सा, नीली जींस के भीतर, अँधेरे में घुल गया था।

वह थोड़ी ठण्डी थी। थोड़ी नम। थोड़ी चुप। हवा।

मगर कहने के लिए था क्या ?

जहाँ वह बैठा था, पलँग के पैताने, वहाँ से एस्ता, बिना सिर घुमाये, उसे देख सकता था। उसका हलका-सा ख़ाका। उसके जबड़े के तीखे नक़्श। डैनों-सरीखी उसकी हँसुली की हड्डियाँ जो उसके गले के निचले हिस्से से उसके कन्धों के छोर तक फैली हुई थीं। त्वचा में कैद एक चिड़िया।

राहेल ने सिर घुमाया और उस पर निगाह डाली। वह सीधा तना बैठा था। मुआयने के इन्तज़ार में। उसने कपड़ों पर इस्त्री का काम निपटा दिया था।

वह उसे बहुत प्यारी थी। उसके बाल। उसके गाल। उसके छोटे-छोटे होशियार लगते हाथ।

उसकी बहन।

एक दिक़ करने वाली आवाज़ उसके सिर में शुरू हो गयी। गुज़रती रेलगाड़ियों की आवाज़। रोशनी और छाया और रोशनी और छाया जो खिड़की वाली सीट पर बैठे यात्रियों पर गिरती है।

वह बैठा-बैठा और भी तन गया। अब भी वह उसे देख सकता था। उसमें उनकी माँ के रूप का उभर आना। अँधेरे में उसकी आँखों की तरल कौंध। उसकी छोटी-सी सुबुक नाक। उसका मुँह, भरे-भरे होंटों वाला। उसके गिर्द एक आहत होने का-सा भाव था। मानो वह किसी चीज़ से बिचक रहा हो। मानो बहुत पहले किसी ने—अँगूठियाँ पहने किसी आदमी ने—उसे मुँह पर मारा था। एक सुन्दर चोट खाया मुँह।

उनकी सुन्दर माँ का मुँह, एस्ता ने सोचा। अम्मू का मुँह।

जिसने उसके हाथ को रेलगाड़ी की सीख़चेदार खिड़की के बीच से चूमा था। पहले दर्जे की खिड़की, मद्रास जाने वाली मद्रास मेल की।

बाय, एस्ता। गॉडब्लेस, अम्मू के मुँह ने कहा था। अम्मू का न-रोने-की-कोशिश-करता मुँह।

वह आख़िरी बार थी जब उसने उन्हें देखा था।

वे कोचीन हार्बर टर्मिनस के प्लेटफ़ॉर्म पर चेहरे को रेलगाड़ी की खिड़की की ओर उठाये खड़ी थीं। उनकी त्वचा का रंग सलेटी था, विवर्ण, स्टेशन की नियॉन बत्तियों के कारण अपनी दीप्ति और चमक से वंचित। दिन की रोशनी को दोनों तरफ़ की रेलगाड़ियों ने रोक रखा था। लम्बे-लम्बे ढक्कन जो अँधेरे को अन्दर बन्द रखते थे। मद्रास मेल। फ़्लाइंग रानी।

राहेल को अम्मू ने पकड़ा हुआ था। डोरी से बँधा एक मच्छर। बाटा के सैंडल पहने एक शरणार्थी सींकिया टिड्डी। रेलवे स्टेशन पर एक हवाई अड्डे की परी। प्लेटफ़ॉर्म पर पैर पटकती हुई, स्टेशन की टिक कर बैठी गर्द के बादल उड़ाती हुई। जब तक कि अम्मू ने उसे झकझोर कर यह नहीं कहा कि बन्द करदो और उसने बन्द करदिया। उनके चारों ओर धकियाती-मुकियाती भीड़ की भागम-भाग।

भागते दौड़ते ख़रीदते बेचते ठेले लुढ़काते कुली-भाड़ा चुकाते बच्चे हगते लोग थूकते आते जाते भीख माँगते भाव-ताव करते रिज़र्वेशन चेक करते।

गूँजते स्टेशन-स्वर।

चाय कॉफ़ी बेचते फेरीवाले।

मरियल बच्चे, कुपोषण से पीले, घासलेटी पत्रिकाएँ और खाने का सामान बेचते हुए जिसे खाना उनकी ख़ुद की बिसात के बाहर था।

पिघले चॉकलेट। चीनी के सिगरेट।

ऑरेंज।

लेमन।

कोकाकोलाफ़ैंटाइसक्रीमरोज़मिल्क।

गुलाबी गुड़ियाँ। झुनझुने। लव-इन-टोकियो।

प्लास्टिक के खोखले तोते, मिठाइयों से भरे जिनके सिर पेंच की तरह खोले जा सकते थे।

पीले किनारों वाले लाल धूप के चश्मे।

खिलौना घड़ियाँ जिन पर समय चित्रित था।

नुक़्स वाले टूथब्रशों से भरा एक ठेला।

कोचीन हार्बर टर्मिनस।

स्टेशन की रोशनी में सलेटी। खोखले लोग। बेघर। भूखे। अब भी पिछले साल के अकाल के मारे। उनकी क्रान्ति वक़्ती तौर पर कॉमरेड ई.एम.एम.नम्बूदिरीपाद *(सोवियत पिट्ठू, जी हुज़ूरिया)* द्वारा स्थगित। पीकिंग की आँख का भूतपूर्व तारा।

हवा में मक्खियों की भरमार थी।

एक अन्धा जिसकी पलकें नहीं थीं और आँखें फीकी पड़ गयी जींस की तरह नीली थीं, अपने चेचक-ज़दा चेहरे के साथ, एक कोढ़ी से बतिया रहा था जिसकी उँगलियाँ नहीं थीं और जो बटोरे गये सिगरेट के टोटों से, जिनका ढेर उसके पास पड़ा था, निपुणता से सुट्टे लगा रहा था।

'और तुम ? *तुम* यहाँ कब आये ?'

मानो उनके पास कोई विकल्प था। मानो उन्होंने एक चिकनी रंगीन पुस्तिका में प्रचारित आलीशान आवास कालोनियों के एक बड़े-से समूह में से छाँट कर इस जगह को अपने घर के रूप में चुना था।

एक लाल रंग की तोलने वाली मशीन पर बैठे एक आदमी ने पट्टे खोल कर (घुटनों से नीचे तक की) अपनी नक़ली टाँग उतारी जिस पर एक काला जूता और अच्छा-सा सफ़ेद मोज़ा रँग कर बनाया हुआ था। खोखली गठीली पिंडली गुलाबी रंग की थी, जैसे कि असली पिंडलियाँ होनी चाहिएँ। (जब आदमी की छवि को फिर से रचा जाय तो ईश्वर की ग़लतियाँ क्यों दोहरायी जायँ ?) उसके भीतर वह अपना टिकट सँजो कर रखता था। अपना तौलिया। अपना स्टेनलेस स्टील का गिलास। अपनी गन्ध। अपने भेद। अपना प्रेम। अपना पागलपन। अपनी आशा। अपना असीमानन्द। उसका असली पैर नंगा था।

उसने अपने गिलास के लिए थोड़ी-सी चाय ख़रीदी।

एक बूढ़ी औरत ने उलटी की। एक गुलठीदार तालाब। और अपने काम-धाम में लग गयी।

स्टेशन का संसार। समाज का सर्कस। जहाँ, व्यापार की आपा-धापी के साथ, हताशा बसेरा खोजती आती और धीरे-धीरे सख़्त हो कर समर्पण में बदल जाती।

लेकिन इस बार, अम्मू और उनके दो-डिम्बों-वाले जुड़वाँ बच्चों के लिए कोई प्लिमथ की खिड़की नहीं थी जिससे वे उसे देख सकें। कोई जाल नहीं था जो उन्हें सर्कस की हवा में छलाँगें लगाते समय बचा लेता।

अपना सामान बाँधो और जाओ, चाको ने कहा था। एक टूटे दरवाज़े को फलाँगते हुए। हाथ में दरवाज़े का हत्था पकड़े। और अम्मू ने, हालाँकि उनके हाथ काँप रहे थे, अपनी ग़ैर-ज़रूरी तुरपाई से नज़रें नहीं उठायी थीं। रिबनों का एक डिब्बा उनकी गोद में खुला पड़ा था।

लेकिन राहेल ने उठायी थीं। नज़रें। और देखा था कि चाको ओझल हो चुका था और अपनी जगह एक दैत्य छोड़ गया था।

अँगूठियाँ पहने एक मोटे होंटों वाले आदमी ने, सफ़ेद बर्राक़ कपड़ों में ठण्डक का आभास देते हुए, प्लेटफ़ॉर्म के एक फेरीवाले से कैंची छाप सिगरेटें ख़रीदीं। तीन डिब्बे। रेलगाड़ी के गलियारे में पीने के लिए।

जिनमें है जोश
उन्हें दे सन्तोष

वह एस्ता का रक्षक था। एक परिवारिक मित्र जो संयोग से मद्रास जा रहा था। मिस्टर कुरियन माथेन।

चूँकि हर हाल में एस्ता के साथ एक बड़ा-बुज़ुर्ग होने ही वाला था, मम्माची ने कहा था, एक और टिकट पर पैसे बरबाद करने की कोई ज़रूरत नहीं थी। बाबा मद्रास-कलकत्ता के भाड़े का प्रबन्ध कर रहे थे। अम्मू समय का प्रबन्ध कर रही थीं। उन्हें भी अपना सामान बाँध कर जाना था। एक नयी ज़िन्दगी शुरू करने के लिए, जिसमें वे अपने बच्चों को अपने साथ रखने की बिसात बना सकें। तब तक, यह तय हुआ था कि एक जुड़वाँ ही आयमनम रह सकता था। दोनों नहीं। दोनों का साथ होना मुसीबत थी। कीनउ खोंआँ में नताशै। उन्हें अलग-अलग करना ही था।

शायद वे सही हैं, एस्ता के ट्रंक और बिस्तरबन्द को तैयार करते समय अम्मू की फुसफुसाहट ने कहा था। *शायद एक लड़के को एक बाबा की ज़रूरत होती ही है।*

मोटे होंटों वाला आदमी एस्ता की बग़ल वाले कूपे में था। उसने कहा कि ट्रेन चल पड़ेगी तो वह किसी के साथ सीट बदलने की कोशिश करेगा।

फ़िलहाल उसने उस छोटे-से परिवार को अकेला छोड़ दिया था।

वह जानता था कि एक दोज़ख़ी फ़रिश्ता उनके ऊपर मँडरा रहा था। जहाँ वे जाते,

वह साथ-साथ जाता। जहाँ वे रुकते, रुक जाता। एक मुड़ी हुई मोमबत्ती से मोम टपकाता हुआ।

सबको मालूम था।

सब कुछ अख़बारों में था। सोफ़ी मोल का मरना, अपहरण और हत्या के आरोपी एक परवन के साथ पुलिस का 'एनकाउंटर'। इसके बाद, कम्यूनिस्ट पार्टी द्वारा पैराडाइज़ अचार और मुरब्बे का घेराव जिसका नेतृत्व आयमनम का न्याय-योद्धा और उत्पीड़ितों का प्रवक्ता कर रहा था। कॉमरेड के.एन.एम. पिल्ले का दावा था कि मैनेजमेंट ने उस परवन को एक झूठे पुलिस केस में फँसाया था क्योंकि वह कम्यूनिस्ट पार्टी का सक्रिय सदस्य था। कि वे 'यूनियन की क़ानूनी गतिविधियों' में भाग लेने के कारण उसका सफ़ाया करना चाहते थे।

यह सब अख़बारों में छपा था। सरकारी विवरण।

ज़ाहिर है, अँगूठियाँ पहने मोटे होंटों वाले आदमी को दूसरे विवरण के बारे में कुछ मालूम नहीं था।

वह विवरण जिसमें सवर्ण पुलिसवालों के एक दस्ते ने हाल की वर्षा से बाढ़ पर आयी हुई और मन्थर मीनाचल नदी को पार किया था और गीले झाड़-झंखाड़ से रास्ता बनाता हुआ अन्धकार का हृदय में जा धमका था।

18

इतिहास-घर

पुलिस के सवर्ण सिपाहियों के एक जत्थे ने हाल की बारिश से बाढ़ पर आयी हुई और मन्थर मीनाचल नदी को पार किया और भीगे झाड़-झंखाड़ से रास्ता बनाते हुए आगे बढ़ा। उनमें से किसी की भारी जेब में हथकड़ियों की खनखनाहट थी।

उनकी चौड़ी मोहरी वाली ख़ाकी निक्करें कलफ़ से कड़ी थीं और ऊँची-ऊँची घास पर कड़े लँहगों की एक कतार की तरह उठ-गिर रही थीं, उन अंगों से कतई स्वतन्त्र जो उनके भीतर हरकत कर रहे थे।

वे छै थे। राज्य के सेवक।

पो लाइटनेस
ओ बीडिएन्स
लॉ यल्टी
इ न्टेलिजेंस
क र्टसी
ए फ़िशिएन्सी

कोट्टयम पुलिस। एक कार्टूनी दस्ता। हास्यास्पद नुकीले टोप पहने नये युग के नवाबज़ादे। गत्ते और रूई की अस्तर वाले टोप। तेल के धब्बों वाले। उनके फटीचर ख़ाकी मुकुट।

दिल के काले।

मौत के-से मक़सद वाले।

वे अपनी पतली-पतली टाँगों को ऊँचा उठाते हुए, लम्बी-लम्बी घास के बीच से भदभदाते चल रहे थे। ज़मीन पर फैली लतरें उनकी टाँगों के ओस-भीगे बालों में उलझ-उलझ जा रही थीं। कँटीली फलियाँ और घास के फूल उनके मोज़ों का फीकापन नुमायाँ कर रहे थे। भूरे कनखजूरे उनके लोहे की नोक वाले सवर्ण बूटों के तलवों में सोये पड़े थे। सरपत ने उनकी टाँगों की चमड़ी में आड़ी-तिरछी ख़रोंचें डाल कर उसे छील दिया था। दलदल को फचफचाते हुए पार करने के दौरान गीली मिट्टी उनके पैरों के नीचे पाद रही थी।

वे भारी क़दम रखते हुए पेड़ों की फुनगियों पर बैठे डार्टर पक्षियों के पास से हो कर गुज़रे जो अपने भीगे डैनों को आसमान में धुले हुए कपड़ों की तरह फैला कर सुखा रहे थे। बगुलों, पनकौओं, क्रौंच पक्षियों, नाचने के लिए जगह खोजते सारसों, निर्दयी आँखों वाले बैंगनी बकुल पाखियों के पास से। उनकी बहरा कर देने वाली *वार्क-वार्क-वार्क*। मादा चिड़ियाँ और उनके अण्डे।

अलस्सुबह की गर्मी में इस बात का आश्वासन था कि आगे चीज़ें और भी ख़राब होने वाली हैं।

ठहरे हुए पानी की गन्ध वाली दलदल के आगे, वे प्राचीन पेड़ों के पास से गुज़रे जिनसे लताएँ लबादे की तरह लिपटी हुईं थीं। विशाल मनी लताओं, जंगली मिर्च की लतरों, झरने की तरह लटके बैंगनी ऐक्यूमिनस के पास से।

घास की एक तनी हुई पत्ती पर टिके एक गहरे नीले भौंरे के पास से।

मकड़ी के विशाल जालों के पास से जिन पर बारिश का कोई असर नहीं पड़ा था और जो फुसफुसायी गयी कनबतियों की तरह पेड़ से पेड़ तक फैले हुए थे।

रक्ताभ निपत्र में लिपटा केले का एक फूल एक पपड़ियाते, पत्ती-नुचे पेड़ से लटक रहा था। एक मैले-कुचैले स्कूली बच्चे द्वारा पेश किया गया नगीना। मख़मली जंगल में एक मानिक।

लाल पतंगे हवा में सम्भोग कर रहे थे। दुतल्ले। दक्ष। प्रशंसा से भरे पुलिस के एक सिपाही ने उन्हें देखा और कुछ पल के लिए पतंगों की यौन-क्रिया के बारे में अचरज किया और इस बारे में भी कि क्या किसमें जाता है। फिर उसका दिमाग़ झटके से सावधान हो गया और पुलिसिया विचार लौट आये।

और आगे।

दीमक की ऊँची-ऊँची बाँबियों के पास से जो बारिश में पिघल कर जम गयी थीं और स्वर्ग के द्वार पर नशे में धुत्त सोये हुए सन्तरियों की तरह ढलकी हुई थीं।

हवा में सुख-भरे सन्देशों की तरह उड़ती-फिरती तितलियों के पास से।

गराण्डील पत्तेदार घास के पास से।

एक गिरगिटान।

एक भड़कीला गुड़हल।

छिपने के लिए गिरते-पड़ते भागती हुई धूसर बन-मुर्ग़ियों के पास से।

जायफल के उस पेड़ के पास से जिसे वेल्या पाप्पन खोज नहीं पाया था।

दो धाराओं में बँटी हुई एक निश्चल नहर के पास से। करण्ड घास और काई से अटी हुई। एक मुर्दा हरे साँप-सरीखी। एक पेड़ का तना उसके आर-पार गिरा हुआ। सवर्ण पुलिस वाले उस पर नज़ाकत से पैर धरते पार हुए। पालिश किये बाँस के बेंत नचाते हुए।

घातक जादू-छड़ियों वाली बालदार परियाँ।

फिर तिरछे झुके हुए पेड़ों के पतले तनों ने धूप में दरारें पैदा कर दीं। हृदय का अन्धकार दबे क़दमों से अन्धकार के हृदय में दाख़िल हुआ। चिंचियाते झींगुरों का चीत्कार ऊँचा हो गया।

सलेटी गिलहरियाँ धूप की ओर झुके हुए रबर के पेड़ों के चित्तीदार तनों से कौंधती हुई नीचे आयीं जिनकी छालों पर पुराने चीरे थे। भरे हुए। पुरे हुए। बे-चुआए।

एकड़-दर-एकड़ और फिर एक घसियाला मैदान। एक मकान।

इतिहास-घर।

जिसके दरवाज़े बन्द थे और खिड़कियाँ खुलीं।

जिसके फ़र्श ठण्डे पत्थर के थे और दीवारों पर जहाज़ के आकार की लहराती हुई परछाइयाँ थीं।

जहाँ पारदर्शी छिपकलियाँ पुराने चित्रों के पीछे रहती थीं।

जहाँ सपनों को पकड़ा जाता था और फिर से सपनाया जाता था।

जहाँ एक पुराने अंग्रेज़ का प्रेत, जिसे हँसिये से पेड़ में कील दिया गया था, दो-डिम्बी जुड़वों के जोड़े द्वारा मुक्त कर दिया गया था—सिर पर बुल्ला सजाये एक सचल गणतन्त्र द्वारा जिसने उसके पास ज़मीन में एक मार्क्सवादी झण्डा गाड़ दिया था। एक-एक करके गुज़रते हुए पुलिस वालों ने उसे माँगते नहीं सुना। अपनी भले धर्म-प्रचारकों की-सी आवाज़ में। *माफ़ कीजिए, आपके अ-अ-अ...आपके पास अ-अ-अ...मेरे ख़याल से आपके पास एक सिगार तो नहीं होगा ? नहीं ?...नहीं। मेरा भी यही ख़याल था।*

इतिहास-घर।

जहाँ, बाद के वर्षों में, वह आतंक (जो अभी आने वाला था) एक उथली-सी क़ब्र में दफ़्न कर दिया जाने वाला था। छिपा दिया जाने वाला था। होटल के रसोइयों की प्रसन्न गुनगुनाहट, पुराने कम्यूनिस्टों के मान-मर्दन, नर्तकों की मन्द मृत्यु, और खिलौने सरीखे उन इतिहासों के नीचे जिनसे खेलने के लिए अमीर पर्यटक वहाँ आते थे।

वह एक ख़ूबसूरत घर था।

कभी सफ़ेद दीवारों वाला। लाल छत वाला। मगर अब मौसम के रंगों में रँगा। प्रकृति की रंग-पट्टिका में डुबोयी गयी तूलिकाओं से। काहिया-हरा। मटियाला-भूरा। भुरभुराता-काला। अपनी उमर से ज़्यादा पुराना दिखता हुआ। समुद्र-तल से काछ कर ऊपर लाये गये डूबे ख़ज़ाने की तरह। ह्वेल-चुम्बित। और समुद्री जोंकें चिपकाये। ख़ामोशी की पट्टियों में लिपटा। अपनी टूटी खिड़कियों से बुलबुले उड़ाता हुआ।

एक चौड़ा बरामदा चारों तरफ़ दौड़ता चला गया था। कमरे ख़ुद भी अन्दर को धँसे हुए थे, अँधेरे में डूबे हुए। खपड़ैलों वाली छत किसी विशालकाय उलटी हुई नाव के किनारों की तरह नीचे को झुकी हुई थी। कभी सफ़ेद रहे खम्भों पर गलते-सड़ते शहतीर बीच में लचक गये थे, जिससे छत में एक छेद बन गया था, जो मुँह-बाये, ताक रहा था। एक इतिहास-विवर। ब्रह्माण्ड में इतिहास के आकार का छेद जिससे हो कर, गोधूलि के समय, ख़ामोश चमगादड़ों का एक बादल कारख़ाने के धुँए की तरह घुमड़ता हुआ निकलता और रात के अँधेरे में बहता चला जाता।

वे दुनिया की ख़बरें लिये भोर को लौटतीं। गुलाबी पृष्ठभूमि में एक सलेटी धुन्ध

जो घर के ऊपर अचानक एकत्र हो कर काली नज़र आती। फिर वह इतिहास-विवर के भीतर तेज़ी से गिरतीं—उलटी चलायी जा रही फ़िल्म में धुँए की तरह।

सारा दिन वे सोती रहतीं। चमगादड़ें। छत पर बालदार खाल के अस्तर की तरह लगी हुईं। फ़र्श पर अपनी बीट छितराती हुईं।

पुलिस के सिपाही रुके और पंखे की तरह फैल गये। इसकी सचमुच कोई ज़रूरत नहीं थी, लेकिन उन्हें ये सवर्ण-क्रीड़ाएँ पसन्द थीं।

उन्होंने जंगी जुगाड़ से अपना व्यूह रचा। नीची, टूटी हुई चारदीवारी के पास दुबकते हुए।

जल्दी से मूता।

गरम पत्थर पर गरम झाग। पुलिसिया मूत।

पीले बुलबुलों में डूबी चींटियाँ।

तेज़ साँसें।

फिर एक साथ, अपने घुटनों और कुहनियों पर, वे घर की तरफ़ रेंगने लगे। फ़िल्मी पुलिसवालों की तरह। घास के बीच आहिस्ता-आहिस्ता। हाथों में बेंत। दिमाग़ों में मशीनगनें। क्षीण लेकिन योग्य कन्धों पर सवर्णों के भविष्य की ज़िम्मेदारी।

उन्हें अपने शिकार पिछले बरामदे में मिले। एक अस्त-व्यस्त बुल्ला। लव-इन-टोकियो में बँधा एक फ़व्वारा। और दूसरे कोने में (भेड़िए की तरह अकेला)—ख़ूनी-लाल नाख़ूनों वाला एक बढ़ई।

निद्रा-मग्न। पानी फेरता हुआ उस सारे सवर्ण सयानेपन पर।

औचक झपट्टे पर।

उनके दिमाग़ों में कौंधती सुर्ख़ियों पर।

पुलिस के जाल में दुराचारी फँसा।

इस गुस्ताख़ी के लिए, रंग-में-भंग डालने के लिए, उनके शिकार ने क़ीमत चुकायी। जी हाँ।

उन्होंने वेलुता को अपने बूटों की ठोकर से जगाया।

एस्ताप्पेन और राहेल चूर-चूर किये गये घुटनों की हड्डियों से चौंकी नींद के चीत्कार से जागे।

चीख़ें उनके अन्दर-ही-अन्दर घुट गयीं और मरी हुई मछलियों की तरह पेट ऊपर किये उतरा गयीं। फ़र्श पर दुबके हुए, आतंक और अविश्वास के बीच झूलते, उन्होंने पाया कि जिस आदमी की पिटाई हो रही थी, वह वेलुता था। कहाँ से आया था वह ? क्या किया था उसने ? पुलिस वाले उसे यहाँ क्यों ले आये थे ?

उन्होंने माँस पर लकड़ी की धमक सुनी। हड्डी पर, दाँतों पर बूट की। वह दबी हुई कराह जब पेट पर लात पड़ती है। सीमेंट पर सिर टकराने की दबी हुई चरमराहट। आदमी की साँस में ख़ून की घरघराहट जब एक टूटी हुई पसली की नोक उसके फेफड़े को चीरती है।

नीले होंट और थाल जैसी आँखें लिये वे देखते रहे, एक ऐसी चीज़ से सम्मोहित

जिसे वे अनुभव कर सकते थे, मगर समझ नहीं पा रहे थे : पुलिस वालों की कार्रवाई में मनमानेपन का अभाव। वह गहरी खोह जहाँ ग़ुस्से को होना चाहिए था। वह ठण्डी, आवेग-रहित अनवरत पाशविकता। उसका नपा-तुलापन।

वे एक बोतल खोल रहे थे।

या नल बन्द कर रहे थे।

या आमलेट बनाने के लिए अण्डा तोड़ रहे थे।

दोनों भाई-बहन यह जानने के लिए अभी बहुत छोटे थे कि ये लोग महज़ इतिहास के गुमाश्ते थे। उन लोगों से हिसाब-किताब करने और बक़ाया वसूलने के लिए भेजे गये जो इतिहास के नियमों का उल्लंघन करते हैं। ऐसी भावनाओं से प्रेरित जो पुरातन थीं, मगर विरोधाभास यह कि पूरी तरह निर्वैयक्तिक थीं। उस तिरस्कार की भावनाएँ, जो आदिम, अस्वीकृत भय से जन्मी थीं—सभ्यता के भीतर प्रकृति का भय, मर्दों के अन्दर औरतों का भय, शक्ति के भीतर शक्तिहीनता का भय।

मनुष्य की उस सब को नष्ट करने की अचेतन लालसा जिसे वह न तो अपने अधीन कर सकता है और न देवत्व के पद पर आसीन कर सकता है।

मर्दों की ज़रूरतें।

उस सुबह एस्ताप्पेन और राहेल ने जो देखा, हालाँकि तब उन्हें इसका ज्ञान नहीं था, वह पूरी तरह नियन्त्रित स्थितियों में (आख़िरकार यह कोई युद्ध या जनसंहार नहीं था) मानवीय प्रकृति द्वारा प्रभुता, संरचना, व्यवस्था, और पूर्ण एकाधिकार की तलाश का एक भावनारहित प्रदर्शन था। यह मानवीय इतिहास था, दैवी उद्देश्य का स्वाँग रचाये, ख़ुद को एक कम-उम्र दर्शक वर्ग के सामने उद्‌घाटित करता हुआ।

उस सुबह जो कुछ हुआ, उसमें कोई संयोग नहीं था। वह आकस्मिक नहीं था। वह कोई छिटपुट रहज़नी या कोई निजी हिसाब-चुकाई नहीं थी। वह एक युग था—उन लोगों पर अपनी छाप लगाता हुआ जो उसमें जी रहे थे।

इतिहास का जीता-जागता प्रदर्शन।

अगर उन्होंने वेलुता को इरादे से ज़्यादा चोट पहुँचायी तो महज़ इसलिए कि उसके और उनके बीच किसी क़िस्म का भाईचारा, कोई सम्बन्ध, यहाँ तक कि इस बात का कोई आशय कि और कुछ नहीं तो कम-से-कम जैविक रूप से वह भी उन्हीं जैसा एक प्राणी था—बहुत पहले टूट चुका था। वे एक आदमी को गिरफ़्तार नहीं कर रहे थे, वे भय का भूत भगा रहे थे। उनके पास यह नापने का कोई औज़ार नहीं था कि वह कितनी मार बरदाश्त कर पायेगा। न यह जाँचने का कोई साधन कि कितनी अधिक और कितने स्थायी रूप से उन्होंने उसे क्षति पहुँचायी थी।

ख़ूँख़ार धार्मिक गिरोहों की निरंकुशता या विजयी सेनाओं की उच्छृंखलता के विपरीत उस सुबह अन्धकार का हृदय में सवर्ण पुलिस वालों के जत्थे ने उन्माद से नहीं, किफ़ायतशारी से काम लिया था। अराजकता से नहीं, दक्षता से। पगलायी सनक से नहीं, ज़िम्मेवारी से। उन्होंने उसके बाल नहीं नोचे, न उसे ज़िन्दा जलाया। उन्होंने उसकी जननेन्द्रियाँ काट कर उसके मुँह में नहीं ठूँसीं। उन्होंने उसके साथ बलात्कार नहीं किया। न उसका सिर काटा।

आख़िरकार, वे किसी महामारी से नहीं लड़ रहे थे। वे तो बस, एक जन-समुदाय को महामारी से बचाने का टीका लगा रहे थे।

इतिहास-घर के पिछले बरामदे में, उस समय जब वह आदमी, जिसे वे प्यार करते थे, चकनाचूर किया जा रहा था, श्रीमती ईपन और श्रीमती राजगोपालन ने, जो भगवान-जाने-किसके जुड़वाँ राजदूत थे, दो नये सबक़ सीखे।

पहला सबक़ :

काले आदमी पर ख़ून न के बराबर दिखायी देता है। (तक-धिन)

और

दूसरा सबक़ :

वह महकता है अलबत्ता।

मीठा मिचलानेवाला।

हवा में बासी गुलाबों की तरह। (धिन-धा)

'माडियो ?' इतिहास के एक अनुचर ने पूछा।

'माडी आयिरिक्कुम,' दूसरे ने जवाब दिया।

काफ़ी ?

काफ़ी।

वे उससे पीछे हट गये। अपनी कारीगरी का मूल्यांकन करते कारीगर। सौन्दर्य की सराहना के लिए अनुकूल दूरी तलाश करते हुए।

उनकी कारीगरी—ईश्वर और इतिहास द्वारा, मार्क्स द्वारा, मनुष्य द्वारा, औरत द्वारा और (आने वाले कुछ घण्टों में) बच्चों द्वारा त्यागी गयी—फ़र्श पर सिमटी पड़ी थी। उसमें थोड़ा-सा होश बाक़ी था, मगर वह हिल-डुल नहीं रहा था।

उसका सिर तीन जगह से फूट गया था। उसकी नाक और गालों की दोनों हड्डियाँ चूर-चूर हो गयी थीं जिससे उसका चेहरा पिलपिला हो गया था, रूप-रेखा- विहीन। उसके मुँह पर लगी चोट से उसका ऊपरी होंट चिर गया था और छै दाँत टूट गये थे, जिनमें से तीन उसके निचले होंट में धँस गये थे, जिससे उसकी सुन्दर मुस्कान उलट गयी थी। उसकी चार पसलियाँ चटक गयी थीं, एक पसली उसके बायें फेफड़े में जा धँसी थी, जिसकी वजह से उसके मुँह से ख़ून निकल आया था। उसकी साँस पर लाल-लाल ख़ून। ताज़ा। झागदार। उसकी अँतड़ियाँ फट गयी थीं और उनसे ख़ून रिस कर उसके उदर में इकट्ठा हो गया था। उसकी रीढ़ दो जगह से क्षतिग्रस्त हो गयी थी, आघात ने उसकी दायीं बाँह को बेकार कर दिया था, साथ ही अपने मूत्राशय और मलाशय पर उसका नियन्त्रण नहीं रह गया था। उसके दोनों घुटनों के सामने की हड्डियाँ चूर-चूर हो चुकी थीं।

फिर भी उन्होंने हथकड़ी निकाल ली।

ठण्डी।

धातुई खटास की गन्ध वाली। जैसे बस के लोहे के डण्डे और उन्हें पकड़ने से

बस-कण्डक्टर के हाथों की महक। इसी समय उन्होंने उसके रँगे हुए नाख़ून देखे। उनमें से एक ने उन्हें उठाया और उँगलियों को नख़रीलेपन से दूसरों की तरफ़ लहराया। वे हँसे। 'यह क्या है ?' ऊँचे कृत्रिम स्वर में। 'ए.सी.-डी.सी. ?'

एक पुलिस वाले ने उसके शिश्न को अपने बेंत से ठकोरा। 'चल तो, बता हमें अपना असली राज़। बता तो ज़रा कितना बड़ा हो जाता है यह, जब तू इसे फुलाता है।' फिर उसने अपना बूट उठाया (जिसके तले में कनखजूरे गेंडुरी मार कर लिपटे हुए थे) और एक मद्धिम-सी धमक के साथ उसे पटक दिया।

उन्होंने उसकी बाँहें पीछे करके हथकड़ी लगा दी।

क्लिक।

और क्लिक।

नीचे एक सगुनिया पत्ता। रात के समय पतझड़ का पत्ता। जिसकी वजह से बारिशें समय से होती थीं।

जहाँ-जहाँ हथकड़ियाँ उसकी चमड़ी को छू रही थीं उसके रोंगटे खड़े हो गये थे।

'यह वो नहीं है,' राहेल ने एस्ता से फुसफुसा कर कहा। 'मैं बता सकती हूँ। उसका जुड़वाँ भाई है। उरुम्बन। कोच्चि से।'

कहानी में आसरा खोजने के लिए अनिच्छुक, एस्ता ने कुछ नहीं कहा।

कोई उनसे कुछ कह रहा था। एक भला सवर्ण सिपाही। अपने जैसों के लिए भला।

'मोन, मोल, तुम लोग ठीक-ठाक हो न ? क्या उसने तुम्हें तकलीफ़ पहुँचायी ?'

और एक साथ नहीं, मगर लगभग, जुड़वाँ भाई-बहनों ने फुसफुसा कर जवाब दिया।

'हाँ। नहीं।'

'फ़िकर मत करो। अब तुम हमारे साथ सुरक्षित हो।'

फिर पुलिस वालों ने चारों तरफ़ नज़र दौड़ायी और चटाई को देखा।

पतीलियों और बर्तनों को।

गुब्बारे वाली बत्तख को।

ढीले बटनों की आँखों वाले क्वांटास कोआला को।

बॉल पॉयण्ट पेन जिन के भीतर लन्दन की सड़कें थीं।

अलग-अलग रंगों की उँगलियों वाले मोज़ों को।

पीले किनारों वाले प्लास्टिक के लाल धूप के चश्मे को।

एक घड़ी जिस पर समय रँगा हुआ था।

'यह सब किसका है ? कहाँ से आया ? कौन लाया इसे ?' स्वर में चिन्ता की धार थी।

एस्ता और राहेल, मछलियों से भरे, पलट कर उसे घूरते रहे।

पुलिस वालों ने एक-दूसरे की तरफ़ देखा। उन्हें मालूम था कि उन्हें क्या करना है।

क्वांटास कोआला वे अपने बच्चों के लिए ले गये।

और पेन और मोज़े। बहुरंगी उँगलियों वाले पुलिसिया बच्चे।

बत्तख को उन्होंने एक सिगरेट से फोड़ दिया। फट्ट। और रबर के चिचड़ों को मिट्टी में दबा दिया।

बेकार बत्तख। आसानी से पहचान में आने वाली।

चश्मे को उनमें से एक ने पहन लिया। दूसरे सिपाही हँसे तो वह कुछ देर उसे पहने रहा। घड़ी को वे सब-के-सब भूल गये। वह इतिहास-घर में पीछे छूट गयी। पिछले बरामदे में। समय का एक ग़लत अभिलेख। दो बजने में दस।

वे चल दिये :

छै नवाबज़ादे, जिनकी जेबों में खिलौने ठुँसे हुए थे।

दो-डिम्बी जुड़वों का एक जोड़ा।

और हानि का देवता।

वह चल पाने में असमर्थ था। लिहाज़ा वे उसे घसीटते ले गये।

किसी ने उन्हें नहीं देखा।

चमगादड़ें तो, ख़ैर, अन्धी होती हैं।

19

अम्मू को बचाना

पुलिस स्टेशन पर इन्स्पेक्टर थॉमस मैथ्यू ने दो कोकाकोला मँगाये। नलकियों के साथ। एक दीन-हीन जो-हुकुमिया सिपाही उन्हें प्लास्टिक की ट्रे पर लाया और उसने उन्हें दो मिट्टी से सने बच्चों को पेश किया जो इन्स्पेक्टर के सामने मेज़ की दूसरी तरफ़ बैठे हुए थे और जिनके सिर मेज़ पर रखी फ़ाइलों और काग़ज़ों के बेतरतीब अम्बार से थोड़ा-सा ही ऊपर थे।

इस तरह एक बार फिर, दो हफ़्तों के अर्से में, एस्ता के लिए बोतल-बन्द दहशत। ठण्डी। बुलबुलेदार। कभी-कभी कोकाकोला के संग चीज़ें हो जाती हैं बदरंग। बेउमंग।

बुलबुले उसकी नाक में चढ़ गये। उसने डकार लिया। राहेल खिखियाई। वह अपनी नलकी में फूँक मारती रही जब तक कि कोकाकोला उफनता हुआ उसकी पोशाक पर नहीं गिरने लगा। फ़र्श पर चारों तरफ़। एस्ता दीवार पर लगी तख़्ती को ऊँचे स्वर में पढ़ने लगा।

'ताम्रनवि,' उसने कहा, 'ताम्रनवि। तारिकाझाआ।'

'ष्ठानि, रीदाझमस,' राहेल ने कहा।

'ताष्टशि।'

'तालशकु।'

इसका श्रेय इन्स्पेक्टर थॉमस मैथ्यू को जाता है कि वह शान्त रहा। उसने बच्चों में बढ़ती अनर्गलता को भाँप लिया। उसने उनकी आँखों की फैली हुई पुतलियों पर ग़ौर किया। उसने यह सब पहले भी देखा था...आदमी के दिमाग़ का रिहाई का रास्ता। हादसों से निपटने का तरीक़ा। उसने इसकी रियायत देते हुए अपने सवालों को चतुराई से छिपाते हुए पेश किया। बहाने से। बिना आघात पहुँचाये। 'तुम्हारा जन्मदिन कब पड़ता है, मोन ?' और 'तुम्हारा पसन्दीदा रंग कौन-सा है मोल ?' के बीच।

धीरे धीरे, एक टूटे-फूटे, असम्बद्ध ढंग से चीज़ें अपनी जगह बैठने लगीं। उसके आदमियों ने उसे बर्तन-भाँडों के बारे में बता दिया था। चटाई के बारे में। न-भुलाये-जा सकने-वाले खिलौनों के बारे में। असल में क्या हुआ था, यह अब समझ में आने लगा। इंस्पेक्टर थॉमस मैथ्यू मुदित नहीं हुआ। उसने बेबी कॉचम्मा को लाने के लिए एक जीप भेजी। उसने सुनिश्चित किया कि जब वह आये तो बच्चे कमरे में मौजूद न हों। उसने बेबी कॉचम्मा से सलाम-दुआ नहीं की।

'बैठिए,' उसने कहा।

बेबी कॉचम्मा ने भाँप लिया कि कोई चीज़ भयंकर रूप से ग़लत है।

'क्या वे मिल गये हैं ? सब कुछ ठीक-ठाक है न ?'

'कुछ भी ठीक-ठाक नहीं है,' इन्स्पेक्टर ने उसे आश्वस्त किया।

उसकी आँखों के भाव और आवाज़ के लहजे से बेबी कॉचम्मा को अन्दाज़ा हो गया कि इस बार वह एक भिन्न व्यक्ति के रू-ब-रू थी। यह उनकी पिछली मुलाक़ात का शालीन, लिहाज़ करने वाला पुलिस अफ़सर नहीं था। वह एक कुर्सी पर बैठ गयी। इन्स्पेक्टर थॉमस मैथ्यू ने अपने शब्दों में कोई रू-रियायत नहीं बरती।

कोट्टयम पुलिस ने एक एफ़.आई.आर. के आधार पर कार्रवाई की थी, जिसे *उन्होंने* दाख़िल किया था। वह परवन पकड़ लिया गया था। दुर्भाग्य से मुठभेड़ में वह बुरी तरह घायल हो गया था और सारी सम्भावना यही थी कि वह सुबह तक जीवित नहीं रहेगा। लेकिन अब बच्चों का कहना था कि वे अपनी मर्ज़ी से गये थे। उनकी नाव उलट गयी थी और दुर्घटना में अंग्रेज़ बच्ची नदी में डूब गयी थी। इसका मतलब था कि पुलिस के कन्धों पर तकनीकी रूप से हिरासत में एक निर्दोष आदमी की मौत का लफ़ड़ा आ पड़ा था। ठीक है कि वह एक परवन था। ठीक है कि उसने अभद्रता की थी। लेकिन यह झंझट-झमेलों से भरा समय था और तकनीकी तौर पर, क़ानून के मुताबिक़, वह एक बेक़सूर आदमी था। कोई *मामला* नहीं बनता था।

'बलात्कार का प्रयास ?' बेबी कॉचम्मा ने कमज़ोर लहजे में सुझाया।

'जिससे बलात्कार की कोशिश हुई, उसकी शिकायत *कहाँ* है ? क्या वह दर्ज की गयी ? क्या उसने कोई बयान दिया है ? क्या उसे आप अपने साथ लायी हैं ?' इन्स्पेक्टर का लहजा आक्रामक था। लगभग शत्रुतापूर्ण।

बेबी कॉचम्मा यों नज़र आ रही थी मानो वह सिकुड़ गयी हो। उसकी आँखों और जबड़ों के नीचे माँस की थैलियाँ लटक आयी थीं। उसके भीतर दहशत ख़मीरे की तरह उफन रही थी और उसके मुँह में जमा लार खट्टी हो गयी थी। इन्स्पेक्टर ने पानी का एक गिलास उसकी तरफ़ सरकाया।

'मामला बिलकुल सीधा-सादा है। या तो बलात्कार की शिकार महिला को शिकायत दर्ज करनी होगी। या फिर बच्चों को पुलिस के गवाह की मौजूदगी में अपने अग़वा करने वाले के रूप में उस परवन की शिनाख़्त करनी होगी। या।' उसने इन्तज़ार किया कि बेबी कॉचम्मा उसकी तरफ़ देखे। 'या मुझे आपके ख़िलाफ़ झूठी एफ़.आई.आर. दर्ज कराने का आरोप लगाना होगा। जो एक क़ानूनी जुर्म है।'

पसीने से बेबी कॉचम्मा का हल्का नीला ब्लाउज़ गहरा नीला हो गया। इन्स्पेक्टर थॉमस मैथ्यू ने उसे धकियाया नहीं। वह जानता था कि राजनैतिक वातावरण ऐसा था कि वह ख़ुद भारी मुसीबत में फँस सकता था। उसे आभास था कि कॉमरेड के.एन. एम. पिल्ले इस मौक़े को हाथ से जाने नहीं देंगे। उसने इतनी आवेग-भरी जल्दबाज़ी में कार्रवाई करने के लिए अपनी लानत-मलामत की। अपने छापेदार तौलिये से उसने कमीज़ के अन्दर छाती और बग़लों का पसीना पोंछा। उसके दफ़्तर में शान्ति थी। थाने की हलचल की आवाज़ें—बूटों की ठक-ठक, पूछ-ताछ के दौरान यदा-कदा किसी मुजरिम की दर्द-भरी चीख़—दूर से आती जान पड़ती थीं, मानो वे कहीं और से आ रही हों।

'बच्चे वही करेंगे जो उनसे कहा जायेगा,' बेबी कॉचम्मा ने कहा। 'क्या मुझे उनके साथ अकेले कुछ वक़्त मिल सकता है ?'

'जैसा आप चाहें।' इन्स्पेक्टर दफ़्तर से बाहर जाने के लिए उठा।

'उन्हें अन्दर भेजने से पहले मुझे पाँच मिनट की मोहलत दीजिए।'

इन्स्पेक्टर थॉमस मैथ्यू ने सिर हिला कर हामी भरी और चला गया।

बेबी कॉचम्मा ने अपना चमकता, पसीने से तर चेहरा पोंछा। उसने अपनी गर्दन तानी, छत की तरफ़ ऊपर देखते हुए, ताकि वह अपने पल्लू के छोर से गर्दन पर माँस की तहों के बीच से पसीना पोंछ सके। उसने अपने गले में पड़े सलीब को चूमा।

हेल मेरी, फ़ुल ऑफ़ ग्रेस...

प्रार्थना के शब्द उसका साथ छोड़ गये।

दरवाज़ा खुला। एस्ता और राहेल को अन्दर लाया गया। मिट्टी की पपड़ियों के साथ। कोकाकोला में भीगे हुए।

बेबी कॉचम्मा को देख कर वे सहसा गम्भीर हो गये। उस पतंगे ने, जिसकी पीठ पर ग़ैर-मामूली घने बाल थे, उन दोनों के दिलों के ऊपर अपने पंख फैला दिये। *यह क्यों आयी थी ? अम्मू कहाँ थीं ? क्या वे अभी तक बन्द थीं ?*

बेबी कॉचम्मा ने कड़ी नज़रों से उन्हें देखा। काफ़ी देर तक उसने कुछ नहीं कहा। जब वह बोली तो उसकी आवाज़ भर्रायी हुई और अपरिचित-सी थी।

'वह नाव किसकी थी ? तुमने उसे कहाँ से पाया था ?'

'हमारी थी। हमें मिली थी। वेलुता ने हमारे लिए उसकी मरम्मत की थी,' राहेल फुसफुसाई।

'कितने दिन से वह तुम्हारे पास थी ?'

'जिस दिन सोफ़ी मोल आयी, उसी दिन हमें मिली थी।'

'और तुमने घर से चीज़ें चुरायीं और उसमें रख कर नदी की उस तरफ़ ले गये ?'

'हम सिर्फ़ खेल रहे थे...'

'*खेल* रहे थे ? इसे खेलना कहोगे तुम ?'

बेबी कॉचम्मा दोबारा बोलने से पहले देर तक उन्हें घूरती रही।

'तुम्हारी नन्ही-सी प्यारी बहन का शरीर ड्रॉइंग-रूम में पड़ा है। मछलियों ने उसकी आँखें खा डाली हैं। उसकी माँ लगातार रो रही है। इसे तुम *खेलना* कहते हो ?'

सहसा हवा के एक झकोरे से खिड़की का फूलदार पर्दा लहराया। राहेल को बाहर खड़ी जीपें दिखायी दीं। और चलते-फिरते लोग। एक आदमी अपनी मोटरसाइकिल चालू करने की कोशिश कर रहा था। हर बार जब वह किक स्टार्टर को उछल कर झटका मारता, उसका हेल्मेट एक तरफ़ को सरक जाता।

इन्स्पेक्टर के कमरे के भीतर पप्पाची का पतंगा हरकत में आ गया था।

'किसी की जान लेना भयानक काम है,' बेबी कॉचम्मा ने कहा। 'इससे ज़्यादा ख़राब काम कोई कभी नहीं कर सकता। भगवान भी इसे माफ़ नहीं करता। तुम्हें पता है न यह, क्यों ?'

दो सिर दो बार ऊपर-नीचे हिले।

'और तब भी–' उसने अफ़सोस-भरी नज़रों से उन्हें देखा, 'तुमने ऐसा किया।' उसने उनसे नज़रें मिलायीं। 'तुम लोग हत्यारे हो।' वह रुकी ताकि यह दर्ज हो सके।

'तुम्हें मालूम है कि मैं जानती हूँ यह दुर्घटना नहीं थी। मैं जानती हूँ तुम उससे कितना जलते थे। और अगर अदालत में जज मुझसे पूछेगा तो मुझे उसको बताना ही पड़ेगा, है न ? मैं झूठ तो नहीं बोल सकती न, क्यों ?' उसने बग़ल की कुर्सी थपथपायी। 'यहाँ आओ, बैठो–'

दो आज्ञाकारी नितम्ब उसमें ठँस गये।

'मुझे उनको बताना पड़ेगा कि कैसे तुम्हारा अकेले नदी पर जाना नियम-क़ायदे के बिलकुल ख़िलाफ़ था। कैसे तुमने उसको ज़बरदस्ती अपने साथ जाने के लिए मजबूर किया हालाँकि तुम जानते थे कि वह तैरना नहीं जानती थी। कैसे तुमने उसको नदी के बीचों-बीच नाव पर से बाहर धकेल दिया। वह दुर्घटना नहीं थी, नहीं थी न ?'

चार तश्तरियों ने पलट कर उसे घूरा। उस कहानी से मन्त्र-मुग्ध हो कर जो वह उन्हें सुना रही थी। *फिर क्या हुआ ?*

'सो अब तुम्हें जेल जाना पड़ेगा,' बेबी कॉचम्मा ने नरमी से कहा। 'और तुम्हारी माँ को तुम्हारी वजह से जेल जाना पड़ेगा। क्या तुम्हें यह अच्छा लगेगा ?'

डरी हुई आँखों और एक फ़व्वारे ने पलट कर उसकी तरफ़ देखा।

'तीनों के तीनों तीन अलग-अलग जेलों में। तुम्हें पता है हिन्दुस्तानी जेलें कैसी होती हैं ?'

दो सिर दो बार हिले।

बेबी कॉचम्मा ने धीरे-धीरे अपना पक्ष निर्मित किया। उसने (अपनी कल्पना से) जेल की ज़िन्दगी की जीती-जागती तस्वीरें पेश कीं। गुबरैले-सरीखा कुरकुरा खाना। पाख़ानों में नरम भूरे पहाड़ों की तरह *छी-छी* के ढेर। खटमल। मार-पिटाई। उसने विस्तार से उन ढेर सारे बरसों का ज़िक्र किया जिनके दौरान अम्मू को उनकी वजह से क़ैद रहना पड़ेगा। कैसे वे बाहर आने तक बालों में जुओं वाली एक बूढ़ी, बीमार औरत बन चुकी होंगी–मतलब यह कि अगर वे जेल में मर न गयीं तो। तरतीबवार ढंग से, अपनी नरम, चिन्ता-भरी आवाज़ में उसने उस हौलनाक भविष्य की तस्वीर खींची जो उनके भाग्य में था। जब उसने आशा की हर किरण कुचल कर बुझा दी, उनकी ज़िन्दगियों को पूरी तरह नष्ट कर दिया, तो परीकथाओं की देवी की तरह उसने एक समाधान उनके सामने प्रस्तुत किया। भगवान तो उनके किये के लिए उन्हें कभी माफ़ नहीं करेगा, मगर यहाँ पृथ्वी पर उस नुक़सान की कुछ भरपाई करने का एक रास्ता था। अपनी माँ को उनकी वजह से होने वाली बेइज़्ज़ती और तकलीफ़ से बचाने का। बशर्ते कि वे सूझ-बूझ से काम लेने को तैयार हों।

'क़िस्मत से,' बेबी कॉचम्मा ने कहा, 'तुम्हारी क़िस्मत से, पुलिस वालों से एक भूल हुई है। एक भूल जिससे अब भी बात बन सकती है।' वह रुकी। 'तुम्हें पता है, वह क्या है, क्यों ?'

पुलिस वाले की मेज़ पर रखे काँच के पेपरवेट में लोग क़ैद थे। एस्ता उन्हें देख सकता था। एक नाचता हुआ आदमी और एक नाचती हुई औरत। उसने एक सफ़ेद

लिबास पहन रखा था जिसके नीचे उसकी टाँगें झलक रही थीं।

'पता है न ?'

पेपरवेट वाली वॉल्ट्स की धुन बज रही थी। मम्माची उसे अपनी वायलिन पर बजा रही थीं।

रा-रारा-रारम

पारम-पारम

'बात यह है,' बेबी कॉचम्मा की आवाज़ कह रही थी, 'जो हो गया है, सो हो गया है। इन्स्पेक्टर का कहना है कि हर हालत में वह मरने वाला है। इसलिए उसे कोई फ़र्क़ नहीं पड़ेगा कि पुलिस वाले क्या सोचते हैं। असली चीज़ यह है कि क्या तुम लोग जेल जाना चाहते हो और *अपनी* वजह से अम्मू को जेल भिजवाना चाहते हो। यह फ़ैसला करना तुम्हारे हाथ में है।'

पेपरवेट के अन्दर बुलबुले थे जिनसे लगता था कि वह आदमी और औरत पानी के नीचे नाच रहे हैं। वे ख़ुश नज़र आते थे। शायद वे शादी कर रहे थे। औरत अपनी सफ़ेद पोशाक में। आदमी अपने काले सूट और बो-टाई में। वे एक-दूसरे की आँखों में अन्दर तक देख रहे थे।

'अगर तुम उन्हें बचाना चाहते हो, तो बस, तुम्हें सिर्फ़ इतना करना है कि बड़ी-बड़ी *मूँछों* वाले अंकल के साथ जाना है। वे तुमसे एक सवाल पूछेंगे। एक सवाल। तुम्हें बस "हाँ" कहना है। फिर हम सब घर जा सकते हैं। बिलकुल आसान है। बहुत थोड़ी-सी क़ीमत चुकानी है।'

बेबी कॉचम्मा ने एस्ता की दृष्टि का अनुसरण किया। पेपरवेट को उठा कर खिड़की के बाहर फेंक देने से ख़ुद को रोकने के लिए उसे पूरे ज़ब्त से काम लेना पड़ा। उसका दिल धक-धक कर रहा था।

'तो !' वह एक दमकती हुई, कड़क मुस्कान के साथ बोली, उसकी आवाज़ में तनाव का असर ज़ाहिर होने लगा था। 'क्या बोलूँ मैं इन्स्पेक्टर अंकल से ? हमने क्या फ़ैसला किया है ? क्या तुम अम्मू को बचाना चाहते हो या हम उन्हें जेल भेज दें ?'

मानो वह उनके सामने चुनने के लिये दो न्योते पेश कर रही थी। मछली पकड़ना या सुअरों को नहलाना ? सुअरों को नहलाना या मछली पकड़ना ?

दोनों जुड़वाँ भाई-बहनों ने नज़रें उठा कर उसे देखा। साथ-साथ नहीं (मगर लगभग) दो डरी हुई आवाज़ें फुसफुसायीं, 'अम्मू को बचाना।'

आने वाले वर्षों में वे इस दृश्य को मन-ही-मन दोहराने वाले थे। बचपन के दौरान। किशोरावस्था में। बालिग़ होने के बाद। जो उन्होंने किया था, क्या वह उनसे धोखे से कराया गया था ? क्या उनसे अपराध का निर्णय छल से करवाया गया था ?

एक तरीक़े से हाँ। लेकिन वह सब इतना सहज-सरल नहीं था। वे दोनों जानते थे कि उनके सामने एक विकल्प रखा गया था। और कितनी जल्दी उन्होंने चुनाव कर लिया था। उन्होंने सोच-विचार में एक सेकेण्ड से ज़्यादा समय नहीं लगाया था और नज़रें उठा कर कह दिया था (साथ-साथ नहीं, लेकिन लगभग)–'अम्मू को बचाओ।' हमें बचाओ। हमारी माँ को बचाओ।

बेबी कॉचम्मा खिल उठी। राहत ने जुलाब का काम किया। उसे बाथरूम में जाने की ज़रूरत महसूस हुई। फ़ौरन-से-पेश्तर। उसने दरवाज़ा खोला और इन्स्पेक्टर को तलब किया।

'ये अच्छे बच्चे हैं,' जब वह आया तो उसने कहा। 'ये आपके साथ जायेंगे।'

'दोनों की ज़रूरत नहीं। एक से काम चल जायेगा,' इन्स्पेक्टर थॉमस मैथ्यू ने कहा। 'कोई एक। मोन। मोल। कौन आना चाहता है मेरे साथ ?'

'एस्ता।' बेबी कॉचम्मा ने चुनाव किया। यह जानते हुए कि दोनों में से वह ज़्यादा व्यावहारिक था। ज़्यादा दब्बू। ज़्यादा दूरदर्शी। ज़्यादा ज़िम्मेदार। 'तुम जाओ। गुड बॉय।'

छुटकू राम। करता कुटिया में आराम। ता-धिन।

एस्ता गया।

राजदूत ई. पेल्विस। तश्तरी जैसी आँखों और बिखरे बुल्ले के साथ एक लम्बे पुलिस वाले की बग़ल में एक नाटा राजदूत, कोट्टयम पुलिस स्टेशन के पाताल- लोक की गहराइयों में एक भयानक अभियान पर। उनके क़दमों की आवाज़ पत्थर के फ़र्श पर गूँजती हुई।

राहेल इन्स्पेक्टर के दफ़्तर में पीछे रह गयी और साथ लगे शौचालय में इन्स्पेक्टर के कमोड के किनारों से हो कर नीचे टपकने वाली बेबी कॉचम्मा की राहत की भद्दी आवाज़ों को सुनती रही। 'फ़्लश काम नहीं करता,' बेबी कॉचम्मा ने बाहर आने पर कहा। 'कैसी खिझाने वाली बात है।' उसे शर्मिन्दगी थी कि इन्स्पेक्टर उसके पाख़ाने के रंग और उसके पतलेपन को देख लेगा।

हिरासत अँधेरी घुप्प थी। एस्ता को कुछ नहीं दिखाई दे रहा था, लेकिन उसे कठिनाई से साँस लेने की खरखराती आवाज़ सुनायी दे रही थी। पाख़ाने की गन्ध से उसे उबकाई आने लगी। किसी ने बत्ती जलायी। तेज़। चौंधियाने वाली। काई-ज़दा, फिसलन-भरे फ़र्श पर वेलुता प्रकट हुआ। एक आधुनिक चिराग़ से निकला क्षत-विक्षत जिन्न। वह नंगा था। उसका मैला-कुचैला मुण्डू खुल गया था। ख़ून उसके सिर से किसी राज़ की तरह छलक रहा था। उसका चेहरा सूजा हुआ था और उसका सिर एक कद्दू जैसा नज़र आ रहा था। उस पतली-सी टहनी के लिए बहुत बड़ा और भारी जिस पर वह उगा हुआ था। एक दानवी उलटी मुस्कान वाला कद्दू। पुलिस के बूट पेशाब के उस तालाब के किनारे से पीछे को हट गये जो उसके इर्द-गिर्द फैलता जा रहा था, बिजली के चमकते हुए नंगे बल्ब को प्रतिबिम्बित करता हुआ।

मरी हुई मछलियाँ एस्ता के भीतर तैरती हुई ऊपर को आयीं। एक पुलिस वाले ने वेलुता को अपने पैर से ठकोरा। कोई प्रतिक्रिया नहीं हुई। इन्स्पेक्टर थॉमस मैथ्यू उकड़ूँ बैठ गया और उसने अपनी जीप की चाभी से वेलुता के पैर के तलवे को खुरचा। सूजी हुई आँखें खुलीं। इधर-उधर भटकीं। फिर ख़ून के पर्दे के भीतर से एक प्यारे बच्चे पर केन्द्रित हुईं। एस्ता ने कल्पना की कि उसके भीतर कोई चीज़ मुस्करायी। उसके होंट नहीं, बल्कि उसका कोई और न-चोट-खाया हिस्सा। उसकी कुहनी शायद। या कन्धा।

इन्स्पेक्टर ने अपना सवाल पूछा। एस्ता के होंटों ने कहा हाँ।

बचपन दबे पाँव बाहर सरक गया।

ख़ामोशी चिटकनी की तरह अन्दर सरक आयी।

किसी ने बत्ती बुझा दी और वेलुता ओझल हो गया।

पुलिस की जीप में वापस जाते समय बेबी कॉचम्मा काम्पोज़ की कुछ गोलियाँ लेने के लिए रिलाएबल मेडिकोज़ पर रुकी। उसने दोनों को दो-दो गोलियाँ दीं। जब तक वे चुंगम पुल तक पहुँचे उनकी आँखें झपकने लगी थीं। एस्ता राहेल के कान में फुसफुसाया।

'तुम सही थीं। वह वह नहीं था। वह उरुम्बन था।'

'थैंग गॉड,' राहेल जवाब में फुसफुसायी।

'तुम्हारे ख़याल में कहाँ है वह ?'

'बच कर अफ़्रीका निकल भागा है।'

उन्हें इस कल्पना पर तिरते हुए गहरी नींद में उनकी माँ के हाथों सौंप दिया गया।

अगली सुबह तक—जब तक कि अम्मू ने उन्हें झकझोर कर सब कुछ उगलवा नहीं लिया। लेकिन तब तक बहुत देर हो चुकी थी।

इन्स्पेक्टर थॉमस मैथ्यू, जो इन मामलों में अनुभवी आदमी था, सही था। वेलुता सुबह तक ज़िन्दा नहीं रह पाया था।

आधी रात के आध घण्टे बाद, मौत उसे ले जाने आ गयी थी।

और उस छोटे-से परिवार के लिए जो एक नीले कढ़ाईदार पलँगपोश पर नींद में गुड़ी-मुड़ी सोया पड़ा था ? उनके लिए क्या आया था।

मौत नहीं। महज़ ज़िन्दगी का अन्त।

सोफ़ी मोल की अन्त्येष्टि के बाद जब अम्मू उन्हें वापस पुलिस स्टेशन ले गयीं और इन्स्पेक्टर ने अपने आम चुने (*ठक, ठक*), लाश हटायी जा चुकी थी। *थेम्माडी कुज़ी*—भिखमंगों की क़ब्र—में पटकी जा चुकी थी जहाँ पुलिस नियमपूर्वक अपने मुर्दे पटक दिया करती है।

जब बेबी कॉचम्मा ने अम्मू के पुलिस स्टेशन जाने के बारे में सुना, उसे दहशत महसूस हुई। सब कुछ जो उसने, बेबी कॉचम्मा ने, किया था, वह एक ही अनुमान पर आधारित था। उसने इस बात पर दाँव लगाया था कि अम्मू, चाहे और कुछ भी करें, कितनी नाराज़ क्यों न हों, कभी सार्वजनिक रूप से वेलुता के साथ अपने सम्बन्धों को स्वीकार नहीं करेंगी। क्योंकि, बेबी कॉचम्मा के अनुसार, उनके लिए ऐसा करना ख़ुद को और अपने बच्चों को नष्ट करने के बराबर होगा। हमेशा-हमेशा के लिए। लेकिन बेबी कॉचम्मा ने अम्मू के स्वभाव की जोखिम-भरी धार को ध्यान में नहीं रखा था। वह अनमेल मेल—मातृत्व की असीम कोमलता और एक आत्महन्ता बमबार का बेहिसाब आक्रोश।

अम्मू की प्रतिक्रिया ने उसे स्तम्भित कर दिया। उसके पैरों-तले ज़मीन खिसक गयी। उसे मालूम था कि इन्स्पेक्टर थॉमस मैथ्यू के रूप में उसे एक मित्र हासिल है। मगर वह कितने दिन टिकेगा ? अगर उसका तबादला हो गया और मामला दोबारा खुल गया तो ? यह सम्भावना तो थी—पार्टी कार्यकर्ताओं की उस चीख़ती-चिल्लाती, नारे-लगाती भीड़ को देखते हुए जिसे कॉमरेड के.एन.एम. पिल्ले फाटक के बाहर इकट्ठा करने में सफल हो गये थे। जो मज़दूरों को काम पर आने से रोक रही थी और जिसकी वजह से आम, केले, लहसुन, और अदरक के ढेर-के-ढेर पैराडाइज़ अचार के अहाते में पड़े सड़ रहे थे।

बेबी कॉचम्मा जानती थी कि उसे अम्मू को जल्द-से-जल्द आयमनम के बाहर निकालना है।

उसने ऐसा उसी उपाय से किया जिसमें वह निपुण थी। दूसरों के आवेगों से अपने खेतों की सिंचायी, अपनी फ़सलों का पालन-पोषण करके।

उसने चाको के दुख के गोदाम में एक चूहे की तरह कुतर कर राह बनायी। उसकी दीवारों के भीतर उसने उसके पगलाये गुस्से के लिए एक आसान, सुलभ निशाना रोप दिया। उसके लिए अम्मू को उस व्यक्ति के रूप में चित्रित करना मुश्किल न था जो दरअसल सोफ़ी मोल की मौत के लिए ज़िम्मेदार था। अम्मू और उसके दो-डिम्बी जुड़वाँ।

दरवाज़ों को तोड़ता चाको महज़ बेबी कॉचम्मा के पगहे से बँधा छटपटाता उदास बैल था। यह बेबी कॉचम्मा का ही ख़याल था कि अम्मू को सामान बाँध कर चले जाने के लिए कह दिया जाय। कि एस्ता को लौटा दिया जाय।

20

मद्रास मेल

और इस तरह, कोचीन हार्बर टर्मिनस में, रेलगाड़ी की सीख़चेदार खिड़की पर एकाकी एस्ता। राजदूत ई. पेल्विस। बुल्ले वाला चक्की का पाट। और एक हिलकोरता-हरा, गाढ़ा-पनियाला, गुलठीदार, सिवार-सरीखा, तिरता-उतराता, अतल-सतल एहसास। उसका नाम-लिखा ट्रंक उसकी सीट के नीचे था। टमाटर के सैंडविच वाला उसका टिफ़िन बॉक्स और गरुड़ के चित्र वाला ईगल फ़्लास्क उसके सामने की फ़ोल्डिंग मेज़ पर।

उसकी बग़ल में बैठी, कुछ खाती हुई एक महिला ने उसके सामने पीले लड्डुओं का एक डिब्बा बढ़ाया। उसने हरी और बैंगनी कांजीवरम साड़ी पहन रखी थी और उसके दोनों नथुनों पर हीरे थे, चमकती मधुमक्खियों के झुण्ड की तरह। एस्ता ने सिर हिलाया। वह मुस्करायी और उसने उसे फुसलाते हुए ज़ोर दिया। उसकी भलमनसाहत-भरी आँखें उसके चश्मे के पीछे दरारों में ग़ायब हो गयीं। उसने मुँह से पुचकारती आवाज़ें निकालीं।

'एक ले कर देखो। ब-हू-ऊ-ऊ-त मीठा है,' उसने तमिल में कहा। *राम्बो मदुरम।*

'मीठा है,' उसकी सबसे बड़ी बेटी, जो लगभग एस्ता की उमर की थी, अंग्रेज़ी में बोली।

एस्ता ने फिर अपना सिर हिलाया। महिला ने उसके बाल फड़फड़ा दिये और बुल्ला बिगाड़ दिया। उसका परिवार (पति और तीन बच्चे) पहले ही से खा रहे थे। पीले लड्डुओं का बड़ा-बड़ा गोल चूरा सीट पर बिखरा था। उनके पैरों के नीचे रेलगाड़ियों की गड़गड़ाहट। रात की नीली बत्ती फ़िलहाल बुझी हुई।

खाती हुई महिला के छोटे बेटे ने उसे जला दिया। खाती हुई महिला ने उसे बुझा दिया। उसने बच्चे को समझाया कि वह सोने वाली बत्ती है। जागने वाली बत्ती नहीं।

रेलगाड़ी के पहले दर्जे की हर चीज़ हरी थी। सीटें हरी थीं। बर्थ हरी थी। फ़र्श हरा था। ज़ंजीरें हरी थीं। गहरीहरी हल्कीहरी।

ट्रेन रोकने के लिए चेन खींचें, हरे अक्षरों में छपा था।

नट्रे नेकरो के एलि नचे चेंखीं, एस्ता ने हरे रंग में सोचा।

खिड़की के सींख़चों की उस तरफ़ से अम्मू ने उसका हाथ थामा हुआ था।

'अपना टिकट ध्यान से रख लो,' अम्मू के मुँह ने कहा। अम्मू के न-रोने-की-कोशिश-करते मुँह ने। 'वे चेक करने आयेंगे।'

एस्ता ने ट्रेन की खिड़की की तरफ़ ऊपर को उठे अम्मू के चेहरे की तरफ़ नीचे

को सिर हिलाया। और स्टेशन की धूल-मिट्टी से गन्दी, छोटी-सी राहेल की तरफ़। तीनों-के-तीनों उस निश्चित लेकिन अलग-अलग जानकारी के सूत्र में बँधे हुए कि उन्होंने एक आदमी को प्यार करके मार डाला था।

यह बात अख़बारों में नहीं थी।

दोनों जुड़वों को यह समझने में कई बरस लग गये कि जो हुआ था, उसमें अम्मू की भूमिका क्या थी। सोफ़ी मोल की अन्त्येष्टि पर और एस्ता के लौटाये जाने से पहले के दिनों में, वे उनकी सूजी हुई आँखें देखते और बच्चों की आत्मलीनता के चलते उनके दुख के लिए पूरी तरह ख़ुद को अपराधी ठहराते।

'सील जाने से पहले सैंडविच खा लेना,' अम्मू ने कहा। 'और चिट्ठी लिखना मत भूलना।'

उन्होंने अपने हाथ में पकड़े नन्हे-से हाथ के नाख़ूनों पर नज़र डाली और अँगूठे के नाख़ून के नीचे से मैल का एक काला हँसिया खींच निकाला।

'और मेरे दिल के टुकड़े का ख़याल रखना। जब तक कि मैं उसे लेने नहीं आती।'

'कब, अम्मू ? आप उसे लेने कब आयेंगी ?'

'जल्दी।'

'मगर कब। ठीकमठीक कब ?'

'जल्दी, बच्चे। जितनी जल्दी मैं आ सकी।'

'अगले से अगले महीने ? अम्मू ?' जान-बूझ कर उसे दूर तक टालते हुए ताकि अम्मू कहें, *उससे पहले, एस्ता। समझ से काम लो। अपनी पढ़ाई की भी सोचो।*

'जैसे ही मुझे कोई नौकरी मिली। जितनी जल्दी मैं यहाँ से निकल कर एक नौकरी ढूँढ सकी,' अम्मू ने कहा।

'लेकिन यह तो कभी नहीं होगा।' दहशत की एक लहर। एक अतल-सतल एहसास।

खाती हुई औरत आदतन कान लगा कर सुन रही थी।

'देखो, कितनी अच्छी अंग्रेज़ी बोलता है,' उसने अपने बच्चों से तमिल में कहा।

'लेकिन यह तो कभी नहीं होगा,' उसकी सबसे बड़ी बेटी ने लड़ाकू अन्दाज़ में कहा। 'क-भी-न-हीं। कभी नहीं।'

'कभी नहीं' से एस्ता का महज़ यही मतलब था कि वह बहुत दूर की बात है। कि वह *अभी नहीं* होगा, *जल्दी* नहीं होगा।

'कभी नहीं' से उसका मतलब 'कभी भी नहीं' नहीं था।

लेकिन शब्द कुछ इसी तरह उसके मुँह से निकल आये थे।

मगर यह तो कभी नहीं होगा।

'कभी नहीं' के लिए वे बस, 'कभी भी नहीं' में से 'भी' निकाल लेते थे।

वे ?

सरकार।

जहाँ लोगों को बाक़ायदा तमीज़ सीखने के लिए भेजा जाता था।

और बाद में सब कुछ ऐसे ही हुआ था।

कभी नहीं। कभी भी नहीं।

यह *उसका* दोष था कि अम्मू के सीने में दूर से चिल्लाते आदमी ने चिल्लाना बन्द कर दिया था। *उसका* दोष कि वे लॉज में अकेली गुज़र गयीं और उनकी पीठ से सट कर उनसे बात करने वाला कोई उनके पास नहीं था।

क्योंकि वही था जिसने यह *कहा* था। *लेकिन अम्मू यह तो कभी नहीं होगा।*

'बुद्धू मत बनो, एस्ता। जल्दी ही होगा,' अम्मू के मुँह ने कहा। 'मैं टीचर बन जाऊँगी। एक स्कूल शुरू करूँगी। और तुम और राहेल उसमें होगे।'

'और हम उसका ख़र्चा बर्दाश्त कर सकेंगे क्योंकि वह हमारा होगा।' एस्ता ने अपनी अडिग व्यावहारिकता के साथ कहा। अपनी आँखें असली फ़ायदे पर टिकाये हुए। बस की मुफ़्त सैर। मुफ़्त अन्त्येष्टियाँ। मुफ़्त पढ़ाई। छुटकू राम। करता कुटिया में आराम। तक-धिन।

'हमारा अपना घर होगा,' अम्मू ने कहा।

'छोटा-सा घर,' राहेल बोली।

'और हमारे स्कूल में कक्षाएँ होंगी और ब्लैक-बोर्ड,' एस्ता ने कहा।

'और चॉक।'

'और पढ़ाने के लिए असली टीचरें।'

'और सही सज़ाएँ,' राहेल बोली।

यही वे चीज़ें थीं जिनसे उनके सपने बुने गये थे। उस रोज़ जब एस्ता को लौटाया गया था। चॉक। ब्लैक-बोर्ड। सही सज़ाएँ।

उन्होंने आसानी से माफ़ कर दिये जाने की माँग नहीं की थी। वे सिर्फ़ ऐसी सज़ाएँ चाहते थे, जो उनके अपराधों से मेल खायें। ऐसी नहीं, जो बने-बनाये शयन-कक्षों वाली अलमारियों जैसी हों। ऐसी नहीं, जिनमें तुम्हें सारी ज़िन्दगी उनके ख़ानों और दराज़ों की भूल-भुलैयाँ में भटकते गुज़ारनी पड़े।

बिना चेतावनी दिये रेलगाड़ी सरकने लगी। बहुत धीरे-धीरे।

एस्ता की आँखें फैल गयीं। उसके नाख़ून प्लेटफ़ॉर्म पर ट्रेन के साथ-साथ चलती अम्मू के हाथों में गड़ गये। जैसे-जैसे मद्रास मेल ने रफ़्तार पकड़ी, उनकी चाल दौड़ने में बदल गयी।

गॉड ब्लेस, मेरे बच्चे। मेरे तारे। मैं तुम्हें लेने जल्दी आऊँगी।

'अम्मू !' एस्ता ने कहा जब उन्होंने अपना हाथ खींच कर अलग किया। एक के बाद दूसरी नन्ही-सी उँगली को खोल कर ढीला करते हुए। 'अम्मू ! उल्टी आने जैसा लग रहा है !' एस्ता की आवाज़ ऊँची हो कर क्रन्दन में बदल गयी।

नन्हा एल्विस पेल्विस—एक बिगड़े हुए, ख़ास-सैरसपाटे-वाले बुल्ले वाला। और हल्के भूरे नोकदार जूतों वाला। वह अपनी आवाज़ पीछे छोड़ गया।

स्टेशन के प्लेटफ़ॉर्म पर राहेल दुहरी हो गयी और चीख़ती रही, चीख़ती रही।

रेलगाड़ी बाहर चली गयी। रोशनी अन्दर चली आयी।

तेईस साल बाद, राहेल, पीली टी-शर्ट में एक साँवली औरत, अँधेरे में एस्ता की ओर मुड़ती है।

'एस्तापाप्पीचाचेन कुट्टप्पेन पीटर मोन,' वह कहती है।

फुसफुसाती है।

अपने होंट हिलाती है।

उनकी सुन्दर माँ के-से होंट।

एस्ता, सीधा-तना बैठा, गिरफ़्तार किये जाने का इन्तज़ार करता हुआ, अपनी उँगलियाँ उन तक ले जाता है। उनसे निकले शब्दों को छूने के लिए। फुसफुसाहट को पकड़ने के लिए। उसकी उँगलियाँ होंटों की आकृति का अनुसरण करती हैं। दाँतों को छूती हैं। उसका हाथ पकड़ कर चूम लिया जाता है।

बारिश की फुहार से गीले गालों के ठण्डेपन पर दबा दिया जाता है।

फिर वह उठ बैठी और उसने अपनी बाँहें उसके गिर्द डाल दीं। उसे अपनी बग़ल में खींच कर लिटा लिया।

वे काफ़ी देर तक इसी तरह पड़े रहे। जागे हुए। अँधेरे में। ख़ामोशी और ख़ालीपन में।

बूढ़े नहीं। युवा नहीं।

मगर एक करने-योग्य मरने-योग्य उम्र।

वे अजनबी थे जिनकी मुलाक़ात इत्तफ़ाक़ से हुई थी।

वे जीवन शुरू होने के पहले से एक-दूसरे को जानते थे।

इसके बाद जो हुआ उसे स्पष्ट करने के लिए किसी के पास कहने को बहुत थोड़ा ही है। ऐसा कुछ नहीं जो (मम्माची की किताब में) वासना को प्रेम से अलग कर दे। या ज़रूरतों को जज़्बात से।

शायद इसके सिवा कि कोई चौकसी करने वाला राहेल की आँखों के भीतर ताक नहीं लगाये था। कोई खिड़की के बाहर समुद्र की ओर नहीं घूर रहा था। या नदी में तैरती किसी नाव की ओर। या धुन्ध में हैट पहने राहगीर की ओर।

शायद इसके सिवा कि वह थोड़ी ठण्डी थी। थोड़ी गीली। मगर बेहद ख़ामोश। हवा।

लेकिन कहने के लिए आख़िर था भी क्या ?

महज़ यह कि आँसू बह निकले थे। महज़ यह कि ख़ामोशी और ख़ालीपन चमचों

की गड्डी की तरह एक-दूसरे से चिपके हुए थे। महज़ यह कि एक सुबुक-सी गर्दन के नीचे के गड्ढों में नाक सुड़कने की आवाज़ थी। महज़ यह कि एक सख़्त शहद के रंग के कन्धे पर दाँतों के अर्द्ध-चन्द्राकार निशान थे। महज़ यह कि उसके ख़त्म हो जाने के बाद भी उन्होंने एक-दूसरे को भींचे रखा था। महज़ यह कि उस रात उन्होंने एक-दूसरे से जो बाँटा था, वह सुख नहीं था, दारुण दुख था।

महज़ यह कि एक बार फिर उन्होंने प्रेम के नियमों का उल्लंघन किया था। जो तय करते थे कि किससे प्रेम किया जाय। और कैसे। और कितना।

त्याग दिये गये कारख़ाने की छत पर अकेला ढोलकिया ढोल बजा रहा था। एक जालीदार दरवाज़ा धमाके से बन्द हुआ। एक चूहा कारख़ाने के फ़र्श पर बगटुट दौड़ता चला गया। मकड़ी के जालों ने अचार के पुराने मर्तबानों को मूँदना जारी रखा। सब ख़ाली सिवा एक कि जिसमें जमी हुई सफ़ेद धूल की एक ढेरी पड़ी हुई थी। घुग्घू की हड्डियों का चूरा। अर्से से मरा हुआ। उल्लू का अचार।

सोफ़ी मोल के सवालों—*चाको, बूढ़ी चिड़ियाँ मरने के लिए कहाँ जाती हैं? मरी हुई चिड़ियाँ आसमान से पत्थरों की तरह क्यों नहीं गिर पड़तीं ?*—का जवाब

जिस रोज़ वह पहुँची थी, उसी शाम पूछा गया सवाल। वह बेबी कॉचम्मा के सजावटी तालाब के किनारे पर खड़ी ऊपर आकाश में चीलों को मँडराते देख रही थी।

सोफ़ी मोल। हैट-पहने, बेलबॉटम डाटे और शुरू ही से प्रेम की पात्र।

माग्रेट कॉचम्मा ने *(चूँकि वह जानती थी कि जब कोई अन्धकार का हृदय* की यात्रा करता है (ख) *किसी के साथ कुछ भी हो सकता है)* उसे अन्दर बुलाया कि वह अपनी गोलियों की नियमित ख़ुराक ले ले। फ़ाइलेरिया। मलेरिया। डायरिया। उसके पास, दुर्भाग्य से, डूब मरने से बचाने के लिए कोई निरोधक औषधि नहीं थी।

फिर रात के खाने का समय हो गया।

'ब्यालू, बुद्धू,' सोफ़ी मोल ने कहा जब एस्ता को उसे बुलाने के लिए भेजा गया।

ब्यालू बुद्धू के वक़्त बच्चे एक अलग छोटी मेज़ पर बैठे। सोफ़ी मोल, जिसकी पीठ घर के बड़ों की तरफ़ थी, खाने को देख कर वीभत्स चेहरे बनाती रही। हर कौर, जो वह मुँह में डालती, वह अपने प्रशंसक छोटे फुफेरे भाई-बहनों को प्रदर्शित करती, आधा चबाया हुआ, जुगाली किया हुआ, ज़बान पर ताज़ा-ताज़ा की गयी उल्टी की तरह पड़ा हुआ।

जब राहेल ने भी ऐसा ही किया तो अम्मू ने उसे देख लिया और उसे सुलाने ले गयीं।

अम्मू ने अपनी नटखट छोकरी को बिस्तर पर लिटा दिया और बत्ती बुझा दी। उनके गुडनाइट के चुम्बन से राहेल का गाल थूक से ज़रा भी गीला नहीं हुआ और राहेल बता सकती थी कि वे सचमुच नाराज़ नहीं थीं।

'आप ग़ुस्सा तो नहीं हैं न, अम्मू।' ख़ुशी से फुसफुसाते हुए। उसकी *माँ उसे थोड़ा और प्यार करने लगी थी।*

'नहीं।' अम्मू ने उसे फिर चूम लिया। 'गुडनाइट, मेरी बच्ची, ख़ुदा ख़ैर करे।'

'गुडनाइट अम्मू। एस्ता को जल्दी भेजिए।'

और बाहर जाते-जाते अम्मू ने अपनी बेटी की फुसफुसाहट सुनी, 'अम्मू।'

'क्या है ?'

'हम एक ख़ून के हैं, तुम लोग और मैं।'

अम्मू ने अँधेरे में सोने के कमरे के दरवाज़े से टेक लगा ली। उन्हें खाने की मेज़ पर लौटने की कोई इच्छा नहीं हो रही थी जहाँ बातचीत एक पतंगे की तरह उस गोरी बच्ची और उसकी माँ के गिर्द चक्कर काट रही थी मानो वे रोशनी का एकमात्र स्रोत हों। अम्मू को लगा कि अगर उन्हें एक और शब्द सुनना पड़ा तो वे मर जायेंगी, मुर्झा कर मर जायेंगी। अगर उन्हें चाको की गर्व-भरी, टेनिस विजेता की-सी मुस्कान को एक मिनट और झेलना पड़ा। या कामुक ईर्ष्या की उस अन्तर्धारा को, जो मम्माची से निःसृत हो रही थी। या बेबी कॉचम्मा की बातचीत को, जिसका मक़सद अम्मू और उनके बच्चों को बाहर रखना था, ताकि उन्हें सारे हिसाब-किताब में अपनी औक़ात का पता चल जाय।

अँधेरे में दरवाज़े से टिके-टिके उन्हें अपना सपना, दिवा-दुःस्वप्न अपने भीतर हिलता हुआ महसूस हुआ, समुद्र से उठती पानी की एक लकीर की तरह जो इकट्ठा हो कर एक लहर की शक्ल ले रही हो। वह ख़ुशमिज़ाज एक बाँह वाला आदमी, जिसकी त्वचा नमकीन थी और कन्धा किसी कगार की तरह सहसा ख़त्म हो जाता था, ऊबड़-खाबड़ समुद्र-तट के नीम-अँधेरे से बाहर आया और उनकी तरफ़ बढ़ा।

वह कौन था ?

कौन हो सकता था वह ?

हानि का देवता।

मामूली चीज़ों का देवता।

उभरे लोम-रन्ध्रों और अचानक मुस्कानों का देवता।

वह एक बार में एक ही चीज़ कर सकता था।

अगर वह उन्हें स्पर्श करता तो वह उनसे बात नहीं कर सकता था, अगर वह उनसे प्रेम करता तो वह जा नहीं सकता था, अगर वह बोलता तो वह सुन नहीं सकता था, अगर वह लड़ता तो वह जीत नहीं सकता था।

अम्मू उसके लिए तरस रही थीं। अपने समूचे शरीर के साथ उसके लिए लालायित थीं।

वे खाने की मेज़ पर लौट गयीं।

21

जीने की क़ीमत

जब उस बूढ़े मकान ने अपनी धुँधलायी आँखें बन्द कर लीं और नींद में सरक गया, अम्मू, एक लम्बे सफ़ेद पेटीकोट पर चाको की एक पुरानी कमीज़ पहने सामने के बरामदे में निकल आयीं। कुछ देर तक वे ऊपर-नीचे चहलक़दमी करती रहीं। बेचैन। बनैली। फिर वे उस बेंत की कुर्सी पर बैठ गयीं जो दीवार पर टँगे, फफूँदी-लगे, बटन की-सी आँखों वाले भैंसे के सिर और उसके दोनों ओर लटके नन्हे पुण्यात्मा और आलियूटी अम्माची के चित्रों के नीचे पड़ी हुई थी। उनके दोनों जुड़वाँ उसी तरह सो रहे थे जैसे वे पस्त हो कर सोया करते थे—अधखुली आँखों के साथ, दो नन्हे-नन्हे दैत्य। यह उन्हें उनके बाप की देन थी।

अम्मू ने नारंगी-नुमा ट्रांज़िस्टर चालू किया। एक पुरुष स्वर उसमें से खरखराता हुआ निकला। एक अंग्रेज़ी गाना जो उन्होंने पहले कभी नहीं सुना था।

वे वहीं अँधेरे में बैठी रहीं। एक अकेली, झिलमिलाती औरत अपनी कटुता-भरी बुआ की सजावटी बगिया को निहारती, एक नारंगी को सुनती हुई। दूर से आती एक आवाज़ को। रात से हो कर बहती हुई। झीलों और नदियों के ऊपर तैरती हुई। पेड़ों के घने शिखरों के ऊपर। पीले गिरजे से हो कर। स्कूल से हो कर। कच्चे रास्ते पर डगमगाती बढ़ती। बरामदे की सीढ़ियाँ चढ़ती। उन तक आती आवाज़।

संगीत को लगभग न सुनती हुई, वे रोशनी के इर्द-गिर्द उड़ते-फिरते, खुदकुशी करने की होड़ लगाये कीड़ों के उन्माद को देखती रहीं।

गीत के शब्द उनके दिमाग़ में फट पड़े।

वक़्त नहीं है खोने को
मैंने उसको कहते सुना
अपने सपने नक़द करा लो
इससे पहले वे खिसक चलें
हरदम मरते मरते मरते
खो दोगे गर अपने सपने
खो दोगे तुम होश-हवास

अम्मू ने अपने घुटने सिकोड़ लिये और उन्हें सीने से चिपका लिया। उन्हें विश्वास नहीं

हो रहा था। इन शब्दों का चालू इत्तफ़ाक़। उन्होंने बाहर बगिया पर एक तीखी नज़र डाली। घुग्घू ओउसा रात की एक ख़ामोश गश्त लगाता उड़ता गुज़र गया। मांसल गदराये ऐन्थूरियम गनमेटल की तरह चमक रहे थे।

वे देर तक वहीं बैठी रहीं। गाना ख़त्म हो जाने के काफ़ी देर बाद तक। फिर अचानक वे कुर्सी से उठीं और अपने संसार से एक डाइन की तरह बाहर निकल गयीं। एक बेहतर, ज़्यादा सुखी जगह की ओर।

वे अँधेरे को चीरती हुई तेज़ी से बढ़ीं, किसी रासायनिक गन्ध का अनुसरण करने वाले कीड़े की तरह। वे नदी को जाने वाले रास्ते से उतनी ही अच्छी तरह परिचित थीं जितना उनके बच्चे, और आँखों पर पट्टी बाँध कर भी वहाँ तक अपना रास्ता खोज सकती थीं। उन्हें पता नहीं था कि कौन-सी चीज़ उन्हें झाड़ियों के बीच से तेज़-तेज़ चलने को विवश कर रही थी। जिसने उनके चलने को दौड़ने में बदल दिया था। जिसने उन्हें मीनाचल के तट पर हाँफते हुए पहुँचने के लिए मजबूर कर दिया था। सिसकियाँ भरते हुए। मानो उन्हें किसी चीज़ के लिए देर हो गयी थी। मानो उनकी ज़िन्दगी समय से वहाँ पहुँचने पर निर्भर थी। मानो उन्हें पता था कि वह वहाँ होगा। इन्तज़ार करता हुआ। मानो *उसे* पता था कि वे आयेंगी।

उसे था।

पता।

यह जानकारी उसके भीतर उसी दोपहर को सरक कर दाख़िल हुई थी। सफ़ाई से। चाकू की तेज़ धार की तरह। जब इतिहास से चूक हो गयी थी। जब उसने उनकी नन्ही-सी बेटी को बाँहों में उठाया था। जब उनकी आँखों ने उसे बताया था कि सिर्फ़ वही उपहारदाता नहीं था। कि उनके पास भी उसे देने के लिए उपहार थे, कि उसकी नावों, डिबियों, उसकी छोटी-छोटी पवनचक्कियों के बदले में वे मुस्कराते समय अपने गालों में पड़ने वाले गहरे गड्ढों का सौदा करेंगी। अपनी चिकनी भूरी त्वचा का। अपने दमकते कन्धों का। अपनी आँखों का, जो हमेशा कहीं और रहती थीं।

वह वहाँ नहीं था ।

अम्मू पत्थर की सीढ़ियों पर बैठ गयीं जो पानी में उतरती थीं। उन्होंने अपने सिर को बाँहों में छिपा लिया, नादानी के एहसास के साथ कि उन्होंने इतना भरोसा किया था। इतना *यक़ीन।*

नदी में और आगे मझधार में वेलुता पानी में चित लेटा तैर रहा था, ऊपर सितारों को निहारता हुआ। उसका फ़ालिज-ज़दा भाई और एक-आँख वाला बाप उसका बनाया खाना खा चुके थे और सो गये थे। इसलिए अब वह नदी में लेटे रहने और धारा के साथ बहने के लिए आज़ाद था। पेड़ का एक तना। एक मगन मगरमच्छ। नारियल के पेड़ नदी पर झुक कर उसे बहते हुए गुज़रते देख रहे थे। पीले बाँस रो रहे थे। छोटी-छोटी मछलियाँ इठलाती हुई उससे मनमानी छूट ले रही थीं। उसे कुतर रही थीं।

वह पलटा और तैरने लगा। ऊपर की तरफ़। धारा के विरुद्ध। वह एक आख़िरी नज़र डालने के लिए तट की ओर मुड़ा, पानी में पैर चलाते हुए, नादानी के अहसास

के साथ कि उसने इतना भरोसा किया था। इतना *यक़ीन।*

जब उसने उन्हें देखा तो धमाके ने उसे लगभग डुबो ही दिया। सिर को पानी से ऊपर रखने के लिए उसे पूरी ताक़त लगानी पड़ी। एक अँधेरी नदी की मझदार में खड़ा, वह पानी में पैर चलाता रहा।

उन्होंने उसके सिर को नदी के अँधेरे में डूबते-उतराते नहीं देखा। वह कुछ भी हो सकता था। तैरता हुआ नारियल। वैसे भी वे देख नहीं रही थीं। उनका सिर उनकी बाँहों में छिपा हुआ था।

वह उन्हें ताकता रहा। उसने अपना समय लिया।

अगर उसे पता होता कि वह ऐसी सुरंग में दाख़िल होने जा रहा है जिससे एकमात्र निकासी उसका अपना विनाश है, तो क्या वह दूसरी तरफ़ मुड़ गया होता ?

शायद।

शायद नहीं।

कौन कह सकता है ?

उसने उनकी ओर तैरना शुरू किया। ख़ामोशी से। बिना हंगामा किये पानी को चीरते हुए। वह किनारे पर क़रीब-क़रीब पहुँच चला था जब उन्होंने निगाहें ऊपर कीं और उसे देख लिया। उसके पैरों ने नदी के मटियाले तल का स्पर्श किया। अँधेरी नदी से उठ कर जैसे ही वह पत्थर की सीढ़ियाँ चढ़ने लगा, उन्होंने देखा कि जिस संसार में वे खड़े थे, वह उसका था। कि वह उसकी सम्पत्ति था। पानी। मिट्टी। पेड़। मछलियाँ। सितारे। वह इतनी आसानी से उसमें चलता-फिरता था। उसे देखते हुए उन्होंने उसके सौन्दर्य की विशेषता को समझा। कैसे उसके श्रम ने उसे आकार दिया था। कैसे उस लकड़ी ने उसे गढ़ा था, जिसे वह गढ़ता था। हर तख़्ते ने जिस पर उसने रन्दा चलाया था, हर कील ने जिसे उसने ठोंका था, हर चीज़ ने जिसे उसने बनाया था, उसे साँचे में ढाला था। उस पर अपनी छाप छोड़ी थी। उसे उसकी ताक़त, उसका लचीला सजीला आकर्षण प्रदान किया था।

उसने एक पतला सफ़ेद कपड़ा अपनी कमर और काली जाँघों के गिर्द लँगोटी की तरह बाँध रखा था। उसने अपने बालों से पानी झटका। वे अँधेरे में उसकी मुस्कान देख सकती थीं। उसकी उजली, सहसा खिल उठने वाली मुस्कान जिसे वह किशोरावस्था से जवानी तक अपने साथ लाया था। उसका एकमात्र सामान।

उन्होंने एक-दूसरे की तरफ़ देखा। वे अब सोच-विचार नहीं कर रहे थे। उसका समय आ कर जा चुका था। चकनाचूर मुस्कानें उनके आगे आने वाली थीं। मगर यह तो बाद में होने वाला था।

बाद। में।

अपने शरीर से टपकती नदी लिये वह उनके सामने खड़ा हो गया। वे सीढ़ियों पर बैठी रहीं, उसे देखती हुईं। चाँदनी में उनका चेहरा निर्वर्ण था। अचानक एक ठण्डक उस पर रेंगती चली गयी। उसका दिल धक-धक करने लगा। यह सब एक भयानक भूल थी। उसने उन्हें ग़लत समझा था। सब कुछ उसकी कपोल कल्पना थी। यह एक

जाल था। झाड़ियों में लोग थे। ताक लगाये। वे एक लुभावना चारा थीं। इसके अलावा और हो भी क्या सकता था ? उन लोगों ने उसे जुलूस में देख लिया था। उसने अपनी आवाज़ को रोज़मर्रा की-सी बनाने की कोशिश की। सामान्य। वह एक टर्राहट के रूप में बाहर आयी।

'अम्मूकुट्टी...क्या बात है ?'

वे उसके पास गयीं और उन्होंने अपनी पूरी देह उसके शरीर से सटा दी। वह बस, वहीं-का-वहीं खड़ा रहा। उसने उन्हें छुआ नहीं। वह काँप रहा था। कुछ ठण्ड से। कुछ ख़ौफ़ से। कुछ पीड़ा-भरी कामना से। भय के बावजूद उसका शरीर चारा चुगने को तैयार था। उसे उनकी तलब थी। तत्काल। उसके गीलेपन ने उन्हें भिगो दिया। उन्होंने अपनी बाँहें उसके गिर्द डाल दीं।

उसने तर्क से काम लेने की कोशिश की : *सबसे बुरी चीज़ क्या हो सकती है ?*

मेरा सब कुछ छिन सकता है। मेरी नौकरी। मेरा परिवार। मेरी रोज़ी-रोटी। सब कुछ।

उन्हें उसके हृदय की बेलगाम धक-धक सुनायी दे रही थी।

उन्होंने उसे तब तक थामे रखा जब तक कि वह शान्त नहीं हो गयी। किसी क़दर।

उन्होंने अपनी कमीज़ के बटन खोले। वे उसी तरह खड़े रहे। त्वचा पर त्वचा। उसके कालेपन पर उनका भूरापन। उसकी कठोरता पर उनकी कोमलता। उसके चिकने आबनूसी सीने पर उनकी बादामी छातियाँ (जो एक टूथब्रश को नहीं टिका सकती थीं)। उन्होंने उसके शरीर पर नदी की गन्ध सूँघी। उसकी ख़ास परवनों वाली गन्ध जिससे बेबी कॉचम्मा को इतनी घिन आती थी। अम्मू ने जीभ निकाल कर उसका स्वाद लिया, उसकी गर्दन के गड्ढे में। उसके कान की लौ पर। उन्होंने उसका सिर अपनी तरफ़ नीचे खींचा और उसके मुँह को चूम लिया। एक धुँधलाया चुम्बन। एक चुम्बन जो प्रति-चुम्बन की माँग करता था। उसने पलट कर उन्हें चूमा। पहले सावधानी से। फिर आवेग से। धीरे-धीरे उसकी बाँहें उठ कर उनके पीछे जा टिकीं। उसने उनकी पीठ सहलायी। बहुत हल्के-हल्के। उन्हें उसकी हथेलियों की चमड़ी का एहसास हो रहा था। खुरदुरी। गट्टेदार। रेगमार की-सी। उसने ख़याल रखा कि उन्हें चोट न पहुँचे। वे महसूस कर सकती थीं कि वे उसे कितनी मुलायम लग रही हैं। वे उसके माध्यम से ख़ुद को महसूस कर सकती थीं। अपनी त्वचा को। जिस तरह उनके जिस्म का वजूद सिर्फ़ वहीं-वहीं था जहाँ वह उन्हें छू रहा था। उनका बाक़ी जिस्म धुँआ-धुँआ था। उन्होंने अपनी देह पर उसकी झुरझुरी महसूस की। उसके हाथ उनके कूल्हों पर थे (जो टूथब्रशों की एक कतार को टिकाये रख सकते थे), उनके नितम्बों को अपनी ओर खींचते हुए, ताकि उन्हें पता चल जाय कि उसे उनकी कितनी तलब थी।

शरीर के विज्ञान ने नृत्य की रूप-रेखा बनायी। आतंक ने ताल निर्धारित की। उस लय को निर्देशित किया जिससे उनके जिस्मों ने एक-दूसरे को उत्तर दिया। मानो उन्हें अभी से मालूम था कि सुख के हर स्पन्दन के लिए उन्हें उसी मात्र में पीड़ा सह कर क़ीमत चुकानी होगी। मानो उन्हें मालूम था कि जितनी दूर वे जायेंगे यह उस पर

निर्भर करेगा कि उन्हें कितनी दूर तक ले जाया जाने वाला था। इसलिए उन्होंने अपने को रोके रखा। एक-दूसरे को पीड़ा पहुँचायी। एक-दूसरे को अपना आप धीरे-धीरे सौंपा। लेकिन इससे हालत और भी बुरी हो गयी। इससे दाँव और ऊँचे हो गये। उनके लिए क़ीमत और भी चढ़ गयी। क्योंकि इससे शिकनें साफ़ हो गयीं, अपरिचित प्रेम का अनाड़ीपन और त्वरा मिट गयी और इसने उन्हें बुख़ार की-सी तेज़ी तक भड़का दिया।

उनके पीछे अँधेरे में बेलगाम रेशम की तरह झिलमिलाती नदी धड़कती हुई बढ़ती रही। पीले बाँस रोते रहे।

रात ने अपनी कुहनियाँ नदी पर टिका दीं और उन्हें एकटक देखती रही।

वे मैंगोस्टीन के पेड़ के नीचे जा लेटे, जहाँ अभी हाल ही में एक सचल गणतन्त्र ने एक पुराना सलेटी नौका-वृक्ष, नौका-फलों के साथ, उखाड़ निकाला था। एक ततैये। एक झण्डे। एक चकित बुल्ले। लव-इन-टोकियो में एक फ़व्वारे ने।

भागता, दौड़ता, नौका-संसार कभी का जा चुका था।

काम पर जातीं सफ़ेद दीमकें।

घर को जाती सफ़ेद बीर बहूटियाँ।

रोशनी से मुँह छिपाने के लिए बिल खोदते सफ़ेद गुबरैले।

सफ़ेद लकड़ी की वायलिनों वाले सफ़ेद टिड्डे।

उदास सफ़ेद संगीत।

सब जा चुका था।

अपने पीछे सूखी खुली धरती का एक नौका-रूपी टुकड़ा छोड़ता हुआ। साफ़ किया हुआ और प्रेम के लिए तैयार। मानो एस्ताप्पेन और राहेल ने उनके लिए ज़मीन तैयार की थी। संकल्प किया था कि ऐसा हो। अम्मू के सपने की जुड़वाँ दाइयों ने।

अम्मू, अब पूरी तरह नग्न, वेलुता के ऊपर झुकी हुई थीं। उसके होटों पर होंट रखे। उसने उनके बाल तम्बू की तरह दोनों के इर्द-गिर्द फैला लिये। जैसा उनके बच्चे करते थे जब वे बाहर की दुनिया को बाहर रखना चाहते थे। वे और पीछे सरक गयीं, ख़ुद को उसके बाक़ी हिस्से से परिचित कराते हुए। उसकी गरदन से। उसके वक्षोजों से। उसके चाकलेटी पेट से। उन्होंने उसकी नाभि के गड्ढे से नदी की आख़िरी चुस्की ली। उन्होंने उसके तने हुए अंग की गर्माहट को अपने पपोटों पर दबा कर महसूस किया। उन्होंने उसका स्वाद चखा, नमकीन, अपने मुँह में। वह उठ बैठा और उसने उन्हें फिर अपनी ओर खींच लिया। उन्होंने अपने नीचे उसके पेट को कड़ा होते महसूस किया, तख़्ते की तरह सख़्त। उन्होंने उसकी त्वचा पर अपने गीलेपन को फिसलते महसूस किया। उसने उनके कुचाग्र को अपने मुँह में लिया और दूसरी छाती को अपनी खुरदुरी हथेली में सँभाल लिया। रेगमार के दस्ताने में मख़मली मुलायमियत।

उस समय जब उन्होंने उसे रास्ता दिखाते हुए अपने भीतर दाख़िल किया, उन्हें उसके यौवन की, उसके *युवापन* की, जिस राज़ को उसने खोज निकाला था उस पर उसके अचरज की, एक कौंधती हुई झलक मिली और वे उसे देख कर मुस्करायीं मानो वह उनका बच्चा था।

जैसे ही वह उनके अन्दर दाख़िल हुआ, भय किनारे हो गया और शरीर के विज्ञान ने काम सँभाल लिया। जीने की क़ीमत बेहिसाब, बेबिसात ऊँचाइयों पर जा पहुँची; हालाँकि बाद में बेबी कॉचम्मा कहने वाली थी कि चुकाने के लिए वह क़ीमत थोड़ी थी।

थी क्या ?

दो ज़िन्दगियाँ। दो बच्चों के बचपन।

और भावी अपराधियों के लिए एक सबक़ इतिहास का।

धुँधलायी आँखें धुँधलायी आँखों से एकटक मिली रहीं और एक चमकीली औरत ने ख़ुद को एक चमकीले पुरुष के लिए खोल दिया। वे बाढ़ पर आयी नदी की तरह चौड़ी और गहरी थीं। वह उनके पानियों में तैरता रहा। वे उसे अपने भीतर और भी गहरे उतरते महसूस करती रहीं। उन्मत्त। व्याकुल। और भी अन्दर आने का अनुरोध करते हुए। और आगे तक। केवल उनके आकार द्वारा अवरुद्ध। और उसके आकार द्वारा। और जब उसे मना कर दिया गया, जब उसने उनकी गहनतम गहराई का स्पर्श कर लिया, तब एक सिसकते, थरथराते निःश्वास के साथ वह डूब गया।

वे उससे सटी लेटी थीं। उनके जिस्म पसीने से चिकने थे। उन्होंने उसके शरीर को गिरते, अपने से अलग होते महसूस किया। उसकी साँस बराबर हो गयी। उन्होंने उसकी आँखों को साफ़ होते देखा। उसने उनके बाल सहलाये, अनुभव करते हुए कि जो गाँठ उसके भीतर ढीली हो गयी थी, वह उनके भीतर अब भी कसी हुई कँपकँपा रही थी। आहिस्ता से उसने उन्हें पीठ के बल लेटा दिया। उसने अपने भीगे हुए कपड़े से उनकी देह का पसीना और मिट्टी साफ़ की। वह उन पर लेट गया, सावधानी से बिना अपना पूरा वज़न उन पर डाले। छोटे-छोटे कंकड़ उसकी बाँहों की चमड़ी में खुबने लगे। उसने उनकी आँखें चूमीं। उनके कान। उनकी छातियाँ। उनका पेट। उनके जुड़वाँ बच्चों की देन सात रुपहली धारियाँ। रोंए की वह रेखा जो उनकी नाभि से नीचे उनके काले तिकोन तक जा रही थी, जो उसे बता रही थी कि वे कहाँ चाहती थीं वह जाये। उनकी टाँगों का भीतरी हिस्सा जहाँ की त्वचा सबसे कोमल थी। फिर एक बढ़ई के हाथों ने उनके नितम्बों को उठाया और एक अछूत जीभ ने उनके सबसे अन्दरूनी हिस्से को स्पर्श किया। उनके कटोरे से देर तक एक गहरा घूँट भरा।

उन्होंने उसके लिए नृत्य किया। नौका के आकार वाले उस ज़मीन के टुकड़े पर। वे जी उठीं।

अपनी पीठ को मैंगोस्टीन के पेड़ से टिकाये वह उन्हें अपने से सटा कर थामे रहा जबकि वे एक ही साथ हँसती और रोती रहीं। फिर कुछ पलों के लिए, जो अनन्तकाल सरीखे थे, मगर वास्तव में पाँच मिनट से ज़्यादा नहीं, वे उससे टिके-टिके सो गयीं, अपनी पीठ उसकी छाती से लगाये। विस्मृति के सात वर्ष उनके ऊपर से उठ गये और काँपते हुए बोझिल डैने फड़फड़ाते, छायाओं में उड़ते चले गये। लोहे की एक उदास मयूरी की तरह। और (बुढ़ापे और मौत की ओर जाने वाली) अम्मू की राह पर एक छोटी-सी धूप-धुली चरागाह प्रकट हुई। नीली तितलियों से छितरी ताँबई घास और उसके पार एक गहरा गर्त्त।

धीरे-धीरे आतंक उसके भीतर वापस रिसता चला आया। उस पर, जो वह कर

बैठा था। उस पर, जो वह जानता था वह फिर करेगा। फिर-फिर करेगा।

उसके सीने के भीतर उसके दिल की धमक से वे जाग गयीं। मानो वह बाहर निकलने का रास्ता तलाश रहा था। उस हिलायी जा सकने वाली पसली को खोज रहा था। एक गुप्त फ़ोल्डिंग पर्दे को। उसकी बाँहें अब भी उनके गिर्द थीं। उसके हाथ एक सूखे ताड़ के पत्ते से खेल रहे थे और वे उसकी मछलियों का हिलना महसूस कर रही थीं। अम्मू अँधेरे में ख़ुद अपने आप से मुस्करायीं, सोचते हुए कि वे उसकी बाँहों से कितना प्यार करती थीं—उनके आकार और उनकी ताक़त से, उनमें टिके हुए वे कितना सुरक्षित महसूस करती थीं, जबकि दरअसल वह उनके लिए सबसे ख़तरनाक जगह थी।

उसने अपने भय को लपेट कर हू-ब-हू एक गुलाब की शक्ल बनायी और उसे हथेली में रख कर बढ़ा दिया। उन्होंने उसे उठा लिया और अपने बालों में लगा लिया।

वे और सट गयीं, उसके अन्दर रहने की इच्छा से, उसे और ज़्यादा छूने की इच्छा से। उसने उन्हें अपनी देह की गुफा में समेट लिया। नदी से हवा का एक झकोरा उठा और उनके उत्तप्त शरीरों को ठण्डक पहुँचाने लगा।

वह थोड़ी ठण्डी थी। थोड़ी नम। थोड़ी ख़ामोश। हवा।

मगर कहने को आख़िर था भी क्या ?

एक घण्टे बाद अम्मू ने आहिस्ता से ख़ुद को उससे अलग किया।

'मुझे अब जाना है।'

उसने कुछ नहीं कहा। वह हिला नहीं। उन्हें कपड़े पहनते देखता रहा।

अब सिर्फ़ एक चीज़ की अहमियत थी। उन्हें मालूम था कि बस, इसी चीज़ की फ़रमाइश वे एक-दूसरे से कर सकते थे। सिर्फ़ यही चीज़। हमेशा। दोनों को यह मालूम था।

बाद में भी, इसके बाद आने वाली तेरह रातों के दौरान भी, वे सहज स्वभाववश छोटी चीज़ों पर ही टिके रहे। बड़ी चीज़ें हमेशा अन्दर दुबकी रहीं। वे जानते थे कि वे कहीं नहीं जा सकते थे। उनके पास कुछ नहीं था। कोई भविष्य नहीं। सो वे छोटी चीज़ों से चिपके रहे।

वे एक-दूसरे के नितम्बों पर चींटियों के दंशों पर हँसते रहे। पत्तियों के सिरों से बेढंगी इल्लियों के फिसलने पर, पलट गये गुबरैलों पर जो सीधा नहीं हो पा रहे थे। छोटी-छोटी मछलियों के जोड़े पर जो हमेशा नदी में वेलुता को खोज लेतीं और उसे काटतीं। एक विशेष रूप से श्रद्धालु प्रेइंग मैंटिस पर। उस नन्हे-से मकड़े पर जो इतिहास-घर के पिछले बरामदे की दीवार में बनी एक दरार में रहता था और शरीर को कचरे के टुकड़ों से ढाँप कर छिपाये रखता था—ततैया के पंख का टुकड़ा। एक जाले का अंश। धूल। गली हुई पत्ती। मरी हुई मधुमक्खी का ख़ाली धड़। वेलुता उसे कहता—*चप्पु तम्बुरान।* कचरा स्वामी। एक रात उन्होंने उसके वस्त्र-भण्डार में अपना योगदान किया—लहसुन के छिलके की एक पपड़ी—और उन्हें गहरी ठेस पहुँची जब

उसने उसे अस्वीकार कर दिया—अपने बाक़ी कवच- बख़्तर के साथ जिसके भीतर से वह बाहर निकल आया—चिड़चिड़ा, नंगा, रेंट के रंग का। मानो वह उनकी वस्त्रों की अभिरुचि की भर्त्सना कर रहा हो। कुछ दिन तक वह तिरस्कार-भरी निर्वस्त्रता की इसी आत्महन्ता मनस्थिति में रहा। कचरे का अस्वीकृत ढाँचा एक पुरानी पड़ गयी विश्व-दृष्टि की तरह खड़ा रहा। एक अप्रचलित दर्शन की तरह। फिर वह ढह गया। धीरे-धीरे *चप्पु तम्बुरान* ने नये परिधान अपना लिये।

एक-दूसरे से या खुद अपने आप से स्वीकार किये बग़ैर उन्होंने अपने भाग्य, अपने भविष्य (अपना प्रेम, अपना पागलपन, अपनी आशा, अपना असीमानन्द) उसके साथ जोड़ दिया। वे हर रात उसकी खोज-ख़बर लेते (समय बीतने के साथ बढ़ते हुए हौल के साथ) यह देखने के लिए कि वह उस रोज़ बच निकला है या नहीं। वे उसकी दुर्बलता पर खीझते। उसके नन्हेपन पर। उसके छल-छद्म की पर्याप्तता या अपर्याप्तता पर। उसकी प्रकट आत्मविनाशी अहम्मन्यता पर। धीरे-धीरे वे उसकी सार-संग्रही अभिरुचि के मुरीद हो गये। उसकी ढीलमढाल गरिमा के।

उन्होंने उसे चुना था क्योंकि उन्हें मालूम था कि उन्हें अपनी आस्था नश्वरता में टिकानी है। लघुता से चिपके रहना है। हर बार अलग होते समय वे एक-दूसरे से सिर्फ़ एक छोटा-सा आश्वासन लेते।

'कल ?'

'कल।'

उन्हें मालूम था कि चीज़ें एक दिन में बदल सकती थीं। इस सम्बन्ध में वे सही थे। अलबत्ता, *चप्पु तम्बुरान* के बारे में वे ग़लत थे। वह वेलुता के बाद भी जीवित रहा। वह भावी पीढ़ियों का जन्मदाता बना।

उसकी मृत्यु प्राकृतिक कारणों से हुई।

उस पहली रात, जिस रोज़ सोफ़ी मोल आयी थी, वेलुता अपनी प्रेमिका को कपड़े पहनते देखता रहा। जब वे तैयार हो गयीं तो वे उसकी तरफ़ मुँह करके उकड़ूँ बैठ गयीं। उन्होंने उसे आहिस्ता से अपनी उँगलियों से छुआ और उसकी त्वचा पर उभरे हुए लोम रन्ध्रों की एक क़तार बना दी। जैसे ब्लैकबोर्ड पर समतल चाक की रेखा। जैसे धान के खेत में हवा का झकोरा। जैसे गिरजे के नीले आकाश में जेट विमानों के धुँए की लकीरें। उसने उनका चेहरा अपने हाथों में लिया और अपने चेहरे की ओर खींचा। उसने आँखें बन्द कीं और उनकी त्वचा को सूँघा। अम्मू हँसीं।

हाँ, मार्ग्रेट, उन्होंने सोचा। हम एक दूसरे के साथ भी ऐसा करते हैं।

उन्होंने उसकी मूँदी हुई आँखों को चूमा और उठ खड़ी हुईं। मैंगोस्टीन के पेड़ से अपनी पीठ सटाये वेलुता उन्हें जाते हुए देखता रहा।

उनके बालों में एक सूखा गुलाब था।

वे एक बार फिर वही दुहराने के लिए मुड़ीं : *'नाले।'*

कल।

❐❐